BASTEI
LÜBBE

Weitere Titel des Autors:

15776 Die Augen der Angst

Über den Autor:

Alec Covin wurde 1970 geboren. Nach dem Studium der Literatur und Filmwissenschaften machte er sich in Frankreich als »Nachfolger von Stephen King« einen Namen. Sein erster Roman »Die Augen der Angst« wurde in Frankreich ein Bestseller und lehrte die Leser das Grauen. Der vorliegende Roman ist der zweite Roman um die »Wölfe von Fenryder«.

Alec Covin

Die Rückkehr der Wölfe

Thriller

Aus dem Französischen übersetzt von
Monika Buchgeister

BASTEI
LÜBBE

BASTEI LÜBBE TASCHENBUCH
Band 15 933

1. Auflage: November 2008

Vollständige Taschenbuchausgabe

Bastei Lübbe Taschenbücher in der Verlagsgruppe Lübbe

Deutsche Erstausgabe

Titel der französischen Originalausgabe: »États Primitifs«
Originalverlag: Éditions Plon, Paris

Titelillustration: Aleksander-Fotolia.com / Vorbildlich
Umschlaggestaltung: Tanja Østlyngen
Satz: hanseatenSatz-bremen, Bremen
Gesetzt aus der Adobe Garamond
Druck und Verarbeitung: CPI – Ebner & Spiegel, Ulm
Printed in Germany
ISBN 978-3-404-15933-8

Ich widme diesen Roman meiner Mutter.

Vorwort

Hier ist also nun mein zweiter Roman – der so sehr gefürchtete zweite Roman!

Ihm voranstellen möchte ich eine Art Warnung. Romanautor ist meiner Meinung nach derjenige, der vor die Gesellschaft tritt und beteuert, alles, was er sage, sei Fiktion, reine Fiktion und nichts als Fiktion. Man wird mich hoffentlich nicht strafrechtlich verfolgen, wenn ich mir, neben anderen kleinen Vergehen, ein paar (kleine) Freiheiten gestattet habe hinsichtlich der Stadt New York und des politischen Lebens in Amerika.

Was die Geschichte selbst betrifft, so ist sie in gewisser Weise die Fortsetzung von *Die Augen der Angst*. Neu hinzugekommenen Lesern sei gesagt, dass es nicht unbedingt erforderlich ist, das erste Buch zu kennen, um dieses zweite verstehen zu können. Sowohl das eine wie das andere kann für sich alleine gelesen werden. Das mag meine Leser glücklich stimmen – meinen Verleger vermutlich weniger, wie ich zugeben muss.

Nach dem Land ist der Schauplatz hier nun die Stadt. Nach der Familie sind jetzt die Freunde an der Reihe. So viel möchte ich über die beiden Bücher sagen, die gerade in der Abenddämmerung vor mir auf meinem Schreibtisch liegen. Und vielleicht noch dies:

Es sind weniger amerikanische Romane als Romane *über* Amerika, insofern als Amerika der überzogene Ausdruck des abendländischen Lebens ist. Was vor dreitausend Jahren irgendwo in Griechenland im Blut und im Gebet anfing, hat auf der anderen Seite des Atlantiks seine Fortsetzung gefunden – im Blut und im Gebet. Aber hier (wie im Übrigen auch in der Literatur) ist nur derjenige niedrig, der nur das Niedrige sieht.

Empedokles ist nicht tot: Er hat sich nur andere Schuhe angezogen.

Prolog

»Die Wirklichkeit ist mehr als die Wirklichkeit …«
Stanley Holder, *Massaker in Manhattan*

1.

Harlem, 22. September, erster Herbsttag

Der alte schwarze Gärtner betrachtete die Hände des weißen Mannes. Dieser trug ziemlich gute Handschuhe für einen einfachen Klempner, aber der Gärtner hatte schon ganz andere Dinge gesehen. Bullen mit Pferdeschwanz, schwule Feuerwehrleute …

»Soll ich Ihnen den Weg zeigen?«, fragte er und lehnte seine Heckenschere gegen den Schemel neben ihm, denn er war dabei, die Rosensträucher des Parks zurückzuschneiden.

»Nein, machen Sie sich keine Mühe, mein Lieber. Ich werde mich allein zurechtfinden.«

Der Gärtner mochte es nicht, wenn man ihn »mein Lieber« nannte. Sein Chef begegnete ihm mit Achtung. Er richtete seine kleinen Glupschaugen auf den merkwürdigen Kerl und musterte ihn, während dieser sich ins Innere des Chevrolet-Lieferwagens beugte, um sein Werkzeug hervorzuholen. Es war ein junger Typ mit Dreitagebart, beinahe ein Schönling. Er trug einen orangefarbenen Overall, auf dessen Rücken der Name der Firma (Matheson & Sohn) sowie ihr Logo (ein hellblauer Sifon in einem gelben Kreis) gedruckt waren. Ohne die Ölflecken wäre der Overall ein ideales Kostüm für die große alljährliche Parade von Macy's auf dem Broadway gewesen.

Nachdem er die Autotür hinter sich zugeworfen hatte, ließ der junge Klempner seinen Blick durch den Park schweifen und lächelte dann den Gärtner an:

»Ganz schön groß! Sie kommen ja um vor Arbeit.«

Der Gärtner beschränkte sich auf ein Schulterzucken.

»Ihr Kollege ist schon zehn Minuten hier«, sagte er argwöhnisch. »Wie heißt er noch? Clark Lyn Sowieso?«

Welchen verfluchten Namen mochte der Kollege wohl haben?, fragte sich der Klempner, ohne seine Bedrängnis zu zeigen. War es Lynford, Lynley, Lynton oder vielleicht doch Lynwood?

»Ja, Clark«, setzte er an. In Anbetracht der Situation wurde es allmählich brenzlig, also fügte er hastig hinzu: »Clark Lynwood, mein bester Kollege.«

»Aber sicher, und jetzt könnte ich Ihren Chef anrufen, um zu überprüfen, ob Sie der sind, der Sie zu sein vorgeben«, meinte der Gärtner und sah ihn von der Seite an.

»Kein Problem, mein Lieber.«

»Wie lautet noch mal die Nummer Ihres Chefs?«

Ohne mit der Wimper zu zucken, nannte der junge Mann, der im Milieu der »Schakal« genannt wurde, die Ziffern und beglückwünschte sich dazu, sie vorher in Erfahrung gebracht zu haben.

»Rufen Sie ihn an. Sie werden schon sehen. Ich warte hier.« Selbstsicher lehnte er sich an die Flanke seines Lieferwagens. Über seinem Kopf war das Motto von Matheson & Sohn zu lesen: »Wir sind für Sie weit mehr als nur der Klempner.«

»Schon gut. Ich vertraue Ihnen. Aber machen Sie schnell. Mein Chef kommt bald. Und zwei Lieferwagen auf dem Hof, das ist ganz schön viel.«

»Wir brauchen nur eine knappe halbe Stunde. Nur keine Panik, mein Lieber. Ihr Chef wird nur unser Feuerwerk sehen, das verspreche ich Ihnen.«

Der Schakal liebte doppeldeutige Sätze, und dieser gefiel ihm über alle Maßen.

Gut. Klären wir die Frage mit dem Kollegen, sagte er sich und ging um den Lieferwagen herum, um nun die Hecktüren aufzumachen. Der Schriftzug »Sanitärinstallation« samt Telefon- und Faxnummer sowie Internetadresse teilte sich durch das Öffnen der Türen entzwei, und auf der linken Seite blieb nur der erste Teil übrig: »Sanitär«. Im Innern des Wagens sah der Schakal nach seinem ›Werkzeugkasten‹ und nahm eine mit Schalldämpfer versehene Maschinenpistole Norinco 67 heraus, die er in die Tasche seiner Latzhose gleiten ließ. Jetzt gab es kein Zurück mehr.

Das zur angesehenen Walter-Skoll-Stiftung gehörende Anwesen hier auf den Hügeln von Harlem besaß einen unverstellbaren Blick über das Tal des Hudson und auf den Fort Washington Park. Im Stil der griechischen Renaissance erbaut, zählte es mit seinen von Zypressen gesäumten Wegen und seinen schmiedeeisernen Geländern neben dem Morris-Jumel Mansion in der Edgecombe Avenue auf der anderen Seite der Hamilton Heights zu den wenigen Plätzen des Viertels, die den Wechselfällen der Geschichte getrotzt hatten. Die Stiftung hatte das Anwesen zu einem Zeitpunkt erworben, als Immobilienmakler und große Handelsunternehmen noch nicht ihre Fühler nach Harlem ausstreckten, und auch lange bevor Präsident Bill Clinton am Ende seiner zweiten Amtszeit sein Büro in der 125th Street einrichtete. An den hohen spitzen Lanzen des eisernen Zaunes, der den Park umschloss, verwies kein einziges Schild auf die Walter-Skoll-Stiftung. Die Öffentlichkeit hatte keinen Zugang zu dem Anwesen, der Eingang war Tag und Nacht von zwei Wachmännern gesichert. Einer von ihnen hatte den Schakal an den Gärtner verwiesen, bei dem er sich nach dem Problem mit der Kanalisation erkundigen sollte.

Der Schakal erreichte das Haus und streifte sich unter dem prüfenden Blick des alten Schwarzen die Füße auf der außen liegenden Fußmatte ab. Im Eingangsbereich war eine Putzfrau mexikanischer Herkunft mit einem voluminösen, lärmenden Hoover-

Staubsauger am Werk. Sie erwiderte sein speziell für das Personal reserviertes Lächeln und ließ ihn vorüber.

Wie er dem Grundriss des Hauses entnommen hatte, befand sich die Kellertür unter der großen Treppe. Sie war angelehnt, und unten war Licht. Der Schakal stieg hinunter.

»Hallo, Clark!«, sagte er lässig, während er die letzten beiden Stufen hinuntersprang.

Clark Sowieso, der das Leck in der Kanalisation abzudichten versuchte, drehte sich um. Überraschung malte sich auf seinem Gesicht.

»Der Chef lässt dir ausrichten, dass es ihm leidtut«, sagte der Schakal.

»Der Chef?«

Offenbar tat dem Chef von Clark Sowieso recht selten etwas leid.

»Eigentlich meine ich meinen Chef, nicht deinen«, korrigierte sich der Schakal jetzt.

»Wer bist du?«, fragte der Klempner schließlich.

»Oh! Das tut nichts zur Sache. Nur dass dein letztes Stündlein geschlagen hat.«

Und damit schoss der Schakal ihm mitten ins Herz.

2.

Dank eines Abhörgerätes hatten der Schakal und sein Kollege Meyerson am frühen Nachmittag den Anruf bei der Sanitärfirma mitbekommen. Eine Viertelstunde später waren sie bereits zur Firma Matheson & Sohn in der West Bronx unterwegs, wo sie, wie später auch Clark Sowieso, vollkommen emotionslos und kaltblütig den Chef, die Sekretärin und ein an diesem Nachmittag zufälligerweise in den Geschäftsräumen herumnörgelndes Kundenpaar für immer zum Schweigen brachten. Anschließend schlüpften der Schakal und sein Gefährte in die Firmenkluft, bestiegen einen der beiden Lieferwagen, die vor den Geschäftsräumen parkten, und fuhren damit über die Brücke an der 145th Street West nach Manhattan.

Bei seinem Eintreffen hatte der Schakal bemerkt, dass bereits ein Klempner von Matheson vor Ort war.

Man könnte meinen, das Schicksal hat sich gegen diese kleine Firma aus der Bronx verschworen, sagte sich unser junger Typ, während er die Leiche von Clark Sowieso an den Füßen unter die Treppe im Keller zog.

Dann stieg er wieder ins Erdgeschoss hinauf und beobachtete eine Weile die Eingangshalle vor ihm.

Die Putzfrau war mit ihrem Hoover in die erste Etage verschwunden. Das war gut für sie. Die Eingangstür am anderen Ende der Halle stand noch weit offen. Über den Rasen hinweg war durch den Türrahmen ein Teil des üppigen Rosenbeetes zu sehen, in dem der Gärtner mit seiner Schere am Werk war.

Der Schakal bemerkte, dass der alte Schwarze ihn mit der Schere in der Hand von seinem Hocker aus beobachtete. Sieh schon woanders hin, befahl er ihm innerlich.

Er wusste, dass das Arbeitszimmer von Skoll zu seiner Linken lag. Er machte sich auf den Weg dorthin.

Walter Skoll war der Geschäftsführer der Flow Corporation, einer internationalen Ölgesellschaft mit Hauptsitz in Houston, Texas. Er war zugleich Präsident der angesehenen Kunststiftung, die seinen Namen trug und die er vor dreißig Jahren in der Fifth Avenue hatte erbauen lassen. Vor ein paar Wochen hatte er seine Ranch in Texas verlassen und hielt sich nun in dieser Filiale der Stiftung auf den Hügeln von Harlem auf. Diese Informationen hätte sich jeder kleine Ganove beschaffen können. Aber sein Chef hatte den Schakal über diesen Walter Skoll noch genauer ins Bild gesetzt.

Über dessen wahre Natur. Und auch über dessen Fähigkeiten.

Aus diesen Details hatte sich ein ebenso klares wie bündiges Gebot ergeben: niemals den Fehler begehen, die Wege von Walter Skoll zu kreuzen. Nicht am helllichten Tag und nicht einmal mit einer guten Knarre in der Hand.

Das erklärte vieles und insbesondere, warum weder Skoll noch seine Filiale in Harlem noch nie von den Gangs behelligt worden waren, die das Viertel beherrschten, bevor Giuliani dort aufräumte.

Von Montag bis Freitag verließ der Präsident Walter Skoll pünktlich wie ein Schweizer Uhrwerk um genau vierzehn Uhr Harlem, um mit dem Wagen in seine Stiftung am anderen Ende von Manhattan zu fahren. Genau diesen Zeitpunkt hatte der Schakal für seinen Besuch der Filiale gewählt.

Um Erfolg zu haben, brauchte man, wie er wusste, eine gute Portion Dreistigkeit. Dann würde das Glück nicht lange auf sich warten lassen. So war es immer.

Er drang ins Arbeitszimmer von Skoll ein.

»Und nun zu uns beiden!«, murmelte er, während er auf seine Armbanduhr sah.

Skoll würde nicht vor achtzehn Uhr zurückkehren. Damit würde er mehr als genug Zeit haben, diesem Herrn eine schöne Überraschung zu bereiten. Der Schakal stellte sich bereits vor, was für ein Gesicht Skoll bei der Rückkehr machen würde.

3.

Bob Gales saß in seiner Glaskabine, die an das Wärterhaus grenzte. Von dort betätigte er das große elektrisch gesteuerte Tor. Das Glas war kugelsicher, und der Wachmann verließ seinen Platz nie, bevor ihn jemand ablöste. In dreißig Dienstjahren hatte es nicht ein einziges Mal Probleme gegeben. Man konnte glauben, Mr Skoll hätte das Glück gepachtet. Bob Gales fragte sich oft, ob er eine Abmachung mit den Schwarzen hier in der Ecke getroffen hatte. Er selbst hatte nichts gegen die Schwarzen und gegen die Puertoricaner, auch wenn sie *doch irgendwie anders waren, wie man allerdings einräumen musste*.

Wegen der Hitze stand die zum Garten weisende Tür seines Wärterhäuschens offen. Es war Ende September, aber der Sommer ging dieses Mal wohl in die Verlängerung. Und Bob Gales nahm sich vor, nach dem Dienst auf dem Heimweg in einem Starbucks in Lower Manhattan einen – bitte schön – großen Mokka-Frapuccino zu trinken.

Das Telefon klingelte.

»Sicherheitsdienst, ja bitte?«, sagte er und versuchte wie gewöhnlich, seine Stimme möglichst geschäftsmäßig und gravitätisch klingen zu lassen.

»Es brennt im Schuppen!«

Das war Louis McCay, sein zwanzig Jahre jüngerer Kollege. McCay war vor gut zehn Minuten zu seinem Kontrollgang aufgebrochen. Aufgeschreckt wie ein Affe schrie er ins Telefon.

»Was?« Bob sprang von seinem Bürostuhl auf, Gänsehaut lief ihm über die Arme.

Er ließ seinen Blick über sämtliche Kontrollbildschirme vor ihm gleiten. Auf drei Säulen standen jeweils vier Monitore. Die Videokameras zeigten nicht die geringste Spur von Rauch. Kein roter Alarmknopf blinkte, kein Rauchmelder hatte angeschlagen.

»Wo denn, Louis?«, fragte Bob nun professionell, da er immer noch nichts entdecken konnte. »Sag doch, wo?«

»Im Schuppen, sage ich dir«, heulte Louis McCay.

»Bist du denn wirklich sicher?«

»Ja«, schrie McCay und brach in Lachen aus. »Ich sehe eine hübsche Dunkelhaarige, die auf ihren Klempner wartet. Und ich kann dir sagen, dass ich meinen Feuerlöscher schon bereithalte.«

»Du Schwachkopf! Hast du nichts Besseres zu tun, als den Idioten zu spielen?«

McCays Gelächter steigerte sich noch. Schon fünfzehn Jahre im Beruf, aber den Verstand eines Fünfjährigen, wenn man großzügig ist, dachte Bob Gales.

Er spürte eine leichte Bewegung hinter sich und drehte sich um.

Im Türrahmen stand ein Mann in der orangefarbenen Kluft von Matheson & Sohn, Sanitärinstallation. Er hatte ihn nicht kommen gehört. Was will der denn jetzt auch noch?, fragte sich der Wachmann verärgert, denn er bemerkte, dass der Typ keiner von den beiden war, die er vorhin hineingelassen hatte – und guter Gott! Der angebliche Klempner richtete etwas auf ihn, das ganz und gar wie eine großkalibrige Waffe mit Schalldämpfer aussah.

Der Klempner lächelte ihn an und bedeutete ihm mit der Waffe, das Telefon aufzulegen.

Bob Gales gehorchte und legte den Hörer langsam zurück, am anderen Ende der Leitung vernahm er immer noch diesen armen Irren Louis McCay, der sich das Maul verriss. Oh nein! Wir sitzen in der Scheiße, und du, du machst dich noch lustig!, dachte Bob Gales wie erstarrt.

Während er auflegte, war dreimal ein leises *Psitt* zu hören. Die

Kugeln trafen ihn mitten in die Brust, und sein Mokka-Frapuccino am South Street Seaport war auf den Sankt Nimmerleinstag verschoben.

4.

Meyerson, der Schütze, baute sich gerade vor den Monitoren auf, als der Schakal aus dem Keller heraufkam. Auf dem ersten Bildschirm der linken Säule war zu sehen, wie er sich auf den Weg zum Arbeitszimmer von Skoll machte. Sie lagen gut in der Zeit, stellte Meyerson mit einem Blick auf die Uhrzeit am unteren Bildrand fest.

Dann beugte er sich über die Konsole und schaltete sämtliche Alarmanlagen innerhalb und außerhalb des Hauses aus. So lautete der zweite Punkt seines Auftrags nach der Erledigung des diensthabenden Wachmanns. Zufrieden richtete sich Meyerson wieder auf, um den dritten Punkt in Angriff zu nehmen.

Jetzt wollen wir noch in dieser Familie Hase, die von nichts weiß, den anderen Wachmann erledigen. Auf den Bildschirmen begann er, diesen Scherzkeks von Louis McCay zu suchen.

Einer der mittleren Monitore zeigte von oben die Putzfrau, die mit dem Staubsauger in einem der Zimmer der ersten Etage zu Gange war. Soweit er beurteilen konnte, war das Mobiliar ziemlich kostspielig. Kein Wunder, wenn man sich die Hütte so ansah.

Sonst schien niemand im Haus zu sein.

Auf einem der rechten Bildschirme schließlich entdeckte er Louis McCay, der in heiterer Stimmung durch das Feld der Kamera lief. Bei Strolchen wie ihm brauchte man sich nicht zu wundern, wenn in Amerika Einbrüche vorkamen. Er wurde fürs Nichtstun bezahlt! Und was für eine blödsinnige Lache! Meyerson brauchte es nicht einmal zu hören, um zu wissen, dass es ein verdorbenes Lachen war.

Die Bildschirme zeigten, dass der Wachmann von seiner Runde zurückkam und jetzt hinter dem Haus an der Garage vorbeiging. Gleich würde er vor Meyerson stehen.

Wie mir scheint, tanzen hier die Mäuse auf dem Tisch, wenn die Katze aus dem Haus ist. Meyerson konnte es nicht erwarten, den Wachmann zum Schweigen zu bringen. Selbst in der Kleinausgabe auf einem Bildschirm ohne Ton fand er ihn unerträglich. Ein echter Held!

Was hast du dem Herrgott nur getan, dass du mit einem solchen Trottel zusammenarbeiten musstest?, fragte Meyerson die vor seinen Füßen hingestreckte Leiche von Bob Gales.

Er fuhr mit der Hand hinter die Monitore und riss die Kabel heraus, sodass die Wand mit den Bildschirmen dunkel wurde.

Als er sich umdrehte, hörte er Louis McCay schon kommen, bevor er ihn noch sah. Dieser lachte sich noch immer halbtot.

Meyerson zog seinen Schalldämpfer hervor, konnte es nicht mehr abwarten und ging McCay entgegen.

Einen Moment später brach das Gelächter des Wachmanns abrupt ab.

5.

Das Arbeitszimmer von Walter Skoll verströmte Eleganz und Disziplin.

Eine Fensterfront zum Park hin ließ das Licht großzügig in den Raum fallen. An der hinteren Wand war das Werk aufgehängt, für das der Schakal die kleine Sanitärfirma Matheson & Sohn in der Bronx ausradiert hatte; für das demnächst eine Putzfrau, ein alter

Gärtner und zwei Wachmänner sterben würden, wenn Meyerson dies nicht schon erledigt hatte. Die zwei Meter hohe und etwas weniger als einen Meter breite Leinwand zeigte einen bärtigen alten Mann, der in der linken Hand eine Art Zepter hielt und mit der anderen Hand ein ziemlich gut genährtes Kind gegen seinen Mund presste. Das arme Würmchen warf den Kopf zurück und wehrte sich mit zum Schreien geöffnetem Mund, und dennoch riss ihm der Alte mit seinen gierigen Zähnen die hübsche, engelsgleiche Brust auf. Das Werk trug den Titel *Die Dämonen*, war signiert von Forrest Magnus und ebenso faszinierend wie die zwei Millionen Dollar, die Walter Skoll dafür ausgegeben hatte, um es in der Filiale seiner Stiftung aufhängen zu können.

Der Schakal ging um den ausladenden, mit einer prachtvollen Schildpatt-Auslegearbeit verzierten Schreibtisch herum und setzte sich auf den mächtigen, gepolsterten Ledersessel. Er war bequem, aber nicht zu weich – genau so, wie ein Sessel sein musste, damit sein Benutzer nicht ermüdete. Der Schakal drehte sich vergnügt erst in die eine Richtung, dann in die andere.

Es war nicht weiter erstaunlich, dass den Schreibtisch kein einziges Foto zierte. Weder Frau noch Kinder noch ein mit seinem zerplatzten Fußball herumtollender Hund. Walter Skoll war nicht der Typ für häusliche Gefühlsduselei.

Zwei dicke Mont-Blanc-Füllfederhalter (kultige Meisterstücke mit achtzehnkarätiger Goldfeder, deren Herstellung zwölf lange Wochen in Anspruch genommen hatte) standen rechts neben der ledernen Schreibtischauflage. Nicht ein Stück Papier lag auf dem Schreibtisch.

Der Schakal durchwühlte die Schubladen, aber auch dort fand er nichts außer einer Notiz auf einem Mitteilungszettel der Stiftung. Der Schakal las: *Es gibt Wege, die du nicht nehmen, Truppen, die du nicht angreifen, Städte, die du nicht belagern, und Gebiete, um die du nicht kämpfen solltest.* Das war ein Zitat von Sun Tzu aus dem achten Kapitel über die neun Varianten seiner *Kunst des Krieges*.

Es sprang dem Schakal geradezu in die Augen, dass Walter Skoll keinen blassen Dunst von dieser Kunst hatte.

Der Gärtner klopfte an die Glasfront.

»He da! Was treiben Sie denn da?«

Beinahe ohne hinzusehen, streckte der Schakal seinen Arm aus und schoss. Die Scheibe zersprang in tausend Splitter. Jetzt war es vorbei mit diesem lieben Alten, der den Schakal geärgert hatte.

Der Staubsauger oben in der Etage hielt inne. Das Dienstmädchen musste den Lärm der zerberstenden Scheibe gehört haben.

Der Schakal fragte sich, ob er dieses Mal auf das Herz oder den Kopf zielen sollte. Er zögerte noch.

Zwei Minuten später erschien die Mexikanerin im Rahmen der Tür, die er offen gelassen hatte. Ihr Mund öffnete sich vor Verblüffung.

Der Kopf sollte es sein.

Sie flog nach hinten und stürzte gegen die Wand. Ihr Kittel wurde über die Schenkel hochgeschoben, und auf ihrem Gesicht lag dumpfe Verblüffung.

Der Schakal baute sich vor der Leiche auf.

»Warum hast du nachgesehen?«, fragte er. »Jetzt hast du's weit gebracht.«

Er war beinahe wütend auf sie. Den gewissermaßen metaphysischen Aspekt seiner Fragen machte er sich nicht klar.

Er steckte seinen Schalldämpfer wieder ein und kniete sich neben sie, um sie auf den Bauch zu drehen und ihr den Kittel auszuziehen.

Als er wieder aufstand, krallte sich die Mexikanerin an seiner Hose fest.

Verflucht, die Irre atmet noch!

Er zog seine Waffe noch einmal heraus. Zwei Schüsse setzten der Dienstzeit der Mexikanerin nun definitiv ein Ende.

Der Schakal kehrte ins Arbeitszimmer zurück. Er nahm das Bild von der Wand und wickelte es sorgfältig in den Kittel. Es ist Zeit, die Segel zu setzen, dachte er.

In der Eingangshalle stellte er fest, dass die Tür wieder geschlossen worden war. Das musste die Putzfrau gewesen sein. Da spürte er mit einem Mal den Blick eines Eindringlings in seinem Rücken. Jemand beobachtete ihn von der Treppe aus, die er gerade hinter sich gelassen hatte. Meyerson? Mit der Pistole in der Hand drehte er sich um.

Es war Walter Skoll. Er war bereits zurück, stand regungslos in der Mitte der Treppe und sah den Schakal an. Seine Augen hatten sich rot gefärbt wie zwei mit Lava gefüllte Krater.

Dann begriff der Schakal, dass Skoll niemals fort gewesen war. Er hatte sie bei sich in seinem Refugium erwartet. Das Zitat in seinem Schreibtisch war der handfeste Beweis dafür. Es war eigens für den Schakal geschrieben worden. Er fragte sich, warum Skoll ihn hatte seine Angestellten töten lassen, bevor er in Erscheinung trat. Aus Grausamkeit? Aus Gleichgültigkeit? Nein, er musste einen anderen Grund haben, der sich ihm noch nicht erschloss.

Der Selbsterhaltungstrieb veranlasste den Schakal, das Feuer zu eröffnen. Trotzdem wusste er, dass er keine Chance hatte. Skoll gehörte zu diesen Typen, gegen die, wie man ihm immer wieder eingeschärft hatte, weder Feuer noch Eisen etwas ausrichten können. Das würde der Schakal jetzt überprüfen – natürlich zu seinem eigenen Schaden.

Die Kugeln trafen Skoll mitten in die Brust … und ließen ihn in tausend Stücke zersplittern wie eine Glasflasche auf einem Schießstand. Nur waren es keine Glassplitter, die die Treppenstufen herunterpurzelten, um sich auf die Kacheln der Eingangshalle zu ergießen, sondern ein ganzer Schwarm von quirligen, giftigen Spinnen. Und sie stürzten sich auf den Schakal. Oh mein Gott!, dachte er noch im Umdrehen.

Er entledigte sich des Bildes, warf es hinter sich, rannte zur Tür und riss sie auf.

Einen kurzen Augenblick lang blendete ihn die Sonne im Park. Dann war sie plötzlich verdeckt. Durch eine Wolke? Aber nein. Walter Skoll stand zwei Schritte vor ihm. Seine Lippen waren zu einem Raubtier-Lächeln verzerrt. Wie war er nur so schnell hier herausgekommen? Sein rechter Arm wimmelte nur so von klebrigen Spinnen. Ein lebender Arcimboldo aus Taranteln, Krebsspinnen und anderem anmutigen, langbeinigen Getier.

»Macht euch über den Räuber her«, sagte Walter Skoll, bevor seine Rechte auf ihn niederfuhr.

Denn Walter Skoll war auch ein Moralist.

Erster Teil

Hängung(en)

Erster Tag

Mittwoch, 10. Dezember (abends)

Sarah Widar trinkt einen Capuccino

Von New York, das musste sie sich eingestehen, kannte sie nicht sehr viel, trotz der vier Wochen, die sie nun schon in der Stadt war. Wie jeder andere Tourist hätte auch sie gerne ein paar Besichtigungen gemacht und als gute Staatsbürgerin einen Augenblick an der Stelle der ehemaligen Twin Towers verweilt, aber für all diese mehr oder weniger belanglosen Unternehmungen fehlte ihr die Zeit. Sie nahm sich oft vor, all dies zu tun, sobald das Leben ihr die Gelegenheit dazu böte. Besser gesagt, sobald die Gelegenheit, auf die sie seit vier Wochen wartete, sich endlich ergäbe und sie sie unbeschadet überstünde. Ihr einziges Vergnügen als frisch gebackene New-Yorkerin waren die Aromastoffe eines guten Cappuccino, den sie normalerweise etwa gegen neunzehn Uhr im Caffè Reggio zu sich nahm.

Sarah unterschied sich in nichts von den übrigen Gästen des Cafés. Würde man das alte Paar, das stets in der Nähe der Tür saß, danach fragen, so würde es mit Sicherheit nicht widersprechen. Die beiden würden sich kurz nach der rechts von ihnen sitzenden jungen, schwarzen Frau umwenden, die recht zierlich und ausnehmend hübsch war, höchstens einen Meter und sechzig maß und einen roten Gehrock trug. Anschließend würden die beiden ihre Nase aufs Neue in ihre Tassen stecken und ihrer Nachbarin keine weitere Aufmerksamkeit schenken, bis diese wieder aufbrach.

Sarah Widar hatte ihren Geburtsort in Louisiana erst vor Kurzem Hals über Kopf verlassen. Ihr Freund Tim Modin hatte sie dazu überredet. Er brauchte hier in New York ihre Hilfe. Daher hatte er sie angerufen, und sie hatte zugesagt. Niemand außer Sarah hätte in einen solchen Vorschlag eingewilligt, vor allem wenn er von Tim Modin stammte. Aber nur Geduld! Das wird man besser verstehen, wenn man Tim und Sarah näher kennengelernt hat.

Sarah hatte eine vorsintflutliche Klapperkiste und die Zeitungsberichte, die sie für die angesehenen *Tusitala News* mit einer Auflage von etwa fünftausend Exemplaren schrieb, hinter sich gelassen. Wie man sieht, war das nicht das Paradies gewesen, aber mit ihrem Aufbruch in das New York von Tim Modin hatte Sarah alles andere als den Weg in eine bessere Welt eingeschlagen.

Tim seinerseits war als Privatdetektiv tätig. Seine Detektei lag in Brooklyn und besaß nur einen einzigen Angestellten: ihn selbst. Keine Sekretärin, keinen Teilhaber. Tim kam sehr gut zurecht, und das war umso besser, da ihm das Geld fehlte, an das eine wie das andere zu denken. Im Übrigen hätte ihn ein Teilhaber nur gestört und eine Sekretärin in Verlegenheit gebracht – davon war er überzeugt. Es wären zu viele Informationen auszutauschen gewesen, es hätten zu viele Risiken eingegangen werden müssen. Er hatte einen gewissen Hang zur Paranoia entwickelt. Nicht sein Charakter, sondern die Umstände waren dafür verantwortlich, würde Tim jetzt korrigieren, wenn er dies lesen könnte. Worin man ihm vielleicht recht geben muss.

Wie gewöhnlich traf er im Caffè Reggio mit gut zehn Minuten Verspätung ein.

»Guten Tag«, sagte er und setzte sich Sarah gegenüber.

Sie küssten sich nicht zur Begrüßung und gaben sich nicht die Hand. Tim mochte physische Kontakte nicht und Zärtlichkeiten noch weniger. Er bekannte sich dazu, sein Vertrauen nur in homöopathischen Dosen zu verschenken. Wenn er auch eine aufrichtige

Zuneigung für Sarah empfand, so hielt er es dennoch nicht für nützlich, ihr das zu zeigen.

An diesem Abend trug er wie gewöhnlich eine schwarze Klappe über dem linken Auge. Sarah erkannte mittlerweile an gewissen unscheinbaren Anzeichen auf seinem Gesicht sehr schnell, wenn er Schmerzen hatte. Vor allem zeigte sich eine tiefe Falte auf seiner Stirn, wenn das Auge (oder das, was davon übrig war) ihn schmerzte. Diese Falte war jetzt zu sehen, wie eine tiefe Furche in dunkler Erde.

Sarah setzte ihre Tasse auf die Untertasse, ohne den Blick von ihm abzuwenden.

»*Sie* bereiten ein furchtbar übles Ding vor«, kam Tim ohne Umschweife zum Thema. »Wir müssen dranbleiben, Sarah. Verstehst du? Wir dürfen ihnen das Feld nicht kampflos überlassen. Was macht Forrest? Kommt er voran? Er muss uns endlich sagen, was, wann und wie! Und vor allem, wer! Ja, vor allem wer, verstehst du? Und wie viele sind *sie*? Und ob ihr Anführer dabei sein wird. Stell dir vor, wenn er tatsächlich dabei sein wird, verflucht! Kannst du dir das vorstellen, Sarah? Der Anführer höchstpersönlich!«

Tims ruhiger Tonfall stand in krassem Gegensatz zum aufgeladenen Inhalt seiner Fragen. Seit Sarah ihn kannte, hatte sie ihn noch nie aufgeregt gesehen. Dieser Tim Modin glich einem Block aus Marmor. Und auch jetzt bei diesen Fragen, die ihn umtrieben, zeigte sich seine Aufregung nur dann, wenn er von *ihnen* sprach. Und vor allem von ihrem Anführer.

»Forrest steckt mitten in den Vorbereitungen. Er hängt die Bilder auf«, erklärte sie. »Gestern sind seine Bilder aus Paris in der Stiftung eingetroffen. Seine *Schaufenster*-Serie. Das glaube ich zumindest.«

Warum hatte sie den letzten Satz hinzugefügt, wo sie doch sicher war? Sie wollte Tim nicht zeigen, dass sie dem großen Künstler Forrest und seinen Werken die gebührende Achtung zollte. Tim scherte sich nämlich nicht um die Arbeiten von Forrest. Dieser wusste das, aber es machte ihm nichts aus. Schließlich war Tim weder Kunstkritiker beim *New Yorker* noch Kunstsammler. Dennoch waren Forrest und er sich alles andere als gleichgültig. Sarah war sogar vom Gegenteil überzeugt. Für Forrest Magnus ging Freundschaft über alles.

»Die Hängung der Bilder geht schnell voran«, fuhr Sarah fort. »Forrest müsste in der nächsten Woche, also unmittelbar vor der Vernissage, noch ein wenig Zeit haben.«

»Gut, gut«, sagte Tim. »Hat er wenigstens Zugang zu den Büros? In den Ausstellungsräumen wird er nichts finden. Er muss sich ein bisschen umsehen. Ja, er muss in ihre Büros gehen. Verflucht! Stell dir doch mal vor, ihr Anführer kommt dorthin! Ich nehme jetzt auch einen Kaffee. Forrest muss einen günstigen Augenblick finden, um einen Gang durch die Büros zu machen.« Er winkte einen Kellner mit einem kleinen Handzeichen heran und wies auf den Cappuccino von Sarah: »Das Gleiche für mich, bitte.« Dann wandte er sich wieder zu Sarah: »Wenn ihr Anführer dort hinkommt, verflucht noch mal!«

Er schwieg. Sarah sah sich selbst in der Glasscheibe hinter Tim. Sie sah, wie sie ihn betrachtete.

Amerika sah doch tatsächlich in Bin Laden den Staatsfeind Nummer eins, der ausgeschaltet werden musste! Dabei hatte der saudische Terrorist das Land, auch wenn es ihm gelungen war, zwei Türme zum Einsturz zu bringen, wahrlich nicht schachmatt gesetzt. Als Vergeltung hatte das Land seine mächtigen Springer auf dem weltweiten Schachbrett verteilt. Der Gegner hatte Figuren verloren. Viele Figuren. Und nicht nur Bauern. Aber wenn erst die Anderen zum Angriff übergehen würden, so hatte Tim ihr einmal gesagt, dann sähe das ganz anders aus. Dann gäbe es keine weißen und schwarzen Felder und auch kein Schachbrett mehr.

Das gesamte Land würde ein ungeheurer *Ground Zero* werden.

Der Kellner kam mit dem Kaffee für Tim. Sarah wartete, bis er wieder weg war. Dann sagte sie:

»Der Senat wird eine Untersuchungskommission zu den geheimen Sekten einrichten. Wir sollten sie im Auge behalten. Vielleicht entdecken sie für uns interessante Dinge.«

»Das sind Politiker, Sarah«, urteilte Tim abfällig, während er seine dampfende Tasse hob.

»Na und, so eine Scheiße! Als könnten wir nicht Hilfe gebrauchen! Wir sind zu dritt gegen sie alle, dabei könnte ein Einziger von ihnen uns zerbrechen wie ein Streichholz!«

»Sollte Sarah Widar etwa Angst haben?«

Tim lächelte sie jetzt an. Es war ein kaltes und herablassendes Lächeln, und er wusste, dass seine Frage Sarah ungefähr so reizte wie das rote Tuch den Stier, wenn man es ihm vor die Nase hält.

»Scher dich zum Teufel«, fauchte sie ihn zutiefst getroffen an.

Sie wandte sich ab und richtete ihren Blick auf etwas anderes. In einer Ecke des Raumes hielt eine junge Mutter ein Baby im Arm und gab ihm die Flasche. Mein Gott, wie süß lächelten die beiden sich an, wie zärtlich turtelten sie miteinander! Gerührt fragte sich Sarah, ob sie eines Tages selbst auch einmal ein Kind haben würde. Forrest hatte bereits bei verschiedenen Gelegenheiten den Wunsch danach geäußert. Aber fühlte sie sich wirklich bereit dafür? Sollte es am Ende des Tunnels tatsächlich wenn schon kein glückliches, so doch ein friedvolles Leben für Menschen wie sie und Tim Modin geben?

Sie sah Tim wieder in die Augen und sagte nach einem Augenblick:

»Es geht im Übrigen nicht um Angst, sondern darum, möglichst effizient zu sein.«

»Glaub mir, den Kampf gegen eine Geheimgesellschaft führt man nicht auf öffentlichem Parkett.«

»Ich weiß, welchen Ruf Senator March hat. Er ist nicht der Typ, der Kleinkram vor den Medien ausbreitet.«

»March sagst du? Marvin March?«

Sarah nickte. Nachdenklich nahm Tim einen weiteren Schluck von seinem Kaffee, dann stellte er die Tasse wieder ab und gab zu:

»Es stimmt, er macht normalerweise gute Arbeit.«

»Du scherzt. Diesen Typ hat man lieber auf der eigenen Seite als an den Fersen.«

»Aber er ist alt, Sarah.«

»Ich habe einen Alten gekannt, Tim, der dir einige Punkte abgenommen hätte.«

»Schon gut. Wenn du glaubst, dass er uns nützlich sein kann. Schließlich bist du die Journalistin. Politik ist dein Gebiet.«

Er schenkte ihr sein schmales Lächeln, das sie so sehr verabscheute. Ein Lächeln, das Misstrauen zum Ausdruck brachte – nicht Sarah gegenüber, seiner Freundin, sondern der ganzen Welt gegenüber, und insofern auch Sarah Widar, falls sie sich in einem Augenblick der Schwäche von deren Machenschaften einwickeln ließ.

Tim selbst schien nicht von dieser Welt zu sein. Das ging so weit, dass er nichts empfunden hatte, als die beiden Boeings im Abstand von achtzehn Minuten in die Zwillingstürme des World Trade Center rasten. Er hatte auch nicht wie so viele andere Amerikaner Blut für die Verletzten gespendet. Er war auch nicht auf die Straße gegangen, um den heldenhaften Feuerwehrleuten zu applaudieren. Tim Modin hatte seine Mission nicht eine Minute lang aus dem Blick verloren. Nichts anderes war in seinen Augen von Bedeutung.

»Halte mich auf dem Laufenden, wenn Forrest etwas Neues herausgefunden hat, ja?«

Er stand auf, zog einen verknitterten Schein aus seiner gefütterten Jacke und warf ihn auf den Tisch.

Nachdenklich sah Sarah der großen Gestalt nach, die sich zwischen den Tischen entfernte.

Forrest hatte einmal halb im Scherz die Hypothese aufgestellt, auch Tim sei in sie verliebt. Aber nein, Sarah kannte ihn gut genug, um zu wissen, dass er zwar Wertschätzung und Freundschaft für sie empfand, dass man aber nie mehr in seinem Herzen finden würde – selbst wenn man das Unterste zu oberst kehrte. Das war vermutlich deshalb so, weil zwischen Sarah und Tim eine so tiefe Geistesverwandtschaft bestand, dass jede körperliche Anziehung einem Inzest gleichgekommen wäre.

Außerdem sparte er sein schroffes Benehmen nicht für Sarah auf. Im Grunde benahm er sich gegenüber allen Menschen um ihn herum, ob Männer oder Frauen, gleichermaßen abscheulich. Die einzige Ausnahme bildete sein alter Onkel Todd, bei dem er in Brooklyn wohnte. Wenn Sarah sicher war, dass er nicht in sie verliebt war, so galt das weit weniger für die Frage, ob er es ihr übel nahm, dass sie mit Forrest eine Beziehung angefangen hatte. Vielleicht sah er in dieser Liebe einen ihrer gemeinsamen Mission abträglichen Fehler. Für den kompromisslosen Tim musste man sich mit uneingeschränkter Kraft dem Kampf gegen die finstersten Mächte des Universums widmen. Nur um den Preis vieler persönlicher Opfer würde ihnen am Schluss der Sieg sicher sein. Und zu diesem Zweck hatte sich Tim auf seinen Schmerz zurückgezogen und ihn zu nuklearem Brennstoff aufbereitet, der über das gesamte Universum strahlte. Er war ein von seinem Gral besessener Ritter geworden; ein streitbarer Ritter, der vor keinem noch so blutigen Opfer zurückschreckte. Vor gar keinem Opfer.

Sarah sah auf ihre Armbanduhr. Es war kurz nach halb acht hier in New York. Bedachte man die Zeitverschiebung, so war es an der Westküste jetzt halb fünf. Sie zog ihr Motorola-Handy hervor und wählte die Nummer von Zimmer 84 der Psychiatrischen Klinik von San Diego in Kalifornien.

»Guten Tag, Laureen«, sagte sie.

»Oh, guten Tag, Sarah«, antwortete Laureen.

»Gibt es etwas Neues?«

Die beiden Frauen waren sich in Louisiana begegnet. Die tragischen Ereignisse von Tusitala*, die mehrere Menschen – darunter auch den Ehemann von Laureen, Johnny Baldwin, das Leben kosteten, hatten sowohl Sarah wie Laureen veranlasst, den Staat wenige Monate später zu verlassen. Die eine ging an die Westküste, die andere an die Ostküste.

»Nein, es gibt keine Verbesserung«, antwortete Laureen Baldwin. »Die Ärzte sagen, dass Scotty an einer posttraumatischen psychischen Blockade leidet. Eine Art Abwehrmechanismus. Wie nett, dass Sie anrufen, Sarah. Sie sind in New York, oder?«

»Ja, man hat mir eine Stelle bei einer Zeitung angeboten.« Sarah nahm zu einer Lüge Zuflucht, bevor sie nach kurzem Schweigen fortfuhr: »Ihr Junge hat das, was ihm zugestoßen ist, nicht verdient. Niemand hat so etwas verdient.«

»Möchten Sie ihn sprechen? Es wird ihn freuen, Ihre Stimme zu hören.«

Angst ergriff Sarah.

Was würde sie einem armen kleinen, sechsjährigen Kerlchen sagen können, das seinen Vater unter ebenso grausamen wie seltsamen Umständen hatte sterben sehen und das seit dieser Tragödie vermutlich für sehr lange, wenn nicht sogar für immer, das Sprechen verlernt hatte?

»Ja. Natürlich«, sagte sie und bemühte sich um Fassung.

* Siehe *Die Augen der Angst*, 2007.

Sie hörte, wie Laureen Scotty erklärte, dass eine alte Freundin ihn sprechen wolle.

»Ich gebe ihn Ihnen, Sarah.«

Sarah biss sich auf die Lippe.

»Hallo, Scotty. Ich bin Sarah, eine gute Freundin von deiner Mama.«

Sie hütete sich, nur annähernd so etwas wie eine echte Frage zu stellen. Wenn es doch wie eine Frage klang, so antwortete sie sogleich anstelle des Kindes und beschimpfte sich selbst laut als Idiotin, dass sie so idiotische Fragen stellte.

Sie erzählte ihm von ihrem neuen Leben in New York, den vielfältigen Vergnügungsmöglichkeiten im Big Apple und von ihren ebenso vielfältigen Unannehmlichkeiten. Sie beschrieb ihm die himmlischen, aber so ungeheuer fetttriefenden Köstlichkeiten namens *bagels*, nach denen sie ganz verrückt war. Sie versicherte ihm, dass sie noch nie so viel in ihrem Leben zu Fuß gegangen war und ihre armen Füße es nicht mehr aushielten und um Gnade flehten, während es ihrer Figur eher guttat. Sie gliche ein wenig der Cheshire-Katze aus *Alice im Wunderland.* Dann beschrieb sie ihm in aller Ausführlichkeit die Weihnachtsbeleuchtung des Rockefeller Centers.

Sie sprach gute fünf Minuten mit ihm und war erstaunt, dass sie es keineswegs so unangenehm fand, wie sie befürchtet hatte. Ganz im Gegenteil, sie fühlte sich wohl und sogar noch mehr. Es war, als spürte sie, dass der kleine Scotty in seinem Krankenhauszimmer auf der anderen Seite des Landes glücklich darüber war, dass jemand mit ihm sprach.

Als Laureen den Hörer wieder zurücknahm, beteuerte sie Sarah, dass der Junge beim Zuhören mehrere Male gelächelt habe.

Und Sarah dachte, dass es vielleicht doch für Leute wie sie und Tim ein besseres Leben am Ende des Tunnels gäbe.

Jodie Stevenson sagt sich, dass das Leben wirklich nicht gerecht ist

In der Empfangshalle der geriatrischen Abteilung des Krankenhauses von Stamford verstand Jodie Stevenson nicht sofort, was die Krankenschwester ihr sagen wollte. Atemlos hatte sie ihr Ziel erreicht, aber jetzt verschleierten Tränen ihren Blick, und ihr Herz war in Aufruhr.

Nach ihrem ersten Arbeitstag in New York war sie bis zur Penn Station gelaufen, um gerade noch den Zug um achtzehn Uhr vierzig zu erreichen. Der Regionalzug hatte seine üblichen fünfzig Minuten benötigt, um Stamford zu erreichen, eine Großstadt im Einzugsgebiet von New York in Connecticut. Jodie hatte die Fahrzeit dazu genutzt, sich etwas auszuruhen. Aber auf dem Bahnhof von Stamford hatte sie erneut die Beine in die Hand nehmen müssen, um zum Taxistand zu eilen, wo sie atemlos und schweißgebadet feststellen musste, dass bereits mehrere Leute in der beißenden Kälte dieses Dezemberabends warteten. Sie hatte sich also in die Schlange der Wartenden eingereiht. Fünfzehn lange Minuten trat sie von einem Fuß auf den anderen, während ihr der eisige Wind ins Gesicht peitschte. Schließlich hatte sie ein Taxi durch die letzten Staus der Rushhour hierher gefahren. Kaum war sie herausgesprungen, war sie quer über den Parkplatz gerannt und in das Gebäude der geriatrischen Abteilung gestürmt.

»Besuche sind nach zwanzig Uhr nicht mehr gestattet«, wiederholte die dicke Frau im weißen Kittel, die allein an der Rezeption saß, jetzt noch einmal.

»Bitte hören Sie mir doch zu! Ich arbeite in Manhattan, und der Weg durch die Vorstädte ist weit. Meine Mutter wartet auf mich. Ich bitte Sie.«

»Es tut mir leid, Miss. Die Kranken müssen sich ausruhen.«

Jodie sah die Krankenschwester an und fragte sich, ob diese

Frau im weißen Kittel überhaupt eine leise Ahnung davon haben könne, was sie in der letzten Zeit durchgemacht hatte.

Die fettleibige Krankenschwester hob die Nase von den Papieren, um verärgert festzustellen, dass Jodie sich nicht von der Stelle gerührt hatte. Trotz ihrer Blässe, die ihre Sommersprossen deutlich hervortreten ließ, war die blonde junge Frau sehr hübsch. Eisenmangel, diagnostizierte die Frau am Empfang.

»Ich habe mich doch wohl klar ausgedrückt, Miss. Kein …«

»Wir werden für Miss Stevenson eine Ausnahme machen«, sagte Doktor Kyle, der hinter Jodie aufgetaucht war.

Dankbar drehte sie sich zu ihm um.

Trotz all seiner Diplome und seiner sechsunddreißig Jahre wirkte Doktor Kyle wie ein großer, als Arzt verkleideter Gymnasiast. Er zog einen blauen Kugelschreiber aus der Brusttasche seines Kittels, um eine unleserliche Unterschrift unter einen Bericht zu setzen, und sagte:

»Ihre Anwesenheit tut Ihrer Mutter sehr gut.« Dann sah er auf und fügte mit einem Lächeln hinzu: »Könnten Sie anschließend für einen Augenblick in mein Büro kommen?«

Jodie dankte ihm noch einmal und spürte den strengen Blick der Krankenschwester in ihrem Rücken, während sie zu den Aufzügen ging. In genau drei Minuten hatte sie sich eine neue Feindin gemacht, aber sie konnte nicht darüber lachen, so erschöpft war sie von ihrem schrecklichen Tag. Sie hatte einen Job gefunden – was eine sehr gute Neuigkeit war (vor allem für die Finanzen, um die es in den letzten Monaten äußerst schlecht bestellt war), aber ihr erster Tag in der Walter-Skoll-Stiftung war alles andere als ruhig verlaufen. Sie spürte, dass sie mehr Zeit brauchen würde als gedacht, um sich zurechtzufinden und von den Kollegen akzeptiert zu werden – wie auch von dieser Krankenschwester hier. Jodie verabscheute es, sich als die kleine Neue zu fühlen, bei deren Auftauchen die Leute im Büro sofort verstummten. Ebenso verabscheute sie es, diesen sauertöpfischen oder unangenehm neugierigen Gesichtern gegenüber ihr »allerliebstes« Lächeln aufsetzen zu müssen. Den ganzen Tag über war sie nicht aus ihren Schuhen gekommen, die weiß Gott eng waren und schmerzhaft drückten. Neil Garson hatte ein gemeines Vergnügen daran gefunden, sie von einem Büro ins andere zu hetzen. Schließlich war sie seine neue Sekretärin. Sie verstand nicht, warum er ihr so feindselig begegnete. Machte er es ihr zum Vorwurf, dass sie nichts von moderner Kunst verstand?

Als sie den Knopf für den Aufzug drückte, trat ein sechzigjähriger Mann im Morgenmantel zu ihr. Auf der Hose seines Schlafanzugs waren Flecken von getrocknetem Urin zu sehen. Er lächelte sie verschwörerisch an.

»Verlieren Sie auch schon den Kopf?«, fragte er.

»Noch nicht, aber bald.«

»Fragen Sie mich nicht nach meinem Namen. Er hat sich aus meiner Birne davongestohlen. Und will nicht zurückkommen, der Idiot.«

Der Aufzug kam. Sie fuhren nach oben. Sie wandte sich zu ihm, um zu fragen, in welche Etage er wolle.

»Egal«, antwortete er. »Egal. Ich werde schon ein Zimmer finden, in dem ich duseln kann. Möchten Sie nicht ein wenig mit mir schlafen?«

Jodie lächelte ihn jetzt ebenfalls an, und zwei wunderschöne Grübchen zeichneten sich auf ihren von Sommersprossen gesprenkelten Wangen ab.

»Wen möchten Sie denn besuchen, Miss?«

»Meine Mutter. Sie … Sie heißt Margaret Stevenson. Kennen Sie sie vielleicht?«, fragte sie ohne große Überzeugung.

»Margaret Stevenson, sagen Sie? Vielleicht waren wir ja einmal verheiratet, diese Margaret Stevenson und ich. Und Sie, Sie sind vielleicht sogar meine Tochter. Ich bin so durcheinander in der letzten Zeit, so durcheinander! Deine Mutter und ich, wir haben uns hoffentlich wenigstens einmal geliebt. Was macht sie bloß hier, die Ärmste?«

»Meine Mutter war nicht mehr in der Lage, sich selbst zu versorgen. Sie ist vor etwas mehr als einem Monat hier aufgenommen worden.«

»Sag mir doch, Melissa, wie heißt der Ort, an dem wir hier sind?«

»Stamford Hospital, Mister. Sie müssen wissen, dass meine Mutter eine große Professorin ist.«

Eine große Professorin *war*, verbesserte eine kleine, boshafte Stimme in ihrem Innern.

Jodie brachte es nicht fertig, die Vergangenheitsform zu verwenden.

Bevor Margaret Stevenson in diesem Krankenhaus gelandet war, hatte sie an der Columbia University Geschichte gelehrt. Sie galt als hervorragende Spezialistin für den Sezessionskrieg und hatte bei Doubleday zwei viel beachtete Aufsätze über das politische Werk Lincolns veröffentlicht sowie eine umfassende Biografie über Kirby Smith. Diese Biografie von beinahe vierzehnhundert Seiten Umfang war von der Presse ebenso einhellig gelobt worden wie von der akademischen Konkurrenz, die normalerweise mit Anerkennung geizte. Dem legendären General der Südstaaten war durch sie eine neue Medienpräsenz zuteilgeworden. Es war sogar ein Filmprojekt im Gespräch gewesen, das dann aber aufgrund finanzieller Schwierigkeiten wieder verworfen worden war, wodurch Bruce Willis für immer die Möglichkeit genommen wurde, einmal in die graue Uniform der Konföderierten zu schlüpfen.

Im Alter von nur neunundfünfzig Jahren hatte Margaret Stevenson herausgefunden, dass die Alzheimer-Krankheit jeden, aber auch wirklich jeden treffen konnte. Auch eine große Universitätsgelehrte, die sich fast ihr ganzes Leben lang biologisch vernünftig ernährt hatte.

Eines Morgens hatte sie ihren Hausarzt Doktor Caldwell aufgesucht. Voller Entsetzen musste sie feststellen, dass sie einige der psychologischen Tests, denen er sie unterzog, nicht erfolgreich durchführen konnte. Magnetresonanzaufnahmen hatten daraufhin eine besorgniserregende zerebrale Atropie im oberen Hinterkopf ergeben.

Doktor Caldwell hatte ihr reinen Wein eingeschenkt und mit ruhiger Stimme erklärt, dass die Alzheimer-Krankheit ein allmählich und unaufhaltsam fortschreitendes degeneratives, neurologisches Leiden sei (an dessen Ende also die Demenz stand) – eine der größten Gemeinheiten, die dem Menschen und seinem Arzt auf Erden widerfahren konnten. Als aufrechter Mensch hatte Caldwell ihr auch über die Heilungschancen nichts vorgegaukelt. Es gab keine wirksame Behandlungsmethode. Das Beste, was er tun konnte, bestand in der Verordnung einiger palliativer Mittel. Kurz und gut, die Medizin würde Margaret auf dem langen Weg in die Demenz begleiten und ihre Hand erst loslassen, wenn sie am Ende des Weges angekommen wäre.

In ihrem Innern hätte Margaret Stevenson einem Krebsleiden den Vorzug gegeben, aber ein solches war nicht im Angebot. Sie war also nach Hause zurückgekehrt und hatte ihrer Tochter zunächst nichts davon gesagt. Sie hatten sich weiter biologisch gesund ernährt und die Museen von Manhattan besucht. Margaret notierte jetzt jedoch vorsichtshalber in ihren Kalender, was sie gegessen oder gesehen hatten.

Und was sie bisher noch nie getan hatte: Sie schrieb auch ihren Namen und ihre Adresse mit der Telefonnummer dort auf.

Einige Monate später beendete sie ihre Lehrtätigkeit, auch wenn der Gedächtnisverlust noch nicht ihre intellektuellen Fähigkeiten im engeren Sinn beeinträchtigte. Bislang beschränkte er sich auf einen viel trivialeren, vielleicht aber umso schlimmeren Bereich. Er betraf so lächerliche Informationen wie das Wiederfinden ihres Parkplatzes oder die Nummer ihrer Kreditkarte. Oder den Namen des Leiters ihres Instituts.

Als dieser letzte Vorfall Jodie zu Ohren gekommen war, war ihr klar geworden, wie ernst es um ihre Mutter stand.

Bestürzt hatte Jodie vernommen, dass die Professorin Margaret Stevenson sich einen ganzen Nachmittag in ihrem Büro an der Universität verschanzt hatte, um wieder auf den Namen des Direktors des historischen Instituts zu kommen, mit dem sie seit dreißig Jahren zusammenarbeitete: Sony Legrand. Sie erinnerte sich zwar daran, dass sie nach ihrer Scheidung von Jodies Vater zwei- oder dreimal mit ihm geschlafen hatte, sein Name jedoch fiel ihr nicht mehr ein. Da sie also entsetzt feststellte, dass es ihr allein nicht gelingen würde, sich zu erinnern, war sie auf den Flur geeilt, um eine Studentin zu fragen. Die junge Frau hatte sie mit den großen Augen eines frittierten Schellfischs angesehen und war zu ein paar Kommilitonen gegangen, wo sie es sich nicht verkneifen konnte, mit ihnen darüber zu tuscheln.

An jenem Tag hatte Margaret Stevenson einen neuen Spitznamen erhalten: Super-Dingo.

Dieses Mal konnte sie einem klärenden Gespräch mit ihrer Tochter nicht mehr ausweichen.

Der alte Mann im Aufzug zog den Gürtel seines Bademantels zurecht.

»Professorin ist sie, sagst du? So eine Scheiße! Wenn du mir gesagt hättest, dass ich eines Tages vergessen würde, dass ich einmal eine Professorin geheiratet habe. Ach! Das Alter … Du weißt nicht, was es bedeutet, alt zu sein.«

»Wenn Sie sich da mal nicht täuschen«, murmelte sie in der Erinnerung an jenen Nachmittag, als sie eine Ahnung davon bekam, was es bedeutete: Ihre Mutter irrte um drei Uhr nachmittags im Morgenmantel vollkommen hilflos in den Straßen von Stamford umher und suchte ihr Zuhause.

In einer ersten Reaktion war Jodie in Lachen ausgebrochen. Das wiederum hatte die Nachbarn verblüfft, die sie alarmiert hatten (Hatte die Tochter vielleicht genauso einen Knall wie die Mutter?). Dann hatte sie, immer noch lachend, ihre Mutter in die Arme geschlossen wie eine alte Freundin, die uns einen Streich gespielt hat, über den wir nicht hinwegkommen. Erst später, als sie ihre Mutter wieder nach Hause gebracht hatte, war ihr klar geworden, dass dieses Lachen eine Mischung war aus ängstlicher Hysterie, Empörung über eine schreiende Ungerechtigkeit und einer gehörigen Portion Unreife. Da konnte sie die Tränen nicht mehr zurückhalten.

Ja, sie wusste sehr gut, was es bedeutete, alt zu werden, und Degeneration war dabei ein Schlüsselwort.

»Hier sind fast in jedem Zimmer Alzheimer-Patienten«, sagte der alte Mann in Schlafanzug und Morgenmantel. »Das haut einen ganz schön um. Zum Glück hat es mich nicht erwischt, nicht wahr, Melissa? Zumindest glaube ich das.«

Jodie hatte auch eine Vorstellung von der Angst, die das bloße Wort »Alzheimer« auslöste. Es ging nicht darum, dass man zu einem komischen, geistig verwirrten Vogel wurde, sondern es ging darum, seine eigene Identität und die der anderen für immer im Sand versickern zu sehen. Es bedeutete, die Welt in einem schwindelerregenden Sog verschwinden zu sehen, es bedeutete, den mit Freude und Schmerzen erworbenen Beziehungen nachzusehen wie einer Windböe. Für den Kranken verkümmerte das Universum mit seinen großen und kleinen Wegmarkierungen; alle Einkerbungen wurden unwiederbringlich ausgelöscht. Chaos, Sand und Wind. Kein Anker, kein Halt – nichts mehr, an dem man sich festhalten konnte. Alle Zufluchtsorte waren zerstört, die Haltegriffe zerrissen. Chaos, Sand und Wind …

Der Aufzug kam zum Stehen, und die Türen öffneten sich mit einem Klingelton.

Sie ließ dem alten Mann den Vortritt, dann folgte sie ihm. Als er sich noch einmal zu ihr umwandte, lächelte er sie breit an:

»Oh, guten Tag, Miss«, begrüßte er sie.

Mit Tränen in den Augen erwiderte sie unhörbar leise seinen Gruß und ging eilig davon.

Sie bog in den Flur, der zu Zimmer 121 führte, und versuchte sich mit ein paar tiefen Atemzügen etwas aufzuheitern. Sie wollte nicht, dass ihre Mutter ihre Ratlosigkeit bemerkte. Sie musste stark wirken. Wenn sie jetzt versagte, wer würde sich dann um sie beide kümmern? Wer würde dem Degenerationsprozess die Stirn bieten? Wer würde das Voranschreiten des Chaos, des Sandes und des Windes bremsen?

»Guten Tag, Mama«, sagte sie, als sie schließlich das Zimmer betrat.

Die alte Dame lag auf dem Bett, ihre Haare waren zu einem Knoten hochgesteckt. Jetzt drehte sie den Kopf zu Jodie herum und kniff die Augen hinter ihrer goldumrandeten, kleinen Lesebrille zusammen. Jodie spürte, wie sich ihr Herz zusammenkrampfte bei dem Gedanken, dass ihre Mutter sie bald nicht mehr erkennen würde. Sie wusste seit Kurzem, dass das ihrer Mutter verordnete Donepezil das Fortschreiten des Verfalls nicht mehr aufhalten konnte. Bald würde ihre Mutter sogar ihren eigenen Vornamen vergessen und ihr eigenes, von einem Spiegel reflektiertes Gesicht für den unangenehmen Anblick einer Fremden halten. Und um die Worte des sehr weitsichtigen Doktor Caldwell aufzugreifen: Die Medizin würde dann ihre Hand freigeben, um sie allein weitertreiben zu lassen in die Ferne, in die endlose Ferne.

Jetzt aber hellte sich das Gesicht von Margaret Stevenson auf.

»Oh, Jodie! Mein Schätzchen!«

Mit einem erleichterten Lächeln auf den Lippen setzte Jodie sich neben sie aufs Bett.

»Wie fühlst du dich, Mama?«, fragte sie und nahm ihre knochige Hand in die ihren.

Sie versuchten, miteinander über den Tag zu reden, der hinter ihnen lag, aber das Gespräch erlahmte rasch. Jodie wollte sie nicht mit ihren Sorgen behelligen. Margarets Erinnerungen an die vergangenen Stunden erwiesen sich hingegen als nebelhaft, unscharf und unsicher. Schon bald schlief sie unter dem Blick jener ein, die noch ihre heiß geliebte Tochter war – aber für wie lange noch?

Die Dinge änderten sich erschreckend rasch. Wenn Jodie daran dachte, dass sie erst letzte Woche ihr glänzendes Literaturstudium aufgegeben hatte, hatte sie den Eindruck, als sei sie in eine steil abwärts führende Spirale hineingezogen worden. Noch vor sechs Monaten hätten sie und ihre Mutter sich niemals träumen lassen, dass sie jemals kennenlernen würden, was sie jetzt durchlebten. Der Institutsleiter, Sony Legrand, dessen Namen und vermutlich auch dessen Loyalität Margaret Stevenson vergessen hatte, hatte vergeblich versucht, Jodie von ihrer Entscheidung abzubringen. Er hielt sie für sehr intelligent und hegte keine Zweifel, dass sie eines Tages eine ebenso hervorragende Professorin wie ihre Mutter sein würde. Auch sie selbst hätte ihre Doktorarbeit über Edgar Allan Poe gerne zu Ende geschrieben, aber wer hätte die Miete für das Haus und die seit der Einweisung ins Krankenhaus ins Unermessliche gestiegenen Rechnungen für die medizinische Versorgung bezahlt – ganz zu schweigen von ihren Studiengebühren?

»Wenn ich irgendetwas für Margaret und dich tun kann, dann

ruf mich bitte an«, hatte Sony ihr traurig und niedergeschlagen angeboten.

Aber weder er noch sonst jemand konnte etwas für sie tun. Das Leben hatte ihnen übel mitgespielt, das war alles. Am traurigsten machte Jodie nicht, dass sie selbst ihre Forschungen wegen ihrer Mutter aufgeben musste, sondern dass ihre Mutter sich ein für alle Mal von ihren herausragenden und faszinierenden Arbeiten über den amerikanischen Bürgerkrieg verabschieden musste. Anstatt weiterhin profunde Überlegungen zur großen Geschichte zu formulieren, betrat sie nun leichten Fußes ein Reich der Dunkelheit, in dem sogar ihre Erinnerungen an die erst kurz zurückliegenden Begebenheiten rasch dem Nichts anheimfielen.

Jodie blieb eine halbe Stunde am Bett ihrer Mutter, dann wurde sie von einer Krankenschwester vertrieben und begab sich in das Büro von Doktor Kyle im Erdgeschoss. Einmal mehr malte er ihr, ohne neue Präzisierungen, die medizinische Situation ihrer Mutter aus. Jodie spürte, dass sie ihm nicht gleichgültig war. Das erklärte auch, warum er sie gerne in sein Büro bat und warum er ihr gestattet hatte, trotz der späten Stunde ihre Mutter zu sehen.

Bevor sie aufbrach, erkundigte Jodie sich nach dem Namen des alten Mannes, der vorhin mit ihr im Aufzug gefahren war.

»Ach! Das ist Mr Lee«, antwortete Doktor Kyle mit einem Lächeln. »Robert Lee. Genau wie der berühmte Südstaaten-General. Kennen Sie den?«

Das Leben hielt seltsame Zufälle bereit …

Zweiter Tag

Donnerstag, 11. Dezember

Jodie Stevenson begegnet Forrest Magnus

Zum sechsten Mal an diesem Morgen betrat Jodie das Büro ihres Chefs, um die Pressemappe in Empfang zu nehmen, die er mit seiner Assistentin Allison Weiss überarbeitet hatte. Jodie musste die neuen Korrekturen auf ihrem Computer einarbeiten, einen Ausdruck erstellen und diesen zur erneuten Lektüre vorlegen. Und das bis ans Lebensende, dachte sie angstvoll.

Neil Garson stand mit aufgestützten Armen am Schreibtisch und unterhielt sich am Telefon mit Kenneth Foreman, einem der verlässlichsten Kunstkritiker bei den Vernissagen in der Stiftung. Er hatte das Telefon auf Headset gestellt und betrachtete die verschiedenen Fotos, die die Ausstellung von Magnus in den Zeitschriften bebildern sollten.

Als wohlerzogene junge Frau wartete Jodie in der Nähe der Tür, aber er würdigte sie kaum eines Blickes.

»Du weißt sehr gut, Neil«, sagte der Kunstkritiker, »dass ich niemals die Presse lese. Gott bewahre! Ich beschränke mich darauf, sie zu machen.«

Neil Garson beugte sich kritisch über eines der Fotos.

»Wirst du zur Vernissage kommen? Ich glaube, dass sie großartig wird. Es sind großformatige Bilder von Forrest da, die noch nie zuvor gezeigt wurden.«

»Was ist mit dem Bürgermeister?«, wollte der Kritiker jetzt wissen. »Kommt er oder nicht? Ich müsste ihn ein paar Dinge fragen.«

»Wir warten noch auf die Antwort aus seinem Sekretariat. Ich denke aber schon. Ich rechne mit dir, Kenneth, und einer ansprechenden Darstellung in der Presse.«

Damit beendete er die Unterhaltung, und Jodie trat näher. Wortlos reichte er ihr den mit unzähligen Streichungen, Verbesserungen, wilden Pfeilen und Hervorhebungen versehenen Text.

»Bevor Sie sich an die Arbeit machen, bringen Sie mir bitte einen Kaffee, Jodie. Und geben Sie ein bisschen Gas, ja?«

Neil Garson mochte seine neue Sekretärin nicht und versuchte das nicht einmal vor ihr zu verbergen. Diese Offenheit musste man ihm vielleicht zugutehalten.

Jodie gehorchte kommentarlos. Nachdem sie die Pressemappe auf ihrem Schreibtisch abgelegt hatte, ging sie auf den Flur. Bei der Kaffeemaschine in der Nähe der Aufzüge traf sie auf Rosemary, eine der Assistentinnen der künstlerischen Leiterin Lisa Whittaker.

»Wie läuft es mit Neil?«, wollte die Assistentin wissen, während sie sich vorbeugte, um nach dem Becher zu greifen, den die Maschine gefüllt hatte.

Jodie schilderte ihre Situation in knappen Worten und drückte ebenfalls auf den Knopf »Kaffee«.

Rosemary nickte.

»Normal«, befand sie. »Lisa hat dich der Frau von Neil vorgezogen. Sie hatte sich ebenfalls auf diese Stelle beworben. Wusstest du das?«

Als Verantwortlicher für die Presseabteilung hatte Neil Garson gehofft, mehr Einfluss nehmen zu können, aber Lisa Whittaker hatte sich für Jodie entschieden, die ganz eindeutig kompetenter als die andere Kandidatin war. Jodie empfand Stolz, aber gleichzeitig wuchsen auch ihre Befürchtungen. Die Tage in den Diensten von Neil Garson ließen Schlimmes erahnen.

Sie griff nach dem dampfenden Becher und ging in ihr Büro zurück. Neil Garson bedachte sie weder mit einem Blick noch mit einem »Danke schön«. Niedergeschlagen öffnete sie ein weiteres Mal das Textverarbeitungsprogramm *Word* und dort die Datei »ExpoMagnus«, um die Korrekturen vorzunehmen.

Die Pressemappe bestand aus zwei Teilen. Der erste enthielt die biografischen Angaben. Forrest Magnus war 1969 in Illinois geboren und hatte – was in der zeitgenössischen Kunst sehr selten ist – bereits im Alter von achtzehn Jahren seine erste Einzelausstellung im Museum of Fine Arts von Boston. Die Woge der Begeisterung schwappte nach Wien, wo er in der Kunsthalle ein paar Monate später gefeiert worden war. Dann folgten die anderen großen Einrichtungen, vom Centre Georges Pompidou in Paris bis zum MOMA in New York. Sie alle rissen sich darum, einige seiner großformatigen Werke zu erwerben.

Nun war die Walter-Skoll-Stiftung an der Reihe, die in der ganzen Welt bekannt für ihr Mäzenatentum und ihre Kunstsammlungen war. Sie stellte ihre Räume diesem »unfassbaren Maler« für eine große Ausstellung zur Verfügung. Die Texte in der Pressemappe kündigten atemberaubende Bilder an. Jodie glaubte dies auf der Stelle, denn sie hatte am Tag zuvor Garson erzählen hören, dass bei den großen Auktionen zeitgenössischer Kunst Mitte Mai bei Christie's eines der Bilder von Forrest Magnus auf 250 000 bis 350 000 Dollar geschätzt worden war und dann einen Käufer für mehr als 1,5 Millionen Dollar gefunden hatte. Garson fühlte sich bemüßigt auszuführen, dass der Verkäufer, ein kalifornischer Geschäftsmann, es nur zwei Jahre zuvor für lediglich 180 000 Dollar erworben hatte. Angefacht durch die internationalen Ausstellungen, waren die Preise für die Bilder von Forrest Magnus nach oben geschnellt und bewegten sich nun auf einer Höhe mit denen von Maurizio Cattelan, ja sogar Jeff Koons. Diese beiden schienen zwar ungemein berühmt zu sein, Jodie jedoch kannte die Namen nicht. Aber schließlich hatte sie auch nicht zeitgenössische Kunst, sondern Literatur studiert.

Den zweiten Teil der Mappe bildete eine Analyse der ausgestellten Werke, die in ihr erneut ein Gefühl krasser Unterlegenheit weckte. Hier war von Dingen wie »Post-Duchamps'sche Defokalisierung« oder von »baumartiger Phänosignifikanz« die Rede.

Jodie musste zugeben, dass sie keinen blassen Schimmer hatte, was damit gemeint war. Daher beschränkte sie sich darauf, den Text abzutippen, ohne weiter darüber zu rätseln, ob sie es mit normalem Fachchinesisch oder vielleicht doch eher mit einem in der Region von Hunan vor langer Zeit gesprochenen Dialekt zu tun hatte.

Als sie fertig war, speicherte sie das Dokument und druckte es aus. Im Nu spuckte der Drucker sechs Seiten aus. Jodie wollte gerade aufstehen, als Neil Garson in der Tür ihres Büros erschien und sie aufforderte, in die Ausstellungsräume hinunterzugehen, um die endgültige Liste der ausgestellten Werke von Forrest Magnus zu holen. Phil Flanagan, der von der Stiftung eingesetzte Ausstellungsleiter, musste irgendwo dort unten sein. Nun sollte Jodie irgendwie sehen, wie sie seiner habhaft wurde.

»Ich muss Ihnen doch wohl nicht das Händchen halten, oder?«, spottete Neil Garson.

Während sie allein im Fahrstuhl stand, sagte sie sich, dass ihre Abwesenheit, auch wenn sie nur kurz war, sich auf die gereizten Nerven von Garson vielleicht ein wenig beruhigend auswirken würde.

Sie drückte auf den Knopf für das Erdgeschoss, sah dabei aber auf den Kopf ganz oben an der Leiste, der als einziger rot auf schwarzem Untergrund war. Niemals darauf drücken, hatte ihr Allison Weiss eingeschärft.

Der Aufzug setzte sich nach unten in Gang.

Am Tag zuvor hatte die Assistentin von Garson ihr die Räumlichkeiten gezeigt, um sie der ganzen Mannschaft vorzustellen und ihr die Orientierung in den verschiedenen Abteilungen zu erleichtern. Während der Aufzug sie in die fünfte Etage zurückgebracht hatte, hatte Allison auf die kupferne Anzeigetafel geklopft, auf der die Knöpfe für die einzelnen Etagen aufgereiht waren.

»Du kannst hinauf- und hinunterfahren, wie du magst, meine Liebe. Aber die sechste Etage ist tabu, ist das klar? Dort hast du nichts zu suchen. Wer nämlich dort hinauffährt, wird innerhalb der nächsten halben Stunde gefeuert.«

Jodie war das Zimmer von Blaubart in den Sinn gekommen. Und jetzt, wo sie alleine hier im Aufzug hinunterfuhr, dachte sie wieder daran.

Die Ausstellungsräume nahmen das gesamte Erdgeschoss ein – mit Ausnahme der großen zentralen Eingangshalle, die Jodie nun durchquerte. Zwei Techniker standen hoch oben auf Leitern und brachten in drei Metern Höhe ein riesiges Plakat an, das in dicken weißen Buchstaben verkündete:

Ausstellung
FORREST MAGNUS
»Schaufenster«
17. Dezember – 15. Februar

In den Räumen herrschte die emsige Betriebsamkeit eines Bienenschwarms, der das unmittelbar bevorstehende Eintreffen einer Hornissenmeute spürt. Bei den Hornissen handelte es sich in diesem Fall um eine in sechs Tagen stattfindende Presse-Vernissage mit geladenen Kunstkritikern. Mit Schraubenziehern bewaffnete Elektriker verlegten die Kabel der Beleuchtung versiert unter das Mauerwerk; an anderen Stellen überzogen Anstreicher schwungvoll die hohen Leisten mit weißer Farbe. Manche schimpften über die Arbeit, andere waren gut gelaunt bei der Sache.

Im Labyrinth der Räume fragte Jodie mehrere Leute, wo sie Phil Flanagan finden könne. Sie erhielt widersprüchliche Antworten oder so ungenaue Hinweise, dass sie ihr nichts nutzten. So kam sie immer weiter voran beziehungsweise verlor sich immer mehr in den verwinkelten Räumlichkeiten. Im Vorbeigehen bemerkte sie, dass an einigen Wänden bereits ein paar Werke von Forrest Magnus hingen. Es war das erste Mal, dass sie zeitgenössische Kunstwerke aus so unmittelbarer Nähe sah. Begierig nahm sie sie auf und war sofort ganz erfüllt von ihnen.

Wie in der Pressemappe beschrieben, waren es hyperrealistisch bemalte Leinwände von beeindruckendem Format. Es handelte sich um Ölbilder, auf denen Auslagen von Geschäften zu sehen waren: Hier zeigten Schaufensterpuppen Bikinis und Strohhüte, dort thronte auf Regalbrettern eine prächtige Auswahl von verlockendem Gebäck, oder es wurden ganz einfach nur neue Schuhe samt den Preisangaben ausgestellt. Die Dinge waren sauber und ordentlich präsentiert und wollten beim Betrachter den Wunsch wecken, sie zu besitzen. Wie in einem echten Geschäft, dachte Jodie amüsiert. Sie bedauerte jedoch, dass nirgendwo auf den Bildern auch nur ein Hauch von Leben zu sehen war.

Zwei Säle weiter entdeckte sie endlich den Leiter der Ausstellung.

Phil Flanagan hatte die fünfzig weit überschritten, war klein und stand offenbar hochgradig unter Stress. Bei ihrem Auftauchen zog er ein Gesicht, das ein echtes Meisterwerk an Herablassung war.

»Aber das müssen Sie doch mit Forrest selbst klären, Miss«, fertigte er sie trocken ab.

Sie wagte nicht, ihn zu fragen, wo »Forrest« sich denn versteckte, und zog es vor, von dannen zu ziehen. In der Stiftung gibt es offenbar auf jeder Etage einen Neil Garson, dachte sie.

Beim Verlassen des Saals entdeckte sie Ron Flint, einen großen, gutmütigen Schwarzen, der sich in Begleitung eines Weißen mit hellbraunen Haaren in einem weiten blauen Arbeitsoverall von der allgemeinen Aufregung fernhielt. Ron Flint besaß die muskulöse Figur eines durchtrainierten Schwimmers und kam seinen Aufgaben als Wachmann mit lächelnder Lockerheit nach. Als einziger Angestellter der Stiftung hatte er sich Jodie gegenüber vom ersten Tag an freundlich verhalten. Das hatte sie nicht vergessen und war deshalb hocherfreut, ihn um Hilfe bitten zu können. Flints Lächeln wurde breiter, als er sie näher kommen sah.

»Leben Sie noch, Miss Jodie?«

Sie wusste, dass er auf Garson anspielte, und anstelle einer Antwort erwiderte sie sein Lächeln.

»Ich suche Forrest Magnus.«

»Diesen Typen, dem wir den ganzen Zirkus hier verdanken?«, fragte Flints Kollege in dem blauen Arbeitsanzug. »Mögen Sie ihn?«

»Ich glaube schon. Damit meine ich seine Werke, nicht den Zirkus. Wissen Sie, wo ich ihn finden kann?«

Der Kollege zuckte die Schultern, und Ron Flint tat es ihm mit einem unübertrefflichen Grinsen gleich.

»Warum sagen Sie, Sie glauben, dass Sie seine Arbeit mögen?«, wollte der Kollege jetzt wissen. »Normalerweise mag man etwas, oder man mag es nicht.«

»Das wenige, was ich gesehen habe, gefällt mir ziemlich gut. Aber vielleicht ist es doch etwas leblos, oder?«

Ein strahlendes Lächeln lag jetzt auf dem Gesicht des Mannes.

»Leblos, tatsächlich? Kommen Sie, ich werde Ihnen etwas zeigen.«

Er zog sie in den Saal, wo die Werke hingen, die sie gerade betrachtet hatte. Ron Flint folgten ihnen mit verschmitzter Miene.

»Was sehen Sie?«, fragte ihr unvermuteter Führer, als sie vor den Bikini tragenden Schaufensterpuppen standen.

Jodie antwortete. Ron Flint fügte noch ein paar Details hinzu.

»Sehr gut. Ist das alles? Schauen Sie noch einmal ganz genau hin!«

Jodie trat näher heran und bemerkte oben links eine Gestalt, die ihr bisher nicht aufgefallen war. Es sah aus wie eine Spiegelung. Nein, es war tatsächlich eine Spiegelung: Das Gesicht eines Mannes spiegelte sich dort. Jetzt begriff sie ihren großen Irrtum. Der Maler platzierte seinen Betrachter nicht unmittelbar vor dem Schaufenster, sondern in einer gewissen Entfernung. Zwischen die gemalten Waren und das Auge schob sich eine Glasscheibe, die so dargestellt war, dass man sie nur bei sehr genauem Hinsehen wahrnahm. Dadurch zeigte das Bild nicht nur eine Schaufensterauslage, sondern in der Spiegelung zugleich Passanten, die in das Fenster hineinsahen.

»Magnus behauptet, dass seine Bilder nicht die Augen täuschen, sondern den Geist. Es zählt nicht die Spiegelung der Dinge, sondern das, was die Dinge spiegeln. Ganz schön raffiniert, der Typ, nicht wahr?«

Jodie war voller Bewunderung.

Ron Flint war ebenfalls beeindruckt und bemerkte nun seinerseits eine weitere Spiegelung unterhalb der ersten. Sie zeigte die Tasche eines Regenmantels von einem Mann, der vor dem Schaufenster stand.

»Verflucht!«, staunte Flint jetzt. »Der Typ hat eine Knarre in seiner Tasche. Er will einen Mord begehen. Oder er hat es auf die Ladenkasse abgesehen.«

»Bravo, Ron. Du hast schon im Kopf, wie es weitergeht. Deshalb mag Magnus dich so gern.«

Jodie betrachtete die Szenerie genau. Andere Gestalten tauchten auf. Ein kleines schelmisches Mädchen mit einem Lutscher im Mund. Eine alte Dame mit vorwurfsvollem Blick … Allmählich tauchte die ganze Welt der Straße mit all ihren Heimlichtuereien und Begehrlichkeiten auf.

Flints Freund, der Jodie nicht aus den Augen gelassen hatte, fragte sie jetzt:

»Sie sind neu in der Szene, nicht wahr?«

Sie fühlte, wie sie errötete. Warum musste er den Finger so in die Wunde legen? Reichte es ihm nicht, ihr eine Lektion in Sachen Kunstbetrachtung erteilt zu haben?

»Ich wollte Ihnen nicht zu nahetreten«, beteuerte er. »Ron und ich mögen die Neuen. Was Forrest Magnus betrifft, dessen Werke Sie mögen, jedoch ohne den ganzen Zirkus um sie herum …«

»Ja?«, ermunterte Jodie ihn zum Fortfahren.

»Nun, soweit ich weiß, bin ich das.«

Mit geröteten Wangen gelang es ihr, einen Hauch von Festigkeit in ihrem Blick zu wahren.

»Wie ich sehe, hatten Sie eine andere Vorstellung von mir.«

»Nein. Oder doch, etwas älter«, sagte sie verwirrt.

»Es tut mir leid, dass ich Ihnen diesen üblen Streich gespielt habe, Jodie. Das nächste Mal werde ich versuchen, älter zu wirken, versprochen!«

Er streckte ihr die Hand entgegen und zwinkerte ihr zu:

»Und bitte – nennen Sie mich Forrest.«

Seine Unbefangenheit ließ Jodies letzte Befürchtungen schwinden. Sie erklärte ihm, warum sie ihn suchte.

»Ich fahre mit Ihnen zu Neil hinauf. Bis gleich, Ron!«

Im Fahrstuhl fragte er:

»Er macht Ihnen hoffentlich das Leben nicht allzu schwer, der gute Neil?«

»Er ist charmant«, sagte sie ohne jede Überzeugung.

»Na ja. Neil ist ungefähr so charmant wie ein Rottweiler.«

Sie sahen einander an und lächelten. Auf der Leuchtanzeige erschien die fünfte Etage.

»Ich werde Sie rächen«, versprach er.

Sie wollte ihn bitten, nichts zu unternehmen, doch die Tür ging bereits auf.

»Neil, du musst die Pressemappe überarbeiten«, rief Forrest Magnus und betrat mit entschlossenem Schritt das Terrain des Rottweilers. »Was soll denn diese Wortwahl eines geistig Zurückgebliebenen?«

Jodie blieb gerade noch genug Zeit, sich hinter dem Bildschirm ihres Computers zu verschanzen, wo sie ihr Lachen nicht mehr zurückhalten konnte.

Forrest Magnus entdeckt, dass er verletzbar ist

Erst kurz nach einundzwanzig Uhr kehrte Forrest nach einem langen Tag in der Stiftung, wo er das Aufhängen seiner Werke überwacht hatte, in seine schöne Wohnung in der Perry Street 176 zurück. Sie lag in einem der beiden kleinen weißen Türme am Ufer des Hudson River, die der Architekt Richard Meier entworfen hatte.

Auf dem Weg nach Hause hatte er im Taxi mit einem Ohr den Neun-Uhr-Nachrichten gelauscht. Die Polizei hatte neue Erkenntnisse über den Einbruch in die Filiale der Walter-Skoll-Stiftung im Norden Manhattans. Bei diesem Einbruch vor drei Monaten waren, wie der Journalist noch einmal wiederholte, mehrere Personen ums Leben gekommen. Die für die Gräuel Verantwortlichen befanden sich nach wie vor auf freiem Fuß, aber der Chef der New Yorker Polizei hegte die Hoffnung, sie noch vor Neujahr hinter Schloss und Riegel zu sehen. Er versicherte, dass bereits eine Zelle auf Ryker's Island für sie frei gehalten würde. Hinsichtlich des gestohlenen Gemäldes *Die Dämonen* war Interpol eingeschaltet worden, um einen Weiterverkauf weltweit zu verhindern.

»Diese Typen wird man nie fassen«, empörte sich der Taxifahrer während der Werbung. »Das sind doch Profis, die so einen Coup machen. Meiner Meinung nach ist das Bild jetzt irgendwo in einem Tresor versteckt, oder?«

Forrest hatte nichts geantwortet und sich gedacht, dass auch er gerne etwas über das Schicksal seiner *Dämonen* erfahren hätte. Als er im September vom Diebstahl des Bildes gehört hatte, hatte ihm das nicht sonderlich viel ausgemacht. Aber jetzt, wo die Ausstellung nahte, bedauerte er sehr, es nicht zeigen zu können. Im siebten und letzten Saal der Stiftung hätten *Die Dämonen* ihre ganze Schönheit entfalten können.

Nachdem sie im West Village angelangt waren, stieg Forrest in die vierte Etage seines minimalistischen weißen Turms hoch. Ein Freund stellte ihm diese äußerst beeindruckende Wohnung zur Verfügung. Neben dem mondänen Vergnügen, Nicole Kidman zur Nachbarin zu haben, bot das Apartment eine weitläufige und lichtdurchflutete Wohnfläche, da es sich (wie im Übrigen auch alle anderen Wohnungen) über eine ganze Etage erstreckte. Zudem hatte es in den Augen von Forrest den Vorteil, in der Nähe der Stiftung zu liegen, und auch sein Künstleratelier im Meatpacking District war nur ein paar Straßen entfernt.

Während Forrest einen alten Song von Bowie pfiff, steckte er den Schlüssel ins Schloss und drückte die Wohnungstür auf. Als er im Eingangsbereich die Alarmanlage blinken sah, begriff er sofort, dass etwas nicht in Ordnung war. Leise schlich er sich ins Wohnzimmer und dort zu seinem Schreibtisch. Er zog eine Schublade auf und suchte die Glock-Pistole, die er auf Sarahs Drängen gekauft hatte, falls er einmal in Gefahr geriete. Sie war nicht mehr da.

»Ich hatte dir doch gesagt, dass du aufpassen sollst«, ertönte Sarahs Stimme hinter ihm.

Sie presste ihm die Schusswaffe in die Rippen.

»Tut mir leid, Madame.«

Forrest fühlte sich schuldig, und wie immer, wenn das der Fall war, versuchte er zu scherzen.

»Hör auf!«, schimpfte Sarah. »*Sie* sind …«

»Gefährlich, ich weiß.«

Zerknirscht drehte er sich zu Sarah um, die ihm die Glock noch ein wenig stärker in die Rippen drückte. Sie war wütend.

»Scheiße, warum bist du nicht bewaffnet? Wenn *sie* den Betrug entdecken, dann werden *sie* nicht das Risiko eingehen, dich in der Stiftung zu erledigen, sondern an einem anderen Ort, zum Beispiel hier. *Sie* werden sich keinen Zwang antun, glaub mir.« Damit warf sie ihm die Automatik zu. »Allerdings würdest du selbst damit nicht viel ausrichten können. Wenn du vom Kopf her nicht bereit bist, bist du so gut wie tot, Forrest. Das habe ich dir doch schon öfter gesagt, oder?«

»Tausendmal«, gab er zu. »Aber diese Geschichte ist so unglaubwürdig.«

»Ich dachte, ich hätte deine Zweifel ausgeräumt.«

Das stimmte. Wenn Sarah Widar ihm verkünden würde, dass John Lennon wiederauferstanden sei, so würde er ihr auch das glauben.

»Entschuldige«, sagte er und zog sie an sich, um sie zu küssen.

Sie ließ es geschehen und erwiderte seinen Kuss. Er liebte sie, wie er noch nie zuvor eine Frau geliebt hatte. Nun legte er den Kopf in den Nacken und fragte:

»Wann bist du zurückgekommen?«

»Gegen neunzehn Uhr. Vielleicht auch etwas früher«, antwortete sie.

»Was hat Tim dir gesagt?«

»Später«, sagte sie und zog ihn ins Schlafzimmer.

Die Wände dieses Raumes schmückte ein einziges Gemälde: ein riesengroßes Werk in Gouachetechnik, das Forrest in seiner dunklen Jugend gemalt hatte. Er hatte es *Der pornografische Escher* genannt. Es stellte eine Hommage an das große Kunstgenie Maurits Cornelis Escher dar, den er zu seinen Lieblingskünstlern zählte. Der niederländische, Anfang der siebziger Jahre gestorbene Grafiker hatte Werke geschaffen, auf denen trügerische Symmetrien mit Metamorphosen kombiniert wurden, die Auge und Geist gleichermaßen in die Irre führten. Ein besonders berühmtes Bild zeigte oben auf einem beeindruckenden Gebäude vermummte Wachposten, die eine absurde, in Wahrheit horizontale Treppe hinauf- oder hinabstiegen – zum teuflischen, immerwährenden Weiterlaufen verdammt. Auf einer anderen, ebenso bekannten Zeichnung war eine mit Bleistift ausgeführte Ansammlung von Echsen auf einer Planke zu sehen, an deren einem Ende einige dieser Reptilien sich davonmachten und, »lebendig geworden«, einen kleinen Ausflug auf die um das Blatt herumliegenden Gegenstände unternahmen, um anschließend am anderen Ende wieder dorthin zurückzukehren und nur noch Zeichnung zu sein. Forrest verehrte diesen Stich zutiefst.

Aber M. C. Escher hatte seines Wissens niemals ein erotisches Werk gemalt, während sich Forrest eines schönen Morgens diese Aufgabe gestellt hatte. Er hatte ein Paar in den verschiedenen Phasen der Umarmung gemalt und es in den Ablauf der verschiedenen Metamorphosen eingebettet. Das Genital des Mannes verwandelte sich nach und nach zum weiblichen Geschlecht, und umgekehrt schrumpften die Brüste der Frau nach und nach in dem Maße, wie die Brust des Mannes sich zunehmend wölbte. Eine wechselseitige Metamorphose, bei der die Rollen sich vertauschten.

»Dieses Bild ist eine echte Schweinerei«, stellte Forrest wieder einmal fest, während er sich auszog.

Sarah machte sich vollkommen nackt daran, das Bild abzuhängen und verkehrt herum gegen die Wand zu lehnen.

»So werden dir keine dummen Gedanken kommen«, sagte sie.

Sie liebten sich. Sarah lag dabei wie gewöhnlich oben.

Verschmelzung, Verkehrung. Ein wenig wie auf dem Pseudo-Escher, fand Forrest und war entzückt darüber, dass die Kunst bis in sein Sexualleben fortwirkte.

Was Sarah anging, so wusste er, dass ihre Art Liebe zu machen nicht etwa darauf hinwies, dass sie ihn dominieren wollte, sondern eher einen Beschützerinstinkt offenbarte. Sie wollte niemals die Kontrolle aus der Hand geben. Forrest glaubte, dass dies auf ihre Kindheit in Louisiana zurückging. Tusitala, so dachte er, sollte von der Landkarte getilgt werden.

Sie genossen ihr Beisammensein, und Sarahs schönes Gesicht erstrahlte in einem Lächeln.

Sie beugte sich zu ihm hinunter und küsste ihn auf den Mund, dann rollte sie sich neben ihn und sah wie er schweigend zur Decke hoch.

Forrest hätte diesen Augenblick des Einsseins gerne verlängert, aber er wusste, dass sie jetzt unausweichlich auf die Stiftung zu sprechen kommen würde. Als Sarahs Stimme erklang, schloss er die Augen und fragte sich, ob sie ihn vielleicht nur im Hinblick auf diesen Augenblick geküsst hatte.

»Tim will, dass du einmal durch die oberen Etagen der Stiftung gehst. Du könntest ja aus Versehen den falschen Knopf im Aufzug drücken …«

Mit den oberen Etagen meinte sie die oberste.

»Das ist ganz schön riskant«, erwiderte Forrest zögerlich und öffnete die Augen wieder. »Der Zutritt zur sechsten Etage ist offiziell verboten. Selbst Neil Garson fährt nicht ohne Weiteres dorthin und hat, soweit ich verstanden habe, sogar Schiss davor.«

»Hast du schon einmal erlebt, dass jemand hochgefahren ist?«

Forrest dachte eine Weile nach, bevor er ihre Frage verneinte.

»Nicht einmal Lisa Whittaker?«, fragte Sarah nachdenklich.

»Nicht einmal sie. Ihr Büro liegt, wie das von Garson, im fünften Stock.«

»Aber sie ist doch die Leiterin, oder?«

»Es sieht ganz so aus, aber in die sechste Etage darf auch sie nicht. Deshalb nimmt Garson sie auch nicht ernst. Er weiß, dass sie ein chinesisches Porzellangefäß aus der Ming-Zeit ist, aber trotz allem nur ein Porzellangefäß. Die eigentlichen Mächtigen sitzen über ihr.«

»Was ist denn nun dort oben?«

»Garson hat mir gesagt, dass sich dort ein großer Konferenzraum befindet, der sich beinahe über die ganze Etage erstreckt. Zwei Mal im Jahr ruft Walter Skoll gemeinsam mit etwa fünfundzwanzig stillen Teilhabern die ganze Leitung dort zusammen, um ein Resümee zu ziehen und den weiteren Weg abzustecken. Whittaker und Garson haben dort nichts zu sagen, aber ihre Gehaltsabrechnung ist ein grandioses Beruhigungsmittel.«

»Wer ist außer ihnen noch dabei?«

»Der Verwaltungsdirektor und der technische Direktor. Garson ist nicht Direktor, aber so etwas Ähnliches. Er hat den Bereich Kommunikation unter sich.«

»In welcher Beziehung stehen diese vier Personen zueinander?«

»In der fünften Etage dreht sich alles um Whittaker und Garson. Lisa fühlt sich vom Ehrgeiz Neil Garsons bedroht. Dieser wiederum hält sich für unterbeschäftigt. Ihre Beziehung ist in jeder Hinsicht grauenhaft. Was die beiden anderen Direktoren angeht, so müssen sie jederzeit damit rechnen, an die Luft gesetzt zu werden.«

»Und was befindet sich außer diesem Sitzungssaal noch in der sechsten Etage? Das Büro von Walter Skoll?«

»Keine Ahnung.«

Sarah stand auf, um ins Badezimmer zu gehen. An der Tür drehte sie sich um und sagte:

»Nun! Sieh zu, dass du das Haus von oben bis unten zu Gesicht bekommst. Schließlich bist du doch ein Genie, oder nicht?«

Er verschränkte die Arme im Nacken.

»Sarah, liebst du mich? Ich meine …«

Er hielt inne, da Sarah bereits im Badezimmer verschwunden war.

Ja, wenn er sie im Arm hielt, fragte er sich tatsächlich oft, ob er in ihren Augen mehr war als nur das Trojanische Pferd, das ihr Zugang zur Walter-Skoll-Stiftung verschaffte. Denn davon war sie ebenso wie ihr gemeinsamer Freund Tim Modin gleichsam besessen. Ob sie ihn wenigstens ein bisschen dafür liebte, dass er sich ihrer Suche nach der Wahrheit angeschlossen hatte? Dafür, dass er für sie, für alle beide in alles einwilligte? Liebte sie ihn denn auch ein wenig dafür, dass er ein berühmter Künstler war, ein Liebhaber, ein Freund?

Aber vielleicht war Sarah auch der Preis, den er für die üble Geschichte mit Oscar Watts bezahlen musste.

Oscar Watts, dessen Name Neil Garson sorgsam aus der Pressemappe getilgt hatte. Auch seine Galerie in der 57th Street fand nicht ein einziges Mal Erwähnung. *Exit* für Oscar und Bravo für Neil und seine Taschenspielertricks. Er hatte aus seinem Zauberhut einen Werdegang von Forrest als Künstler gezogen, der im

Alter von achtundzwanzig Jahren begann, als er seine Ausstellung im Museum of Fine Arts von Boston hatte. Es war eine keimfreie, geglättete Biografie. Schlimm genug, wenn der Skandal um Oscar Watts einigen immer noch im Gedächtnis war.

Auch Forrest Magnus besaß seine sechste Etage. Eine Etage, in die niemand hinaufstieg, und niemand wusste, was sich wirklich dort befand. Eine Etage, in der die Leiche von Oscar Watts verweste.

Heute Morgen hatte er in der *Village Voice* gelesen, dass man seinen Namen unter die *Schibboleths* der angesagten New Yorker Szene aufgenommen hatte und dass man ihn für »einen der schönsten Erzengel des neuen Babel« hielt. Wenn es jedoch in seiner Geschichte einen Erzengel gab, so war das nicht er, sondern Oscar. Das wusste er ganz genau.

Unter den Galeristen von New York hatte sich Oscar Watts einen hervorragenden Ruf erworben. Er besaß einen untrüglichen Riecher für junge Künstler »mit Potenzial«, wie er gerne sagte. Nie lag er mit seiner Einschätzung falsch, dabei war alles sehr einfach. Er gab neuen Talenten den Vorzug gegenüber neuen Tendenzen – so lautete sein Erfolgsrezept als Galerist. Die jungen Maler und Bildhauer, die er unter Vertrag nahm, gehörten, wie man sagte, zum »Watts-Stall«. Und es reichte, zum »Watts-Stall« zu gehören, um den Preis für die eigenen Werke rasant in die Höhe schnellen zu sehen. Allerdings musste man es erst einmal so weit bringen, dass es dazu »reichte«, denn Oscar siebte drastisch aus, bis es so weit kam. »Ihr armen Unschuldigen, die ihr euch an diesen Ort wagt, lasst alle Hoffnungen fahren«, pflegte Mrs Rosenbaum, seine ergebene Assistentin, den jungen Leuten zu raten, die mit einer ihre vermeintlichen Meisterwerke enthaltenden Mappe unter dem Arm in die Galerie stürzten und hochfahrende Hoffnungen hegten. Oscar war nie gemein, selbst wenn ein Bewerber nicht den geringsten Hauch von Talent besaß, aber er wich keinen Deut von seiner elitären Kunstauffassung ab.

Forrest brauchte sich nicht in Oscars Galerie bemühen, um dessen Bekanntschaft zu machen. Eine seiner Freundinnen vom Art Institute in Chicago und zudem die Nichte von Mrs Rosenbaum war eines Tages auf der Durchreise in New York und zeigte dem Galeristen ein Bild, das Forrest ihr geschenkt hatte.

Mit klopfendem Herzen nahm Oscar Watts das erstbeste Flugzeug nach Illinois in der festen Absicht, Forrest zum Mitkommen zu bewegen oder zu krepieren. Er hatte schon so lange auf eine solche Offenbarung gewartet, dass er sie mittlerweile als ein dekadentes Symptom von Romantik ansah. Als sie nun endlich eintraf, war keiner mehr darüber erstaunt als er selbst.

Der junge Mann, auf den er traf, bezauberte ihn mehr, als er je zu hoffen gewagt hatte, und zwar in jeder Bedeutung des Wortes.

Oscar Watts hatte mit einundzwanzig Jahren geheiratet, um den Konventionen Genüge zu tun. Aus dieser Verbindung war eine Tochter namens Judith hervorgegangen. Aber tief in seinem Innern besaß Oscar eine Neigung zu Männern. Jedoch wagte er es nie, Forrest seine Verliebtheit zu gestehen, denn es war ihm nur allzu klar, dass dieses Genie durchaus dem anderen Geschlecht zugetan war.

Oscar fiel es nicht schwer, den jungen Forrest davon zu überzeugen, dass er seine Heimat Illinois verlassen und nach New York gehen musste. Er nahm ihn also mit, und er war ganz erfüllt von dem Gefühl, zwar keinen Michelangelo im Frachtraum, dafür aber einen Michelangelo höchstpersönlich auf dem Sitz neben sich in der Business Class zu haben.

Er besorgte ihm eine Wohnung, zeigte ihm die Stadt und brachte ihn mit Leuten zusammen. Er organisierte eine Ausstellung von Forrests Werken, um der ganzen Welt zu zeigen, wie vielseitig begabt dieser war. Forrest wurde rasch zum Liebling der Intellektuellen und Ästheten von New York.

Aber auch wenn er alle Maltechniken – von Airbrush über chinesische Tusche bis zur Ölmalerei – souverän beherrschte, fehlte seinen Werken etwas. Es fehlte ihnen noch eine Kleinigkeit, ein winziges Etwas, das dennoch alles ausmachte: der Atem der Schöpfung, die Dreingabe der Seele, die aus miteinander vermengten Farben etwas anderes macht als nur miteinander vermengte Farben.

Auch in dieser Hinsicht bedeuteten die Ratschläge von Oscar Watts eine glückliche Fügung.

In einem Restaurant in SoHo, wo sie gemeinsam zu Abend aßen, machte ihm der Galerist klar, dass Forrests Kunst sich dem Publikum nur unvergesslich einprägen würde, wenn unter den vorhandenen Schichten eine weitere Schicht, unter den aufgetragenen Farben eine nur ihm allein bekannte Farbe, unter den dargebotenen Formen eine unsichtbare Form spürbar wurde. Diese geheimnisvolle Schicht, diese gleichsam untergründige Form würde das Publikum – natürlich – niemals sehen, aber es würde dennoch ihre Präsenz spüren und ihre Kraft wahrnehmen – wie eine verborgene Schönheit, die Leben oder Tod verströmt. Wie ein düsteres, heilsames oder todbringendes Mal. Ein von Gott oder dem Teufel gesandtes Siegel. Ein geheimes Monogramm.

»Nur wenn der Künstler weniger zeigt, als er verbirgt, trifft er ins Schwarze, Forrest. Die Meisterwerke kann man zwar mit Geld kaufen, aber besitzen kann man sie nie. Bis auf den Künstler sind wir alle nur Spekulanten.«

Dieser eindringliche Rat, der zugleich vom Glauben an die unergründlichen Geheimnisse der Kunst zeugte, sollte der Karriere von Forrest einen ungeheuren Schub geben und zugleich das schreckliche Ende von Oscar heraufbeschwören.

Denn auf der Suche nach seinem geheimen Monogramm führte

das Schicksal Forrest bald mit Leuten zusammen, auf deren Bekanntschaft er heute, euphemistisch ausgedrückt, wenig Wert legte. Nicht mit Verbrechern, Prostituierten, auch nicht mit Landstreichern oder von ihrem blutigen Dschihad erfüllten Terroristen, sondern mit weitaus gefährlicheren Personen. Sehr viel finstereren.

Unter ihrem Einfluss begann er, Kokain zu schnupfen und an barbarischen Aktionen teilzunehmen, deren bloße Erinnerung heute blankes Entsetzen bei ihm hervorrief und Ekel und Gewissensbisse weckte.

Aber in den Bildern von Forrest schlug sich dies unmittelbar nieder. Seine Malerei gewann einen furchteinflößenden Glanz. Oscar erfuhr nie die Hintergründe darüber, aber so, wie er es in jenem Restaurant in SoHo gesagt hatte, als er als Apostel des Geheimnisvollen in der Kunst aufgetreten war, spürte er ganz deutlich die Präsenz eines hermetischen und unwiderstehlichen Monogramms.

Dann überstürzten sich in einer fürchterlichen rauschhaften Nacht die Ereignisse, die mit einem Mord endeten und einen riesigen Skandal ins Rollen brachten.

Eines Morgens fand Mrs Rosenbaum, als sie um zehn Uhr die Tür zur Galerie öffnete, Oscar in einer Blutlache vor. Sein Körper war infolge furchtbarer Folterung bis zur Unkenntlichkeit entstellt. Der Polizeibericht hielt fest, dass Oscar Watts schlimmsten Qualen mit offenbar satanistischem Hintergrund ausgesetzt worden war. Der oder die Mörder hatten ihn zu Tode gequält und ihm zahlreiche, auf ein Opferritual hindeutende Verletzungen zugefügt, bevor sie ihn schließlich ausgeweidet hatten. Kein einziges Kunstwerk war in der Galerie gestohlen worden. Auch die zweitausend Dollar in der Geldbörse des Opfers waren noch da.

Aber die »Affäre Oscar Watts« begann erst ein wenig später fernab der ratlosen polizeilichen Ermittlungen richtig, als eine Ohrfeige die Gerüchteküche in den Kunstkreisen hochkochen ließ.

Zunächst schien die Tragödie weder mit dem Werk noch mit der Person von Forrest in Verbindung zu stehen, der, als die Tränen von Mrs Rosenbaum noch kaum getrocknet waren, einen Vertrag bei einem konkurrierenden Galeristen mit einem eigenen Haus auf der Fifth Avenue unterzeichnete. Bei der folgenden Vernissage näherte sich eine abgezehrte junge Frau dem Künstler und versetzte ihm ohne ein einziges erklärendes Wort eine schallende Ohrfeige. Dann verließ sie unaufgeregt und mit Haltung die Räumlichkeiten, während alle um sie herum wie erstarrt schwiegen. Eine barmherzige Seele mit einer Champagnerflöte in der Hand widmete sich eilig und voller Neugierde der Aufgabe, Forrest ins Bild zu setzen. Die junge Frau hieß Judith. Judith Watts natürlich. Sie war die Tochter von Oscar. Während sein Informant ihm dies mitteilte, durchbohrte er ihn förmlich mit seinem Blick. Forrest sollte diesem Blick noch bei vielen seiner Gesprächspartner standhalten müssen – er stellte gewissermaßen die mondäne Form der guten alten chinesischen Wassertropfen-Folter dar. Aber Forrest besaß stets die Stirn, darüber zu lachen.

Dass er nun – wie indirekt auch immer – in den Mord an Oscar verwickelt war, fügte dem dunklen Glanz seines Ruhms lediglich einige Karat hinzu. Es umwitterte ihn ein üppiger Duft von Skandal und Tod, der die Frauen, denen er begegnete, zum Schweigen brachte. Hingerissen fielen sie vor ihm in Ohnmacht wie vor einem Rockstar und schmuggelten ihm den Schlüssel zu ihrer Wohnung, oft sogar samt Höschen, in die Manteltasche.

Forrest kannte sich in Sachen Damenunterwäsche bald sehr gut aus.

Er kam in vielen Wohnungen herum.

Auch wenn er es hätte tun sollen, verzichtete Forrest nicht auf seinen »schlechten Umgang«. Es schien ihm, als sei er es zwar nicht seinem Ruf, wohl aber seiner Kunst schuldig.

Etwa vier Monate nach dem tragischen Tod von Oscar Watts hatte Forrest schließlich einen Traum.

Er träumte von einer jungen, dunkelhäutigen Frau, deren betörende Schönheit ihm beinahe unwirklich vorkam. Sie sprach kein Wort und ließ einfach nur ihren Blick auf ihm ruhen. Wortlos verharrten sie einander gegenüber. Je länger er sie ansah, desto stärker spürte er die Intensität ihrer grünen Augen, die ihn durchbohrten wie ein Dolch. Schließlich begriff er, dass hinter diesem Blick ein anderer Blick war, dass sich hinter diesen Augen andere Augen verbargen. Er begriff, dass er hier ein dunkles, tief in diesem wunderschönen Wesen verborgenes Monogramm vor sich hatte, und dass dieses Monogramm Oscar Watts war.

Er erwachte und begann zu weinen. Das hatte er nicht einmal beim Tod seines Mentors getan, denn seine finsteren Freunde und das Kokain, von dem er mittlerweile abhängig war, hatten es verstanden, jedes Schuldgefühl in ihm zu ersticken.

Nach diesem Traum beschloss er, mit vielem Schluss zu machen.

Er floh nach Boston, um die Ausstellung seiner Werke im Museum of Fine Arts zu überwachen. Dann begab er sich nach Europa und ließ seine finsteren Freunde und die Löffel mit dem weißen Puder in Amerika zurück.

Ein Jahr verging, dann kehrten die Träume wieder.

Immer tauchte die gleiche junge, betörend schöne Frau mit der dunklen Haut auf. Sie sagte nichts und beschränkte sich darauf, ihn mit ihren grünen Augen unverwandt anzusehen. Mit quälender Eindringlichkeit ruhte ihr Blick auf ihm, und er versuchte nicht, sie anzusprechen, sondern ertrug ergeben seine Qual.

Eines Nachmittags erhielt er einen Anruf aus New York. Die angesehene Walter-Skoll-Stiftung wollte ihm eine große Ausstellung widmen.

Am nächsten Tag nahm er das Angebot an und kehrte mit einem Flug der American Airlines nach New York zurück. Er zog in die Wohnung, die man ihm im West Village zur Verfügung stellte, besuchte mehrmals die Stiftung und hatte eine ganze Reihe von Unterredungen mit der künstlerischen Leiterin Lisa Whittaker.

Seit er nach New York zurückgekehrt war, war die junge schwarze Frau nicht mehr in seinen Träumen erschienen. Forrest wartete.

Er wartete etwas über einen Monat.

Als Tim Modin, ein Jugendfreund aus Chicago, sie ihm in einem libanesischen Restaurant in Brooklyn vorstellte, erkannte er sie sofort. Er ließ sie nicht aus den Augen, als fürchtete er, sie könne jeden Augenblick für immer verschwinden. Nach dem Essen sagte er ihr, dass er sie schon seit langer Zeit liebe. Da sah sie ihn mit ihren großen, smaragdgrünen Augen schweigend an, so wie sie es in seinen Träumen getan hatte. Das war Sarah. Er erfuhr, dass sie gerade erst aus ihrer Heimatstadt Tusitala in Louisiana hierhergekommen war.

An diesem Abend nahm er sie unter dem Vorwand, ihr seine Werke zeigen zu wollen, mit in sein Atelier. Sarah gab sich ihm hin, ohne sich die Mühe zu machen, Interesse für seine Werke vorzutäuschen. Für beides war er ihr dankbar, denn er spürte, dass Sarah ihn von sich selbst und von seinen bösen Geistern befreite.

Später erfuhr er, dass ihre Begegnung in dem Restaurant in Brooklyn auch für sie kein Zufall gewesen war. Sie hatte Tim gebeten, den Kontakt herzustellen, und Tim hatte die Gelegenheit eines kleinen Abendessens unter Freunden dazu benutzt. Sarah und Tim brauchten Forrest. Sie wollten ihn benutzen. Sarah gestand es ihm gleich in der ersten Nacht. Das Erstaunlichste war, dass er es ihr nicht übel nahm. Vielleicht, weil Sarah der Name für seine Wiedergutmachung war.

Nie erzählte er ihr etwas von Oscar, nicht einmal in den vertrautesten Momenten. Oscar Watts musste unbedingt in seiner sechsten Etage bleiben. Eine versiegelte Etage, die auch er selbst nicht betrat. Vielleicht würde er eines Tages dort hinaufgehen und Oscar begrüßen, und dann würde er es mit Sarah an seiner Seite tun. Aber nicht jetzt. Er fühlte sich nicht dazu in der Lage. Schon die bloße Vorstellung erschreckte ihn.

Sarah und Forrest lauern Walter Skoll auf

Die Leuchtziffern des Radioweckers zeigten null Uhr dreiundfünfzig, als sie von Sarahs Handy geweckt wurden. Tim war am anderen Ende.

»Es gibt Neuigkeiten. Beeilt euch also, Forrest und du.«

Nicht eine Sekunde lang zog Sarah in Betracht, seiner Aufforderung nicht nachzukommen. Tims Aufregung hatte sie augenblicklich gepackt, und sie sprang aus dem Bett, um sich anzuziehen.

Eine Viertelstunde später erreichten sie die Stiftung. Tim stieg mit einer Thermoskanne Kaffee aus seinem Wagen. Schlechtgelaunt kletterte er auf den Rücksitz des BMW X5 von Forrest.

»Wir haben so schnell gemacht, wie wir konnten«, rechtfertigte sich Sarah, die gefahren war.

Das entsprach der Wahrheit, aber Tim Modin stand das Misstrauen ins Gesicht geschrieben. Er reichte ihr die Thermoskanne.

»Das wird euch aufwecken, ihr Turteltäubchen.«

Die Walter-Skoll-Stiftung lag in der Fifth Avenue, nur ein paar Häuserblocks vom Rockefeller Center entfernt. Sie war nach den Plänen eines von dem berühmten Architekten Frank Lloyd Wright für die Larkin Company in Buffalo im Staat New York entworfenen Verwaltungsgebäudes errichtet worden. Von außen glich das Haus einem dicken, schwarzen Würfel mit sechs Etagen. Als es im Jahr 1970 erbaut wurde, hatten die Anlieger ihm den Beinamen »Grabstein« gegeben, aber mit der Zeit hatten sie sich an sein dunkles und wuchtiges Aussehen gewöhnt. Das Innere war laut Forrest sehr elegant und barg letztlich sehr helle Räume.

Seit ein paar Wochen beobachteten Tim und Sarah jede Nacht abwechselnd die Eingänge in die Stiftung. Forrest übernahm diese Aufgabe tagsüber, während seine Bilder im Erdgeschoss aufgehängt wurden. Das Versteckspiel begann gegen zweiundzwanzig Uhr und endete am frühen Morgen. Bis zu dieser Nacht war es jedoch ergebnislos verlaufen.

»Was ist?«, wollte Forrest jetzt wissen und versuchte, ein Gähnen zu unterdrücken.

Tim zog eine Digitalkamera aus der Tasche seines Parkas und zeigte ihnen auf dem Display die Fotos, die er ein paar Minuten vor seinem Anruf geschossen hatte.

»Das hier«, sagte er und wies auf den Nikon-Bildschirm, »ist Walter Skoll, der geheimnisvolle Präsident der Stiftung.«

Nach Sarah betrachtete Forrest seinerseits das Foto.

Walter Skoll war groß, stattlich, gut fünfzig Jahre alt und trug einen dreiteiligen Anzug sowie einen anthrazitfarbenen Mantel. Seine blank polierten Berluti-Schuhe schimmerten im Laternenlicht dunkel.

Nach Tims Aussage war Skoll gegen Mitternacht vor der Sprechanlage des von Videokameras überwachten Gittertores aufgetaucht; ohne dass er seinen Namen nennen musste, hatte sich das Tor mit einem metallischen Klicken geöffnet. Dann war Walter Skoll über den Vorplatz gegangen und in der nur schummrig beleuchteten Eingangshalle der Stiftung verschwunden.

Sarah sah zu Forrest auf.

»Kennst du ihn?«

»Nie gesehen«, antwortete dieser. »Glaubst du, es ist einer von ihnen?«

Seine Kehle fühlte sich trocken an.

»Auf jeden Fall ist er nicht wegen der modernen Kunst hier«, merkte Tim murrend an.

Fünf Minuten nach ihm, fuhr er dann fort, sei ein anderer Typ erschienen, dann eine Gruppe von drei Leuten und später noch einmal zwei Personen. Die Fotos zeigten, dass alle zu Fuß zur Stiftung gekommen und dass alle Männer von kräftiger Statur und auf die gleiche Weise gekleidet waren. Tim betonte noch, dass keiner der Männer seine Identität über die Sprechanlage kundtun musste.

»Es fehlt nur noch die Melone auf dem Kopf«, murmelte Forrest, während er die Fotos betrachtete.

Er konnte sich nicht von dem Eindruck losreißen, dass diese Typen Magritte ähnelten, so wie dieser sich selbst gemalt hatte. Nur ging von ihrer Haltung etwas Drohendes aus. Sie verströmten eine Aura von Macht und Geld. Und auch von Gefahr.

Sarah biss sich auf die Lippen, bevor sie Tim fragte:

»Ist es dir gelungen, einen Blick auf ihre rechte Hand zu werfen?«

»Nein, sie hatten ihre Flossen alle in den Mänteln versteckt. Ist ja auch echt kalt!«

»Glaubst du, dass sie alle ...?«, fragte Forrest.

Er hielt es nicht für ratsam, seine Frage zu Ende zu formulieren; weder Sarah noch Tim würden sich die Mühe machen, ihm zu antworten.

Zwanzig Minuten verstrichen, in denen sich nicht das Geringste vor der Stiftung tat. Sarah war schon fast so weit zu glauben, dass die Versammlung vollständig eingetroffen war, als die große automatische Pforte sich unmittelbar vor einem schwarzen, sechstürigen Lincoln auftat, der auf einmal vorfuhr. Er verlangsamte sein Tempo nur unmerklich, während er über den Vorplatz fuhr und anschließend in der Tiefgarage der Stiftung verschwand.

»Wer kann das sein?«, rätselte Sarah. »Ihr Anführer?«

Die Pforte schloss sich bereits wieder. Dann war vor dem Gebäude erneut alles ruhig.

Sarah sah auf ihre Armbanduhr und sagte sich, dass hier etwas Wichtiges im Gange war.

Fünfundsiebzig Minuten später verließ Walter Skoll allein die Stiftung. Tim lichtete ihn beim Überqueren des Vorplatzes erneut mit seiner Nikon ab.

»Was machen wir jetzt?«, fragte Forrest, der sich beim Erscheinen von Walter Skoll auf seinem Sitz aufrichtete.

Auf dem Gehsteig blieb Skoll stehen. Er nahm die Hände aus den Taschen, um seinen Mantel zuzuknöpfen, und Forrest konnte den schwarzen Lederhandschuh erkennen, den er an der rechten Hand trug. Die andere Hand war deutlich zu sehen. Es war also einer von ihnen, guter Gott!

»Wir folgen ihm«, beschloss Sarah wie elektrisiert.

»Und was ist mit den anderen?«, fragte Forrest.

»Tim, du bleibst hier und behältst sie im Auge. Forrest und ich kümmern uns um den hier.«

»Ich mag es, wenn du die Sache so in die Hand nimmst, Baby«, spottete Tim und öffnete die Tür.

Er stieg aus und lief zu seinem etwas entfernt parkenden Ford Taurus zurück.

Etwa fünfzig Meter vor ihnen überquerte Skoll die Straße und bog rechts in die 47th Street Richtung Westen ein.

Sarah wartete, bis er hinter der Straßenecke verschwunden war, dann ließ sie den Motor an. Der Wagen glitt in den zu dieser nächtlichen Stunde weitgehend flüssigen Verkehr und fuhr langsam die Fifth Avenue hinunter. Dann bog er seinerseits rechts ab.

In der 47th Street ging Skoll mit entschlossenem Schritt an den geschlossenen Juwelierläden vorbei. An der Kreuzung zur Sixth

Avenue wandte er sich erneut nach rechts und hielt sich auf dieser Verkehrsader in Richtung Central Park.

Drei Häuserblocks weiter blieb er einen Augenblick vor der Radio City Music Hall mit ihren großen gelben und roten Leuchttafeln stehen. Dann setzte er seinen Weg in nördliche Richtung fort.

»Hoffentlich geht er nicht in den Park«, konnte Forrest sich nicht verkneifen zu sagen.

Aber schon ein paar Ecken weiter betrat Walter Skoll den Central Park.

»Scheiße. Was machen wir jetzt?«, fragte Forrest.

Für Sarah lautete die Frage eher: Was täte Tim an ihrer Stelle? Natürlich konnten sie ihm im Innern des Parks nicht mit ihrem Wagen auf den Fersen bleiben, ohne Gefahr zu laufen, entdeckt zu werden.

»Ich werde ihm zu Fuß folgen«, beschloss sie, und schon lag ihre Hand auf dem Türgriff.

Forrest rang nach Luft.

»Du wirst was?«

»Fahr mit dem Auto um den Park und warte bei der Taverne auf mich.«

Zeit zum Diskutieren ließ sie ihm nicht. Sarah war schon auf und davon. Hinter ihm hupte bereits jemand, und es blieb ihm nichts anderes übrig, als fluchend hinter das Steuer zu klettern. Er fuhr in Richtung Columbus Circle, sah dabei in den Rückspiegel und entdeckte gerade noch Sarah, die in den Park huschte. Er betete, dass er sie wohlbehalten auf der Transversal Road zwischen dem östlichen und westlichen Teil der 65th Street wiederfinden möge.

Sie gelangte durch das sogenannte Artists Gate auf das Parkgelände und kam an dem in Bronze gegossenen Reiterstandbild vorbei. Zunächst glaubte sie, ihren Mann verloren zu haben.

Ein eisiger Wind, der am Abend zunehmend aufgefrischt war, blies vom East River herauf. Die junge Frau trauerte der kuscheligen Wärme ihres Bettes nach und verfluchte sich, ohne ihre Handschuhe aufgebrochen zu sein. Aber wie hätte sie ahnen können, dass sie das schützende Auto verlassen musste, um nachts im Central Park herumzuschleichen? Zum Glück war ihre dicke Wolljacke sehr dunkel. Sie bot eine gute Tarnung, und außerdem besaß sie eine Kapuze. Sarah zog sich diese weit über den Kopf, während sie unentwegt umherspähte. Mit seinen großen, kahlen Bäumen bot der Park einen schaurigen Anblick, und trotz der beleuchteten Hauptachsen und den acht Jahren mit Giuliani als Bürgermeister war es wenig ratsam, sich nach Einbruch der Nacht auf diese Wege zu wagen.

Sarah hauchte auf ihre steifen Finger, da bemerkte sie plötzlich, wie sich ein paar hundert Meter vor ihr eine Gestalt bewegte. Es war Skoll. Wie schon zuvor ging er ohne jede Eile seines Weges und sah sich dabei nicht um. Sein Verhalten verriet nicht die leiseste Unruhe. Der Weg durch diesen einsamen Park schien ihn nicht zu schrecken. Er fühlte sich offenbar unangreifbar und schien sich ausschließlich auf seine Gedanken zu konzentrieren.

Die Hände tief in ihrer Jacke vergraben, nahm Sarah die Verfolgung wieder auf.

In einem beträchtlichen Abstand voneinander gingen beide um den See herum und dann parallel zum Central Drive in Richtung der Eislauffläche, deren nördliches Ende sie bald erreicht hatten.

Weit und breit war kein Lebewesen zu sehen.

Der Wind packte sie jetzt von vorn. Gnadenlos waren die Wangen von Sarah der beißenden Kälte ausgesetzt, ihre Augen brannten. Windböen klatschten ihr den Kragen gegen das Gesicht, um ihn sogleich wieder fortzureißen. Den Kopf tief zwischen die Schultern gezogen, setzte sie ihren Weg fort.

Skoll schien auf den Zoo zuzusteuern, als er plötzlich den Weg verließ und über den Rasen eine Abkürzung zu den Felsen auf dem Hügel über der Eislauffläche nahm. Sarah wartete, bis er auf der anderen Seite des Rasens verschwunden war, dann stieg sie ebenfalls hinauf. Sie rannte, um ihn nicht zu lange aus dem Blick zu verlieren. Der reifbedeckte Rasen knirschte unter ihren Lederstiefeln.

Außer Atem erreichte sie die Felsen und erblickte Skoll, der sich jetzt nach Norden bewegte. Unentschlossen drehte sie sich um.

Am Fuße des Hügels glänzte die verlassene Eislauffläche im Schein der Laternen. Hinter dem Park erhob sich das Essex House, das man an der Leuchtreklame oben auf dem Wolkenkratzer erkennen konnte, und weiter im Osten war die Fassade des ehemaligen Plaza Hotels zu erkennen.

Es wäre entschieden klüger gewesen, auf der Stelle umzukehren, und Sarah spürte die Angst in jeder Faser ihres Körpers.

»Man wagt sich nachts nicht in den Central Park«, murmelte sie, als wolle sie sich selbst davon überzeugen. Und schon gar nicht, wenn man einem Typen vom Kaliber Walter Skolls auf den Fersen ist!

Aber ihre Neugierde verschmolz so eigenartig mit ihrer Angst, dass für weiteres Abwägen keine Zeit blieb. Nur ein paar Sekunden hielt sie inne. Eine Flucht widerstrebte ihrem Instinkt als Journalistin zutiefst, und so setzte sie ihre Jagd fort.

Nachdem sie die 65th Street überquert hatte, folgte sie Skoll nach links, wo es zu den bewaldeten Hügeln der Sheep Meadow ging.

Auf dem Weg sprang etwas vor Sarah auf und ließ sie zusammenfahren. Aber es waren lediglich Eichhörnchen, die davonjagten, um sich hinter einer Bank zu balgen.

Ein paar Minuten später überquerte Skoll, immer noch in Richtung Norden unterwegs, die riesige Rasenfläche, die wie eine Lichtung von Bäumen umgeben war. Der Wind heulte in den Ästen. Vor dem schwarzen Himmel zogen graue Wolken über Manhattan.

Sarah kauerte sich hinter einen Baum am Rande der Rasenfläche und wartete, bis sie diese nun ihrerseits überqueren konnte. Sie drehte sich um, um hinter sich ins Dunkle zu spähen. Es war niemand zu sehen.

Als sie ihren Blick wieder dem Rasen zuwandte, war Walter Skoll verschwunden. Das war doch nicht möglich! Sie hatte ihn lediglich ein paar Sekunden aus den Augen gelassen.

Hatte er seinen Schritt plötzlich so sehr beschleunigt, dass er schon die Bäume erreicht hatte? Oder hatte er sich ganz einfach in Luft aufgelöst?

Sie verließ ihr Versteck hinter den Bäumen und folgte der Spur Skolls mit dem Gefühl, dass ihr nichts anderes übrig blieb. Unentwegt blickte sie sich um. Drohend schien die undurchdringliche Finsternis der Bäume um sich zu greifen.

Bald war sie mitten auf der Sheep Meadow. In dieser windigen Nacht fiel es ihr schwer, sich diesen Ort bei strahlender Sommersonne vorzustellen, wenn Männer und Frauen hier auf Badetüchern lagen und Kinder um sie herumtollten. Es war wie ein anderer Ort in einer anderen Welt.

Seit Skoll sich von der Eislauffläche fortbewegt hatte, beschäftigte sie die Frage: Warum hatte er diesen Weg eingeschlagen, wo er doch zunächst eindeutig nach Osten hatte gehen wollen?

Die Antwort war so klar, dass sie Sarah niederschmetterte: *Weil er sich verfolgt fühlte und sich dessen vergewissern wollte.*

Und jetzt, da sie ohne Deckung war, würde er sie entdecken.

Vielleicht war der Central Park der Jagdgrund, den Skoll und seine Genossen eigens dafür ausgesucht hatten. Dann hätte er sie vorsätzlich hierher gelockt, um sie in aller Ruhe töten zu können, und sie war ihm mit gesenktem Haupt in die Falle gegangen.

Die Bäume um sie herum ächzten in einem heftigen Windstoß. Sarah fühlte, wie die Kälte allmählich durch den Stoff ihrer Jeans kroch. Sie zitterte.

Plötzlich knackte es hinter ihr in den Zweigen. Sie wusste, dass dies nichts Gutes verhieß, und fuhr herum.

Vier vermummte Männer waren plötzlich aus dem Gebüsch aufgetaucht. Sie waren mit Maschinengewehren und M79-Granatwerfern bewaffnet und nur noch ein paar Meter von Sarah entfernt. Einer von ihnen, der offenbar ihr Anführer war, sagte zu ihr:

»Sachte, Prinzessin! Sachte! Unser Chef hat uns den Auftrag gegeben, auf Sie aufzupassen. Skoll hat Sie schon vor einer ganzen Weile bemerkt, und wenn Sie meinen Rat hören wollen, so sollten Sie sich hier nicht mehr allzu lange aufhalten.«

»Wo ist er hin?«, fragte Sarah, ihre Enttäuschung war nicht zu überhören.

»Er beobachtet uns, und wir sollten uns mit dem Rückweg beeilen. Ihr Freund wartet auf Sie. Los, kommen Sie schon!«

Sein fester und ruhiger Tonfall zeugte von einer außerordentlichen Kaltblütigkeit, denn trotz ihres Waffenarsenals befanden sich seine Männer und er selbst durch Sarahs Leichtsinn in einer äußerst bedrohlichen Situation.

»Aber wer sind Sie denn, verdammt?«, wollte die junge Frau wissen, die die Journalistin in sich ein weiteres Mal nicht verhehlen konnte.

»Nun, Prinzessin«, antwortete der Mann, »sagen wir doch einfach, dass wir die vier Räder Ihrer Karosse sind.«

Dritter Tag

Freitag, 12. Dezember

Forrest ergreift die Initiative

Am nächsten Tag rief Forrest Tim zu Hause an. Er selbst war bereits in der Stiftung und benutzte sein Handy. Er war ziemlich angespannt. Nach der Nacht, die hinter ihnen lag, war das nur verständlich.

»Auf mich brauchst du nicht zu zählen«, sagte er, »wenn du Sarah noch einmal in solch halsbrecherische Aktionen schickst, anstatt sie selbst zu übernehmen. Sie hat das getan, um dir zu imponieren, das weißt du hoffentlich!«

»Ich frage mich, wer ihr die Schutzengel in den Park geschickt hat.«

»Schutzengel nennst du so etwas? Die Typen waren mit Granatwerfern bewaffnet, und das mitten in New York!«, schimpfte Forrest empört und bemühte sich, nicht laut zu werden. In dem kleinen Saal, in dem er sich etwas abseits hielt, war ein Elektriker damit beschäftigt, von einem Hocker aus die Spots auf den Lichtschienen so einzustellen, dass die Werke richtig beleuchtet wurden.

»Sie haben ihr vermutlich das Leben gerettet«, stellte Tim unbeeindruckt fest.

»Schön, dass du dir das klarmachst. Ich werde ihnen als Dank etwas Champagner zukommen lassen. Nur schade, dass sie mir nicht ihre Anschrift gegeben haben!«

Nach diesem unschönen Erlebnis hatten sie beschlossen, die Beschattung aufzugeben. Zu groß waren die Risiken, die sie mit dieser Strategie eingingen. Außerdem konnte man jetzt davon ausgehen, dass sie nicht die Einzigen waren, die die Stiftung beobachteten.

»Es ist ungeheuer wichtig«, sagte Tim, »dass du einen Weg findest, in die verbotene Etage hinaufzukommen.«

Forrest drehte sich um, um sich mit dem Rücken an die Wand zu lehnen, und richtete seine Aufmerksamkeit auf Jodie Stevenson, die gerade den Saal betrat und offensichtlich auf der Suche nach ihm war.

»Das habe ich mir auch schon gedacht, stell dir vor. Und ich glaube, ich habe die Lösung gefunden. Ich werde sie sogar zum Abendessen zu uns einladen.«

»Du wirst was?«, bellte Tim noch durch den Apparat, aber Forrest hatte die Unterhaltung bereits beendet.

Die kleine Gesellschaft trifft sich

Tim war außer sich gewesen, als er hörte, dass Forrest Jodie Stevenson aufgefordert hatte, sich ihrem Kreuzzug anzuschließen. Er wusste nur zu gut, welche Gefahr Skoll und seine Helfershelfer darstellten. In diesem Fall zeugte seine Heimlichtuerei nicht von Auswüchsen seiner paranoiden Fantasien. Angesichts solcher Gegner war Verfolgungswahn erlaubt, wenn nicht sogar angeraten.

Mit dem ihm eigenen Augenmaß hatte Tim Forrest dann vorgeschlagen, doch gleich eine Aushebungskampagne im ganzen Land auszurufen und dabei auch die Altenwohnheime nicht zu vergessen. Mit ein wenig Glück könnten sie so auf die Unterstützung von ein paar Gärtnern oder Chefsekretärinnen im Ruhestand zählen. Was zum Teufel hatte Forrest sich dabei gedacht?

Sarah ließ Tim toben, denn sie wusste, dass er im Grunde recht hatte. Forrest hätte zuerst mit ihnen sprechen sollen, bevor er eine solche Initiative startete. Was jedoch ihr konkretes Anliegen anging, so musste man vielleicht Abstriche machen an der Doktrin eines Tim Modin, bei der Geheimhaltung größer geschrieben zu sein schien als selbst im Vatikan. Denn mit der Hartnäckigkeit einer bohrenden Migräne stellte sich weiterhin die Frage: Wie sollten sie, ohne Verdacht auf sich zu lenken, in diese berühmte sechste Etage gelangen, in die geheime Kommandozentrale der Stiftung? Vielleicht war es gerade dieses scheinbar unlösbare Problem, das den unerbittlichen Tim Modin so sehr aufbrachte.

Als er gegen achtzehn Uhr bei Forrest aufkreuzte, setzte dieser alles daran, sich versöhnlich zu zeigen. Wenn Jodie Tim nicht gefiel, so würde sie natürlich nicht in ihr Vorhaben eingeweiht. Man würde alles so lassen wie bisher. Sarah zuckte lediglich die Schultern, um ihr Einverständnis kundzutun. Sie gab der armen Sekretärin keine große Chance. Tim würde sich von seiner abscheulichen Seite zeigen, und wenn sie es bis zum Hauptgang bei ihnen aushielt – ein wunderbares Risotto mit Monterey-Jack-Käse und Erbsen –, wäre das bereits ein Wunder, das es verdient hätte, der entsprechenden Kommission des Heiligen Stuhls in Rom vorgetragen zu werden.

Jodie Stevenson, das ahnungslose Opfer, traf als Letzte in der Perry Street Nummer 176 ein. Sie war keineswegs zu spät, Tim war vielmehr zu früh gekommen. Er hatte sich auf dem Sofa niedergelassen, und während Sarah und Forrest den Tisch deckten, hatte er nicht ein Mal die Zähne auseinanderbekommen. Die Rolle des grantigen Vaters beherrschte er perfekt.

Sarah stellte bedrückt fest, dass Jodie ebenso klein und zierlich war wie sie selbst. Sarah kompensierte diese physischen Gegebenheiten durch ihren Charakter und ihren Mut, aber das galt vielleicht nicht für die arme Jodie. Daher schüttelte sie ihr mitleidig die Hand.

Forrest wollte seinem Gast die ersten Augenblicke so angenehm wie möglich machen und stellte Jodie deshalb dem Kannibalen mit der Augenklappe vor, der sich noch immer auf dem Sofa räkelte. Der Kannibale hielt es nicht einmal für notwendig, sich zu erheben. Kühl reichte er ihr die Hand und brummte einen unfreundlichen Gruß. Sein Verhalten schüchterte Jodie sehr ein.

Sarah zückte ihre Geheimwaffe.

»Wir haben den Wein vergessen, Tim. Wenn du Durst hast, dann solltest du vielleicht eine Flasche in dem Laden an der Ecke kaufen gehen.«

»Jetzt habt ihr nicht einmal etwas zu trinken!«, meckerte Tim verärgert.

Forrest sah Sarah fragend an. Drei Flaschen Wein warteten in der Küche nur darauf, von fachmännischer Hand entkorkt zu werden. Sarah zog die Augenbrauen hoch und versuchte, Forrest zu bedeuten, dass das Absicht sei. Sie wollte Tim ein paar Minuten von seiner Beute fortlocken, damit diese nicht schon vor der Vorspeise die Flucht ergriff.

Nörgelnd erhob sich Tim von dem Sofa. Er nahm seinen Mantel und seinen Wollschal. Mit seinem gesunden Auge starrte er Jodie mit so dreister Aufmerksamkeit an, dass es beinahe an eine Kriegserklärung grenzte.

»Lassen Sie doch. Ich werde gehen«, bot Jodie Stevenson jetzt an. »Ich bin ganz durcheinander. Ich habe gar nichts mitgebracht.«

Oh nein, dachte Sarah, die das Unheil bereits kommen sah. Das arme Mädchen an der Seite eines derart aufgebrachten Tim Modin.

»Ich habe Ihnen doch gesagt, Sie sollten einfach so kommen«, erinnerte Forrest sie jetzt mit seinem charmantesten Lächeln.

»Bitte. Es ist mir wirklich wichtig.«

»Gut, dann gehen Dolly und ich eben zusammen«, verkündete Tim und zog seinen Mantel über, ohne sie aus den Augen zu lassen.

Sarah warf ihm einen wütenden Blick zu. Sie wusste, dass er sich absichtlich bei ihrem Vornamen »geirrt« hatte. Tim besaß ein hervorragendes Gedächtnis. Sein Versprecher sollte sein Gegenüber demütigen. Sarah nahm es ihm übel, dass er so grausam zu Werke ging.

Als sie allein im Treppenhaus standen, fragte Jodie höflich: »Nehmen wir den Aufzug?«

Er antwortete ihr nicht, baute sich stattdessen vor dem Aufzugsschacht auf und drückte auf den Knopf.

Hinter ihm beschäftigte sich Jodie, so gut sie es vermochte, damit, ihren Mantel zuzuknöpfen. Er besaß allerdings nur fünf Knöpfe. Hunderttausend wären ihr lieber gewesen, denn was sollte sie mit ihren armen Händen nach dem fünften Knopf nur anfangen?

Der Aufzug kam, und sie betraten die leere Kabine.

Auf der Straße tat er, als existiere sie nicht. Nicht ein einziges Mal sah er sie an; nicht ein einziges Mal richtete er das Wort an sie. Er ging schnell. Jodie musste beinahe rennen, um mit ihm Schritt halten zu können. Die Leute auf dem Gehsteig wichen zur Seite, um diesen Riesen mit der Augenklappe vorbeizulassen. Während sie ihm hinterherhetzte, fühlte sich Jodie hin und her geworfen wie eine Flipperkugel, und sie fragte sich, warum sich dieser Mann und das Leben überhaupt ihr gegenüber so feindselig zeigten.

Den Lebensmittelladen betrat er als Erster, ohne ihr die Tür aufzuhalten. Da er das Geschäft kannte, schlängelte er sich rasch zwischen den Regalen bis zum Wein durch. Ohne sich zu erkundigen, was sie gerne trinken würde, wählte er eine Flasche trockenen Chardonnay, der recht gut zu dem von Forrest und Sarah zubereiteten Risotto passte. Dann machte er sich auf den Weg zur Kasse.

Natürlich ließ er sie bezahlen.

Draußen schlug er erneut seinen wilden Seeräubergang ein. Jodie versuchte, ihn nicht zu verlieren, aber sie fiel hinter ihn zurück.

Sie kam sich vor wie ihre arme, kranke Mutter, die verloren in einem mitleidlosen und sinnentleerten Labyrinth herumirrte. An der Ecke zwischen Perry und Hudson Street blieb sie stehen. Sie war erschöpft und fröstelte. Angst packte sie – die Angst, den Boden unter den Füßen zu verlieren und aufzugeben. Es war ihr, als fehle ihr die Kraft, den Problemen mit ihrer Mutter, mit den Arbeitskollegen und jetzt auch noch mit diesem schroffen und rücksichtslosen Mann ins Auge zu sehen.

Ein dicker Typ rempelte sie an und beschimpfte sie als Flittchen, anstatt sich bei ihr zu entschuldigen.

Sie flüchtete sich in den gläsernen Eingangsbereich eines Geschäfts. Tränen schimmerten in ihren Augen, ihre Lippen bebten.

Wein nicht. Wein jetzt bloß nicht.

Da fühlte sie, wie sich eine Hand auf ihre Schulter legte, und als sie aufsah, spiegelte sich in der Scheibe vor ihr die Gestalt von Tim Modin.

»Es tut mir leid«, sagte er. »Ich bin einfach ein Idiot.«

Und ein Lächeln legte sich auf sein von dem schwarzen Band durchzogenes Gesicht.

Alle Beteiligten essen schließlich gemeinsam zu Abend

Sarah stellte sich innerlich darauf ein, Tim gehörig den Kopf zu waschen, falls er Jodie Stevenson verschreckt haben sollte. Umso größer war ihre Überraschung, als sie beim Öffnen der Haustür die beiden eingehakt und lauthals lachend auf dem Treppenabsatz erblickte.

Beim Abendessen herrschte eine ausgesprochen heitere Stimmung.

Forrest und Sarah hatten Tim noch nie so gut gelaunt erlebt. Er war ein anderer Mensch, würdigte ihr Risotto mit Monterey-Jack-Käse und Erbsen, schenkte allen Wein ein und redete pausenlos! Auf welchen Knopf hatte Jodie Stevenson bei ihm gedrückt, dass sie ein solches Ergebnis verzeichnen konnte? Sarah hatte keine Ahnung.

Nach dem Dessert, einer umwerfenden, bei einem Konditor in Greenwich Village erstandenen Mandeltorte, warf sie Tim einen fragenden Blick zu, um Aufschluss darüber zu erhalten, wie er sich den weiteren Verlauf des Abends vorstellte.

»Jodie ist jemand, dem wir vertrauen können«, verkündete er klar und deutlich.

Es war ihm aber auch klar, dass sie sie brauchten, um in die Geheimnisse der Walter-Skoll-Stiftung einzudringen. *Wenn du einen Ort nicht aus deinem Kopf verbannen kannst, dann musst du eben in ihn eindringen.* Das hatte sein Bruder Kevin ihm wiederholt gesagt. Daher war er fest entschlossen herauszufinden, was in der Black Box vor sich ging.

»Vielen Dank«, sagte Jodie und senkte den Blick auf ihre Hände.

»Du musst dich nicht bei mir bedanken. Es ist nichts sehr Angenehmes, in das wir dich jetzt einweihen.«

Und als die junge Frau etwas blass wurde, fügte er hinzu:

»Beruhige dich, wir sind ja keine Terroristen. Nein, wir wollen über deine Vorgesetzten mit dir sprechen.«

Jodie warf Forrest einen fragenden Blick zu. Schließlich hatte auch er mit diesen Vorgesetzten zu tun. Er erwiderte ihren Blick und sagte:

»Du solltest wirklich wissen, wer hinter der Stiftung steckt.«

»Hast du schon einmal etwas von General Fenryder gehört?«, fragte Sarah, ohne mit einer bejahenden Antwort zu rechnen.

»Soweit ich mich erinnere, war das ein General der Konföderierten«, setzte Jodie an und lächelte Sarah zu. »Seine Soldaten nannten ihn den ›neunten General des Südens‹. Ein mutiger, beinahe fanatischer Mann. Ich glaube, er fiel in der allerletzten Schlacht des Sezessionskrieges, als er mit allem, was von seinem Regiment übrig geblieben war, den Truppen von Kirby Smith in der Gegend von Shreveport in Louisiana zu Hilfe eilte. Es war der 26. Mai 1865. Er geriet in einen Hinterhalt und kam wie viele seiner Leute an jenem Tag ums Leben.«

Tim und Forrest stießen gleichzeitig ein bewunderndes Pfeifen aus.

»Woher weißt du das alles?«, wollte Sarah wissen und zog die Augenbrauen hoch.

»Meine Mutter ist eine Spezialistin für diese Zeit. Vielmehr, sie *war es*, bevor sie krank wurde. Sie hat mehrere Bücher und Hunderte von Artikeln über diese Zeit geschrieben. Sie hat mich gewissermaßen infiziert.«

»Nun, dann wird dein Erstaunen nur umso größer sein, wenn wir dich jetzt ins Bild setzen«, warf Tim ein. »General Fenryder ist immer noch am Leben.«

Jodies Züge verzogen sich zu einem breiten Lächeln.

»Ihr wollt mich für dumm verkaufen, oder?«

Sarah sah sie eindringlich und tiefernst an.

»Was weißt du noch über Fenryder?«, fragte sie. »Ich meine, bevor er in den Geschichtsbüchern für tot erklärt wurde.«

»Meine Mutter hat mir gesagt, dass er ein reicher Pflanzer aus South Carolina war und dass …«

Jodie erwähnte einige blutrünstige Fakten aus der Biografie des Generals.

Am 6. November 1860 hatte Lucius Ewel Fenryder zu den »Feuerfressern« von Charleston gehört, jenen Aktivisten, die sich lautstark über die Wahl des Republikaners und Gegners der Sklaverei Abraham Lincoln ins Weiße Haus freuten, da sie nun ihre bisher verdrängten Ansichten aufs Krasseste bestätigt sahen: Ihr Staat konnte unmöglich weiterhin in der Union bleiben. Fenryder zählte zu jenen, die South Carolina zum Anführer der Sezessionsbewegung machten und Gouverneur Pickens dazu trieben, die erste Kanone abzufeuern. So wie Fenryder zu den allerersten Kriegstreibern zählte, so war er auch einer der Letzten, der die Waffen streckte und damit zugleich sein Leben aushauchte.

Am Ende jenes unheilvollen Jahres 1860 erreichten die Geschichten von der Unbeugsamkeit Fenryders das Weiße Haus, wo die Radikalen ihn nun zur Zielscheibe ihrer Pamphlete machten, in denen sie ihm fürchterliche Lügen und kaum weniger schreckliche Wahrheiten nachsagten. Diesseits der Mason-Dixon-Linie weigerte man sich immer noch anzuerkennen, dass sich Fenryder im Hinblick auf seine Schwarzen bisher als ein aufgeklärter Herr gezeigt hatte. Aber seine früheren Sklaven sollten sich später daran erinnern, als sie an seiner Seite bis zum Tod kämpften.

Zudem gehörte Fenryder zu einer Art Mensch, die ein Politiker beim besten Willen nicht verstehen konnte. Er war gebildet und kultiviert; er weigerte sich, Vorurteile gegen etwas zu hegen, das er nicht kannte. Neugierig hatte er in den fünfziger Jahren sein Land von einem Ende bis zum anderen erkundet, aber was er in New York und San Francisco gesehen hatte, hatte ihn gleichermaßen entsetzt. Nichts als Geldgier und Rohheit bestimmte nach seiner Einschätzung den Lauf der Dinge. Er hatte die Bandengewalt gesehen, er hatte das Goldfieber gesehen, er hatte die Schrecknisse der Fabriken gesehen. Und er hatte eine Überzeugung gewonnen.

Er war zu der Überzeugung gelangt, dass Gott diese primitive Hölle verlassen hatte, um jenes neue Eden zum Erblühen zu bringen, das in seinen Augen sein Land South Carolina war.

Also kehrte er glücklich, aber auch besorgt nach Hause zurück, denn er wusste, dass sich am Horizont bereits etwas Unheilvolles zusammenbraute.

Als der Krieg ausbrach, diente er den Südstaaten zunächst unter dem Befehl Beauregards als General.

In der ersten Zeit erlitten die Truppen der Nordstaaten trotz ihrer erdrückenden zahlenmäßigen Überlegenheit harte und demütigende Niederlagen. Fenryder konnte sein Glück kaum fassen. Er nahm an, dass die Tage von Lincoln im Weißen Haus gezählt waren.

Aber in Gettysburg drehte sich der Wind der Geschichte schließlich. In den beiden letzten Kriegsjahren mussten die Armeen der aufständischen Staaten eine Niederlage nach der anderen hinnehmen, während die durch die Entbehrungen des Krieges geschwächte Bevölkerung den neuen Herren keinen Widerstand mehr entgegensetzte. Der Alte Süden schien ganz offensichtlich eine verlorene Sache zu sein, dazu bestimmt, eine blasse Erinnerung zu werden. General Fenryder jedoch, dem man den Beinamen »Teufelsgeneral« gegeben hatte, marschierte von blindem Fanatismus beseelt weiter.

Als ihm schließlich die Soldaten fehlten, stellte er aus seinen eigenen Sklaven eine Armee zusammen. Der Fanatismus ihres Herrn ergriff auch die Schwarzen, die das finstere »Totenkopfbataillon« bildeten. Um die Köpfe in Washington zu beeindrucken, aber auch um die geschwächten Kameraden in Richmond zu unterstützen, quälten seine Truppen die feindlichen Soldaten, oft genug junge Rekruten mit flehenden Kinderaugen, grausam zu Tode. Die Leichen enthaupteten sie und spießten ihre Köpfe auf

Pfähle an den Waldrändern in Louisiana, wohin sich Fenryder zurückgezogen hatte.

Die Professorin Margeret Stevenson hatte ihrer Tochter einmal erklärt, dass ein solches Vorgehen ungeheuren schwarzen Messen ähnelte, die mit dem Ziel praktiziert wurden, die drohende Niederlage abzuwenden, und dass diese unmenschlichen Taten in Washington bekannt waren. Als Beleg hatte sie Jodie eine Karikatur aus jener Zeit gezeigt, auf der Fenryder mit Kinder- und Frauenleichen unter den gespreizten Beinen dargestellt war. Darunter stand der sarkastische Satz: »Das letzte Bollwerk der Zivilisation!« Jodie war siebzehn, als ihre Mutter ihr diese Zeichnung gezeigt hatte, und sie hatte geschaudert, wie sie auch jetzt wieder schauderte, als sie Tim, Sarah und Forrest an jenem Abend davon erzählte.

Gegen Ende des Krieges, als seine letzten Männer *Bonnie Blue Flag* anstimmten, eine der Hymnen der Konföderation, ließ Fenryder das Bild dieses »Schuftes Lee« verbrennen, nachdem er von dessen »Verrat« bei Appomattox erfahren hatte. Und auch dem nicht weniger heroischen General Johnston widerfuhr bald die gleiche »Ehre«.

Gott war sein Zeuge, wiederholte Fenryder bei dieser Gelegenheit noch einmal heuchlerisch, dass er diesen von Lincoln und seinen »Schergen« erzwungenen Krieg nicht gewollt habe. Aber Gott war auch sein Zeuge, dass er sich bis zu seinem letzten Atemzug dieser Kapitulation widersetzen würde, die eine Demütigung des Südens und dessen Ausbeutung bedeuten würde, dessen Ausbeutung durch diejenigen, die er die »neuen Barbaren« nannte. Lieber also alles zerstören, auslöschen und dann selbst in einem letzten Blutbad sterben, als tatenlos diese Katastrophe hinnehmen, die ebenso verhängnisvoll wäre wie Adams Sündenfall. »Wenn das Paradies nicht gerettet werden kann«, schrieb er in einem seiner letzten Briefe, »so soll die schlimmste Hölle an seine Stelle treten! Halleluja!«

Und dieser selbsternannte Teufelsgeneral säte, wie er versprochen hatte, in einer Mischung aus Faszination und Schrecken bis zum Schluss Tod und Verzweiflung auf seinem Weg. Er pfählte jeden Soldaten, der die Uniform der Union trug, aber er meuchelte auch Frauen und Kinder der Südstaaten unter dem Vorwand, sie machten mit dem Feind gemeinsame Sache. Diese furchtbaren Gräueltaten erklärten nicht nur, warum sein Tod Erleichterung bei den Müttern des Nordens auslöste, sondern auch, warum man erzählte, der Krieg hätte ihn bereits lange vor seinem tatsächlichen Tod zerstört.

Tim unterbrach Jodie mit der Frage:

»Hat deine Mutter vielleicht auch einmal von bestimmten Erfahrungen gesprochen, die der General vor dem Krieg gemacht haben könnte?«

»Vor dem Krieg?«, wiederholte die junge Frau konzentriert. »Ach, ja! Jetzt verstehe ich. Einige seiner Freunde haben erzählt, dass er sich für die okkulten Wissenschaften und für magische Rituale interessierte. Es hieß, dass Fenryder bei seinen Reisen in den fünfziger Jahren auf der Suche nach einem anderen Wissen war. Nach DEM Wissen. Dem absoluten Wissen. Er soll sogar die Fox-Schwestern in Hydesville besucht haben!«

»Das stimmt«, bestätigte Sarah. »In einem seiner Briefe bezeichnet er sie als ›kleine, liebestolle Mythomaninnen‹.«

»Sagt dir das Wort *tarhq-sagogh* etwas?«, fragte Tim jetzt.

»Nein«, erwiderte Jodie nachdenklich. »Was bedeutet es?«

»Das würden wir auch gerne wissen. Sarah und ich haben einige Nachforschungen in den Archiven der Public Library in New York angestellt und sind dabei auf einen Brief vom 10. Juni 1865 gestoßen, also zwei Wochen nach dem Tod von Fenryder und seinen

Leuten in der Nähe von Shreveport. Geschrieben hat ihn Horace Lebayou, der frühere schwarze Vorarbeiter auf der Plantage des Generals, der im Krieg zu seinem Adjutanten wurde. Hast du nicht ein Exemplar hier, Forrest?«

Forrest erhob sich und zog ein Blatt aus einer Schublade. Dann kam er an den Tisch zurück und schob das Blatt zu Tim.

»Wir haben Kopien davon gemacht«, fuhr Tim fort. »Leider fehlt der Anfang des Briefes, und manche Abschnitte sind unleserlich. Und schließlich steht da am Ende dieses verflixte Wort *tarhq-sagogh*, das uns immer noch ein Rätsel ist.«

Er begann den Brief vorzulesen:

»Ich habe ihn an einen sicheren Ort gebracht. Sein ganzes Gesicht war blutverkrustet. Diese verfluchten Yankees haben ihm mit ihren Waffen sogar in die Stirn geschossen. Sie wollten ihm nicht die geringste Chance lassen …

… Gegen zwei Uhr morgens kam er langsam wieder zu sich. Ich habe es sofort an seinen Händen gesehen. Sie begannen zu zittern. Anfangs war es nicht zu sehen, aber nach ein paar Minuten bestand kein Zweifel mehr. Ich sagte: ›Genau! Potztausend!‹ Ich habe ihm das Gesicht gewaschen und die verschmutzte Uniform ausgezogen! Ich habe dem Himmel gedankt, auch wenn ich wusste, dass nicht er für dieses Wunder verantwortlich war!

Sie haben ihn nicht getötet, glaub mir. Sie werden ihn niemals kriegen, unseren General! Sie können ihn gar nicht töten, verstehst du endlich? Mit ihm werden wir eines Tages zurückschlagen können.

Ich umarme dich. Ich bin jetzt ein tarhq-sagogh.

Das war es. Damit endet der Brief.«

Tim legte das Blatt auf den Tisch zurück.

»Die Tatsache, dass dieser Brief existiert, bedeutet nicht zwangsläufig, dass sein Inhalt wahr ist«, gab Jodie zu bedenken.

Aber sie fühlte sich eher unbehaglich bei dieser Überlegung.

Dann raubte ihr Sarah, die ebenfalls am Tisch saß und das Kinn auf ihre Hände stützte, jegliche Illusion.

»Ich wünschte, ich könnte dir sagen, dass du recht hast und dieser Brief das Werk eines Schwachsinnigen ist. Aber es ist so, dass Tim und ich noch mehr Beweise haben. Diese sind, sagen wir mal, visueller Art und sehr aktuell. Vor allem musst du jedoch wissen, dass Fenryder von den Toten auferstanden ist, ohne seinen Willen aufzugeben, sich an den Vereinigten Staaten zu rächen. Er gründete eine Geheimgesellschaft, Fenryders Wölfe, die er immer noch befehligt.«

»Eine Geheimgesellschaft?«, wiederholte Jodie und schluckte mühsam.

»Die Bruderschaft des General Fenryder«, erklärte Tim, »ist eine hermetisch geschlossene Geheimgesellschaft und zweifellos die gefährlichste von allen. Die Polizei weiß nichts über ihre Hierarchie oder ihre Chefs, nichts über ihre Rituale und ihre Ziele – ganz einfach deshalb, weil sie nicht einmal weiß, dass es diese Geheimgesellschaft gibt. Es ist, als wären die Wölfe mythologische Überbleibsel aus den traumatischen Erfahrungen des Sezessionkrieges. Eine Art Halb-Legende, um die Schwarzen zu erschrecken, ein bisschen so wie der Ku-Klux-Klan.«

»Aber es handelt sich nicht um ein Fantasiegebilde von Illuminaten, das kannst du uns glauben«, versicherte Sarah. »Die Wölfe sind viel gefährlicher als die schlimmsten der Klan-Mitglieder.«

Tim setzte seine Erklärungen fort.

»Wie in jeder Geheimgesellschaft gibt es ein Aufnahmeritual. Bei den Wölfen bestand es darin, seine Nächsten zu töten.« Tim nannte den Fall von Charlie McNeice, der im Jahr 1922 bei einem anlässlich seines zwanzigsten Geburtstags gegebenen Ball seine Eltern in einem Flammeninferno umbrachte. »Die Wölfe erkennen sich an einem schwarzen Lederhandschuh, den sie an der rechten

Hand tragen und der ihnen Stärke und Macht verleihen soll«, fügte er hinzu.

»Welche Macht?«, wollte Jodie beinahe ängstlich wissen.

»Die Macht, die verborgensten Ängste ihrer Opfer Wirklichkeit werden zu lassen«, antwortete Tim. »Ich weiß, dass das unglaublich klingt, aber Sarah hat in Tusitala gesehen, zu welch ungeheuerlichen Dingen einer von ihnen in der Lage war, und ich selbst bin Zeuge ihrer Erpressungen in Chicago gewesen.«

Alle schwiegen für einen Augenblick. Verunsichert sah Jodie ihre drei Freunde der Reihe nach an, die ihre Blicke ruhig auf sie gerichtet hielten.

Sie beschloss, von einem anderen Blickwinkel her zu argumentieren.

»Selbst wenn diese ganze Geschichte wahr sein sollte, was geht mich das an, Tim?«

»Nun«, seufzte Tim und richtete sich auf seinem Stuhl auf, »stell dir vor, dass Fenryder dein Chef ist.«

»Aber …«, wandte sie versuchshalber ein.

»Ja, ich weiß. Du willst mir sagen, dass Walter Skoll der Chef der Stiftung ist, die auch seinen Namen trägt. Aber das kommt auf das Gleiche heraus, denn Walter Skoll ist einer von Fenryders Wölfen.«

Nun berichtete Sarah über die Ergebnisse ihrer mehrmonatigen geduldigen Nachforschungen.

Der Texaner Walter Skoll war in der Ölbranche zu Geld gekommen. Er stand an der Spitze des internationalen Konzerns Flow Corporation, dessen Sitz sich in Houston befand. Es gab Tochtergesellschaften in Europa, vor allem in Norwegen, wo der Konzern die auf Frachtervermietung spezialisierte Reederei Managarm kontrollierte.

Seit ihrer Gründung im Jahr 1867 hatte die Flow Corporation von sehr günstigen »Wettbewerbsbedingungen« profitiert, wie zum Beispiel in den dreißiger Jahren vom plötzlichen Verschwinden der McNeice Oil Compagny, dem schärfsten Konkurrenten im Norden von Louisiana.

Ihr Geschäftsführer Walter Skoll war einer der reichsten und zugleich unbekanntesten Männer der Vereinigten Staaten. Nicht ein einziges Foto besaß die Presse von ihm. Zweifellos war er das genaue Gegenstück zu Donald Trump. Er leitete seine Geschäfte von seiner Ranch in Texas aus, die einer uneinnehmbaren Festung glich und die er fast nie verließ. Man wusste nur, dass er 1970 eines Tages beschlossen hatte, im Herzen von Manhattan aus eigenen Mitteln die Kunststiftung bauen zu lassen, bei der Jodie nun ihre Arbeit als Sekretärin aufgenommen hatte.

Vor ein paar Wochen hatte er nun seine Ranch verlassen und seine Zelte in einer Filiale der Stiftung in Harlem aufgeschlagen.

»Wir haben guten Grund anzunehmen, dass die sechste Etage seiner Stiftung Fenryders Wölfen als Treffpunkt dient. Erst letzte Nacht haben wir heimlich eine ihrer Versammlungen beobachtet«, sagte Tim.

Bei diesen Ausführungen kamen Jodie die Worte von Allison, der Assistentin von Neil Garson, in den Sinn: *»Du kannst hinauf- und hinunterfahren, wie du magst, meine Liebe. Aber die sechste Etage ist tabu, ist das klar? Dort hast du nichts zu suchen. Wer nämlich dort hinauffährt, wird innerhalb der nächsten halben Stunde gefeuert.«*

Herr im Himmel!, dachte die junge Frau bei sich. Unterstrich diese Warnung nicht die Richtigkeit der Behauptungen ihrer neuen Freunde?

»Sieh dir die Fotos an«, sagte Tim, der aufgestanden war, um einen Umschlag aus seinem Mantel hervorzuziehen. »Ich habe sie heute Nacht gemacht. Sie zeigen, wie Walter Skoll die Stiftung verlässt. Sieh dir seine rechte Hand einmal genauer an.«

Jodie stellte fest, dass sie im Gegensatz zur anderen Hand tatsächlich in einem Handschuh steckte.

Tim brachte die Sache nun auf den Punkt.

»Es bleibt dir überlassen, an Fenryders Wölfe zu glauben oder nicht. Aber du kannst nicht abstreiten, dass Walter Skoll und seine sechste Etage reichlich seltsam sind.«

Das stimmte zweifellos. Außer dieser so geheimnisvollen sechsten Etage waren da diese Männer, die sich nachts in der Stiftung einfanden, und diese schwarzen Lederhandschuhe, die sie alle an der rechten Hand trugen. Ja, das alles war zumindest sehr verwirrend. Von Zweifeln gepackt, fuhr sich Jodie mit der Zunge über die Lippen. Sie dachte: Sollte Fenryder tatsächlich durch Hexenwerk den Gesetzen der Zeit getrotzt haben, nachdem er schon die Gesetze der Menschlichkeit verhöhnt hatte?

Tim und seine Freunde schienen dies zu glauben. Und das Verrückteste für sie war, dass ihr Gehirn kein Veto gegen diese Hypothese vorbrachte.

»Nehmen wir einmal an, dass das alles möglich wäre«, sagte sie und wand sich auf ihrem Stuhl. »Was erwartet ihr eigentlich von mir?«

»Dass du uns hilfst herauszufinden, was dort oben in der sechsten Etage vor sich geht«, antwortete Forrest.

»Ich … ich weiß nicht, ob ich das kann. Und selbst wenn ich es könnte, will ich, glaube ich, dieses Risiko nicht eingehen. Man hat mir verboten, dort hinaufzugehen, wie ihr wisst. Und man hat mir sehr genau zu verstehen gegeben, dass ich es unverzüglich bereuen würde, wenn ich jemals … Ihr müsst wissen, dass ich diesen Job wirklich dringend brauche.«

»Ist schon in Ordnung«, sagte Sarah mit einem leichten Lächeln.

Jodie spürte jedoch, dass Sarah über ihre Absage enttäuscht, wenn nicht sogar verärgert war.

Nervös blickte sie auf ihre Armbanduhr.

»Es tut mir leid. Ich muss los. Der letzte Zug nach Stamford fährt in einer halben Stunde. Ich darf ihn nicht verpassen.« Einen Augenblick später fügte sie noch hinzu: »Ich hoffe, ihr seid mir nicht böse.«

»Gehen wir!«, forderte Tim sie auf. »Ich werde dich nach Hause fahren.«

Als er aufstand, kam Forrest ihm nach und bot an:

»Ich kann Jodie ein Taxi bezahlen, wenn es dir unangenehm ist, bis nach Stamford zu fahren.«

Tim lehnte ab, was ihm ein ironisches Lächeln von Sarah einbrachte, dessen Sinn er sofort verstand.

»Sarah, du siehst zu viele Fernsehserien«, tadelte er. »Du solltest erwachsen werden. *Dawson* ist zu Ende.«

Sarah wollte etwas erwidern, hielt sich dann aber zurück. Im Grunde freute sie sich für ihn.

Tim erzählt Jodie, was sich in Chicago ereignet hat

Gemächlich fuhren sie auf dem Highway 278 aus Brooklyn hinaus. Tim besaß einen blauen Ford Taurus.

Weicher Schnee fiel vom schwarzen Himmel herab. Das regelmäßige Geräusch der Scheibenwischer wirkte beruhigend auf die junge Frau nach allem, was ihre neuen Freunde ihr eröffnet hatten.

Zunächst sprachen Jodie und Tim über dieses und jenes, ohne auf das Radio zu achten, in dem für den nächsten Tag ein Temperatursturz angekündigt wurde.

Nachdem sie die Stadt hinter sich gelassen hatten, kam Jodie jedoch schließlich wieder auf Fenryders Wölfe zu sprechen. Sie wollte die Gründe wissen, die Tim und seine Freunde bewogen hatten, sich in ein so gefährliches Abenteuer zu stürzen.

»Weißt du, was ich glaube?«, fragte er und zuckte dabei die Schultern, ohne die Hände vom Lenkrad zu nehmen. »Ein Mann definiert sich vollständig über das, was er rächen will. Eine Frau darüber, was sie retten will. Mann und Frau stehen nicht auf der gleichen Seite des Übels. Eine Frau ist darauf aus, es zu vermeiden, ein Mann auf seine Wiedergutmachung. Was also will Sarah retten? Die Welt? Nein. Das ist zu weit und zu abstrakt, selbst für eine so ehrgeizige Person wie Sarah. Was aber dann? Vielleicht sich selbst?«

Bei dieser Vorstellung musste er lächeln.

»Ja, vielleicht sich selbst.«

»Und du?«, wollte Jodie wissen. »Da du ein Mann bist, musst du auf Wiedergutmachung aus sein.«

Er warf ihr kurz einen Blick zu.

»Mein Bruder Kevin«, sagte er und sah wieder starr auf die Straße vor ihnen.

»Du hast einen Bruder? Lebt er auch in New York?«

»Nein«, erwiderte Tim und holte tief Luft. »Er … er ist in Chicago geblieben. Weißt du, als ich dich vorhin zum ersten Mal sah, da glaubte ich, Kevin vor mir zu haben … Du hast genauso viele Sommersprossen und die gleichen Grübchen wie er. Es ist … unglaublich.«

Es verging ein Augenblick, bis er fortfuhr:

»Als Kinder waren wir beide, Kevin und ich, unzertrennlich. Er war nur eineinhalb Jahre älter als ich. Wir wurden in Chicago oft für Zwillinge gehalten. Das Einzige, das uns unterschied, war, dass ich Dinge mit meinen bloßen Händen spüren konnte.«

»Was für Dinge?«

»Wellen, Vibrationen. Ich habe diese Fähigkeit zufällig entdeckt, als ich dreizehn Jahre alt war. Kevin und ich kamen an einem Feld vorbei, das einem gewissen Straub gehörte. Wir hatten gesehen, wie Straub mit seinem Sohn seinen Acker umgrub, um nach einer Wasserquelle zu suchen, die dort irgendwo sein sollte. Sie hatten bereits an einigen Stellen gegraben, ohne auf einen einzigen Tropfen zu stoßen. Straub war lauthals am Fluchen. Ich weiß nicht, was mich da gepackt hat. Ich verließ den Weg und ging quer über das Feld. Es war, als zöge mich das Wasser zu sich. Ich stellte mich also genau dorthin, wo ich die stärksten Vibrationen spürte, und schrie Straub zu, er solle an dieser Stelle graben. Der alte Straub versprach mir eine Belohnung, falls ich recht haben sollte, und einen Tritt in den Arsch, falls ich mich über ihn lustig machte. Ich war jedoch so sicher, dass ich ihm sogar beim Graben half. Wir brauchten gar nicht lange, da sprudelte das Wasser hervor. Straub war zutiefst beeindruckt und belohnte mich, wie er es versprochen hatte. Ich glaube, Kevin war noch nie so stolz auf mich gewesen wie an jenem Tag.«

Im Schein der Armaturen sah Jodie, dass ein trauriges Lächeln auf seinem Gesicht lag.

»Ich habe angefangen, damit Geld zu verdienen. Ich ortete Wasserstellen für die Nachbarn, und ich fand auch verlorene Gegenstände wieder. Schließlich wurde es mein Beruf. Wünschelrutengänger. Ein barbarisches Wort für eine so natürliche Fähigkeit. Kevin ist zur Polizei gegangen. Das war seine Methode, nach verborgenen Quellen oder Gegenständen zu suchen. Er erwies sich als ausgezeichneter Polizist und ist schnell aufgestiegen. Er hat oft meine Talente in Anspruch genommen. Freilich ging es nicht mehr darum, eine Wasserstelle unter einer Wiese zu finden, sondern es ging um Diebesgut, Waffenverstecke und manchmal sogar um Leichenfunde. Es machte mich glücklich, mit meinem Bruder zusammenzuarbeiten, auch wenn meine Tätigkeit nicht von den Stadtverwaltungen bezahlt wurde und meine Hilfe inoffiziell bleiben musste. Es störte mich nicht. Ich brauchte weder Geld noch

Publicity. Ich hatte ein Spezialgeschäft eröffnet, das mir ein ausreichendes Einkommen verschaffte. Meine Amulette und Horoskope waren bei meiner Yuppie-Kundschaft sehr beliebt, und die Bücher über die Wünschelrutenforschung verkauften sich gut, vor allem an der Westküste. So war meine Arbeit für die Polizei nebensächlich. Ich machte sie dennoch weiter, und Kevin schätzte das sehr, auch wenn er mein Geschäft hartnäckig als einen großen Jahrmarkt der Scharlatanerie bezeichnete.

Damals lief alles gut für uns, und so ging es weiter bis zu jenem Abend des 8. November 1994. Danach kam ...«

Er wollte sagen »die Hölle«, aber selbst das wäre noch beschönigend gewesen.

»Kennst du Chicago ein wenig?«, fragte er in das schummerige Licht hinein.

»Nicht allzu gut«, antwortete Jodie.

»Im Norden der Stadt gab es damals ein brachliegendes Gelände, das an drei Seiten von leerstehenden Gebäuden der Armee umgeben war. Dort trafen sich die unterschiedlichsten Gruppierungen, von grellbunt bis gewalttätig, von Punks bis zu Skinheads. Kevin hatte den Hinweis erhalten, dass sich auf dem Gelände ein Waffenversteck befände. Die Polizei hatte alles durchkämmt, war aber nicht fündig geworden. Kevin jedoch war sicher, dass der Hinweis stimmte.

An jenem 8. November, einem Dienstag, wollten wir abends ins Restaurant gehen, um seine Beförderung zu feiern. Kevin war zum Inspector für Bandenkriminalität in Chicago ernannt worden, und unsere Freude kannte keine Grenzen. Aber vorher wollte er noch einen kleinen Umweg dorthin machen. ›Es dauert auch nicht lange‹, versprach er mir. Tatsächlich kostete es uns beide das Leben. Es war bereits seit einer guten Stunde dunkel, als wir dort ankamen, und ...«

Ja, es war bereits dunkel, als sie dort ankamen, und Tim zog sein Pendel hervor, um es einen Augenblick über seine Fingerspitze baumeln zu lassen. Die Messingkugel drehte sich schwach und deutete auf nichts Besonderes hin. Jedenfalls nicht hier in der Straße vor dem hohen Zaun, der das ehemalige Militärgelände absperrte.

»Nichts Besonderes«, antwortete er auf den fragenden Blick von Kevin.

»Gut, dann lass uns hineingehen.«

Tim warf einen unentschlossenen Blick auf die Gebäude, deren Silhouette sich beängstigend hoch vor dem schwarzblauen Himmel abzeichnete.

»Kevin, wir sollten besser warten, bis es hell wird.«

»Nur keine Bange, kleiner Bruder«, beschwichtigte ihn Kevin (in der einen Hand hielt er eine Taschenlampe, mit der anderen klopfte er auf sein Pistolenhalfter unter seiner Jacke). »Ich habe alles, was man braucht.«

Mit diesen Worten zwängte er sich durch den Zaun, der an einigen Stellen Löcher aufwies, da viele diesen Weg schon vor ihnen genommen hatten.

Sie überquerten das freie Feld, das in das schummrige Licht eines verhangenen Mondes getaucht war, und erreichten rasch den Schatten des Hauptgebäudes. Bevor die Armee es aufgegeben hatte, waren die Türen und Fenster mit Brettern zugenagelt worden, um möglichen Herumstreunern den Zugang zu verwehren. Die Mühe war vergebens gewesen. Die wenigen, noch vorhandenen Bretter waren zu phallischen Kunstwerken gestaltet worden; die übrigen hatten vermutlich den abendlichen Feuern der Obdachlosen des Viertels als Nachschub gedient. Flaschen, Spritzen und Präservative lagen um die drei oder vier Aschehaufen verstreut. Jetzt war jedoch, obwohl die Nacht lau war, nicht eine Menschenseele zu sehen.

Die beiden Brüder nahmen ein Loch im unteren Teil einer Tür ins Visier und rollten sich ins Innere. Kevin schaltete seine Maglite ein.

Sie befanden sich offenbar in einem riesigen Speisesaal, in dem es viel kälter war als draußen. Die langen Metalltische, von denen früher vermutlich immer zwei sorgsam zusammengeschoben worden waren, lagen nun umgekippt oder gar zerstört am Boden. Es herrschte ein beißender Gestank von Urin und Schimmel. Im Lichtstrahl der Taschenlampe leuchteten Tags auf, die an den Wänden zu tanzen schienen wie die wasserbenetzte Haut eines Reptils.

Tim holte erneut sein Pendel hervor, das dieses Mal deutlich vor und zurück schwang.

»Hier ist etwas«, sagte er und wies auf eine der Türen an der rückwärtigen Seite des Speisesaals, auf die sie sich nun zubewegten. Unter ihren Füßen knirschte der herabgefallene Putz. Hinter der Tür entdeckten sie die Eingangshalle. Der Durchgang war in ein bläuliches Dämmerlicht getaucht, das durch eine beinahe vollständig zerstörte Glasfront fiel. Durch den Ausschnitt war der Mond zu sehen. Auch hier befanden sich Tags auf den Wänden sowie dunkle Schimmelflecken, die als Ganzes wie riesige Schuppen einer Schlangenhaut wirkten.

Dem Pendel zufolge löste etwas auf der rechten Seite gewaltige Vibrationen aus.

Fasziniert von dem, was er spürte, ging Tim weiter und verschwand in der dunklen Halle. Das Pendel leitete ihn nach etwa zehn Metern zu einer Treppe, die ins Untergeschoss führen musste. Im fahlen Licht des Mondes war nur der schmale Treppenabsatz zu erkennen, die übrigen Stufen verloren sich im undurchdringlichen Dunkel.

Tim trat näher, dicht hinter ihm folgte sein Bruder.

Die Kreisbewegungen des Pendels nahmen immer noch zu. Was hier unter ihren Füßen war, besaß eine stärkere Anziehungskraft als das Bermudadreieck.

»Was ist denn bloß los?«, flüsterte Kevin und atmete schwer. Kalte, weiße Wölkchen entwichen seinem Mund.

»Da unten ist irgendetwas«, murmelte Tim, ohne seinen Blick vom Pendel zu wenden. »Etwas sehr Rätselhaftes.«

Die Messingkugel fuhr schneidend durch die Luft und zeichnete immer größere Kreise. Die Kette, an der sie hing, bildete zur anfänglich vertikalen Ausrichtung des Pendels nun einen Winkel von etwa siebzig Grad.

Sie gingen weiter auf die Treppe zu.

Die Bewegungen des Pendels verstärkten sich noch einmal. Es glich jetzt einer tödlichen Schleuder, die Tim am liebsten losgelassen hätte. Aber er fürchtete, er könnte Kevin oder sich selbst verletzen. So versuchte er, sich von der Treppe, von der so heftige Wellen aufstiegen, zu entfernen, aber das Pendel beschleunigte immer weiter, als wäre es außer Rand und Band geraten. Da geschah das Unfassliche. Die Kette riss. Tim blieb keine Zeit auszuweichen. Die Kugel drang in sein linkes Auge und zerschmetterte seinen Augenbrauenbogen sowie den oberen Rand des Oberkiefers.

Tim krümmte sich vor Schmerzen. Kevin, der sich noch in der Nähe der Tür befand, stürzte zu ihm.

»Tim! In Gottes Namen! Tim!«

Das Auge war zerschmettert, aus dem Augenbrauenbogen floss Blut.

»Oh! Mein Gott!«, konnte Kevin nur stammeln.

Tim verdeckte mit einer Hand sein Auge und befreite sich aus der Umklammerung seines Bruders. Es kam ihm vor, als sei sein Schädel in tausend Stücke zersprungen, als hätte man ihn mit einem Nussknacker zum Bersten gebracht. Dort, wo sein Auge gewesen war, brannte es fürchterlich. Die Schmerzen strahlten in den ganzen Kopf aus. Als Reaktion darauf begann sein anderes Auge zu tränen.

Kevin legte ihm eine Hand auf den Rücken.

»Wir müssen von hier verschwinden.«

»Nein«, murmelte Tim. »Nein, noch nicht. Du wolltest doch hierher, also verschwinden wir nicht.«

Wut lag in seiner Stimme.

»Sicher, ich hatte unrecht«, sagte Kevin. »Es tut mir leid. Komm jetzt bitte, ich bringe dich ins Krankenhaus.«

Tim hielt ihn am Ärmel seiner Jacke fest.

»Ich will wissen, was mich so fertiggemacht hat. Ich will wissen, was dort unten ist.«

Kevin warf einen Blick zur Kellertür, dann sah er wieder zu Tim:

»Einverstanden. Aber du wirst im Auto auf mich warten, und danach fahren wir ins Krankenhaus.«

Das waren die letzten Worte, die die beiden Brüder miteinander wechselten, und Tim sollte sich später Vorwürfe machen, sie jemals ausgesprochen zu haben.

Mit schmerzverzerrten Zügen stolperte er aus dem Speisesaal und überquerte das unbebaute Gelände, während Kevin mit der Waffe im Anschlag auf das von der Dunkelheit verschluckte Kellerloch zuging, um es genauer in Augenschein zu nehmen.

Kevin steigt in die Hölle hinab

Sein Herz schlug wie verrückt in seiner Brust.

Kevin besaß zwar nicht die gleiche Fähigkeit wie sein Bruder, aber er spürte mit seinem ganzen Körper die Gefahr, die hier lauerte.

Unschlüssig ließ er den Lichtstrahl seiner Taschenlampe über die Stufen ins Dunkel gleiten.

Die Stadt Chicago bezahlte ihn dafür, dass er an Orten wie diesem herumschnüffelte, und deshalb verstand er es, seine Angst zu bezwingen. Langsam begann er die Treppe hinunterzusteigen. In der einen, nach vorn gestreckten Hand hielt er die Taschenlampe, die andere hatte er fest um seine Pistole geschlossen.

Sollte da unten ein feindliches Wesen sein, so wusste es jetzt bereits, dass er sich näherte. Kevins Fantasie hatte nichts Besseres zu tun, als ihm die Szene aus einem anderen Blickwinkel zu zeigen. So sah er sich selbst irgendwo dort unten kauern und den Schein einer Taschenlampe sprunghaft in der Dunkelheit herumfahren. Dann kam ein Typ in Jeans und Blouson mit einer großkalibrigen Pistole in der Hand vorsichtig, sehr vorsichtig die Stufen hinunter.

Die Lampe und die Waffe waren seine eigenen. Der Typ war er. Es beruhigte Kevin ganz und gar nicht, sich in dieser Situation zu sehen.

Er versuchte, seine ausschweifende Fantasie im Zaum zu halten, um sich auf das zu konzentrieren, was er tatsächlich sah. Das war jedoch nicht viel: eine Treppe aus Beton, die sich in der Dunkelheit verlor. Er spürte, wie sein Herz in seiner Brust pochte. Es war nicht zu leugnen: Noch nie in seinem Leben hatte er eine so verdammte Angst gehabt. Dennoch stieg er weiter hinunter, denn er war ein gewissenhafter Bulle, der ohne zu zögern seiner Arbeit nachging. Eine solche Situation war ihm vertraut, und er nahm seine Zuflucht dazu, die einzelnen Schritte des Zugriffs im Geiste durchzugehen: Nur in Notwehr würde er schießen, die Taschenlampe würde er auf die Verdächtigen richten, nicht nur, um sie im Blick zu behalten, sondern auch, um sie zu blenden, schließlich würde er sie über ihre Rechte belehren usw.

Disziplin und vorgegebene Regeln – diese Automatismen haben eine beruhigende Wirkung.

Kevins Fantasie kam wieder in geregelte Bahnen.

Auf der Hälfte der Treppe weitete sich das Gewölbe und ging in die Decke des Untergeschosses über, sodass er endlich seine Taschenlampe durch den Raum gleiten lassen konnte.

An der gegenüberliegenden Seite des Raumes befand sich eine Metalltür, deren grüne Farbe rostgesprenkelt war, und unter dieser Tür war ein gelblicher Lichtstreifen zu sehen.

Kevin schluckte schwer und betrat lautlos den festen Boden, während er seine Lampe und seine Pistole auf das Metall gerichtet hielt.

Als nur noch zwei knappe Meter zwischen ihm und der Tür lagen, erlosch das Licht dahinter.

Hatte man ihn kommen gehört? Wollte man durch eine andere Tür flüchten? Nein, das war unmöglich. Zumindest Letzteres war unmöglich. Er hatte den Grundriss des Gebäudes studiert und kannte ihn genau. Dieser Raum hatte keinen anderen Ausgang. Der einzige Zugang befand sich hier vor seinen Augen.

Man hatte ihn gehört, ja, und man wartete bereits auf ihn.

Man wartete im Dunkeln auf ihn.

Kevin fuhr sich mit der Zunge über die Lippen, dann schrie er:

»Polizei! Kommen Sie mit erhobenen Händen heraus!«

Zurückhaltung war nun nicht mehr angesagt. Außerdem machte er sich mit seinem Schreien selbst Mut.

Mit einem Fußtritt brach er die Tür auf, die dröhnend gegen die Wand krachte.

»Kommen Sie heraus!«, wiederholte er, ohne mehr zu erreichen als beim ersten Mal.

Nach einem Augenblick des Zögerns trat er mit Lampe und Waffe vor sich in die Dunkelheit hinein und sah, dass er sich in einem riesigen Lagerraum befand. An den Wänden standen noch vereinzelt Regale.

Plötzlich fing der Lichtstrahl der Taschenlampe einen Mann ein.

Er stand mitten im Raum, hielt sich aufrecht und verharrte vollkommen regungslos. Er sah Kevin an, und obwohl der Lichtstrahl ihn mitten ins Gesicht traf, schien er weder geblendet noch gestört zu sein. Weder schloss er die Augen, noch verzog er das Gesicht. Er rührte sich nicht ein bisschen. Nein, er fixierte Kevin. Seine stahlblauen Augen wirkten so leblos wie die eines Raubfisches.

»He! Sie da! Hände hoch!«, schrie der Inspector.

Aber der Mann rührte sich nicht und sah ihn weiter an.

Es war ein gut gekleideter Weißer, sein Anzug saß richtig, die Krawatte passte dazu, sein Kiefer war kräftig, seine blauen Augen tiefliegend. Er war etwa vierzig Jahre alt und rund einen Meter achtzig groß. Besondere Kennzeichen: Er trug einen schwarzen Lederhandschuh an der rechten Hand, und seine nach hinten gekämmten Haare waren gebleicht.

Er sah keineswegs so aus wie das Gesindel, dem die Polizei von Chicago in solchen Gegenden gewöhnlich hinterherjagte.

Kevin überlegte. War das ein Yuppie, der sich hier Stoff besorgen wollte? Oder vielleicht ein Immobilienmakler, den das zum Verkauf stehende Gelände angelockt hatte?

»Mr Modin, wir sind nicht bewaffnet«, sagte der Mann mit den strohblonden Haaren nun in Ehrfurcht gebietender Haltung.

Verflixt! Woher weiß er meinen Namen?

Kevin hatte das unangenehme Gefühl, der Typ würde seine Gedanken lesen.

»Kennen wir uns?«

»Ein wenig kennen wir jeden, Mr Modin.« Dann folgte ein kurzes Schweigen, bevor der Typ fragte: »Was tun Sie hier außerhalb Ihrer Dienstzeit?«

Das war ein geschickter Schachzug, denn es erinnerte Inspector Modin an eine entscheidende Kleinigkeit. Gebrauchte er jetzt seine Waffe, so würde er sich wohl vor einem Gericht dafür verantworten müssen, und der Staatsanwalt würde sich vermutlich als verschreckte Jungfrau aufspielen.

»Hier stelle ich die Fragen, klar?«, erwiderte der Inspector.

Sich niemals einschüchtern lassen, auch wenn man bei einem Fehler ertappt wurde. So lautet eine Grundregel der Polizei für schwierige Situationen, und Kevin brachte sie hier zur Anwendung, auch wenn er ernste Zweifel hinsichtlich ihrer Wirkung hegte.

Der weitere Verlauf sollte seinen Befürchtungen recht geben.

»Sie sollten sich besser aus dem Staub machen, Mr Modin«, sagte der Unbekannte nun in eisigem Tonfall.

Kalter Schweiß lief Kevin den Rücken hinunter. Wollte der Typ ihm drohen? Verflucht! Noch nicht mal die Hände hatte er erhoben!

»Hoch mit den Scheißpfoten!«, bellte er ihn noch einmal an und wurde zunehmend nervös.

Plötzlich fiel ihm auf, dass er der Wortwahl des Mannes vor ihm bisher noch keine Beachtung geschenkt hatte. Dieser hatte mehrmals »wir« gesagt. War das ein Pluralis majestatis oder ein echter Plural?

Kevin drehte sich mit seiner Lampe und seiner Pistole rasch herum, um die anderen Ecken zu überprüfen.

Er entdeckte einen weiteren Mann, *verflucht*!, und schließlich einen dritten. Sie waren alle auf die gleiche seriöse Art gekleidet, standen alle drei regungslos da und hielten ihren Blick auf ihn gerichtet. An der rechten Hand trugen sie jeweils einen schwarzen Handschuh.

Hinter ihnen tauchte ein viertes Individuum auf, das sich von den anderen dadurch unterschied, dass es »menschlicher« und damit weniger gefährlich wirkte. Dieser Mann trug eine Goldrandbrille und presste einen Hartschalenkoffer an sich, als wolle er sich schützen.

»Schießen Sie nicht! Ich bin Anwalt«, stieß er erschreckt hervor, als der Lichtstrahl auf ihn fiel.

Aber sein Erschrecken bezog sich nicht zwangsläufig auf Kevin.

Kevin fiel ein weiteres Detail auf: Unter dem Verschluss des Koffers befand sich eine kleine runde, reflektierende Oberfläche. Vermutlich das Objektiv einer versteckten Kamera. Er schwor sich, den Koffer später genau zu durchsuchen.

»Machen Sie das Licht an, Herr Anwalt!«

Im Gegensatz zu seinen Begleitern folgte der Anwalt der Aufforderung und drückte auf den Schalter neben sich.

Aber auch bei Licht fühlte Kevin sich kaum weniger bedroht als zuvor im Dunkeln.

Die drei anderen hatten weiterhin keine Miene verzogen und fixierten ihn immer noch erschreckend kaltblütig.

»Was machen wir mit ihm?«, fragte der Mann rechts den Strohblonden hinter ihm, als wäre Kevin durchsichtig – trotz seiner Dienstmarke und trotz seiner Waffe.

»Amüsieren wir uns ein wenig«, antwortete der Typ mit den stahlblauen Augen und dem gebleichten Haar.

Plötzlich bewegten sich die drei Individuen auf Kevin zu.

Was die Augen des Letzteren nun sahen und was sein Gehirn ihm bestätigte, war schlicht unmöglich und ließ sich dennoch nicht leugnen.

Der Blick der drei Männer hatte teuflisch rot zu leuchten begonnen, als wären ihre Pupillen zu Schmelztiegeln brodelnder Eisenglut geworden, und ihre Gesichter – *oh mein Gott*! – verwandelten sich zu etwas anderem.

Zu etwas radikal Unmenschlichem und Bestialischem.

Ohne an den Staatsanwalt zu denken, der ihn irgendwann zur Rechenschaft ziehen konnte, wenn er heil hier herauskäme, verschoss Kevin sein ganzes Magazin auf seine Angreifer. Todesangst packte ihn, und er begann zu schreien, während seine Beine zur Treppe stürzten. Er jagte die ersten sechs Stufen hinauf, bevor er eingeholt wurde. Er fühlte einen reißenden Schmerz in seinem linken Knie und wurde unvermittelt nach hinten gerissen. Er stürzte zu Boden, und während die drei *Monster* ihn in den Raum zurückzogen wie einen einfachen Jutesack, sah er sein linkes Bein in einer Blutlache am Fuß der Treppe liegen.

Die Metalltür schloss sich.

Dann bestand die Welt für Inspector Modin nur noch aus Schmerzen und Schreien.

Tim stellt seine Nachforschungen an

Durch Hinweise seines Bruders fand die Polizei Kevins Leiche noch in der gleichen Nacht.

Man hatte sich auf eine befremdliche und akribische Weise über den jungen Inspector hergemacht, als wollte man ein Spiel mit ihm treiben, das darin bestand, ihn Stück für Stück auseinanderzureißen. Alle Drogenabhängigen des Viertels wurden unter die Lupe genommen.

Es kam zu Verhaftungen und Beschattungen. Jedoch wurde niemals jemand des Mordes an dem jungen Inspector beschuldigt.

Wenn die Suche nach den Tätern ergebnislos blieb, so auch deshalb, weil sie die Zeugenaussage von Tim Modin nicht wirklich berücksichtigte, der gesehen hatte, wie vier Männer das Gelände verließen, während er mit seinem verletzten Auge im Auto des

Bruders wartete. Die Polizei hatte Phantombilder nach seinen Beschreibungen angefertigt, die in drei Fällen nichts ergeben hatten und so in den Tiefen irgendwelcher Metallregister verschwanden. Bei dem vierten Mann wurde auf die Personenbeschreibung hin ein Verdächtiger festgenommen, den Tim bei einer Gegenüberstellung auch identifizierte. Es handelte sich um Fred Charleston, einen Anwalt aus Manhattan. Im weiteren Verlauf konnte man jedoch nicht nachweisen, dass Fred Charleston sich an jenem Tag, an dem Kevin Modin ums Leben kam, in Chicago aufgehalten hatte. Vielmehr war das Alibi von Charleston bombensicher wie der Panzerschrank in seinem Büro und ebenso schwer zu knacken wie die Rubik-Würfel, die er sammelte. Fred Charleston war nicht umsonst Anwalt. Er kam also wieder auf freien Fuß, und die Nachforschungen wurden eingestellt.

Im Gegensatz zur Polizei vergaß Tim diese Gesichter jedoch nicht, und auch nicht jenes Detail ihrer Kleidung, auf das er in seiner Zeugenaussage eindringlich hingewiesen hatte: Drei der vier Männer hatten in der Nacht des Verbrechens einen schwarzen Lederhandschuh an der rechten Hand getragen. Dies schien ihm von größerer Wichtigkeit zu sein als ihre feinen dreiteiligen Anzüge oder die gelben Haare des Mannes, der offenbar ihr Anführer war.

»Ich habe mein Geschäft in Chicago dann verkauft«, erzählte Tim Jodie, während sie nach Stamford hineinfuhren, »und ich bin Spürhund geworden, sozusagen Bulle auf eigene Rechnung.«

Der Beruf eines Privatdetektivs in New York hatte in seinen Augen nichts Romanhaftes. Drei Viertel der Zeit war er mit der Aufklärung von Aktienbetrug beschäftigt. Die Aufträge kamen von Unternehmen, die sich alle zu Recht oder Unrecht als Opfer von Industriespionage sahen. Daneben befasste er sich mit kleineren Familienstreitigkeiten: nicht gezahltem Unterhalt, Ehebruch, Sorgerecht für die Kinder, manchmal auch für den Hund usw. Es mangelte nicht an Arbeit, und so kannte Tim recht viele Leute in der Stadt. Leute wie »du und ich«, aber auch Leute, deren Strafregister dicker als eine ganze Enzyklopädie war.

Die Spur von Fred Charleston hatte die Polizei nach New York geführt, und so war auch er dorthin gezogen, um weitere Nachforschungen anzustellen.

Sein Onkel Todd besaß ein *brownstone*-Haus in Brooklyn und hatte ihm angeboten, bei ihm zu wohnen. Und so lebten sie nun schon seit fünf Jahren zusammen unter einem Dach.

»Wer Onkel Todd nicht begegnet ist, weiß nicht, was Güte ist«, eröffnete Tim Jodie und sah dabei fest auf die Straße.

Sein Onkel hatte ihn nicht nur bei sich aufgenommen, er hatte ihn auch nach Kräften bei seinen Nachforschungen unterstützt. Nachdem sie festgestellt hatten, dass Charleston ein bedeutender Syndikus war, hatten die beiden Männer die Praxis von Charleston & Parker abwechselnd überwacht – in der Hoffnung, so auf die Spur eines der Männer zu stoßen, die den Anwalt in der Nacht des Mordes an Kevin begleitet hatten.

Monate vergingen, ohne dass ihre Bemühungen sich auszahlten, dann aber sah Onkel Todd eines Abends einen Mann hineingehen, der an seiner rechten Hand einen schwarzen Lederhandschuh trug. Als dieser eine knappe Stunde später Charleston & Parker wieder verließ, machte Onkel Todd mit seiner Polaroid-Kamera ein Foto von ihm.

Tim fand heraus, dass der Mann Walter Skoll hieß, äußerst zurückgezogen lebte, sehr reich war und in der Fifth Avenue eine Kunststiftung besaß. Skoll war keiner der Mörder von Kevin, wies aber eine verteufelte Ähnlichkeit zu ihnen auf. Er blieb im Übrigen nicht lange in New York: Schon zwei Tage später, nachdem er seine Geschäfte mit dem Anwalt besprochen hatte, begab er sich wieder auf sein texanisches Xanadu in Gestalt einer Ranch.

Am Tag nach dem Besuch Skolls erlitt Onkel Todd auf dem Heimweg einen Schlaganfall. Der alte Mann musste mehrere Wochen zur Beobachtung im Krankenhaus bleiben, und Tim setzte die Nachforschungen alleine fort. Er rieb sich auf zwischen seinem kranken Onkel und einigen laufenden Aufträgen zu gestohlenen Patenten und Sorgerechtsentscheidungen, deren Zahl er so gut es ging begrenzte.

»Ich hätte gerne etwas in Texas herumgestöbert«, erklärte Tim Jodie. »Aber da Onkel Todd krank war, habe ich das auf später verschoben.«

Dann, etwas mehr als sieben Jahre nach dem Mord an Kevin, war die Kanzlei Charleston & Parker das Ziel von Einbrechern geworden. Diese »Scheißkerle« (so Fred Charleston) waren auf die Idee gekommen, den prächtigen Renaissance-Wandteppich abzuhängen, der den von seinen Hunden zerfleischten Aktaion darstellte. So hatten sie den dahinter versteckten Safe entdeckt. Da ein Unglück bekanntlich selten allein kommt, war es ihnen zudem gelungen, diesen zu knacken. Anschließend waren sie wieder verschwunden, ohne dass die überaus aufwändige und teure Alarmanlage der Kanzlei Charleston & Parker losgegangen wäre.

Nach diesem Einbruch war Fred Charleston so schlau, sich eine Kugel durch den Kopf zu jagen.

Es tauchten Gerüchte auf, denen zufolge sich eine Art *Snuff Movie* von zweieinhalb Minuten Länge in seinem Safe befunden hätte. Ein *Snuff Movie*, dessen Geschehen sich irgendwo in Chicago abgespielt hatte …

Tim hatte nicht lange gebraucht, um zu begreifen, dass der Anwalt heimlich den Mord an seinem Bruder gefilmt hatte – vermutlich eine Vorsichtsmaßnahme, um etwas gegen seine geheimnisvollen Klienten mit dem schwarzen Lederhandschuh in der Hand zu haben, falls ihm etwas zustoßen sollte.

Nun hatte sich die »Vorsichtsmaßnahme« jedoch gegen den Anwalt gekehrt, denn nachdem der Film gestohlen worden war, konnte er sich ausmalen, welches Schicksal seine Klienten ihm für sein kleines »Versteckspiel« angedeihen lassen würden, wenn sie davon erfahren sollten.

Tim hatte nie herausfinden können, was aus dem Film geworden war und wer ihn bei Charleston & Parker gestohlen hatte, obwohl sich hartnäckig Gerüchte hielten, dass ein gewisser hochkarätiger Verbrecher mit dem Beinamen 10–13 damit zu tun hatte und vielleicht sogar selbst an dem Einbruch beteiligt war.

Tim zeigt sein Gesicht

Als Tim die Geschichte zu Ende erzählt hatte, waren sie in Stamford vor dem Haus angekommen, in dem Jodie eine Wohnung gemietet hatte. Tim parkte und schaltete den Motor aus.

Sein Bruder Kevin war, wie er gesagt hatte, in Chicago geblieben – auf dem Friedhof Washington Memory Gardens, um genau zu sein.

»An diesem Tag habe ich viel verloren. Meinen Bruder, mein Auge und meine Illusionen über Gerechtigkeit.«

Er nahm das schwarze Lederband ab und drehte sich zu Jodie um. Im Schein der Laternen sah Jodie, dass die Messingkugel immer noch in der Augenhöhle steckte.

»Ich habe mich im Krankenhaus geweigert, dass man sie mir herausnimmt. Du musst mich schrecklich finden, nicht wahr?«

»Nein, überhaupt nicht«, murmelte sie und lächelte ihn zärtlich an.

Wie schrecklich fand sie dagegen den jungen Doktor Kyle mit seinen so jämmerlich bartlosen Wangen.

Tim beugte sich zu ihr und küsste sie.

»Ich möchte dich gern um etwas bitten«, sagte er.

»Du möchtest mich um meine Einwilligung bitten, nicht wahr?«, lächelte sie mit leichtem Schalk.

»Nein, ich möchte, dass du unsere Bitte ablehnst.«

»Ich kann auch wirklich nicht darauf eingehen. Ich habe es dir gesagt, ich … ich brauche den Job in der Stiftung dringend, Tim. Das ist nicht sehr moralisch, ich weiß. Tut mir leid.«

»Es gibt keinen Grund, warum dir das leidtun sollte, glaub mir.«

Im Grunde wirkte Tim sogar erleichtert über diese Entscheidung. Jodie schien ihm viel zu verletzlich zu sein, um den Wölfen die Stirn bieten zu können.

Vierter Tag

Samstag, 13. Dezember

Jodie begegnet Walter Skoll

Jodies Arbeitstag in der Stiftung wurde von mehreren Vorfällen skandiert.

Der erste ereignete sich, als sie gegen acht Uhr dreißig dort eintraf. Sie erklärte dem Wachmann, dass sie eine halbe Stunde früher gekommen sei, um sich besser einzuarbeiten, und Ron Flint bedauerte sie mit seinem üblichen Lächeln wie schon an den beiden Tagen zuvor, dass sie mit diesem »Mistkerl« Garson zusammenarbeiten musste. Er ließ sie hinein.

Jodie ging zu den Aufzügen, drückte auf den Knopf und wartete.

Sie sah ihn nicht von hinten kommen und merkte auch nicht, dass er hinter ihr stand, bis sie sich zu Ron Flint umdrehte, der am anderen Ende der Eingangshalle saß. Sie fuhr leicht zusammen, aber er schenkte ihr keine Beachtung. Die Hände in den Taschen seines Mantels, verfolgte er das Näherkommen des Aufzugs auf der Anzeigentafel der Etagen. Er war ein recht beleibter Mann, etwa so groß wie Tim, aber doppelt so dick. Unter seinem schlichten, dicken Mantel waren eine schmucklose Krawatte und ein strenger Dreiteiler zu sehen. Sein gewaltiger Schädel und seine schwarzen, tief in ihren Höhlen liegenden Augen verliehen seinem Gesicht eine leicht beängstigende männliche Autorität.

Mit klopfendem Herzen erkannte Jodie Walter Skoll, den Präsidenten der Stiftung. Er sah haargenau so aus wie der Mann auf den Fotos, die Tim ihr bei Forrest gezeigt hatte.

Der Aufzug kam, und sie stiegen ein. Jodie stellte sich in eine Ecke ganz hinten in der Kabine, Skoll pflanzte sich dagegen genau in der Mitte auf.

»Welche Etage?«, fragte er sie musternd.

Jodie antwortete ihm und sah, wie er auf den Knopf für die fünfte und dann auf den für die sechste Etage drückte, für die verbotene Etage – seine Etage.

Jetzt erst bemerkte sie, dass die rechte Hand, mit der er die Knöpfe betätigt hatte, in einem schönen, dunklen Lederhandschuh steckte. Sofort kamen ihr die Gespräche in den Sinn, die sie am Abend zuvor mit ihren neuen Freunden geführt hatte. Sie versuchte, einen Blick auf die andere Hand des Mannes zu erhaschen, aber diese steckte auch jetzt noch in der Manteltasche.

Zwischen der zweiten und dritten Etage ließ der Mann etwas zu Boden fallen, und Jodie bückte sich, um es ihm zurückzugeben. Es war ein gerade mal fingergroßer USB-Stick, auf dem Datenmaterial gespeichert werden konnte. Er bedankte sich bei ihr und schenkte ihr dann keine Beachtung mehr.

Sie stieg in der fünften aus, drehte sich um, als der Aufzug sich hinter ihr geschlossen hatte, und sah auf die Leuchtziffern, die angaben, wo sich der Aufzug befand. Die Zahl sechs leuchtete auf.

Wer mochte dieser Walter Skoll sein? Ein Stiftungspräsident, der gerne den modernen Blaubart spielte, oder, wie Tim behauptete, ein Krieger im Dienste eines alten, wiedererstandenen Südstaatengenerals? Sie wusste nicht recht, was sie denken sollte, und der Gedanke, mit einem solchen Mann im Aufzug gefahren zu sein, jagte ihr einen leichten Schauer den Rücken hinunter.

Zumindest eines wusste sie jetzt: In der sechsten Etage gab es einen Computer und auch jemanden, der diesen zu nutzen verstand.

Diese erste Begebenheit sollte erst am Ende des Tages eine Fortsetzung finden. In der Zwischenzeit, gegen Mittag, ereignete sich der zweite Vorfall.

Der Morgen war rasch verflogen. Unentwegt hatte Jodie Briefe getippt und war von einer Etage in die andere gerannt, um Garson ausfindig zu machen, der die Briefe unterzeichnen musste.

Kurz vor der Mittagszeit saß sie vor ihrem Computer, als die künstlerische Leiterin sie aufsuchte. Lisa Whittaker war eine große, rothaarige Frau, die ein elegantes hellbeiges Kostüm trug.

Jodie war höchst überrascht, als sie mit einem breiten Lächeln sagte:

»Es tut mir sehr leid, dass ich Ihnen die Stiftung nicht selbst zeigen konnte. Ich komme in den letzten Tagen zu gar nichts. Hat man Sie denn wenigstens freundlich aufgenommen?«

Die Tür von Neil Garsons Büro war angelehnt, er hatte alles mitgehört. Seine Reaktion kam prompt.

»Kann ich Sie einen Augenblick sprechen?«, stieß er in Richtung Lisa Whittaker hervor und schob seinen Kopf durch die Türöffnung. »Unter vier Augen, bitte.«

Lisa Whittaker warf Jodie ein entschuldigendes Lächeln zu, das ein »Ich komme gleich zurück« verhieß, und folgte Garson, der die Tür seines Büros hinter ihr schloss.

Kaum war das geschehen, explodierte er. Jodie konnte den Wortwechsel der beiden sehr genau verfolgen, denn die vorsichtshalber geschlossene Tür erwies sich als rein formelle Geste.

»Sie gehen mir allmählich auf die Nerven, Whittaker«, tobte Garson. »Wenn Sie Krieg haben wollen, dann werden Sie ihn bekommen. Ich werde alle Hebel in Bewegung setzen, damit Sie bei der nächsten Sitzung hinausfliegen, darauf gebe ich Ihnen mein Wort. Sie teilen mir nicht nur eine Sekretärin zu, die ich nicht selbst ausgesucht habe, sondern Sie besitzen auch noch die Dreistigkeit, sich vor meiner Tür dafür zu rühmen. Sie werden mich noch kennenlernen! Das verspreche ich Ihnen!«

Nun plusterte Lisa Whittaker sich auf:

»Aha! So ist das also! Sie sind ein Idiot, Garson, und das ist nichts Neues für mich! Die Befehle kamen von ganz oben, Garson. Von ganz oben. Sie müssen Ihre Anschuldigungen schon an der richtigen Stelle vorbringen! Nutzen Sie die Gelegenheit, *er* ist oben!«

Dann erschien Lisa Whittaker wieder und verließ den Presseraum, wobei sie Jodie erneut ein entschuldigendes Lächeln zuwarf.

Die nun folgenden Stunden waren sehr schmerzlich für Neil Garson.

Er hatte zwei Fehler begangen, die seinem geplanten Aufstieg in der Stiftung alles andere als zuträglich sein dürften. Lisa Whittaker in einer Auseinandersetzung den Krieg zu erklären war der erste Fehler. Whittaker war keine Frau, die sich einschüchtern ließ, und sie hatte vielleicht noch weitere Trümpfe im Ärmel, die seine ausstechen könnten. Der zweite Fehler bestand darin, dass er geglaubt hatte, Lisa Whittaker wäre in irgendeiner Weise dafür verantwortlich, dass man Jodie Stevenson eingestellt hatte.

Senator Marvin March empfängt Sarah

»Senator Marvin March lässt jetzt bitten«, verkündete die Sekretärin, eine kleine Dunkelhaarige mit einem strengen Haarknoten.

Sarah erhob sich und folgte ihr. Sie gingen einen langen sandfarben gestrichenen Flur entlang, dessen Wände Karikaturen des Senators zierten. Sie zeigten ihn mal als Mops, mal als Straßenköter. Offenbar schätzte der Senator den Beinamen »Pitbull«, mit dem ihn sowohl Freunde wie Gegner in einer diffusen Mischung aus Bewunderung und Furcht bedachten.

Sarah überraschte das nicht. Sie hatte das lange Porträt in der *Newsweek* gelesen, und so wusste sie, dass sein Ruf als integrer und unerbittlicher Typ ebenso wenig übertrieben war, wie sein Name mit den kriegerischen Anklängen eine Anmaßung darstellte. March, der »Pitbull«, ließ niemals etwas los, in das er sich verbissen hatte, und er hatte in den vergangenen dreißig Jahren in Amerika viel zu beißen gefunden.

In der Watergate-Affäre hatte Marvin March als Anwalt mit Harvardabschluss zum ersten Mal auf der politischen Bühne Zähne gezeigt. Vor dem versammelten Untersuchungsausschuss, der die Absetzung von Präsident Nixon erreichen sollte, war er am schärfsten gegen den Präsidenten vorgegangen und hatte diesen nicht nur wegen der »Klempner«-Einheit belangt, sondern ihm auch vorgeworfen, den geheimen Befehl für die Bombardierung Kambodschas während des Vietmankrieges gegeben zu haben.

Von einem Tag auf den anderen hatte sich March den Ruf erworben, »hart, aber fair« zu sein, und in diesem stand er auch heute noch.

In jenem entscheidenden Jahr 1973 hatte in dem Untersuchungsausschuss eine gewisse Hillary Rodham ihr Büro neben dem seinen gehabt. Sie war eine junge, hervorragende Anwältin aus Yale, die einige Jahre später unter dem Namen Clinton eine der berühmtesten First Ladies der Vereinigten Staaten werden sollte. March und Hillary hatten sich zwei Tage ausgiebig taxiert, aber ihre gemeinsame Abneigung gegen Nixon, die bei March eher moralisch, bei Hillary eher intellektuell motiviert war, hatte diese beiden herausragenden Köpfe des Ausschusses zu echten Freunden gemacht, die einander mit größter Wertschätzung begegneten. Zumindest so lange, bis der Ehemann von Hillary selbst wegen seiner Affäre mit Monica Lewinksy abgesetzt werden sollte. Marvin March hatte Ende der achtziger Jahre sein Amt als Rechtsanwalt aufgegeben, um sich für die Demokraten zum Senator des Staates New York wählen zu lassen. Seit diesem Sieg hatte er seinen Sitz im Kongress niemals verloren und genauso wenig sein Trachten nach moralischer Integrität. Waren auch sein Haar licht und sein Rücken rund geworden, seine Überzeugungen hatten sich nicht geändert. Was ihn mit achtunddreißig Jahren aufgebracht hatte, brachte ihn auch jetzt noch auf, da er die siebzig überschritten hatte: Lüge und Korruption – diese Dinge verabscheute er, und sie weckten in ihm den »Pitbull«, dessen entfesselte Kräfte keine Altersschwäche kannten.

Besonders nachhaltig war zweifellos sein Auftritt im Fernsehen, als er gemeinsam mit Joe Lieberman, einem weiteren demokratischen Senator, das Fehlverhalten und die Lügen von Präsident Clinton im »Monicagate« angeprangert hatte. Es verwundert nicht, dass sein Ansehen bei den Republikanern an jenem Tag enorm stieg. Der »Pitbull«- oder »Hart, aber fair«-Senator wich keinen Millimeter von seinen Prinzipien ab, auch wenn sie seine eigene Partei in Schwierigkeiten brachten, ganz gleich, ob es um eine Klempner-Einheit oder eine schmutzige Affäre ging. Aber ebenso schnell rückten die Republikaner wieder von ihm ab, als er sich mit der ihm eigenen Verbissenheit an die zarten Fersen des Sohnes von Präsident Bush heftete …

Die Sekretärin klopfte an die Tür des Senators, öffnete sie und trat beiseite, um Sarah vorbeizulassen.

Das ist jetzt dein Spiel, sprach sich die junge Frau Mut zu und betrat den Raum.

Der Senator telefonierte. Er sah genauso aus, wie man ihn aus den Medien kannte: nicht sehr groß, eher schlank und vollkommen kahl. Er bedeutete Sarah, in einem der beiden ausladenden Ledersessel ihm gegenüber Platz zu nehmen. Das war eine Situation, die sie zutiefst verabscheute: warten wie ein chinesisches Porzellangefäß, bis man ihr endlich Aufmerksamkeit schenkte. Glücklicherweise beendete der Senator sein Gespräch bald und legte auf.

»Ich höre, Miss Widar. Aber bevor Sie mir die Gründe unserer – wie Sie sagen, außerordentlich wichtigen – Unterredung darlegen, möchte ich Sie in Ihrem eigenen und auch in meinem Interesse bitten, unverzüglich zur Sache zu kommen. Ich habe leider keine Zeit zu verlieren. Ich höre Ihnen zu, sprechen Sie.«

Das war typisch March. Direkt und ein wenig schroff.

So beschloss sie, das Beiwerk auf einen anderen Tag zu verschieben, während der Senator nach einer Akte griff, die neben seiner ledernen Schreibtischunterlage lag.

»Mr Senator, als Präsident des Untersuchungsausschusses zu den satanistischen Sekten müssen Sie Kenntnis vom Kreis um Fenryder haben.«

Sie wartete auf eine Bestätigung seinerseits, aber nicht ein Muskel seines faltigen Gesichts regte sich.

»Wir haben gute Gründe anzunehmen«, fuhr sie nach einem Augenblick fort, »dass diese Geheimgesellschaft hier, mitten in New York, eine Basis hat.«

»Wer ist denn *wir*?«, brummte er, ohne den Blick von seinen Akten zu heben.

»Freunde von mir.«

Er nahm einen Stift vom Tisch und korrigierte einen Zeichensetzungsfehler in der Akte.

»Freunde gibt es nicht, Miss Widar.«

»Meine Freunde gibt es, und … vertrauenswürdig sind sie auch.«

»Zumindest ihre Informationen sind es nicht.«

»Darauf würde ich nicht wetten, Mr Senator.«

Der Senator warf ihr einen skeptischen Blick zu, bevor er mit dem Stift einen weiteren Fehler verbesserte.

»Erstens«, setzte er an, »mag ich keine Wetten. Zweitens glaube ich nicht einmal meinen Freunden. Und schließlich als Letztes: Ich habe keine Zeit zu verschenken. Ich stelle fest, dass wir uns in diesen drei Punkten unterscheiden, Miss Widar. Es tut mir außerordentlich leid, dass Sie sich hierher bemüht haben, um dies zu begreifen. Sicher erwartet man Sie, daher will ich Sie nicht länger aufhalten. Auf Wiedersehen.«

Sarah erhob sich und schlug mit der flachen Hand auf den Schreibtisch.

»Fügen Sie Ihrer Liste bitte noch einen vierten Punkt hinzu, in dem wir uns unterscheiden, Mr March. Ich überprüfe meine Informationen immer. Ja, immer. Und Sie täten gut daran, ebenso zu verfahren, denn die Walter-Skoll-Stiftung sieht mir ganz nach einem Schlupfwinkel der Wölfe mitten in New York aus.«

Damit wandte sie ihm den Rücken zu und ging bereits zur Tür, als sie ihn sagen hörte:

»Miss Widar, nehmen Sie wieder Platz. Bitte, nehmen Sie wieder Platz.«

Der alte Senator hatte seine Nase nun von seinem Schreibtisch erhoben. Er wies mit der Hand auf den Sessel, von dem sie gerade aufgestanden war.

»Bitte«, wiederholte er, während sie zu ihrem Platz zurückging. »Was ich Ihnen jetzt anvertraue, darf niemand außerhalb dieses Raumes erfahren. Geben Sie mir Ihr Wort darauf?«

Sarah nickte.

»Gut. Der Ausschuss, dessen Vorsitzender ich bin, wurde gebildet, um die sektiererischen satanistischen Gruppierungen unter die Lupe zu nehmen, die auf dem Territorium der USA ihr Unwesen treiben, und um ihre Gefährlichkeit abzuschätzen. Wie Sie vermutlich wissen, wurde dieser Ausschuss nach den mysteriösen Todesfällen von Tusitala in Louisiana ins Leben gerufen. Meine

Assistentin hat mich darüber informiert, dass Sie sich bei diesen beiden Dramen dort unten aufgehalten haben. Das stimmt doch? Ich werde Sie also nicht darüber aufklären müssen, was zunächst im Schwimmbad dieser kleinen Stadt und kurz darauf auf dem Besitz der Baldwins geschehen ist. Aber was dieses zweite Massaker angeht, so wissen Sie vermutlich nicht, dass in dieser Nacht noch fünf weitere Leichen in einem Wald der Gegend gefunden wurden, denn die Behörden haben der Presse nichts darüber mitgeteilt. Es handelte sich um zwei Agenten der Drogenfahndung DEA und vier Männer eines sogenannten 10–13, dessen richtiger Name Colin Tyron ist. Alles weist darauf hin, dass es den Agenten zunächst gelang, diese Individuen festzunehmen. Danach scheinen sie jedoch einem von Fenryders Wölfen in die Quere gekommen zu sein.«

»10–13 ist ein Drogenhändler, nicht wahr?«

»Neben anderen illegalen Geschäften auch das, ja. Die DEA sucht ihn bereits seit vier oder fünf Jahren.«

»Was machten denn diese vier Leute in der Nähe des Besitzes der Baldwins?«

»Wir haben Grund zu der Annahme, dass 10–13 versuchte und noch immer versucht, einen der Vertrauten von Fenryder gefangen zu nehmen, um so bis zu diesem vorzudringen.«

»Was will er von ihm?«

»Soweit ich weiß, soll es sich um eine finstere Rachegeschichte handeln.«

Sarah dachte erneut an die Männer, die sie aus dem Central Park hinausbegleitet und ihr zweifellos das Leben gerettet hatten. Diese merkwürdigen Schutzengel waren offenbar alles andere als brave Chorknaben gewesen.

»Mr Senator, wie haben Sie herausgefunden, dass Fenryders Wölfe hinter diesen Blutbädern stecken?«

»Ein gut platzierter Informant hat mir vor ein paar Monaten streng vertrauliche Unterlagen über die Aktivitäten von Fenryders Wölfen übergeben. Sie wissen ja sicher, dass diese Geheimgesellschaft keine satanistische Sekte im eigentlichen Sinne ist, aber es ist interessant für uns, sie als solche zu betrachten. Wenn wir genug über sie wissen, können wir sie irgendwann auffliegen lassen. Parallel zu unseren Bemühungen wurde eine Spezialeinheit des FBI damit beauftragt, ihre Aktivitäten auszukundschaften und ihre angeblich übernatürlichen Kräfte zu erforschen. Es geht schließlich um die nationale Sicherheit.«

»Warum soll dann die Öffentlichkeit nichts davon erfahren?«

Der Senator fuhr sich mit der Hand über den kahlen Schädel.

»Sagen wir es so: Diese Dinge entsprechen nicht ganz dem Allerweltsglauben, oder? Dass Menschen in der Lage sind, sich vor Ihnen zu Ihren schlimmsten Albträumen zu materialisieren?«

»Ihnen persönlich würde man auch das glauben.«

»Vielleicht. Aber wir ziehen es vor, sie unschädlich zu machen, bevor wir Informationen darüber in den Medien verbreiten. Es muss um jeden Preis vermieden werden, dass eine Panik ausbricht. Ich hoffe, es beruhigt Sie etwas, dass ihre Verhaftung nicht mehr allzu fern ist. Eine groß angelegte Operation wird gerade ausgearbeitet. Sie haben sicher Verständnis dafür, dass ich Ihnen nicht mehr darüber sagen kann.«

Der alte Senator lehnte sich in seinem Sessel zurück, sodass seine Unterarme entspannt auf den Armlehnen zu liegen kamen.

»Und nun«, fuhr er fort, »sind Sie an der Reihe, Miss Widar. Was wissen Sie über die Wölfe und ihren General? Was *genau* wissen Sie über sie?«

In diesem Augenblick begriff Sarah, dass sie keinen Fehler machen durfte. Hielt der alte Senator ihre Informationen für wertlos, so konnte sie die Hoffnung auf eine ernsthafte Zusammenarbeit mit den staatlichen Behörden begraben. Sie legte los und wiederholte, was Forrest, Tim und sie selbst Jodie bei ihrem abendlichen Treffen erzählt hatten, und gab damit all ihr Wissen über Fenryder und seine Schergen preis. Nicht ein einziges Mal benutzte der Senator während ihres Berichtes seinen Stift. Das war eher ein schlechtes Zeichen.

»Ist das alles?«, wollte er wissen, als sie geendet hatte.

»Unsere Ohren sind nicht besser als die der NSA, der Nationalen Sicherheitsbehörde«, erwiderte sie.

»In diesem Punkt stimmen wir zumindest überein. Von dieser Feststellung ausgehend, müssen Sie zugeben, dass in dieser Sache kein Platz für private Nachforschungen ist. Ich kann Ihnen gar nicht genug raten, sich da herauszuhalten. Fenryder stellt eine Gefahr dar, die Sie nicht ermessen können. Ihre ... ›Informationen‹ sind zu mager, als dass sie uns nützlich sein könnten, aber sie reichen aus, um Sie in Gefahr zu bringen, Sie und Ihre Freunde. Ich fordere Sie auf, sich unverzüglich aus dieser Sache zurückzuziehen und das Handeln den kompetenten Fachleuten zu überlassen.«

»Sie meinen wohl den medizinischen Notfalldienst und die Totengräber?«

»Noch eine solche Unverschämtheit, Miss, und Sie fliegen raus, verstanden?«

Sarah fragte sich, warum er sie ohnehin nicht schon an die Luft gesetzt hatte. Letztlich verschwendete er doch seine Zeit mit ihr. Es sei denn, er erwartete Informationen von ihr, die er noch nicht in seinen Unterlagen hatte.

»Ich werde Ihnen eine kleine Abmachung vorschlagen«, nahm er das Gespräch wieder auf. »Denken Sie gut darüber nach, bevor Sie sich entscheiden, einverstanden? Sie werden mir die Namen Ihrer Freunde geben, damit ich das FBI über Sie alle unterrichten kann, und dann schwören Sie mir bei Ihrer Ehre, dass Sie unseren

Beamten das Feld überlassen, um die Sache zu Ende zu bringen. Im Gegenzug« – bevor Sarah ihn unterbrechen konnte, hob er gebieterisch die Hand – »… im Gegenzug, sagte ich, sehe ich von einer Anklage gegen Sie wegen Behinderung eines Senatsausschusses ab.«

»Jetzt hören Sie mir mal gut zu, Mr Senator. Ich habe gewisse Vorsichtsmaßnahmen getroffen für den Fall, dass mir etwas zustoßen sollte. Dazu zählt für mich auch eine mögliche Anklage. In einem solchen Fall, darüber muss ich Sie leider aufklären, wird eine dicke Akte in den wichtigsten Redaktionen unseres teuren Vaterlandes eingehen. Es hat bereits so viele geheimnisvolle Todesfälle in dieser Sache gegeben, dass unsere Enthüllungen den Prozess gegen Saddam für Wochen auf die Innenseiten der Zeitungen verbannen werden. Ich erinnere Sie nur ungern daran, dass ich Journalistin bin und weiß, wie meine Kollegen sich verhalten.«

»Verfluchte Scheiße«, entfuhr es Marvin March, und er schlug mit der Faust auf die Armlehne seines Sessels. »Für wen halten Sie sich eigentlich?«

Sarah zuckte nicht mit der Wimper. Sie wusste, dass sie wieder Boden gutgemacht hatte.

»Sehr gut, sehr gut!«, spottete er. »Es steht Ihnen frei, Ihr Leben und das Ihrer Freunde aufs Spiel zu setzen. Ich habe Sie immerhin gewarnt.«

Sarah wollte ihren Vorteil ausbauen und fragte kurzerhand:

»Lassen Sie die Wölfe der Stiftung von der Polizei beschatten?«

»Das brauchen wir nicht.«

»Also haben Sie jemanden, der sich innerhalb dieses Kreises bewegt«, folgerte sie.

»Ihnen bleibt auch gar nichts verborgen«, erwiderte der Senator ironisch.

Da ihr klar war, dass sie keine Antwort erhalten würde, fragte sie nicht nach der Identität des Informanten.

»Unternehmen Sie nichts, was unserem Informanten schaden könnte, oder ich versichere Ihnen, dass ich mich so um Ihre Karriere kümmern werde, dass Sie nicht einmal mehr eine Stelle als Lageristin finden werden.«

Wenn Marvin March, der »Pitbull«, so etwas sagte, war klar, dass es sich nicht um eine leere Drohung handelte.

Jodie entdeckt die sechste Etage

Am späten Nachmittag kam Jodie endlich dazu, etwas durchzuschnaufen. Neil Garson hatte die Stiftung verlassen, um ein Seminar mit dem Titel »Postmoderne Kommunikation und Intersubjektivität« zu besuchen. Zum ersten Mal, seit sie in der Stiftung arbeitete, war sie froh, dass es solche Veranstaltungen gab.

Es war nur noch eine halbe Stunde bis zum Feierabend, als das Telefon in Garsons Büro klingelte. Ein Anruf aus dem Haus. Jodie nahm ab.

»Wo ist Garson?«, fragte eine ruhige, autoritäre Stimme.

Jodie gab Auskunft und erklärte sich bereit, ihm etwas auszurichten. Nach kurzem Schweigen sagte die Stimme:

»Sie sind Miss Stevenson, nicht wahr?« Schweigen. »Wir haben uns heute Morgen gesehen.« Schweigen »Im Aufzug.«

Jodie spürte, wie ihr ein Schauer über den Rücken lief.

»Ich möchte gerne die Pressemappe lesen. Können Sie mir bitte ein Exemplar bringen?«

»Äh … Ja, sofort.«

Hätte sie ablehnen sollen?

Sie legte auf und sah dann seufzend auf ihre Armbanduhr. Musste es denn unbedingt sein, dass man sie eine halbe Stunde vor Schließung der Büros sehen wollte?

Im Flur traf sie auf Allison Weiss.

»Wohin rennst du denn so eilig, meine Hübsche?«, fragte die Assistentin von Garson. »Ich wollte dir gerade Arbeit bringen.«

Als Jodie ihr erklärte, wohin sie ging, schlich sich ein nachsichtiges Lächeln auf die Lippen von Allison Weiss.

»Du musst dich täuschen, meine Liebe. Niemand darf dort hinauf und schon gar nicht die einfachen Angestellten«, wobei sie die drei letzten Worte mit besonderer Wonne betonte. »Du brauchst die Genehmigung der Kommandozentrale, verstehst du?«

Jodie ergriff die Gelegenheit, ihr eins auszuwischen, indem sie ihr von dem eben erhaltenen Anruf erzählte.

»Und Walter Skoll hat dich tatsächlich mit deinem Namen angeredet?! Scheiße, wenn Garson das erfährt, wird er schön blöd aus der Wäsche schauen!«

Das ließ Schlimmes ahnen, denn Allison Weiss schaute bereits selbst ganz schön blöd aus der Wäsche.

Jodie ließ Garsons Assistentin mit ihren Mutmaßungen stehen und drückte die Taste für den Aufzug. Sie hatte das schreckliche Gefühl, als müsse sie quer durch ein Minenfeld zu einem Candlelight-Dinner mit dem Teufel.

Als sich die Türen des Aufzugs öffneten, hatte sie weiche Knie, und sie musste ihre Muskeln bewusst anspannen, um den großen Absatz hinaufzusteigen, der vor ihr lag.

Gegenüber vom Aufzug war eine Tür zu sehen (die einzige auf der Etage). Über einem der beiden Türflügel stand auf einem Kupferschild schlicht SITZUNGSSAAL.

Jodie ging darauf zu und klopfte an. Da sie keine Antwort hörte, wartete sie ein paar Sekunden, bevor sie sich entschloss einzutreten. Der gewaltige Saal, der sich ihren Augen darbot, erstreckte sich beinahe über die gesamte Etage. In der Mitte stand ein Tisch aus edlem, sehr dunklem Holz, der beinahe die Länge des ganzen Raumes einnahm. Ausladende Lehnsessel standen in jeweils gut drei Meter Abstand rund um den Tisch. Die einzige Ausnahme in dieser Anordnung bildete der Sitz des Präsidenten am oberen Ende gegenüber der Tür. Der Sessel hob sich von den anderen durch seine Form ab. Seine Rückenlehne war höher, und seine Armlehnen waren mit Wolfsköpfen aus feinem Elfenbein verziert. Vor jedem Sessel stand eine Tischlampe des berühmten Gallé in Form von drei aus Glas geblasenen Pilzen in intensivem, giftigem Ockerton. Die einzige eingeschaltete Lampe war nicht die des Präsidenten, sondern jene zu seiner Rechten. In ihrem schwachen Schein zeichnete sich schwach die sitzende Gestalt von Walter Skoll ab.

Jodie fuhr sich mit der Zunge über die Lippen, dann trat sie mit zugeschnürter Kehle näher.

Als sie an dem Tisch entlangging, fiel ihr auf, dass eine architektonische Besonderheit das verwirrend Majestätische der Einrichtung noch verstärkte: Nur ein einziges Fenster war in die Wände der ganzen Etage eingelassen.

Wie ein Bunker, dachte Jodie und spürte eine leichte Klaustrophobie in sich aufsteigen.

Sie richtete ihren Blick erneut auf das rötliche Licht und ging darauf zu. Der Mann, der dort gesessen hatte, war verschwunden. Jodie versuchte ihn vergebens mit ihren schönen Augen im Dämmerlicht des Raumes auszumachen.

Zunehmend nervös, erreichte sie das Ende des Tisches.

Auf der Schreibunterlage aus dunkelgrünem Leder stand ein nagelneuer Toshiba-Laptop mit geschlossenem Bildschirm, daneben lag eine alte, fein gearbeitete Taschenuhr.

Plötzlich ertönte eine Stimme:

»Haben Sie die Pressemappe?«

Jodie konnte ein Zusammenzucken nicht unterdrücken. Der Mann stand genau hinter ihr, von seiner Person ging wieder jene unerbittliche Macht aus, die sie schon am Morgen nicht ohne leises Unbehagen verspürt hatte.

»Ja«, hauchte sie und reichte ihm die Mappe.

Er griff mit seiner behandschuhten Hand danach und legte sie neben dem Laptop ab, ohne auch nur einen Blick darauf zu werfen. Stattdessen sagte er:

»Ein seltsamer Raum, nicht wahr?« Er sah sich um, als entdecke er selbst die Räumlichkeiten zum ersten Mal. »Frank Herbert, der Architekt dieses Gebäudes, verabscheute New York, Miss Stevenson. Deshalb habe ich mich für ihn entschieden. Ich mag diese Stadt nicht. Ich habe sie nie gemocht. Sie widert mich an, müssen Sie wissen.«

Seine tiefliegenden Augen richteten sich jetzt erneut auf Jodie und durchbohrten sie förmlich mit ihrem abgründigen Schwarz, als er hinzufügte:

»Sie haben die Wahrheit vor uns verborgen.«

Jodie fühlte, wie sich eine große Kälte in ihr ausbreitete.

»Wie bitte?«, fragte sie stockend.

»Sie haben uns nichts von der Krankheit Ihrer Mutter erzählt.«

»Ach so, nein, ich …«, stotterte sie und schnappte nach Luft.

»Wir bedauern das aufrichtig. Ich bitte Sie, an unser Mitgefühl zu glauben. Ich schätze ihre Biografie über General Kirby Smith sehr. Wirklich sehr, ja. Besteht Hoffnung, dass sich der Zustand von Professorin Stevenson verbessert?«

»Ich hoffe es von ganzem Herzen, aber die Ärzte geben sich eher verhalten.«

»Wir verstehen.«

Er setzte sich wieder, stützte sich auf den Tisch und verschränkte die Finger seiner mächtigen Hände unter seinem ausgeprägten Kinn.

Erst jetzt gelang es Jodie, ihre Augen von denen Walter Skolls abzuwenden. Als sie ihren Blick nun auf seine Hände richtete, durchfuhr es sie wie ein Schock: Die linke Hand von Walter Skoll trug im Gegensatz zur anderen keinen Handschuh. Genau wie Tim und seine Freunde es ihr gesagt hatten.

Jodie musste sich auf die Unterlippe beißen, um nicht blass zu werden.

Der Mann wies mit einer leichten Bewegung des Zeigefingers auf seine Taschenuhr.

»Ihr Arbeitstag ist beendet. Beeilen Sie sich, und besuchen Sie Ihre Mutter. Und wenn es etwas Neues gibt, so halten Sie uns bitte auf dem Laufenden.«

Erleichtert darüber, diesen mehr als seltsamen Mann und diesen viel zu großen und zu dunklen Saal verlassen zu können, dankte sie ihm.

Als sie sich noch einmal zu ihm umdrehte, sah sie, dass die Pressemappe bereits im Papierkorb neben seinem Platz lag und Walter Skoll, dessen Hände immer noch unter dem Kinn ruhten, sie nicht aus den Augen gelassen hatte. Eilig strebte sie dem Ausgang zu, nun überzeugt, dass die Pressemappe nur ein Vorwand gewesen war. Bei seinem Anruf hatte Walter Skoll gewusst, dass Garson nicht in seinem Büro war und er an Jodie geraten würde. Mit ihr hatte Walter Skoll sprechen wollen. Jetzt kam ihr der heftige Wortwechsel zwischen Lisa Whittaker und Neil Garson vom Vormittag wieder in den Sinn, und sie begriff, dass sie ihre Anstellung ganz allein der Biografie von Kirby Smith verdankte, die ihre Mutter vor ungefähr fünfzehn Jahren geschrieben hatte.

Außerdem war klar, dass Walter Skoll sich nicht dafür interessierte, was in den unteren Etagen vor sich ging. Und noch weniger interessierten ihn die Ausstellungen zeitgenössischer Kunst, die die Stiftung ausrichtete. Er arbeitete in einem Bunker in dreißig

Metern Höhe und strafte von dort oben ganz New York mit hochfahrender Missachtung. Aber was tat er an diesem Ort? Und wen meinte er, wenn er »uns« sagte?

Senator Marvin March denkt nach

Nachdem Sarah gegangen war, blieb Senator March eine ganze Weile nachdenklich an seinem Platz sitzen.

Dann zog er noch einmal die Einladungskarte zur Ausstellung von Forrest Magnus aus der Schreibtischschublade, in die er sie geworfen hatte. Wie zu jeder bedeutenden Vernissage, die in New York stattfand, hatte er auch hierzu eine Einladung erhalten, und wie bei jeder bedeutenden Vernissage würde er in Begleitung des Bürgermeisters und Gouverneurs (der kein anderer als sein alter Freund und Schwiegervater Edgar Prospero war) Petits-Fours essen und Champagner trinken. Aber dieses Mal würde es anders sein.

Ja, nach allem, was er erfahren hatte, wusste er, dass es *garantiert* anders sein würde.

Die Vernissage war für den 17. Dezember angekündigt, also in knapp einer Woche.

Wird bis dahin alles fertig sein?, fragte er sich besorgt. Die Antwort lautete Ja. Ja, denn es ging gut voran, und noch einmal ja, weil einfach alles fertig sein musste.

Genau während der Vernissage sollte die Operation vonstatten gehen. Es war der ideale Augenblick, um zu einem großen Schlag auszuholen. Das hatte man ihm versichert. Deshalb arbeitete er eng mit dem FBI zusammen und ließ sich jeden Tag über den neuesten Stand der Ermittlungen unterrichten. Es war schließlich von Vorteil, dass er als Präsident des Untersuchungsausschusses alle Fäden in der Hand hielt. Natürlich galt es noch viele Kleinigkeiten zu regeln. Kein noch so kleines Detail durfte außer Acht gelassen werden. Deshalb hatte er Sarah auch überredet, ihn auf jeden Fall anzurufen, falls sie und ihre Freunde (ganz schöne Schlauköpfe im Übrigen) etwas Neues über Fenryders Wölfe herausfinden sollten.

Ja, die ganze Aktion gewann allmählich Konturen. Und der alte Senator schwor sich ein weiteres Mal, seinen guten Ruf nicht aufs Spiel zu setzen. Er würde sein Ziel nicht aus den Augen lassen, bevor er es nicht erreicht hatte.

Er sah auf seine schöne goldene Cartier-Uhr. Dolores hatte sie ihm zum einundsiebzigsten Geburtstag geschenkt. Fünf Minuten blieben ihm noch bis zu seiner nächsten Unterredung. Er seufzte müde, und sein Blick wanderte über den ausladenden Schreibtisch, auf dem das Foto seiner jungen Ehefrau stand. Die Frische ihrer neunundzwanzig Jahre und die Schönheit ihrer Gesichtszüge stellten das beste Heilmittel gegen die Zweifel dar, die ihn hin und wieder befielen, und gegen die Erschöpfung, die ihn immer häufiger niederdrückte. Erst vor Kurzem hatte man ihm einen dreifachen Bypass gelegt, und der Preis des Lebens und der Wert der Jugend waren ihm sehr wohl bewusst: Beides war unermesslich kostbar.

Noch bis vor Kurzem hatte neben dem Porträt von Dolores ein anderes Foto gestanden: das seines Sohnes aus erster Ehe. Eliot war zwei Jahre älter als Dolores, aber er war und würde nie etwas anderes als ein Junge sein.

»Ein dummer Junge«, haderte der Senator verbittert und missbilligend.

Ihr Verhältnis war seit Jahren gestört.

Eliot hatte niemals versucht, ihn zu verstehen, und hatte Gefallen daran gefunden, in ihrer ohnehin schon schwierigen Beziehung Hassgefühle zu streuen. Zur zweiten Hochzeit des Vaters war er nicht erschienen, hatte weder Blumen noch Glückwünsche geschickt. Dolores hatte ihn in Schutz genommen, er nicht. Das Maß war seit Langem voll. Seine Hochzeit war der Punkt gewesen, an dem ihm dies endgültig klar wurde.

Der alte Senator schauderte.

Was trieb dieser missratene Sohn im Augenblick? Wo zum Teufel hing er seinem abgestandenen Groll nach, der ihn am Leben hielt?

Eliot war zu einem erbitterten Feind geworden. Zu einem boshaften Kleingeist.

Der Senator fürchtete sich nicht vor ihm, er war seiner Feindseligkeit einfach müde. Eliot hatte ihm oft genug vorgeworfen, nicht für ihn und seine Mutter da gewesen zu sein, und der Senator hatte am Ende begriffen, dass Eliot niemals reif genug sein würde, seine eigenen Fehler einzugestehen, dass er seinen Vater dazu missbrauchte, um ihm diese Last aufzubürden, anstatt sie selbst zu tragen.

Er schwenkte seinen Sitz herum und betrachtete eingehend den nächtlichen Himmel.

Der Winter tat ihm nicht gut, musste er zugeben und rieb sich den Nacken.

Kälte und graues Nebelwetter erinnerten ihn allzu sehr an sein Alter und den schon lauernden Tod.

Aber bis zur Vernissage würde der »Pitbull« zweifellos durchhalten.

Tim begleitet Jodie zu ihrer Mutter ins Krankenhaus

Tim wartete vor der Public Library von New York neben »Courage«, einem der beiden den Eingang flankierenden Steinlöwen. Er wusste, dass Jodie hier vorbeikommen würde, und wenig später sah er sie mit einem roten Wollmantel und einer dazu passenden Mütze auftauchen. Sie ging hinter einer Gruppe von Geschäftsleuten in Anzug und Krawatte. Er verließ seinen Wachposten auf den Stufen und lief ihr entgegen.

Als sie ihn erblickte, lächelte sie, ihre hübschen Grübchen tauchten in den Sommersprossen auf. Sie freute sich, ihn wiederzusehen. Vor allem nach ihrer Unterredung mit Walter Skoll.

»Mein Auto steht gleich um die Ecke«, sagte er. »Vorausgesetzt, du bevorzugst nicht die öffentlichen Verkehrsmittel.«

»Ich gehe nicht gleich nach Hause. Ich besuche erst meine Mutter.«

»Ich kann dich begleiten … natürlich nur, wenn es dich nicht stört.«

War Tim ein Engel, den der Himmel geschickt hatte, um ihren harten Tag in der Stiftung zu einem guten Ende zu bringen? Das fragte sie sich, während sie sein Angebot mit einem noch strahlenderen Lächeln annahm.

Sie gingen zu seinem Auto.

Plötzlich hielt sie ihn am Arm fest und richtete sich vor ihm auf.

»Sag mal, du hast mich noch gar nicht geküsst.«

»Das stimmt. Ich habe mich nicht getraut. Ich finde dich so schön, Jodie, so … Du bist beinahe unwirklich für mich.«

»Ich habe anfangs auch an deiner Zugehörigkeit zur menschlichen Spezies gezweifelt, das kannst du mir glauben.«

Sie stellte sich auf die Zehenspitzen und presste ihre Lippen auf die seinen. Er erwiderte ihren Kuss leidenschaftlich und drückte sie an sich.

»Armer Doktor Kyle«, sagte sie bedauernd, als sie sich voneinander lösten, um ins Auto zu steigen.

Auf Tims verständnislosen Blick fügte sie hinzu:

»Das ist der Arzt, der Mama betreut. Ich fürchte, er ist in mich verliebt.«

»Oh weh. Deine Mutter wird wegen mir noch aus der Klinik fliegen.«

Sie brachen beide in Lachen aus.

Im Krankenhaus von Stamford schätzte eben jener Doktor Kyle ihre Beziehung zunächst falsch ein.

»Ihr Bruder, nehme ich an«, vermutete er und schüttelte Tims Hand.

»Nein, ein Freund«, stellte sie klar.

Sie warf Tim ein strahlendes Lächeln zu, und die Hoffnungen von Doktor Kyle zerstoben augenblicklich.

»Ich warte hier auf dich«, entschied Tim. »Es ist sicher besser, wenn du sie alleine siehst, oder?«

So ließ sie die beiden Männer stehen und machte sich auf den Weg zu ihrer Mutter.

Sie fand sie allein auf ihrem Bett sitzend; auf ihren Knien lag eine Bürste, und sie versuchte, sich in einem Taschenspiegel zu betrachten. Ihr graues Haar hing lose über die Schultern herunter. Der Spiegel zitterte rührend in ihrer Hand.

»Ich kriege es nicht hin«, sagte sie traurig, als sie ihre Tochter erblickte.

Jodie setzte sich neben sie.

»Gib mir die Bürste, Mama. Ich werde es machen.«

Sanft begann sie, die langen silbrigen Haare zu glätten.

Als sie fertig war, legte sie die Bürste aufs Bett zurück und umarmte ihre Mutter, um ihr einen Kuss zu geben.

Sie versuchte, ihr ein wenig von Tim zu erzählen, aber der Blick ihrer Mutter verlor sich bereits in der Ferne. Jodie wurde schwer ums Herz, denn sie spürte wieder einmal, dass sie sie jeden Tag ein wenig mehr verlor.

So nahm sie ihre Hand, und sie blieben nebeneinander auf dem Bett sitzen und sahen schweigend in die Nacht vor dem Fenster hinaus.

Ohne dass sie recht wusste, warum, erwähnte Jodie jetzt Fenryders Wölfe. Sie erzählte die ganze Geschichte und sagte abschließend:

»Tim und seine Freunde sind so fest von ihrer Existenz überzeugt, dass ich vor Skoll tatsächlich Angst hatte, Mama.«

Sie wagte nicht, ihr zu gestehen, dass sie selbst jetzt auch an alles glaubte.

Da kam es bei ihrer Mutter zu einer ungewöhnlichen Reaktion, auf die Jodie mehr oder weniger bewusst gebaut hatte, als sie dieses Thema anschnitt. Der Nebel, von dem Margaret Stevensons Geist sonst so fest umschlossen war, schien sich zu lichten, sie wandte sich zu ihrer Tochter und sagte:

»General Fenryder war der Teufel in tausendfacher Potenz, Jodie. Ich habe niemals etwas über ihn geschrieben. Ich habe … ich habe immer Angst gehabt. Während des Bürgerkrieges wurden sehr viele Gräueltaten begangen. Es gab auf beiden Seiten eine Menge Bösewichte. Aber er … ich habe niemals verstanden, wie man über Leute wie Hitler, Stalin oder Pol Pot eine Biografie schreiben kann. Dafür braucht es doch zumindest ein kleines bisschen Einfühlung, oder?«

Noch nie, seit die Krankheit Margaret Stevenson im Griff hatte, hatte sie so viel und so klar geredet. Jodie war verwirrt und lächelte sie durch einen Tränenschleier hindurch an.

»Ach, Mama …«, flüsterte sie traurig und glücklich zugleich, während sie ihr Gesicht an die Schulter ihrer Mutter lehnte.

Als sie ein wenig später wieder zurückkam, fand sie Tim in der Eingangshalle, wo er an einem Kaffee nippte. Doktor Kyle war nicht bei ihm geblieben, um ihm Gesellschaft zu leisten. Das war vorauszusehen gewesen.

»Du wirst mir gleich böse sein«, sagte sie und schob ihren Arm unter den seinen.

»Warum?«

»Ich glaube, ich werde euch helfen, dir und deinen Freunden.«

»Bist du sicher?«

Sie nickte mit einem leichten Lächeln auf den Lippen.

»Ist dir klar, dass das vielleicht gefährlich ist? Sehr gefährlich?«

Wieder nickte sie.

»Und darf ich fragen, was dich bewogen hat, deine Meinung zu ändern?«

Sie erzählte ihm zunächst von dem Streit zwischen Neil Garson und Lisa Whittaker und wie diese ihr offenbart hatte, dass Skoll höchstpersönlich entschieden hatte, sie einzustellen. Sie erzählte ihm auch von ihrem Besuch in der sechsten Etage, was sie dort gesehen und was der beängstigende Walter Skoll über die wissenschaftlichen Studien von Professorin Stevenson gesagt hatte. Dann erwähnte sie zum Schluss noch die Unterhaltung mit ihrer Mutter von gerade eben und die unverhoffte Rückkehr deren Erinnerungsvermögens, als sie von Fenryder gesprochen hatte.

»Ich bin es Mama schuldig, verstehst du? Sie war eine großartige Historikerin. Sie hätte gerne die Wahrheit erfahren, da bin ich sicher.«

Forrest entdeckt ein neues Tag von »SAMO is NOT dead«

Nach einem weiteren Tag Bilderaufhängen in der Stiftung war Forrest Magnus mit dem Taxi zu Gagosian in Chelsea gefahren, um sich dort eine Foto-Ausstellung anzusehen, die ihn interessierte. Als er eine Dreiviertelstunde später die Galerie verließ, verspürte er ein großes Bedürfnis nach frischer Luft, und so beschloss er, zu Fuß nach Hause zu gehen. Die Hände in den Taschen seines dicken Mantels vergraben, machte er sich an diesem windigen Dezemberabend forschen Schrittes auf den Weg.

Er bog in die Second Avenue und blieb etwas weiter unten an der 22nd Street stehen, um einen Schriftzug anzustarren, der sich über die gesamte Metalljalousie einer Galerie erstreckte und verkündete: »SAMO is NOT dead«.

Dick in schwarzer Farbe aufgetragen, verriet dieses Graffito eine intime Kenntnis der modernen Kunst, die Forrest neugierig machte. Es bezog sich auf den Maler Jean-Michel Basquiat, der unter dem Namen SAMO seine Kunst zunächst in der New Yorker Graffiti-Szene ausgeübt hatte, sich dann aber 1979 den Galerien zugewandt und von der Straße verabschiedet hatte, indem er auf die Häuserfassaden von SoHo sein berühmtes »SAMO is dead« schrieb. Bei dem Graffito in der 22nd Street ging die Hommage an den Künstler so weit, dass der Buchstabe O wie das Copyrightzeichen gestaltet war, wie es der echte SAMO getan hatte.

Nicht zum ersten Mal stieß Forrest auf dieses schwermütige und tiefsinnige Tag.

Seit einigen Monaten konnte man es immer wieder an den verschiedensten Stellen in Manhattan lesen, und nicht nur auf den stählernen Fensterläden der Galerien in Chelsea. Zwei Tage zuvor hatte Forrest es sogar auf der Seite eines Hummer-Geländewagens gesehen – zum großen Schaden des Besitzers.

Der Typ, der sich diesen Spaß erlaubte, würde früher oder später ernsthaft Probleme mit der Polizei bekommen – schließlich hatte Giuliani in goldenen Lettern »Zero Tolerance« auf die Stirnseite des Rathauses gravieren lassen. Es hieß also Tag gegen Tag, und Schauplatz des Kampfes war die brutale Straße.

Für Forrest war dieses »SAMO is NOT dead« natürlich nicht

nur ein stupider Akt des Vandalismus, aber er wollte darin auch mehr sehen als ein bloßes Plagiat. Je öfter er das Tag las, desto überzeugter war er von der traurigen Wahrheit seiner Ansicht. Ja, alle großen verstorbenen Künstler ähnelten Schrödingers Katze: Sie waren tot und lebendig zugleich. Als Opfer einer Überdosis wich auch Basquiat *alias* SAMO nicht von diesem Paradox der Quantenphysik ab, die in den Augen der Gnade dafür auch nur ein weiterer Beleg war. Der Tod war die dritte Hand des Künstlers – genau wie die Erleuchtung das dritte Auge des Buddhisten darstellte.

Es waren nicht nur die Genies, die diesen Zustand des Un-Toten erlebten. Da waren auch die Gespenster. Gespenster wie Oscar Watts, den Forrest für immer in die sechste Etage seines Gehirns verbannt zu haben geglaubt hatte.

Als Sarah ihm am Morgen mitgeteilt hatte, dass sie einen Termin mit Senator March hatte, war ihm der Atem gestockt.

»Du kennst ihn?«, hatte sie ihn gefragt, zu scharfsichtig, um seine Verwirrung nicht zu bemerken.

»Nicht wirklich«, hatte er mit einem Schulterzucken erwidert.

Aber er hatte als Erster seinen Blick abgewandt. Und so wie er Sarah kannte, zweifelte er nicht daran, dass Sarah auf diese Frage zurückkommen würde, sobald sich die Gelegenheit dazu bot.

Dennoch hatte er nicht wirklich die Unwahrheit gesagt.

Es war der Name March und nicht der Senator selbst, der ihn in Verwirrung gestürzt hatte. Dem »Pitbull« war er nie begegnet, und er wünschte dies auch nicht herbei. Seinen Sohn Eliot hingegen hatte er gut gekannt. Eliot March, dieser Sprössling aus reichem Hause, der ständig vor etwas davonlief und in dessen Kopf gefährliche Fantasien herumspukten, die alle darum kreisten, seinem Vater den Garaus zu machen …

Konnte Sarah etwas über seine frühere Beziehung zu Eliot

March erfahren? Nein, das war unmöglich, dachte Forrest. Schwere Türen verstellten den Zugang zu seiner sechsten Etage und hielten die Geister gefangen, die dort hausten.

Dann überließ Forrest das Tag der Kälte dieser Dezembernacht und setzte seinen Weg fort.

An der nächsten Straßenecke sah er ein Taxi ohne Fahrgast herumschleichen und ging darauf zu, um es anzuhalten.

Sarah erhält den seltsamen Anruf eines seltsamen Freundes

Entgegen seiner Erwartung stellte Sarah ihm keinerlei Fragen.

Vermutlich hatte sie sein Verhalten von heute Morgen bereits vergessen, und Forrest war das nur lieb.

Sie erzählte ihm voller Begeisterung von dem alten Senator, und da das alles nichts mit ihm und seinen Gespenstern zu tun hatte, klang der Name March in seinen Ohren nun längst nicht mehr so unangenehm.

Sarah berichtete ihm auch von dem hochkarätigen Verbrecher 10–13, dessen Existenz der Senator ihr verraten hatte.

»Du glaubst, dass es seine Leute waren, die« – er wollte zunächst sagen ›dich gerettet haben‹, aber dann besann er sich – »dir im Central Park geholfen haben?«

»Ich bin ganz sicher, und ich bin überzeugt davon, dass er schon bald mit uns in Kontakt treten wird.«

»Warum sollte er das tun?«, wollte Forrest wissen.

»Zumindest, um uns zu zeigen, wer das Heft in der Hand hält. Außerdem glaube ich kaum, dass er mir ohne Grund zu Hilfe geeilt ist.«

»Und was erwartet er wohl von uns?«

»Vielleicht Informationen, die er nicht hat. So wie ich es verstanden habe, will er die Wölfe ganz allein jagen. Der Punkt, an dem 10–13 sich irrt, ist, dass er glaubt, ihnen gewachsen zu sein.«

»Was du natürlich bist«, erwiderte Forrest schlagfertig.

Sarah lächelte ihn nachsichtig an.

»Ich bin Journalistin, mein Liebster. Ich stecke meine Nase überall hinein, und dann benachrichtige ich die zuständigen Behörden.«

»March insbesondere.«

»Ja, und der Senator hat das gesamte FBI hinter sich. Das ist etwas anderes, glaub mir. Er weiß, was er tut. Was uns betrifft, so werden wir uns nicht als einsame Rächer aufspielen. Dieser 10–13 läuft Gefahr, in dieser Angelegenheit am Ende zwischen die Fronten zu geraten.«

»Zwischen die Bundesbehörden von Senator March und Fenryders Wölfe?«

Sie nickte:

»Im besseren Fall landet er hinter Gittern, im schlechteren zwei Meter unter der Erde.«

»Er ist ein Mörder, Sarah. Er setzt jeden Tag sein Leben aufs Spiel. Vergiss das nicht.«

»Er hat mich aus einer üblen Situation befreit. Ich empfinde keine Zuneigung für diesen Typen, aber immerhin …«

Gegen einundzwanzig Uhr klingelte ihr Handy in der im Flur aufgehängten Tasche und bestätigte ihre Unterredung auf eindrucksvolle Weise.

»Die Sheep Meadow ist nicht der Ort, den ich im Central Park am liebsten mag«, sagte eine seltsam heitere Männerstimme am anderen Ende der Leitung.

Sarah wusste sofort, mit wem sie es zu tun hatte.

»Vertrauen gegen Vertrauen«, eröffnete sie das Gespräch, um ihre Neugier zu kaschieren. »In einem Punkt war meine Mutter stets sehr streng: Ich sollte niemals mit einem Mann sprechen, den ich nicht kenne. Ich sage Ihnen jedoch immerhin ›Auf Wiedersehen‹, bevor ich aufle …«

»Dann nehmen wir doch einfach an, ich sei ein armer Esel. Nennen wir mich Onym. Das ist der allerschönste Name, den es gibt.«

»Ich hoffe, Sie lesen nicht nur Agatha-Christie-Romane, Mr ›Esel Onym‹?«

»Oder sagen wir, ich bin der Wurm im Big Apple.«

»Jetzt falle ich aus allen Wolken. Ich glaubte, New York sei die Stadt von ›Zero Tolerance‹.«

»Wovon? Nie gehört.«

»Von Giuliani etwa auch nie gehört?«

»Meine Geschäfte haben diesen Pizzabäcker ganz gut überlebt. Wie man mir gesagt hat, nehmen Sie oft die U-Bahn, Sarah.«

»Ihre Leute bevorzugen offenbar auch die U-Bahn, wenn sie zum Beispiel zum Central Park fahren, oder?«

»Im Gegenteil. Ich habe sie zu offenen Räumen bekehrt. Unter der Erde eingeschlossen zu sein bedeutet für sie ein wahres Martyrium. Der Lärm, die abgestandene Luft, das Gedränge. Es wäre ihnen wahrlich lieber, Sie nähmen in Zukunft den Bus. Aber natürlich beißen meine Leute die Zähne zusammen, wenn es sein muss.«

»Sagen Sie ihnen doch bitte, dass ich mich niemals heimlich zu einem Ball schleiche. Ich brauche auch keine edlen Ritter. Außerdem schnüre ich meine gläsernen Schuhe gut zu. Es besteht also keine Gefahr, dass ich unterwegs einen verliere.«

»Das ist seltsam. Man hat mir das Gegenteil gesagt. Wenn es zwölf schlägt, habe ich stets Angst, Sie könnten in die erstbeste Kutsche steigen.«

»Warum tun Sie das?«, fragte sie jetzt ernsthaft.

»Ich habe einem alten, bereits verstorbenen Freund versprochen, auf Sie aufzupassen. Sie sollten die Ratschläge Ihrer Mutter befolgen, Sarah. Oder ist es etwa vernünftig, um zwei Uhr morgens in einem Park herumzustreunen?«

»Sind Sie etwa hinter meiner Mutter her?«

»Sie und ich, wir beide haben gemeinsame Vorlieben, glaube ich. Die Natur. Den Sezessionskrieg.«

Da wären wir endlich, dachte Sarah. Ihr geheimnisvoller Gesprächspartner schien sehr gut über General Fenryder und seine Wölfe Bescheid zu wissen.

»Und auf welcher Seite stehen Sie?«, bohrte sie, um Klarheit zu schaffen. »Auf der des Guten oder des Bösen?«

»Das Leben ist ein Möbiusband. Man glaubt, auf der einen Seite zu stehen, man geht ein wenig weiter – und plötzlich steht man auf der anderen Seite. Im Grunde gibt es schlicht nicht nur eine Seite, meine liebe Sarah!«

»Es geht also um Vorlieben.«

»Genau. Wir werden uns schon begegnen, Sarah.«

»Geben Sie mir ein wenig Zeit, um meine Freude darüber zu verbergen.«

»Erinnern Sie mich daran, dass ich Ihnen die Geschichte von der Ratte und dem Kanalreiniger erzähle. Sie werden sie mögen.«

Und mit diesen Worten beendete 10–13 seinen Anruf.

Fünfter Tag

Sonntag, 14. Dezember

Forrest ist in seinem Atelier

Am Sonntagmorgen war Forrest in seinem Atelier an der Arbeit. Dieses erstreckte sich über die oberste Etage eines ehemaligen Lagers im Meatpacking District. Es war nur ein einziger Raum mit sehr hoher Decke, der im Winter ebenso eisig wie im Sommer drückend war. Aber Forrest fühlte sich wohl in ihm und wollte keinen anderen suchen, in dem er seine Bilder unterbringen konnte.

Leinwände in allen Formaten lagen verkehrt herum auf dem Boden oder lehnten zu mehreren gestapelt schief an den Wänden. Um die Tür herum zogen sich über die ganze Länge und Höhe des Raumes hinweg dunkle Eichenregale, auf denen Hunderte von Büchern standen.

Forrests Atelier war seine Höhle, seine Zuflucht. Niemand besaß die Erlaubnis hierherzukommen – bis auf eine Frau, die jedoch nicht Sarah, sondern eine gewisse Shirley Zimmer war.

Und Shirley Zimmer traf gerade ein.

»Ich habe dir etwas zur Stärkung mitgebracht«, sagte sie und schwenkte eine Tüte mit Schmalzgebäck.

Shirley Zimmer war eine bezaubernde, dunkelhaarige Frau von etwa vierzig Jahren und zählte zu den geachtetsten Kunstkritikern der Ostküste. Sie hatte Forrest während seiner Anfangszeit als Künstler über seinen früheren Galeristen Oscar Watts kennengelernt und seine Arbeit stets in langen, sorgfältig recherchierten Artikeln gepriesen.

Jeden Sonntag um Punkt zehn Uhr kam sie bei ihm vorbei. Niemand wusste etwas davon, denn es machte ihnen Spaß, ihre Begegnungen mit dem Schleier des Geheimnisvollen zu umgeben, als wären sie ein Liebespaar.

Wie gewöhnlich setzten sie sich vor dem zwei mal drei Meter großen Gemälde, an dem Forrest gerade arbeitete (einem bis in die kleinsten Einzelheiten dargestellten Regal mit Tiefkühlkost) nebeneinander auf den Boden, bissen in ihr Schmalzgebackenes und begannen, über Kunst zu sprechen.

»Shirley, ich wette um ein Abendessen bei Jean-Georges mit dir, dass deine Kollegen in meinen *Schaufenstern* nichts weiter als postmoderne Stillleben sehen werden, die anstatt von traditionellen Blumen, Insekten oder Köpfen jetzt eben Waren zeigen. Genremalerei, werden sie sagen, und in gewisser Weise haben sie damit sogar recht. Denn es stimmt tatsächlich, dass ich die Gesetze der Genremalerei mag. Ich spiele gerne mit den Regeln. Aber wie viele meiner Kritiker werden darin noch etwas anderes sehen?«

»Du meinst die Spiegelungen?«

Jedes der Schaufenster gewann seine Dynamik durch einen kaum sichtbaren Widerschein, der die Präsenz von zugleich alltäglichen und geheimnisvollen Personen verriet, wie beispielsweise ein Mann mit einer Pistole und daneben ein Mädchen, das an einem Lutscher lutschte. Oder wie in diesem Fall zwei kleine Alte, die Tiefkühlkost stibitzten und offenbar unter ihren Mänteln verstecken wollten. Dem scharfen Blick von Shirley war keines dieser Details entgangen.

Forrest sah rasch zu ihr hinüber und nickte.

»Ja, die Spiegelungen auf meinen Schaufenstern zeigen Leute in bestimmten Situationen oder Haltungen. Werden die Leute die Porträts hinter den Stillleben erahnen und hinter diesen Porträts die Straße, die Landschaft der Stadt?«

»Sicher. Deine Schaufenster lassen sich nicht einfach auf Stillleben reduzieren, selbst wenn sie dies auch sind. Für mich wirken sie so, als wollten sie den Blick in die Irre führen.«

»Ein Genre kann durchaus ein anderes oder sogar mehrere andere verstecken. Diese Idee hat mir immer schon gefallen. Es liegt dann am Betrachter, genauer hinzusehen.«

»Dafür muss er aber einen intelligenten und wachen Blick haben. Und er braucht auch eine gewisse Bildung. Du verlangst viel von unserer abgestumpften Zeit.«

»Wer die Kunst der Betrachtung beherrschen will, muss sich vor allem von Vorurteilen befreien. Wer Stillleben nicht mag, wird in meinen Schaufenstern nur das Stillleben sehen. In dieser Hinsicht hast du recht. Meine Schaufenster führen in die Irre. Kennst du das buddhistische Paradox: Der Widerschein bist du, aber du bist nicht der Widerschein? Ich mag es sehr.«

Sie schwiegen einen Augenblick, verzehrten ihr Gebäck und überließen sich den Gedanken, die sie gerade ausgetauscht hatten. Dann nahm Shirley die Unterhaltung wieder auf.

»Weißt du, was mich am meisten berührt hat, als ich die durch serbische Bombardierungen zerstörte Bibliothek von Sarajevo besucht habe? Es waren die Grashalme, die bereits zwischen dem Schutt sprossen. Da wurde mir plötzlich etwas klar. Das Leben ist nichts weiter als ein Chaos, das man mehr oder weniger erfolgreich meistert, und die Kunst ist das stilisierte Gefühl dieses Sieges mitsamt seiner Ungewissheit.«

»Du verstehst meine Bilder also letztlich als hübsche Grashalme auf Trümmern.«

»Die Schönheit hat sich immer vom Schrecken des Nichts genährt, Forrest. Denk doch an die Grotten von Lascaux, denk an Goya, an van Gogh. Deshalb gibt es auch keine große Kunst, deren Schönheit nicht zugleich auch verstörend ist. Das heißt ganz und gar nicht, dass man etwas abstoßend findet.«

»Ich möchte schon gerne deshalb bis an mein Lebensende malen, weil ich nicht auf das Vergnügen verzichten möchte, dir zuzuhören.«

»Erinnerst du dich daran, was du dem Journalisten geantwortet hast, der dich fragte, ob du tatsächlich auf dem Weg wärest, ein neuer Basquiat zu werden?«

Er schüttelte den Kopf, und Shirley rief es ihm in Erinnerung:

»Mit Madonna ins Bett gehen und Warhol darauf pinkeln lassen? Nein danke, das ist mir zu wenig.«

Sie brachen gleichzeitig in Lachen aus.

»Aber das trifft es doch«, beteuerte Forrest nach einem Augenblick. »Manchmal ist man ganz schön verrückt!«

Dann erlosch sein Lächeln, und ein nachdenklicher Ausdruck schlich sich auf seine Züge.

»Wie seltsam, dass du auf Basquiat zu sprechen kommst. Seit einiger Zeit finden sich seltsame Tags an den Häuserwänden von Manhattan.«

»Tags wie die von Basquiat?«

»Ja. ›SAMO is NOT dead‹.«

»Oh«, staunte Shirley und nickte.

»Und das Komische daran ist, dass ich glaube, den Typ zu kennen, der diesen Satz überall hinschreibt.«

»Ein befreundeter Künstler?«

»Nicht wirklich.«

Er schwieg und wollte nicht mehr dazu sagen.

»Sag mir nicht, dass es Eliot ist!«

Shirley Zimmer gehörte zu den wenigen Personen, die Bescheid wussten über die Geschichte von Forrest und dem Sohn von Senator March – damals, als er in der Galerie von Oscar Watts ausstellte.

»Nein, Eliot ist es nicht«, sagte Forrest ernst. »Er nicht. Du weißt genau, dass er nicht in der Lage wäre, sich etwas so Hintersinniges auszudenken. Als ich mich mit Eliot überworfen habe, war er so mit seinem Ödipuskomplex beschäftigt, dass er nichts anderes im Sinn hatte, als seinem Vater zu schaden.«

»Wer dann?«

»Als ich in Chicago Kunst studierte, war dort ein seltsamer Typ, der ziemlich begabt war. Aber er hat das Studium nicht beendet, sondern eine Anstellung in einer Firma für Industriedesign angenommen.«

»Und warum könnten diese Tags nun von ihm sein? Er ist doch vermutlich in seiner Firma in Chicago geblieben.«

»Am Art Institute habe ich gesehen, wie er das mehrere Male in seinen Skizzenblock kritzelte.«

»Was meinst du mit ›das‹?«

»Na, den Satz ›SAMO is NOT dead‹.«

»Ach so!«, staunte Shirley. »Dann wäre er jetzt also hier, irgendwo in den Straßen von Manhattan.«

»Vielleicht ist er zu seinem Bruder gegangen. Du kennst doch Eric Welling, oder?«

»Den Kunstmakler?«

Forrest nickte.

»Andererseits«, fügte er nach kurzem Schweigen hinzu, »müsste mir Welling dann eigentlich davon erzählt haben.«

»Warum? Siehst du diesen Idioten so oft?«

»Stell dir vor, er war es, der zwischen mir und der Walter-Skoll-Stiftung vermittelt hat.«

»Um die *Schaufenster*-Serie zu kaufen, oder?«

»Du hast es erfasst. Und auch *Die Dämonen*.«

»Das hat deinem Bild kein Glück gebracht. Man hat es ein paar Tage später aus der Stiftung gestohlen.«

»Das geschah nicht in der Stiftung, sondern in einem Gebäude der Stiftung in Harlem. Was Welling betrifft, so musst du zugeben, dass der Makler nichts dafür kann, wenn man die Ware stiehlt, nachdem er sie gekauft hat. Walter Skoll hätte lediglich das Gebäude besser bewachen lassen können.«

»Wie dem auch sein mag, wenn dieser junge Wandbeschmierer ein hohlköpfiger Mitläufer wie sein älterer Bruder ist, dann willkommen in der Familie.«

»Ich glaube, dass die Welling-Brüder sich überhaupt nicht ähneln. Michael war eher ein introvertierter Typ.«

»Gepriesen seien die heiligen Mysterien der Genetik!«, ereiferte sich Shirley jetzt und stand auf.

Forrest erhob sich ebenfalls. Sie gingen zur Tür.

»Siehst du diesen Typen mit der Augenklappe noch?«, wollte sie jetzt wissen.

»Tim? Ja, warum?«

»Du hast immer ganz komische Bekannte. Er verschreckt die Leute ein wenig, nicht wahr?«

»Tim ist ein Freund aus meiner Kindheit. Als wir in Chicago lebten, sahen wir uns fast jeden Tag. Du kannst beruhigt sein, Shirley. Meine Freunde Tim und Sarah sind das beste Gegengift gegen alle Eliot Marchs dieser Welt, das kannst du mir glauben. Und jetzt kannst du mir noch ein wenig davon erzählen, was in deinem Leben los ist.«

Shirley Zimmer lachte hell auf.

»Ich bin mit einem Verleger zusammen. Ein super Typ.«

»Der Kerl hat wirklich Glück, dass er dich gefunden hat, Shirley.«

»Wenn du ihn einmal kennenlernst, wirst du begreifen, dass ich diejenige bin, die Glück gehabt hat. Dieses Mal lasse ich nicht los.«

»Wie heißt er?«

»Roy. Roy Shane. Er verlegt phantastische Literatur in der Art von Stanley Holder und Konsorten. Weißt du, was noch besser ist, als einen glücklichen und intelligenten Mann kennenzulernen? Einen Mann kennenzulernen, der einen selbst glücklich und intelligent macht.«

»Ich weiß, was du sagen willst. Ich freue mich für dich, Shirley. Du verdienst es, geliebt zu werden. Sag mal, kommst du zur Vernissage?«

Sie seufzte.

»Du weißt, dass ich Menschenaufläufe hasse. Was die Kunst angeht, so habe ich monarchistische Vorstellungen. Sag das aber bloß niemandem!«

Sie standen an der Tür.

»Oscar fehlt mir«, sagte Forrest geradeheraus.

»Mir auch. Er war ein großartiger Galerist und auch als Mensch schwer in Ordnung. Du weißt, dass er in dich verliebt war, oder? Und er liebte dich umso mehr, als er dich für ein Genie hielt. Zweifle niemals an dir – nach allem, was war, Forrest. Das wäre ein Verbrechen.«

»Ich habe Dummheiten in meinem Leben gemacht, auf die ich nicht stolz bin, Shirley.«

»Aber das alles ist jetzt vorbei. Ein für alle Mal vorbei, nicht wahr?«

Forrest antwortete nicht und beugte sich stattdessen lieber über eine seiner Leinwände, die in der Ecke standen.

Sie wartete, bis er sich wieder aufrichtete, und küsste ihn auf die Wange.

»Es wäre gut, wenn du mir deine Sarah vorstellen würdest, und ich dir meinen Roy. Was machst du heute Nachmittag?«

»Ich habe vor weiterzuarbeiten«, sagte er und wies auf die große Leinwand in der Mitte des Ateliers.

»Und heute Abend? Hast du heute Abend etwas vor?«

»Ja. Und wenn ich dir sagen würde, was, würdest du mir nicht glauben!«

»Schon wieder Dummheiten?«

»Nun ja, ich fürchte schon«, antwortete er und umarmte sie.

Forrest und seine Freunde dringen in die Stiftung ein

Der Tag war ebenso kalt wie sonnig. Das Quecksilber des Thermometers umschmeichelte den Gefrierpunkt so nachhaltig, dass man es der gezielten Belästigung hätte bezichtigen können.

An diesem Sonntag nahm der rätselhafte 10–13 keinen Kontakt zu Sarah auf, um ihr seine Geschichte von der Ratte und dem Kanalreiniger zu erzählen, die er ihr am Abend zuvor am Telefon in Aussicht gestellt hatte. Dafür erhielt nun Tim einen höchst seltsamen Anruf auf seinem Handy. Der Kunstmakler Eric Welling, eben jener Mann, den Shirley Winter am Morgen als »hohlköpfigen Mitläufer« abgetan hatte, wollte ein Treffen mit dem Privatdetektiv für den nächsten Nachmittag ausmachen.

»Unser gemeinsamer Freund Forrest hat mir Ihre Nummer gegeben«, erklärte der Kunstmakler. »Ich suche einen Privatdetektiv. Einen Privatdetektiv, der fähig und diskret vorgeht. Das tun Sie, wie mir Forrest gesagt hat. Sie sind fähig und diskret, nicht wahr?«

»Tut mir leid«, entschuldigte sich Tim. »Ich übernehme im Moment keinen Fall mehr.«

Er wollte seine Zeit jetzt ganz der Jagd der Wölfe widmen, änderte seine Meinung jedoch, als ihm Eric Welling nun den Grund seines Anrufs darlegte.

»Sie müssen mich verstehen, Tim. Ich darf Sie doch Tim nennen, oder?«

»Natürlich, Eric«, erwiderte der Detektiv schlagfertig.

»Okay, super.« Er räusperte sich. »Tim, ich würde mich gerne mit Ihnen über die *Dämonen* unterhalten.«

»Die *Dämonen*? Sie meinen das Bild von Forrest …?«

»Das im September von einem bewaffneten Kommando gestohlen wurde«, vervollständigte Eric Welling seinen Satz in gereiztem Ton. »Ja, genau. Über dieses Bild würde ich gerne mit Ihnen sprechen. Wir könnten uns treffen. Sagen wir« – man hörte, wie er – vermutlich – die Seiten eines Terminkalenders umschlug – »morgen um vierzehn Uhr.«

»In Ihrem Büro, nehme ich an.«

»Nein, nicht dort. Ein anderer Ort wäre mir lieber. Auf der Brooklyn Bridge zum Beispiel. Ich könnte auf der Fußgängerbrücke auf Sie warten, bei dem Pfeiler auf der Seite von Manhattan.«

»In Ordnung. Morgen um vierzehn Uhr.«

Damit legte Tim auf.

Die Tatsache, dass dieser Anruf an einem Sonntag erfolgte und der Kunstmakler auf ein Treffen für den nächsten Tag gedrängt hatte, verwies auf eine gewisse, wenn nicht sogar eine außerordentliche Notlage von Eric Welling.

Was die von Forrest angedeuteten »Dummheiten« im weiteren Verlauf dieses Sonntags betraf, so begannen sie kurz nach siebzehn Uhr, als Jodie von außen an die große Glastür der Walter-Skoll-Stiftung klopfte. Kurz darauf kam Ron Flint aus seinem Büro, um ihr zu öffnen.

Jodie schenkte ihm ihr strahlendstes Lächeln.

»Ich bin etwas durcheinander«, sagte sie, als er aufgeschlossen hatte.

»Haben Sie gestern etwas vergessen?«, fragte der schwarze Wachmann und schloss die Tür hinter ihr wieder zu.

Jodie bemühte sich, überzeugend zu wirken. Sie schwindelte ihm vor, sie habe ihr Handy neben ihrem Computer vergessen (was übrigens der Wahrheit entsprach), und da sie heute nach New York gekommen sei, um sich die Weihnachtsbeleuchtung anzusehen, sei ihr die Idee gekommen, rasch bei der Stiftung vorbeizuschauen, bevor sie sich wieder auf den Heimweg machte.

Ron Flint nickte verständnisvoll und belustigt.

»Das Problem ist, dass ich Sie nicht hinauflassen darf, Jodie. Anordnung ist Anordnung, verstehen Sie. Man muss immer auf der Hut vor Attentaten sein. Bitte nehmen Sie aber zur Kenntnis, dass ich keineswegs behaupte, dass Sie eine hier eingeschleuste Terroristin sind.«

Lächelnd kratzte er sich mit seinem Schlüssel am Kopf.

»Gut. Warten Sie in meinem Büro, und ich gehe hinauf und hole Ihr Telefon. Ich habe heißen Kaffee dort, Sie brauchen sich nur zu bedienen.«

Sie dankte ihm und ging zu seinem Büro, während er durch die Halle verschwand.

Er entriegelte die Türen eines Aufzugs und trat hinein. Von dort warf er noch einmal sein gutmütiges Lächeln Richtung Jodie.

Kaum hatten sich die Aufzugstüren wieder geschlossen, stürzte Jodie zu den Ausstellungsräumen der Galerie und zog eine kleine Taschenlampe hervor. Sie schaltete sie ein, bevor sie durch die sieben dunklen Räume rannte. Ihr saß die Angst in den Knochen, dass einer der Bewegungsmelder losheulen könnte. Aber diese waren am Tag zuvor ausgeschaltet worden, und so wurde kein Alarm ausgelöst, genau wie Forrest ihr versichert hatte. Nach ihren Berechnungen würde der gute Ron Flint etwas mehr als vier Minuten benötigen, um bis in die fünfte Etage hochzufahren, die Tür von Jodies Büro aufzuschließen, ihr Telefon neben dem Computer zu finden, die Tür wieder abzuschließen und herunterzukommen. Sie musste sich also beeilen. Jodie erreichte den letzten Raum und suchte mit ihrer Taschenlampe den Notausgang. Wie Forrest es ihr beschrieben hatte, befand er sich auf der linken Seite. Auch hier war der Alarm ausgeschaltet. Jodie drückte die Klinke hinunter und schob die Tür auf. Der Ausgang konnte nur von innen geöffnet werden und führte an der Rückseite aus dem Gebäude hinaus, wo ihre drei Freunde bereits warteten.

»Mach schon, du hast noch knapp vierzig Sekunden für den Rückweg«, warnte Tim mit seiner Stoppuhr in der Hand.

Jodie verschwand augenblicklich.

Sie war schweißgebadet. Der Wettlauf gegen die Zeit in ihrem dicken Mantel war eine Tortur, aber noch schlimmer war die furchtbare Angst, die ihr die Kehle zuschnürte. Was sie getan hatte, konnte sie ihre Anstellung kosten, und wohl sogar noch mehr, wenn ihre Freunde Walter Skoll richtig einschätzten.

Sie brauchte eine halbe Minute, um die dunkle Reihe der Ausstellungsräume hinter sich zu lassen und die Eingangshalle zu durchqueren. Dort sah sie, dass der Aufzug bereits wieder herunterkam. Er passierte schon die erste Etage. Sie stürzte in das Büro des Wachmanns, goss ein wenig Kaffee in einen Becher, schloss die Augen und konzentrierte sich auf ihre Atmung.

Der Wachmann tauchte auf.

»Hier ist Ihr Handy«, sagte er mit seinem unerschütterlichen Lächeln. »Passen Sie das nächste Mal darauf auf. Die Chefs nehmen es sehr genau mit der Sicherheit. Mit Bin Laden und seinen Genossen ist das ja auch nicht verwunderlich, oder?«

Ron Flint senkte seinen Blick auf den Becher, den sie in der Hand hielt.

»Ach je, jetzt haben Sie tatsächlich meinen Kaffee getrunken. Ich habe vergessen, Ihnen zu sagen, dass ich ihn ein wenig stark gemacht habe.«

»Nein, er ist sehr gut«, beteuerte sie mit Nachdruck.

Mit diesen Worten setzte sie den Becher an die Lippen und

zwang sich, keine Grimasse zu ziehen, als das reichlich bittere Getränk ihre Kehle hinunterrann.

Dann wies sie mit ihrem Telefon auf die Monitore vor sich.

»Sie haben ja die ganze Stiftung im Blick.«

»Nein, nicht die ganze Stiftung. Nur das Erdgeschoss. Deshalb darf ich auch niemanden hinauflassen.«

Von seinen weitgehend belanglosen Unterhaltungen mit Ron Flint hatte sich Forrest diese wesentliche Information gemerkt. Tim und er hatten daraus sofort gefolgert, dass sie nur das haarige Problem mit der Eingangshalle lösen mussten. Dann wäre es ein Kinderspiel für sie, die anderen Etagen in Augenschein zu nehmen.

Jodie warf ihren leeren Becher in den Mülleimer von Flint.

»Gut, ich lasse Sie jetzt in Ruhe. Und noch einmal vielen Dank, Ron.«

»Es war mir ein Vergnügen«, erklärte der Wachmann immer noch lächelnd und begleitete sie zur Eingangstür.

Er drehte seinen Schlüssel im Schloss und öffnete die Tür.

»Bis morgen, Ron«, verabschiedete sie sich und wandte sich nach draußen auf den Vorplatz.

Sie verließ das Gelände durch die Pforte, lief an der Mauer entlang, die die Stiftung umgab, und gelangte zur Rückseite des Gebäudes, wo sie an die Tür des Notausgangs klopfte. Tim öffnete ihr augenblicklich.

»Bravo, Jodie«, flüsterte er. »Komm schnell, die anderen warten im ersten Raum auf uns.«

Im Schein von Tims Taschenlampe eilten sie unbehelligt von den – außer Betrieb gesetzten – Alarmsystemen zu Sarah und Forrest, die vorsichtig die erleuchtete Eingangshalle ausspähten.

Von der Scheibe seines Büros hatte der Wachmann keinen direkten Blick auf die Galerie, und die Überwachungsbildschirme gaben ihm ebenfalls keinen Aufschluss über diesen Teil des Gebäudes.

Die Konstrukteure des Gebäudes mussten gedacht haben, dass die in den Ausstellungsräumen angebrachten Alarmsysteme ausreichten und man die Kameras auf den Eingangsbereich beschränken konnte. Dort würde jeder Eindringling unverzüglich entdeckt werden – und wenn er so klein wie eine Maus war. Sarah hatte darauf hingewiesen, dass die Sicherheitsvorkehrungen die wahre Natur der Stiftung entlarvten. Es war weniger ein Zentrum der Kunst als ein Versteck der Wölfe. Auf den Schutz der Kunstwerke kam es weniger an als auf die Sicherung des Eingangsbereichs. Denn er war der neuralgische Punkt des Gebäudes, von dem der Weg mittels der Aufzüge zu den anderen Etagen führte. Zu allen Etagen.

Nachts waren die Aufzüge gesperrt. Die einzige Möglichkeit hinaufzukommen bestand also darin, die etwas rückwärtig gelegene Treppe zu benutzen. Diese lag jedoch dem Büro des Wachmanns genau gegenüber. Man musste also nicht nur das »Minenfeld« Halle durchqueren, sondern auch direkt unter der Nase des Wachmanns vorbeihuschen.

Mit ihm war ihre einzige Chance auf Erfolg verknüpft. Bei jeder ausgefeilten technischen Vorrichtung war der menschliche Faktor, selbst wenn er minimal war, das nicht ausschaltbare Risiko.

Nach Forrests Beobachtungen leerte Ron Flint seine Blase alle fünfundzwanzig Minuten. Und verweilte drei bis vier Minuten auf der Toilette.

Als Sarah und Tim dies vernommen hatten, hatten sie sich gleichermaßen zur Wirkung des Kaffees und zur schwachen Prostata des Wachmanns beglückwünscht. Dann hatten sie sich ihren Plan zurechtgebastelt.

Sarah sah auf ihre Uhr: siebzehn Uhr elf. Sie warteten. Es vergingen zehn Minuten, dann fünfzehn, schließlich zwanzig. Um siebzehn Uhr fünfunddreißig hatte sich Ron Flint immer noch nicht gerührt. Sarah warf Forrest einen wütenden Blick zu, der darauf lediglich die Schultern zuckte. Aufgebracht setzte sie sich zu Jodie und Tim nach hinten und ließ Forrest den Wachmann alleine beobachten.

Acht lange Minuten später bedeutete Forrest ihnen, dass sich etwas tat, und sie standen alle auf. Die Blase von Ron Flint machte sich endlich bemerkbar, er durchquerte die Halle und ging in Richtung der Toiletten hinter dem Aufzugsschacht.

Forrest drehte sich mit triumphierender Miene zu Sarah um. Nun zuckte sie ihrerseits mit den Schultern.

»Gehen wir«, hauchte Tim, sobald sie die Tür des WCs hinter Flint ins Schloss fallen hörten.

Im Laufschritt eilten sie zur Treppe. In der vollkommen dunklen, ersten Etage hielten sie an, um nach Luft zu schnappen. Mit klopfendem Herzen lauschten sie. Der Gedanke, dass Ron Flint sie aufspüren könnte, beunruhigte sie jetzt weniger als die Frage, was sie in der verbotenen Etage finden würden.

Jeder von ihnen schaltete seine Taschenlampe an, und einer hinter dem anderen stiegen sie weiter hinauf.

In der fünften Etage traf der flackernde Lichtstrahl ihrer Lampen plötzlich auf eine Wand. Die oberste Etage war nicht nur fensterlos, sie hatte auch keinen Notausgang. Nur über die Aufzüge gelangte man dorthin, diese aber waren außerhalb der Dienstzeiten gesperrt.

»Verfluchter Mist«, entfuhr es Sarah und Tim.

Sie untersuchten die Wand nach einer versteckten Öffnung, aber nichts dergleichen war zu finden. Der Aufgang war nicht zugemauert – er war nie vorgesehen gewesen.

»Jetzt sind wir am Ende«, sagte Forrest niedergeschlagen.

Nach all den riskanten Manövern blieb ihnen jetzt nur noch die Hoffnung, aus der Stiftung genauso ungesehen hinauszugelangen, wie sie es hineingeschafft hatten.

»Wartet«, forderte Sarah, der es zutiefst widerstrebte, den Rückzug anzutreten, ohne das Geringste herausgefunden zu haben. »Mit ein wenig Geschick schaffen wir es vielleicht durch einen der Aufzugsschächte.«

Um dies zu überprüfen, öffneten sie eine der Brandschutztüren und begaben sich zum Aufzug.

Als sie versuchten, diesen zu öffnen, gingen plötzlich die Lichter auf der Etage an.

»Bitte, bitte«, sagte ganz ruhig eine Stimme hinter ihnen, »ruinieren Sie unsere Aufzüge nicht! Ihr Unterhalt kostet uns ein Vermögen. Und da wollen Sie sie einfach so aufbrechen.«

Jodie schloss die Augen und flehte zum Himmel, dass der Erdboden sie verschlingen möge. Dann drehte sie sich, wie die anderen, mit flammend roten Wangen um.

Auf dem Treppenabsatz stand Neil Garson. Er sah müde aus, sein Hemd war verknittert, und in den Händen hielt er einen Wagenheber.

»Dass jetzt bloß niemand die Stirn besitzt, mich zu fragen, was ich um diese Zeit hier treibe.« Der Abteilungsleiter begann zu glucksen, bevor er wieder ernst wurde. »Ich habe schon geglaubt, dass ihr diese verflixte Treppe niemals findet. Es wurde mir schon beinahe langweilig, ihr Lieben.«

»Sie haben uns hereinkommen sehen?«, fragte Jodie tonlos.

»Jodie, ach! Meine liebe kleine Jodie. In den Büros der Abteilungsleiter gibt es Kontrollbildschirme. Das wussten Sie wohl nicht, wie ich jetzt sehe. Ihre ganze Exkursion wurde aufgezeichnet. Meine Güte, wenn Lisa erst einmal das ungeahnte Ausmaß Ihrer Fähigkeiten sieht, wird sie meine Vorbehalte Ihnen gegenüber gewiss für mehr als berechtigt halten! Nicht wahr, Jodie?«

Er bewegte sich unvermittelt auf sie zu, und Tim trat rasch vor Jodie, um sie zu schützen.

»Sie nehmen lieber das hier«, sagte Garson und reichte ihm den Wagenheber.

Auf die verdutzten Blicke, die ihn nun trafen, antwortete er:

»Auch ich möchte nur allzu gern wissen, was unser großer Manitu Walter Skoll dort oben treibt.«

Garson roch stark nach Whisky, und Jodie nahm an, dass er den ganzen Tag trinkend in seinem Büro zugebracht hatte.

Tim griff nach dem Wagenheber, ohne sich zu bedanken, und schob dessen spitzes Ende in eine der Aufzugstüren, die dem Druck schließlich nachgab.

Sarah beugte sich ins Leere, um den Schacht mit ihrer Lampe in Augenschein zu nehmen. Ganz unten war die Decke der Aufzugskabine zu erahnen.

»Links finden Sie eine Leiter«, verkündete Garson hinter ihnen ortskundig.

»Okay«, bestätigte Sarah. »Ich schlage vor, wir teilen uns die Aufgaben. Jodie, Forrest und Sie« – sie zeigte auf Garson, der Haltung annahm – »kümmern sich um die Videoaufzeichnungen. Tim und ich, wir gehen in die sechste Etage.«

»He! Moment mal!«, protestierte Garson. »Da will ich dabei sein.«

»Tut mir leid, mein Lieber! Aber in Ihrer Verfassung sollten Sie vielleicht lieber fünf Etagen weiter unten ein paar Freiluftübungen machen. Wir werden Ihnen alles erzählen. Das verspreche ich Ihnen.«

»Kommen Sie, Mr Garson«, bat Jodie und zog ihn am Arm. »Sarah hat recht. Sie könnten sich etwas tun.«

»Das habe ich doch schon, Jodie«, jammerte Garson plötzlich.

Aber er ließ sich jetzt ohne Widerstand fortführen. Sarah wartete, bis sie verschwunden waren, dann lächelte sie Tim an.

»Nach dir, alter Knabe.«

Mit der Taschenlampe zwischen den Zähnen kletterte Tim vor ihr in den Schacht und hangelte sich wie ein Pirat, der ein spanisches Schiff entert, an der Leiter nach oben.

Tim und Sarah erkunden die sechste Etage

In Höhe der sechsten Etage nahm Tim den Wagenheber zu Hilfe, um die Aufzugstür aufzustemmen. Als sie endlich nachgab, schlängelte er sich durch die Öffnung und fand sich auf der Stufe unmittelbar vor dem Aufzug wieder. Sarah folgte ihm und hielt sich an seiner Seite. Sie richteten den Lichtstrahl ihrer Taschenlampen auf die Tür gegenüber und leuchteten in der Dunkelheit auf das Kupferschild »Sitzungssaal«.

Sogleich gingen sie darauf zu. Wider Erwarten war die Tür nicht verschlossen. Sie quietschte auch nicht in den Angeln, als Sarah sie einen Spalt breit öffnete.

Tim ließ seine Taschenlampe im Saal umhergleiten und leuchtete nach und nach auf die ausladenden Sessel, die um den langen Konferenztisch standen. Dann richtete er den Lichtstrahl auf den Toshiba-Laptop, der, wie Jodie gesagt hatte, beim Stuhl des Präsidenten stand.

»Ich erledige das«, sagte er und drang in den Saal ein.

Sarah ließ ihn vorgehen.

Er zog seinen eigenen Laptop aus dem Rucksack und stöpselte ihn über ein USB-Kabel an den der Wölfe. Dann schaltete er beide ein, und nach ein paar vorbereitenden Mausklicks kopierte er die Festplatte des Toshiba-Rechners auf seinen eigenen.

Währenddessen inspizierte Sarah den Raum.

In der hinteren Wand befand sich genau hinter dem Platz des Präsidenten eine Vertiefung von zwei mal zwei Metern und einem Meter Tiefe. Die Nische war leer, und Sarah fragte sich, wofür sie gedacht war. Dieser Raum hinter dem langen Konferenztisch war ihr ein Rätsel.

Als sie jedoch mit ihrer Lampe an der Wand entlang nach rechts schwenkte, entdeckte Sarah eine versteckte Tür in der Nische.

»Dahinter ist noch ein Zimmer«, flüsterte sie.

Tim kam näher.

»Sehen wir doch nach, was unser Blaubart dort versteckt hat«, grummelte er und schob mit einer Hand die Tür auf, während er mit der Taschenlampe in der anderen in die Öffnung hineinleuchtete.

Auch dieses Zimmer lag im Dunkeln.

Ohne weiter hineinzugehen, ließen Sarah und Tim den Strahl ihrer Taschenlampen in zunehmender Verblüffung durch das Innere des Raumes gleiten.

»Was ist denn das?«, murmelte Tim an den Türrahmen gelehnt.

Sie werden daran erinnert, dass man stets misstrauisch bleiben sollte

In der fünften Etage entdeckten Jodie und Forrest verblüfft, dass Neil Garson nicht nur reichlich dem Whisky zugesprochen, sondern auch das Büro von Lisa Whittaker verwüstet hatte.

»Ich und mein Wagenheber, wir hatten eigentlich vor, morgen Früh eine kleine Unterredung mit Lisa zu führen. Sie hat mir immer vorgeworfen, dass ich zu zögerlich vorgehe. Ich denke, dass sie dies hier eines Besseren belehren wird, oder? Was meinen Sie, Jodie?«

Garson torkelte zwischen den umgestürzten Möbeln und Bildern hindurch und bahnte sich einen Weg zu Jodie und Forrest, die ihm gefolgt waren.

»Dieser idiotische Wachmann vorhin hat nichts gesehen. Das musst du dir einmal vorstellen, Forrest! Nichts gesehen. Schöne Scheiße! Und solche Typen bezahlen wir dafür, dass sie unsere Arbeitsplätze bewachen. Ich werde dir jetzt mal was sagen, ganz Amerika geht den Bach runter!«

Mit seiner rechten Hand wies er in einer schlenkernden Drehbewegung auf ein kleines Zimmer, das an das Büro von Whittaker grenzte.

»Dort drinnen ist Big Brother.«

Jodie und Forrest warfen einen Blick hinein. Dieser Raum war vom Orkan Garson einigermaßen verschont geblieben. Zwar war der Inhalt der Regale zu Boden geschleudert worden, aber die Bildschirme und Aufzeichnungsgeräte standen an ihren Plätzen und funktionierten noch. Sie gaben alles wieder, was im Erdgeschoss geschah, und zeigten auch das Büro von Ron Flint (der sich gerade voller Elan die Nase putzte). Rechts unten war auf einem Bildschirm die Tiefgarage zu sehen.

Während Jodie die kompromittierenden Bänder aus den Geräten nahm, widmete sich Forrest den Kartons, die zum größten Teil zerrissen auf dem Boden lagen. Überall quollen beschriftete Bänder hervor.

In der Tür lehnend, starrte Garson Jodie mit wirrer Befriedigung an.

»Es erstaunt mich nicht im Geringsten, Jodie, dass Sie bei solchen Aktionen mit dabei sind. Ich habe Sie jedenfalls von Anfang an nicht gemocht.«

»Könntest du dich vielleicht ein wenig zusammennehmen, Neil«, schlug Forrest vor, der jetzt in die Hocke gegangen war, um besser in den Kartons herumwühlen zu können.

Er warf die Bänder durcheinander, bis er eines zurückhielt.

»Sieh dir das an, Jodie.«

Er richtete sich wieder auf.

»Jetzt werden wir endlich erfahren, wer an dem Abend in der Limousine saß, als sich die Wölfe hier trafen.«

Er rief sich lieber nicht noch einmal in Erinnerung, wie diese Nacht für Sarah mitten im Central Park zu Ende gegangen war. Er schob das Band in ein Abspielgerät und spulte es zurück. Als die Zeitangabe ein Uhr fünfundvierzig erreicht hatte, verlangsamte Forrest das Tempo.

Die dunkle Tiefgarage wurde offenbar von einer einzigen unbeweglichen, weit oben platzierten Infrarotkamera überwacht. Sie zeigte die Tiefgarage samt der Zufahrtsrampe am hinteren Ende. Die Aufzüge befanden sich auf der Seite der Kamera und konnten so nicht von ihr kontrolliert werden.

Die mit reflektierender Farbe gekennzeichneten Stellplätze waren allesamt leer – mit Ausnahme eines einzigen. Auf ihm stand ein kleiner Toyota, den Forrest als das Auto von Ron Flint erkannte.

Als die Zeitangabe unten auf dem Bild bei 1 Uhr 56 Minuten und 35 Sekunden angelangt war, erschien die schwarze Limousine. Mit grellen Scheinwerfern fuhr sie die Rampe hinunter und zwischen den Betonpfeilern entlang, gerade auf die Kamera zu. Das Kennzeichen war abmontiert, sodass der Wagen nicht identifiziert werden konnte.

Die Limousine kam näher, noch näher und … verschwand aus dem Blickfeld, um auf dem einzigen Stellplatz zu parken, der außerhalb der Videoüberwachung lag. Genau unter dem Objektiv, nur wenige Schritte von den Aufzügen entfernt.

Am unteren Bildrand zeichnete sich nun der lange, schräge Schatten eines Mannes ab. Er war aus dem Auto gestiegen und ging relativ nah an der Mauer entlang, sodass er vom Auge der Kamera nicht erfasst wurde. Drei Meter weiter hielt der Schatten an, und ein rötlich leuchtender trapezförmiger Lichtschein erschien auf dem Boden. Der Mann stieg in einen Aufzug. Dann wurden der Schatten und das leuchtende Trapez kleiner und verschwanden schließlich ganz. Die Aufzugstüren hatten sich geschlossen. Der Aufzug brachte den geheimnisvollen Mann nach oben.

Er musste gut informiert sein, wenn er von dem toten Winkel wusste. Forrest dachte fieberhaft nach, eine Hypothese jagte die andere. War das Fenryder? General Fenryder, der gekommen war, um nachts seine Truppen zu inspizieren? Oder war es jemand anderes? Jemand, der nicht gesehen werden wollte. Die Wölfe bewegten sich zu Fuß fort, einschließlich Walter Skoll, der Unbekannte hingegen nicht. Er musste über die Positionierung der Kameras im Eingangsbereich und in der Tiefgarage im Bilde sein und hatte entschieden, aus deren Reichweite zu bleiben, indem er in der Limousine kam. Das war außerordentlich vorausschauend.

Forrest begriff, dass das Video ihnen nichts über die Identität dieses Mannes verraten würde, und richtete sich enttäuscht wieder auf.

»Ganz schön frustrierend, ihr Lieben, oder?«, ertönte plötzlich die Stimme von Ron Flint hinter ihnen.

Der mit seiner Pistole bewaffnete Wachmann schob Neil Garson in den Raum hinein und nahm seinen Platz im Türrahmen ein.

»Halt das Band an, Forrest, oder ich knall euch ab, dich und deine Komplizen.«

»Es ist nicht so, wie du glaubst, Ron«, erwiderte Forrest und kam der Aufforderung nach.

Die Kassette hielt an. Er drehte sich zu dem Wachmann um:

»Lass mich alles erklären. Ich hoffe, du hast nicht die Polizei alarmiert.«

»Wer redet hier davon, die Polizei zu holen, mein Freund? In der Stiftung regeln wir unsere Probleme selbst.«

Die Worte des Wachmanns klangen allerdings nicht so, als

würde man sich gütlich einigen können, und Jodie schmiegte sich an Forrest, der einen Arm um ihre Schulter legte.

»Oh! Sie sehen auf meine Hände. Kein Handschuh. Tut mir leid, ich bin kein Wolf. Aber ich diene der Verbindung seit meiner frühen Jugend. Mein Herr war auch der Herr meines Vaters und auch der meines Großvaters.«

»Eine große und schöne Familiengeschichte also«, stellte Forrest bitter fest.

Er konnte seine Enttäuschung über Rons Bekenntnis nicht verbergen.

Der Wachmann lachte laut auf.

»Verflucht, Forrest! Du triffst immer ins Schwarze und bist doch nie ernst! Du wirst mir wirklich fehlen!«

»Scheiße! Wovon sprecht ihr Kerle eigentlich?«, brummelte Neil Garson, den die Situation plötzlich wieder nüchtern hatte werden lassen.

»Das wirst du schon noch erfahren, mein Lieber«, antwortete Ron Flint mit seinem ewigen Lächeln auf den Lippen.

Sarah und Tim in der sechsten Etage (Fortsetzung)

»Was haben wir denn da?«, wiederholte Tim. Er stand wie Sarah regungslos auf der Schwelle zu dem geheimen Raum, dessen Tür er vorsichtig geöffnet hatte.

Im Schein der Taschenlampen bot sich ihren staunenden Blicken ein Salon mit dunkler Eichentäfelung und gepolsterten Sofas aus rotem Leder. An zwei Fahnenstangen hingen Flaggen der konföderierten Staaten: eine von Louisiana und eine von South Carolina, wie an ihrer Palme zu erkennen war. Sie flankierten eine große, an der Wand hängende Landkarte der Vereinigten Staaten. Am anderen Ende des Raumes war in Vitrinen eine unglaubliche

Sammlung von Lockvögeln für die Jagd ausgestellt. Zum großen Teil handelte es sich um bemalte Holzenten, Figuren aus Zedernholz oder Korkeiche mit Schwänzen aus Maulwurfsfell. Tim wusste, dass hier ein Vermögen lagerte, da einige dieser Köder, mit denen man früher Wildvögel anlockte, schon siebenstellige Dollarbeträge auf dem Antiquitätenmarkt erzielt hatten.

Ganz wie der große Sitzungssaal dahinter besaß auch dieser Salon kein einziges Fenster. Daher betätigte Sarah den Schalter für die Deckenbeleuchtung, ohne zu befürchten, dass ihr Eindringen in diesen herrschaftlichen Bezirk auffallen könnte. Ihre eigene Lampe schaltete sie aus, dann betrat sie den Raum. Tim folgte ihr.

Die Aufschrift der Karte lautete »DAS FINSTERE REICH DES WAHRHAFTIGEN«. Sie stand nicht in unmittelbarer Beziehung zum Sezessionskrieg und auch nicht zu den offiziellen Aktivitäten der Stiftung. Vielmehr gab sie offenbar an, wo überall in den Vereinigten Staaten sich Fenryders Wölfe eingenistet hatten. Sarah und Tim war sofort klar, dass sie hier ein Dokument von höchster Wichtigkeit vor sich hatten.

Tim zog den Fotoapparat aus seinem Rucksack und machte etwa zehn Aufnahmen, während Sarah das restliche Zimmer unter die Lupe nahm.

Mit der riesigen Karte und den Flaggen wirkte es nicht so sehr wie ein Empfangszimmer, sondern beinahe wie der Raum eines hohen Offiziers. Sarah konnte sich nicht genug darüber wundern.

Auf einem niedrigen Regal standen zwischen zwei Buchstützen in Form von Wölfen eine alte Bibel und das Lehrbuch von Sun Tzu. Eine nicht gerade harmonische Zusammenstellung.

Sarah griff nach dem Lehrbuch und blätterte darin. Sie blieb bei einem gelb angestrichenen Spruch hängen: »Die gesamte Kriegskunst beruht auf Täuschung.«

Danach stellte sie das Lehrbuch zurück und richtete ihr Augenmerk auf die Bibel, die sie an einer durch ein Lesezeichen markierten Stelle aufschlug.

»Die Apokalypse des heiligen Johannes«, eröffnete Sarah Tim mit bedeutungsvollem Ton.

Sie wusste nicht, ob sie die erbauliche Lektüre, die Walter Skoll offenbar pflegte, schätzen oder fürchten sollte.

Plötzlich war ein leichtes Knacken und anschließend ein leises Motorengeräusch zu hören. Es war der Generator des Aufzugs. Er hatte sich in Gang gesetzt.

Jemand war auf dem Weg nach oben.

»Scheiße«, zischte Tim.

Er stürzte in den großen Saal und warf einen angsterfüllten Blick auf den Bildschirm seines Computers, wo eine Grafik anzeigte, dass erst siebenundfünfzig Prozent der Daten übertragen worden waren.

»Mach schon, verdammtes Ding«, schimpfte er ungehalten.

Dann drehte er sich zu Sarah um.

»Du solltest besser das Licht wieder ausschalten.«

Sarah zog ihre Taschenlampe hervor und eilte zum Lichtschalter. Sofort lag der Salon in tiefer Dunkelheit. Sie konnte sich des Gefühls nicht erwehren, dass sie nicht allein auf der Etage waren.

Durch die weit geöffnete Tür bei der Stufe war die Anzeige des Aufzugs zu sehen. Er fuhr in die zweite, dann in die dritte, die vierte, bevor er in der fünften Etage anhielt.

Sarah und Tim waren keineswegs erleichtert. Das war schließlich die Etage, wo Jodie und Forrest waren.

Garsons Wunsch, der sechsten Etage einen Besuch abzustatten, geht in Erfüllung

Als der Aufzug auf der fünften Etage hielt, führte Ron Flint die drei aus dem Büro der Abteilungsleiterin hinaus. Dann befahl er ihnen, sich in den Flur zu setzen – mit Ausnahme von Garson.

»Du nimmst den Aufzug. Man verlangt dort oben nach dir.«

»Nach mir?«, brachte Garson mühsam hervor.

Statt einer Antwort richtete Flint seine Waffe auf Garsons Kopf. Dieser schritt nun mit zitternden und halb erhobenen Armen in Richtung Aufzugskabine, deren Türen sich noch nicht geöffnet hatten.

Garson fand das höchst beängstigend und blieb deshalb ein gutes Stück vor der Stufe stehen.

»Vorwärts!«, forderte Flint, der noch immer auf ihn zielte.

Mit schlotternden Knien setzte er sich in Bewegung. Als er den Aufzug erreichte, öffneten sich die Türen mit einem Signalton.

Die Kabine war leer.

Noch nie hatte er sie mit so unguten Gefühlen betreten.

»Mach dir nicht in die Hose«, murmelte er.

Als die Türen sich hinter ihm geschlossen hatten, drückte er eilig auf den Knopf für das Erdgeschoss, aber der Befehl wurde nicht ausgeführt, und anstatt hinunterzufahren, bewegte sich der Aufzug weiter nach oben.

Neil Garson schluckte mühsam und fühlte, wie seine Hoden in seiner Unterhose zusammenschrumpften. Er war auf dem Weg in die sechste Etage.

Der Aufzug hatte sich wieder in Bewegung gesetzt und erreichte alsbald die sechste Etage.

Sarah fühlte ihren Puls steigen, und ihre Hand krallte sich um ihre Pistole. Sie hatte Angst, daran gab es keinen Zweifel, aber sie würde ihre Haut teuer verkaufen, wenn sich die Wölfe etwa mit ihr amüsieren wollten.

Die Türen öffneten sich und spuckten einen leichenblassen Neil Garson aus.

»Garson?«, stammelte Tim. »Was zum Teufel treiben Sie denn hier?«

Mit schwerer Zunge erklärte er ihnen, was sich zugetragen hatte.

Sarah begriff sofort. Ihre Intuition war richtig gewesen. Sie waren nicht allein auf der sechsten Etage, und man hatte Garson zu ihnen geschickt, um ihnen das klarzumachen.

»Gehen wir hinunter«, forderte sie.

»Okay«, stimmte Tim zu. »Ich werde meinen Laptop holen.«

Der Kopiervorgang war inzwischen abgeschlossen. Er zog das USB-Kabel heraus und stopfte den Laptop in seinen Rucksack.

Alle drei fuhren auf, als die Türen des Aufzugs sich wieder schlossen und er leer nach unten fuhr.

»Wovor hast du am meisten Angst, Sarah?«, fragte Tim mit besorgter Miene.

Er wollte wissen, was ihnen jetzt bevorstand.

»Ich werde es dir sagen, wenn du mir deine eigenen Ängste anvertraut hast«, erwiderte Sarah, die sich keine Blöße geben wollte, bevor die Wölfe sie nicht dazu zwangen.

Tim wandte sich nun an Garson.

»Und was ist mit Ihnen? Was fürchten Sie am meisten von allem? Ratten, Haie oder Spinnen?«

»Nichts von alledem. Nein, ich glaube nicht.«

»Überlegen Sie gut, mein Lieber. Denn bald werden wir darauf festgenagelt werden.«

»Haben Sie noch nie Angst gehabt?«, hakte Sarah jetzt nach.

»Doch, natürlich, klar.«

»Wann war das, wann haben Sie zum letzten Mal eine wahre Heidenangst in Ihrem Leben gehabt?«

»Ich weiß nicht. Hören Sie damit auf, Scheiße noch mal! Warum stellen Sie mir diese Frage eigentlich?«

Dann taten der Alkohol und die Angst ihre Wirkung, und er gab ihrem Drängen schließlich nach.

»Ich habe alle paar Monate den gleichen Albtraum. Sind Sie jetzt zufrieden? Na, ist das ein Knüller?«

»Erzählen Sie ihn uns«, forderte Tim ihn auf.

»Warum das denn? Sie sind doch keine Psychologen, soweit ich weiß.«

»Verflucht, Garson!«

»Ich träume, dass ich in der Stiftung bin und dass der Boden sich plötzlich … Und dass der Boden sich plötzlich …«

Jodie und Forrest (Fortsetzung)

Im Flur der fünften Etage sitzend, hörten Jodie und Forrest die Schreie ihrer Freunde über ihren Köpfen widerhallen, und Forrest versuchte aufzustehen.

»Sachte.« Ron Flint gab ihm einen überzeugenden Wink mit seiner Waffe. »Du kommst schon noch an die Reihe, das verspreche ich dir. Nach ihr.«

Schussbereit stand er da und lächelte breit.

Forrest ließ sich gegen die Wand zurücksinken.

»Warum tust du das, Flint? Du wirst niemals ein Wolf sein.

Sieh dich doch einmal im Spiegel an, dann wirst du sehen, dass deine Hautfarbe ein kleines Problem darstellt. Die Wölfe sind Weiße, die früher die Neger massakriert haben. Dieses Detail hast du nicht zufällig vergessen?«

»Genau, du Schlaukopf. Aber die Schwarzen haben sich verändert. Und dieses Mal hast du nicht die richtige Hautfarbe, Forrest. Du und deine Freunde, ihr seid die Negros.«

Er fuhr sich mit der Hand über den Schild seiner Mütze, und als er fortfuhr, war sein Lächeln weniger strahlend als sonst:

»Es ist totaler Schwachsinn zu glauben, dass ein Mensch das ist, was er tut. Er ist lediglich das, wozu die anderen ihm die Möglichkeit geben. Wählt eure Herren gut aus, ihr Lieben – das ist mein guter Rat für heute. Dann lösen sich all eure Probleme wie Hautfarbe, Aussehen, Geld wie von selbst auf.« Als er jetzt Jodie fixierte, kehrte die ganze Strahlkraft seines Lächelns zurück, und er befahl: »Los jetzt, aufstehen, Puppe. Du bist an der Reihe.«

Forrest versuchte, nach der Pistole des Wachmanns zu greifen, aber dieser wehrte ihn ab und versetzte ihm mit dem Knie einen heftigen Stoß mitten ins Gesicht. Dann richtete er seine Waffe auf Jodie.

»Willst du, dass ich sie schon hier umlege?«, drohte er.

Geschlagen setzte sich Forrest wieder. Blut floss ihm in die Augen.

»Los, meine Schöne«, gab der Wachmann jetzt wieder lächelnd vor. »Nimm den Aufzug.«

Zitternd gehorchte Jodie. So geht es Angestellten, die sich nicht an die Vorschriften halten, höhnte eine leise Stimme in ihrem Kopf. Sie befand sich auf dem Weg durch eine Art Todeskorridor, an dessen Ende statt des elektrischen Stuhls oder der Gaskammer ein albtraumartiger Fahrstuhl wartete, der sie zu einer Etage der Albträume brachte.

Als sie auf der Stufe vor dem Aufzug stand, zog etwas Seltsames am Rande ihres Blickfeldes ihre Aufmerksamkeit auf sich. Zwei vollkommen schwarz gekleidete Männer pressten sich dicht an die linke Wand, an der weiter hinten die Kaffeemaschine stand. Der eine bedeutete dem anderen zu schweigen. Dann ging alles sehr schnell. Mit einem Satz sprangen sie aus ihrem Versteck hervor und eröffneten das Feuer auf Flint.

Dieser brach zusammen, ohne einen einzigen Schuss abgeben zu können.

Das Kommando kam näher.

»Ich bin ganz seiner Meinung«, sagte jetzt einer der Männer in Schwarz. »Seinen Herrn sollte man sich gut auswählen.«

Forrest gelang es, sich trotz seiner wackligen Beine an der Wand aufzurichten.

»Sind Sie von der Polizei?«

Die beiden Männer sahen einander an, bevor sie in Lachen ausbrachen.

»Gott bewahre!«, riefen sie gleichzeitig aus.

Forrest warf einen verstörten Blick auf den Körper des Wachmanns. Nicht die geringste Spur von Blut war zu sehen.

»Ist er tot?«, fragte er.

»Nein, nur k.o.«

Sie verstauten ihre Waffen in einer ihrer großen Taschen und zogen aus der anderen zwei MP5 Heckler & Koch hervor, die sie jetzt luden und entsicherten.

»Ihn wollten wir lebend«, stellten sie klar.

Garson war nicht in die sechste Etage geschickt worden, um sie zu warnen. Es war seine Angst, die man gegen sie verwenden wollte.

Seine unvernünftige Angst vor der Leere. Seine Angst vor dem freien Fall in eine abgrundtiefe, endlose Leere.

»Der typische Albtraum des Karrieristen«, frotzelte Tim, um seine Nervosität zu verbergen.

Es sei denn, es handelte sich bei Garson um eine unbewusste Manifestation des Nichts, die an seinem Leben nagte.

Auf jeden Fall war die Leere, mit der sie es jetzt zu tun hatten, alles andere als metaphorisch zu begreifen. Sie suchte dank der Macht der Wölfe ganz konkret ihre Wirklichkeit heim. Und sie war real geworden, gefährlich und äußerst real.

Unter ihren staunenden Augen tat sich mitten auf der Stufe ein konturloser und dunkler Abgrund auf und wuchs immer weiter an wie ein schwarzes Loch, das alles Umliegende aufsaugt. Es verschluckte den Boden um sich herum.

Es war unvorstellbar und dennoch – unter ihnen gab es keine Etagen mehr und auch keine Stiftung. Es gab ganz einfach keine Materie mehr. Nichts, außer einer klaffenden, schwindelerregenden Öffnung, die immer größer wurde. Der Boden ähnelte einem Blatt Papier, in das die Flamme eines Streichholzes ein Loch hineinfrisst. Stinkende und warme Schwaden stiegen aus dieser abgrundtiefen und rätselhaften Dunkelheit empor.

An die Wand der Nische gepresst, pirschten sie sich an den Aufzug heran. Tim als Erster, dahinter Sarah und zuletzt Neil Garson.

Mit energischem Fingerdruck betätigte Tim den Knopf des Aufzugs.

Als er sich zu Sarah umblickte, sah er, dass der Abgrund sich stetig ausweitete und der Boden sich mittlerweile auf die Maße der Stufe beschränkte.

Er drückte ein weiteres Mal auf den Knopf, ohne dass etwas geschah. Der Aufzug würde nicht kommen.

Sie befanden sich mittlerweile auf einem schmalen Grat von kaum mehr als zwanzig Zentimetern Breite.

»Wir müssen zurückgehen«, drängte Sarah.

»Okay«, stimmte Tim zu. »Kehren wir um.«

Also zogen sie sich auf dem Grat zurück, der trunkene Garson nun an der Spitze einer seltsamen Seilschaft – jedoch ohne Haken und Seil oder Sicherung.

»Beeilen Sie sich, Garson!«, befahl Tim. »Machen Sie schon!«

Sie bogen um die Ecke und gingen an der Wand des Sitzungssaals entlang. Als sie nur noch zwei Meter von der noch geöffneten Tür entfernt waren, stürzte das schmale Stück Boden, das den rettenden Zugang gewährt hätte, vor ihnen in die Tiefe.

»Oh nein!«, stöhnte Sarah auf.

»Los, springen Sie schon auf die andere Seite«, herrschte Tim Garson an und versetzte ihm über Sarahs Schulter hinweg einen Stoß.

»Ich kann nicht«, stammelte der Abteilungsleiter wie gelähmt.

»Dann lassen Sie uns wenigstens vorbei«, forderte Tim voller Egoismus, hinter dem sich aber in Wahrheit die Sorge um Sarahs Leben verbarg.

Aber Garson ließ sie weder vorbei, noch war er in der Lage, sich selbst zu irgendetwas durchzuringen.

Und da Tim zögerte, Sarah dazu aufzufordern, sich an Garson vorbeizuschlängeln – der Grat war so schmal, dass zwei Personen nicht ohne Berührung aneinander vorbeikommen konnten, und Garson hätte in seiner Panik wahrscheinlich verhängnisvoll reagiert –, war ihre einzige Chance auf Rettung dahin. Jetzt war es selbst für wagemutigere Personen als Garson zu spät, um noch zu springen. Der Boden vor den Türen war bereits verschluckt, und sie sahen nur noch Leere vor sich. Der Grat war auf den Umfang eines Chagrinleders geschrumpft, und zwar nicht nur in der Breite, sondern auch in der Länge.

Mit tastenden Schritten wichen Tim, Sarah und Garson zurück bis zu der hinter ihnen liegenden Ecke an der rückwärtigen Wand.

Dann ging es nicht mehr weiter. Ein paar Augenblicke später fanden nur noch ihre Fußspitzen Halt, und sie pressten sich mit ihrem ganzen Körper gegen die Mauer, die so glatt war, dass sie ihren Händen keinerlei Greifmöglichkeit bot.

Für einen kurzen Moment wurde der Grat nun nicht mehr schmaler, dafür fraß der Abgrund sich weiter in die Länge – unmittelbar bis zu Garson, der sich jetzt dem Nichts ausgesetzt sah.

Panik ergriff jetzt endgültig Besitz von Garson, und er versuchte Sarahs Ärmel zu packen, um ihren Platz einzunehmen.

»Lasst mich vorbei!«, heulte er haltlos. »Habt Mitleid und lasst mich vorbei!«

»Beruhigen Sie sich«, herrschte Tim ihn an, dem klar war, welche Gefahr jede überhastete Bewegung für sie bedeuten konnte.

Aber Neil Garson war weit davon entfernt, sich zu beruhigen. Und so musste Sarah versuchen, sich seiner zu erwehren.

»Ich werde fallen«, heulte er. »Versteht ihr denn nicht, dass ich gleich fallen werde?«

»Garson!«, brüllte Tim.

Wenn Garson sich an Sarah festhalten würde, würden sie beide hinunterfallen.

So streckte Tim seinen rechten Arm über den Rücken von Sarah vor und packte Garson am Hals. Und drückte zu.

»Zwingen Sie mich nicht, Sie zu töten, Garson. Zwingen Sie mich nicht, es zu tun.«

Diese Androhung schien Garson wieder etwas zur Vernunft zu bringen. Er hörte auf, Sarah zu schieben.

Aber der Abgrund kam immer näher.

»Oh, heilige Jungfrau Maria, Muttergottes«, begann er mit an die Wand gepressten Fingern zu beten.

Sein linker Fuß hing jetzt halb im Leeren. Ruckweise brachte er ihn neben seinen anderen Fuß.

»… bitte für uns arme Sünder.«

Das Nichts griff nach dem flüchtenden Fuß und nach dem ganzen Körper des vor Angst bebenden Garson. Das verzerrte Gesicht gegen die Wand gepresst, schloss er die Augen. Er lehnte sich an Sarah und hielt sich nur noch auf einem Fuß.

Die Leere verschluckte noch ein wenig mehr Boden, und Sarah schnürte es den Hals zu, da sie ahnte, was nun kommen würde.

Neil Garson fiel in den Abgrund seiner Albträume.

Er fiel ohne einen Schrei und ohne jeden Versuch, sich an Sarah festzuhalten.

Beinahe als Held.

Die junge Frau sah ihm nach, wie er in die endlose Tiefe hinabstürzte, und schauderte. Jetzt war sie an der Reihe. Die Leere fraß sich weiter an ihre Füße heran wie eine Säure, die sich ausbreitet und von nichts aufhalten lässt.

Mit angstverzerrtem Gesicht presste sich Sarah ein wenig mehr gegen Tim.

»Halt dich an mir fest, Sarah«, forderte er sie auf und sah sie beschwörend an.

Er streckte seine Arme zu beiden Seiten aus, um sich so dicht wie möglich an der Wand zu halten.

Sarah schob ihren linken Fuß zwischen seine Füße, hielt sich auf Schulterhöhe an seiner Jacke fest und schmiegte sich hinter ihn. Dann zog sie den anderen Fuß nach, und in eben diesem Augenblick verschlang die Leere den Platz, den sie aufgegeben hatte.

Ihren Körper gegen ihren Freund gepresst, den Kopf an seinen Rucksack gelehnt, versuchte sie, sich so leicht zu machen wie möglich, damit Tim nicht ins Straucheln geriet. Dieser bot all seine Kraft auf, um sich weiter auf den Zehenspitzen zu halten, die Arme hatte er immer noch wie ein an der Wand festklebender Saugnapf weit ausgebreitet.

Es war nur allzu deutlich, dass sie sich nicht mehr lange in dieser Position würden halten können, selbst wenn der Abgrund nun vor dem übrig gebliebenen Grat innehielt. Nur ein winziger Ausrutscher, und schon würden sie beide in die Tiefe stürzen.

Irgendwo war das Geräusch eines einrastenden Mechanismus zu hören. Sarah begriff nach ein paar Sekunden, dass es der Aufzug war. Er kam wieder hoch.

Sie hörten, wie die Schiebetüren mit einem leisen Quietschen zur Seite wichen. Der Aufzug war da. Aber weder Sarah noch Tim konnten ihn sehen, da er sich hinter ihnen befand. Sie wagten nicht, sich auch nur um Haaresbreite zu bewegen, um den spärlichen Halt nicht zu verlieren.

Plötzlich zerriss unmittelbar in ihrer Nähe das Geräusch von Maschinengewehrsalven die Luft.

»Versuchen Sie zu klettern, so gut es geht!«, schrie eine Stimme ganz dicht bei ihnen.

»Wir können Sie nicht sehen!«, schrie Tim zurück, der seine Kräfte weichen fühlte.

Eine Hand fasste ihn an der Schulter.

»Ihre Freundin soll sich an Ihnen festhalten«, befahl die Stimme. »Ich werde Sie bis zur Aufzugskabine ziehen.«

Und die Hand begann zu ziehen.

Zehn Minuten später erreichten Sarah und ihre Freunde Tims Wagen, der in der 44th Street stand. Die nächtliche Kälte hatte Manhattan fest im Griff, niemand schenkte den vier hastig einherschreitenden Gestalten Aufmerksamkeit.

Tim war schon dabei, im Stillen einige Schlussfolgerungen zu ziehen.

Die Männer, die ihnen zu Hilfe gekommen waren, waren offensichtlich Experten für derartige waghalsige Unternehmungen. Sie waren vermutlich im Auftrag des ominösen 10–13 unterwegs. Eben jenem 10–13, der Sarah im Central Park gerettet hatte und ihr eine kleine Unterredung sowie eine Geschichte von einer Ratte und einem Kanalreiniger versprochen hatte. Das Verhalten dieser Männer war alles andere als amateurhaft, das war Tim klar. Nachdem sie Sarah und ihm geholfen hatten, die sechste Etage lebend zu verlassen, waren sie noch kaltblütig genug gewesen, die kompromittierenden Videobänder mitzunehmen. Sie waren mit dem Wachmann Ron Flint verschwunden, der, wie Tim klar wurde, der eigentliche Grund ihres Eindringens in die Stiftung gewesen war.

Als ehemalige Journalistin der *Tusitala News* hatte Sarah ihnen einige Fragen gestellt. Auf die meisten hatten sie lediglich mit einem starren Lächeln geantwortet. Einer der Männer jedoch legte großen Wert darauf, ihnen klarzumachen, dass an diesem Abend keiner der Wölfe in der sechsten Etage gewesen war – im Übrigen ein großes Glück für sie, wie er hinzufügte.

Wenn aber, hatte Sarah gefragt, keiner der Wölfe da gewesen war, wer hatte dann den Albtraum von Garson dort oben materialisiert?

Der Mann hatte geantwortet, dass die sechste Etage mit einer Art magischem Alarmsystem ausgestattet sei, das wie die Wölfe selbst funktioniere und nicht darauf ziele, die Eindringlinge von ihrem Vorhaben abzubringen, sondern sie zu vernichten. Nur die Wölfe oder eine von ihnen autorisierte Person könne sich gefahrlos in diese Etage begeben. Was Sarah und Tim dort oben erlebt hatten, war lediglich ein kleiner Vorgeschmack auf die wahre Macht der Wölfe.

»Und die Schüsse?«, hatte sie weitergebohrt. »Warum wurde geschossen, wenn niemand dort war, den man hätte treffen wollen?« Darauf hatte der Mann erwidert, dass sie Walter Skoll mit den zahlreichen 9-mm-Einschusslöchern in der Wand demonstrieren wollten, dass sie ihn nicht fürchteten und sich stark genug fühlten, ihn in seinem Versteck aufzusuchen.

Die vier Freunde stiegen schweigend in den Ford Taurus. Tim saß am Steuer, Sarah neben ihm, Jodie und Forrest auf der Rückbank. Tim ließ den Motor an, fuhr um den Central Park herum und dann Richtung FDR Drive. Die Erlebnisse in der sechsten Etage hatten ihn immer noch fest im Griff. War es richtig gewesen, ein solches Risiko einzugehen? Hatte er sich nicht eingehend genug mit den Wölfen beschäftigt, um sich über die Gefahr im Klaren zu sein? Wie hatte sein Bruder Kevin in Chicago oft genug gesagt: »Wenn du irgendwohin musst, zum Beispiel in ein Labyrinth, dann solltest du vorher möglichst genau das Terrain sondieren, um dich zu vergewissern, ob du tatsächlich deine Nase dort hineinstecken willst. Wenn du es tust, mein Lieber, dann tu es auch richtig!« Hatte sich der Rat seines Bruders nicht als sehr zutreffend erwiesen? Sie waren jedenfalls lange genug um die Skoll-Stiftung herumgeschlichen, und er bedauerte es nicht, seine Nase dort hineingesteckt zu haben. Selbst nach der Pleite von heute Nacht, selbst nachdem sie sich in Lebensgefahr begeben hatten, verspürte er nicht den leisesten Zweifel an der Richtigkeit seiner gefährlichen Nachforschungen. War das Unterfangen tatsächlich eine Pleite? Zugegeben, sie waren dem Tod um Haaresbreite entronnen, aber sie waren heil herausgekommen und wussten jetzt, dass die Wölfe tatsächlich das waren, was sie in ihren schlimmsten Vermutungen von ihnen angenommen hatten. Außerdem – und das war in Tims Augen das Wichtigste – waren sie mit den gestohlenen Daten und also keineswegs unverrichteter Dinge abgezogen.

Für ihn selbst war noch etwas anderes in dieser ereignisreichen Nacht bedeutungsvoll gewesen: Er wusste jetzt, dass er Angst gehabt hatte. Nicht um sein Leben, das nicht, aber um Sarah und Jodie, und auch um Forrest. Ja, er hatte Angst um sie gehabt.

Deshalb hatte er auch keinerlei Skrupel gehabt, dem von seiner Angst beherrschten Garson zu drohen, als dieser sich an Sarah geklammert hatte, um nicht in die Tiefe zu stürzen. Selbst jetzt, wo er wieder klar denken konnte, hatte er keine Gewissensbisse gegenüber dem Toten.

Ebenso wenig verspürte er Mitleid mit dem Wachmann. Forrest hingegen hatte die Männer von 10–13 gefragt, wo sie ihn hinbrächten, denn er fühlte sich unwohl bei dem Gedanken, dass Ron Flint, auch wenn er ein Schuft war, sich nun in den Händen dieser Typen befand. Aber was hätten sie tun können? Selbst wenn es möglich gewesen wäre, die Polizei zu benachrichtigen, hätten sie selbst nur Schwierigkeiten bekommen. Wie sollten sie den Bullen erklären, was sie alle gemeinsam an einem Sonntagabend in der Stiftung zu schaffen hatten? Im besten Fall hätte Ron Flint gegen sie ausgesagt und so ihre Verhaftung veranlasst; im schlimmeren Fall hätte er sie entlastet, um sie später umso leichter seinen Herren, den Wölfen, übergeben zu können.

Ron Flint war also mit diesen Männer verschwunden, und es erwartete ihn ein sicherer und vermutlich auch qualvoller Tod. Tim jedoch machte sich klar, dass nicht er daran schuld war. Jeder, der sich in den Aktionskreis der Wölfe begab, sei es nun, um ihren

Plänen zu dienen wie Ron Flint oder um diese zu vereiteln wie er, Tim Modin, musste wissen, welchen Gefahren er sich damit aussetzte. Das hatten heute Nacht auch seine drei Freunde begriffen, und jeder von ihnen hatte auf seine Weise reagiert.

Tim warf einen raschen Blick auf Sarah, die neben ihm saß.

Sie war gefasst. Natürlich hatte sie Angst gehabt. Aber auch der tollkühnste Abenteurer hätte in einer solchen Situation die Hosen voll gehabt. Und sie war nicht in Panik geraten wie Garson. Für ihre Feuertaufe hatte sie sich mehr als tapfer gehalten. Wenn das Leben anders entschieden hätte, so wäre sie ein hervorragender Kriegsreporter geworden, da war Tim sich ganz sicher. Und obwohl sie jetzt still und nachdenklich wirkte, hätte er darauf gewettet, dass ihre Gedanken weder bei Garson oder Flint verweilten noch bei dem Tod, dem sie selbst ins Auge gesehen hatte.

Dann warf Tim einen Blick in den Rückspiegel.

Jodie und Forrest auf der Rückbank des Fords wirkten verwirrter. Vermutlich weil sie noch weniger auf das vorbereitet gewesen waren, was sie erlebt hatten. Jodie zuckte immer wieder nervös zusammen. Heute Nacht war Garson zu Tode gekommen und sie und ihre Freunde waren nur knapp dem gleichen Schicksal entronnen. Das war kein Spiel mehr. In Wahrheit war es niemals eines gewesen.

Forrest merkte, dass Tim ihn im Rückspiegel ansah, und fragte mit unsicherer Stimme:

»Und was tun wir jetzt?«

Sarah antwortete an seiner Stelle:

»Wir bringen Jodie nach Hause zurück, und anschließend fahren wir in deine Wohnung. Tim und ich müssen die Informationen auf dem Computer ansehen.«

»Und … und morgen?«, fragte er, während er die Stirn an die Fensterscheibe presste.

Die erleuchteten Straßen von New York waren ihm noch nie so einsam erschienen wie in dieser Nacht.

»Jodie muss wieder zur Arbeit und so tun, als sei nichts geschehen. Und du genauso, Forrest«, erwiderte Tim und sah dabei abwechselnd auf die Straße und auf Forrest im Rückspiegel.

»Als sei nichts gewesen?«, wiederholte Forrest. »Mein Güte, Tim! Ein Mann ist heute Nacht zu Tode gekommen, und ein anderer ist von Typen entführt worden, die sicher nicht besser sind als er selbst. Und da sollen wir so tun, als ob nichts geschehen wäre?«

»Genau. Du hast mich richtig verstanden. Aber vielleicht hast du ja einen besseren Vorschlag.«

Erneut meldete sich Sarah zu Wort, um die Wogen zu glätten.

»Denk doch mal nach, Forrest. Niemand weiß, dass wir heute Nacht im Gebäude der Stiftung waren. Die Videos sind entfernt worden, und alle Zeugen sind …« Sarah beendete den Satz nicht und drehte sich zu Forrest und Jodie um: »Was glaubt ihr, wird Walter Skoll denken, wenn der Künstler und eine der Sekretärinnen seiner Stiftung genau nach diesem Einbruch fehlen?«

»Er wird denken, dass der Künstler und die Sekretärin etwas auf dem Kerbholz haben«, sagte Tim und zuckte mit den Schultern.

»Ich habe verstanden«, gab Forrest klein bei. »Ihr braucht es mir nicht weiter auszumalen. Guter Gott! Und das muss ich jetzt noch durchhalten bis zur Vernissage.«

Zweiter Teil

Vernissage

»Kommt! Kommt!
Lasst uns jetzt wandeln!
Es ist die Stunde:
Lasst uns in die Nacht wandeln.«

Friedrich Nietzsche

Sechster Tag

Montag, 15. Dezember
(Die Dämonen)

Jodie kehrt in die Stiftung zurück

Im Büro ging Allison Weiss mit einem Kaffee in der Hand vor Jodie auf und ab. Sie wirkte verstört.

»Ich wusste, dass Neil impulsiv ist, aber doch nicht so sehr, dass er sich aus dem Fenster stürzt. Stell dir das mal vor, er hat sich umgebracht und nicht einmal einen Abschiedsbrief hinterlassen!«

Jodie brauchte ihre Trauer nicht vorzuspielen. Aufrichtig betrübt saß sie vor ihrem PC und fühlte sich fast schuldig.

Allisons Entsetzen rührte vor allem daher, dass sie den Selbstmord von Garson als berufliche Katastrophe einstufte. Zwei Tage vor der Vernissage ließ er sie nicht nur mit einem riesigen Berg Arbeit sitzen, er hatte nicht einmal den Takt besessen, ihnen so etwas zu hinterlassen wie »Danke, meine Lieben« oder wenigstens eine Art Aufmunterung, dass sie auch ohne ihn zurechtkommen würden.

In dem ganzen Durcheinander hatte Jodie beim morgendlichen Eintreffen in der Stiftung bemerkt, dass ein anderer Wachmann am Eingang saß. Man hielt es für angebracht, ihr mitzuteilen, dass Ron Flint in der Nacht verschwunden sei. Zudem war das Büro der künstlerischen Leiterin verwüstet worden. Über das, was in der sechsten Etage vorgegangen sein mochte, kam ihr nichts zu Ohren, und Jodie gewann die Überzeugung, dass niemand in der Stiftung sich vorstellen konnte, jemand sei verrückt genug, sich dort hinaufzuwagen.

Beinahe ebenso schnell wie man Ron Flint als Wachmann ersetzt hatte, fand sich Allison Weiss unvermutet zur Leiterin der Abteilung befördert. Sie machte keinen Hehl aus ihrer Freude über diesen Aufstieg, und Jodie begriff sehr rasch, dass die so Beförderte den gleichen Gehorsam einfordern würde wie der »arme Neil«.

Ron Flint wird gefunden

Gegen zehn Uhr gestatteten sich Cumming und Wilkinson in der schallgedämpften Garage eine wohlverdiente Pause.

»Nächste Woche habe ich Ferien«, sagte Wilkinson, dem die Garage gehörte, und wusch sich die Hände im Waschbecken.

»Du Glückspilz. Wo fährst du hin?«

»Meine Frau und ich fahren mit den Kindern nach Connecticut. Rachel hat Verwandte dort. Ihr ältester Bruder. Ich habe dir schon einmal von ihm erzählt. Er heißt Tony, erinnerst du dich?«

»Warte mal. War das nicht der Typ, der dreihundert Kühlschränke in der Woche verkauft?«

»Genau, das ist Tony. Meine Frau betet ihn an. Sie will immer, dass ich eine Arbeit wie er mache.«

»Lass sie. Sie kann das nicht verstehen«, sagte Cumming und holte zwei Flaschen Perrier aus dem Kühlschrank.

Er öffnete sie und reichte eine an Wilkinson weiter.

»Danke, mein Lieber. Manchmal sage ich mir, dass dieser Tony es gut angestellt hat. Du solltest einmal seine Hütte sehen. Und Hausangestellte hat er auch. Ich habe wirklich nichts gegen ihn. Ich mag ihn gern, diesen Tony. Jedes Mal, wenn wir uns sehen, hat er eine Menge Geschichten zu erzählen.«

»Mit anderen Worten, eine ganz schöne Quasselstrippe, dein Schwager, oder?«

»Oh ja, das ist er! Nicht wie dieser Blödmann hier«, brummte

Wilkinson und wies mit dem Kinn auf Ron Flint, der gefesselt und mit blutigem Gesicht auf einem Stuhl am anderen Ende des Raumes saß. »Was stellen wir als Nächstes mit ihm an?«

Cumming schlug ihm auf die Wange.

»Reg dich nicht auf, Will. Der Chef hat uns bis achtzehn Uhr Zeit gegeben. Wir machen so lange weiter wie nötig.«

Er nahm noch einen Schluck Perrier, während er zu Ron Flint hinübersah.

»Könnte dein Schwager Tony mir nicht vielleicht einen Kühlschrank mit drei oder vier Fächern für Bierflaschen besorgen? Zu einem vernünftigen Preis, versteht sich.«

»Das könnte er sicher. Weißt du, Tony findet einfach alles.«

Cumming sah auf die Werkbank neben dem Kühlschrank.

»Wo wir gerade beim Finden sind, weißt du, wo die Streichhölzer sein könnten?«

»Sieh doch mal im Werkzeugkasten nach«, sagte Wilkinson und rülpste.

Cumming bückte sich, um den roten Werkzeugkasten zu sich hinüberzuziehen. Er öffnete ihn.

»Volltreffer, Emile. Wie stellst du das nur an?«

»Ganz einfach. Man muss sich nur fragen, wo man am allerwenigsten damit rechnet, sie zu finden. Dann hat man meistens schon die Lösung. Tony sagt, dass es mit Menschen, die Erfolg haben, genauso ist. Du sagst dir: Hier können sie nicht sein, und – Scheiße – was siehst du? Die Typen tauchen genau dort auf, wo du nicht mit ihnen rechnest.«

Cumming entzündete ein Streichholz und hielt es an das Schweißgerät, das sofort eine lange blaue Flamme ausspuckte.

»Ganz schön gemein, das Leben«, sagte er und nickte.

»Tony sagt, dass Verlierer immer Typen sind, die man kommen sieht.«

Cumming richtete die Flamme des Schweißbrenners auf Ron Flint.

»Er da, er kann uns nicht kommen sehen. Er sieht gar nichts mehr.«

Da lachte der gute alte Wilkinson laut auf.

Sarah denkt nach

Es war halb elf, als Sarah sich vor ihrem PC am Küchentisch eine große Tasse Kaffee einschenkte. Dort hatte Forrest sie vorgefunden, als er morgens aufstand, und dort saß sie immer noch, als er in die Stiftung aufbrach. Sie ging noch einmal die Daten, die sie während der Nacht studiert hatten, auf ihrem PC durch.

Der nächste Pulitzer-Preis sei ihr kaum noch zu nehmen, hatte sie vollkommen überdreht zu Forrest gesagt, der sein Gähnen mühsam zu einem Lächeln wandelte.

Natürlich hatten sie in dieser Nacht kaum geschlafen.

Nachdem sie Jodie nach Hause gebracht hatten, hatten sie sich gemeinsam mit Tim die aus der sechsten Etage der Stiftung gestohlenen Dokumente angesehen, und Tim hatte sie erst gegen fünf Uhr morgens verlassen, um zu Hause ein wenig zu schlafen. Das Gleiche hatten Sarah und Forrest nach seinem Aufbruch versucht. Die Ruhe war nur von kurzer Dauer gewesen, aber Sarah fühlte sich danach bereit für einen neuen Recherche-Tag.

In den Augen der ehemaligen Journalistin der *Tusitala News* waren die Informationen, die sie aus der Stiftung hatten entwenden können, von weitreichender Bedeutung. Natürlich hatten sie noch nicht genug Zeit und auch nicht die erforderlichen technischen Mittel gehabt, um alles zu analysieren. Aber sie war zuversichtlich, dass sie heute weitere Resultate erzielen würde.

Die auf Skolls Laptop gefundenen Dokumente hatten sie jedoch alle sehr überrascht. Erstens, weil sie ausschließlich Ordner mit Bildern enthielten. Zweitens, weil kein Passwort erforderlich war, um diese Ordner zu öffnen. Sarah und ihre Freunde gelangten also problemlos zu einer ganzen Reihe von Gemälden und Fotografien, die sorgfältig nummeriert waren. Ihre Gemeinsamkeit bestand darin, dass sie alle von Gewalt, manchmal von unerträglich schlimmer Gewalt handelten. Darunter waren Bilder von Goya, Bacon, Velickovic und der berühmte *Schädel* von Andy Warhol; Aufnahmen einiger morbider Installationen der Chapman-Brüder sowie die schreckliche Reihe *Sang Royal* von Erwin Olaf. Dazu kamen noch Fotos von einer Performance des Wiener Aktionskünstlers Hermann Nitsch und weitere, noch viel schrecklichere Abbildungen über die chinesische Folter des Zerstückelns.

Auch wenn die Existenz dieser Bilder auf dem Computer von Walter Skoll einigen Aufschluss über die wahre Natur dieses Mannes gab, so enthielten sie doch kein einziges kriminelles Element, das die Justiz interessiert hätte. Die Werke besaßen – mehr oder weniger – etwas, das sich als künstlerische Sublimierung bezeichnen ließ, und sie hatten mit Pädophilie oder der Welt der sogenannten *Snuff Movies* letztlich nichts zu tun. Und auch nichts mit der eigentlichen Tätigkeit der Wölfe. Also nichts Strafbares. Warum zum Teufel hatte Skoll sie dann auf der Festplatte seines Laptops gespeichert? Wollte er die Originale erwerben? Wollte er diese Kunstwerke studieren? Oder wollte er sich ihrer zu anderen Zwecken bedienen, die nichts mehr mit Ästhetik zu tun hatten?

Als Tim sie noch einmal durchsah, hatte er plötzlich den Verdacht, dass Skoll Informationen in ihnen versteckt haben könnte: Text oder auch andere Bilder. Das war möglich und für das bloße Auge nicht erkennbar. Die Terroristen von El Kaida praktizierten dies ebenfalls und kommunizierten beispielsweise auf Pornoseiten miteinander. Das Problem bestand nun darin, einen Weg zu finden, die unter den Pixeln verborgenen Botschaften zu entschlüsseln. Da fiel Sarah Senator March ein, und sie rief ihn um zwei Uhr morgens an – ohne Rücksicht auf seinen Schlaf und seinen Ruf als »Pitbull« zu nehmen. Sie tat gut daran. Der Senator bat sie, ihm unverzüglich eine Kopie der Dateien an seine E-Mail-Adresse zu schicken, und versprach ihnen, sie über die Ergebnisse zu unterrichten, sobald einer seiner Freunde, der Experte für chiffrierte Texte war, die fraglichen Bilder untersucht hätte.

Da sie nichts anderes tun konnten, als auf seine Antwort zu warten, hatten Sarah und ihre Freunde den Rest der Nacht damit verbracht, sich mit der Karte der Vereinigten Staaten aus dem geheimen Salon der sechsten Etage zu beschäftigen, von der Tim mehrere Fotos gemacht hatte.

Die Überschrift der Karte (DAS FINSTERE REICH DES WAHRHAFTIGEN) verwies bereits auf die Farbe, und diese Farbe konnte man umschreiben als »gewaltige Finsternis auf tiefschwarzem Grund«. Hinter dem »Wahrhaftigen« verbarg sich natürlich General Fenryder, der Schöpfer und Große Meister der Wölfe.

Die Karte selbst war mit rotem Filzstift in vier große Zonen unterteilt, die als »Rudel« gekennzeichnet und ihrerseits erneut in drei oder vier schwarz umrandete Bereiche aufgeteilt waren. Im Innern der vier großen, roten Zonen standen jeweils – ebenfalls rot – die Namen der Territorien und der dafür Verantwortlichen. So hieß es zum Beispiel in der südlichen Zone: »Rudel des Südens/Großer Wolf Walter Skoll«. Auch in den schwarz markierten Unterbezirken standen die Namen der jeweils Verantwortlichen, die jedoch lediglich den Titel »Wolf« führten.

Die Entdeckung dieser Karte war von großer Bedeutung.

Sie gab nicht nur Aufschluss über die Anzahl der Wölfe und deren Aktionsradius; sie war zugleich ein ausgezeichnetes Organigramm dieser Geheimgesellschaft.

An der Spitze des »Finsteren Reiches« stand der »Wahrhaftige«, der Große Meister Fenryder. Er wurde unterstützt von den vier »Großen Wölfen«, die jeweils ein »Rudel« befehligten. Die Großen Wölfe hießen Walter Skoll, William Hasty, Daniel Surt und Joseph Koil. Die drei Letzteren waren Sarah und ihren Freunden nicht bekannt. Jedes »Rudel« umfasste drei bis fünf Wölfe (in keinem Fall mehr), die jeweils einem Teil der schwarz umrandeten Bezirke zugeordnet waren. Das größte Rudel unterstand dem Großen Wolf Walter Skoll und lag im Süden der Vereinigten Staaten.

Sarah führte ihre Tasse an die Lippen und trank mehrere Schlucke Kaffee.

Je länger sie dieses Organigramm studierte, desto wahrscheinlicher schien es ihr, dass Walter Skoll der rechte Arm von General Fenryder sein musste. Er war der Mächtigste der Großen Wölfe und derjenige, der über das Geld verfügte, da er an der Spitze der Flow Corporation, einer internationalen Ölgesellschaft, stand, die auch die Stiftung finanzierte.

Nach eingehender Betrachtung dieser Karte war ihnen jetzt auch klar, was der rätselhafte Begriff *tarhq-sagogh* bedeutete, den der ehemalige schwarze Adjutant Horace Lebayou in seinem 1865 geschriebenen Brief verwendet hatte, unmittelbar nachdem er General Fenryder ins Leben zurückgeholt hatte. Tatsächlich stand neben manchen großen Städten in kleinen Buchstaben eine Zahl gefolgt von den Initialen t.-s. Sarah war die Erste, die die Hypothese aufstellte, diese beiden Buchstaben könnten für *tarhq-sagogh* stehen. Die Zahl gab zweifellos die Anzahl der *tarhq-sagogh* in der jeweiligen Stadt an. So standen den Wölfen in New York zwei *tarhq-sagogh* zur Verfügung.

Zwar wusste Sarah immer noch nicht, was dieses zusammengesetzte Wort genau bedeutete, aber sie gewann jetzt zumindest eine ungefähre Vorstellung von seinem Sinn. Da die Wölfe oft genug am Rande der Gesellschaft lebten, brauchten sie Handlanger, die ihnen als Mittelsmänner oder Informationsträger dienten. Die *tarhq-sagogh* mussten so etwas sein wie die verfluchten Seelen der Wölfe. Und wenn der Wachmann Ron Flint allem Anschein nach einer dieser *tarhq-sagogh* war, so mussten sie nur noch herausfinden, wer der zweite hier in New York sein konnte.

Das war eines der Rätsel dieser Karte.

Sarah dachte noch einmal über die beiden Probleme nach, die Tim aufgeworfen hatte, bevor er nach Hause gefahren war, um zu schlafen. Zwei Kleinigkeiten hatten seine Aufmerksamkeit auf sich gezogen. Zunächst hatte er darauf hingewiesen, dass Chicago in der vom »Rudel des Nordens« kontrollierten Zone lag und dass diese Zone unter dem Befehl des Großen Wolfes William Hasty stand. Daraus hatte Tim geschlossen, dass der Mann mit den gelben Haaren, den sein Bruder Kevin in Begleitung zweier seiner Wölfe sowie des Anwalts Fred Charleston im Gebäudetrakt A der ehemaligen Militärbasis überrascht hatte, William Hasty gewesen sein musste. Das wiederum hatte Tim zu dem logischen Schluss gebracht, dass dieser William Hasty dem nächtlichen Treffen in New York nicht beigewohnt hatte, da er ihn an seinem wasserstoffgebleichten Haar sofort wiedererkannt hätte.

Es sei denn, Hasty hätte sich in jener Nacht in der geheimnisvollen Limousine befunden, hatte Forrest zu bedenken gegeben.

Aber Tim hatte vermutlich recht mit seiner Hypothese. Warum sollte nur dieser Große Wolf mit dem Auto kommen, Walter Skoll hingegen zu Fuß?

Ein weiterer Punkt, den Tim bemerkt hatte, stimmte Sarah besonders nachdenklich.

Auf der Karte war Walter Skoll nicht der Große Wolf des Rudels des Ostens, sondern des Rudels des Südens. Was hatte er also in New York zu schaffen, wo er doch fast niemals seine Ranch in Texas verließ?

Seine Anwesenheit hier in der Stadt ließ laut Tim vermuten, dass etwas Wichtiges bevorstand.

Sarah setzte ihre Tasse wieder ab.

Ja, auch wenn viele Fragen weiterhin offen blieben, wussten sie jetzt doch bedeutend mehr über ihre Feinde, die Wölfe.

Tim spricht mit seinem Onkel

Zur gleichen Zeit frühstückte Tim in Gesellschaft seines Onkels Todd auf der anderen Seite des East River. Letzterer besaß in Brooklyn eines der schönsten *brownstone*-Häuser. Er hatte es in den sechziger Jahren von dem Gewinn gekauft, den seine Firma abwarf, ein auf Bojen spezialisiertes Unternehmen. Als er sich vor acht Jahren zur Ruhe setzte, hatte er das Haus behalten.

Melinda und er hatten lange damit geliebäugelt, ihren Lebensabend nach dem Verkauf der Firma in Kalifornien zu verbringen, aber nachdem seine Frau gestorben war, wollte er New York, wo sie beide so glücklich zusammen gewesen waren, nicht mehr verlassen.

Der alte Mann kam an den Tisch und nahm gegenüber von Tim Platz. Er schob dem Neffen seinen Becher mit dem Bild von Popeia über den Tisch, den Kevin ihm als Kind einmal geschenkt hatte.

»Setz mich ein wenig ins Bild, Tim. Wann willst du mir die junge Frau vorstellen?«

»Nun … was hältst du von heute Abend? Wir könnten alle drei hier zu Abend essen.«

Freudig leuchteten die müden Augen von Onkel Todd auf.

»Mag Jodie denn auch Hummer?«, fragte er jetzt rührend besorgt.

Tim nickte mit einem leichten Lächeln auf den Lippen.

Als Kinder hatten Tim und sein Bruder Kevin ihre Ferien hier verbracht. Tante Melinda läutete das Wiedersehen stets mit einem üppigen Hummeressen ein. Dann gingen sie alle vier ins Kino, um sich einen Film anzusehen. Oft war es ein phantastischer Film, nach denen Onkel Todd ganz verrückt war. Dieses Wiedersehensritual hatten sie stets beibehalten, und für die Kinder wie für ihre Tante und ihren Onkel war das gemeinsame Hummeressen das beste Synonym für das Wort Glück geworden.

Seit Melindas Tod hatten sie nie wieder welchen gegessen.

Tim führte seine Tasse an die Lippen, ohne den Blick von seinem Onkel abzuwenden.

Er liebte es, diesen alten Mann anzusehen, nicht nur, weil er ihn unablässig an die glücklichen Momente erinnerte, die sein Bruder und er hier in Brooklyn verbracht hatten, sondern auch, weil die unendliche Sanftmut seines Gesichtes aufs Wunderbarste seine Herzensgüte widerspiegelte. Sein weißes, zerzaustes Haar, seine stets geröteten Wangen und schließlich seine wehmütigen Augen verliehen ihm das Aussehen eines alten schottischen Seemanns, der unablässig vom Meer träumte. Ausgerechnet ihm, der niemals an Bord eines Schiffes, ja nicht einmal eines kleinen Kahns gegangen war. Durch seine Arbeit wusste er dennoch nur zu gut, was das Meer den Menschen antun konnte, und sein Ziel war es gewesen, die Gefahren der Fluten so weit wie möglich zu bannen, indem er seine Bojen ständig weiter perfektionierte. In seinen Augen war das Meer ein Feind, dessen Kraft und Tücken man zwar nicht direkt bekämpfen konnte, dem man aber doch nicht wehrlos gegenüberstand. Sein ganzes berufliches Leben lang hatte er dieses Ziel verfolgt, bevor Stürme ganz anderer Art sein glückliches Leben mitten in Brooklyn ins Wanken brachten.

Onkel Todd legte seine beiden gewaltigen Hände um seine dampfende Tasse.

»Du hast eine ereignisreiche Nacht hinter dir, nicht wahr?«

Tim hätte am liebsten geantwortet: »Nein, ganz und gar nicht. Ich bin nur mit Müh und Not dem Sturz in einen verfluchten Abgrund entgangen.« Aber er beschränkte sich darauf zu nicken, denn er wollte seinen Onkel nicht unnötig aufregen.

Onkel Todd fuhr sich mit der Hand über das frisch rasierte Kinn.

»Ihr solltet vorsichtiger sein, du und deine Freunde. Ich meine es ernst, Tim. Wegen dir muss ich mich jedes Mal ausschimpfen lassen, wenn ich Melinda besuche.«

Tante Melinda war auf dem Friedhof von Greenwood begraben. Todd hatte sie zu Lebzeiten angebetet und verehrte sie auch noch über den Tod hinaus. Sie war mit achtundfünfzig Jahren an den Folgen einer äußerst aggressiven Leukämie gestorben, und ihr Tod hatte ihn in ein Meer der Düsternis gestürzt, in dem seine beiden Neffen, Tim und Kevin, seine einzigen Rettungsbojen waren. Melinda und er liebten sie wie eigene Kinder, die der Herr ihnen nicht hatte schenken wollen.

Es war immer sein größter Kummer gewesen, dass er keine Kinder zeugen konnte. Sie wären gewiss keine so schlechten Eltern gewesen – das dachten Melinda und er gerne mit der Bescheidenheit großmütiger Menschen, die tausendmal mehr wert sind als jene, die nie daran zweifeln, dass sie etwas Besonderes sind. Unglücklicherweise war Onkel Todd steril. Nach Untersuchungen im Krankenhaus hatte man ihm erklärt, dass seine Spermien zu schwach waren, um den Zervikalschleim zu durchdringen und ihren Bestimmungsort zu erreichen. Ironie des Schicksals für jemanden, der Bojen konstruierte, die stets den rechten Weg weisen sollten. Aber Onkel Todd sah sich dadurch nur aufgefordert, jene, die er lieben konnte, umso mehr zu lieben. Und das war neben seiner Melinda und den beiden geliebten Neffen natürlich der Herrgott – trotz seiner wahrlich furchterregenden Ratschlüsse.

Als Onkel Todd vom Tod Kevins in Chicago erfuhr, wurde er so krank, dass er auf schnellstem Weg ins Krankenhaus gebracht werden musste. Zwei Jahre zuvor hatte er seine Melinda verloren, und dieser neuerliche Trauerfall machte es ihm schwer, nicht mit dem Allmächtigen zu hadern. Wollte Gott ihm denn die Rettungsbojen eine nach der anderen aus dem Herzen reißen? Wollte der Herr, dass er sich in einem finsteren Meer verirrte und nach einem Irrweg der Verzweiflung und Verbitterung ertrank? Doch da Onkel Todd nicht verstockt sein konnte, hatte er diesem anscheinend mitleidlosen Gott erneut vergeben und besuchte weiterhin die Morgenandacht in der Kirche des Viertels.

Wenn Tim an den Herrn dachte, so fragte er sich oft, ob er die Seinen tatsächlich erkannte. Ein Mann wie Onkel Todd hätte mindestens zehn Kinder verdient, und er hätte es auch verdient, mindestens tausend Jahre mit seiner geliebten Tante Melinda zusammenzuleben. Und auch ein Bruder wie Kevin hätte ein ganz anderes Leben und vor allem ein ganz anderes Ende verdient gehabt.

Tim und sein Onkel sprachen nie miteinander über Gott. Genauso mieden sie allzu schmerzliche Themen, zu denen vor allem Melinda und Kevin zählten.

Die Trauer um diese beiden hatte die Gesundheit des alten Mannes so stark angegriffen, dass er sein Unternehmen an die Konkurrenz hatte verkaufen müssen. In dieser Zeit der Niedergeschlagenheit hatte Tim ihn gefragt, ob er bei ihm wohnen könnte. Mit Tränen in den Augen hatte Onkel Todd eingewilligt. Die Vorstellung, in diesem großen Haus nicht mehr allein zu sein, erleichterte ihn, denn Melinda und Kevin gingen ihm dort nicht aus dem Sinn.

»Das Schlimmste haben wir heute Nacht hinter uns gebracht«, beschwichtigte Tim ihn. »Wenn die Dokumente, die wir kopiert haben, endlich Beweise für die Absichten von Fenryders Wölfen liefern, dann ist die Polizei an der Reihe.«

In Wirklichkeit war Tim allerdings weitaus weniger optimistisch.

Selbst wenn Senator March aufgrund der Dokumente das FBI zum Einschreiten veranlassen würde, waren die Dateien – vorsichtig formuliert – doch auf illegalem Weg beschafft worden, und deshalb wären sie vor Gericht keinesfalls als Beweismaterial zugelassen. Außerdem gab das, was Tim und seine Freunde aufgedeckt hatten, keinen Anlass zur Euphorie: Zwar belief sich die Zahl von Fenryders Gefolge auf kaum mehr als zwanzig Wölfe, aber das reichte vollkommen aus, um bei jedem, der wusste, welche Bedrohung bereits von einem einzigen Wolf ausging, kalten Schweiß ausbrechen zu lassen. Eine der Maximen Kevins als Inspector hatte gelautet, dass man Atomsprengköpfe nicht wie einfache Eier zählen könne. Es galt stets, die Gefahr, die von etwas ausging, abzuschätzen und wenn möglich auszuschalten. Jetzt verstand Tim sehr viel besser, was sein Bruder damit gemeint hatte.

»Und was ist mit dem Wachmann? Hatte er gar keine Macht?«, fragte Onkel Todd.

»Nein, nichts von der Macht seiner Herren, aber er hatte eine gute Schusswaffe und war bedingungslos gehorsam.« Tim hielt inne, als fiele es ihm schwer fortzufahren. »Außerdem hatte er kein Zeichen, das ihn als Wolf ausgewiesen hätte.«

»Einen schwarzen Lederhandschuh an der rechten Hand?«

»Genau, er trug den Handschuh der Wölfe nicht. Und das finde ich das Schlimmste an diesen *tarhq-sagogh*. Verstehst du, Onkel Todd? Jeder kann ein *tarhq-sagogh* sein.«

»Sind es nicht immer Schwarze?«

»Wie Ron Flint?«

»Genau, und wie Horace Lebayou vor ihm. Du erinnerst dich doch an den Adjutanten von Fenryder, den ersten *tarhq-sagogh*, oder?«

Die Frage war durchaus berechtigt.

»Sarah denkt das auch. Aber ich für mein Teil glaube nicht, dass es so einfach ist.«

»Deiner Meinung nach könnte also jeder Mensch ein *tarhq-sagogh* sein?«

»Fest steht lediglich, dass es in New York noch einen zweiten gibt, und New York ist groß. Es kann jemand mit schwarzer, weißer oder gelber Hautfarbe sein. Ein Wachmann, aber genauso gut auch ein Kunstmakler.«

»Du denkst an diesen Welling, der dich sehen will, oder?«

Auch diese Frage war berechtigt.

Tim erzählte ihm jetzt auch von William Hasty, dem Großen Wolf, der das Rudel des Ostens befehligte.

»Und er ist der Mistkerl, der Kevin getötet hat?«, fragte Onkel Todd mit schmerzlichem Gesichtsausdruck.

Tim nickte.

»Und wo ist dieser William Hasty?«

»Das würde ich auch gern wissen.«

Man findet sich auf dem Atlantik wieder

Seit drei Wochen hatte die Mannschaft Angst.

Um dies zu erkennen, brauchte man nicht an der Universität von Yale Psychologie studiert zu haben. Und der Kapitän der *Ragnarök*, einem unter norwegischer Flagge fahrenden Fünfhunderttausendtonner, wusste auch, dass dieses Gefühl sie bereits unmittelbar nach dem nächtlichen Anlegen des Proviantschiffes gepackt hatte, als sie das Kap der Guten Hoffnung umfuhren. Da an Bord nichts fehlte, hatte sie das Auftauchen dieses Schiffes zunächst nur erstaunt, inzwischen aber zu Recht ihr Misstrauen geweckt. Ein paar Tage zuvor hatte der Tanker seine Ladung im Terminal der Insel Das im Persischen Golf aufgenommen und fuhr nun mit einer konstanten Geschwindigkeit von siebzehn Knoten dem Hafen von Jersey City gegenüber von New York entgegen.

Mit seiner Erfahrung aus sechsundzwanzig Jahren auf See war Lars Dreyer ein kluger Kapitän, der beim Anblick dieses Schiffes alle möglichen Hypothesen durchgegangen war.

Waren es Piraten, die seine Ladung flüssigen Kohlenwasserstoffs entwenden wollten? Aber der Kapitän bedachte sehr wohl, dass der offene Atlantik schließlich nicht die Straße von Malakka im Indischen Ozean war, wo Übergriffe dieser Art an der Tagesordnung waren. Also hatte er diese Vermutung wieder verworfen. Waren es womöglich Terroristen? Schergen von Bin Laden? War das der Fall, so musste er seine fünfundzwanzigköpfige Mannschaft so schnell wie möglich auffordern, sich zu bewaffnen, obwohl klar war, dass sie dem Angriff eines entschlossenen und zahlenmäßig überlegenen Gegners nicht lange Widerstand würden leisten können. Er machte sich also auf das Schlimmste gefasst, als das Funkgerät seine Sorgen mit der Ankündigung zerstreute, Mr William Hasty befinde sich auf dem geheimnisvollen Schiff und bitte um die Erlaubnis, an Bord zu kommen. Die Bitte war selbstverständlich rein formell. Als Direktor der Charter-Reederei Managarm, der norwegischen Tochtergesellschaft der Flow Corporation, konnte man natürlich jederzeit an Bord eines von deren acht Tankern gehen.

Kapitän Dreyer hatte aufgeatmet, aber seine Unruhe blieb. Was ihn nun auch fast drei Wochen nach diesem nächtlichen Anlegen und zweihundert Seemeilen von New York entfernt umtrieb, war, dass der Mann, der zu ihm auf die Schiffsbrücke gekommen war, tatsächlich William Hasty mit seinen gebleichten Haaren und seinem Raubtiergebiss war. Was zum Teufel suchte ein hohes Tier wie er auf einem seiner Tanker, noch dazu mitten in der Nacht und ohne Vorankündigung? Und warum war dann Walter Skoll, der Chef des Mutterkonzerns, nicht selbst zu ihnen gekommen, als sie dort im Hafen lagen?

Der Grund, den William Hasty vorgeschoben hatte, rechtfertigte sein nächtliches Auftauchen keineswegs, sondern machte es nur umso verdächtiger: Hasty wollte angeblich sehen, wie die Männer seiner Flotte arbeiteten! Wohl kaum! Während der zwanzigtägigen Überfahrt, die sie jetzt gemeinsam zurückgelegt hatten, hatte Hasty nichts und niemandem Aufmerksamkeit geschenkt, außer dem Ding, das er in jener Nacht in den endlosen Weiten der südafrikanischen Gewässer mit auf das Schiff gebracht hatte.

Denn William Hasty war nicht allein an Bord der *Ragnarök* gekommen: Ein schwarzer Container wurde mit ihm zusammen an Bord gehievt. Und während Hasty die Verladung mit Argusaugen überwachte, war dem Kapitän der Gedanke gekommen, dass er mit dem gesamten Gold von Johannesburg auf der Flucht sein könnte. Aber nein. In dem Container war kein Gold. Lediglich ein Becken.

Ein verflixtes Becken.

Er hatte es bereits in der ersten Nacht gesehen, als Hasty auf die Kommandobrücke gekommen war und ihn aufgefordert hatte, ihn mit zwei Männern zu den Lademasten an Deck zu begleiten. Der Mond stand in jener Nacht hoch am Himmel. Lang gezogene Wolkenfetzen verdunkelten ihn von Zeit zu Zeit, sodass Schatten über die Helfer mit ihren Taschenlampen glitten. Als sie den Container erreicht hatten, befahl Hasty, ihn zu öffnen. Die Männer waren auf einer Leiter hochgeklettert und hatten das Vorhängeschloss der kleinen Luke im Deckel abgenommen. Dann war Hasty, gefolgt vom Kapitän, zu ihnen hinaufgestiegen.

Als der Kapitän sich über die Öffnung beugte, hatte er zunächst gedacht, der Container sei leer, aber als er genauer hinsah, hatte er einen gelblichen Lichtschein bemerkt, der am Boden schimmerte. Er war vor Schreck zusammengefahren, als Hasty ihm eine Hand auf die Schulter legte, um ihn von der Luke zurückzuziehen.

Einer der Männer hatte die Leiter bis zu ihnen hinaufgezogen und dann ins Innere gestellt.

»Warten Sie hier«, hatte Hasty ihnen befohlen und seine rechte Hand bereits auf eine der Sprossen gelegt. Dreyer und seine Männer ließen sich das nicht zweimal sagen und blieben erleichtert oben stehen.

Aber die Erleichterung des Kapitäns währte nur kurz. Zwei Minuten, nachdem Hasty hineingestiegen war, hatte er den Kapitän gebeten nachzukommen. Unschlüssig hatte Dreyer seine Männer angesehen, die kleinlaut den Blick abwendeten. Da hatte er schwer geschluckt und war der Aufforderung gefolgt.

Drei Wochen später fragte er sich immer noch, ob alles, was er in dieser und den darauf folgenden Nächten gesehen hatte, wirklich wahr gewesen war. Es schien ihm einfach unmöglich, aber sobald er daran dachte, bekam er eine Gänsehaut auf den Armen, was ihm zeigte, dass er nichts davon geträumt hatte.

Der Container war bis auf eine Art großes Becken leer, das senkrecht an der hinteren Wand lehnte und an einen gewaltigen Rahmen erinnerte, in dem ein Mensch bequem Platz gefunden hätte. Seine massiven Einfassungen waren aus schwarzem Metall. Die Verzierungen darauf glichen Meisterwerken barocker Goldschmiedekunst: Goldene und silberne Einlegearbeiten stellten ein jagendes Wolfsrudel dar. Aber das war keineswegs das Eindrucksvollste. Das Becken war nicht leer. Es enthielt eine flüssige Substanz, die jenes gelbe Licht ausstrahlte, das der Kapitän oben von der Luke aus bemerkt hatte. Allen bekannten und bewiesenen physikalischen Gesetzen zum Trotz ergoss sich die Flüssigkeit nicht auf den Boden. Dieser Anblick hatte bei Dreyer solch eine Urangst ausgelöst, dass er von Kopf bis Fuß schauderte.

Seine Angst wurde noch größer, als er bemerkte, dass die gelbliche Oberfläche sich bewegte.

Ununterbrochen wurde sie von pulsierenden Regungen ganz unterschiedlicher Art durchzogen, die nichts mit dem Schwanken des Tankers zu tun hatten. Mal waren es Rillen, die sich in schwachen, konzentrischen Kreisen immer weiter nach außen fortsetzten, mal waren es kleine Strudel, die, kaum entstanden, wieder verschwanden, dann wieder waren es quirlige Strömungen, bei denen die Flüssigkeit bis in die Ecken schwappte.

Es erinnerte an die Oberfläche eines Sees, in dem unterschwellig geheimes Leben grummelt.

Es bewegte sich, ja. Es wirkte lebendig.

Und es gingen ganz deutlich unheilvolle Wellen von ihm aus.

Der Schreck war Lars Dreyer in die Glieder gefahren, und wie jedes Mal, wenn sein inneres Warnsystem ihn hellhörig werden ließ, hatte er an seine Frau Kristen gedacht. Kristen hatte das Feng-Shui zur offiziellen Religion ihres großen Hauses in Trondheim erhoben. Mehr oder weniger gute Wellen, das war ihre Sache, und er wusste, dass Kristen ganz und gar nicht glücklich über diese Vibrationen gewesen wäre.

Beim Gedanken an diese Nacht erinnerte sich Dreyer auch daran, dass er nicht sofort den kleinen Tisch bemerkt hatte, der auf der rechten Seite des Beckens stand und dessen Beine mit dem Boden des Containers verschraubt waren.

Hasty selbst hatte seine Aufmerksamkeit darauf gelenkt, um ihm sogleich einen zweiten Schock zu versetzen.

»Ich will, dass Sie jede Nacht um die gleiche Zeit hierherkommen, Kapitän Dreyer. Sie und nur Sie allein. Sie werden ein Tablett mit einer Mahlzeit hierher bringen und auf dem Tisch abstellen. Dann steigen Sie die Leiter wieder hinauf und schließen die Luke. Ich empfehle Ihnen, den Sternenhimmel zu betrachten und an die gute Churchill zu denken, die Sie nach Ihrer Heimkehr bei Ihren Lieben rauchen werden. Sie werden fünfzehn Minuten warten und dann wieder hineinsteigen, um das Tablett zu holen. Ich brauche wohl nicht zu betonen, dass Sie über all dies absolutes Stillschweigen zu wahren haben. Sollten Sie mit irgendjemandem darüber sprechen, werde ich dafür sorgen, dass alle, die Sie lieben – Kristen, Björn und Sonja –, Sie nicht mehr werden beweinen können.«

Sprachlos hatte Lars Dreyer dagestanden, und in seinem Herzen wuchs dieses bösartige Geschwür unablässig weiter und setzte ihm zu – dieses Geschwür namens Angst.

Hatte er richtig verstanden, dass sein Chef ihm gedroht hatte? Das waren doch Drohungen gewesen? Außerdem, woher wusste dieser Typ denn, dass seine Frau Kristen und seine Kinder Björn und Sonja hießen?

Aus dem Anstellungsvertrag, antwortete eine neuronale Verbindung irgendwo in seinem Gehirn.

Dieser Typ ist dein Arbeitgeber. Er muss deine Personalakte eingesehen haben, bevor er die Nummer hier abgezogen hat. In Ordnung. Sehr gut. Aber für die Zigarre galt das nicht. Darüber stand nichts in seiner Akte, da war er ganz sicher. Das war schließlich eine Art geheimes Ritual. Jedes Mal, wenn er nach Norwegen zurückkam, hatte er sich angewöhnt, zu Hause eine Zigarre zu rauchen, nur eine einzige. Konnte Hasty das erraten haben? Und immer war es eine Churchill. Sonst rauchte er nie. Keiner seiner Männer hatte jemals eine Zigarette in seinem Mund gesehen. Wie also hatte Hasty das mit der Churchill wissen können?

Dieser Typ war wahrlich genauso rätselhaft wie das Becken in dem Container. Und genauso bedrohlich.

Mit klopfendem Herzen hatte Dreyer dann an seine Frau und seine beiden Kinder in Trondheim gedacht. Und er hatte seine Frau Kristen zu hören geglaubt, die ihm ihre Feng-Shui-Handbücher vorhielt und ihn beschwor:

»Lars, versuche nie *schlechten Wellen entgegenzuwirken*!«

Als guter Ehemann hatte er auf seine Frau gehört, und um nicht den *schlechten Wellen entgegenzuwirken*, war er trotz großer Bedenken der Order von William Hasty nachgekommen. Jede Nacht hatte er ein Tablett mit einer Mahlzeit auf dem kleinen Tisch abgestellt, jede Nacht hatte er eine Viertelstunde gewartet, bevor er das vollkommen leere Tablett wieder abgeholt hatte. Und jede Nacht hatte er ein wenig mehr Angst davor, da nicht mehr lebend herauszukommen.

Doch diese Angst hatte Dreyer nicht daran gehindert, weiter klar zu denken. Ganz im Gegenteil. Es war ihm klar, dass etwas in dem Becken Befindliches die von ihm gebrachte Mahlzeit verspeisen musste, etwas Lebendiges, das nachts dort herauskam. Vor einer näheren Bestimmung hatte er sich wohlweislich gehütet. Die Angst hatte in ihm jede Neugierde erstickt. Es war ihm lieber, nichts Weiteres in Erfahrung zu bringen, das seine Angst nur noch steigern würde. Ebenso befolgte Lars Dreyer widerspruchslos die Anordnung von William Hasty, weder dessen Namen in der Mannschaftsliste noch den schwarzen Container im Frachtbrief zu verzeichnen. Erleichtert dachte Dreyer im Stillen, dass er so auch seinen Kindern nichts von Hasty und dessen Container erzählen brauchte, wenn er ihnen von der Reise berichten würde.

Für ihn war William Hasty der Inbegriff eines Typen, dem man nicht gerne an einem dunklen Waldrand begegnet. Zum Leidwesen der Mannschaft hatte er sich an Bord der *Ragnarök* eingeladen, und unglücklicherweise war er auch noch der oberste Chef.

Die Stimme des wachhabenden Offiziers ganz in seiner Nähe ließ Dreyer zusammenfahren.

»Was ist?«, brummte er und drehte sich zu dem Mann um.

»Ich sagte, dass wir unseren Bestimmungshafen bald erreichen, Kapitän.«

Diese Aussicht schien den Offizier zu erleichtern. Aber wer wäre nach einer solchen Überfahrt nicht erleichtert?, fragte sich Dreyer.

Von der Kommandobrücke, die so hoch wie ein achtstöckiges Wohnhaus war, hatten sie einen guten Blick auf das vierhundert Meter lange Deck. Als er seinem Sohn und seiner Tochter wenigstens eine ungefähre Vorstellung von diesen Ausmaßen vermitteln wollte, hatte er sie aufgefordert, sich mehrere Fußballplätze hintereinander vorzustellen. Das war sehr viel aussagekräftiger für seine zehn- und zwölfjährigen Kinder als die bloßen Zahlen. Normalerweise – und das war noch gar nicht so lange her – fand er diesen Vergleich sehr passend, vor allem wenn er ihm bei seinem morgendlichen Jogging in den Kopf kam. Aber seit Hasty an Bord gegangen war, kam ihm das Deck gar nicht mehr groß vor und die Entfernung, die ihn von dem schwarzen Container mit seinem unheimlichen Inhalt trennte, schien ihm viel zu klein zu sein. Während dieser schlimmen Zeit hatten er und seine Männer das Joggen aufgegeben.

Sie hatten das Deck schlicht und ergreifend dem Container und seinem Geheimnis überlassen. Und sie hatten eine Heidenangst.

Der Kapitän warf einen Blick auf die Uhr im Ruderhaus. Es war elf Uhr und drei Minuten. Wenn alles planmäßig verlief (und Lars Dreyer betete dafür zu den Göttern des Meeres und des Feng-Shui), würde der Tanker vor Mitternacht im Hafen von Jersey City anlegen.

Als Sarah gegen elf Uhr dreißig mit ihren Aufzeichnungen zu einem Ende fand, klingelte es an der Tür.

Sie speicherte die Datei ab, beendete das Programm und schloss den Deckel ihres Compaq. Dann stand sie auf, griff nach ihrer Glock auf der Arbeitsplatte, sah nach, ob sie geladen war, und warf einen Blick durch das Guckloch in der Tür. Es war Senator March.

Sarah legte die Glock auf die Konsole und drehte den Schlüssel im Schloss herum.

»Darf ich eintreten?«, fragte der alte Senator mit einem schwachen Lächeln auf den Lippen.

Er wirkte sorgenvoller als Moses, der sein Volk aus Ägypten führte.

Sie bot ihm an, seinen Regenmantel zu nehmen, aber er lehnte ab. Ihm war kalt.

»Die Müdigkeit«, sagte er erklärend.

Er hatte genau wie sie in dieser Nacht kaum geschlafen, und die fehlende Ruhe hatte deutliche Spuren bei ihm hinterlassen.

Sie gingen in die Küche, wo Sarah noch einen Kaffee zubereitete. Der Senator setzte sich an den Tisch. Er fröstelte und wirkte sehr erschöpft.

Während Sarah Arabica-Kaffee in den Filter häufte, fasste sie alle Informationen über die innere Organisation der Wölfe zusammen, die sie der Karte des Finsteren Reiches entnommen hatten: General Fenryder an der Spitze, vier Große Wölfe unmittelbar unter ihm, zu ihnen zählten Walter Skoll und ein gewisser William Hasty, dann kam die Basis, die aus etwa fünfzehn weiteren Wölfen niedrigeren Ranges bestand. Außerdem gab es als Handlanger die sogenannten *tarhq-sagogh* wie Ron Flint, den Wachmann der Stiftung.

Sarah setzte den Filter auf die Kaffeemaschine und stellte sie an.

»Wir wissen aber immer noch nicht«, fuhr sie jetzt fort, »wer am Abend des Treffens in der Stiftung in der Limousine saß. Zudem müssen wir drei weitere Rätsel lösen. Erstens, wer ist der zweite *tarhq-sagogh* in New York? Zweitens, warum ist Walter Skoll hier in der Stadt und nicht auf seiner Ranch? Und drittens das wichtigste Rätsel: Wo befindet sich im Augenblick der ›Wahrhaftige‹, also General Fenryder?«

Als der Kaffee endlich durchgelaufen war, setzte sie sich zu dem Senator, der nun mit folgender Einschätzung aufwartete:

»Alles in allem sind Sie also auf mehr Fragen denn Antworten gestoßen, nicht wahr?«

»So ist das Leben nun einmal«, gab Sarah mit einem Lächeln zu.

»Ja, und das ist sehr schade«, meinte der Senator resigniert.

Sarah schob diese Reaktion seiner Müdigkeit zu. Nicht einen Augenblick erwog sie, dass der »Pitbull« an etwas Schwerwiegenderem leiden könnte, das mehr als einen guten Kaffee erforderte.

»Und wie ist es bei Ihnen?«, fragte sie und schenkte ihm ein. »Hat die Analyse der Bilder etwas ergeben?«

»Ihr Freund Tim hatte recht mit diesen Dateien. Es sind kodierte Botschaften. Es ist uns gelungen, alle zu entschlüsseln, bis auf eine.«

Er zog einen Umschlag aus seinem Mantel und schob ihn über den Tisch Sarah zu. Die junge Frau drehte ihn um und öffnete ihn. Er enthielt Blätter, die die Botschaften in entschlüsselter Form wiedergaben.

»Das sind ja lauter Beschlüsse.«

»Genau«, bestätigte der Senator und führte seine Tasse an die Lippen. »Es sind Protokolle der Sitzungen.«

Er hielt inne, um einen Schluck Kaffee zu trinken.

»Ich muss Sie gleich enttäuschen, Miss Widar. Sie werden in diesen Dokumenten kein einziges Element finden, das die Wölfe zu Fall bringen oder ihr Geheimnis lüften könnte. Ich fürchte, es gibt weder einen Rosettastein, der uns beim Entziffern behilflich sein könnte, noch sonstige Offenbarungen.«

Wirkte er deswegen so verstimmt?, fragte sich Sarah und warf ihm über die Papiere hinweg einen Blick zu. War es die Enttäuschung, trotz aller Anstrengungen nichts Aufschlussreiches gefunden zu haben?

»Und was heißt das?«, fragte sie.

Der Senator stellte seine Tasse ab und setzte zu einer Zusammenfassung an.

Am Anfang der Aufzeichnungen standen die Namen der vier Sitzungspräsidenten sowie das Jahr, in dem diese in die Bruderschaft von Fenryder eingetreten waren. Der Älteste, Walter Skoll, war im Jahr 1879 zum Wolf geworden; dann folgten 1880 William Hasty, 1895 Daniel Surt und als Letzter Joseph Koil im Jahr 1908. Die Versammlungen hießen »Zusammenkünfte des Rates Phönix«. Sie fanden einmal im Jahr statt. Zum ersten Mal war man 1908 zusammengekommen, also in jenem Jahr, in dem der letzte der Großen Wölfe gekürt worden war.

In knappen Worten wurde erklärt, warum diese vier Männer den Titel »Großer Wolf« tragen durften: Der »Wahrhaftige der Wahrhaftigen«, der »Große Meister der Wölfe«, der »Anführer der Rudel« hatte sie persönlich ausgewählt, um »unvergleichliche Krieger zu haben, die fähig sind, die Völker nach der Großen Nacht zu beherrschen«. Das bedeutete zugleich, dass die anderen Wölfe nicht von General Fenryder selbst ernannt worden waren, sondern zweifellos von diesen Großen Wölfen, die Rudel von vier bis sechs Individuen führten.

Auf jeden Fall, stellte der Senator fest, war die Geheimgesellschaft von Anfang an nicht darauf bedacht gewesen, sich möglichst rasch zu vergrößern. Neue Mitglieder wurden äußerst sorgfältig ausgewählt.

Jeder Beschluss war mit der Angabe des Datums und des Versammlungsortes versehen. Bis 1970 hatten die Zusammenkünfte des Phönix in Texas stattgefunden, seit 1971 aber in der sechsten Etage des Stiftungsgebäudes, das Walter Skoll in New York hatte bauen lassen.

Bei diesen Zusammenkünften waren nicht nur die vier Großen Wölfe anwesend. Auch andere Wölfe von niedrigerem Rang waren vertreten sowie manchmal »geladene Gäste«, die jedoch nie genannt wurden. Es war dann die Rede vom »Ersten Gast der Zusammenkunft«, vom »zweiten«, vom »dritten« und so weiter, wenn es mehrere gab.

Ein *tarhq-sagogh* hingegen war niemals bei einer solchen Versammlung des Phönix anwesend, es sei denn als reiner Diener.

Thema der Zusammenkünfte waren die »strategischen Entscheidungen« der Bruderschaft von Fenryder. Diese strategischen Entscheidungen wurden in den Beschlüssen in allgemeinen und abstrakten Worten festgehalten.

So lautete zum Beispiel eine Empfehlung vom 3. April 1931: »Die empfänglichsten Geister auf unsere zukünftige Herrschaft über das Land vorbereiten«, ohne zu definieren, wer diese »Geister« waren oder was unter »zukünftiger Herrschaft« zu verstehen war. Im Oktober des folgenden Jahres war zu lesen: »Kontrolle über die fortschrittlichsten Kreise übernehmen«. Auch hier herrschte in den Formulierungen die gleiche Mischung aus martialischer Direktheit und vagen Andeutungen. So verhielt es sich auch bei allen anderen Beschlüssen.

Bei der vorletzten Sitzung des Phönix war es um die »Bewahrung des Geheimnisses« gegangen. Der Bericht erwähnte ein »Problem S.H.« und schloss mit dem lakonischen Hinweis »Das Problem S.H. schnellstmöglich regeln«. Sarah konnte ein Schaudern nicht unterdrücken, denn sie ahnte, dass mit dem »Problem S.H.« niemand anderes gemeint war als der Schriftsteller Stanley Holder. Sie wusste, wie »das Problem« in Louisiana geregelt worden war.

Ihre Aufmerksamkeit stieg noch weiter, als sie auf den Text der letzten Sitzung stieß.

Diese hatte am 11. Dezember stattgefunden, eben jenem Datum, an dem Sarah und ihre Freunde sich vor der Stiftung aufgehalten hatten. Ausnahmsweise hatte der Große Wolf Hasty nicht daran teilgenommen. Das ließ vermuten, dass er anderweitig beschäftigt war. Es musste eine äußerst wichtige Aufgabe sein, die ihn daran hinderte, mit seinem Gefolge den Vorsitz im Rat des Phönix zu führen.

In dieser Nacht hatte es nur einen einzigen Gast gegeben. Und Sarah wusste jetzt immerhin, dass er in der Limousine gekommen war.

»Der Gast lenkte die Aufmerksamkeit des Rates auf gewisse Komplikationen. Es wurde dem Gast klargemacht, dass er seine Anstrengungen fortsetzen muss, um die erwähnten Komplikationen endgültig auszuräumen.«

Der Beschluss endete mit den Worten: »Nichts am Plan ändern. Ihn zum vorgesehenen Datum ausführen.«

Trotz der bedrohlichen Stimmung, die von diesen gewundenen Zeilen ausging, musste Sarah dem Senator recht geben: Sie bargen nichts, womit man die Wölfe vor Gericht bringen konnte. Was die Informationen anlangte, die man aus diesen Botschaften ziehen konnte, so war sie weniger pessimistisch. Der Beschluss der letzten Sitzung brachte immerhin die Hypothese zu Fall, General

Fenryder sei in der geheimnisvollen Limousine gewesen. Es wurde zwar nicht gesagt, wo er sich versteckte, aber man konnte daraus schließen, dass Fenryder an jenem 11. Dezember nicht (oder noch nicht) in New York gewesen war. Außerdem wussten sie jetzt, dass der Unbekannte in der Limousine allein gekommen war; und da er als »Gast« bezeichnet wurde, war er kein Wolf und erst recht kein *tarhq-sagogh*.

Sarah wurde durch den Senator in ihren Überlegungen unterbrochen.

»Mein Entschlüsselungsexperte hat noch zwei andere ›Botschaften‹ aufgedeckt. Eine von ihnen war in einer Reproduktion eines Bildes von Goya versteckt, aber die Botschaft war noch ein weiteres Mal verschlüsselt.«

»Noch ein weiteres Mal?«, fragte Sarah verblüfft.

»Die Botschaft war über zwei verschiedene Codes verschlüsselt. Es ist uns gelungen, den ersten zu entziffern, den zweiten jedoch noch nicht. Sehen Sie sich das letzte Blatt der Aufzeichnungen an. Es ist unverständlich.«

Das stimmte tatsächlich, denn das genannte Blatt enthielt keine Worte, sondern mehrere Reihen von Zahlen, die anscheinend ohne jede Logik zusammengestellt waren:

8/2; 12/1; 19/4; 24/1; 3/2; 3/2; 16/8; 24/7; 24/1; 16/8;
13/2; 22/12; 12/1; 5/6; 27/1; 16/8; 24/1; 13/2; 3/2;
4/3; 26/10; 24/7; 13/2; 3/2; 12/1; 3/2;
21/8; 12/1; 5/6; 4/3; 12/1; 20/4; 20/5; 5/6;
4/3; 27/1; 13/5; 13/2; 22/12; 20/4; 12/1; 5/6;
24/7; 27/1; 5/6; 6/3; 1/6; 24/1; 3/2; 4/3; 12/1; 5/6;
13/5; 16/8; 24/1; 20/4; 16/8; 2/1; 3/2; 19/4;
13/5; 12/1; 24/1; 3/2

Der Senator fuhr fort:

»Diese Botschaft unterscheidet sich auch insofern von den anderen, als sie nicht vom Handy Skolls stammt. Sie wurde Walter Skoll am 18. September auf elektronischem Wege übermittelt. Ich habe guten Grund anzunehmen, dass es sich um einen Befehl von General Fenryder handelt.«

»Wie kommen Sie auf diesen Gedanken, Mr Senator?«

»Nun, Sie müssen wissen, dass diese Botschaft von einem Computer versandt wurde, der in Südafrika lokalisiert werden konnte. Und genau zu dieser Mail-Adresse wurden stets alle Beschlüsse des Phönix geschickt.«

»Der Große Wolf Walter Skoll«, sinnierte Sarah laut, »informiert also General Fenryder über die Operationen der Bruderschaft.«

»Das würde jedenfalls erklären, warum sie ihre Korrespondenz in Form von Fotos oder Gemälden kodieren. So minimieren sie das Risiko, dass die NSA sich einschalten könnte.«

»Ist auch die andere Botschaft doppelt verschlüsselt?«, fragte Sarah.

Sie suchte auf den Blättern aus dem Umschlag, ohne fündig zu werden.

»Sie ist nicht hier bei den anderen«, erklärte der Senator und fuhr sich mit der Hand über seinen kahlen Schädel. »Wir haben sie in den Rastern von Warhols *Schädel* gefunden. Erinnern Sie sich an dieses Bild?«

»Ja, obwohl sich noch weitaus schlimmere auf dem Computer Skolls befanden.«

»Man sollte eben niemals dem äußeren Schein trauen«, kommentierte der Senator ihre Einschätzung unheilvoll.

»Was wollen Sie damit sagen?«

»Bei der Botschaft, die wir in dem Warhol entziffern konnten, handelt es sich nicht um einen Text, sondern um eine Fotografie. Und ich muss Ihnen gestehen, diese Fotografie hätte ich am liebsten nie zu Gesicht bekommen. Wegen ihr bin ich jetzt hier. Ich bin zu Ihnen gekommen, Miss Widar, weil ich Sie davon in Kenntnis setzen wollte, dass ich mich aus der Kommission zurückziehen werde.«

Sarah verschluckte sich um ein Haar an ihrem Kaffee.

»Was? Aber … aber warum denn?«

Er seufzte tief und fuhr mit der Spitze seines Zeigefingers sanft über den Rand seiner Tasse.

»Einem echten Krieg geht stets ein unsichtbarer, sehr schmutziger und sehr grausamer Krieg mit zahlreichen Drohgebärden und Einschüchterungsversuchen voraus.« Sein Finger zog sich von der Tasse zurück und verschwand unter dem Tisch. »Ich habe eine Art Warnung erhalten. Es sieht so aus, als wüssten Fenryders Wölfe, dass die von mir geleitete Kommission sich für ihre Aktivitäten interessiert.« Er sah verbittert zu Sarah hinüber. »Krieg ist wie eine Partie Polo, die von ein paar dreckigen Jungen ausgetragen wird, und ich muss gestehen, dass ich mich zu alt dafür fühle, noch einmal einer von diesen dreckigen Jungen zu sein.«

Aus der Innentasche seiner Jacke zog er ein Blatt hervor und reichte es Sarah. Ein mit Teleobjektiv aufgenommenes Foto zeigte eine Gruppe von Männern und Frauen, die einander die Hand gaben. Sie trugen rote Kapuzengewänder, die mit kabbalistischen Zeichen verziert waren. Das Gesicht von einem der Teilnehmer war mit schwarzem Filzstift umrandet.

»Das ist mein Sohn«, sagte Senator March und wies mit dem Kinn auf das Foto. »Nach dem Tod seiner Mutter hat Eliot eine Dummheit nach der anderen gemacht. Ich wusste, dass er Drogen nimmt und sich in nicht sehr empfehlenswerten Kreisen bewegt. Aber ich hätte nie gedacht, dass dieser Trottel sich mit Triple Dash einlässt.« Da Sarah lediglich die Stirn runzelte, musste der Senator zu weiteren Erklärungen ausholen: »Das ist eine amerikanische Sekte. Eine äußerst gefährliche Sekte. Gegen sie nimmt sich die Aum-Sekte mit ihrem Sarin-Gas wie eine Gruppe Pfadfinder aus.«

»Was soll Triple Dash denn heißen?«

»Darf ich?«, fragte er und wies auf den Computer auf dem Tisch.

Er öffnete ihn und klickte im Start-Menü auf das Programm *Word*. Dann drehte er Tastatur und Bildschirm herum, um Sarah etwas zu zeigen.

»Sehen Sie her«, forderte er sie mit erhobenem Zeigefinger auf.

Er drückte drei Mal auf die Taste »Gedankenstrich«. Logischerweise erschienen drei Gedankenstriche auf dem Bildschirm. Hinter ihnen blinkte der Cursor, als wartete auch er auf eine Antwort.

»Und nun noch einmal das Gleiche, aber wir drücken gleichzeitig die Taste für Großbuchstaben.«

Nun erschien anstelle von drei Gedankenstrichen die Zahl 666.

»Die Zahl des Bösen in der Apokalypse«, erklärte er Sarah. »Triple Dash ist eine satanistische Sekte, Miss Widar. Ihre Anhänger kennen nur ein einziges Ziel: Sie wollen dem Fürsten der Dunkelheit dienen, um eines Tages die Ehre zu haben, ihn von Angesicht zu Angesicht zu sehen. Vielleicht wären sie eine kleine Gruppe harmloser Illuminaten geblieben, wenn nicht in den neunziger Jahren ihr Guru, ein gewisser Jack W. Gardner, ihnen seine großartigen Fantasien von Menschenopfern und Weltuntergang in den Kopf gesetzt hätte. Die Polizei war auf Triple Dash aufmerksam geworden, nachdem sie hinter der Kirche von Riverside die entsetzlich verstümmelte Leiche einer jungen Frau gefunden hatte. Die Autopsie ergab, dass sie von zwölf Männern vergewaltigt worden war, bevor man sie aufgeschlitzt hat. In den Jahren 1997 und 1998 wurden zwei weitere junge Frauen auf die gleiche Weise umgebracht. Die Polizei fand in der Folge heraus, dass es sich um Opferungen für ein ganz bestimmtes Ereignis handelte. Sagt Ihnen die Sonnenfinsternis vom 11. August 1999 etwas?«

»Einige Okkultisten waren der Ansicht, dass Nostradamus für dieses Datum das Ende der Welt vorausgesagt hat, nicht wahr?«

»Ja, und Gardner wollte dieser Vorhersage etwas nachhelfen, indem er an jenem Tag etwa zehn seiner Anhänger aussandte, um Indian Point, das Atomkraftwerk im Staat New York, zu stürmen. Das Vorhaben scheiterte kläglich. Alle Mitglieder des Kommandos wurden schon am ersten Sicherheitsring abgefangen. In den anschließenden Verhören haben sie die verrückten Absichten von Triple Dash gestanden und die Verantwortung für den Tod der drei in Manhattan gefundenen Frauen übernommen. Es wurde sofort Haftbefehl gegen Gardner erlassen, aber er ist bis heute unauffindbar geblieben. Wir glauben, dass er nach dem Scheitern seiner nuklearen Apokalypse ins Ausland geflohen ist.«

»Und dieses Foto stammt aus den neunziger Jahren?«, wollte Sarah jetzt wissen.

Der Senator fuhr sich verlegen mit der Hand übers Kinn.

»Die von mir geleitete Kommission hat sich mit zahlreichen Sekten befasst, darunter waren auch Triple Dash und Gardner. Aber meine Kollegen und ich dachten, dass sie mit der Flucht ihres Gurus deaktiviert worden wäre, da nun der Kopf fehlte.«

»Und das ist nicht der Fall, nicht wahr?«

»Nein, das ist in der Tat nicht der Fall. Dieses Foto hat ein Agent des FBI erst vorgestern aufgenommen.«

»Ein Agent des FBI?«, wiederholte Sarah ungläubig.

»Paul Galloway, der Chef des Bureau, hat mir heute Morgen einen Abzug gegeben. Ich habe also erst von ihm erfahren, dass Eliot mit Triple Dash in Verbindung steht. Es versteht sich von selbst, dass dieses Dokument absolut vertraulich bleiben muss.«

»Und hat das FBI Ihren Sohn inzwischen verhaftet?«

»Nein, Galloway will noch nicht zugreifen, und zwar aus sehr einleuchtenden Gründen, die ich absolut billige. Die Mitglieder von Triple Dash, die Sie hier auf dem Foto sehen, sind ohne ihren Anführer lediglich kleine Fische, die die Polizei zudem gut im Blick hat. Also gibt man ihnen lieber die Möglichkeit, sich weiterhin zu treffen, bis einer von ihnen irgendwann verrät, wo sich Gardner versteckt hält. Außerdem fürchtet die Polizei, dass es auf unserem Staatsgebiet sogenannte Schläfer dieser Organisation gibt. Solche Mitglieder sind viel vorsichtiger und gefährlicher, und genau an diese wollen wir über die uns bekannten Mitglieder herankommen. Gardner ist ein Illuminat, der zu allen Verrenkungen bereit ist, um den Satan auf sich aufmerksam zu machen. Wenn er könnte, so würde er sich wieder ins Gespräch bringen, das können Sie mir glauben. Der Narzissmus des Bösen ist unersättlich, Miss Widar.«

»Aber wie ist Walter Skoll zu einem Abzug dieses Fotos gekommen?«

»Das soll eine interne Untersuchungskommission des FBI klären. Ich habe Galloway heute Morgen angerufen, und er hat mir das zugesichert.«

»Besteht am Ende also eine Verbindung zwischen Triple Dash und Fenryders Wölfen?«

»Nicht, soweit wir wissen.«

»Aber warum interessiert sich Walter Skoll dann für Ihren Sohn?«

»Haben Sie denn nicht verstanden? Skoll hat gute Gründe für sein Verhalten, das können Sie mir glauben. Mit dieser Angelegenheit hat er mich in der Zange. Wenn ich ihm zu viele Schwierigkeiten mache, wird mein Sohn bald die Titelseiten der großen Zeitungen zieren. Ich habe also die Wahl: Entweder gebe ich die Kommission auf, oder ich habe alle Chancen, dieses Foto an sensiblen Stellen veröffentlicht zu sehen. Stellen Sie sich vor, welchen Skandal das gäbe. Der Vorsitzende der Kommission hat einen Sohn, der sich mit eben jenen Sekten herumtreibt, die sein Vater aufzuspüren versucht. Meine Gegner würden sich ins Fäustchen lachen. Es bleibt mir nichts anderes übrig, als meinen Rücktritt einzureichen.«

Sarah lehnte sich auf ihrem Stuhl zurück und kreuzte die Arme vor der Brust.

»Ich dachte, dass Sie den Beinamen ›Pitbull‹ hätten, Mr Senator, und eine einmal begonnene Sache niemals aufgeben. Guter Gott! Sie werden sich doch von diesen Leuten nicht einschüchtern lassen! Sie wissen vielleicht, dass Sie ihnen auf der Spur sind, aber wir wissen doch auch schon einiges über ihre Aktivitäten. Könnten Sie nicht mit Ihrem Sohn reden?«

»Ich habe mich schon vor langer Zeit mit Eliot überworfen. Ich konnte es nicht mehr ertragen, dass er alles zerstörte, was ich in meinem Leben aufzubauen versuchte. Bis gestern Morgen wusste ich nicht einmal, wo er sich aufhielt und was er trieb. Sehen Sie, ich habe ihm die besten Chancen geboten, von denen ein Kind wohlhabender Eltern nur träumen kann, aber mein Sohn hat sich ausschließlich darauf versteift, meinen Ruf zu ruinieren. Ich fürchte, dass Fenryders Wölfe seinen sehnlichsten Wunsch nun bald mehr als erfüllen werden.«

Ein Wiedersehen alter Bekannter

Um dreizehn Uhr nutzte Forrest die Mittagspause der Techniker, um die Räume zu inspizieren, in denen nun seine Werke hingen. Nie zuvor waren seine Arbeiten so gut zur Geltung gekommen, und es verbitterte ihn, dass dies jetzt ausgerechnet in der Walter-Skoll-Stiftung der Fall war.

Im vierten Raum spürte er, dass jemand hinter ihm stand und ihn beobachtete. Er drehte sich um und wurde leichenblass.

»Salut«, grüßte der junge Mann, der regungslos in der Türfassung lehnte.

»Was tust du hier?«, fragte Forrest aggressiv.

»Ich habe gehört, dass du hier bist. Da dachte ich mir, dass uns ein kleines Wiedersehen nicht schaden könnte, oder? Wir haben noch ein paar Kleinigkeiten zu regeln, Forrest.«

»Verflucht! Du bist verrückt. Was ist, wenn man uns zusammen sieht?«

»Ich weiß, ich weiß, alter Junge. Deine Karriere würde einen ordentlichen Knick bekommen. New York hat uns beiden gefehlt, nicht wahr? Erzähl doch ein wenig! Hat dein Aufenthalt in Europa dir gedankliche Klarheit gebracht? Ist es dir gelungen, dein armes, schmerzhaftes Gewissen zu erleichtern?«

Der junge Mann näherte sich einem Sims und kniff die Augen zusammen, um das dort hängende Werk eingehend zu betrachten.

»Ich sehe, dass du nichts von deinem Talent eingebüßt hast, Forrest. Wir haben gute Arbeit geleistet. Du gestattest doch, das ich *wir* sage, nicht wahr? Letztlich gehören *wir* ja zu deinem Werk, mein Lieber. Wie nannte er das noch, dein Galerist? ›Die Schicht unter allen anderen Schichten‹, das ›geheime Monogramm‹, ja genau, das war es, das ›geheime Monogramm‹. Erinnerst du dich wenigstens noch an den armen Oscar?«

»Sei still«, zischte Forrest. »Du bist ja vollkommen durchgeknallt.«

Seine Kehle war wie zugeschnürt, als er an das Abendessen mit Oscar Watts in jenem Restaurant in SoHo dachte, bei dem sie über das ›geheime Monogramm‹ geredet hatten. Es verging kein Tag, an dem ihn das Gesicht von Oskar nicht verfolgte. Dieses lächelnde Gesicht verschwand stets rasch wieder und wich dem Bild seines gefolterten Körpers, den man leblos in seiner Galerie in der 57th Street gefunden hatte …

»Schweig!«, herrschte Forrest den jungen Mann an. »Schweig um Himmels willen!«

Der junge Mann sah lächelnd auf das Gemälde vor ihm, dann drehte er sich zu Forrest um, holte tief Luft und zog die Augenbrauen in die Höhe.

»Weißt du was, mein Lieber? Die Welt wirkt sehr viel weniger furchteinflößend, wenn man die Nasenlöcher voller Schnee hat. Glaub den Worten eines brav Praktizierenden!«

Dann lächelte er wieder und vertiefte sich erneut in die Betrachtung des Werkes.

»Unser vielgeliebter Reverend Gardner hat mich wieder hierher bestellt. Er hat auch Kontakt mit dir aufgenommen, nicht wahr?«, bohrte er und warf Forrest kurz einen Blick von der Seite zu.

Forrest wandte sich ab und richtete seine Augen auf die große Leinwand vor ihnen.

»Ja, er hat Kontakt zu mir aufgenommen«, gab er widerwillig zu.

»In Paris?«

»Ja, in Paris.«

Forrest drehte sich nun zu ihm um, seine Kiefer waren zusammengepresst.

»Du wirst alles zerstören, wenn du hier bleibst.«

»Wir müssen zusammenarbeiten, vergiss das nicht. So lautet der Befehl von Reverend Gardner.«

Der Mann wich ein wenig zurück, um das Gemälde besser betrachten zu können, dann sah er wieder zu Forrest und fügte hinzu:

»Ich habe vor Freude geweint, als ich erfuhr, dass er noch am

Leben ist. Begreifst du, was das heißt, Forrest? Sie werden ihn niemals fassen. Niemals. Gardner ist viel zu schlau. Er ist ein Genie. Ja, ein Genie. Möge der Herr der Fliegen ihn beschützen und ihm Ruhm bringen!«

Er trat ganz nah zu Forrest und flüsterte ihm ins Ohr:

»Beschaff mir eine Einladung für die Vernissage, mein Lieber. An diesem Abend wird sich alles entscheiden.«

Dann hob der Mann seine linke Hand vor die Brust, die Innenfläche zu seinem Gegenüber gekehrt.

»Verfluchte Scheiße, sag nicht, dass du sogar das vergessen hast!«

Da erwiderte Forrest den rituellen Gruß, legte seine linke Handfläche gegen die des Besuchers und verschränkte seine Finger mit dessen Fingern. Zwei verschmolzen zu einem – das war die symbolische Bedeutung dieser Geste. Mehrere Mitglieder wurden zu einem einzigen Willen. Einmütig folgten sie dem Weg der Linken Hand.

Es war Jahre her, dass Forrest seine Hand zu diesem Gruß erhoben hatte.

»So macht es Spaß, Forrest. Ja, so macht es wirklich Spaß. Man muss den Anweisungen strengstens Folge leisten, erinnerst du dich? Strengstens. Dann wird alles gut werden, du wirst schon sehen.«

Forrest wandte sich angewidert ab. Noch schlimmer als seine Abneigung gegen den Besucher war jedoch sein Hass auf sich selbst.

Mit einem starren Grinsen auf den Lippen verließ der junge Mann nun rückwärts den Raum. Forrest hörte ihn noch murmeln:

»Es beruhigt mich, dass du nicht vergessen hast, wer ich bin, mein Lieber.«

Nein, das hatte Forrest nicht vergessen.

Er hieß Eliot March. Er war der einzige Sohn von Senator Marvin March und Mitglied der Sekte Triple Dash.

Und der Guru Jack W. Gardner hatte ihm den Befehl erteilt, seinen Politiker-Vater zu töten.

Reverend Jack W. Gardner diskutiert mit Michael Welling

Anders als seine Anhänger hatte Jack W. Gardner, der sich »Reverend« Gardner nannte, New York nicht verlassen, als das FBI sich in den Kopf gesetzt hatte, ihn wegen der barbarischen Morde und Taten aus dem Jahr 1999 zu verhaften. Er wusste, dass der beste Weg unterzutauchen genau darin bestand, in New York zu bleiben. Er hatte sich also darauf beschränkt, das Viertel zu wechseln, und war von Manhattan in die Bronx gegangen. Dank einer neuen Identität war er seinen Häschern bis heute nicht ins Netz gegangen.

In seinem Apartment in der 123rd Street in Manhattan hatte das FBI eines seiner letzten satanistischen Opfer gefunden: den akribisch ausgeweideten Körper einer jungen Studentin von der Columbia University. Fetzen ihres Dünndarms hatte der Reverend an die Wohnzimmerwand genagelt und darauf geschrieben: SATAN BESCHÜTZT MICH. Die Polizeibeamten hatten das Ganze für die Wahnsinnstaten eines gefährlichen Irren gehalten. Mit dieser Einschätzung lagen sie allerdings falsch, denn Satan beschützte ihn tatsächlich: Sieben Jahre nach dieser Entdeckung war der Reverend immer noch am Leben und bewegte sich vollkommen frei in New York! Natürlich wohnte er nicht mehr in einem so schönen Apartment wie früher, aber was machte das schon? Satan beschützte ihn.

Über Jahre hinweg hatte er alles getan, um die Aufmerksamkeit Satans auf sich zu lenken. Und schließlich empfing der gute Schüler aus den Händen seines verehrten Meisters das Geschenk, von dem er immer geträumt hatte: Er durfte Sein Gesicht sehen und Seine Liebe spüren. Was wollte er mehr? Er hatte sich bereit erklärt, sein eigenes Leben für Ihn zu opfern, aber der Meister hatte gesagt: »Nicht jetzt, mein Sohn! Warte.« Da hatte er begriffen, dass seine Mission noch nicht beendet war, dass er noch reicher beschenkt werden würde. Er hatte begriffen, dass die Bullen ihn niemals zu fassen bekämen. Ab da hatte er die Studentinnen in Ruhe gelassen. Und war untergetaucht. Er hatte gewartet. Denn das verlangte der Meister von ihm: Er sollte warten.

Die Eingeweide der Studentinnen führten ihn beinahe jeden Tag in Versuchung, aber er hatte Satan Gehorsam geschworen und blieb enthaltsam. New York war sein Kloster geworden und der Central Park der Kreuzgang dieses Klosters.

Jeden Morgen las er die Zeitungen, derer er habhaft werden konnte. Er hatte das Interesse an der Welt nicht verloren. Er wartete auf ein neues Zeichen und hielt sich jeden Augenblick dafür bereit, das höchste Opfer zu bringen. Sein Herz quoll über vor Dankbarkeit.

Dann war eines Tages ein Mann bei ihm aufgekreuzt. Ein Bote.

Der Meister wünschte, dass er Kontakt zu zwei ehemaligen Anhängern aufnahm. Ihre Namen waren Eliot March und Forrest Magnus, der Maler. Der Erste war dem Meister treu geblieben; der Zweite war berühmt und abtrünnig geworden. Er hatte ihn verleugnet, wie der heilige Petrus Gottes Sohn verleugnet hatte.

»Ich weiß nicht, wo meine Schäfchen sich herumtreiben«, hatte er dem vom Meister geschickten Mann erklärt. »Ich bin ein schlechter Hirte.«

Er war demütig und bekümmert gewesen.

Lächelnd hatte der Mann ein Blatt aus seinem Mantel gezogen.

»Hier hast du alles, was du brauchst, Reverend.«

Auf dem Papier standen die Adressen und Telefonnummern von Eliot und Forrest.

Zuerst rief er in Toronto an. Eliot war verblüfft, nach all diesen Jahren seine Stimme zu hören. Der anständige und treue Eliot! Dann hatte Gardner Forrest eine Nachricht geschickt. Ihm hatte er allerdings drohen müssen, um ihn zur Rückkehr nach New York zu bewegen. Aber Forrest hatte gehorcht und war ebenfalls zurückgekommen.

Seit über einem Jahr lebte der Reverend jetzt in einem Unterschlupf in Morrisania, einem der schäbigsten Viertel der Bronx. Einer seiner Mitbewohner war ein junger Typ, der so dünn war, dass er den weiblichen Top-Models hätte Konkurrenz machen können. Sein Name war Michael Welling. Er war nach verschiedenen Irrwegen und tiefgreifenden inneren Wandlungen hier in dieser Absteige in der Bronx gelandet.

Der Reverend war ihm sofort mit freundschaftlichem Interesse begegnet. Er ahnte, dass der Meister große Pläne mit Michael hatte. So etwas spürte Gardner instinktiv. Ach, wie verschlungen sind doch die Wege der Linken Hand!

Während er auf die Rückkehr von Eliot March wartete, den er zu Forrest geschickt hatte, diskutierte Gardner im Hinterhof mit eben jenem Michael Welling an einem brennenden Reifen, der beißenden schwarzen Rauch absonderte. Die beiden Männer kämpften gegen die Kälte und hielten ihre Handflächen über die Flammen.

»Sie glauben an das Böse wie an einen Zweck«, sagte Michael langsam und bedächtig wie immer, wenn er auf ernste Dinge zu sprechen kam. »Aber es ist keiner. Für mich … für mich ist es nur ein Hebel … nur ein Hebel, ja, um diese verdammte Gesellschaft auf die richtige Spur zu bringen. Der Hebel des alten Marx ist abhandengekommen. Die Gesellschaft hat sich wieder gefestigt.

Nachdem man sie erst ein wenig ausgehebelt hat, gab man das Unterfangen wieder auf … mangels Kraft. Nun … nun braucht es einen neuen Hebel, verstehen Sie? Und … und eine neue Kraft, einen neuen Willen … um sie zu aktivieren. Und dieses Mal wird es eine gute Gesellschaft sein, ganz sicher. Eine starke Kraft, ein unerschütterlicher Wille, ohne die Verkrampftheit der Kommunisten und ohne den Eiertanz der Sozialisten. Und … und eigentlich glaube ich, dass man all das aushebeln könnte. Wenn man wollte, könnte man sogar *jetzt* ein Ende machen.«

Reverend Gardner kraulte sich den Bart und fragte interessiert nach:

»Warum ausgerechnet *jetzt*? Warum diese Ungeduld? Es ist naiv zu glauben, dass sich die Revolution auf diese Weise verfügen lässt«, sagte er und knackte mit den Fingern.

»Nein, aber auf diese Weise zieht sie sich zurück … Die Blockhütte von Thoreau ist … ist ein Rückzug der Revolution. Es heißt, dass dieser Mann sich von der Welt entfernt hat, aber nein … es ist die Welt, die ihm gegenüber verstummt ist. Die bloße Tatsache, dass ich existiere und denke, was ich denke, macht eine solche Sichtweise möglich – ja, möglich. Weil *ich* lebe, ist die Revolution in Reichweite. Aber halten Sie das bloß nicht für eine Anmaßung, denn es ist keine Anmaßung. Es ist einzig und allein eine Sache des Glaubens.«

»Wenn die Revolution in deiner Reichweite ist, so sieht es nicht gut aus«, spottete Gardner und wies mit dem Kinn auf den fast niedergebrannten Reifen. »Was Thoreau betrifft, so lag seine Blockhütte ganz in der Nähe seiner Eltern, wenn mich meine Erinnerung nicht trügt … Und als er sein Buch *Walden* beendet hatte, hat er den Ort Hals über Kopf verlassen«, fügte er verächtlich hinzu.

»Das stimmt. Thoreau … Er ist gescheitert, aber er hat uns die

Richtung gewiesen, die wir einschlagen müssen. Ich ... ich glaube, wenn auch nur ein einziges Individuum, nur ein einziges, ja, wirklich nur ein einziges die echte Selbstversorgung erreichen würde, wäre die kapitalistische Welt innerhalb einer Sekunde zerstört. Die totale Freiheit eines Einzigen würde das Ende der Sklaverei für alle einläuten. Automatisch ... ganz automatisch.«

»Und deshalb willst du New York verlassen und nun deinerseits in den Wäldern von Walden leben? Hör endlich auf mit deinen Bekenntnissen! Du kehrst den gewaltsamen Aktionen deiner Freunde den Rücken zu.«

Ohne zu antworten, sah Michael ihn fest an.

Er fragte sich, wie er dazu gekommen war, Gardner von seinen Enttäuschungen und Plänen zu erzählen. Er hielt ihn für sehr intelligent und deshalb auch für sehr gefährlich. Er wurde wegen Mordes und Leichenschändung vom FBI gesucht, und sein Kopf war ein Vermögen wert. Ausgerechnet diesen Mann musste er sich zum Vertrauten machen!

Da Gardner merkte, dass er keine Antwort erhalten würde, fuhr er fort:

»Du sprichst von Hebeln und Kräften, die sich nicht in der Gesellschaft befinden, sondern außerhalb. Aber kann man die Gesellschaft denn verlassen? Kann man dem Zufall – denn etwas anderes ist die Welt nicht – entkommen? Kann der Hebel sich tatsächlich außerhalb der Gesellschaft befinden? Nein. Er ist in ihr. Und deshalb hat dein armseliger Hebel niemals etwas ausgehebelt und wird es auch niemals tun. Versuch doch einmal, ein Auto mit einem Wagenheber aufzubocken, der klemmt. Was dich betrifft, so wirst du niemals Frieden finden, solange du das Glück im Guten suchst. Denn das Glück liegt nicht im Guten. Dort wirst du es niemals finden, niemals. Der Mensch ist böse, und nur böse, Michael. Wenn du ein Mensch werden willst, so musst du dich dem

Bösen verschreiben. Du musst ihm dienen und es verehren. Du musst so viel Böses tun wie nur möglich, um unsere wahre Natur endlich zu befreien – das ist die Regel, die es zu beherzigen gilt. Böses für das Böse, verstehst du? Das ist der Weg. Der wahre Weg, der einzige Weg.«

Gardner schwieg und stand auf. Seine Gelenke knackten. Sein linker Handrücken war mit dem schwarzen Siegel von Xaphan tätowiert, der rechte trug das rote Zeichen von Haborym, dem Dämon des Feuers.

»Warum verrätst du mich nicht an die Polizei, Michael? Dreihunderttausend Dollar, das ist doch eine ganz schöne Summe, selbst für einen Anarchisten wie dich, oder? So viel war nicht einmal die Haut des Nazareners wert.«

»Ich werde Sie niemals verraten, das wissen Sie genau. Aber … aber ich mag Sie nicht, Reverend. Auch das wissen Sie.«

»Du glaubst nicht an den Teufel, Michael. Aber Er, Er glaubt an deine Zukunft. Er gründet große Hoffnungen auf dich. Bald wirst du Ihn kennenlernen, du verfluchter Glückspilz! Satan empfängt nur nach Termin. Und dein Name steht ganz weit oben in seinem Kalender.«

»Wenn der Teufel auf der Seite der Menschlichkeit steht, so hat er von mir nichts zu befürchten.«

Kaum hatte er diese Worte ausgesprochen, da bereute er sein pathetisches Bekenntnis bereits. Es kam ihm lächerlich vor.

Der Reverend brach auch sogleich in lautes Lachen aus.

»Der Teufel ist bei jeder Revolution dabei, mein Kleiner. Er ist der große Befreier!«

Dann schüttelte er den Kopf und fügte ernsthafter hinzu:

»Aber weißt du, was mich bei deinen anarchistischen Freunden stört? Um es mit deinem Freund Thoreau zu sagen, es gibt unter 999 Verfechtern der Anarchie nur einen einzigen wahren Anarchisten. Bei den Kapitalisten verhält es sich genau umgekehrt. Der Kapitalismus hält sich nicht lange auf mit hochtrabendem ideologischen Geschwätz. In dieser Hinsicht ist er der einzige legitime Bruder Satans. Alle beide, musst du wissen, sind ungeheuer effizient. Ihr hingegen, ihr Umstürzler, ihr redet zu viel, ihr denkt zu viel. Und wenn ihr handelt, so begnügt ihr euch damit, ein paar Scheiben einzuwerfen oder auf einen Polizisten einzuschlagen. Ihr befreit euch nicht aus euren Ketten, ihr zerrt lediglich an ihnen wie eine Hausfrau an einem alten Wohnzimmerteppich, den sie ausklopft.«

Michael warf Gardner kurz einen Blick von der Seite zu. Wie alle Menschen, die sich dem Bösen verschreiben, erwies sich Gardner als ein schrecklicher Sophist, aber Michael wusste, dass er in diesem Punkt recht hatte. Der Schwachpunkt der Anarchisten war ihr endloses Geschwätz.

Gardner fing seinen traurigen Blick auf und lächelte:

»Auch der Teufel hat seine Ungläubigen. Im Augenblick bist du einer von ihnen, Michael. Aber bald wirst du Sein Gesicht sehen, und du wirst Ihn anbeten, glaub mir. Wir stehen an der Schwelle zu einer neuen Zeit, Kleiner.«

Michael, der ihm nur noch mit einem Ohr zuhörte, sinnierte:

»Manchmal …«

»Manchmal was?«

»Nein, nichts.«

»Hast du kein Vertrauen zu mir?«, fragte Gardner mit ausgebreiteten Armen. »Noch nie welches gehabt?«

»Das spielt keine Rolle«, erwiderte Michael.

»Dass du kein Vertrauen zu mir hast?«

»Nein, ob ich es Ihnen sage oder nicht, spielt keine Rolle.«

»Na, dann sag es doch.«

Michael musterte ihn erneut, dann zuckte er mit den Schultern.

»Manchmal ... manchmal sehe ich im Traum ein blutverschmiertes Gesicht. Es ... es ist voller Blut und fleht mich an, dieses Gesicht ... Alle Leute, die mich in meinem Albtraum umgeben, haben dieses Gesicht und sehen mich an, als würden sie etwas von mir erwarten. Etwas Schreckliches.«

»Das gleiche Gesicht überall? Oh, ich verstehe. Das entspricht nach deiner Anschauung sicher der Globalisierung. Gegen die du mit deinen Freunden kämpfst. Wie heißen sie gleich noch?«

»Ich habe mich von ihnen losgesagt.«

»Die Black Blocks, genau! Mir ist ihr Name nicht gleich eingefallen.«

»Es sind nicht mehr meine Freunde.«

»Natürlich sind sie es noch, du liebst sie immer noch. Trotz allem und gegen deinen Willen. Sonst wärst du nicht so traurig.«

Wieder sah Michael rasch zu ihm hinüber.

»Vielleicht haben Sie recht«, erwog er und zuckte erneut mit den Schultern.

»›Ein Freund ist jemand, der dich auch dann noch liebt, wenn er dich nicht mehr liebt.‹ Weißt du, wer das geschrieben hat? Nein, wie solltest du auch? Ihr lest ja kaum noch Literatur, ihr jungen Leute.«

Gardner, dem nichts entging, bemerkte die Farbdosen, die die Jackentaschen seines Gesprächspartners ausbeulten.

»Du hast mir tatsächlich immer noch nicht erklärt, warum du immer die gleichen Tags an die Wände sprühst. Neulich hast du mir erzählt, dass du auf diese Weise deine Freiheit zum Ausdruck bringen willst, und zwar direkt unter den Augen von Bloomberg und seiner Polizei. Ich erinnere mich an deine Reden, ja, ja! Giuliani und Bloomberg haben aus New York einen ›aseptischen Schweinestall gemacht, in dem die Schweine nicht einmal mehr das Recht zum Pissen haben‹ – so lauteten deine Worte. Und du,

Michael, du bist gegen diese ›Schweinehirten‹. Gut, all das hast du mir bereits gesagt. Aber jetzt erklär mir doch, warum du immer schreibst ›SAMO is NOT dead‹!«

Die Ironie in Gardners Worten entging Michael nicht.

Aber es war etwas Wahres daran. Wenn er so dreist das Risiko einging, von Bloombergs Polizei geschnappt zu werden, so tat er das, weil er sich in einer Stadt frei fühlen wollte, die nicht mehr frei war, sondern seit beinahe zwölf Jahren einem unzeitgemäßen Sicherheitsdenken huldigte. Was die Botschaft des Schriftzuges »SAMO is NOT dead« anging, so war sie an erster Stelle an seinen Bruder Eric Welling gerichtet, aber auch an dessen Kunstmakler-Kollegen in New York, die aus dem Maler Jean-Michel Basquiat *alias* SAMO eine auf dem Kunstmarkt leicht verdauliche Warhol-Ikone hatten machen wollen. Aber dank Michael hatte SAMO den Skandal um seinen Tod überlebt und suchte weiterhin die große Gefängnis-Insel Manhattan heim. Auf den bulligen Karosserien so mancher Hummer-Geländewagen und auf den Metallrollläden so mancher Galerien in Chelsea wurde der Schriftzug »SAMO is NOT dead« endgültig zu einer racheerfüllten Schmähung.

Aber Michael wollte nicht mit Gardner über seine Beweggründe sprechen. Daher zog er es vor, das Thema zu wechseln:

»Eine Journalistin der *New York Times* hat sich mit mir für Dienstagabend verabredet.«

Gardner zog eine Augenbraue hoch.

»Um dich über deine Sprüche zu befragen?«

»Nein, nicht deswegen. Sie … sie will wissen, besser gesagt, wer ich wirklich bin. Warum ich alles aufgegeben habe, um so zu leben wie … Sie … Sie behauptet, dass es die Leute interessiert, warum … Ich für mein Teil glaube, dass sie Angst haben und sich beruhigen wollen, indem sie Zeitung lesen oder fernsehen. Sie brauchen Worte und Bilder. Nicht die Wirklichkeit, wie sie ist, sondern so, wie sie sie sehen möchten … Sie wollen die Welt in Formeln zwängen. Aber es sollen nur Gleichungen ersten Grades herauskommen … Dinge, die leicht zu verstehen sind. Ich … im Grunde weiß ich noch nicht, ob ich hingehen werde. Ich … andererseits sage ich mir, dass ich ihnen etwas anderes zeigen könnte, bevor … bevor ich wieder verschwinde. Ich weiß nicht. Ich … Sie wird auf meinen Bruder zu sprechen kommen. Darauf lege ich keinen gesteigerten Wert.«

»Den Kunstmakler?«, fragte Gardner der Form halber, da er die Antwort bereits kannte.

Michael hatte ihm einmal anvertraut, dass sein älterer Bruder auch in New York lebte, aber auf der Seite der Luxusviertel. Eric Welling arbeitete in einer großen Maklerfirma und war ein wichtiger Mann in der modernen Kunstszene.

»Ich habe momentan auch zwei Brüder in New York, Kleiner. Ich glaube, ich habe dir schon von ihnen erzählt. Forrest ist ein Abtrünniger. Eliot ist sanft und folgsam. Er ist ein wenig wie du. Auch seine Familie erweist sich jedoch als sehr störend. Bei dir ist es dein Bruder Eric, bei ihm ist es sein Vater. Ein Senator. Ganz ehrlich, sag mir doch einmal, was gibt es Schlimmeres als einen Senator in Amerika?«

Tim unterhält sich mit dem Kunstmakler Eric Welling

Eisige Windböen fegten über die Brooklyn Bridge.

Tim kam an diesem frühen Nachmittag von Brooklyn Heights über die Fußgängerbrücke, die oberhalb der Fahrbahn verläuft. Unverzüglich fiel sein Blick auf den Mann im Prada-Mantel bei dem Pylon aus hellbraunem Granit auf der Seite von Manhattan. Beide waren pünktlich zum vereinbarten Zeitpunkt erschienen.

»Mr Modin?«, fragte der Makler Eric Welling und starrte verblüfft auf die schwarze Augenklappe, die das Gesicht von Tim entstellte.

Sie schüttelten einander die Hand.

»Ein Unfall«, sagte Tim, um zu erklären, warum er wie ein Pirat aussah.

»Davon hat mir Forrest nichts gesagt.«

»Warum hätte er das tun sollen?«, erwiderte Tim mit spöttischem Lächeln.

»Gehen wir ein paar Schritte«, schlug Welling vor.

Er hatte seit dem Vortag einen starken Schnupfen, und seine Nase lief unaufhörlich. Er zog den warmen Wollschal enger um seinen Hals, bevor er einen weiteren misstrauischen Blick auf die Augenklappe von Tim warf, als zögerte er, einem solchen Typen Vertrauen zu schenken.

»Glauben Sie, dass es an den Feiertagen etwas werden wird?«, fragte er und wies auf den Himmel.

»Was meinen Sie?«

»Nun, den Schnee natürlich.«

»Ich bitte Sie! Sie haben mich doch wohl nicht herbestellt, um mit mir über das Wetter zu reden?«

Welling lächelte nervös.

»Meinen Sie?«

Tim erwiderte seinen Blick, jedoch ohne zu lächeln.

»Nein, natürlich nicht«, beteuerte Welling nach einem Augenblick und sah zu Boden. »Es geht also um Folgendes: Zu den Kunden meiner Firma zählt auch die Walter-Skoll-Stiftung. Ich nehme an, Forrest hat Ihnen davon erzählt. Seine Ausstellung steht unter sehr guten Vorzeichen. Unser Freund besitzt ein umwerfendes Talent. Die Preise für seine Bilder steigen unaufhörlich. Neulich bei Christie's …«

Tim ließ ihn auflaufen. Welling merkte es schließlich und hielt inne.

»Aber darum geht es nicht. Nein, darum geht es nicht. Nun gut, hören Sie mir zu. Ich habe meinem Kunden geholfen, eine gewisse Anzahl von Kunstwerken zu kaufen, insbesondere die zwölf Bilder von Forrest, die nun bald der Öffentlichkeit gezeigt werden. Sie wissen sicher, dass im September ein sehr wertvolles Bild, das mein Kunde sehr mochte, von einem bewaffneten Kommando gestohlen wurde. Er mochte es so sehr, dass er es nicht in seiner Stiftung aufbewahrte, sondern bei sich zu Hause.«

»Darüber wäre ich auch auf dem Laufenden, wenn ich kein Freund von Forrest wäre. Die Presse hat dieses Ereignis hinlänglich breitgetreten.«

»Wem sagen Sie das, Tim. Diese Journalisten! Denen müsste man mal richtig einheizen! Wie die Fliegen tauchen sie überall dort auf, wo es nach Scheiße riecht!«

»Dort herrschte wohl eher der Geruch von Blut, wenn ich mich recht erinnere.«

»Das kann ich nicht leugnen, Tim, das kann ich nicht leugnen. Zwei Wachmänner und zwei Bedienstete – ein Gärtner und eine Putzfrau – sind unglücklicherweise bei den Ereignissen ums Leben gekommen, ebenso einer der Täter – aber um ihn ist es nicht schade, nicht wahr, Tim?« Er machte eine Pause und zog seinen Schal zurecht, während er weiterging. »Die Polizei hat uns die Identität dieses Mannes mitgeteilt. Ein gewisser Meyerson. Es handelte sich offenbar um einen Gangster, der für einen Mafiaboss aus der Bronx arbeitete, einen asiatischen Bastard mit dem Beinamen 10–13. Sie haben vermutlich schon von 10–13 gehört, nicht wahr, Tim?«

»Ich glaubte, die Polizei sei einer Sekte auf der Spur.«

»Darauf komme ich gleich, Tim. Es sah in der Tat so aus, als hätten 10–13 und seine Bande eine Abmachung mit einer sektenartigen Gruppierung namens Triple Dash getroffen. Eine satanistische Sekte, die vor ein paar Jahren sehr aktiv war, bis ihr Anführer mit internationalem Haftbefehl gesucht wurde und untergetaucht ist.«

»Was veranlasst die Polizei zu der Annahme, diese Sekte könnte etwas mit dem Diebstahl zu tun haben?«

»Nun, Sie müssen wissen, Tim, dass mein Kunde ein paar Tage vor dem Diebstahl Drohungen von dieser Sekte erhalten haben soll.«

Als geschulter Psychologe wusste Tim, dass die Art und Weise, wie eine Information übermittelt wurde, genauso wichtig oder sogar noch wichtiger war als die Information selbst. Und ihm war sofort die Verwendung der Modalform aufgefallen: »... mein Kunde ... erhalten haben soll«.

Welling kam nun auf den eigentlichen Grund ihres Treffens:

»Meine Maklerfirma braucht einen Profi, der den Diebstahl aufklären kann, dem Mr Walter Skoll zum Opfer gefallen ist. Wir möchten wissen, in wessen Händen sich das Bild befindet.«

»Eines verstehe ich nicht: Welches Interesse könnte eine satanistische Sekte daran haben, ein Bild zu stehlen?«

»Es ist ein ganz besonderes Werk, Tim. Es ist das einzige unverhohlen phantastische Werk von Forrest, und es ist seine zwei Millionen Dollar absolut wert.«

»Und sein Titel lautet außerdem *Die Dämonen*. Gleiches zieht Gleiches an. Sie denken also, dass Triple Dash hinter alldem steckt?«

»Das legen die polizeilichen Ermittlungen zumindest nahe.«

Hübsch pariert, dachte Tim.

Er beschloss, nicht locker zu lassen.

»Könnte es sein, dass der Diebstahl des Bildes nur begangen

wurde, um das wahre Motiv des Einbruchs zu verschleiern? Sind an jenem Tag zum Beispiel noch andere Dinge gestohlen worden?«

»Soweit ich weiß, nicht. Aber ich halte das für eine durchaus denkbare Hypothese.«

Es gab also noch andere Hypothesen. Das wurde ja immer besser.

»Wo befand sich Walter Skoll, als der Einbruch verübt wurde?«

»Mein Kunde war in seiner Stiftung.«

»In der Fifth Avenue, nicht wahr?«, fragte Tim und tat so, als wüsste er es nicht genau.

»Ja«, antwortete Welling.

»Steht das fest?«

»So lautet jedenfalls die Zeugenaussage von Mr Skoll.«

Welling beherrschte die Kunst der zweideutigen Rede meisterhaft.

Der Makler zog ein Taschentuch mit seinen Initialen aus seinem Mantel und blieb stehen, um sich zu schnäuzen.

Tim drehte sich mit vom Wind zerzaustem Haar zu ihm um.

»Ist es vorstellbar, dass die Polizei auf einer falschen Fährte ist, Eric?«

Welling tupfte sich die Nase mit dem Taschentuch ab.

»Bestätigen möchte ich eine solche Behauptung nicht unbedingt.«

»Was soll das heißen, Ja oder Nein?«, fuhr Tim ihn barsch an, um ihn in die Enge zu treiben.

»Ja, es ist vorstellbar«, gab Welling widerwillig zu und stopfte dabei sein Taschentuch wieder in den Mantel zurück. »Und genau deshalb brauchen wir jemanden von außerhalb für die Nachforschungen.«

Tim ging nachdenklich weiter. Der Makler warf nervös einen

Blick über die Schulter, dann ging auch er weiter. Er wollte sich mit einem Witz aus seiner Bedrängnis befreien.

»Aber so ist es ja oft, Tim. Alles kommt ans Licht, auch die Wahrheit.«

Wie immer, wenn er diese Wendung benutzte, machte Welling sich nicht die Mühe, darauf hinzuweisen, dass nicht er der Autor dieser Worte war.

Tim sah ihn mit seinem sehtüchtigen Auge an.

»Ich will jetzt ganz offen zu Ihnen sein. Wenn ich in dieser Angelegenheit tätig werde, müssen Sie mir Ihr blödsinniges Geschwätz ersparen, einverstanden?«

Für wen hält dieser Typ sich eigentlich?, fragte sich der Kunstmakler, während er rasch beschwichtigend beteuerte:

»In Ordnung, Tim. Ich will, dass Sie diesen Fall übernehmen. Das ist alles.«

Seine Nase tropfte immer noch. Er zog das Taschentuch erneut hervor und blieb wieder stehen, um sich zu schnäuzen.

Dann gingen sie weiter.

»Damit das klar ist: Ich verlange von Ihnen absolute Diskretion über den ganzen Fall. Keine unnütze Öffentlichkeit, verstehen Sie? Ich bitte Sie auch, Ihre Rechnungen nicht in mein Büro zu schicken. Schicken Sie sie mir nach Hause.« Er reichte ihm eine Visitenkarte. »Das ist ... praktischer für uns beide.« Tim hätte geschworen, dass er zunächst »klüger« hatte sagen wollen. »Ich erwarte, dass Sie mich über Ihre Ermittlungen auf dem Laufenden halten. Es versteht sich ebenfalls von selbst, dass ich allein entscheide, wie wir vorgehen, falls sich gewisse Hypothesen bestätigen, von denen wir bisher noch nicht ausgehen wollen. Ich muss Sie wohl nicht ausdrücklich darauf hinweisen, dass Sie nur dann freie Hand haben, wenn ich nicht mehr in der Lage sein sollte, Ihnen Anweisungen zu geben.«

Das war deutlich genug.

Welling deckte seine Auftraggeber. Aber wovor hatte er Angst? Vor wem und warum? Hatte er die wahre Natur seines Kunden erraten?

Die Hände tief in den Mänteln vergraben, passierten sie jetzt den Bogen des zweiten Pfeilers am anderen Ende der stählernen Brückendecke.

Welling blieb in einer windgeschützten Ecke stehen. Von unten drang das zuvor dumpfe Rauschen der Autos nun deutlicher zu ihnen herauf.

Er sah auf seine Uhr und sagte:

»Ich werde Sie jetzt arbeiten lassen, Tim. Ich habe einen Termin mit einem Kunden.«

Er drehte sich zur Manhattan-Seite um und schien beruhigt über das, was er auf der Fußgängerbrücke sah: eine Frau mit einem Kinderwagen, zwei eifrig ins Gespräch vertiefte Greise und einen Jugendlichen im Adidas-Sweatshirt, der einer Fähre der Circle Line nachsah, die unter ihm durch die Brücke fuhr. Alles ganz normale Dinge. Welling schnaufte erleichtert durch.

Als er den Blick hob, sah er die amerikanische Flagge an der Spitze des Pfeilers flattern, und ein Lächeln huschte über seine Lippen.

»Man vergisst viel zu oft, dass Manhattan eine Insel ist. Erst wenn man sie verlassen hat, wird es einem klar.«

Seine Augen kehrten zu Tim zurück, und sein Lächeln erlosch langsam.

»Und von ›Insel‹ ist es nicht weit zu ›Schatz‹. Finden Sie also den Schatz dieser Insel wieder, Tim.«

Er musste in letzter Zeit sehr vorsichtig zu Werke gehen, und als er Tim Modin nachsah, wie dieser sich auf der Fußgängerbrücke entfernte, beglückwünschte er sich dazu, die Begegnung mannhaft hinter sich gebracht zu haben.

Es war ihm gelungen, ein paar mehrdeutige Andeutungen in das Gespräch einzustreuen und dennoch allzu kompromittierende Details für sich zu behalten. Entscheidend für ihn war nicht, dass der Privatdetektiv die Wahrheit über den Diebstahl der *Dämonen* herausfand, sondern lediglich, dass er auf der Suche nach dem Gemälde war. Sollte Modin sich im weiteren Verlauf als zu scharfsinnig erweisen, so wäre es immer noch früh genug, ihn mit üppigen Schecks zu stoppen – vorausgesetzt, man war dann noch am Leben. Darin lag die Tücke des Plans. Er glich ein wenig dem teuflischen Geiselnehmer in dem Film *Oxygen*, der seine Geisel gerade mit so viel Sauerstoff lebendig begräbt, dass die Polizei auf ihn angewiesen bleibt. Der Unterschied bestand nur darin, dass er, Welling, sein Spiel nicht gegen die Polizei spielte.

Es war wie bei einem Kochrezept, das unbedingt gelingen soll. Man musste natürlich ein guter Koch sein, aber man musste auch mit guten, frischen, geschmackvollen und passenden Zutaten arbeiten.

Was den Privatdetektiv anging, so hatte er ihn nicht wegen seiner Verdienste, sondern wegen Forrest ausgewählt. Er wusste, dass die Freundschaft zwischen dem Künstler und dem Detektiv ihm selbst nach seinem Tod noch nützlich sein konnte, denn Modin würde sich, falls ihm ein Unglück zustoßen sollte, nur umso mehr in seine Nachforschungen verbeißen. Im Übrigen musste Welling jetzt, wo er ihn kennengelernt hatte, zugeben, dass dieser Bursche nicht zu den Leuten zählte, die schnell aufgeben, ganz gleich ob er diesen Fall nun mochte oder nicht. Und das war eine glückliche Fügung.

Ja, mit diesem Privatdetektiv hatte er ins Schwarze getroffen, aber was hatte er sich nur dabei gedacht, das Treffen auf dieser verflixten, vom Wind heimgesuchten Brücke zu vereinbaren? Sie lag für beide günstig, erinnerte er sich. Außerdem war sie, auf halber Strecke zwischen seinem Büro und den Räumen des Detektivs gelegen, gewissermaßen neutrales Terrain. Und natürlich spielte auch die Sicherheit eine Rolle. Auf der Fußgängerbrücke konnte Welling sehen, wer kam. All das stimmte, aber diese Brücke war so gnadenlos windig, und Glück brachte sie auch nicht. Man brauchte sich nur an Vater und Sohn Roebling zu erinnern, die diese Brücke konstruiert hatten. Der eine hatte sein Leben, der andere seine Beine dabei verloren. Dieses Bauwerk barg eine echte antike Tragödie, dachte Welling bei sich. Ganz abgesehen von all den Selbstmördern, die sich hier bereits in die Tiefe gestürzt hatten. Ja, jetzt bedauerte er es tatsächlich, diese schreckliche Brooklyn Bridge als Treffpunkt gewählt zu haben. Sie lag nicht günstig, und was die Sicherheit anging … Und dann fiel ihm ein, dass der gelähmte Washington Roebling den Fortgang der Arbeiten mit einem Fernglas aus seinem Büro ganz in der Nähe der Brücke verfolgt hatte. Unwillkürlich kam ihm jetzt Walter Skoll in den Sinn, den er dort neben Roebling sah – ebenfalls mit einem Fernglas vor den Augen. Und auf welches Ziel hatte er es wohl gerichtet?

»Oh! Mein Gott!«, entfuhr es ihm wider Willen.

Warum steigerst du dich in solche Hirngespinste hinein?, regte er sich über sich selbst auf, während er die Häuserfassaden in der Ferne beobachtete. Du hast wohl nicht genug andere Sorgen!

Aber ein Teil von ihm nahm ihn auch in Schutz und führte ins Feld, dass Angst in seiner Lage ganz normal war. Noch dazu, wenn man einen gewissen kleinen gepanzerten Koffer in seinem Zimmer versteckt hatte …

Er hatte sich geschworen, den ganzen Tag über nicht daran zu denken, aber es war ein Irrglaube, dass ihm das gelingen könnte. Nicht einen einzigen Augenblick war ihm der Koffer aus dem Kopf gegangen. Dieser verfluchte Koffer … Wann würde *er* ihn endlich haben wollen? Worauf wartete *er* noch?

Eric Welling hatte sich bei der Ausübung seines vornehmen Berufes stets auf alle möglichen Schwindeleien und krumme Touren eingelassen. Er gehörte zu jenen pragmatischen Männern, die glauben, dass eine gute Seife und ein edles Parfum jeden unschönen Fleck und jeden zweifelhaften Geruch vertreiben. Und bis vor Kurzem war das Glück stets auf seiner Seite gewesen, wie er zugeben musste. Aber seit dem Diebstahl der *Dämonen* im September hatte der Wind sich gedreht. Er war ganz und gar nicht mehr überzeugt von der Wirksamkeit seiner Seifen und Parfums. Zum Glück besaß er noch einen beachtlichen Vorrat an Kokain. Zwei gute Röhrchen reichten in der Regel aus, um den schweren gepanzerten Koffer aus seinen Gedanken zu vertreiben. Aber es wurde immer schwieriger. Er musste es einfach zugeben: Dieser verdammte Koffer machte ihm das Leben schwer!

Denk nicht mehr daran! Denk nicht mehr …

Quälend kehrte jetzt das Bild von Walter Skoll zurück, der ihn aus dem ehemaligen Zimmer von Roebling beobachtete. Und die Gewissheit packte ihn, dass es für immer vorbei war mit den kleinen Annehmlichkeiten des Lebens, falls Walter Skoll von der Unterredung seines Kunstmaklers mit einem Privatdetektiv erfuhr.

Guter Gott! Was hatte er sich nur dabei gedacht, als er mit Modin Kontakt aufgenommen hatte? Hatte er damit eine Fahrkarte ins Jenseits oder eine gute Lebensversicherung gegen alle Gefahren dieser Welt erstanden? Er wusste es nicht.

Er hatte das Gefühl, zwischen den Spanndrähten dieser verdammten Brücke zu zappeln, sich immer stärker in ihnen zu verfangen. Er musste endlich hier herunter.

So verließ er die schützende Nische unter dem Granitbogen, stemmte sich den Windböen entgegen und überquerte, diesmal im Laufschritt, den East River in umgekehrter Richtung.

Diese Diebstahlsgeschichte dauerte bereits viel zu lange. Er hoffte, dass sie jetzt bald vorüber war und er nicht … *sein Leben dabei ließ* (hör gefälligst auf, so etwas zu denken!) … nicht allzu viele Federn dabei ließ – genau, das hatte er sich sagen wollen. Ja, er hoffte, dass er nicht ALLZU VIELE FEDERN dabei ließ.

Er zog den Kopf tief zwischen die Schultern, um dem Wind und auch Walter Skoll auszuweichen, den er sich immer noch mit dem Fernglas von Washington Roebling vorstellte. Hör endlich mit diesen blöden Spinnereien auf! Auf halber Strecke zwischen den beiden Pfeilern dachte er noch einmal an dieses Gemälde und daran, wie die ganze Geschichte begonnen hatte.

Wie er Tim Modin vorhin erklärt hatte, war er es gewesen, der den Kauf der großformatigen Serie *Die Schaufenster* sowie des Bildes *Die Dämonen* für die Walter-Skoll-Stiftung abgewickelt hatte. Vor ungefähr einem Jahr hatte Skoll ihn angerufen, um ihm mitzuteilen, dass seine Stiftung in die Arbeiten von Forrest, eines der meistgeschätzten Künstler seiner Generation, zu investieren wünsche. Er hatte dem Makler freie Hand gegeben, etwa zehn Bilder zu kaufen.

Wie die zwölf *Schaufenster* waren auch *Die Dämonen* ein in Öl gemaltes hyperrealistisches Werk. Aber es unterschied sich von den anderen durch das Thema. Dieses Werk war ganz unverhohlen inspiriert von dem berühmten Rubens-Gemälde *Saturn verschlingt eines seiner Kinder* aus dem Jahr 1636. Forrest hatte in geradezu manischer Detailverliebtheit alle Motive des Bildes reproduziert:

der Greis oben auf den Felsen mit seiner Sense; das schreiende Kind, das er mit seinen Zähnen zerfleischt, und dahinter den Planeten Saturn sowie die beiden Monde, die Galilei mit seinem Teleskop zu entdecken geglaubt hatte; nicht zu vergessen die Signatur des flämischen Malers unten rechts. Die gleiche Körperhaltung, die gleichen Farben, die gleiche Beleuchtung. Das Bild war die perfekte Kopie von Rubens – bis auf ein paar Unterschiede. Das erste winzige und köstliche Detail bestand darin, dass das »s« am Ende von Rubens von einem vertikalen Strich durchzogen war wie das Symbol für die amerikanische Währung (dies hatte dem Bild vonseiten der Kritikerin Shirley Zimmer – einer der wenigen Personen, die es gesehen hatten – den Titel *Saturn im Zeichen des Dollars* eingebracht). Der Hauptunterschied bestand jedoch in dem Totenkopf, den Forrest dem von Rubens gemalten Albtraum seiner hyperrealistischen Darstellung hinzugefügt hatte, wodurch der Eindruck entstand, man befände sich vor dem Foto einer Reportage und nicht vor einem mythologischen Bild.

Die Dämonen besaßen unglaubliche Dramatik, und seit man sie gestohlen hatte, schienen sie ein phantasmatisches Leben im Museum der amerikanischen Imagination zu führen. Das Werk war ebenso berühmt und skandalös geworden wie die *Mona Lisa* von Marcel Duchamp oder *Der Ursprung der Welt* von Courbet. Manche der abgedrehten Kritiker, die das Bild weder aus der Nähe noch aus der Ferne je gesehen hatten, erkannten in den bärtigen Zügen Saturns gar ein missmutiges Porträt von Fidel Castro, der sein eigenes Volk verschlingt. Als sie einmal gemeinsam im Art-déco-Saal des Rainbow Room zu Mittag aßen, hatte Welling Forrest von diesen Gerüchten erzählt, und Forrest hatte nur trocken angemerkt, er würde Rubens fragen, wenn er ihn einmal sähe. Aber Welling hatte in dieser Ironie einen Beleg dafür gesehen, dass der Bärtige tatsächlich Ähnlichkeit mit irgendjemandem aufwies.

Bevor Welling das Bild für Skoll erwarb, hatte er natürlich ein mythologisches Handbuch konsultiert und war dabei zu dem Schluss gelangt, dass dieser Mythos tatsächlich ziemlich blutrünstig war.

Forrest und Rubens hatten dem Stoff nichts hinzugefügt.

Saturn, alias Kronos bei den Griechen, hatte zunächst die öffentliche Aufmerksamkeit auf sich gezogen, weil er seinen alten Vater entmannte, der ihn als Kind verflucht und ihm prophezeit hatte, er würde durch sein eigenes Fleisch und Blut zugrunde gehen. Daher hatte Saturn all seine Söhne verschlungen bis auf den jüngsten, den kleinen, durchtriebenen Jupiter, der seinem mörderischen Schlund entronnen war und ihn später dafür bezahlen ließ, indem er ihm ein Brechmittel verabreichte, durch das Kronos seine verschlungenen Kinder wieder ausspie. Der aus dem Olymp Verstoßene hatte sich dort eines Verhaltens befleißigt, dass er zum Gott der Saaten und der Fruchtbarkeit im Goldenen Zeitalter wurde.

Jeder, der auch nur ein bisschen Bildung besaß, wusste auch, dass nach Rubens der Romantiker Goya dieses Thema sehr viel halluzinatorischer wiedergegeben hatte. Seine Version ging freilich nicht auf den Konsum einiger Pilze mit berauschender Wirkung zurück, sondern auf Napoleons blutige Gemetzel, die gewissermaßen unter dem Fenster des Malers stattgefunden hatten. Dieses Bild war viel aufwühlender als das von Rubens, aber Forrest zog das letztere vor. Wie er Welling bei ihrem gemeinsamen Mittagessen im Rainbow Room anvertraute, liebte er Rubens nicht nur wegen dessen Malerei, sondern auch wegen dessen Lebens: Es war ein pralles und glückliches, ein ausgefülltes Leben. In seinen Augen verkörperte Rubens die segensreiche Seite der künstlerischen Existenz, und Forrest strebte mit jeder Faser seines Körpers nach einem solchen Leben. Welling fühlte sich durchaus in der Lage, diese Sehnsucht von Forrest nachzuvollziehen. Und seit ein gewisser gepanzerter Koffer sein Zimmer und seine Gedanken beherrschte, war ihm diese Sehnsucht noch weitaus plausibler.

Du hattest dir geschworen, nicht mehr daran zu denken, stöhnte in seinem Kopf die Stimme eines verängstigten Kindes, während er mit großen Schritten die Brooklyn Bridge überquerte.

Aber er konnte es nicht ändern. Was er auch tat, das Bild dieses verfluchten Koffers war einfach nicht zu verdrängen.

Tim und Sarah treffen einander wieder

Nach seiner Unterredung mit Welling begab sich Tim in die Perry Street 176, die Wohnung von Forrest.

»Und?«, bedrängte Sarah ihn sofort, als sie ihm die Tür öffnete.

»Er will, dass ich ihm Aufschluss über den Diebstahl der *Dämonen* verschaffe«, antwortete er, während er den Flur entlangging.

In der Küche sah er die beiden leeren Tassen neben dem Laptop und fragte:

»Ist Forrest schon zurück?«

»Nein, warum?« Sie folgte seinem Blick und begriff: »Ach so! Senator March hat mir einen Besuch abgestattet. Aber erzähl mir zuerst von Welling. Was weiß er von dem Diebstahl?«

Sie setzten sich, und Tim berichtete ihr von den Ausführungen des Maklers.

»Dieser Typ weiß viel mehr darüber, was mit den *Dämonen* von Forrest geschehen ist, als er mir gesagt hat. Ich habe das dumpfe Gefühl, dass er in die Sache verwickelt ist, und zwar nicht zu knapp! Und jetzt weiß er nicht, wie er da wieder herauskommen soll. Er scheint seine Hintermänner decken zu wollen. Deshalb hat er mich auf den Fall angesetzt. Dieser Typ hat eine Heidenangst, dass er eines Tages im Knast landet, aber noch mehr Angst hat er davor, dass sein Kunde Walter Skoll beschließen könnte, mit ihm abzurechnen.«

»Also ist die Hypothese vom Tisch, dass er der zweite *tarhq-sagogh* der Wölfe in New York sein könnte?«

»Ja, diese Hypothese können wir aufgeben. Sie geht in die falsche Richtung. Dieser Typ hat Angst, Sarah. Er hat nichts von einem Fanatiker wie Ron Flint. Und bei dir, was hat der gute Marvin March gesagt? Hat er etwas in den Bildern entdeckt, die wir auf dem Laptop von Skoll gefunden haben?«

Sarah fasste ihre Unterhaltung mit Senator March zusammen und eröffnete ihm, dass dieser beschlossen hatte, das Handtuch zu werfen.

»Das ist schade«, bedauerte Tim. »Er hat uns ganz schön geholfen, und ich denke, dass er uns noch gute Dienste hätte leisten können. Du hattest recht mit deiner Einschätzung seiner Person.«

Sarah zuckte mit den Schultern.

»Wir werden von jetzt an ohne ihn auskommen müssen«, sagte sie mit einer Stimme, in der die Enttäuschung noch mitschwang.

»Was mich verdrießlich stimmt«, fuhr Tim fort, »ist diese Geschichte mit der Sekte.«

»Triple Dash?«

»Ja, Triple Dash. Welling hat mir zwar gesagt, dass Triple Dash hinter dem Diebstahl vom September steckt, aber er schien selbst nicht allzu sehr daran zu glauben. Und jetzt sagst du mir, dass der Sohn des Senators Mitglied dieser Sekte ist. Und rein zufällig hat Skoll auf seinem Computer ein Foto von Eliot March ausgerechnet bei einem der Treffen dieser Gruppe.«

»Was folgerst du daraus?«

»Dass die Wölfe sich hinter dieser elenden Sekte verbergen wollen. Ich vermute, dass der Große Wolf Walter Skoll sich nicht nur für sie interessiert, um Druck auf den Senator ausüben zu können …«

»… er will sich ihrer auch bedienen, um Erpressungen seiner Leute zu vertuschen«, ergänzte Sarah nachdenklich.

»Genau. Aber was sind seine Ziele? Das ist noch ein Rätsel.«

Sarah erwähnte die kodierte Botschaft, die Senator March ihr übergeben hatte.

»Ich bin sicher, dass sie eine entscheidende Information enthält. Wir müssen uns darum kümmern.«

»Einverstanden. Aber«, er warf einen Blick auf seine Uhr, »wir werden uns morgen daransetzen – wenn du nichts dagegen hast, natürlich.«

Die Augen von Sarah weiteten sich vor Erstaunen. Zum ersten Mal wollte Tim bei seiner Suche nach der Wahrheit etwas auf später verschieben.

Ein ungläubiges Lächeln schlich sich auf ihre Lippen.

»Onkel Todd hat Jodie zum Abendessen eingeladen«, erklärte Tim und fuhr sich dabei mit der Hand durch die Haare.

Das Lächeln von Sarah wurde noch breiter, während Tim sich erhob.

»Halt, meine Liebe. Versteig dich bloß nicht. Es ist lediglich ein Abendessen, um ihr zu danken. Die Idee stammt von meinem Onkel … Außerdem könnt ihr auch kommen, Forrest und du. Wirklich!«

Sarah erhob sich nun ebenfalls.

»Ich freue mich für Jodie und dich. Sie ist ein tolles Mädchen. Und hübsch obendrein.«

»Das ist mir noch gar nicht aufgefallen«, spöttelte Tim und lächelte sie ebenfalls an. »Was ist? Holen wir Forrest?«

»Du spinnst wohl«, sagte Sarah. »Beeil dich, damit du Jodie nicht warten lässt.«

Kurz vor achtzehn Uhr tauchte 10–13 in der schallisolierten Garage auf, in die man den Wachmann der Stiftung und *tarhq-sagogh* Ron Flint zum Verhör gebracht hatte.

»Ein beinharter Typ«, entfuhr es Cummings beinahe bewundernd, während er den Schweißbrenner reinigte.

Nach der Sitzung am Morgen, in der man im Wesentlichen die empfindlichen Bereiche des Gesichts traktiert hatte, waren am Nachmittag die Extremitäten wie die Finger und Zehen oder auch das Geschlecht Ziel der Folter gewesen. Der beißende Geruch von Blut, Urin und verbranntem Fleisch hing im Raum.

Grob riss 10–13 den gequälten Kopf von Flint, des *tarhq-sagogh*, hoch.

»Er hat sich mit Körper und Seele in den Dienst der Wölfe gestellt. Da kommst du kaum auf den Gedanken, dass er bei der ersten Verbrennung nach seiner Mutter ruft, oder?«

Wilkinson schüttelte den Kopf.

»Zum Glück haben Sie uns gewarnt, Chef. Sonst hätten wir am Ende die Geduld verloren.«

Am Nachmittag hatte Ron Flint angefangen zu delirieren und ihnen endlich verraten, wo er einen Talisman seiner Bruderschaft versteckte. Genau wegen dieses Gegenstandes hatten ihn die Männer von 10–13 seit dem Morgen gefoltert. In seinem Delirium hatte er sie angefleht, seinem »Herrn« nichts anzutun. Dann hatte er bis zum frühen Abend nichts mehr von sich gegeben, bis er aufgrund der Schmerzen wieder zu delirieren begonnen hatte.

»Was hat er euch gesagt?«, wollte 10–13 wissen und ließ den Kopf von Flint wieder los.

»Terminal für Öltanker, Jersey City, wiederholte er mehrmals«, sagte Wilkinson.

»Dann«, sagte Cumming mit dem Schweißgerät in der Hand, »haben wir ihn gefragt, was genau er damit sagen wollte.«

»Sehen Sie, wir haben die Stimmbänder und den Mund unversehrt gelassen«, sagte Wilkinson, der sich nur zu gut daran erinnerte, dass der erste praktische Einsatz des Folterinstruments im Auftrag von 10–13 vollkommen schiefgegangen war.

»Und was zum Teufel hat er gesagt?«, schimpfte 10–13.

»Er hat gesagt. ›Er kommt an … Er kommt an …‹«

10–13 ging zum Waschbecken am hinteren Ende des Raumes und wusch sich die Hände.

»Mein Gott!«, entfuhr es ihm. »Dieser Schweinehund von Flint erzählt uns etwas von Dracula! Erinnert ihr euch, wie es in diesem Schmöker mit dem verdorbenen Renfield zu Ende geht?«

Seine Männer sahen betreten auf ihre Füße nieder. Er musterte sie einen nach dem anderen, während er sich die Hände mit einem Handtuch trocknete.

»Hat keiner von euch Bram Stoker gelesen? Was für eine Zeit! Was für eine schreckliche Zeit!«

»Was machen wir jetzt mit Flint?«, fragte Cumming, um das Thema zu wechseln.

10–13 hängte das Handtuch zurück an den Haken und kehrte zu Flint zurück.

»He, Flint, hörst du mich?«

Mit Mühe hob Ron Flint den Kopf und versuchte durch das blutige Netz vor seinen Augen zu sehen, wer zu ihm sprach.

Es gelang ihm, einen jungen Mann mit asiatischen Zügen zu erkennen, der sehr gut gekleidet war. Der Mann richtete eine großkalibrige, mit einem Schalldämpfer versehene Schusswaffe auf ihn.

Unmittelbar bevor sich der Vorhang endgültig für ihn senkte, fand Ron Flint die Kraft für ein Lächeln.

Um zehn nach sieben lernte Jodie, die Tim am Ausgang der Stiftung abgeholt hatte, endlich die »Mensch gewordene Güte« Onkel Todd in seinem großen Haus in Brooklyn kennen. Mit einer großen Schürze um die Taille war er in der Küche am Werk. Er strahlte über das ganze Gesicht, als er sie eintreten sah.

»Sie sind noch hübscher, als Tim mir zu verstehen gegeben hat«, sagte er und wischte sich die Hände an einem Zipfel der Schürze ab.

Als würden sie sich bereits lange kennen, küssten sie sich zur Begrüßung auf die Wange.

»Sie mögen Hummer, nicht wahr?«, fragte er, ohne den Blick von ihr abzuwenden.

Seine freudige Güte war außerordentlich wohltuend, und Jodie beruhigte ihn hinsichtlich des Hummers.

Als die junge Frau ihn anlächelte, erschienen auf ihren Wangen hübsche, ausgeprägte Grübchen.

»Oh, guter Gott!«, entfuhr es Onkel Todd, der mit einem Mal vollkommen verstört wirkte.

Die Reaktion des alten Mannes verunsicherte Jodie, und sie suchte fragend den Blick von Tim.

Letzterer lächelte sie ruhig an.

»Ich glaube, ich habe dir schon davon erzählt. Mein Bruder Kevin, nun, er hatte das gleiche Lächeln wie du. Die gleichen Grübchen. Er hatte sie von unserer Mutter.«

Nachdem er sich von seinem Schrecken erholt hatte, wirkte Onkel Todd verwirrt.

»Ich bin so dumm! Jetzt habe ich Sie erschreckt, Sie Ärmste! Ich hätte eine Ohrfeige verdient, Tim. Doch, doch. Entschuldigen Sie bitte, Jodie. Ich bin alt. Ich bin alt und dumm.«

Er wusste nicht, wie er sein Verhalten ungeschehen machen sollte. Jodie kam ihm zu Hilfe, indem sie nach seinen Händen fasste und ihn beruhigte:

»Sie sind vollkommen entschuldigt, Mr Modin.«

»Wenn das so ist, dann nennen Sie mich doch Onkel Todd. Bitte reden Sie mich nicht mit Mister an!«

»Gut, Onkel Todd.«

»Dann deckt jetzt mal den Tisch, Kinder. In der Küche habt ihr heute Abend nichts zu suchen.«

Jodie bemühte sich redlich, ihn davon abzubringen, aber Tim und sie mussten sich fügen und ihm das Feld überlassen.

Onkel Todd hatte alles im großen Stil vorbereitet.

Im Esszimmer war ein Tisch gedeckt, der des englischen Königshauses würdig gewesen wäre: rotgoldene Decke, silbernes Besteck, gestärkte, zu herrschaftlichen Schwänen gefaltete Servietten in den Gläsern, zauberhafte Kerzenbeleuchtung und winterliches Astwerk zur Dekoration. Weiter hinten im Zimmer stand eine stattliche, am Mittag gekaufte Tanne vor dem Kamin, die mit bunten, fröhlich blinkenden Lämpchen geschmückt war. Der Geruch von Harz erfüllte den Raum. Es war ein schwerer und rustikaler Geruch, fröhlich wie ein Kinderlachen und zugleich wehmütig. Denn er rief Erinnerungen an die Gerüche wach, die die Weihnachtsfeste ihrer Kindheit durchzogen hatten.

Jodie dachte an ihre arme Mutter, die nun allein in ihrem Krankenhauszimmer war, und Tim, der ihre Gedanken erriet, tröstete sie mit dem Versprechen, dass sie alle zusammen Weihnachten hier feiern würden. Sie würden ihre Mutter holen und auch Sarah und Forrest einladen. Ja, alle Freunde würden zusammen sein.

Der Abend war genauso wunderbar wie das Hummerfrikassee von Onkel Todd. Mehrere Male kam Jodie der Gedanke, dass das Paradies eine Welt sein müsste, die einzig und allein aus der Güte von Onkel Todd und der Stärke von Tim bestehen würde. Eine Welt traumhafter, vollkommener Sicherheit, in der ihre Mutter und sie keine tückische Wendung des Lebens mehr zu fürchten hätten wie diese gemeine Alzheimer-Krankheit oder aber diese gefährlichen Wölfe Fenryders.

Was Tim und Onkel Todd anging, so waren sie beide glücklich, einmal über etwas anderes zu sprechen als über die Wölfe oder die *tarhq-sagogh*. Und es war schön, wieder einmal Hummer zu essen, wie in der guten alten Zeit, als Kevin und Tante Melinda doch da waren.

Onkel Todd strahlte so sehr vor Freude, dass es ansteckend wirkte. Redegewandt und geistreich hielt er ihnen Vorträge über den phantastischen Film, der seine große Leidenschaft war. Tim war der Meinung, dass er Stephen King selbst übertraf, vor allem bei seiner ebenso subtilen wie lustigen Analyse von George Romeros *Die Nacht der lebenden Toten*.

»Das Phantastische gleicht einer paradoxen Philosophie«, schloss er seine Ausführungen, »die uns am Ende dazu führt, das Leben mehr zu lieben. Es ist ein wenig wie bei den Märchen, verstehen Sie, Jodie? Aber was das Phantastische angeht«, sagte er und drehte sich plötzlich zur Wanduhr um, die zehn vor neun Uhr zeigte, »so werdet ihr gleich die Vorführung verpassen.«

Tim und Jodie hatten vor, sich den Film *Katzenmenschen* in einem Programmkino in Brooklyn anzuschauen, das eine Retrospektive von Jacques Tourneur veranstaltete.

Sie versuchten zwar Onkel Todd zum Mitkommen zu überreden, aber das war vergebliche Mühe. Obwohl er dieses Kino sehr mochte, bereitete es ihm mehr Freude, sie jetzt allein zu lassen, als mit ihnen dorthin zu gehen, fürchtete er doch, ihre Zweisamkeit durch seine Gegenwart empfindlich zu stören.

Jodie umarmte ihn und küsste ihn auf die Wange.

»Tim hat Glück!«, sagte sie.

»Nein, Jodie. Ich habe Glück, dass er hier bei mir ist. Jeden Tag danke ich Gott für seine unendliche Güte. Jeden Tag. Aber jetzt müsst ihr wirklich los, Kinder. Sonst verpasst ihr noch den Anfang.«

Der Film gefiel ihnen mindestens so gut wie beim ersten Mal, als sie ihn im Fernsehen gesehen hatten. Und die unglaubliche Szene, in der Jane Randolph von der zur Raubkatze gewordenen Simone Simon verfolgt wird, kam ihnen letztlich sogar gelungener vor als die berühmte Schwimmbadsequenz. Das plötzliche Auftauchen des Busses im Bild ließ Jodie zusammenfahren, und sie schmiegte sich ganz dicht an Tim. Er küsste sie auf die Stirn und dachte an weitere, innigere Küsse.

Nach der Vorführung machten sie sich, in ihre warmen Mäntel gehüllt, auf den Weg nach Hause zu Onkel Todd. Zu Fuß durchquerten sie den schlafenden Slope Park.

»Ich fände es sehr schön, wenn es an Weihnachten schneit, und du?«, fragte Jodie.

»Ich werde sehen, was ich für Sie tun kann, Miss.«

»Mach dich nur über mich lustig. Aber es stimmt wirklich. Weihnachten ohne Schnee ist kein richtiges Weihnachten.«

Sie nahm seine Hand, und so gingen sie weiter.

»Wenn du willst, kannst du bei uns schlafen«, schlug er beinahe schüchtern vor.

Sie nickte zustimmend und lächelte dabei hinreißend.

Da fasste er sie bei den Schultern und zog sie an sich, um sie diesmal richtig zu küssen.

»Ich liebe dich«, murmelte er.

Jodies Arme schlossen sich sanft um seinen Nacken.

»Ich liebe dich auch«, sagte sie.

Da begann wie in einem schlechten Film ihr Handy zu klingeln.

Es war Doktor Kyle.

Er rief wegen ihrer Mutter an …

Die Uhr auf der Brücke zeigte dreiundzwanzig Uhr fünfunddreißig, als die *Ragnarök* zur großen Erleichterung ihres Kapitäns in die Bucht von New York einlief. In ein paar Minuten würde sie an einem der Terminals für Öltanker im Hafen von Jersey City anlegen und eine mehr als einmonatige Überfahrt würde zu Ende sein, deren letzte drei Wochen von einem gewissen Container geprägt gewesen waren.

Der Kapitän beobachtete den nächtlichen Himmel über dem Wasser und dachte bei sich, dass kein aufziehendes Unwetter die Ankunft des Supertankers ankündigte, wie es in einem Roman üblich gewesen wäre – und dass es auch in der Nacht, als Hasty an Bord gekommen war, weder gestürmt noch geblitzt hatte. Der Himmel in dieser Nacht vom 15. auf den 16. Dezember war klar, die Temperaturen waren frostig, aber keineswegs für die Jahreszeit außergewöhnlich. Dass es keinerlei Vorzeichen gab, war mit Sicherheit das Schlimmste. Die ganze Küste lag in tiefem Schlummer, und der Natur schien es nicht einzufallen, die Menschen durch ein paar Trommelwirbel oder Paukenschläge zu warnen. Jemand hatte einmal geschrieben, dass die großen Ideen stets auf Samtpfoten daherkämen. Nun schien es Kapitän Dreyer, als besäße die *Ragnarök* bei der Einfahrt in den Hafen von Jersey City solche Samtpfoten. Aber sie brachte keine große Idee mit.

Zehn Minuten zuvor war ein Lotse an Bord gekommen, um beim Anlege behilflich zu sein. Er trug eine Mütze mit der Aufschrift »Jersey City Harbour«. Zur Begrüßung von William Hasty, der sich in der Nähe des Containers an Deck befand, hatte er sie abgenommen. Dann war er auf die Brücke gestiegen, um den Kapitän zu suchen.

»Hatten Sie eine gute Fahrt, Kapitän?«, fragte er.

Lars Dreyer hatte sich weder die Mühe gemacht, ihm zu antworten noch ihm die Hand zu schütteln.

Ein schmales, verächtliches Lächeln huschte über das Gesicht des Lotsen, dann gab er die Anweisungen zum Anlegen.

Kurz darauf waren die Lichter von Jersey City zu sehen, als sie nach Backbord drehten. Endlich.

Lars Dreyer fühlte, wie sich seine Nackenhaare aufrichteten, und noch bevor er sich umdrehte, wusste er, dass William Hasty hinter ihm stand.

»Folgen Sie mir, Kapitän«, verlangte der Chef der Reederei Managarm.

Dreyer überließ dem Lotsen das Manövrieren und begab sich hinunter aufs Deck. Um sich Mut zu machen, dachte er an die Churchill, die er sich ausnahmsweise bereits vor seiner Rückkehr nach Norwegen anzünden wollte. Sobald er Hasty los war, das versprach er sich, würde er sie rauchen, und wenn es in der Toilette der Kapitänsunterkunft im Hafen wäre.

Mit trockener Kehle und klopfendem Herzen lehnte er die Leiter gegen den Container. Der Aufprall rief ein leichtes metallisches Geräusch hervor, das zunächst dumpf widerhallte und dann erlosch. Dreyer trat beiseite, um Hasty als Ersten hinaufklettern zu lassen. Als sie beide oben standen, zog er die Leiter hoch und ließ sie ins Innere der Luke gleiten. Diese Handgriffe hatte er nun schon gut zwanzig Mal vollzogen, und dennoch führte er sie nicht so aus, als wären sie ihm vertraut. Immer noch begann sein Herz schneller zu schlagen, wenn er mit feuchten Händen die Sprossen umfasste, um hinunterzusteigen.

Im Innern des Containers verspürte er erneut jenes ungeheure Unbehagen, das ihn erfasst hatte, als er zum ersten Mal hineingestiegen war, und er sagte sich, dass er sich niemals daran gewöhnen können würde, selbst wenn er dazu verdammt wäre, ewig hier drinnen zu leben. Und genau das wäre die Hölle: sich niemals daran gewöhnen zu können.

Er setzte den Fuß auf den Boden, drehte sich um und zitterte von Kopf bis Fuß. An den Wänden des Containers, rings um das »Becken« wimmelte es von gelben Lichtreflexen. Das Leuchten hatte sich während der gesamten Reise immer weiter verstärkt, und das Pulsieren an der Oberfläche hatte an Schnelligkeit gewonnen. Es war abstrakt und unstimmig wie serielle Musik, und so erschreckend, als blicke man dem Tod ins Angesicht.

»Es ist uns, meinem Meister und mir, wichtig, Ihnen für Ihre freundliche Mitarbeit zu danken. Unsere Überfahrt ist ohne Zwischenfälle verlaufen, und ich bete für Ihre Familie, dass es sich bei unserem Aufenthalt in den Vereinigten Staaten ebenso verhalten wird.«

Es war nicht das erste Mal, dass Hasty mit der anmutigen Lockerheit eines Gentlemans beim Teetrinken schreckliche Drohungen ausstieß. Auch wenn das Dreyer immer noch verwirrte, in Erstaunen versetzte es ihn nicht. Vollkommen neu in der Rede Hastys war jedoch das Wort »Meister«.

Daher konnte sich Lars Dreyer trotz seiner Angst nicht zurückhalten und fragte mit unsicherer Stimme:

»Meister?«

»Ja, Dreyer. Mein Meister und bald auch der eines ganzen Volkes.«

Im Schein der gelben Lichtreflexe zeichnete sich das Gesicht von Hasty ab. Er lächelte ein Lächeln, das einen selbst bei Gluthitze das Zähneklappern gelehrt hätte. Dann wies er mit seiner rechten, in dem schwarzen Lederhandschuh steckenden Hand auf das »Becken«.

»Dies ist ein Sarkophag, Dreyer, und in ihm ruht der künftige Meister der Vereinigten Staaten.«

Auch wenn die Stadt New York und ihre Umgebung in dieser Nacht nicht von einem Unwetter heimgesucht wurden, so war der Landstrich doch Schauplatz einer ganzen Reihe von Vorzeichen. Allerdings handelte es sich keineswegs um Dinge, die es erforderlich gemacht hätten, die Stadt abzuriegeln oder den Ausnahmezustand auszurufen. Nein, es waren kleine, beinahe unscheinbare Begebenheiten, die dennoch – hätte man sie aneinandergereiht – sehr wohl darauf hätten hindeuten können, dass sich etwas Ernstes zusammenbraute. Die Ersten, die etwas bemerkten, waren drei Obdachlose in Jersey City, die sich um eine Flasche schlechten Rotwein stritten. Notdürftig zugedeckt lagerten sie unter den Kartons von großen Elektrogeräten und versuchten, sich auf diese Weise hinter den Hafendocks gegen die Kälte zu schützen. Plötzlich hörte ihr Anführer, ein gewisser Rouquin, mit dem Geschimpfe auf. Erstaunt hielten auch die beiden anderen inne und sahen in die Richtung, in die er wie gebannt starrte.

Hunderte von Ratten schossen aus den Lagerhallen hervor.

Die Ratten des gesamten Hafenareals schienen sich ein Stelldichein gegeben zu haben. Aber wohin ging ihre wilde Flucht? Brannte es? Möglich. Oder stand eine Sturmflut bevor? Rouquin erinnerte sich daran, einmal gehört zu haben, dass Tiere stets als Erste solche Katastrophen vorausahnen. Ratten, Schlangen und Vögel ziehen sich zurück, bevor die Welle die Küsten erreicht.

Er stand auf, um ganz nah ans Flussufer zu gehen und einen Blick zu den Terminals im Hafen zu werfen.

Weder Flammen noch Rauch waren zu sehen. Auch nicht das geringste Anzeichen für eine Sturmflut.

»Diese Ratten sind doch nicht verrückt!«, brummte Rouquin. »Ihr Spürsinn trügt doch nicht!«

Dann sah er *ihn* ankommen. Starr vor Staunen sah er zu. Auf den Armen standen ihm die Haare zu Berge.

Der norwegische Supertanker glitt in den Hafen.

Die drei Männer hatten schon viele Frachtschiffe einfahren sehen, seit sie sich hier auf dem Hafengelände eingerichtet hatten. Aber dieser hier ... war anders.

Er wirkte wie ein riesiger Sarg, ja, ein riesiger, schwimmender Sarg, der still übers Wasser glitt.

»Was sagt ihr dazu?«, murmelte Rouquin.

»Ich weiß nicht recht, aber es ist sicher besser, von hier zu verduften«, schlug der Alte vor, der ebenfalls ans Wasser gekommen war und nun seine Mütze über die Ohren zog.

Sie fühlten es genau. Es lag etwas in der Luft. Und dieses Etwas roch gewaltig nach Tod.

Rouquin, der Alte und ihr Gefährte taten es also den Ratten gleich. Sie gaben ihren Unterschlupf auf und verschwanden.

Auf der anderen Seite des Hudson ergriff auch Michael Welling eine Vorahnung der tragischen Ereignisse, die sich zusammenbrauten.

Er ging durch die Spring Street, fror bitterlich und war fürchterlich hungrig. Seine alten Fausthandschuhe waren zerschlissen, seine Jacke durchnässt von Feuchtigkeit. Bevor er in seinen Unterschlupf in der südlichen Bronx zurückkehrte, wollte er ein letztes »SAMO is NOT dead« auf das Schaufenster einer Kunstgalerie sprayen. Von dem Ort, wo er war, konnte er freilich nicht sehen, wie die *Ragnarök* in den Hafen von Jersey City einfuhr, aber er spürte ihre Ankunft über die Entfernung hinweg.

Er wurde blass und fühlte sich plötzlich schwach in den Beinen. Er musste sich auf ein Autodach stützen, um nicht hinzufallen. Schwindel packte ihn. Schwere Mangelerscheinungen durch schlechte Ernährung, hätte ein kompetenter Arzt diagnostiziert.

Der Ruf der Wälder, deutete hingegen Michael Welling, der davon träumte, New York zu verlassen, sein Straucheln. Aber die Wahrheit war eine andere, und tief in seinem Innern wusste er das auch. Es war, als hätte der Tod seinen Flügel über die Stadt gebreitet, um an ihn, Michael Welling, zu rühren.

Weiter oben in Manhattan tat sich sein Bruder Eric seinerseits schwer, in seinem schönen Apartment in der 62nd Street Schlaf zu finden. Unaufhörlich dachte er an sein Treffen mit diesem Tim Modin auf der vom Wind gebeutelten Brooklyn Bridge. Er wusste immer noch nicht, ob er gut daran getan hatte, einen Detektiv auf die Sache mit den *Dämonen* anzusetzen. Es war ihm durchaus klar, dass dieser Schritt ihm Schaden bringen konnte. Großen Schaden sogar. Er hatte sich eine Revanche offen halten wollen für den Fall, dass ihm etwas zustieße, so etwas wie ein gewaltsamer und rätselhafter Tod, wie die Zeitschriften ihn lieben. Wenn aber nichts Derartiges geschah und der Privatdetektiv seinerseits am Ende die Geschichte aufklärte, dann … dann könnte er größere Probleme bekommen als die, denen er trotzen wollte.

Versuch zu schlafen, verflucht noch mal!, sagte er sich und drehte sich zum vierten Mal in seinem Bett herum.

Sein doppeltes Spiel verlangte sehr viel Fingerspitzengefühl und noch mehr Vorsicht, das merkte Welling jetzt. Bei der kleinsten Unachtsamkeit kam man vom richtigen Weg ab. Und abseits dieses richtigen Weges herrschten Schrecken und Unbarmherzigkeit.

Verflucht, warum denkst du im Bett an solche Sachen?

Wieder einmal war es ihm tatsächlich gelungen, sich selbst Angst zu machen (Superleistung, bravo!), und er konnte dem Schlaf Adieu sagen.

Nachdem er vor Wut auf die Matratze eingedroschen hatte, richtete er sich in seinen Kissen auf und schaltete die kleine Nachttischlampe ein. Der gepanzerte Koffer stand auf einem Stuhl in einer Ecke des Zimmers. Er sah ihn an, oder? Das wird ja immer besser, du Trottel! Falls du es noch nicht wusstest, ein Koffer sieht niemanden an. Ein Koffer ist nicht lebendig, verstanden? Er schluckte schwer. Dann beugte er sich vor, griff nach den Zigaretten und dem Feuerzeug auf dem Nachttisch und zündete sich im gleichen Augenblick eine an, in dem ein gewisser Lars Dreyer auf den Toiletten der Kapitänsunterkunft des Hafens von Jersey City den ersten Zug von seiner Churchill paffte.

Einer der beiden war gerade der größten Havarie seiner Kapitänslaufbahn entgangen, der andere hegte die böse Vorahnung, dass ihm, ganz gleich was er tat, auf dem so sehr gefürchteten Weg nichts erspart bleiben würde.

Und ebenfalls in dieser Nacht bekam im Zimmer 121 des Krankenhauses von Stamford die Patientin Margaret Stevenson einen Besuch, der sie so sehr in Angst und Schrecken versetzte, dass sie haltlos zu schreien begann.

Jodie wurde noch in der Nacht durch Doktor Kyle benachrichtigt, als sie vor Onkel Todds Haus Tim gerade geküsst hatte. In nicht einmal einer Stunde hatten sie das Krankenhaus von Stamford erreicht und begaben sich gemeinsam zum Zimmer ihrer Mutter.

Doktor Kyle und zwei Krankenschwestern bemühten sich um sie. Ihr Gesicht war angstverzerrt, ihre Finger krallten sich in die Bettwäsche.

»Ihre Mutter wollte, dass wir Sie verständigen«, sagte Doktor Kyle zu den Ankömmlingen.

»Was ist vorgefallen?«, wollte Jodie zutiefst beunruhigt wissen.

»Ihre Mutter will es uns nicht sagen. Sie will nur mit Ihnen sprechen. Wahrscheinlich hat sie etwas gesehen, das sie sehr erschreckt hat.«

Erschreckt?, staunte Tim still. Die arme Frau wirkte geradezu terrorisiert.

Jodie stürzte zu ihr, um sie in die Arme zu schließen.

»Mama, oh, Mama! Ich bin ja da.«

Doktor Kyle legte ihr eine Hand auf die Schulter.

»Wir lassen Sie jetzt allein. Wir bleiben auf dem Flur. Falls Sie etwas brauchen, rufen Sie mich, einverstanden?«

Jodie nickte.

»Ich werde auch auf dem Flur warten«, schloss Tim sich an.

Er folgte den beiden Krankenschwestern und Doktor Kyle, der die Tür hinter sich schloss.

Eng umschlungen verharrten die beiden Frauen eine Zeit lang schweigend. Dann begann Margaret Stevenson von ihrem seltsamen Besuch zu erzählen.

»Er war da, Jodie.

»Wer, Mama?«

»Ich habe sofort gewusst, dass er mich zum Tanzen bringen will.«

»Wer? Sag mir doch wer, Mama! Bitte!«

»Aber wir haben zuerst nur geredet. Geredet. Geredet. Er ist auch gekommen, um zu reden, verstehst du, Jodie? Danach wollte er, dass ich mit ihm tanze. Ich habe gesagt: ›Nein, Mister. Fragen Sie meinen Vater um Erlaubnis.‹ Ich bin doch noch ein Kind. Noch ein Kind, Jodie. Da hat er zu mir gesagt: ›Nur einen einzigen Tanz, mein Kind!‹«

»Wer, Mama?«, beharrte Jodie sanft, während sie ihrer Mutter immer wieder über das Haar strich.

»›Nur einen einzigen Tanz!‹, hat er gesagt. Vater wird nicht zufrieden mit mir sein. Weil ich getanzt habe, Jodie. Ich habe mit ihm getanzt. Und dann hat er noch gesagt, dass ich dir das hier geben soll.«

Ihre Mutter bückte sich, tastete unter die Matratze und zog eine lange Stange aus Metall hervor.

Jodie wurde leichenblass. Es war der Wagenheber, den Neil Garson in der Hand gehalten hatte, als ihre Freunde und sie in die sechste Etage der Stiftung eingedrungen waren. Gepresst stieß sie hervor:

»Wer hat dir das gegeben, Mama?«

»Aber ich habe es dir doch gesagt. Er war es. Der Tänzer war es. Er war riesengroß. Sein Kopf reichte bis zur Decke. Ich hatte Angst vor ihm wie ein kleines Mädchen. Er hat mir gesagt, dass du nicht brav warst. Überhaupt nicht brav. Ach, Jodie! Sein Gesicht! Sein Gesicht war so grauenhaft!«

Siebter Tag

Dienstag, 16. Dezember
(Schlechte Zeiten für zwei Brüder)

Ein Mann mit einer Nase voller Schnee

Fünf Uhr morgens.

Sorgfältig verteilte Eric Welling den Puder auf der Titelseite des letzten *Hustler*, um zwei makellose Lines zu ziehen. Er beugte sich darüber, hielt sich ein Nasenloch zu und sog den Puder durch das andere ein. Die Entspannung ließ nicht auf sich warten. Und er hatte sie bitter nötig. Das Haus, vor dem er geparkt hatte, flößte ihm nicht erst seit gestern teuflische Angst ein. Es war das große Stiftungsgebäude auf den Hügeln von Harlem. Das Haus selbst verströmte nichts Einladendes, und auch das Viertel zählte nicht zu den angenehmsten. Aber diese beiden Gegebenheiten verblassten zu belanglosen Nebensächlichkeiten, wenn man den Besitzer Walter Skoll kannte.

Zum ersten Mal war er mit seinem damaligen Chef Bram Harker vor zehn Jahren hierhergekommen. Damals war er lediglich der stellvertretende Leiter der Abteilung Kunst & Antiquitäten von Wilde & Partner, einem in Seattle angesiedelten Maklerhaus, aber die Schweißperlen auf der Stirn Harkers hatten ihm sehr schnell klargemacht, dass der Typ, der in diesem Haus auf sie wartete, mehr als jeder andere in die Kundenkategorie FV (für »fürchten und verhätscheln«) gehörte.

Der Himmel hatte Eric Welling ein bemerkenswertes Gespür für heikle Situationen mitgegeben, und er hatte bei sich gedacht, dass eines Tages er selbst die Stelle von Harker einnehmen würde.

Die Stelle hatte er jetzt, und die Schweißperlen auf der Stirn ebenfalls.

Fünf Jahre hatte der Himmel gewartet, bevor er diesem Gespür recht gegeben hatte, indem er eine mit Kerosin vollgetankte Boeing 767 genau unterhalb der zweiundneunzigsten Etage in den Nordturm des World Trade Center rasen ließ. Ausgerechnet in der zweiundneunzigsten Etage lagen die Büroräume von Wilde & Partner. Auf diese Weise hatte der Himmel die Transpirationsprobleme von Bram Harker ein für alle Mal gelöst, und Eric Welling hatte zu den wenigen Amerikanern gezählt, die sich angesichts der Bilder dieser Tragödie insgeheim sagen konnten: »Gesegnet, ja, gesegnet sei dieser 11. September!«

Er war der Einzige aus der Abteilung, der überlebt hatte (durch Zufall, denn er hatte an jenem Tag einen Außentermin bei einem Kunden auf der East Side wahrgenommen), und so nahm seine Karriere einen ebenso steilen Aufschwung wie die Leistung bei mit Anabolika gedopten Sportlern. Die großen Macher im Firmensitz in Seattle hatten ihn unvermutet zum Direktor der Abteilung Kunst & Antiquitäten befördert, und seither war er der Direktor der neuen Truppe in New York, deren brandneue Büroräume im World Financial Center lagen, nur durch den West Side Highway vom Ground Zero getrennt.

Je mehr er über die Ereignisse dieser letzten Jahre nachdachte, desto stärker wurde der Gedanke, dass der Zufall und El Kaida nicht allein für seinen kometenhaften Aufstieg an die Spitze der Gesellschaft verantwortlich waren. Auch der Millionär Walter Skoll mit seiner üblen Stiftung spielte eine Rolle dabei. Und das war die Rolle des Teufels, so viel stand fest.

Welling warf den *Hustler* auf den Beifahrersitz neben den Koffer, an dem sein Blick hängen blieb. Endlich würde er ihn loswerden!

Außer einem bombensicheren Sicherheitsschloss besaß der Koffer durch eine ultra-resistente Panzerung verstärkte Seiten. Er war feuerfest und wasserdicht. Das war bei dem, was er enthielt, auch gut so, dachte Welling.

Die Nasenlöcher vollgepumpt mit Schnee, stieg er aus seinem Auto, einem Sportwagen Lexus SC 430 Coupé, den er erst kürzlich gekauft hatte. Der Wagen besaß alle nur denkbaren Extras, außer dem, das den Adrenalinspiegel vor einem Besuch bei Walter Skoll senkte. Das wäre doch mal ein Vorschlag für den Konstrukteur, dachte er und griff nach dem schweren Koffer.

Sein letzter Besuch hier lag etwas mehr als zwei Monate zurück. Skoll hatte ihn damals einbestellt, ohne ihm am Telefon den genauen Grund für die Unterredung mitzuteilen.

In seinem Büro, dessen Fensterfront zum Garten hinausging, hatte sich Skoll wie gewöhnlich von makelloser, eisiger Höflichkeit gezeigt.

»Ich möchte, dass Sie innerhalb kürzester Zeit einen Käufer für dieses Bild für uns finden.«

Vor dem fraglichen Bild hatte es dem Makler die Sprache verschlagen.

Es waren *Die Dämonen*, also das Bild von Forrest Magnus, das im September genau hier in der Filiale gestohlen worden war, bei jenem Einbruch, der vier Unschuldige das Leben gekostet hatte.

Welling war für die Stiftung tätig geworden und hatte den Diebstahl an Interpol gemeldet. Er hatte auch eine sehr genaue Beschreibung des Bildes sowie Farbfotos übermittelt, um einen Weiterverkauf so gut wie unmöglich zu machen. In der Zwischenzeit hatte die Stiftung mehrere Millionen Entschädigung von ihrer Versicherung erhalten. Auch darüber wusste Welling genau Bescheid, denn er hatte sich persönlich um die Schadensersatzforderung gekümmert.

»Das verstehe ich nicht. Dieses Bild dürfte doch nicht mehr hier sein«, stotterte er.

»Aber es ist auch nicht mehr hier, Welling. Vergessen Sie nicht, dass es uns gestohlen wurde. Und genau deshalb werden Sie auch alle notwendigen Vorsichtsmaßnahmen treffen, damit nichts von seinem Weiterverkauf durchsickert. Ich kann doch auf Ihre Diskretion zählen?«

Er durfte also weder der Polizei noch der geschädigten Versicherung etwas sagen und musste das Werk außerdem geschickt auf dem Schwarzmarkt platzieren, ohne die Aufmerksamkeit von Interpol darauf zu lenken.

»Ich kenne mich mit solchen Geschäften nicht aus«, wagte er mit verzerrtem Lächeln noch vorsichtig ins Feld zu führen.

»Aber natürlich. Sie können das, Welling. Sie können es, und Sie werden es tun. Sie brauchen sich lediglich vorstellen, dass es sich, sagen wir, um eine Louis-XVI.-Kommode handelt.«

»Eine Kommode …?«, wiederholte er verdutzt.

Woher wusste Skoll nur von der Kommode?

In den neunziger Jahren hatte Welling, der mit einer Galerie in SoHo unter einer Decke steckte, für einen Milliardär aus Florida eine Sammlung gestohlener französischer Möbel aus einem Herrenhaus in der Nähe von Deauville erworben. Niemand hatte jemals etwas davon erfahren. Zumindest hatte er das immer gedacht.

Ein paar Minuten später war er mit den *Dämonen* unter dem Arm wieder gegangen.

Er hatte gute sechs Wochen gebraucht, um die Angelegenheit absolut geheim abzuwickeln. Ein Kunstsammler aus Tokio hatte das Bild für die lächerliche Summe von einer Million Dollar gekauft und die Summe in bar an Welling übergeben, was den Koffer und sein Gewicht erklärte.

Und nun überbrachte er Walter Skoll dieses Geld. Zehn Tage lang hatte er es bei sich aufbewahrt und gerätselt, warum Skoll, der über die Transaktion informiert war, nicht auf die Übergabe drängte. Dieses Warten hatte ihn so nervös gemacht, dass er sich schließlich Szenarien ausmalte, in denen er die ebenso naheliegende wie bemitleidenswerte Rolle des Opfers spielte. Das hatte ihn dazu verleitet, Kontakt zu dem Detektiv Modin aufzunehmen. Aber nun lichtete sich das Chaos allmählich. Endlich würde er diesen verdammten Koffer loswerden.

Er schlug die Tür seines Lexus zu und ging auf das Haus zu, dessen Fenster im Erdgeschoss erleuchtet waren.

Gegen drei Uhr in der vergangenen Nacht, als er endlich in den Schlaf gefunden hatte, hatte er einen Anruf von Walter Skoll erhalten, der ihn aufforderte, sich mit dem Geld in die Filiale zu begeben.

»Sofort?«, hatte er schlaftrunken gefragt.

»Sofort«, hatte Walter Skoll geantwortet.

Mittlerweile war er hellwach, und das Blut pochte ihm in den Schläfen, als er das Arbeitszimmer betrat.

»Guten Tag, Mr Skoll«, brachte er hervor.

Der Geschäftsführer der Flow Corporation saß in seinem Sessel und bedeutete ihm, Platz zu nehmen.

Fieberhaft lieferte Welling eine Zusammenfassung der Schritte, die er bisher unternommen hatte. Seine Unterredung mit einem Privatdetektiv auf der Brooklyn Bridge erwähnte er freilich nicht. Dann wies er auf den Koffer und fragte:

»Möchten Sie die Summe überprüfen?«

Er hatte es eilig, ihn endlich loszuwerden.

Aber Skoll warf nicht einmal einen Blick auf den Koffer und sagte:

»Sie werden sich ins Chelsea Hotel begeben. Dort wartet ein Mann auf Sie. Er wird auf Sie zugehen, und Sie werden ihm das Geld übergeben, ohne Fragen zu stellen.«

Welling wollte beinahe schon fragen, ob er eine Quittung verlangen solle, da wurde ihm die Absurdität seines Ansinnens bewusst.

»Ich möchte Sie nicht länger aufhalten, Welling«, sagte Skoll, offenbar ohne sich erheben zu wollen.

Frustriert und voller Unbehagen nahm der Kunstmakler den schweren Koffer wieder hoch. Die Unterredung hatte nicht einmal fünf Minuten gedauert, und Skoll hatte sich nicht die Mühe gemacht, das Geld zu zählen. Zudem hatte er sich weder zu einem »Danke schön« noch zu einem »Auf Wiedersehen« herabgelassen.

Verdrossen ging Eric Welling zu seinem Auto zurück. Die Uhr auf dem Armaturenbrett zeigte halb sechs. Er konnte es kaum erwarten, die Sache mit dem Koffer endlich hinter sich zu haben!

Man versucht, den Code der Wölfe zu knacken

Es war eine echte Winternacht, tiefschwarz und eisig kalt.

Noch bevor Sarah klingeln konnte, öffnete Onkel Todd in einem marineblauen Morgenmantel die Tür, über der eine Lichterkette mit den Worten »Frohes Fest« hing.

»Meine arme Sarah«, begrüßte er sie.

»Ja«, erwiderte sie und umarmte ihn.

Sie sprachen leise miteinander, um niemanden im Haus aufzuwecken.

»Du solltest dich wieder schlafen legen, Onkel Todd. Ich bin jetzt hier. Ich werde mich um alles kümmern.«

Er sah in der Tat sehr mitgenommen aus.

»Tim und Jodie kamen gerade aus dem Kino zurück, als sie davon erfuhren«, sagte er und schluckte mühsam.

Sarah strich ihm mit dem Handrücken zärtlich über die Wange.

»Ja, ich weiß«, beruhigte sie ihn sanft.

Tim hatte sie mitten in der Nacht aus dem Krankenhaus von Stamford angerufen, um ihr die neuesten Ereignisse mitzuteilen. Er hatte sie gebeten, am nächsten Morgen so früh wie möglich bei ihm vorbeizukommen.

»Ist Forrest nicht da?«, fragte Onkel Todd und warf über Sarahs Schulter hinweg einen Blick auf die Straße.

»Er parkt das Auto etwas weiter weg«, antwortete sie.

»Ich werde hier auf ihn warten. Geh ruhig schon vor, Tim ist im Wohnzimmer.«

Dort fand Sarah ihn tatsächlich. Er hatte die ganze Nacht kein Auge zugetan. Vom Fenster aus beobachtete er, ob sich irgendwo draußen etwas Verdächtiges regte. In der Hand hielt er eine Pistole, und Sarah wusste, dass sie geladen war.

»Hallo«, sagte er. »Wir haben Jodie und ihre Mutter oben im Gästezimmer untergebracht.«

»Wie geht es ihnen?«

»Sie waren sehr aufgewühlt, wie du dir denken kannst. Aber jetzt schlafen sie immerhin.«

»Das Beste wäre, wenn sie New York noch heute verlassen. Wir müssen sie so schnell wie möglich in Sicherheit bringen, verstehst du? Dieser Doktor Kyle, du weißt schon, der Arzt, der sich im Krankenhaus um Margaret kümmerte, hat uns sein Sommerhaus in Massachusetts zur Verfügung gestellt. Ich werde sie mit Onkel Todd dorthin fahren, wenn sie aufgewacht sind.«

»Und Forrest, soll er in die Stiftung zurück? Das ist jetzt gefährlich.«

»Nein, ich denke nicht, dass er sich in größerer Gefahr als zuvor befindet. Sonst hätten die Wölfe uns auch nicht unser Ding in der vorletzten Nacht drehen lassen. Statt uns aufzulauern, haben sie sich an Jodies Mutter herangemacht.«

»Wie konnten sie von Jodie wissen?«

»Das ist mir ein Rätsel. Sie wissen zwar, dass Jodie in der Nacht, als wir die sechste Etage durchsucht haben, in der Stiftung war, aber sie wissen nicht, dass wir mit ihr zusammen dort waren.«

»Warum haben sie sie dann nicht ...«, rätselte Sarah, ohne dass sie ihre Frage zu beenden wagte.

»Umgebracht? Weil der gewaltsame Tod einer Sekretärin der Stiftung nur zwei Tage nach dem ›Selbstmord‹ eines Abteilungsleiters vermutlich die Aufmerksamkeit der Bullen erregt hätte. Deshalb haben sie sich darauf beschränkt, ihr diese ... Warnung zukommen zu lassen. Sag mal, hast du die verschlüsselte Botschaft mitgebracht?«

Sie nickte und reichte ihm das Blatt Papier, auf dem Senator March das Kryptogramm umgeschrieben hatte.

Tim las die Folge der Ziffern, die er am Abend zuvor bei Sarah gesehen hatte, noch einmal:

8/2; 12/1; 19/4; 24/1; 3/2; 3/2; 16/8; 24/7; 24/1; 16/8;
13/2; 22/12; 12/1; 5/6; 27/1; 16/8; 24/1; 13/2; 3/2;
4/3; 26/10; 24/7; 13/2; 3/2; 12/1; 3/2;
21/8; 12/1; 5/6; 4/3; 12/1; 20/4; 20/5; 5/6;
4/3; 27/1; 13/5; 13/2; 22/12; 20/4; 12/1; 5/6;
24/7; 27/1; 5/6; 6/3; 1/6; 24/1; 3/2; 4/3; 12/1; 5/6;
13/5; 16/8; 24/1; 20/4; 16/8; 2/1; 3/2; 19/4;
13/5; 12/1; 24/1; 3/2

Dann sah er zu Sarah auf.

»Das müssen wir unbedingt entschlüsseln. Wie du gestern schon gesagt hast, ist darin vielleicht eine sehr wichtige Botschaft versteckt.«

Die Ereignisse der Nacht hatten bei Sarah den Enthusiasmus, den sie noch am Tag zuvor verspürt hatte, erheblich gedämpft. Sie schien keine allzu großen Hoffnungen mehr zu hegen. Selbst wenn es ihnen gelänge, den Code zu knacken, was würde das an ihrer Situation ändern? Jodie und ihre Mutter blieben auch dann noch in Gefahr, und sie selbst würden ebenfalls bald an der Reihe sein.

Tim hingegen flößte ihr Zuversicht ein.

»Wenn wir herausfinden, was das bedeutet«, er wies mit dem Finger auf das Blatt, »dann werden wir vielleicht wissen, was die Wölfe gerade aushecken, und damit hätten wir einen großen Vorteil ihnen gegenüber.«

Sie hörten, wie Onkel Todd Forrest die Tür öffnete und wie die beiden einen Augenblick lang im Eingangsbereich miteinander flüsterten.

Tim setzte sich in einen Sessel.

»Hallo, Forrest«, begrüßte er seinen Freund, als dieser das Zimmer betrat.

»Es tut mir so leid für Jodie und ihre Mutter«, sagte Forrest.

»Du kannst ja nichts dafür. Sei so nett, beobachte die Straße durchs Fenster und gib mir Bescheid, wenn jemand sich dem Haus nähert.«

Forrest postierte sich neben dem Fenster, und Tim konzentrierte sich jetzt auf die Zahlenreihen, die sogleich vor seinen Augen zu tanzen begannen. Als Erstes stellte Tim die auffälligsten Besonderheiten fest. Manche Binome tauchten zwei oder sogar drei Mal auf: 3/2, 12/1, 16/8 und 8/1. Das schien auf einen recht einfachen Ersetzungscode zu verweisen.

»Wie geht man nun vor, wenn man weder Pirat noch Spion ist?«, rätselte Sarah.

»Ich habe ein paar Kenntnisse über Kryptologie. Mal sehen, ob sie mir jetzt nützlich sind.«

Onkel Todd kam mit einem Tablett herein.

»Ich habe euch Kaffee gemacht«, verkündete er.

Außerdem gab es Pfannkuchen, Honigbrot und getrocknete Früchte.

Sarah sah nun – bei ihrem Eintreffen war es ihr nicht aufgefallen –, dass Onkel Todd unter den Gürtel seines Morgenmantels eine Pistole geschoben hatte. Eine alte Beretta aus den sechziger Jahren.

Angesichts ihrer Überraschung lächelte er.

»Nur keine Sorge. Ich lasse euch ein paar von den Mistkerlen übrig.«

Seinen schlagfertigen Worten haftete jedoch nichts Prahlerisches an. Und sein Lächeln erlosch, während er sie aussprach.

»Setz dich ein wenig zu uns«, schlug Sarah vor.

Sie spürte, dass auch er Zuspruch gebrauchen konnte, aber er lehnte das Angebot ab und ließ die drei im Wohnzimmer allein.

»Du glaubst, dass er hochgegangen ist, um sich auszuruhen, nicht wahr?«, fragte Forrest seine Freundin mit einem leichten, geheimnisvollen Lächeln auf den Lippen.

Sarah wollte bereits nicken, da hielt sie inne:

»Du willst mir doch wohl nicht sagen, dass …«

»Und ob!«, rief Forrest gleichermaßen gerührt und belustigt. »So ist Onkel Todd nun einmal!«

Sarah ließ sich nun von ihm aufklären, dass Onkel Todd auf seinen Posten zurückgekehrt war, den er sich oben an der Treppe eingerichtet hatte. Dort hatte er einen Schaukelstuhl hingeschoben und auch einen Tisch, auf dem er neben einer Thermoskanne mit Kaffee seine Beretta griffbereit ablegte. Beim geringsten Anzeichen für ein Eindringen in sein Haus am Slope Park würde Onkel Todd mit seinen fünfundsiebzig Jahren auf überzeugende Weise von seinem Recht auf Selbstverteidigung Gebrauch machen. Das zumindest hatte er Forrest anvertraut, als er diesem die Tür geöffnet hatte.

»Er hängt bereits sehr an Jodie«, erklärte Forrest, der jetzt wieder die Straße im Blick hatte. »Ich glaube, dass ihn die Ereignisse stärker berührt haben, als er es zeigt.«

»Der Onkel ist ebenso betrübt wie der Neffe«, bestätigte Tim nicht ohne einen gewissen Stolz aus seiner Ecke heraus.

In diesem Augenblick erschien Jodie in einem Baumwollschlafanzug. Ihre Augen waren geschwollen.

Tim sah auf seine Armbanduhr. Es war sieben Minuten nach halb sieben.

»Guten Morgen«, murmelte sie. »Onkel Todd hat mir gesagt, dass ihr da seid.«

Sie begrüßten sich, und ihre Freunde wollten wissen, wie es ihr jetzt ging. Nachdem sie sie hinsichtlich der hier verbrachten Nacht beruhigt hatte, brachte Sarah die Unterhaltung erneut auf die verschlüsselte Botschaft:

»Gut, hört jetzt mal zu. Wenn diese Botschaft tatsächlich von General Fenryder an Walter Skoll gesandt wurde, dann haben wir mit ihr vielleicht eine Fährte. Wir werden deine Hilfe brauchen, Jodie.«

Tim begriff sofort, worauf Sarah hinauswollte.

»Du glaubst, dass Fenryder, wenn es sich tatsächlich um ihn handelt, sich einer Verschlüsselung bedient hat, die er bereits im Sezessionskrieg verwendete. Das ist gar nicht so dumm.« Tim drehte sich zu Jodie um. »Hat deine Mutter in ihren Veröffentlichungen zum Sezessionskrieg auch etwas über damals übliche Verschlüsselungstechniken geschrieben?«

»In ihrer Biografie über Kirby Smith nicht«, antwortete die junge Frau. »Da bin ich mir sicher. Aber meine Mutter hat alle Aufzeichnungen, die sie für ihre Aufsätze machte, auf ihrem Computer archiviert. Wenn du mir ein paar Minuten Zeit gibst, werde ich vielleicht Informationen über damals übliche Verschlüsselungen finden.«

Vor ihrer Rückkehr nach Brooklyn waren sie in Jodies Wohnung vorbeigefahren, um ihre Sachen zu packen. Außer ein paar Kleidern war es ihr wichtig gewesen, den Computer ihrer Mutter mitzunehmen, denn auf seiner Festplatte befanden sich all deren wissenschaftliche Arbeiten, ob sie nun veröffentlicht waren oder nicht.

Jodie holte also den Laptop und schaltete ihn ein. Nach ein paar Minuten fand sie das Gesuchte.

»Nach Mamas Aufzeichnungen waren die üblichsten Verschlüsselungstechniken während des Sezessionskrieges der ›einfache Cäsar‹ und der ›Rail Fence‹. Aber Fenryder schätzte diese Geheimschriften nicht, da sie ihm zu leicht zu knacken waren.«

»Scheiße«, murmelte Tim, den seine Müdigkeit zunehmend nervös machte.

»Sei nicht so ungeduldig. Ich habe hier im Anhang noch den Brief eines gewissen John Weeks. Dieser Typ war in Fenryders Regiment für die Verschlüsselung der Depeschen verantwortlich.« Sie hielt kurz inne und überflog den Brief »Nein. Tut mir leid. Weeks spricht über seine Gefühlslage, nicht über Verschlüsselungen.«

Sie drückte gleichzeitig auf die Tasten »Strg« und »F«. In der Mitte des Bildschirms erschien das Fenster »Suchen und Ersetzen«. Dort gab sie John Weeks ein und drückte dann auf »Weitersuchen«. Das Programm ging vorwärts zu Seite 35 und unterstrich dort WEEKS. Die Textpassage gab Aufschluss über Munitionsvorräte, war jedoch im Hinblick auf Kryptologie vollkommen uninteressant. Sie drückte erneut auf »Weitersuchen«. Zum zweiten Mal tauchte der Name in den ersten Zeilen der Seite 378 auf, aber auch dort fand sich nichts Entscheidendes.

Zum letzten Mal tauchte der Name im »Textanhang« auf.

»Ich habe etwas, das dich interessieren könnte. Nach Kriegsende hat John Weeks ein Buch geschrieben, und rate mal, über welches Thema!«

Tim notierte die Angaben des Buches auf einem Post-it und dankte Jodie für ihre Hilfe. Dann suchten sie im Internet, wo es dieses Werk zu kaufen gab. Bei keinem einzigen Buchversand fand sich ein Hinweis auf den Titel, nicht einmal darauf, dass er vergriffen war. Also versuchten sie es bei den Antiquariaten. Auch dort wurden sie nicht fündig. Das Buch von Weeks schien niemals geschrieben worden zu sein.

»Versuch es doch einmal über ›Projekt Gutenberg‹«, schlug Sarah vor.

Auf der ersten Seite der virtuellen Bibliothek von Google gab Tim im Feld AUTOR John Weeks ein und startete die Suche.

Es existierte lediglich ein einziger Titel: *Die Geheimschrift und der Krieg*. Tim ereiferte sich:

»Eine Übersetzung ins Deutsche! Das fehlte gerade noch!«

Seufzend klickte er dennoch den Titel an. Das Buch stammte aus dem Jahr 1919 und war von einem gewissen K. Haushofer übersetzt, der auch ein Vorwort dazu verfasst hatte. Beiläufig bemerkte Tim, dass der Originaltitel *Die Geheimschrift und das Leben* martialisch mit *Die Geheimschrift und der Krieg* übersetzt worden war.

Tim durchsuchte die Seiten nun nach dem Namen Fenryder. Auf Seite 203 fand er ihn.

Weeks beschrieb General Fenryder, unter dessen Kommando er gedient hatte, als »gewalttätigen, grausamen, kriegslüsternen Offizier, der den ganzen Tag Passagen aus der Bibel über das himmlische Jerusalem zitierte«. Zum Glück für Tim war die Passage nicht ins Deutsche übersetzt worden.

»Nichts über diesen verflixten Code«, stellte Sarah enttäuscht fest und rieb sich die brennenden Lider.

»Nein, nein, das ist aufschlussreich!«, rief Tim. »Die von Weeks zitierte Passage liefert uns den Schlüssel.«

»Was?«, staunte Sarah.

»Er liegt in der Bibel selbst, probieren wir es einmal! Weeks benutzt die Bibel, um seine Botschaften zu verschlüsseln. Im Büro von Walter Skoll standen zwei Bücher in einem Regal: *Die Kunst des Krieges* von Sun Tzu und die Bibel. Eine Bibel mit einem Lesezeichen zwischen zwei Seiten der Apokalypse nach Johannes!«

Tim stürzte sich auf die Bibel seines Onkels und suchte in der Apokalypse den Abschnitt über das neue Jerusalem. Es war das einundzwanzigste Kapitel.

»Gut«, sagte Tim und fuhr mit dem Finger über die Seite. »Dieses Kapitel enthält siebenundzwanzig Verse.«

»Und keine der fetten Zahlen in der Botschaft ist höher als diese Ziffer«, stellte Sarah fest.

»Sie könnten also auf die Verse verweisen. Was die anderen Ziffern angeht, so könnten sie …«

»… den Platz des verschlüsselten Buchstabens innerhalb des Verses angeben«, vermutete Forrest vom Fenster aus, wo er mit einem Auge die Straße im Blick behielt.

»Ja«, stimmte Tim nachdenklich nickend zu. »Versuchen wir es einmal mit dieser Technik. Das erste Binom lautet 8/2.«

Sarah beugte sich über den Text, ging zum achten Vers und las mit lauter Stimme den ersten Buchstaben vor, ein »B«.

Tim schrieb den Buchstaben unter die Verschlüsselung und fuhr dann fort:

»12/1, also der dritte Buchstabe des zwölften Verses.«

»Das ist ein ›E‹«, teilte Sarah mit.

So gingen sie für das gesamte Kryptogramm vor, bis sie am Ende den Inhalt übersetzt hatten.

»Um Gottes willen! Oh, um Gottes willen!«

Erstaunlicherweise war es nicht Tim Modin, der diesen Entsetzensschrei ausstieß, sondern tatsächlich Forrest Magnus, der in seiner Verwirrung über das Herausgefundene seinen Posten am Fenster aufgegeben hatte und zu seinen Freunden getreten war.

Er hatte als Erster begriffen, warum man sein Bild im September gestohlen hatte.

Es schneit Sicherheitsnadeln

Der Kunstmakler Eric Welling parkte seinen schönen Lexus etwa hundert Meter vom Chelsea Hotel entfernt in der 23rd Street. Um hierherzukommen, hatte er eine ganz schön weite Strecke zurücklegen müssen. Von Harlem aus hatte er den Henry Hudson Parkway genommen, die Uferstraße, die dann in Midtown in die 12th Avenue übergeht. Im Radio wurden beträchtliche Schneefälle für die nächsten achtundvierzig Stunden angekündigt. Welling, der den Winter verabscheute, hoffte, dass der Schnee ausbleiben würde.

Als er aus seinem Auto stieg, begann es jedoch bereits zu schneien.

Dicke Flocken.

Er hatte wirklich Glück! Er zog den Kragen seines Mantels hoch, ging um den Lexus herum und nahm den Koffer vom Beifahrersitz.

Eisige Böen fegten durch die Straße. Eigentlich ein Wetter, bei dem man keinen Fuß vor die Tür setzen will, befand Welling immer missmutiger.

Trotz des Mantels und der Handschuhe überquerte er fröstelnd die Fahrbahn.

Sein Koffer kam ihm von Minute zu Minute schwerer vor. Das ist dein Gewissen, flüsterte ihm eine leise, gemeine Stimme zu. Und er zweifelte nicht daran.

Mit ihren schmiedeeisernen Balkonen erhob sich die ockerfarbene, nüchterne Fassade des Hotels über den Schein der Straßenlaternen in die Nacht. Warum hatte Skoll das Chelsea ausgewählt? Und warum zwang Skoll ihn, Welling, dazu, um sechs Uhr morgens vor dem Chelsea den Geldboten zu spielen? Diese Fragen beschäftigten ihn unablässig.

Er wusste, dass dieses Hotel gute und schlechte Zeiten erlebt hatte. War es früher einmal Treffpunkt bekannter Schriftsteller und Künstler gewesen, so hatte sein Ruf in den siebziger Jahren darunter gelitten, dass Gauner und Dealer des Viertels nach und nach Besitz von den ersten drei Etagen ergriffen und die übrigen Gäste in Angst und Schrecken versetzt hatten. Es war zu Verbrechen in dem Haus gekommen. Hatte nicht Sid Vicious, der gewalttätige Bassist der Sex Pistols, hier während eines Herointrips seine Freundin getötet?

Später hatte das Hotel erneut einen Aufschwung erlebt, und seither beherrschten die Porträts bedeutender Gäste die Eingangshalle. Während Welling durch den Schnee schritt, dachte er, dass es doch lustig wäre, wenn man anstelle von Tennessee Williams, Dylan Thomas oder Andy Warhol die Köpfe der Verbrecher und Junkies ausstellte, die hier genächtigt hatten. Oder die Leichen, die man in den Zimmern gefunden hatte.

Er war nur noch wenige Meter von der Eingangshalle entfernt, als ein gut fünfzigjähriger Mann mit struppigem Bart und eisigen Augen auf ihn zutrat.

»Ich sehe, dass Sie ein Paket für mich haben«, sprach der Mann ihn an.

Sein kantiges Gesicht kam Welling irgendwie bekannt vor, und er fragte sich, wo zum Teufel er diesen Mann bereits gesehen haben mochte. Bei einer Vernissage? Oder im Fernsehen? Vielleicht in einer Sendung von Ophra? Ja, vielleicht war es einer dieser Pädophilen, auf die Ophra mit ihrer Show im ganzen Land Jagd machte …

Wie Skoll ihn angewiesen hatte, übergab Welling den Koffer, ohne eine Erklärung oder Empfangsbestätigung zu verlangen.

Der Typ nahm ihn mit einem gnädigen Lächeln entgegen.

»Fröhliche Weihnachten, Welling«, wünschte er ihm noch, während er sich bereits wieder auf den Weg machte.

Mit in den Taschen vergrabenen Händen sah Welling zu, wie der Mann mit dem Geld verschwand.

Er hatte ihn tatsächlich im Fernsehen gesehen, aber nicht in einer Sendung von Ophra Winfrey. Jetzt erinnerte er sich wieder. Es lag etwa zehn Jahre zurück, dass sein Gesicht ihm begegnet war. Der Typ war durch eine Reihe widerlicher Verbrechen mit satanistischem Hintergrund in die Schlagzeilen geraten.

Verflucht! Er hatte gerade eine Million Dollar an einen frei herumlaufenden Psychopathen übergeben, an einen gefährlichen Illuminaten, dem die Polizei der Stadt, des Staates New York und des gesamten Landes auf den Fersen war. Allein schon das!

Welling ahnte auch, dass dieser Kerl seinen Ruf als international tätiger Makler als Deckmantel benutzte.

Was führt Skoll eigentlich im Schilde?, fragte er sich. Die Dinge spitzten sich immer mehr zu: Zuerst hatte man ihn eine falsche Diebstahlsanzeige unterzeichnen lassen, dann hatte man ihn gezwungen, das »gestohlene« Werk weiterzuverkaufen, und jetzt kompromittierte man ihn auch noch mit dem neuesten Charles Manson des Landes.

In seiner Wut stellte er sich vor, wie er zu Skoll sagen würde: »Ich bin Makler und kein Botenjunge, Mister«, wobei er genau wusste, dass er niemals den Mut aufbrächte, ihm so etwas ins Gesicht zu schleudern.

Ein plötzlicher Windstoß wehte Welling eine gehörige Portion Schneeflocken auf den Mantel, die ihm sogar in den Kragen hineinrutschten.

Er schüttelte sich und versuchte, die Flocken von seinem Hals zu wischen. Da fiel ihm an seinen Handschuhen auf, dass der Schnee mit Sicherheitsnadeln vermischt war. Er betrachtete seinen Mantel: Auch dieser war von Sicherheitsnadeln bedeckt.

Ungläubig hob Welling den Blick in den noch nächtlichen, von Flocken gefüllten Himmel hinauf und erschrak zutiefst, als er etwa dreißig Meter über sich schlangengleich etwas die dunkle Fassade des Hotels herabgleiten sah. Immer wieder hielt es inne, dann glitt es weiter. Am bestürzendsten war, dass dieses Etwas der Gestalt eines Mannes ähnelte. Bis auf den Unterschied, dass es sich wand wie eine Schlange und mit dem Kopf nach unten voranbewegte, ohne sich von der Mauer zu lösen.

Gütiger Himmel! Es kam auf Welling zu.

Der Makler wich von der Fassade zurück und fiel beinahe hin, als er die Straße überquerte. Auf dem Gehsteig der anderen Seite stürzte er auf seinen Wagen zu. Immer wieder blickte er über die Schulter angsterfüllt zum Chelsea zurück. Der Schnee nahm ihm die Sicht. Vielleicht war das besser so.

Mit klopfendem Herzen flüchtete er sich in seinen Wagen und drückte, sobald er die Tür hinter sich zugezogen hatte, auf die Zentralverriegelung. Mit zitternder Hand schob er den Zündschlüssel ins Schloss. Hier war seines Bleibens nicht länger!

Auf der Windschutzscheibe verdeckte ihm eine Schneeschicht die Sicht. Welling setzte den Scheibenwischer in Gang und warf furchtsam einen Blick zum Chelsea, das sich aufgrund des dichten Schneefalls nur unscharf in der Ferne abzeichnete.

Da zog etwas rechts neben ihm seine Aufmerksamkeit auf sich. Was er jetzt entdeckte, ließ ihm den Atem stocken. Dieses Etwas war noch nicht da gewesen, als er sich in den Wagen eingeschlossen hatte.

Wo vorher der Koffer gewesen war, befand sich jetzt jemand auf dem Beifahrersitz.

»Guter Gott, Sie sind doch …«

»Ich unterzeichne nichts mehr handschriftlich, Idiot«, murmelte ein zweifellos nicht natürlicher und dennoch sehr echt wirkender Sid Vicious.

Während seines gerade einmal siebenundzwanzigjährigen Aufenthalts bei den Toten hatte sich der ehemalige Bassist der Sex Pistols kein bisschen verändert. Immer noch besaß er die Fratze eines von Drogen zerfressenen Engels, braune Haare im Irokesenschnitt und wulstige Lippen, zwischen denen ein rasch und lieblos gedrehter Joint hing. Er sah alles andere als freundlich aus.

»Ich habe sie nicht umgebracht. Das habe ich diesem blöden Bullen gesagt«, gab die in ihre Gedanken versunkene Gestalt von sich. »Er wollte mir nicht glauben, verflucht!«

Sid sprach von seiner Freundin Nancy Spungen, die man in Zimmer 100 des Chelsea erdolcht neben ihm gefunden hatte.

Unter anderen Umständen wäre Welling durchaus geneigt gewesen, ihm zu glauben. Im Jahr 1979 war Sid Vicious durch Alkoholcocktails, Heroin und Metadon so am Boden, dass meistens er es war, der die Schläge einstecken musste. Die Schläge der Dealer, aber auch die von Nancy, die allem Anschein nach nicht vor Gewalttätigkeiten zurückschreckte. Jetzt aber hatte Welling seine Zweifel.

Sid Vicious kam ihm unglaublich groß vor. Für einen Toten wie für einen Lebenden.

Riesengroß war er – als wäre er eine Nummer zu groß wiederauferstanden. Jetzt saß er hier neben Welling, vornübergebeugt, gekrümmt, als wäre sein Hals gebrochen, die Schultern gegen das Dach des Lexus gepresst, und die Knie stießen oben ans Armaturenbrett.

»Sie ist kein menschliches Wesen«, heißt es in der Rotten-Version von *God save the Queen* über Königin Elisabeth. Das traf jetzt aber auch auf den eine Nummer zu großen Sid auf dem Beifahrersitz zu.

»Ich habe Nancy nicht umgebracht. Ich habe sie geliebt.«

Traurigkeit mischte sich in seine Stimme, und als er seinen Kopf zu Welling drehte, weinte er blutige Tränen.

»New York sehen und sterben, das haben Nancy und ich immer gesagt.«

Er streckte seinen riesigen, von Einstichen übersäten linken Arm in Richtung Welling aus.

»Du hast genug von New York gesehen, du Arsch.«

Er packte Welling im Genick und schlug dessen Kopf drei Mal gegen das Lenkrad, das unter den gewaltigen Schlägen in Stücke brach. Bevor er starb, dachte Welling so etwas wie: Der Kerl hat so viel Kraft wie eine Hebebühne. Aber vielleicht konnte er auch diesen Gedanken nur noch halb zu Ende denken. Vielleicht hatte er auch nur noch das Bild einer gewaltigen Hebebühne vor Augen, ohne dass seine Neuronen in der jähen Verwirrung die Zeit zu der Feststellung gefunden hätten, dass das die passendste Metapher für die Kraft dieses der Hölle entstiegenen Sid Vicious war.

Niemals zuvor hatte Jodie ihre drei Freunde so aufgeregt gesehen.

Es war ihnen gelungen, den Code zu knacken, und nun lag die Botschaft entschlüsselt vor ihnen auf dem Tisch wie eine Kriegstrophäe:

BEGINNT MIT OPERATION DÄMONEN
WERDE FÜR DAS OPFER MARCH IN DER
STIFTUNG SEIN

Alle vier saßen um den Wohnzimmertisch herum. Sie waren stolz darauf, die Lösung gefunden zu haben, aber auch besorgt über das, was diese Worte verhießen. Sie besaßen jetzt drei wichtige Informationen. Die erste lieferte zwar keine Antwort auf die alles entscheidende Frage, wo sich General Fenryder in diesem Augenblick aufhielt, verwies aber auf den Ort, an dem er sich demnächst befinden würde. Und diese Information musste dringend dem FBI übermittelt werden. Die zweite Information besagte, dass Senator Marvin March, der Präsident des Senatsausschusses, das nächste Opfer von Fenryder und seinen Wölfen sein würde. Auch diese Information war sehr aufschlussreich: Bisher sahen sich March und mit ihm der Staat in der Rolle der Jäger, in Wirklichkeit jedoch waren sie das Wild. Der dritten Information zufolge war der Diebstahl des Bildes *Die Dämonen* von Forrest Teil einer groß angelegten Operation gleichen Namens. Nach Senator March war diese Botschaft am 18. September an den Großen Wolf Walter Skoll geschickt worden. Genau vier Tage später fand der Diebstahl in der Filiale der Stiftung statt. Diese Übereinstimmungen von Namen und Daten konnten kein Zufall sein. Forrest brachte es als Erster auf den Punkt.

»Es gibt keinen Zweifel«, erklärte er mit fiebrig glänzenden

Augen. »Der Diebstahl meines Bildes hat den Wölfen als Startsignal für ihre Organisation gedient. Nehmen wir einmal an, dass aus Sicherheitsgründen nur Walter Skoll mit General Fenryder in Kontakt steht. Nehmen wir an, dass die anderen Wölfe also weder wissen, wo sich ihr Meister Fenryder befindet, noch was er oder seine Vertrauten tun. Nehmen wir weiter an, dass sie untereinander nicht kommunizieren dürfen oder können, da jeder Wolf auf einem streng eingegrenzten Gebiet isoliert ist. Erinnert euch nur an die verschiedenen Zonen auf der Karte des Finsteren Reiches.«

»Wir wissen«, unterbrach ihn Tim jetzt, um diese Überlegungen fortzuführen, »dass sie sich nur ein einziges Mal bei ihrer jährlichen Sitzung begegnen. Das ist jener berühmte Rat des Phönix, der in der Stiftung abgehalten wird.«

»Nehmen wir an«, fuhr Forrest fort, »dass jeder dieser Wölfe den Rest des Jahres abseits der Menschen und der anderen Wölfe verbringt und nur darauf wartet, bis der Meister ihn ruft, um das Finstere Reich zu errichten.«

Tim unterbrach ihn erneut:

»Alle bis auf Skoll gelten ja als tot, auch der General. Sie müssen also im Verborgenen agieren und alles tun, um ihr Geheimnis zu wahren.«

»Gut. Nehmen wir das alles einmal an, und stellen wir uns nun folgende Frage: Wie würden wir an der Stelle des Großen Wolfs Walter Skoll vorgehen, um den Befehl, den der General ihm gegeben hat, nämlich die Operation Dämonen zu beginnen, an alle quer über die Vereinigten Staaten verstreuten Wölfe zu übermitteln? Wie soll er kommunizieren, wenn er dies weder über Telefon noch Internet oder auf dem Postweg tun kann oder will, da er jeden Kontakt vermeiden muss, über den er ausspioniert werden könnte? Und wie soll er vorgehen, wenn ihm womöglich gar die notwendigen Adressen fehlen?«

Tim musste lächeln.

»Scharf nachgedacht, Forrest«, lobte er. »Um die Botschaft zu übermitteln, hat Skoll *selbst* den Einbruch in seine Stiftung organisiert.«

»Er wusste sehr genau, dass der Diebstahl von den Medien gierig aufgegriffen und damit im ganzen Land verbreitet werden würde. Und so würde auch seine Nachricht überall ankommen. Genau das ist eingetroffen. Noch am gleichen Tag haben sich die Sender mit ihren Berichten über den Diebstahl gegenseitig übertroffen. Stellt es euch doch einmal vor! Ein Diebstahl mitten in New York, bei dem millionenschwere Beute gemacht wird, und außerdem kommen noch mehrere Personen dabei ums Leben! Und natürlich haben alle Medien den Titel des entwendeten Werkes ebenso ausführlich zitiert wie den Namen des geschädigten Besitzers, also *Die Dämonen* und Walter Skoll. So wurden die Botschaft und der Unterzeichner genannt.«

»Das erinnert mich an eine Novelle von Borges«, kommentierte Sarah. »Ein Spion tötet einen Mann wegen seines Namens, der gleichlautend mit dem Namen der Stadt ist, die die Flugzeuge bombardieren sollen.«

»Es ist absolut das gleiche Schema, trickreich und grausam«, stimmte Forrest zu.

Nachdenklich kratzte Tim sich am Kinn und sagte:

»Jetzt müssen wir nur noch herausfinden, worin diese Operation Dämonen besteht.«

»Könnte es nicht heißen, dass zu der Großen Nacht aufgerufen wird?«, schlug Jodie vor.

»Nein. Das glaube ich nicht. Wenn es darum ginge«, entgegnete Sarah, »so wäre in der Botschaft ganz unverblümt von der Großen Nacht die Rede gewesen.«

»Sarah hat recht«, stimmte Tim zu. »Ich glaube auch, dass es sich um zwei unterschiedliche Operationen handelt, wobei die kleinere natürlich der Wegbereiter für die größere sein kann.«

»Und aus dem gleichen Grund«, fuhr Sarah fort, »ist die Ermordung von Marvin March nicht zwangsläufig identisch mit der Operation Dämonen. Möglicherweise ist sie nur ein Teil davon.«

Tim erhob sich:

»Du musst den Senator warnen. Mach bei der Gelegenheit gleich ein Treffen mit ihm aus, vielleicht heute Nachmittag.« Dann wandte er sich an Forrest: »Wenn du wieder in der Stiftung bist, dann geh kein überflüssiges Risiko ein. Beobachte lediglich, wer hineingeht, und sag uns Bescheid, wenn es etwas Neues gibt. Ich selbst werde Jodie und ihre Mutter ins Landhaus von Doktor Kyle in Massachusetts begleiten. Wenn alles gut läuft, bin ich am Nachmittag wieder zurück.«

Michael Welling unterhält sich mit Eliot March

Dieser Tag sollte vergehen, ohne dass jemand Michael Welling über den morgendlichen, tragischen Tod seines Bruders, des bekannten Kunstmaklers Eric Welling, informierte. Das ergab sich schon daraus, dass die Polizei die Leiche erst spätabends fand, aber selbst wenn sie früher entdeckt worden wäre, hätte die Polizei große Schwierigkeiten gehabt, Michael Welling von dem Mord zu unterrichten, da dieser seit Langem weder eine feste Adresse noch einen Job besaß.

Für ihn begann der Tag nicht wie jeder andere. Beim Aufwachen bemerkte er zu seinem Erstaunen, dass weder Reverend Gardner noch Eliot March da waren. Die drei Männer teilten seit mehreren Wochen das gleiche Zimmer in diesem besetzten Haus in der Bronx, und zum ersten Mal stand Michael als Letzter auf. Er sah durch das bei einem Geplänkel mit der Polizei in Seattle verkratzte Glas auf seine Armbanduhr. Es war erst kurz nach halb acht, was Michael nur noch mehr staunen ließ. Gewöhnlich döste Gardner bis zur Mittagszeit. Hatte die im Vergleich zu den vergangenen Tagen sehr viel strengere Kälte den alten Reverend aus dem Bett getrieben?

Michael rieb sich die Augen und fuhr sich ordnend durch die Haare. Dann stand er auf. Anziehen brauchte er sich nicht, denn er schlief in Jeans und Jacke. Wegen der Kälte, aber auch wegen eines möglichen Diebstahls.

Er ließ seinen Blick durch das leere Zimmer schweifen.

Neben den drei Strohsäcken lagen etwa zehn Kerzen auf dem Boden, mit denen sie sich nachts Licht machten. Sie steckten in leeren Wasserflaschen und waren beinahe vollständig heruntergebrannt. Im grauen Morgendunst wirkten selbst die grellbunten Graffitizeichnungen an den alten Mauern traurig und düster.

Michael zog seinen rechten Schuh aus, um ein Bündel Geldscheine herauszuholen. Nein, Gardner hatte es also nicht gestohlen, stellte er beruhigt fest und begann ebenso beruhigt, das Geld zu zählen. Einhundertfünfundzwanzig Dollar, das war alles, was ihm von seinen fünf Jahren Arbeit im Dienst der kapitalistischen Megamaschine – als Grafiker in einer Designfirma – geblieben war. Er stopfte die Scheine in die Gesäßtasche seiner Jeans und schob die drei neuen Farbdosen, die er am Tag zuvor gekauft hatte, in die Taschen seines alten Blousons. Dann machte er sich auf den Weg. Der Flur lag verlassen vor ihm, und er dachte, dass das besetzte Haus in der grauen Morgendämmerung an ein Schlachtfeld erinnerte, auf dem am Tag zuvor ein verheerendes Gemetzel stattgefunden hatte. Alles, was sich noch auf den Beinen halten konnte, hatte sich davongemacht, und alles, was noch geblieben war, lag im Sterben oder war bereits tot. Der Unterschied bestand lediglich darin, dass alles, was sich hier die ganze Nacht wenigstens annähernd auf den Beinen halten konnte und redete, Drogen nahm, tanzte oder Liebe machte, jetzt steifgefroren von der Dezemberkälte unter einem Berg zerrissener Decken oder feuchter Kartons schlief und von blutigen Revolutionen oder sonnenverwöhnten warmen Inseln träumte.

Michael stieg über die Außentreppe, eine alte gusseiserne Konstruktion, in den Hinterhof hinunter. Die Hausbesetzer hatten sich angewöhnt, auf diesem Weg von den oberen Etagen nach unten zu gehen, da alle anderen Treppen im Innern des Gebäudes jederzeit einstürzen konnten.

Draußen hatte es aufgehört zu schneien, und der eine Stunde zuvor gefallene Schnee war bereits vollständig geschmolzen.

Das Feuer im Hof war wieder in Gang gebracht worden, und eine geduckte Gestalt wärmte sich daran. Als Michael das untere Ende der Treppe erreicht hatte, sah er, dass es Eliot March war. Er schlug den Kragen seines Mantels hoch und trat zu ihm. Noch bevor er sich danach erkundigen konnte, teilte Eliot ihm mit, dass Gardner in »Geschäften« unterwegs war und ihn nicht hatte mitnehmen wollen. Ohne den Reverend wirkte Eliot kopflos und verletzlicher denn je. Ans Feuer gekauert, streckte er die Hände über die Glut. Der rechte Ärmel seines dicken Pullovers war hinaufgeschoben, woraus Michael schloss, dass er sich gerade eine Spritze gesetzt hatte. Die Zuckungen, die seinen Körper durchfuhren, waren nicht nur auf die Kälte und mangelhafte Ernährung zurückzuführen. Aber die Droge verteilte sich jetzt in seinem Blut und würde alle Entbehrungen von ihm nehmen. Gleich würde sie ihm Entspannung und dann das ersehnte Vergessen bringen.

Schon mehrmals hatte sich Michael gefragt, wo der völlig mittellose Eliot das Heroin herhatte. Er war zu dem Schluss gekommen, dass Gardner es ihm besorgte. Damit war das Geheimnis zwar nicht gelüftet, das Fragezeichen stand jetzt aber beim »Reverend«.

Michael setzte sich im Schneidersitz neben ihn. Eliot klopfte ihm zur Begrüßung auf die Schulter, und Michael erwiderte den Gruß mit einem leichten Lächeln. Michael mochte den Jungen gern.

»Was für eine Scheißkälte!«, bemerkte Eliot, ohne den Blick von den Flammen zu wenden.

Schweigend verharrten sie eine Weile Schulter an Schulter vor dem Feuer, das ihnen lediglich einen Hauch von Wärme spendete.

Dann fragte Eliot mit schwerer Zunge:

»He! Michael, wie bist du denn eigentlich hierhergekommen?«

Es schien Michael, als hätte Eliot seine Frage zunächst anders formulieren wollen, nämlich etwa: Wie haben wir es nur angestellt, du und ich, dass wir beide in diesem Rattenloch leben müssen?

Da er die Frage für Eliot nicht beantworten konnte (er wusste im Grunde fast nichts über dessen Vergangenheit), hing Michael in Gedanken seinem eigenen krummen Lebensweg nach.

Vor ungefähr zehn Jahren hatte er in Chicago Kunst studiert, wo der Maler Forrest Magnus zu seinen Freunden zählte. Anders als dieser hatte er das Studium nicht abgeschlossen und stattdessen in einer Designfirma gearbeitet, die sich auf die Beschilderung öffentlicher Plätze spezialisiert hatte. Seine Arbeit bestand darin, Wegweiser zu entwerfen, die ästhetisch und lesbar zugleich waren – unter größtmöglicher Berücksichtigung der Verständnisprobleme, die sie an bestimmten Orten und bei bestimmten Personen hervorrufen konnten. Manchmal ging es lediglich darum, die richtige Größe der Buchstaben zu treffen, manchmal ging es um die richtige Farbe oder die Anordnung der einzelnen Bildelemente. Seine Arbeit gefiel ihm sehr, zumindest am Anfang. Er wurde recht gut bezahlt, und durch die Aufgabe hatte er endlich das Gefühl, der Gesellschaft von Nutzen zu sein. Auch wenn sein Beitrag nur darin bestand, fremden Reisenden bei der Orientierung in einem Bahnhof zu helfen, so war dies dennoch ein kleiner Stein im großen Bauwerk des gesellschaftlichen Lebens, oder etwa nicht? Trug er nicht auf seine Weise zum besseren Miteinander der Menschen bei? An einem nervenaufreibenden Ort wie einem Flughafen oder einer U-Bahnstation konnte dank einer guten Beschilderung alles ganz wunderbar klar, übersichtlich und einleuchtend werden. Dieses Ziel war mit ein bisschen gesundem Menschenverstand ziemlich leicht zu erreichen. Man musste nur das richtige Schild am richtigen Ort und in der richtigen Höhe anbringen. Darüber hinaus sollten seine Werke diese Taugenichtse von Sprayern nicht in Versuchung führen.

Dieser letzte Punkt war auf Dauer am schwersten zu bewerkstelligen. Das war Michael klar, und die Ereignisse des Jahres 1992 in Washington sollten ihn in seiner Annahme bestätigen. Als er im Fernsehen gesehen hatte, welches Schicksal manche Gegner des Weltwirtschaftsgipfels den Pfeilen und Piktogrammen zugedacht hatten, die er für den Bahnhof dieser Stadt ersonnen hatte, war die Wut in ihm hochgekommen. Er hatte sich persönlich getroffen gefühlt, ja, er war außer sich angesichts dieses absurden Vandalismus, dieses barbarischen Bildersturms.

In seinen Augen waren diese Demonstranten nichts anderes als eine Bande kleiner Schmutzfinken, die nichts weiter im Sinn hatte, als Schaufenster einzuwerfen und Schilder zu beschmieren. Es bestand kein Zweifel daran, dass sie durch derlei feige Aktionen die Orientierung erschweren und die Welt unleserlich machen wollten. Sie wollten die Gesellschaft zerstören.

Tagelang war er von seiner Wut wie besessen gewesen. Er hatte sich gar über Schusswaffen informiert. Nichts war leichter, als sich eine P38 über das Internet zu bestellen. Jedoch war ihm rasch klar geworden, dass ihm die Konfrontation mit diesen neuen Primitiven zum Verhängnis werden könnte. Am Ende würde er noch seinem älteren Bruder Eric ähnlich, der auf nichts anderes schwor als auf die Heilige Dreifaltigkeit des Materiellen (Arbeit, Geld und Sex) und bei jeder Wahl konservativ wählte. Da er Eric diesen Gefallen nicht tun wollte, hatte Michael sich beherrscht.

Seine Neugierde hatte sich von Schusswaffen auf die Ideen seiner barbarischen »Feinde« verlagert. Anfänglich schätzte er sie als kindlich und geschwätzig ein. Der Bruch mit der Marktwirtschaft verlangte seiner Meinung nach etwas anderes als die Verhaltensweisen spät entwickelter Jugendlicher. Dann stieß er auf die anarchischen Texte von Hakim Bey, die für ihn geradezu eine Erleuchtung waren.

Hatte ihn eine leichte Variante des Stockholm-Syndroms erwischt, oder erlebte er eine neue Version des Weges nach Damaskus? Jedenfalls las er sämtliche Texte von Hakim Bey mit der glühenden Leidenschaft eines frisch Bekehrten und fragte sich, warum er die dort mit solcher Klarheit und Schönheit verkündeten Dinge nicht von sich aus begriffen hatte. Ja, es ging darum, die Welt erneut zu verzaubern, und diese Verzauberung vollzog sich über die Aktivitäten dazu auserwählter Bruderschaften.

Nach Jahren des Vorsichhindämmerns war ein solches Erwachen schmerzhaft.

Er begriff, dass er in den letzten Jahren nur ein Schlafwandler im Dienst der Megamaschine gewesen war. Alles, was ihm bisher irgendeinen Wert zu besitzen schien – seine Arbeit, seine Freunde, seine Kinobesuche –, wurde mit einem Schlag unbedeutend. Er gab seine Gewohnheiten nicht sofort auf, aber er ließ langsam von ihnen ab.

In Chicago nahm er an zwei oder drei spontanen Festen teil, die alle in wilde Orgien mündeten, sowie an Aktionen, die vom »magischen Terrorismus«, wie Hakim Bey ihn predigte, inspiriert waren. An der Spitze eines aus Frauen und Männern bestehenden Kommandos stürmte er ohne Waffen einen Supermarkt. Später sperrte er mit den gleichen Leuten drei Fleischer in ihre Kühlkammer, nachdem er sie gezwungen hatte, sich vollständig zu entkleiden. Diese Aktion geschah im Namen der Verteidigung der Tiere. Ebenfalls mit der gleichen Gruppe hatte er mindestens zehn Luxus-Geländewagen demoliert. Dies geschah im Namen der Vereinigten Front gegen die Yuppies.

Michael wurde jedoch ziemlich schnell klar, dass derartige Unternehmungen für ihn eine Zerstreuung wie jede andere bedeuteten, nicht mehr und nicht weniger. All diese Aktionen glichen den Zusammenkünften des Lions Clubs junger Emporkömmlinge. Der Aufstieg einer »Gegengesellschaft« würde sich niemals über solche Kindereien vollziehen. Etwas Anderes, Ernsteres, Stärkeres war notwendig. Er spürte förmlich, dass sein Körper nach Gewalt als dem angemessenen Mittel schrie. Dass er weitergehen musste auf seinem heilbringenden Weg der Entbehrung.

Da begann er sich für die Black Blocks und ihre Aktionen zu interessieren.

Diese besessenen Anarchisten schreckten in den Städten vor keiner Gewalt zurück und bildeten den radikalsten Flügel der Anti-Globalisierungsbewegung. Durch ihre kompromisslose Propaganda isolierten sie sich deshalb auch von den übrigen Globalisierungsgegnern, die ihre Präsenz bei Demonstrationen nicht schätzten und sie im besten Fall für primitive Schläger hielten. Die Black Blocks hatten aber sehr wohl auch etwas zu sagen. Sie warfen den Verfechtern der im Jahr 1972 vorgeschlagenen Tobin-Steuer oft vor, dass es ihnen nur darum ginge, etwas soziales Öl in die kapitalistische Maschinerie zu gießen, und ihrem globalen Forum warfen sie vor, lediglich eine traurige Parodie des Weltwirtschaftsforums der Neoliberalen zu sein. Bisweilen spotteten sie auch über Hakim Bey und seinen poetischen »Terrorismus«. All diese extremen Positionen kamen Michael Welling entgegen. Da die Black Blocks niemals Zugeständnisse machten, trat er in ihre Reihen ein. Er wurde ein Entfesselter unter Entfesselten.

Am 30. November 1999 war er an der Verwüstung eines Nike-Geschäfts in Seattle beteiligt. Weitere Aktionen folgten. Von nun an nahm er an all ihren Kundgebungen teil.

Er akzeptierte es zwar, sich schwarz zu kleiden wie sie, aber er lehnte es trotz der allgemeinen Warnung »Lächle! Du wirst beobachtet« weiterhin ab, sein Gesicht unter einer Mütze zu verstecken. Er wollte mit unvermummtem Gesicht handeln. Darin sah er einen zusätzlichen Reiz. So gelang es der Polizei rasch, eine ganze Reihe guter Fotos von ihm zusammenzustellen. Einmal zierte er sogar die Titelseite der *News Week* und des *Time Magazine*. Für das ganze Land wurde er »Welling, der Abtrünnige«.

Ein Bild verfolgte ihn unentwegt: vermummte junge Leute, die einen Wegweiser verunstalteten. Für Michael hatte alles mit dieser Aktion begonnen, die er nun nicht länger als Vandalismus einstufen wollte. Er begriff, dass auch er selbst so weit kommen musste. Also begann er, die unterschiedlichsten Schilder zu entfernen: Einbahnstraßen, Wegweiser, Kilometerangaben, Geschwindigkeitsbegrenzungen. Gelang es ihm nicht, sie zu zerstören, überzog er sie mit einer dicken Farbschicht, um sie unleserlich zu machen.

Während seine Freunde sich um die Schaufenster kümmerten, galt sein Augenmerk ausschließlich den Schildern. Er glaubte, dass die Leute ohne diese Orientierung das Pathos ihres Daseins, die Ausrichtung ihres Lebens neu erfahren würden. Man musste sich erst verlieren, um sich wieder finden zu können. Nicht mehr den Wegweisern folgen, wiederholte er immer wieder mit dem ganzen Fanatismus eines Abtrünnigen.

Sein Denken veränderte sich entsprechend der Gewalt, die er seiner Umgebung und seinem Körper antat.

Er las John Zerzan, einen der führenden Denker der Black Blocks. Er las Fifth Estate, er las Perlman, er las Moore. Und er begann zu schreiben. Texte, die dem Primitivismus huldigten. Sie wurden sogar in anarchistischen Zeitungen veröffentlicht, die Zerzan mehr oder weniger nahestanden.

Sein Denken veränderte sich immer stärker, er verlangte nach immer größeren Entbehrungen.

Schon bald überwarf er sich mit Zerzan. Selbst von den Black Blocks distanzierte er sich. Er glaubte nicht mehr an die Effizienz der Gemeinschaften und auch nicht an die Tugenden der Gewalt.

Er gab auch seinen Job und seine Wohnung auf, und er räumte sein Bankkonto leer.

Schon zwei Jahre lebte er jetzt auf diese Weise in den Tag hinein, zunächst in Chicago, dann hier in New York.

So war er, Michael, in diesem besetzten Haus in der South Bronx gelandet. Er hätte Eliot seinen ganzen Werdegang erzählen können, hätte er dies nicht als zu »bürgerlich« empfunden. Deshalb zog er es vor, seine Geschichte in nichtssagenden Redewendungen zusammenzufassen und mit ihnen auf Eliots ursprüngliche Frage zu antworten:

»Ich bin ganz schön herumgekommen, scheint mir.«

Dann drehte er sich zu Eliot um und sagte:

»Gardner hat mir gesagt, dass dein Vater in der Politik ist.«

Bei diesen Worten musterte Eliot ihn mit plötzlich verzerrten Zügen.

»Weißt du was, Michael? Er und ich, wir beide werden uns wiedersehen. Mein Vater hat mich nie verstanden, verstehst du? Aber jetzt wird er verstehen, der alte March. Er wird gezwungen sein zu verstehen.«

Merkwürdigerweise hörte Michael aus diesen beschwörenden Worten nicht nur eine vage Drohung, sondern auch so etwas wie eine Hoffnung heraus. Jetzt musste er nur noch entscheiden, welcher Eindruck richtig war …

»Tu nichts, was du bereuen könntest«, riet er.

»Oh, dafür ist es zu spät«, sagte Eliot und wies mit dem Kinn auf seinen zerstochenen entblößten Arm.

Sollten die Dinge tatsächlich unumkehrbar sein? Tatsächlich hoffnungslos? Behielt die Welt ihre schönsten Früchte allein den Individuen vor, die sich mit ihren Regeln abfanden?

»Eliot, was tust du mit einem Typen wie Gardner?«

»Der Reverend ist mein Heil«, murmelte Eliot mit halbgeschlossenen Augen benommen, da die Wirkung der Droge bereits einsetzte. »Auch du wirst das noch begreifen.«

»Ich möchte gerne … ich möchte, dass du morgen mit mir kommst, wenn ich die Stadt verlasse. Ich werde woanders leben. In den Wäldern, in Einklang mit der Natur, verstehst du. Wie … wie Thoreau. In einer Hütte, die ich bauen werde … Ich habe genug von der ganzen Scheiße hier. Ich habe genug von …«

Aber Eliot hörte ihn bereits nicht mehr.

Für so arme Typen wie Eliot hatte Michael die Welt ändern wollen.

Traurig klopfte er ihm auf die Schulter und erhob sich.

Als er durch den alten eingerissenen Zaun des besetzten Hauses stieg, traf er Gardner, der von seinen »Geschäften« zurückkam. Er bemerkte den gepanzerten Koffer in dessen Hand.

»Saumäßig kalt, nicht wahr?«, sagte der Reverend.

»Eliot wartet schon auf Sie«, teilte Michael ihm mit und wies auf den Hinterhof.

Gardner schien sich darüber zu ärgern, dass Eliot hier unten war.

»Lass ihn in Ruhe«, sagte er und machte kehrt. »Ich muss noch zwei oder drei Kleinigkeiten regeln. Wo gehst du denn hin?«

Michael vertraute ihm an, dass er sich auf den Weg nach Manhattan machen wolle, in die 57th Street. Also in die Ecke der Kunstgalerien.

»Wieder mal sprayen?«, fragte Gardner. »Schön, schön. Gehen wir ein Stück zusammen. Einverstanden, Kleiner?«

Während er bereits losging, nahm er den Koffer von der einen in die andere Hand.

Sie befanden sich jetzt auf dem Southern Boulevard, den sie weiter hinaufgingen, um auf die Boston Road zu gelangen.

»Morgen steht der große Aufbruch in die Wälder an?«, fragte Gardner wie ein Arbeitskollege, der sich nach dem bevorstehenden Urlaub erkundigt. »Er findet doch morgen statt, nicht wahr?«

Seit einigen Tagen legte er ein lebhaftes Interesse für Michaels Pläne an den Tag.

»Und warum nicht heute?«, wollte Gardner jetzt wissen.

»Die Journalistin«, erwiderte Michael lediglich.

Es war ihm traurig zumute wegen Eliot. Er wollte mit niemandem sprechen und schon gar nicht mit Gardner.

»Ach, ja! Die Frau von der *New York Times*, die eine Geschichte über dein *exemplarisches* Leben schreiben will. Du wirst ihre Einladung also annehmen?«

Michael nickte.

»Das ist schön, Kleiner. Das ist sehr schön. Das musst du wirklich tun. Ein passender Abschied von New York. Ein schöner Aufbruch! Aber ich bin ungeduldig wie der Nazarener!«, ereiferte Gardner sich. Dann fügte er im Tonfall des leibhaftigen Propheten mit erhobener Hand hinzu: »Ich bin gekommen, Feuer auf die Erde zu werfen, und wie wünschte ich, es wäre schon angezündet! Lukas, Kapitel 12, Vers 49.«

Dann brach er in ein befremdliches Lachen aus.

Michael blieb stehen, um ihn anzusehen.

»Reverend, ich habe nun wirklich keine Verabredung mit dem Satan«, fühlte er sich bemüßigt zu beteuern.

»Man kann nie wissen, Michael. Man kann nie wissen. Es ist wie in Babylon, Auge um Auge, Zahn um Zahn!«

Michael hatte ihn nie zuvor so fröhlich erlebt.

»Wenn ich diese kleine Schnüfflerin von Journalistin wäre, so würde ich dir eine Frage über den Staat stellen. Willst du nicht wissen, welche? Komm schon, sei ein wenig neugierig! Nein? Gut, ich werde dir diese Frage trotzdem stellen. Du verstehst überhaupt keinen Spaß, ist dir das klar? Wir gehen ein Stück zusammen, und du sagst überhaupt nichts. Du könntest dich immerhin ein wenig anstrengen, mein Kleiner. Das sind schließlich die letzten Minuten, die wir zusammen verbringen.«

»Dann stellen Sie halt Ihre Frage«, seufzte Michael.

»Also gut. Nun, wenn ich diese Journalistin wäre, so würde ich dich fragen: Mister Sowieso, denn sie wird dich sicher ›Mister‹ nennen und nicht ›Kleiner‹ – also, Mister Anarchist, Sie wollen also die Zivilisation verlassen, um als braver Wilder wie Thoreau zu leben. Aber wenn alle dies tun würden, was würde dann aus dem Staat werden? Würde auch er in den Wäldern verschwinden, oder würde er ganz im Gegenteil stärker denn je werden, da seine Widersacher allesamt davongelaufen wären?«

»Der Staat ist ein Stadium, das es zu überwinden gilt, Reverend. Und deshalb muss man … Oder nein. Man hat geglaubt, dass der Staat von einer Kraft niedergedrückt wird. Dass man stärker werden muss als diese … Aber der Staat ist ein infantiles Stadium. Er funktioniert mithilfe … mithilfe von Angst, das ist alles. Er versucht uns Angst zu machen, als … als wären wir immer noch Kinder. Deshalb glaube ich … ich glaube, dass er mit Gewalt nicht bezwungen werden kann. Aber … aber mit Entschlossenheit … mit bewusstem Handeln, ja. Mit mehr Bewusstsein.«

»Er spricht mit mir! Endlich spricht er mit mir!«, spottete Gardner.

Michael verfluchte sich, dass er weich geworden war. Gardner klopfte ihm auf die Schulter.

»Es macht mir Spaß, so früh am Morgen deinen anarchischen Ideen zu lauschen. Sie sind stets … erbaulich. Der Staat, der Staat, der Staat! *Das kälteste Ungeheuer von allen*, wie man so schön sagt, scheint mir recht lau. Ja, lau. Du sagst, er will uns wie Kinder halten. Meine Meinung ist, dass der Staat ebenso wenig zu lieben wie zu töten versteht, dass er ebenso wenig fähig ist, gerecht wie stark zu sein. Nur wenn man nichts zuwege bringt, ist man der Richtige für diese schwammige Angelegenheit, die der Staat ist. Das ist meine politische Überzeugung, Kleiner! Aber sieh nur, wir sind ja schon am Crotona Park. Ich werde dich hier verlassen.« Er trommelte mit seiner linken, über und über mit dämonischen Zeichen tätowierten Hand auf den Koffer. »Ich muss diesen Schatz jemandem übergeben.«

An der Kreuzung überquerte Gardner die Boston Road, und Michael sah ihm nach, bis er im Park verschwunden war.

Wer sonst als der Teufel, dachte er, konnte einen solchen Typen wie Gardner erschaffen haben?

Das Satori in einem Abwasserkanal?

Wieder zurück in Brooklyn, trennten Sarah und Forrest sich vor dem Rockefeller Center in der Fifth Avenue. Sie überließ ihm das Auto, damit er zur Stiftung fahren konnte, wo er, wie Tim ihn gebeten hatte, weiter die Rolle des Spions spielen wollte, während er seine Bilder aufhängte. Sarah kehrte in ihre Wohnung zurück und wollte wie abgesprochen versuchen, Senator March zu erreichen.

Sarah verschwand im Schacht der U-Bahn, kaufte einen Jeton und begab sich auf den Bahnsteig der Linie F in Richtung Süden.

Plötzlich hatte sie das Gefühl, dass sie verfolgt wurde. Sie verlangsamte ihren Schritt und drehte sich um, damit sie die Leute hinter sich in Augenschein nehmen konnte. Um diese Zeit befanden sich nicht sehr viele Leute auf den Bahnsteigen. Es waren vor allem leitende Angestellte in Anzug und Krawatte unterwegs, die ihren ledernen Aktenkoffer und oft ein *Wall Street Journal* bei sich trugen, oder aber sauertöpfisch dreinschauende Sekretärinnen mit dick aufgetragenem, grellrotem Lippenstift und betörendem Parfumduft. Alle schienen es sehr eilig zu haben und gingen an Sarah vorbei, ohne ihr die geringste Aufmerksamkeit zu schenken, so sie sie anrempelten. Und niemand weit und breit trug einen schwarzen Handschuh an der rechten Hand. Das war einigermaßen beruhigend.

Nach kaum einer Minute kündigte ein metallisches Dröhnen die nächste Bahn an. Sie fuhr ein, und Sarah stieg in einen der mittleren Wagen.

Bis zur Station in der 42nd Street musste sie stehen. Dann wurde ein Platz in der Nähe des Fensters frei. Die Frau neben ihr las das Buch *Massaker in Manhattan* von Stanley Holder. Als sie Sarahs neugierigen Blick auffing, funkelte sie giftig zurück. Sarah lächelte und blickte in eine andere Richtung.

Das Gefühl, verfolgt zu werden, hatte sie nicht losgelassen. Deshalb studierte sie jetzt die Gesichter und Hände der Passagiere um sich herum. Auch hier fand sie keinen Grund zur Panik, beschloss aber, wachsam zu bleiben.

Zwischen der 23rd und der 14th Street bremste der Zug plötzlich, die Beleuchtung des Wagens erlosch kurz und ging dann wieder an.

Sie waren auf freier Strecke stehen geblieben.

Sarahs Sitznachbarin sah von ihrem Bestseller auf und warf einen verstörten Blick durch die schwarzen Scheiben des Wagens. Sie wollte sich gerade wieder in ihr Buch vertiefen, als plötzlich die Türen von außen geöffnet wurden. Vier vermummte und mit Maschinengewehren bewaffnete Gestalten stürmten in den Wagen. Die Reisenden begannen zu schreien.

»Haltet die Schnauze«, schrie einer der Männer und bedrohte die Passagiere mit seiner Automatik. »Wenn ihr still seid, geschieht niemandem etwas, verstanden? Das ist kein Überfall, ich wiederhole, das ist kein Überfall. Wir haben es weder auf euer Leben noch auf euer Geld abgesehen, verstanden?«

Während er sprach, baute sich einer seiner Komplizen vor Sarah auf.

»Folgen Sie uns bitte«, forderte er sie auf.

Erstaunt über das »bitte«, gehorchte sie und folgte ihm auf die Gleise.

»Hier entlang«, bedeutete ihr der mit ausgestiegene Mann.

Sie gingen bis zum letzten Wagen am Zug entlang.

Dort wartete ein fünfter Mann.

Er war asiatischer Herkunft, hatte braunes Haar und war etwa einen Meter fünfundsiebzig groß. Sarah wusste sofort, dass es 10–13 war.

»Ich bin hergekommen, um Ihnen die Geschichte zu erzählen«, sagte er mit unglaublicher Dreistigkeit.

»Die Geschichte von der Ratte und dem Kanalreiniger«, erinnerte sich Sarah.

»Ja, ich hatte sie Ihnen bei unserem letzten Telefonat versprochen. Ich fange also an. Eines Tages stieg ein Mann namens Big Joe in die Kanalisation in Hunts Point hinunter. Big Joe war ein Schwarzer, und die Stadtverwaltung bezahlte ihn dafür, dass er die

Abwasserkanäle sauberer hielt als sein eigenes Scheißhaus, müssen Sie wissen, Sarah. Die Kinder im Viertel wussten, dass er seine Frau schlug, wann immer er die Gelegenheit dazu hatte, ganz gleich ob sie von ihm schwanger war oder nicht. Er liebte seine Frau ebenso wenig wie das Viertel, das ist alles. Das machte ihn so missmutig, wie Sie es sich gar nicht vorstellen können. Der einzige Ort auf der Erde, an dem er sich wohlfühlte, war eben unter der Erde. Dort war keine Frau, die ihm die Ohren vollheulte, und auch die Weißen, die ihm Befehle gaben, stiegen nicht hier hinab. Die Abwasserkanäle waren mehr für ihn als seine Arbeit, sie waren sein eigentliches Zuhause. Als er nun eines Tages wieder hinuntersteigt, trifft er auf seinem Weg unglücklicherweise eine alte Ratte, die dort herumstreunt. Er fackelt nicht lange, fängt sie, und die Ratte beginnt in seinen großen Pranken zu quieken. Haben Sie schon einmal eine Ratte quieken gehört, Sarah?« 10–13 hielt einen Augenblick inne, dann fuhr er mit seiner Geschichte fort. »Unser Big Joe wollte nicht, dass Ratten in seinen Kanälen herumstreunten, also begann er, da er Zeit genug hatte, sein Spiel mit der alten Ratte zu treiben. Er brach ihr die Pfoten, eine nach der anderen, dann fasste er sie am Schwanz und schmetterte sie gegen die Wand.«

Ein trauriges Lächeln zeichnete sich auf dem Gesicht von 10–13 ab.

»Ich habe mir gesagt, dass unser Big Joe mehr Solidarität mit der Ratte hätte zeigen müssen. Letztlich gehörte auch sie in die Abwasserkanäle. Es war auch ihr Zuhause. Diese alte Ratte hatte das Recht auf ein kleines bisschen Platz und auf ein wenig Respekt. Aber unser Big Joe hat es vorgezogen, sich wie die Weißen zu verhalten, die ihn oben, an der Oberfläche, am Schwanz fassten und die Wände ablecken ließen. Zu seinem Pech war Big Joe jedoch nicht mit der Ratte allein.«

»Sie waren auch dort unten.«

»Wie scharfsinnig, Sarah!«, rief der Verbrecher bewundernd aus. »Aber ich vergaß, dass ich es mit einer Journalistin zu tun habe.«

»Und was haben Sie zu dem Kanalreiniger gesagt?«

»Nichts.«

»Wirklich?«

»Es gab nichts mehr zu sagen, Sarah. Alles stand fest. Big Joe hat mir gezeigt, was ein Mensch wert ist, ganz gleich wer. Er ist nichts weiter als eine schäbige Überdosis an Bosheit. Ich habe mein Magazin in den Mund dieses Miststücks entladen. Dann habe ich meine Waffe abgewischt und mich neben die auf dem Boden liegenden Leichen gesetzt. Ich habe die sterbende Ratte gestreichelt, habe mit ihr gesprochen. Sie lag auf der Seite und quiekte nicht mehr. Ich bin bis zum Ende bei ihr geblieben, Sarah. Ich habe sie auf ihrem Weg begleitet. Ich habe sie bedauert, dass sie so enden musste. Zu meinen Füßen befand sich eine Pfütze Dreckwasser. Ich sah hinein und entdeckte darin die Farbe der Menschenwelt, aber ich entdeckte auch noch etwas anderes in ihr. Der Schmerz war verschwunden, die Traurigkeit war verschwunden, die Ratte war tot, Big Joe war tot und ich selbst existierte nicht mehr. Es gab nur noch eine unendliche Ruhe, ewigen Schnee, so weit das Auge reichte.«

»Das Erlebnis der Erleuchtung, das Satori der Zen-Mönche. Auch ich würde es eines Tages gerne erfahren, aber um Himmels willen nicht in einem Abwasserkanal.«

»Ein großer Geist hat einmal geschrieben: Die Verdunklung der Welt erreicht niemals das Licht des Seins. Das schien mir an diesem Tag furchtbar zutreffend.«

»Und von da an haben Sie sich dem Morden für das Gute verschrieben?«

»In der Schöpfung stellt der Mensch nur ein Tier dar, das zu viel ist, Sarah. Ich beteilige mich an der großen Säuberung. Ich bringe die Sintflut mit Drogen und Waffen. Sie werden es mir einmal danken. Die einzig berechtigte Frage lautet: Wird es auf der Arche einen Platz auf den Namen Sarah Widar geben?«

»Sie wissen, dass ich Kreuzfahrten nicht sonderlich mag.«

»Wenn alles paarweise an Bord geht, so wird neben dem großen Heiligen der allerschlimmste Gauner gehen. Und wissen Sie was, die beiden werden sich wirklich verstehen. Es wird also tatsächlich das Lamm neben dem Wolf schlafen. Nicht in friedlicher Koexistenz, nein, in wirklicher Vereinigung.« Er schwieg einen Augenblick. »Haben Sie es geschafft, die von Skoll verschickte Botschaft zu entschlüsseln?«

»Sind Sie immer so gut informiert?«

»Auf den Wegen des Bösen wimmelt es von Neuigkeiten, und wer gute Ohren hat, vermag sie zu hören. Sagen Sie mir, was Sie herausgefunden haben, Sarah.«

Sie teilte ihm ihre Erkenntnisse mit, da es ihr nicht anständig erschien, jemandem, der ihr zwei Mal das Leben gerettet hatte, etwas vorzuenthalten.

»Das ist nichts, was ich nicht bereits wusste«, kommentierte 10–13 ihre Ausführungen etwas enttäuscht.

»Ist auch das auf den berühmten Wegen des Bösen zu Ihnen gelangt?«

»Sagen wir eher, im vorliegenden Fall durch die Stimme von Ron Flint.«

»Sie wussten, dass Ron Flint einer ihrer *tarhq-sagogh* war, oder? Und genau deshalb haben Sie ihn entführt.«

»Wenn ich ein solches Spiel spiele, Sarah, dann bin ich meinem Gegner gerne ein paar Schritte voraus.«

Es entsprach Sarahs Wesen, unmittelbar zur Sache zu kommen: »Der Diebstahl der *Dämonen*, das waren Sie. Zumindest zum Teil, nicht wahr?«

»Ja, nur zum Teil. Sagen wir einmal so: Die beiden Männer, die ich losgeschickt hatte, um der Filiale einen Besuch abzustatten, sind bis zu dem Bild vorgedrungen, aber sie sind nicht mit ihm herausgekommen. Wie Sie ja schon begriffen haben, scheint es so, als hätte Walter Skoll sich unserer bedient.«

»Aber ...«

»... wo ist dann das Bild? Eine gute Frage. Ich nehme an, dass Skoll es versteckt und auf dem Schwarzmarkt weiterverkauft hat, nachdem er die Versicherungssumme kassiert hatte. Meine Männer durften sein Personal abknallen, aber seine Großzügigkeit reichte nicht so weit, dass er ihnen *Die Dämonen* überließ. Außerdem habe ich einen meiner Jungen bei der Sache verloren. Dem anderen gelang rechtzeitig die Flucht, ohne dass er größeren Schaden genommen hätte.«

»Skoll hat also die Versicherung übers Ohr gehauen? Aber warum? Skoll ist so reich, dass er derlei *Betrügereien* nicht nötig hat, oder?«

»Und zwar so reich, dass er mit der Aufmerksamkeit des Fiskus rechnen muss! Außerdem kann das durch den Wiederverkauf des Bildes erzielte Geld für – sagen wir – weniger ehrenhafte Zwecke eingesetzt werden als für eine Kunststiftung.«

»Zum Beispiel zur Bezahlung seiner Handlanger. Der *tarhq-sagogh*.«

»Das ist vorstellbar. Es gibt sicherlich noch einen anderen Grund, aber den kenne ich noch nicht. Die Operation Dämonen birgt noch einige Geheimnisse, selbst für mich.«

»Und was haben Sie von Ron Flint erfahren?«

»Er hat einen Anlegeplatz für Tanker in Jersey City erwähnt. General Fenryder ist gestern kurz vor Mitternacht dort vor Anker gegangen. Meine Leute und ich haben ihn um wenige Minuten verpasst. Gleich nach Anlegen des Schiffes ist ein Lastwagen vorgefahren, um ihn und einen seiner Großen Wölfe weiterzutransportieren.«

»General Fenryder ist hier?«

»Er befindet sich in der Filiale der Stiftung oben in Harlem.«

»Aber wenn er hier ist, so bedeutet das, dass der Anschlag auf March bald bevorsteht.«

»Richtig gefolgert, Sarah. Da ich heute meinen großzügigen Tag habe, werde ich Ihnen noch eine weitere Information geben. Der Tod von Marvin March wird der Höhepunkt der Vernissage morgen Abend sein.«

»Das Opfer soll mitten auf der Vernissage vollzogen werden?«

»Ja, und es wird ein Gemetzel ganz nach dem Geschmack der Wölfe werden. Hat der Senator Ihnen gegenüber bestimmte familiäre Zerwürfnisse erwähnt?«

»Sie meinen sicher seinen Sohn Eliot. Ja, er hat mir erzählt, dass Eliot sich einer Sekte angeschlossen hat.« Sarah hielt inne, da sie plötzlich begriff, warum 10–13 den Sprössling des Senators erwähnt hatte. »Warten Sie, Sie wollen doch nicht sagen, dass …?«

Lächelnd gebot ihr 10–13 mit einer Handbewegung Einhalt:

»Eliot March erhebt Anspruch auf einen Platz bei den Wölfen, und alles lässt darauf schließen, dass er diesen morgen Abend erhalten wird. Sie kennen den Aufnahmeritus, Sarah. Vater und Mutter massakrieren, und dann gehört man dazu. Wenn das keine Ersatzfamilie ist! Der Senator interessiert mich nicht, und ich werde um ihn nicht weinen, wenn er tot ist, da können Sie sicher sein. Ich gebe Ihnen diese Information aus zwei Gründen. Der erste besteht darin, dass Sie ihn nun warnen werden. Das kann meinen Interessen nur dienlich sein.«

»Der gute alte Tritt in den Ameisenhaufen.«

»Genau. Die Wölfe werden so erfahren, dass ihnen jemand voraus ist. Ich werde ihnen ihren Hochmut nehmen.«

»Und was ist der zweite Grund?«

»Das sind Sie, Sarah. Halten Sie sich von der Vernissage morgen Abend bitte fern. Was diese Inszenierung hier betrifft«, fügte 10–13 noch hinzu und wies auf die von seinen Männern zum Stillstand gebrachte Bahn, »so nehmen Sie sie für das, was sie ist. Eine überzeugende Demonstration der Macht.«

»Auch das soll vermutlich eine Botschaft für den Senator sein«, dachte Sarah laut.

»Ja, und auch für seine Leute. Alle sollen begreifen, dass ich nicht scherze und dass es der blanke Wahnsinn wäre, sich zwischen mich und General Fenryder zu stellen, wenn wir unsere kleine Rechnung begleichen. Ich werde vor niemandem zurückweichen und nicht die Toten zählen.«

Marvin March schwingt sich wieder in den Sattel

Der Senator hatte es für klüger gehalten, sie außerhalb seines Büros zu treffen, und zu diesem Zweck einen Treffpunkt und eine Uhrzeit mit Sarah ausgemacht: Gramercy Park um siebzehn Uhr.

Vor Ort zeigte sich der Senator beeindruckt, als Sarah ihm die im Laufe des Tages erhaltenen Informationen darlegte.

»Eliot will mich also opfern?«, wiederholte er wie gelähmt. »Mein eigener Sohn?«

Sie saßen auf einer Bank in der Nähe der Bronzestatue von Edwin Booth in der Mitte des Parks. Der Senator hatte einen Filzhut auf seinem kahlen Kopf und war in einen Burberry-Mantel gehüllt. Um den Hals trug er einen schönen Kaschmirschal.

Er schien hin und her gerissen zwischen ungläubigem Staunen und Wut – beides eine Möglichkeit, den Schock zu verdauen.

»Laut 10–13 hätte Triple Dash sich also zu Fenryders Wölfen bekannt?«, versuchte er nun seine Gedanken zu ordnen.

»Es sei denn, die Aktion ist eine Initiative, die ausschließlich von Ihrem Sohn ausgeht«, gab Tim, der neben Sarah saß, zu bedenken.

Nachdem er Jodie, ihre Mutter und Onkel Todd ins Wochenendhaus von Doktor Kyle nach Massachusetts gefahren hatte, war er nach New York zurückgekehrt und hatte Sarah zu Hause abgeholt. Als sie am Park ankamen, fanden sie die Türen verschlossen vor. Der Senator, der im Parkinnern auf sie wartete, kam ihnen mit einem den Anliegern vorbehaltenen Schlüssel entgegen, um ihnen zu öffnen. Sorgfältig verschloss er das Tor hinter ihnen wieder, dann gingen sie tiefer in den durch die Straßenlaternen nur spärlich erleuchteten Park hinein.

March drehte sich sichtlich aufgewühlt zu Tim um:

»Ist das … möglich? Immerhin, ich meine …«

»Jedenfalls sieht so das Aufnahmeritual der Wölfe für neue Mitglieder aus«, stellte Tim klar.

»Sie müssen Vater und Mutter töten?«

»Auch die Geschwister und die Kinder, wenn es welche gibt«, antwortete Sarah.

»Sämtliche Blutsbande müssen durch Blut vernichtet werden«, erklärte Tim. »So sieht es das Aufnahmeritual vor.«

Durch das hohe schmiedeeiserne Gitter des Gartens konnten sie auf den Verkehr in Gramercy Park South blicken und auf die Fassade des *brownstone*-Gebäudes des Players Club, der Frank Sinatra und Richard Gere zu seinen Mitgliedern gezählt hatte.

Der Senator legte gequält die Hand vor den Mund.

»Es mag ja noch angehen, dass man mir den Tod androht. In meinem Alter ist der Tod etwas, an das man jeden Tag denkt. Ich fürchte ihn nicht. Aber dass man auch meine junge Ehefrau bedroht, das …«

»Zwischen Ihrer Frau und Eliot bestehen keinerlei Blutsbande«, unterbrach Sarah ihn, um ihn zu beruhigen.

»Sie ist natürlich nicht seine Mutter. Aber Dolores ist schwanger von mir. Ende April erwarten wir einen Sohn.«

»Verdammt!«, entfuhr es Sarah, bevor sie sich wieder fassen konnte: »Ich wollte sagen, meinen herzlichen Glückwunsch, Mr Senator.«

»Eliot wird also einen Halbbruder bekommen. Weiß er das denn schon?«, fragte Tim.

»Ich habe es ihm bei unserem letzten Streit am Telefon vor zwei oder drei Monaten gesagt«, antwortete March.

Dann schlug er sich plötzlich mit der Faust auf den Oberschenkel.

»Verflucht!«, schrie er jetzt. »Ich werde sie in die Luft jagen, diese Schufte! Ich habe Ihnen ja bereits anvertraut, dass ich vorhatte, meine Entlassung aus der Untersuchungskommission einzureichen, um meine Ehefrau zu schützen. Aber offensichtlich wollen sie uns beide umbringen, ganz gleich, was ich tue. Nun, jetzt werde ich alles tun, dass die Wölfe ihre Operation Dämonen noch bedauern werden, glauben Sie mir!«

»Mr Senator«, versuchte Sarah ihn zu besänftigen, »man muss Sie und Ihre Frau unter Polizeischutz stellen. Und selbstverständlich dürfen Sie unter gar keinen Umständen morgen Abend zu der Vernissage gehen.«

»Sie verstehen mich nicht. Denken Sie doch einmal nach. Im Augenblick haben wir einen beträchtlichen Vorteil ihnen gegenüber. Wir kennen ihre Pläne und können dementsprechend agieren.«

»Was verstehen Sie darunter – dementsprechend agieren?«, wollte Tim nun wissen, um sicherzugehen, dass sie sich auf gleicher Wellenlänge bewegten.

Marvin March erhob sich und tigerte vor ihnen auf und ab wie ein Hofhund in seinem Zwinger.

Das war wieder ganz der alte »Pitbull«. Sarah verspürte eine beinahe kindliche Freude und musste sich beherrschen, um nicht vor Begeisterung in die Hände zu klatschen.

»Mr Modin, sind Jodie Stevenson und ihre Mutter in dem Wochenendhaus, in das Sie beide gebracht haben, wirklich in Sicherheit?«

Tim bejahte.

»Was ist mit diesem Doktor Kyle, kann man sich auf ihn verlassen?«

»Er ist in Ordnung«, antwortete Tim.

»Kennt außer uns jemand die Adresse?«

»Da wäre noch Forrest«, bemerkte Sarah.

»Das sind meiner Meinung nach viel zu viele Leute. Ich will, dass Ihre Freunde und Sie ab jetzt der Stiftung fernbleiben. Ich will, dass Sie sich sehr viel diskreter und vorsichtiger verhalten als bisher. Außerdem will ich, dass Sie mich und meine Leute tun lassen, was wir zu tun haben. Das Drama steht kurz vor seiner Lösung, meine Freunde. Und der fünfte Akt am morgigen Abend duldet weder den Hauch eines amateurhaften Spiels noch den geringsten Fehler. Sobald ich etwas Neues weiß, werde ich Sie darüber unterrichten, das verspreche ich Ihnen. Umgekehrt können Sie mich zu jeder Tages- oder Nachtzeit anrufen. Hier ist meine Privatnummer.«

Er gab beiden eine Visitenkarte mit seiner Adresse und Telefonnummer.

»Und was haben Sie nun vor?«, fragte Sarah, als sie wieder von der Karte aufsah. »Sagen Sie mir jetzt bloß nicht, dass Sie vorhaben, auf die Vernissage zu gehen.«

»Doch, genau, Miss Widar. Wenn ich General Fenryder in die Enge treiben will, muss ich ihn zwingen, in die Stiftung zu kommen. Er wird jedoch nur kommen, um meiner ›Opferung‹ beizuwohnen. Das haben Sie mir selbst erklärt. Ich muss also die mir zugedachte Rolle des Opfers bis morgen spielen.«

»Aber, Mr Senator«, begehrte Sarah auf, »wir wissen, dass er sich in der Filiale befindet. Sie könnten ihn also sehr gut jetzt dort festnehmen, anstatt bis morgen Abend zu warten.«

»Ich erinnere Sie daran, dass wir keinerlei Anklagepunkte gegen ihn und seine Wölfe haben. Nein, ich versichere Ihnen, die einzige Möglichkeit, sie in die Enge zu treiben, ist die, sie morgen Abend bei der Vernissage auf frischer Tat zu ertappen.«

Sarah senkte den Blick.

»Sie wollen sie also in ihre eigene Falle locken. Das ist ein sehr gewagter Coup de théâtre.«

»Es ist gewagt, aber es kann klappen«, stellte Tim fest und nickte zustimmend. »Schließlich wissen die Wölfe nicht, dass wir ihr Vorhaben durchschaut haben.«

»Und genau deshalb bitte ich Sie, selbst Ihren engsten Freunden nichts von unseren Plänen zu sagen. Je weniger Personen eingeweiht sind, desto geringer ist das Risiko, dass sich so etwas oder gar etwas Schlimmeres wiederholt wie bei der Mutter Ihrer Freundin im Krankenhaus von Stamford. So, jetzt wird es höchste Zeit, dass die Agenten des FBI sich um Smokings für den morgigen Abend kümmern.«

Es geht um die Liebe zur Natur

Die Journalistin der *New York Times* traf als Erste im 540 Park ein, wo sie einen Tisch für zwei Personen reserviert hatte. Das Restaurant des Regency Hotel in der Upper East Side war eine der angesagtesten Adressen von New York. Geschäftsleute, Unternehmensberater, Medienvertreter sowie die mächtigsten Lobbyisten und die unvermeidlichen, immer auf Stimmenfang bedachten Politiker gaben sich dort zu den verschiedenen Mahlzeiten – vom *power breakfast* bis zum feinen Diner – ein Stelldichein.

Wie die meisten ihrer Kollegen kannte auch Suzanne Maxwell das Haus sehr gut. Mindestens drei der tadellos mit weißem Hemd und schwarzer Weste gekleideten, stets lächelnden und wunderbar eilfertigen Kellner nannte sie beim Vornamen. Mit einem von ihnen war sie sogar im Bett gewesen (da sie seine Gegenleistung in diesem Fall jedoch nicht zufriedengestellt hatte, hatte sie es nicht für vorteilhaft erachtet, dies zu wiederholen – auch wenn sie weiterhin sehr herzliche Beziehungen zu dem Kellner pflegte). Schließlich ging sie mindestens einmal pro Woche ins 540 Park. Erst gestern hatte sie im selben Raum zum Frühstück ein schmackhaftes Omelett für siebzehn Dollar zu sich genommen. Ihre Begleiter waren Edgar Prospero gewesen, der Gouverneur des Staates New York, und Gregory Oldman, einer der Senatoren, die dem von dem unbestechlichen Vorsitzenden Marvin March geleiteten Untersuchungsausschuss über die Sekten angehörten.

Als sie den Raum durchquerte, um zu ihrem Tisch zu gelangen, erblickte sie Oldman bei einem der hohen Spiegel, die die Glasfront des Restaurants unterbrachen. Jetzt speiste er mit dem Geschäftsführer von Smith & Wesson, den die Journalistin sofort wiedererkannte. Schließlich bezahlte man sie ja auch dafür, dass sie das *Who's Who* von New York auswendig kannte.

Senator Gregory Oldman winkte ihr dezent zu, als sich ihre Blicke trafen, aber er ging nicht so weit, sie aufzufordern, sich einen Augenblick zu ihnen zu setzen. Sein Interesse war voll und ganz darauf gerichtet, dem Geschäftsführer von Smith & Wesson die Formulierungen zu entlocken, die dieser am Tag zuvor Gouverneur Prospero hinsichtlich einer Verschärfung der Gesetzgebung zu okkulten Gruppierungen (die er als »Gesindel Luzifers« bezeichnete) unterbreitet hatte.

Als sie ihren Platz eingenommen hatte, bestellte sie einen Screwdriver, um sich die Zeit zu vertreiben, bis dieser Michael Welling aufkreuzte, dessen Porträt sie in ihrer Donnerstagskolumne bringen wollte.

Ohne dass dieser es wirklich wusste, verdankte sie die Idee zu der Unterredung dem Kunstmakler Eric Welling, dem Bruder von Michael. Vor zwei Monaten hatte sie Eric auf der Vernissage einer Ausstellung im PS1 getroffen, und Eric hatte sie angebaggert. Das passte ihr gut, denn er war genau ihr Typ. Sie waren zu ihm in sein schönes Apartment in der 62nd Street gegangen, wo sie die restliche Nacht miteinander verbracht hatten. Zwischen zwei Stellungen des *Kamasutra* hatten sie begonnen, über dies und jenes zu reden, und irgendwann war die Unterhaltung auf die Familie gekommen. Suzanne war ein Einzelkind und beklagte sich nicht darüber. Eric hingegen hatte einen Bruder.

»Ein absoluter Idiot«, hatte er ihr ins Ohr geflüstert, nachdem er sie ins Ohrläppchen gebissen hatte.

Wie sie in dieser Nacht erfahren hatte, verabscheuten sich die beiden Welling-Brüder zutiefst. Ihre Feindschaft bestand schon lange, bevor Michael sich zu »einer Art Öko-Ayatollah« veränderte (dixit Eric Welling), aber diese »ideologische Wandlung« hatte ihre Beziehungen nicht gerade verbessert.

»Ich liebe die Natur auch«, hatte Eric gesagt und Suzannes Brüste geleckt. »Deshalb gehe ich den Leuten aber noch lange nicht damit auf die Nerven. Siehst du, er ist nicht einmal originell, dieser Dummkopf! Jeder liebt die Natur«, hatte er kurz darauf hinzugefügt, als wollte er damit sagen, dass sein Bruder zudem ein alberner Schwätzer war.

»Nein, ich nicht«, hatte Suzanne erwidert und sich plötzlich nervös eine Zigarette angezündet.

Er hatte entsetzt den Kopf zwischen ihren Brüsten gehoben, als hätte er erst jetzt entdeckt, dass er mit einem Marsmenschen im Bett lag.

»Auch du liebst sie, meine Schöne, du weißt es nur nicht«, hatte er schließlich festgestellt und sich erneut mit seiner Zunge an die Arbeit gemacht. »Alle Welt liebt sie, diese verflixte Mutter Natur. Alle Welt.«

Aber nein, Suzanne wusste, dass das nicht stimmte, und auch, dass sie sich nichts vormachte. Sie liebte die Natur nicht. Das war die reine Wahrheit. Sie verabscheute sie sogar.

Sie trug nämlich eine sehr schlechte Erinnerung an einen kurzen Aufenthalt auf dem Lande mit sich herum, den man ihr während ihrer bis dahin so unglaublich verwöhnten Kindheit aufgezwungen hatte. Ihre Eltern, die zu einer dreiwöchigen Geschäftsreise nach Europa aufbrachen, hatten es für das Beste erachtet, ihre kleine zwölfjährige Suzie, ihren Augapfel, für diese Zeit Ethan Cloyd, dem »Bruder von Mama«, anzuvertrauen, der eine Farm in der Nähe von Binghamton im Staat New York besaß. (Schon als Kind nannte Suzanne ihn nie »Onkel Ethan«, sondern einfach nur »Ethan« oder später »der Bruder von Mama«. Das Gleiche galt für die Tante, die sie ebenfalls mit dem Vornamen anredete oder als »Schwägerin von Mama« bezeichnete, wie auch für den Cousin Matt, den gleichaltrigen Sohn, den sie jedoch für das schlimmste Arschloch auf Erden hielt. Erwähnte sie diesen ihrem Papa oder ihrer Mama gegenüber, so sprach sie vom »Sohn der Cloyds«, kaum von »Matt« und niemals von »meinem Cousin«.)

So musste sie also mit zwölf Jahren drei lange Juliwochen auf der Farm der Cloyds verbringen. Binghamton lag rund zweiundfünfzig Kilometer von New York entfernt, aber dieser Flecken Erde war ihr abgelegener erschienen als die einsamsten Ecken von Montana.

Sie hatte sich Läuse eingefangen und sogar eine Zecke (Oh

mein Gott!), die sich an einem ihrer hübschen Knöchel festgebissen hatte und ihr genüsslich das Blut aussaugte. Wenn sie an diese gemeine Zecke zurückdachte, die sich mit ihren Vampirzähnen über ihr Blut hermachte, empfand sie heute noch solch einen Ekel, dass sie sich schütteln musste und ihr speiübel wurde.

Aber das war noch nicht das Schlimmste, das sie auf der Farm der Cloyds erlebt hatte, oh nein!

Das Schlimmste war eines Nachts geschehen, als sie plötzlich durch ein dringendes Bedürfnis wach wurde. Es war die dritte Nacht, die sie bei den Cloyds verbrachte, aber das Leben auf der Farm hatte sie bereits satt. Ein paar Stunden zuvor hatte sie mit ihren Eltern telefoniert. Sie hatten ihr erzählt, dass sie sich am Flughafen von Madrid befanden und auf dem Weg nach Berlin waren. Offenbar erwarteten sie, dass Suzanne sich darüber freute, aber sie begann stattdessen zu weinen. Sie wollte keinen Augenblick länger hier »bei den Cloyds«, in diesem »Misthaufen« bleiben. Ihr Vater hatte ihr zwei oder drei Dinge erklärt, um sie zu beruhigen. Zunächst einmal hatte er beteuert, dass sie immer noch (selbst von Madrid aus und über den Atlantik hinweg) ihr Augapfel wäre und immer sein würde und dass er alles, aber auch alles tun würde, damit sie glücklich wäre, aber (denn es gab natürlich ein Aber) dass er sich nun einmal in Madrid befand. Verstehst du das, Baby?, hatte er bedauernd gefragt. Wir sind in Madrid. Suzanne hatte vor allem begriffen, dass ihr Vater keine Lust hatte, sie abzuholen, und obwohl er sie gebeten hatte, ihm Ethan Cloyd zu geben, hatte seine angebetete Suzie, sein kleiner süßer Schatz und Augapfel, den Hörer aufgeknallt.

An diesem Abend war sie bekümmert früher schlafen gegangen, ohne den Cloyds gute Nacht zu sagen, die noch wie versteinert am Tisch saßen, nachdem ihre Nichte aus New York ihre Farm als Misthaufen bezeichnet hatte.

Ihr Zimmer lag im Obergeschoss am Ende eines langen, mit Holzbohlen ausgelegten Flurs.

Sie schlief allein dort, denn die Cloyds hatten (immerhin) so viel Einsicht bewiesen, sie zu allem Unglück nicht auch noch mit ihrem Sohn in dasselbe Zimmer zu stecken.

Vom Weinen erschöpft und leer wie eine entladene Batterie, schmiegte sich die kleine Suzanne nur allzu gerne in Morpheus' Arme (er zumindest hielt ihr die Treue).

Aber nun war es ein Uhr morgens. Und sie war aufgewacht. Sie schwankte ernsthaft, ob sie ins Bett pinkeln oder jetzt, mitten in der Nacht, tatsächlich aufstehen, die Zimmertür öffnen, über die knirschenden Dielen den Flur entlanggehen und sich in seine unendliche Dunkelheit wagen sollte, um ganz an dessen Ende schließlich die Toilette in diesem Haus von Tölpeln zu erreichen.

Am Ende entschied Suzanne sich doch für die zweite Option und begab sich barfuß zur Toilette. Alles auf der Farm schlief. Auf dem Flur begegneten ihr weder auf dem Hin- noch auf dem Rückweg Ungeziefer oder gar Gespenster. Vielleicht deshalb, weil das Schlimmste, was sie bei den Cloyds antreffen sollte, unter ihrem Bett lauerte. Es hatte gewartet, bis Suzanne wieder unter ihre Decke gekrochen war und ihren kleinen Lockenkopf mit einem Seufzer der Erleichterung auf das Kopfkissen gebettet hatte. Erst dann machte es sich bemerkbar.

Ein Scharren auf dem Parkett, dort, genau unter dem Bett.

Suzanne schlug die Augen wieder auf, hielt den Atem an und lauschte.

Wieder ein leichtes Scharren.

Ihr Herz begann zu jagen, und während sie sich auf die Lippen biss, weiteten sich ihre Augen, als wollten sie ihren Ohren zu Hilfe eilen, um diese leisen Geräusche dadurch einzufangen, dass sie sich in riesige Parabolantennen verwandelten. Aber sie konnte in der Dunkelheit des Zimmers nichts sehen und auch nicht besser hören.

Sie wusste, dass sie eigentlich sofort das Licht anmachen und dann unter ihr Bett sehen musste – am besten mit der gleichen verärgerten Miene, die ihre Mama manchmal zur Schau trug, wenn sie sagte: »Was gibt es denn jetzt noch?« Selbst Papa schien immer ganz klein zu werden vor Mama mit ihrem »Was gibt es denn jetzt noch?«. Vielleicht würde das Ding aufhören, Suzanne zu ärgern, wenn sie sich jetzt aus dem Bett beugte und die Zauberformel ausstieß: »Was gibt es denn jetzt noch?«

Die Angst hatte sie vollends gepackt, als das Ding unter ihrem Bett nicht nur über das Parkett kratzte, sondern auch an der Rosshaarmatratze direkt unter Suzannes kleinem Po, als wollte es versuchen, sie durch die gesamte Matratze hindurch zu beißen.

Suzannes Mund formte sich zwar zu einem Schrei, aber sie schrie nicht. Sie hatte das Gefühl, dass auch der kleinste Laut das Ding unter dem Bett veranlassen würde, aus seiner Höhle hervorzuspringen, um sie mit Haut und Haaren zu verschlingen. Oder noch schlimmer, es würde sie mit sich unters Bett in seinen Schlupfwinkel zerren, aus dem Suzanne nie wieder auftauchen würde.

Ihre grausige Angst steigerte sich noch, als sie daran dachte, dass sie vorhin noch aufgestanden war, um Pipi zu machen. Vielleicht war das Ding da bereits unter dem Bett gewesen. Vielleicht hatte sie ihre nackten Füße unmittelbar neben das Ding gesetzt. Vielleicht hatte das Ding unter dem Bett vorhin seine Lefzen bedrohlich über die spitzen Reißzähne hochgezogen, bis der Speichel ihm aus der verzerrten Fratze tropfte …

Sie kauerte sich mit eingezogenem Kopf und weit aufgerissenen Augen unter dem Laken zusammen und begann, zum Gott der Kinder zu beten, dem wahren, dem gerechten Gott, der niemals einem Papa erlauben würde, nach Madrid zu reisen und seinen Augapfel auf einer einsamen Farm zurückzulassen.

Suzanne fand niemals heraus, ob ihr glühendes kindliches Gebet etwas bewirkt hatte, aber das Scharren hatte aufgehört.

Hellwach und in höchster Anspannung hatte sie gewartet, ob es wieder anfing. Aber es hatte nicht wieder angefangen, und irgendwann war es ihr wundersamerweise gelungen, erneut einzuschlafen.

Am Morgen, als die »Schwägerin von Mama« sie zum Frühstück holen kam, hatte sie gebeten, in den folgenden Nächten bei Matt schlafen zu dürfen.

Und deshalb nein, Eric Welling täuschte sich. Nicht jeder liebte die Natur.

Die Natur war für sie eine spezielle Mischung aus Unbehagen und Schrecken. Die Farm der Cloyds, die Läuse, die die Haut unter ihren Haaren so zum Jucken brachten, dass sie sich blutig kratzte, die Zecken, die sich mit unstillbarer Gier an ihrem Lebenssaft labten und noch dazu eine dieser Krankheiten übertragen können, die einen bis ans Ende seiner Tage lähmt.

Ganz zu schweigen von dem Ding unter dem Bett, das unter ihrem Po an der Matratze kratzte und sie daran hinderte, die Augen zu schließen.

So erklärte sich Suzanne im Alter von zwölf Jahren nach dieser dreiwöchigen Erfahrung (ihr Vietnam, wie sie sagte) für den Rest ihres Lebens zur New-Yorkerin.

Ihr Interview mit Michael Welling heute Abend sollte ihr nicht etwa erklären, warum sie alles verabscheute, was einem Grasflecken oder einem Getreidefeld glich, sondern warum Typen wie er eben mit einem solchen Grasflecken oder solchen Getreidefeldern einen so abgöttischen Kult trieben.

Diese pathologische Verirrung wollte sie sich aus der Nähe ansehen, und zwar in der Person von Michael Welling.

Eine andere Journalistin als sie hätte sich natürlich auf den Weg gemacht, um die betreffende Person in ihrem Milieu zu treffen, und hätte sich verpflichtet gefühlt, durch die besetzten Häuser zu ziehen und alternative Treffpunkte der Stadt zu besuchen. Aber sie war Kolumnistin und keine Kriegsreporterin. Dieses Terrain überließ sie gerne anderen. Daher hatte sie Michael Welling ins Regency eingeladen, auf ihr Territorium, mitten in Manhattan. Ein Restaurant in beruhigendem Abstand zu den besetzten Häusern und zu jeder Cloyd-Farm im ganzen Universum.

Ein Kellner (nicht der, mit dem sie geschlafen hatte) brachte ihren Screwdriver. Mit einem zufriedenen Lächeln auf den Lippen zog sie die Orangenscheibe vom Glas und nahm einen Schluck. Der Wodka tat sofort seine Wirkung.

Bevor sie Welling hierher eingeladen hatte, hatte sie sich die Mühe gemacht, sich über seinen Fall zu informieren. Schließlich arbeitete sie professionell. Lieferte man ihr die passenden Informationen, so fühlte sich Suzanne Maxwell in der Lage, die großartigste Biografie noch über den letzten Trottel aus Montana zu schreiben. Natürlich vorausgesetzt, man verlangte nicht von ihr, diesen Schmutzfinken zu Hause aufzusuchen.

Was die Informationen anging, so war das Internet für sie eine Art Füllhorn oder vielmehr ein magischer Abfalleimer. Wie bei allen Abfalleimern durfte man nicht die Nase rümpfen, wenn man darin herumwühlen wollte, und man musste genau wissen, was man suchte. Noch dazu besaß dieser Abfalleimer einen ungeheuren Vorteil gegenüber allen anderen: Er stank nicht und übertrug auch keine Läuse. Beim Surfen heute Morgen war sie auf mehrere libertäre Texte von Welling gestoßen. Was hatte sie an Interessantem von ihnen behalten? Zunächst einmal hatte Michael Welling im Alter, in dem die Menschen eigentlich daran denken sollten, sich dem Lions Club anzuschließen, eine ausgeprägte Technophobie entwickelt. Er hatte PDA, Handy und Computer auf den Müll geworfen, ohne unter großen Entzugserscheinungen zu leiden. »Jeder sollte sich selbst verwirklichen«, hatte er gepredigt. Zu diesem Zeitpunkt in seinem Leben hatten ihn der Primitivismus des anarchistischen Theoretikers John Zerzan und dessen radikale Thesen in Bann gezogen. Zerzan pries die Errichtung einer idealen Gesellschaft, deren Grundpfeiler ein Leben im Einklang mit der Natur wäre. Zu schaffen wäre diese ihm zufolge mittels Zerstörung aller in den letzten Jahrtausenden durch den *homo erectus* erworbenen Technologien. Diese ideale Gesellschaft lag also nicht vor uns, sondern hinter uns. Die neolithische Revolution der Technik hatte einer zwei Millionen Jahre währenden primitiven, gastfreundlichen Gesellschaft ein Ende bereitet (beim Lesen dieser beiden hintereinandergesetzten Adjektive hatte Suzanne ein irres, nervöses Lachen gepackt), Zerzan sah das Heil des Planeten in einer absoluten, vernünftigen und entschlossenen Rückkehr zu jener Zeit, in der es keine oder nur sehr wenig Technik gab, das heißt, in einer Rückkehr zu den Bedingungen des paläolithischen Lebens. Da der Fortschritt das neue Opium des Kapitalismus war, lag das Antidot im Gegenteil: in einer uneingeschränkten Regression. In der allerprimitivsten Vergangenheit lag unsere einzig vernünftige Zukunft.

Dieser Typ ist reif fürs Irrenhaus, hatte Suzanne Maxwell gedacht und nicht für den Bruchteil einer Sekunde in Erwägung gezogen, sich von ihrem nagelneuen Organizer zu verabschieden.

Aber: Arbeit verpflichtet! Und so hatte sie sich weiter über diese verrückten Anarcho-Primitivisten informiert.

In deren Denken stellte der primitive Mensch, der von der Jagd und dem Sammeln lebende Zweifüßler das allerhöchste Glück dar, das die Menschheit sich jemals erhoffen konnte. Eine solche Vorstellung bewies in Suzannes Augen, dass diese Typen noch nie eine Zecke auf ihren hübschen Knöcheln gesehen hatten.

Es ging den Primitivisten nun darum zu bestimmen, wie weit diese Regression gehen sollte. Für manche ihrer Denker stellte die Landwirtschaft die Ursünde der Menschheit dar und musste deshalb um jeden Preis ausgerottet werden; für andere, die noch radikaler eingestellt waren und zu denen auch John Zerzan selbst zählte, war es die diskursive Sprache, die insgesamt über Bord geworfen werden sollte.

Das Komische an der Situation war in Suzannes Augen, dass Zerzan hinsichtlich der diskursiven Sprache und der neuen Technologien offenbar beinahe ebenso bewandert war wie sie selbst. Nicht gerade primitiv, Schätzchen, hatte sie gespottet, als sie sich in dem magischen Abfalleimer umsah.

Wie dem auch sei, Michael Welling hatte sich in blinder Begeisterung diesen Ideen verschrieben und in mehreren anarchistischen Blättern Lobeshymnen auf John Zerzan verfasst.

Dennoch hatten sich sehr rasch Gräben zwischen den beiden Männern aufgetan.

Einer der strittigen Punkte betraf die Existenz von Jägern in der neu zu formenden menschlichen Gesellschaft. Welling lehnte die Jagd und jede Form von Raubzügen ab. Er behauptete steif und fest, dass die Jagd die niedrigsten Triebe des Menschen fördere: den Durst nach Blut, das Töten, den Wettstreit. Er zeigte sich als Verfechter einer streng vegetarischen Lebensweise. Das hatte Suzanne nicht sonderlich beeindruckt, und es stand kaum zu befürchten, dass sie ihr tägliches Steak nicht mehr mit der bisherigen Wonne vertilgen würde.

Zwar stimmte Michael hinsichtlich der Sprache mit Zerzan überein, aber er warf ihm Inkonsequenz vor. Die Sprache als Kunstwerk entspreche nur der Notwendigkeit eines Lebens in der Gruppe. Wollte man die diskursive Sprache unterdrücken, so müsste man zerstören, was sie hervorgebracht hatte, das heißt, das

Leben in der Gemeinschaft. Und zwar jegliches Leben in Gemeinschaften, sei es nun in Form einer Gruppe oder eines Paares. Das, was Zerzan aber anstrebte, durfte man nicht fördern.

Für Michael Welling reichte es also nicht aus, zu den kleinen Gemeinschaften der Jäger und Sammler zurückzukehren. Das wahre Heil lag bei den in vollkommener Abgeschiedenheit lebenden, einsamen, selbstgenügsamen Sammlern, die keinerlei Bedürfnis nach Kommunikation mit den anderen verspürten.

Sein letzter Eintrag im Netz war ein offener, an Zerzan gerichteter Brief, der ihren Bruch besiegelte. Vor allem eine Passage war Suzanne in Erinnerung geblieben: »Im Unterschied zu Lenin wollen Sie, dass die Russen keine Elektrizität haben. Aber die Russen sind bereits Elektrizität. Der menschliche Gemeinschaftstrieb will den Fortschritt, er trachtet nach immer mehr Annehmlichkeit, immer mehr Sicherheit. Das ist sein natürlicher Hang, seine Neigung. Wenn Sie den Gemeinschaftstrieb erhalten, werden Sie früher oder später erneut bei diesem Leviathan des technologischen Fortschritts landen.«

Michael war vielleicht verrückt, aber sein Wahnsinn war zumindest kohärent.

In diesem letzten Text hatte er seine Entscheidung verkündet, Arbeit und Wohnung aufzugeben und Chicago zu verlassen, um nach New York zu gehen, in »jene Stadt, die keine ist«, wo er jegliche Spur von sich tilgen wollte, so wie es einst die Heiligen getan hatten, wenn sie in die Wüste aufgebrochen waren.

Aber Suzanne hatte seine Spur gefunden. Nach der mit Eric verbrachten Nacht hatte sie einen Praktikanten der Zeitung beauftragt, Michael ausfindig zu machen. Der Praktikant war vierundzwanzig Jahre alt und ein wahres Wunder an Dienstbeflissenheit. Er war ihnen ganz frisch von einer Journalistenschule in Pennsylvania ins Haus geschneit. Der kleine Wunderknabe hatte alle besetzten Häuser von New York abgeklappert, um den »Heiligen aus der Wüste« schließlich in Morrisania, einem Viertel im Süden der Bronx, ausfindig zu machen. Es war dem kleinen Wunderknaben sogar gelungen, das Subjekt dazu zu überreden, mit seiner Chefin im Regency zu Abend zu essen.

Und nun wartete sie darauf, dass er endlich kam.

Mit der Nase in ihrem Screwdriver-Glas lächelte sie dem großen Typen mit den wasserstoffgebleichten Haaren zu, der sie ununterbrochen ansah. Er saß allein an einem Tisch im hinteren Teil des Raumes, noch hinter Senator Oldman. Nun hob er sein Glas Wein in ihre Richtung, und während er ebenfalls trank, starrte er sie weiterhin unverwandt an. Suzanne bemerkte, dass er einen klassischen, schwarzledernen Handschuh an der rechten Hand trug. Hatte der arme Liebling sich die Hand in der Tür eines Rolls-Royce eingeklemmt, oder hatte er sich beim Hochseefischen mit neureichen Freunden von einem Hai beißen lassen? In jedem Fall besaß er Ähnlichkeit mit Walter Skoll, dem geheimnisvollen Eigentümer der Flow Corporation, den sie in zehn Jahren *New York Times* und 540 Park erst ein einziges Mal gesehen, dessen Gesicht sie aber nie vergessen hatte.

Mit einer kleinen Geste des Zeigefingers winkte sie einen Kellner zu sich.

Er teilte ihr mit, dass der Mann William Hasty hieß, erst seit Kurzem in New York war und eine in Norwegen beheimatete Charter-Reederei leitete, die zur amerikanischen Ölgesellschaft Flow Corporation gehörte. Der Kellner konnte ihr jedoch keinen Aufschluss darüber geben, ob Hasty mit Skoll verwandt war.

Jetzt wurde die Aufmerksamkeit der Journalistin nach rechts gelenkt, wo sie Michael Welling erblickte, der endlich eintraf. Ein Kellner führte ihn zu ihr, und sie las auf seinem schönen, angespannten Gesicht, dass er sie beinahe versetzt hätte. Er trug eine

Jeans von zweifelhafter Sauberkeit, hatte sich aber immerhin in Jacke und Krawatte gewandet, es sei denn, man hatte ihm diese Kleidungsstücke am Empfang geliehen.

Sie lächelte verzückt, als sie das Subjekt ihrer nächsten Kolumne daherkommen sah.

Als gewiefte Journalistin eröffnete sie das Gespräch damit, dass sie ihn nach Neuigkeiten von seinem großen Bruder fragte. Sie sahen sich doch sicher recht häufig?

»Eric? Nein. Er ist ein Idiot allererster Güte, müssen Sie wissen«, antwortete Michael entschieden.

Das fing ja gut an.

Das Lustigste war, dass sein Makler-Bruder genau die gleichen Worte für ihn gefunden hatte, bevor er in seiner Wohnung in der Upper East Side noch einmal mit Suzanne geschlafen hatte (dieser Typ besaß eine verlässlich wiederkehrende Libido).

Ohne einen Blick auf die Karte zu werfen, bestellte sie ein Steak à la ›Sie-wissen-schon-wie-ich-es-gerne-habe‹. Michael wählte als überzeugter Vegetarier einen Salat. Ein wenig kräftiges Fleisch könnte ihm allerdings nicht schaden, dachte Suzanne. Der Knabe sah nicht so aus, als würde er sich jeden Tag satt essen.

Während sie auf das Essen warteten, begann sie, ihm ihre Fragen zu stellen.

»Welche rasche Lösung würden Sie zur Rettung unseres Planeten empfehlen, wenn Sie an der Stelle von Bloomberg wären?«, fragte sie geradeheraus und stützte ihr Kinn auf die zusammengelegten Finger, während sie ihn mit halb geschlossenen Augen ansah.

»Nun«, antwortete er schließlich, »ich würde damit anfangen, dass … dass ich allen Limousinen mit Allradantrieb die Fahrerlaubnis entzöge. Oder … ich würde die Stelle abschaffen.«

»Die Stelle? Welche Stelle?«

»Die von Bloomberg. Die Stelle des Bürgermeisters.«

»Keinen Bürgermeister mehr für New York?«

»Genau«, nickte er mit einem schwachen, traurigen Lächeln.

Nach einem weiteren genüsslichen Schluck von ihrem Cocktail unterbreitete ihm Suzanne folgende Überlegung:

»Bloomberg und die Konstrukteure von Limousinen mit Allradantrieb sind geschichtlich betrachtet also so etwas wie böse Faschisten?«

In diesem Augenblick erschienen zwei Kellner und beugten sich vor, um zu servieren.

»Mark, der Praktikant, der Sie aufgesucht hat ...«, sagte sie einen Augenblick später, während sie, untermalt vom Klimpern ihrer Armreifen, die Gabel zum Mund führte (Sie wissen schon, Mark, dieses kleine Wunderwerk an Dienstbeflissenheit aus Pennsylvania, wollte sie am liebsten hinzufügen, beherrschte sich jedoch). »Mark hat mir gesagt, dass Sie vorhätten, New York zu verlassen, um ...«, sie verschluckte sich beinahe, »um in den Wäldern zu leben.«

Schon die Vorstellung bereitete ihr Unwohlsein. Dass man tatsächlich die Stadt verlassen könnte, um in den Wäldern zu leben!

Michael antwortete nicht sofort. Sein Blick hing an den um die Tische herumschwirrenden Kellnern, die in makelloser Kleidung steckten.

Er fühlte sich ohnmächtig, unglücklich und noch mehr gedemütigt als diese Ausgebeuteten, die hier die Herren des Augenblicks zu bedienen hatten. Als er sich zu diesem Treffen aufmachte, hatte er geglaubt, er würde ein Forum für Erklärungen finden, er könnte durch diese Journalistin den Leuten begreiflich machen, dass noch Zeit war, das Leben zu ändern und dieser todbringenden und erniedrigenden Zivilisation den Rücken zu kehren. Aber er hatte sich getäuscht. Diese Journalistin wollte ihr Spiel mit ihm treiben, das spürte er. Mit seiner Geschichte würde sie in ganz New York Aufsehen erregen. Er sagte sich, dass er besser daran täte, jetzt zu gehen, diesen mit Neureichen, Mächtigen und *Zivilisierten* überfüllten Raum zu verlassen und so schnell wie möglich vor dieser Journalistin zu flüchten, die mit ihm spielte wie eine grausame Göre mit einer ihrer Barbie-Puppen. Er sagte sich, dass er niemals hätte herkommen dürfen und dass er diesen Fehler jetzt teuer mit seiner Demütigung bezahlte. Er sagte sich, dass er New York verlassen müsse und niemals hierher zurückkehren dürfe. Ja, er musste New York jetzt sofort verlassen, wenn er diese Schmach jemals verwinden wollte.

Michael Welling tat jedoch nichts dergleichen und blieb am Tisch sitzen.

Er verdrängte seinen Jammer und begann von seinen Ideen zu sprechen. Er kam auf Thoreau, den Mann der Wälder, den exemplarischen Philosophen des Naturstaates, dessen Vorbild er folgen wollte, indem er nun seinerseits ein eigenes »Walden« entdecken wollte.

Suzanne wollte ihn fragen, ob er wenigstens eine kleine Ahnung davon hatte, was eine Zecke ihm zufügen konnte (wenn nicht, so wäre sie gerne bereit, ihm die Adresse von der Farm der Cloyds in der Nähe von Binghamton zu geben). Da sah sie, wie William Hasty aufstand und durch den Raum zum Ausgang ging. Als hätte er den Blick von Suzanne auf sich gerichtet gefühlt, drehte er sich unmittelbar vor Verlassen des Raumes zu ihr um und zwinkerte ihr rasch zu. Unter anderen Umständen hätte die Journalistin sich geschmeichelt gefühlt. Sie wusste, dass sie auf bestimmte Männer anziehend wirkte, und dieser William Hasty schien zu ihnen zu zählen. Nur hatte sein Augenzwinkern nichts Erotisches gehabt, ja, im Grunde nicht einmal etwas Menschliches.

Während sich seine Lippen zum schmalen, kalten Lächeln eines siegesgewissen Raubtiers verzogen hatten, glimmte in seinen Augen ein roter, wilder Glanz wie bei einem grimmigen Tier, das seiner Beute aus dem Schatten des Unterholzes heraus auflauert.

Seine Augäpfel hatten sich plötzlich mit Blut gefüllt, das sich – im Gegensatz zum Tränenfluss – vom Innenrand des Auges bis zum Außenwinkel ausbreitete und in einem winzigen Augenblick das Weiße der Netzhaut rot durchtränkte wie ein Mikro-Tsunami aus Hämoglobin. Und im Gegensatz zu richtigen Tränen floss das Blut nicht über die Hornhaut des Auges hinaus, sondern ergoss sich wie schäumende Gischt in sein Inneres.

Suzanne wollte diesen Schock parieren, indem sie ihr Gehirn zwang, ihr durch einfaches logisches Denken zu beweisen, dass sie Opfer einer optischen Halluzination geworden war, wie damals vor zwanzig Jahren einer taktilen und auditiven Halluzination. Sie hatte sich zu viel Wodka genehmigt, das war alles. Und nun bildete sie sich ein, dass hohe Herren sie wie reißende Raubtiere anblickten.

Sie klimperte mit den Augenlidern und seufzte schaudernd auf. Als sie noch einmal zum Ausgang sah, war William Hasty verschwunden.

Etwas streifte ihr rechtes Knie unter dem Tisch. Mechanisch schob sie ihre Hand unter die weit herabfallende Tischdecke und rieb sich den Unterschenkel in ihren Wollstrümpfen.

»Haben Sie den Typen gesehen, der gerade gegangen ist?«, fragte sie Michael, um sicherzugehen, dass sie eine Halluzination gehabt hatte.

Er schüttelte den Kopf.

»Einen Augenblick lang habe ich gedacht, dass er …«

Sie unterbrach sich und zog es vor, nichts weiter darüber zu sagen.

Erneut berührte sie etwas flüchtig unter dem Tisch. Etwas Glitschiges und Kaltes.

Abermals fuhren ihre Finger unter der Tischdecke ihre Strümpfe entlang.

Am Tisch von Senator Oldman sah sie, wie der Geschäftsführer von Smith & Wesson sich zur Seite beugte, um einen Blick auf die Tischdecke zu werfen, die seine Knie beiseiteschoben.

Auch an den Nachbartischen kam es zu ähnlichen Regungen. Man rieb sich das Knie, wie Suzanne es getan hatte; und wie sie zog man die Beine weit unter den eigenen Stuhl zurück. Alle Gäste des Restaurants schienen von flüchtigen Berührungen heimgesucht zu werden.

In den Augen von Suzanne gewann das ganze Universum mit einem Mal eine kristallklare Intensität. Die Zeit schien stehen geblieben zu sein. Alles wurde dichter, schärfer, gewichtiger.

Sie sah, wie sich der Geschäftsführer von Smith & Wesson erneut ein wenig zur Seite neigte und eine Hand ausstreckte, um nach dem Zipfel der Tischdecke zu tasten. Gleich würde er sie hochheben, um einen Blick darunterzuwerfen.

Nein, sehen Sie nicht nach, wollte sie ihn warnen, aber wie auf der Farm bei den Cloyds, in der Nacht, als das Ding unter dem Bett an ihrer Matratze gekratzt hatte, kam kein Laut über ihre Lippen.

Das Ding war nicht nur unter dem Tisch des Senators. Es lag unter allen Tischen auf der Lauer.

Und es ist auch unter deinem, beteuerte eine Kleinmädchenstimme in ihrem Kopf. Wenn du die Decke hochhebst, liebe Suzie, wird es dir an den Hals springen. Also sieh nicht nach, verstanden? Solange man nicht nachsieht, existiert es nicht.

Man durfte sich also keinesfalls rühren oder bewegen. Und man musste beten, ja, beten zum Gott der Kinder, dem wahren, gerechten Gott, der die Kinder stets beschützt, wenn sie nachts allein in ihrem Zimmer Angst haben. Dieser Gott hatte auch das Ding unter dem Bett zum Schweigen gebracht, als sie zwölf Jahre alt gewesen war. Jetzt würde er sich um das Ding unter dem Tisch hier in New York kümmern (Oh, ja, jetzt gleich, Herr, der du Erbarmen mit den kleinen verängstigten Kindern hast, jetzt gleich, ich bitte dich).

Suzanne rührte also ihre Beine nicht vom Fleck. Sie war beinahe ein wenig erleichtert, dass sie ihre Schuhe so weit unter ihren Stuhl zurückgesetzt hatte, wie es nur ging und als es *noch* ging. Ihre Knie jedoch reichten weiterhin in die Decke vor ihr. Sie hätte ihren Stuhl zurückschieben müssen, um sie aus dem Tuch zu befreien, aber sie hatte sehr wohl in Erinnerung, dass sie sich nicht den kleinsten Millimeter bewegen durfte. Nicht bewegen, und vor allem nicht hinsehen.

Solange man nicht nachsieht, existiert es nicht, wiederholte sie sich.

Es erschien ihr vollkommen klar, dass es William Hasty und niemand sonst gewesen war, der das Ding unter dem Tisch platziert hatte. Ein Typ, der seine Augen beim bloßen Hinsehen eines anderen mit Blut durchtränken konnte, war doch zu allem fähig, oder etwa nicht? Außerdem hatte er offensichtlich den Raum verlassen, unmittelbar bevor *das* einsetzte.

Ach, Suzie, dieser schreckliche Typ hat deine kindliche Angst Wirklichkeit werden lassen. Er hat dir den Blick des großen bösen Wolfs zugeworfen, bevor er hinausging, und dabei in dir gelesen wie in einem offenen Buch. Er hat im zwölften Kapitel deiner Jugend deinen verfluchten Aufenthalt bei den Cloyds ausfindig gemacht. Er ist der Inbegriff des bösen Blicks, dieser William Hasty! Er war es, er hat unter das Bett gesehen, er hat das Ding unter dem Bett bei den Cloyds gesehen. Und mit einem einzigen Blick hat er es hierher ins Regency, mitten in Manhattan, gebracht. Für dich, Suzie, Liebes …

Am Tisch des Senators hob der Geschäftsführer von Smith & Wesson die Decke und beugte noch einmal den Kopf hinunter. Was er dort unter die Decke geduckt erblickte, sah ihn aus kleinen schwarzen, irrsinnigen Augen an, während es ein tief aus seinem Schlund aufsteigendes Knurren von sich gab.

Der Geschäftsführer schloss entsetzt die Augen.

Es glich einer Mischung aus Kojote und Muräne. An seinem glatten, wie bei einer Schlange marmorierten Schädel befanden sich nach hinten gelegte behaarte Tierohren, die seine extreme Aggressivität anzeigten. Seine Lefzen bebten in mörderischer Wut und gaben seine messerscharf geschliffenen Reißzähne frei. Zwischen diesen Ohren und diesem raubgierigen Schlund starrten zwei finstere, wahnsinnige Augen ihn an. Zwei schwarze Löcher, die davon träumten, alle Sterne zu verschlingen. Zwei Brunnen, die davon träumten, jedes Leben in sich zu versenken.

Als der Geschäftsführer die Augen wieder aufschlug, schoss die Kreatur hoch, um ihn am Hals zu packen, und zog in Blitzesschnelle ihn, während sein Blut hervorsprudelte, unter den Tisch.

Ihm gegenüber sprang Senator Oldman mit einem Satz auf, aber nicht schnell genug, um nicht das gleiche Ende zu nehmen wie sein Gast. Das Ding unter der Decke biss ihn in die Knöchel und zog ihn unter den Tisch. Sein Körper klatschte der Länge nach auf den Tisch, an dem er sich mit beiden Händen festkrallte. Seine Hermès-Krawatte saugte die umgekippte Hummersuppe in sich auf. Das Ding zog ihn ruckweise zu sich hinunter. Mit jedem Ruck an seinen Beinen verlor der Senator mehr den Halt und rutschte weiter in die Tiefe.

Blut tränkte die Tischdecke und den unteren Teil seines Jacketts. Schließlich mussten seine Finger loslassen, und das Ding unter dem Tisch schnappte sich ihn ganz und gar.

An allen Tischen hatte im gleichen Augenblick das gleiche Gemetzel eingesetzt. Männliche und weibliche Gäste, aber auch Kellner wurden an den Beinen, an den Händen oder am Hals gepackt und verschwanden unter den Tischdecken. Eine wilde, gierige Kraft riss alles Lebende im Raum in Stücke.

Auch Suzanne Maxwell, die sich doch nicht bewegt und schon gar nicht versucht hatte, unter den Tisch zu sehen, wurde von dem Ding gepackt. Sie fiel zunächst auf den Po, der Rücken krachte gegen die Lehne ihres Stuhls. Ihre Beine waren vollständig unter der Decke verschwunden, und schreckensstarr sah sie, wie sich der weiße Stoff vor ihr rot färbte von ihrem Blut, das nun schwallweise hervorquoll. Das Ding unter dem Tisch hatte ihr die Beine abgetrennt. Sie begann zu schreien, mehr vor Angst denn vor Schmerz, da sie der übermächtige Schrecken gewissermaßen betäubte. So verstümmelt (Jesus! Man hatte ihr gerade die Beine ABGERISSEN, während sie mitten in Manhattan, der Stadt aller Städte, mehr als zweihundertfünfzig Kilometer von der Farm der Cloyds entfernt, zu Abend aß) gelang es ihr unter dem Schock dennoch, sich an einem der Tischbeine festzuklammern. Der untere Teil ihres Körpers wurde hin und her gerissen, da das Ding unter dem Tisch sich über ihre Beine hermachte wie ein Köter über seinen zerplatzten Fußball.

»Helfen Sie mir«, flehte sie ihr Gegenüber an, die Augen vor Schreck geweitet, der ganze Körper in Krämpfen zuckend. »Helfen Sie mir doch!«

Sie sah, wie Michael Welling aufstand, um ihr zu Hilfe zu kommen. Warum hatte dieses Ding sich nicht über seine, sondern über meine Beine hergemacht?, fuhr es ihr in ihrem Entsetzen durch den Kopf. Warum konnte er sich noch auf den Beinen halten und sogar noch gehen? Warum war er verschont geblieben?

Er zog sie an den Schultern zurück.

Sie starb fast, als sie sah, was das Ding unter dem Tisch aus ihren schönen Beinen gemacht hatte. Ihr Becken war nur noch ein unbeschreiblicher gurgelnder, blutiger Brei, in den sich zerfetztes Fleisch mischte.

Beim Anblick dieser Frau, von der nur noch der Rumpf übrig war, packte Michael Welling Panik. Er ließ sie los und wich leichenblass zurück, unfähig, in das Kreischen der Menge einzustimmen.

Suzanne wälzte in ihrem Entsetzen immer wieder dieselbe Frage: Warum hatte das Ding sich nicht über diesen Typen hergemacht, sondern über mich? Warum konnte er sich auf den Beinen halten und immer noch gehen? Warum, verdammte Scheiße, hatte das Ding unter dem Tisch vergessen, seine Beine zu verschlingen?

Kriechend versuchte Suzie, sich vom Tisch zu entfernen, und es gelang ihr sogar.

Sie glich einer halb zertretenen Schnecke, die auf ihrem Weg eine blutige Spur hinterlässt. Auf den Ellbogen robbte sie durch die in der mörderischen Raserei verschobenen Tische bis zu den Eingangstüren. Um sie herum herrschten nur noch schreiendes Entsetzen, brüllender Schmerz, das entfesselte Fauchen der Bestien, Geysire von Blut und qualvoll verkrümmte Körper. Es war die Apokalypse.

Als Suzanne die letzten Tische erreicht hatte, sah sie, wie das Ding sich gegen ein Stück Tischdecke presste, um sie von der Seite anzusehen. Sein abscheulicher Kopf erschien durch den Stoff im Relief wie eine in Gips gegossene Horrormaske. Vor seinem aufgerissenen Maul hob und senkte sich der blutgetränkte Stoff im Rhythmus seines Atems. Und seine rasenden Augen starrten Suzanne unentwegt an.

Oh nein! Bitte nicht! Bleib unter dem Tisch, flehte sie. Oh Herr, mach, dass das Ding unter dem Tisch bleibt!

Schrecklich stöhnend versuchte sie, schneller zu kriechen, von

Panik erfüllt blickte sie immer wieder über die Schulter zurück. Nur noch zwei Meter trennten sie von den Eingangstüren. Sie wollte nicht sterben.

Aber hinter ihr hatte das Ding anders entschieden und schoss unter der Decke hervor.

Achter Tag

Mittwoch, 17. Dezember
(Einladung in die Hölle)

Man lernt, dass nichts so schwer verdaulich ist wie die Wahrheit

Als Sarah gegen acht Uhr aufwachte, war Forrest bereits aufgestanden und stand nachdenklich im Bademantel vor der riesigen Fensterfront seiner Wohnung, die auf den Hudson und dessen Piers hinausging.

Er blickte auf den Park unten vor dem Haus, ohne ihn wahrzunehmen. Dort tauchten im fahlen Morgenlicht drei grellbunt gekleidete Jogger mit Mützen auf, deren geschmacklose Kleidung nicht recht zu dem deutschen Schäferhund passen wollte, der die kleine Gruppe begleitete. Etwas weiter weg tuckerte in den Nebelschwaden ein Schleppschiff den Fluss hinunter.

»Gut geschlafen?«, fragte Sarah und trat zu Forrest ans Fenster.

»Nicht sonderlich«, antwortete er.

Er schloss sie in die Arme und drückte sie an sich.

»Weißt du, wie ich mich fühle?«

»Nein«, erwiderte sie und schüttelte den Kopf.

»Wie ein Künstler, der die schönste Ausstellung seiner Karriere auf der ›Skandal‹-Seite der Zeitungen enden sieht.«

In seiner Stimme lag Bitterkeit.

»Wenigstens war die Kunst in diesem Fall zu etwas nützlich«, versuchte sie nach einem kurzen Augenblick zu scherzen.

»Weißt du, was wirklich lustig ist bei dieser ganzen Geschichte? Dass man darauf wetten kann, dass die Preise für meine Werke in den nächsten Wochen kräftig nach oben schnellen werden. Talent allein bringt kein Geld mehr, verstehst du. Aber ein schöner Kriminalfall, so etwas bringt Publicity. Der Teufel kommt immer auf seine Kosten, selbst wenn man glaubt, man handle korrekt.«

»Heute Abend ist alles vorbei. Dank deiner Hilfe.«

»Heute Abend?«, fragte er und warf ihr kurz einen Blick zu.

»Heute Abend, ja, vertrau mir.«

Mehr konnte und wollte sie ihm nicht sagen. Senator March hatte sie zu umfassendem Stillschweigen verpflichtet. Und Sarah wollte Forrest nicht noch mehr beunruhigen. Wie jeder große Künstler hatte er hart an seinen *Schaufenstern* gearbeitet, und sie ahnte, dass er es nicht gerade gutheißen würde, die Vernissage seiner schönen Ausstellung zu einer Polizeifalle umfunktioniert zu sehen.

»Und danach?«, wollte Forrest nun wissen und runzelte die Stirn.

»Was ›und danach‹?«

»Ich meine: Was machen wir, wenn Fenryder und seine Wölfe verhaftet worden sind, wenn es tatsächlich dazu kommt?«

»Oh! Was mich angeht, so werde ich ein dickes Buch über sie schreiben und den Pulitzer-Preis gewinnen.«

»Ich habe nicht von ihnen gesprochen.«

Sarah versuchte zu lächeln.

»Ich weiß, dass du uns beide gemeint hast.«

»Möchtest du mit mir hier leben, Sarah? Du weißt, dass ich ernsthaft erwäge, diese Wohnung zu kaufen. Sie ist«, Forrest ließ seinen Blick durch den Raum schweifen, »in Ordnung, finde ich. Glaubst du, dass wir hier glücklich sein können? Versprich mir, dass du darüber nachdenkst, ja?«

»Soll das ein Heiratsantrag sein?«

Sie lachten beide verschmitzt, und er zuckte erneut mit den Schultern.

»Ich werde Frühstück machen«, raffte er sich auf.

Als sie in der Küche die Nachrichten hörten, erstarrten sie förmlich beim Bericht über die blutigen Ereignisse vom Abend zuvor.

»Glaubst du, dass *sie* hinter diesem Gemetzel stecken?«, fragte Forrest mit einem Zwieback in der Hand.

Sie nickte.

»Aber aus welchem Grund?«, rätselte er mit gerunzelter Stirn.

»Ich weiß es nicht. Es gehört sicher zu ihrer verdammten Operation.«

»Zur Operation Dämonen. Guter Gott! Dass ich durch mein Bild mit diesen Verbrechen in Zusammenhang gebracht werde!«

»Du brauchst dich nicht schuldig zu fühlen, Forrest. Du bist für irgendwelche Bonzen, die deine Bilder kaufen, nicht verantwortlich.«

Sarah stand auf.

»Ich werde die Zeitungen holen, um Genaueres zu erfahren. Gib mir zwei Minuten.«

»Okay. Ich warte auf dich. Ich … ich liebe dich, Sarah.«

Er schien seine Nervosität nicht abschütteln zu können, und Sarah fragte sich beim Gehen, ob dies wohl allen Künstlern ein paar Stunden vor einer Vernissage so ging und die üblichen Symptome in diesem Fall durch den dramatischen Kontext noch verstärkt wurden, oder ob es noch etwas anderes gab, das Forrest ihr verheimlichte.

Am Zeitungskiosk kaufte sie die Morgenausgabe der *New York Times* sowie eine Nachtausgabe der *Daily News*. Sie wollte gerade die Straße überqueren, als sie eine Stimme hinter sich hörte.

»Würden Sie mir bitte folgen, Miss Widar? Senator March möchte Sie sehen.«

Als sie sich umdrehte, erblickte sie einen großen Latino mit kahl geschorenem Schädel und verkehrt herum aufgesetzter Kappe.

Einer der Gorillas des Senators, dachte sie. Sein Lächeln wirkte weder freundlich noch drohend. Er war eine Überwachungsmaschine, nichts weiter. Aber gewiss bereit zum Töten, wenn es darauf ankam. In jedem Fall aber eine emotionslose, gleichgültige Maschine.

Sie folgte ihm zum Wagen des Senators, der in der Washington Street parkte. Es war ein schlechter Tag für Marvin March, wie an dessen angespannten Zügen unschwer zu erkennen war.

»Es gibt weitere schlechte Neuigkeiten«, bestätigte er ihr auch, als sie neben ihm auf der Rückbank Platz nahm.

»Ich weiß«, sagte Sarah und wies auf die Zeitungen. »Es geht um den Anschlag im Regency, nicht wahr?«

»Ja und nein.« Er seufzte. »Was die Tragödie von gestern Abend anlangt, so wissen wir ungefähr, was geschehen ist. Das Personal des Regency, das sich in den Küchen und in der Empfangshalle aufhielt, hörte plötzlich Schreie aus dem Speisesaal und versuchte, dorthin zu gelangen, jedoch ohne Erfolg. Alle Türen waren auf mysteriöse Weise verschlossen. Es war unmöglich, hineinzugelangen und vor allem herauszukommen. Als die Polizei vor Ort eintraf, war es bereits viel zu spät. Die Türen ließen sich wieder öffnen, und was man im Innern entdeckte, lässt sich nicht in Worte fassen. Alle Personen, die gestern Abend im Speisessaal des 540 Park aßen oder bedienten, waren regelrecht massakriert, ihre Körper zu Matsch zerquetscht worden. Alle bis auf eine einzige. Die Polizei fand einen gewissen Michael Welling vollkommen entkräftet in der Nähe eines Fensters. Er war blutverschmiert, wies aber keinerlei Verletzung auf, nicht einmal die kleinste Schramme. Das Blut auf seinen Kleidern war nicht sein eigenes. Die Polizei hat diesen Welling als einen gefährlichen Anarchisten identifiziert, der zu den Black Blocks zählt. Da kein anderer Verdächtiger greifbar ist, lastet die Polizei nun ihm dieses barbarische Massaker von gestern Abend an. Ich muss Ihnen nicht beteuern, dass der arme Kerl meiner Meinung nach keinesfalls für dieses unvorstellbare Abschlachten verantwortlich ist.«

»Warum haben die Wölfe das Ihrer Meinung nach getan?«, wollte Sarah wissen.

Er seufzte erneut, bevor er zu einer Antwort ansetzte.

»Das eigentliche Ziel des Gemetzels von gestern Abend war Gregory Oldman. Die anderen Personen sind gestorben, weil sie zur falschen Zeit am falschen Ort waren.«

»Gregory Oldman? Senator Gregory Oldman?«

»Ein sehr guter Freund von mir. Wir kennen uns seit dreißig Jahren, und ich habe absolutes Vertrauen zu ihm. Greg arbeitete mit mir im Untersuchungsausschuss. Verstehen Sie jetzt?«

»Wollen Sie damit sagen, dass die Operation Dämonen ein doppeltes Ziel hat? Ihr Sohn soll zu einem der Wölfe werden, und gleichzeitig soll Ihr Untersuchungsausschuss durch die Eliminierung seiner wichtigsten Mitglieder neutralisiert werden.«

»Was das Massaker von gestern Abend betrifft, so soll alles darauf hinweisen, dass es die Tat eines anarchistischen Mitglieds der Black Blocks ist. Und für meine Ermordung heute Abend wird man die Sekte Triple Dash des ›Reverend‹ Gardner verantwortlich machen. Im einen Fall also ein ultralinker Rebell, im anderen ein irrsinniger Satanist.«

»Und in beiden Fällen«, folgerte Sarah, »wird die Geheimgesellschaft von Fenryders Wölfen niemals in Verdacht geraten.«

»Ganz schön durchtrieben, nicht wahr? Ich muss gestehen, dass sie weiter gehen, als ich jemals befürchtet hatte, als ich mich auf diesen Kreuzzug begab.«

Dann richtete er seine müden Augen auf Sarah und sagte beinahe bedauernd:

»Die zweite schlechte Neuigkeit betrifft Sie selbst, Miss Widar. Sie und Ihre Freunde.«

Sarah fühlte sich bereit, alles wegzustecken, und hielt seinem Blick unerschütterlich stand.

»Es gibt einen Spitzel in Ihrer Gruppe«, kam er ohne Umschweife auf den Punkt.

Sarahs Blick verlor an Entschlossenheit. Sie hatte sich stark genug gefühlt, jede noch so schlechte Neuigkeit auszuhalten, aber nicht diese. *Einen Spitzel …*

Wie eine lähmende Curare-Injektion ergriff diese Information Besitz von ihr.

Sie sah die Gesichter von Forrest, Jodie und Tim vor sich.

Ein Spitzel unter ihnen … Mit diesem neuen Sachverhalt ließen sich viele Dinge erklären. Ganz besonders der Umstand, dass Walter Skoll in der Nacht, in der sie ihm durch den Central Park gefolgt war, wusste, dass er verfolgt wurde.

»Ein Spitzel«, murmelte sie.

»Ja. Und wir müssen davon ausgehen, dass dieser Spitzel unter Ihren engsten Freunden zu finden ist.«

Sie wusste, dass sie die entscheidende Frage stellen musste, ob die Identität dieses Spitzels bekannt sei. Aber sie brachte den Mut nicht auf.

Am liebsten wäre sie aus dem Auto ausgestiegen, um sich in den Straßen der riesigen Stadt zu verlieren. Irgendwo einen guten Martini trinken und dabei versuchen nachzudenken (oder zu vergessen?). Einen Martini, ja genau, darauf hatte sie plötzlich ungeheure Lust!

»Wir wissen es von unserem Informanten bei den Wölfen. Sie erinnern sich sicher, dass ich Ihnen von ihm erzählt habe. Ich kann Ihnen leider immer noch nicht seine Identität offenbaren, da er sonst in noch größerer Gefahr wäre als ohnehin schon. Dank seiner Arbeit wissen wir, wer sich bei Ihnen eingeschlichen hat und für wen diese Person arbeitet. Aber über diesen letzten Punkt muss ich Ihnen nichts weiter sagen, nicht wahr?«

Natürlich Fenryder. Der General hatte sie also von Anfang an manipuliert. Es blieb nur noch zu klären, mit welchem Ziel. Aber diese Frage verblasste in Sarahs Kopf hinter der EINEN Frage: Wer? Wer war der Spitzel?

»Sie können mir glauben, dass ich sehr traurig darüber bin, Sarah.«

Zum ersten Mal nannte der alte Senator sie bei ihrem Vornamen, und sie war ihm dankbar dafür. Wieder sah sie ihn direkt an.

»Wer?«, fragte sie nur.

Aber tief in ihrem Innern wusste sie die Antwort bereits. Und fürchtete sie.

Der Senator gab seinem Gorilla auf dem Beifahrersitz ein Zeichen. Der große Latino griff nach einer festen Mappe auf dem Armaturenbrett und reichte sie Sarah nach hinten.

Als sie die Mappe aufschlug, fand sie etwa zehn Fotos, die Eliot March zeigten, wie er in Begleitung von Forrest eine Straße entlangging.

»Laut FBI, das diese Aufnahmen gemacht hat, sind sich Mr Magnus und mein Sohn hier in New York begegnet. Eliot hat Ihrem Freund Drogen beschafft. Man weiß nicht, wer von beiden die Idee hatte, der Sekte Triple Dash beizutreten und den anderen mit dorthin zu schleppen. Hat Ihr Freund Ihnen jemals erzählt, dass er Eliot kennt?«

»Nein, nein«, murmelte Sarah niedergeschmettert und verwirrt.

Das Verhalten von Forrest wurde jetzt verständlicher. Nicht nur seine Nervosität von heute Morgen erklärte sich dadurch; Sarah erinnerte sich daran, welche Unruhe ihn gepackt hatte, als sie ihm zum ersten Mal von ihrer Begegnung mit Marvin March erzählt hatte. Warum hatte sie nicht schon früher darüber nachgedacht?

Teilnahmsvoll senkte der Senator den Blick einen Moment lang. Nach kurzem Schweigen fügte er hinzu:

»Das FBI verdächtigt Ihren Freund auch, den grausamen Mord an Oscar Watts verübt zu haben.« Als er seinen Blick erneut auf Sarah richtete, sah er das Unverständnis in ihren Augen. »Ich sehe, dass er Ihnen auch von diesem Mann nichts erzählt hat.« Er seufzte und fuhr sich mit der Hand über den kahlen Schädel. »Oscar Watts besaß in der 57th Street eine der angesehensten Galerien von New York. Er war der Erste, der sich für die Bilder von Forrest Magnus starkgemacht hat. Ich glaube, man kann sagen, dass er es war, der ihn auf dem Kunstmarkt eingeführt hat. Am Morgen des 5. Juli 1997 wurde Oscar Watts tot im Büro seiner Galerie aufgefunden. Gestorben ist er an den Folgen schrecklicher Verletzungen mit offensichtlich satanistischem Hintergrund, so heißt es im gerichtsmedizinischen Untersuchungsbericht. Seine Folterer haben kein einziges der in der Galerie ausgestellten Werke entwendet, und auch das Geld, das er bei sich trug, haben sie nicht angerührt. Die Polizei kam zu dem Schluss, dass das einzige Ziel der Täter war, dem Opfer diese grauenhaften Qualen zuzufügen. Sie brachte das Verbrechen zudem mit einer Reihe von Ritualmorden in Verbindung, die etwa zur gleichen Zeit von Triple Dash verübt worden waren. Triple Dash hatte tatsächlich bereits zwei Menschenopfer zu Ehren von Satan organisiert. Zwei junge Frauen hatte man auf die gleiche Weise zu Tode gequält, und ihre Leichen wiesen die gleichen Misshandlungen mit esoterischen Bezügen auf. Trotz schwerer Verdachtsmomente haben die ermittelnden Beamten bis heute nicht den geringsten Beweis gefunden, um Forrest Magnus des Mordes an Oscar Watts zu beschuldigen. Wir bitten Sie nun, Sarah, nichts von alldem weiterzugeben, was ich Ihnen enthüllt habe. Forrest Magnus darf auf gar keinen Fall etwas von unseren Entdeckungen erfahren. Mit Gottes Hilfe und den von der Regierung bereitgestellten Mitteln wird alles heute Abend geklärt werden können und …«

Sarah hörte ihm nicht mehr zu und sah nach draußen zu den Fußgängern, ohne diese wahrzunehmen.

Forrest hatte ihr einmal gesagt, dass es besser sei, den Teufel vor sich als hinter sich zu haben.

Wie furchtbar doppeldeutig hallten seine Worte jetzt in Sarahs Ohren wider! Der Teufel – Forrest hatte ihn stets im Blick gehabt. Erst hatte er ihn in der Sekte Triple Dash gesucht, aber die Sekte war lediglich ein lächerliches Vorzimmer des Bösen gewesen. Was Forrest dort gesucht hatte, hatte er schließlich bei Fenryder und seinen Wölfen gefunden.

Er hatte sich zum Diener Fenryders gemacht. Zu seinem Lakaien. Zu seinem bemitleidenswerten Lakaien.

Jodie (1)

Fern von Manhattan fühlte sich Jodie im Wochenendhaus von Doktor Kyle endlich in Sicherheit. Dieses Gefühl war so tief, dass sie, nachdem sie ihre Mutter am Abend zu Bett gebracht hatte, selbst sofort einschlief. Beide Frauen wachten nach einer ungestörten und traumlosen Nachtruhe erst um acht Uhr morgens auf. Onkel Todd bereitete ihnen fürsorglicher denn je das Frühstück. So saßen sie jetzt bei grünem Tee und Müsli einander gegenüber wie zu der noch gar nicht weit zurückliegenden Zeit, als Mrs Stevenson Geschichte an der Columbia University lehrte. Seit deren Einweisung ins Krankenhaus hatte Jodie ihre Mutter noch nie in so guter Verfassung erlebt. Jodie hatte ihr beim Anziehen behilflich sein wollen, aber die geistige Verwirrung, deren Opfer sie in den letzten Tagen gewesen war, schien verschwunden zu sein. Auch ihren Appetit und eine gewisse Lebensfreude hatte sie wiedergefunden. Hätte Doktor Kyle sie gesehen, wie sie ganz allein ihre Aricept-Kapseln nahm, hätte er wohl erstaunt festgestellt, dass Margaret Stevenson mindestens drei Stufen auf der schrecklichen Reisberg-Leiter, die den Verlauf der Alzheimer-Krankheit in sieben Stadien einteilt, zurückgeklettert war.

Jodie wusste, dass die Krankheit der Mutter sich in einer Zwischenphase befand und deren Zustand von Tag zu Tag stark schwanken konnte. Das Ausmaß erstaunte sie allerdings dennoch. Hatte sich die plötzliche Besserung ergeben, weil sie in der Nähe ihrer Mutter war? Oder war die angenehme Atmosphäre dieses Landhauses im Zusammenspiel mit Onkel Todds Fürsorge dafür verantwortlich? Jedenfalls wog die Freude über das Wohlergehen ihrer Mutter die Sorge um ihre finanzielle Situation einigermaßen auf. Mit der Aufgabe ihrer Stellung bei der Stiftung hatte Jodie auf einen recht gut bezahlten Sekretärinnenposten verzichtet, was sie jedoch nicht im Geringsten bedauerte. Die Sicherheit ihrer Mutter war in ihren Augen das Allerwichtigste. Außerdem sagte sie sich, dass sie sich, sobald sich die Situation normalisiert hätte, einfach eine andere Stelle suchen würde. Sie vertraute nicht zuletzt auf ihre Kompetenzen und ihre Entschlossenheit. Die paar Tage ihrer beruflichen Tätigkeit in der Walter-Skoll-Stiftung würden in ihrem Curriculum Vitae schlicht nicht auftauchen.

»Es ist schön hier«, sagte Margaret Stevenson ohne größere Schwierigkeiten.

»Ich bin froh, dass das Landhaus dir gefällt, Mama«, sagte Jodie sanft, als handle es sich um ein Ferienhaus.

Heute Morgen wollte sie nur die positive Seite der Dinge sehen. Ihrer Mutter ging es besser, und das Landhaus von Doktor Kyle in der Abgeschiedenheit der Wälder von Concord in Massachusetts war so eingerichtet, dass es ihnen nur gefallen konnte. Es war eine alte, große Pioniershütte, die von den Holzwänden bis zum Schieferdach vollkommen restauriert war und einen breiten, hohen Kamin besaß.

Kyle verbrachte hier, wie er Jodie anvertraut hatte, oft seine Wochenenden, da diese Ruhe und Einsamkeit für ihn das beste Antidot zum Stress des modernen Lebens war. Die junge Frau verstand nun besser, was er mit dem Wort Antidot meinte: Von außen hatte Doktor Kyle das Gebäude zwar vollkommen in seinem ursprünglichen Charakter erhalten, innen jedoch war jeglicher Komfort der verkabelten Gesellschaft des beginnenden 21. Jahrhunderts vorhanden. Die Küche war sehr gut ausgestattet, und im Wohnzimmer standen ein riesiger Plasmabildschirm samt DVD-Lesegerät sowie eine beeindruckende Sammlung neuester Filme. Eines der beiden Schlafzimmer im Obergeschoss besaß einen kompletten Multimedia-PC mit Internetanschluss. Oben am Dach gab es eine Parabolschüssel, und im Gartenhäuschen waren eine Sauna und ein Jacuzzi eingebaut worden. Ganz offensichtlich schätzte Kyle den Aufenthalt in der Natur, aber doch nicht so sehr, dass er auf Komfort verzichten wollte.

Er hatte vor allem in die neuen Technologien investiert, wie Jodie feststellte, als sie weiter durch das Haus ging. Bis auf ein paar Groschenromane vom Bahnhof störte kein einziges richtiges Buch die auf Genuss abzielende Junggesellenbehausung mit ihrem High-Tech-Arsenal. Die paar Kunstwerke an den Wänden waren unpersönliche Lithografien, was Jodie jedoch immerhin noch angenehmer fand als die üblichen Köpfe von Wildschweinen und Hirschen.

Kurz nach zehn erhielt Jodie einen Anruf von Tim auf ihrem Handy.

Er teilte ihr mit, dass Sarah bei ihm sei, und sie hörte an seiner Stimme, dass etwas Ernstes vorgefallen sein musste. Da er sie schonen wollte, gab er ihr jedoch keine näheren Auskünfte und beschränkte sich auf die Bitte:

»Wenn du Forrest am Telefon hast, dann gib ihm auf gar keinen Fall die Adresse des Hauses. Das ist … klüger.«

»Ich verstehe nicht.«

»Mach dir keine Sorgen, Jodie. Tu einfach, was ich dir sage. Ich werde dir heute Abend alles erklären.«

»Wann kommst du?«, fragte sie leise, da ihre Mutter und Onkel Todd nebenan waren.

Er erklärte ihr in aller Kürze den Plan des Senators, dann beantwortete er ihre Frage:

»Ich mache mich sofort auf den Weg, wenn die Bullen Fenryder, Skoll und die anderen geschnappt haben. Spätestens um dreiundzwanzig Uhr bin ich da.«

»Wenn alles gut läuft.«

Er schwieg und schnitt dann ein anderes Thema an:

»Geht es mit deiner Mutter gut?«

»Es könnte nicht besser sein. Du wirst sie nicht wiedererkennen.«

Von Neuem herrschte Schweigen.

»Ich liebe dich«, sagte Tim.

»Ich liebe dich auch«, antwortete die junge Frau. »Und vergiss nicht, was du versprochen hast.«

»Ich werde es nicht vergessen, Jodie. Drück meinen Onkel von mir. Bis heute Abend.«

Eine Stunde später beschlossen die beiden Frauen, die strahlende Sonne auszunutzen. Dick eingepackt gingen sie nach draußen, um einen ausgedehnten Spaziergang durch die Wälder zu machen.

Schon bald sahen sie zwei rotbraune Eichhörnchen, die sich am

Fuß einer Weide tummelten, kurz darauf stießen sie auf einen herrlichen Damhirsch, der sie einen Augenblick lang anstarrte, bevor er gemächlich davontrottete. Diese Naturschauspiele gefielen den beiden Frauen, und Jodie drehte sich lächelnd zu ihrer Mutter um. Auch diese lächelte entzückt; Speichel rann ihr übers Kinn. Jodie zog ein Papiertaschentuch aus ihrem Mantel hervor, um ihr das Kinn abzuwischen, und für einen kurzen Moment sah ihre Mutter betrübt drein und murmelte:

»Es tut mir leid, Liebling. Ich sabbere wie ein Baby.«

Liebevoll schob Jodie ihren Arm unter den ihrer Mutter.

»Das macht nichts, Mama«, beteuerte sie.

Und mit ihrem strahlenden Lächeln riss sie auch die Mutter wieder aus ihrer Niedergeschlagenheit.

Arm in Arm kehrten sie später zum Haus zurück, glücklich darüber, beisammen sein zu können.

Während ihrer Abwesenheit hatte Onkel Todd eine riesige Pizza mit Sardellen zubereitet, die sie alle drei mit gutem Appetit verspeisten. Auch Onkel Todd schien sich dem sanften Zauber der Landschaft nicht entziehen zu können. Die Traurigkeit, die sonst in seinem Blick lag, war verflogen, und aus seinen blauen Augen strahlte nur noch Güte. Er wirkte beinahe erleichtert, sein schönes Haus in Brooklyn verlassen zu haben – nicht, weil er sich von den Erinnerungen befreit fühlte, die dieses Haus barg, sondern weil er hier in besserem Einklang mit ihnen leben konnte.

Beim Essen erklärte er ihnen wortreich und fröhlich, wie Bojen funktionieren. Er hatte sich vom Enthusiasmus der Küstenwache anstecken lassen und bis zu seinem Ruhestand ständig neue Modelle entworfen. Aus seinem Mund klang dieses so technische Thema, das die beiden Frauen eigentlich hätte abschrecken können, spannend wie eine Erzählung von Charles Dickens.

»Sie sind ein guter Mensch, Mr Modin«, kam es Jodies Mutter über die Lippen, und sie legte ihre Hand auf die seine.

»Todd. Nennen Sie mich Todd, Margaret, bitte!«

»Sehr schön, … Todd.«

»Recht so!«, freute er sich und legte Margarets Hand zwischen seine beiden Hände.

Sie waren mit dem Essen fertig. Jodie kam Onkel Todd zuvor und bat darum, den Abwasch alleine machen zu dürfen.

»Und dass ihr mir bloß nicht in die Nähe des Spüllappens kommt!«, warnte sie, während sie bereits Teller und Gläser aufeinanderstapelte. »Ich kann nämlich bissig sein, müsst ihr wissen.«

Nach dieser Drohung ging sie in die Küche und stellte das Geschirr ins Spülbecken. Während sie das Wasser einlaufen ließ, sah sie auf die Wanduhr, die zweiundzwanzig Minuten nach zwölf anzeigte. In weniger als sechs Stunden würde alles vorbei sein in Manhattan. Entweder wären die Wölfe verhaftet, oder aber der alte Senator March wäre nicht mehr am Leben. Jodie betete still für das Eintreffen des Ersteren, obwohl ihr klar war, dass das eine leider nicht zwangsläufig das andere ausschloss. Etwas beruhigte sie jedoch sehr: Tim hatte ihr versprochen, sich von der Stiftung fernzuhalten, bis die Polizei den Fall geklärt hatte. Sie wusste, dass Tim aus Liebe zu ihr sein Wort halten würde. Auch wollte er die Arbeit der Beamten nicht behindern. Außerdem hatte er versprochen, ins Landhaus zu kommen, sobald Fenryder und seine Wölfe außer Gefecht gesetzt waren. Er würde sich sofort auf den Weg hierher machen. Jodie konnte es kaum erwarten, ihn wiederzusehen.

Es war noch früh am Morgen gewesen, als Senator March Sarah zu Tim brachte, nachdem sie Forrest angerufen hatte, dass sie nicht mehr in die Wohnung zurückkäme, um mit ihm zu frühstücken.

»Und was ist mit dem Mittagessen?«, hatte Forrest gefragt. »Bleibt es dabei?«

Er wollte den Tag in der Stiftung verbringen, um die letzten Details der Ausstellung zu regeln, hatte aber vorgehabt, mit Sarah zu essen. Zu diesem Zweck hatte er einen Tisch im China Grill reserviert, einem der besten asiatischen Restaurants von New York. Als Grund angeführt hatte er, er brauche mittags eine Verschnaufpause.

»Ja, es bleibt dabei«, hatte Sarah mit Tränen in den Augen gelogen, bevor sie ihr Handy zugeklappt hatte.

Sie war furchtbar wütend auf ihn.

Während das Auto des Senators über die Brooklyn Bridge fuhr, hatte Sarah die bittere Empfindung, als würde die Insel von Manhattan hinter ihr versinken wie ein neues Atlantis und all ihre Habseligkeiten, ihre Liebe sowie ihre Hoffnungen auf die Zukunft mit sich in die Tiefe reißen.

»Was wird mit ihm geschehen?« Diese Frage konnte sie nicht unterdrücken.

»Von jetzt an wird Mr Magnus vom FBI beschattet, und wir werden über jeden seiner Schritte unterrichtet sein. Heute Abend wird er festgenommen und muss sich dann vor Gericht zu mehreren Anklagepunkten äußern, insbesondere zur Mittäterschaft beim versuchten Mordanschlag einer bewaffneten Bande auf meine Person. So soll zumindest die Anklage des Oberstaatsanwalts lauten.«

Sie erreichten den Slope Park, und der Senator wiederholte Tim gegenüber, was er Sarah bereits dargelegt hatte.

Sie standen alle drei in der großen Küche von Onkel Todd. March hatte seinen Regenmantel über den Arm gelegt und hielt seinen Hut in der Hand.

»Oh, Scheiße«, entfuhr es Tim, als er die Aufnahmen in der Hand hielt, die Forrest im Gespräch mit Eliot March zeigten.

»Es ist noch schlimmer, als Sie glauben, Mr Modin. Das FBI verdächtigt ihn, im Jahr 1997 seine Hand bei dem grauenhaften Mord an Oscar Watts im Spiel gehabt zu haben. Und um Ihnen die ganze Wahrheit zu sagen, wir verdächtigen ihn ebenfalls, der zweite *tarhq-sagogh* der Wölfe in New York zu sein.«

»Guter Gott!«, fluchte Tim erschüttert. »Doch nicht Forrest! Nicht er! Ich kenne ihn schon aus Chicago.«

»Haben Sie sich nie über seine seltsame Sympathie für Ron Flint gewundert, den Wachmann der Stiftung und ebenfalls *tarhq-sagogh* der Wölfe, wie ich Ihnen in Erinnerung rufen darf?«

»Nein«, rief Tim und fuhr sich nervös mit den Händen durch die Haare, um sie nach hinten zu streichen. »Forrest war immer freundlich zu den Leuten, ganz unabhängig von ihrem Einkommen oder ihren Titeln.«

»Ich glaube nicht, dass ich mich irre, wenn ich Ihnen sage, dass Oscar Watts Ihnen in diesem Punkt widersprechen würde – wenn er könnte, natürlich. Rufen Sie sich bitte auch in Erinnerung, in welcher Reihenfolge Ron Flint Ihre Freunde in die sechste Etage der Stiftung schickte, als er Sarah und Sie dort ausfindig gemacht hatte!«

Tim runzelte die Stirn.

»Zuerst befahl Flint Neil Garson hinaufzugehen«, erinnerte er sich langsam. »Dann sollte Jodie an die Reihe kommen …«

»Und rein zufällig sollte Forrest Magnus als Letzter sterben. Glauben Sie wirklich, dass Ron Flint die Absicht hatte, seinen eigenen Komplizen zu töten?«

Mit der Angriffslust des Pitbulls, der wieder in ihm erwacht war, teilte der Senator einen Schlag nach dem anderen aus. Jetzt wandte er sich an Sarah:

»Wissen Sie genau, wo Forrest Magnus gestern Morgen war?«

»Wir waren hier«, antwortete die junge Frau, die immer ratloser wirkte.

»Ja, er war hier bei uns«, stimmte Tim zu. »Außerdem waren noch Jodie und ihre Mutter da.«

»Den ganzen Morgen?«

»Nein. Nicht den ganzen Morgen«, erklärte Sarah jetzt mit abwesendem Blick.

»Und was hat er getan, nachdem er von hier fortging?«

»Wir sind zusammen nach Manhattan zurückgefahren. Er und ich. An der Fifth Avenue haben wir uns getrennt. Ich habe die Metro genommen, um in die Wohnung zu fahren. Er aber wollte zur Stiftung.«

»Das hat er Ihnen gesagt? Nun, er ist nicht in die Stiftung gefahren«, behauptete der Senator. »Zumindest nicht unmittelbar, nachdem er Sie abgesetzt hat. Man hat ihn eine halbe Stunde später im Crotona Park gesehen, einem kleinen öffentlichen Garten in der Bronx, wo er von einem alten, bärtigen Mann einen gepanzerten Koffer in Empfang nahm. Dieser Bärtige war niemand anderes als Gardner, der Guru von Triple Dash.«

Niedergeschmettert von dieser neuen Enthüllung schloss Sarah die Augen.

»Ich muss mich setzen«, murmelte sie schwankend.

»Ja, setz dich«, sagte Tim besorgt.

»Es tut mir leid«, bedauerte der Senator Sarah und setzte sich ebenfalls an den Küchentisch, wo er nun seinen Hut ablegte.

Tim brachte ein Glas Wasser, und mit Tränen in den Augen trank Sarah ein paar Schlucke.

»Ich bin so wütend, dass ich nichts bemerkt habe!«, haderte sie mit sich.

»Das konnte niemand ahnen«, versuchte Tim sie zu trösten.

Der Senator nickte.

»Er hat recht. Niemand.«

»Ich werde Jodie anrufen und sie warnen«, sagte Tim und stieß sich vom Spülstein ab. »Ich bin in einer Minute wieder da.«

Er begab sich ins Wohnzimmer, um die Nummer zu wählen.

Die Augen auf ihr Wasserglas gerichtet, zitterte Sarah am ganzen Körper.

»Erinnern Sie sich, was Sie mir bei unserer ersten Begegnung gesagt haben?«, fragte sie nach einem Moment des Schweigens und warf ihm über den Glasrand hinweg rasch einen Blick zu, bevor sie die Augen wieder senkte. »›Freunde gibt es nicht‹, so lauteten Ihre Worte, wissen Sie noch?«

Marvin March lächelte mitfühlend.

»Ich habe mich geirrt, Sarah. Und Sie sind diejenige, die mir gezeigt hat, wie sehr ich mich geirrt habe. Sehen Sie, sind wir nicht Freunde geworden, Sie und ich? Und Mr Modin, ist er nicht der Inbegriff dessen, was Freundschaft bedeutet?«

»Ja, zweifellos«, gab sie ihm traurig recht.

Tim kam erleichtert zurück: Im Landhaus gab es keine Probleme.

»Und nun, *meine lieben Freunde*«, fuhr der Senator fort, wobei er die drei letzten Worte betonte und Sarah zulächelte, »ist glücklicherweise für uns Schluss mit den schlechten Neuigkeiten.«

Er stand auf, baute sich hinter seinem Stuhl auf und trommelte auf der Rückenlehne herum, auf der sein Burberry-Mantel lag.

»Es ist höchste Zeit, dass ich Ihnen die übrigen Neuigkeiten der Nacht übermittle. Ich bitte Sie, Sarah, hören Sie mir zu. Ich weiß, dass Sie eine Kämpferin sind und dass es Ihnen am Herzen liegt, die Wölfe zu besiegen, jetzt zweifellos noch mehr als zuvor. Also hören Sie zu. Unser Informant bei den Wölfen hat uns heute Nacht mitgeteilt, dass General Fenryder in einem Sarkophag aus schwarzem Metall lebt und dass er Gefahr läuft zu sterben, sobald er diesen verlässt. Den Sarkophag nennen sie ›Starker Wind‹. Er ist eine Art steriles Zimmer wie im Krankenhaus, müssen Sie wissen. Er enthält eine bernsteinfarbene, halbflüssige Substanz, von der ein Strahlen ausgeht.«

»Warum dieser Name ›Starker Wind‹?«, fragte Sarah, die langsam ihre Fassung zurückgewann, wie March es vorausgesehen hatte.

»Das ist eine gute Frage, Sarah. Nach den Informationen unseres Spitzels darf sich außer den Wölfen niemand ohne die Erlaubnis des Generals ›Starker Wind‹ nähern. Jeder Zuwiderhandelnde würde in eine Art Strahlenfeld geraten, das von seiner Wirkung her so schneidend wie ein Laserstrahl ist. Somit würde jeder unerwünschte Eindringling auf der Stelle vernichtet werden. Davon leitet sich auch der Name ›Starker Wind‹ ab.«

Der am Kühlschrank lehnende Tim unterbrach ihn:

»Als wir in der sechsten Etage der Stiftung waren, haben wir am Ende des langen Tisches eine große Vertiefung in der Wand gefunden, die von ihrer Größe her mindestens drei Männern Platz bieten würde. Genau hinter dem Platz des Präsidenten …«

»Das muss die für den Sarkophag von Fenryder vorgesehene Stelle sein, Mr Modin. Aber um noch einmal darauf zurückzukommen, wie man sich dem Sarkophag nähern kann – wir haben herausgefunden, dass nicht nur die Wölfe ohne Lebensgefahr zu ihm gelangen können. Auch die *tarhq-sagogh* besitzen diese Fähigkeit, wenn sie einen Talisman bei sich tragen. Das FBI hat herausgefunden, was das Wort *tarhq-sagogh* bedeutet. Es stammt aus dem Arhgonischen, einer sehr alten, esoterischen Sprache, die nur wenige Eingeweihte kennen. *Tarhq-sagogh* bedeutet ›Wächter des Kultes vom Menschenwolf‹ und in einem engeren Sinne ›Träger des *tarhq*‹, wobei der *tarhq* ein Amulett ist, das der *sagogh* bei rituellen Zeremonien als Halskette trägt. Dieser *tarhq* erlaubt es ihm, sich seinem Meister, dem Menschenwolf, zu nähern, ohne von ›Starker Wind‹ getötet zu werden. Es besteht keinerlei Zweifel, dass der *tarhq* von Ron Flint sich nun im Besitz von 10–13 befindet, selbst wenn Letzterer Ihnen vorsichtshalber nichts davon erzählt hat, Sarah. Wir müssen jetzt also so schnell wie möglich den *tarhq* von ihrem ehemaligen Freund finden. Können Sie sich vorstellen, wo Forrest Magnus seinen Talisman versteckt haben könnte?«

Sarah dachte einen Augenblick lang nach.

»Nein, ich habe keine Ahnung …«, sagte sie. »Warten Sie, sein Atelier liegt im Meatpacking District. Ich bin nur ein einziges Mal dort gewesen, seit ich Forrest kenne.«

Sie erinnerte sich sehr gut an dieses eine Mal, denn es war an jenem Abend gewesen, als sie sich kennengelernt hatten. Forrest wollte ihr seine Bilder zeigen, aber diese waren damals nicht das Wichtigste für sie gewesen. Die Erinnerung an diese glücklichen Stunden schnitt ihr ins Herz.

Der Senator reckte kurz den Arm vor, um einen Blick auf seine nun unter dem Ärmel hervorschauende Cartier-Armbanduhr zu werfen. Es war bereits fast Mittag.

Er stand auf und zog seinen Burberry über.

»Sie täten gut daran, einen Blick in dieses Atelier zu werfen«, legte er ihnen nahe und griff nach seinem Hut auf dem Tisch. »Ich habe in einer halben Stunde ein Treffen mit dem FBI. Rufen Sie mich an, wenn Sie den *tarhq* von Forrest Magnus finden oder auf etwas Neues stoßen.«

Er hatte seinen Hut bereits aufgesetzt und stand in der Tür, als er noch einmal forschend in Sarahs traurige Augen blickte.

»Sind Sie auch ganz sicher, dass Sie ihm nichts von unserem Plan für heute Abend erzählt haben?«

»Ja, absolut«, antwortete sie. »Ich ... ich wollte den Künstler schonen.«

Sarah und Tim statten dem Atelier von Forrest einen Besuch ab

Sie machten es sich zunutze, dass Forrest im China Grill auf Sarah wartete, um sein Atelier aufzusuchen. Da sie keinen Schlüssel besaßen, bediente sich Tim des guten alten Dietrichs, um die Tür aufzubrechen, und diese leistete zum Glück keinen Widerstand.

An diesem grauen Dezembermittag wirkten die spartanisch eingerichteten Räume noch dunkler und abweisender als sonst. Durch zwei große Fenster mit Querbalken fiel das Licht in das große Zimmer. In der Mitte des Ateliers standen mit Spiritus gefüllte alte Marmeladengläser, in denen Pinsel hingen, die den gefliesten Fußboden so mit Farbklecksen bedeckt hatten, dass er einem Werk von Jackson Pollock glich.

Leinwände in allen Größen zeugten von der Produktivität des Künstlers. Sie lehnten verkehrt herum an den Wänden, sodass man nur die Holzverstrebungen sah. In einer Ecke stand eine alte, Kaffeemaschine der Firma Braun auf dem Boden. Das einzige Mobiliar des Zimmers bestand in dem Bücherregal, das die Tür umrahmte, durch die Tim und Sarah eingetreten waren.

Tim zeigte sich wenig zuversichtlich, dass sie den Talisman von Forrest hier finden würden.

»Ich sehe keine einzige Stelle, an der man den *tarhq* verstecken könnte«, befand er, während er einen Stapel von vier Leinwänden gegen seine Knie gleiten ließ.

»Vielleicht ist er in einem Buch«, erwog Sarah, die sich ebenfalls umgedreht hatte.

Das Bücherregal besaß beeindruckende Ausmaße, denn es zog sich in Höhe wie Breite über die gesamte Wand. Die Bibliothek umfasste auch alte, in Leder gebundene Bücher, die Sarah schon bei ihrem ersten Besuch aufgefallen waren, aber dieses Mal schenkte sie ihnen mehr Beachtung und nahm es sich selbst übel, beim ersten Mal nicht genauer hingesehen zu haben.

Denn es waren ganz offensichtlich keine Kunstbücher.

Nun begriff sie, warum Forrest sie hier in seinem Atelier unter Verschluss hielt.

Es gab Hunderte von Büchlein über Hexerei, schwarze Magie, Bücher über Voodoo-Rituale und auch Abhandlungen über Dämonologie. So grundlegende Werke wie *Der Schlüssel Salomos, De occulta philosophia* des Agrippa von Nettesheim und *Disquisitionum magicarum libri* des Spaniers Martin Antonio Delrio standen neben weitaus härteren Schriften wie *Das Neugeborenen-Opfer, Die Opfergaben des Satans* oder *Das Handbuch der Folter*. Allein die Titel hatten etwas so Grausames an sich, dass selbst der glühendste Verfechter künstlerischer Freiheit sich abgewendet hätte. Ganz zu schweigen von den abscheulichen Illustrationen: Sie zeigten zum Beispiel schwarze Messen, in denen Säuglinge bei lebendigem Leibe ausgenommen oder verbrüht wurden.

Sarah wurde bereits beim Durchblättern der Bücher speiübel.

»Was für ein verlogener Scheißkerl!«, murmelte sie angewidert.

Tim, der hinter ihr stand, legte ihr eine Hand auf die Schulter.

»Was für ein Spiel spielt dieser verdammte Idiot denn?«, stieß er ebenfalls voller Ekel hervor. »Hält er sich etwa für Dorian Gray?«

Trotz aller Belege des Senators hatte sich ein Teil von ihm noch geweigert, an die Doppelzüngigkeit Forrests zu glauben. Aber jetzt gab es keinen Zweifel mehr. Er musste die Wahrheit akzeptieren, so schwer es ihm auch fiel. Dieser verrückte Mistkerl Forrest hatte sie beide, Sarah und ihn, ganz schön hereingelegt.

Neben den vollständigen Werken von Aleister Crowley, dem englischen Magier, der sich »Die Bestie« nennen ließ, entdeckte Sarah ein Werk mit dem Titel *Das Böse ist unser Dasein*. Es war verfasst von ... »Reverend« Gardner.

Ihr Herz klopfte bis zu den Schläfen, als sie das Buch aufschlug und auf der ersten Seite eine Widmung fand:

Für meinen Freund Forrest.
Möge die Finsternis deinen Durst stillen.
Jack W. Gardner

Sarah war zutiefst erschüttert.

Diese Worte von der Hand des satanistischen Gurus selbst setzten ihr noch mehr zu als die Fotos des Senators, auf denen Forrest einträchtig neben Eliot March zu sehen war.

Als sie mit gequältem Gesichtsausdruck das Buch umdrehte, um die hintere Seite des Umschlags zu betrachten, fand sie dort ein Schwarz-Weiß-Foto von Gardner. Zum ersten Mal sah sie den Kopf dieses irrsinnigen Verbrechers, und jetzt begriff sie. Auf seinem Bild *Die Dämonen* hatte Forrest dem Gott Saturn die Züge des »Reverend« Gardner gegeben. *Die Dämonen* waren weit mehr als ein Gemälde, sie kamen einer Huldigung, einem aktiven Beitrag zum Bösen gleich.

Unfähig, auch nur ein Wort hervorzubringen, zeigte sie Tim die Widmung. Er biss die Zähne zusammen. Das war der Gnadenstoß. Jetzt war nicht der geringste Zweifel mehr möglich.

Tief verletzt sahen sie sich über das Buch hinweg lange an.

Dann klingelte das Handy von Sarah und ließ sie zusammenschrecken. Nervös nestelte sie das Telefon aus ihrem Mantel hervor und sah, dass das Display die Nummer von Forrest anzeigte. Er machte sich vermutlich bereits Sorgen, weil sie nicht eingetroffen war. Nach vier Klingeltönen kehrte wieder Stille ein, und das Handy teilte Sarah nun per Mailbox mit, dass sie einen Anruf erhalten hatte. Mit klopfendem Herzen hörte sie ihn ab: »Sarah, wo bist du? Es ist jetzt zwanzig vor zwei. Du hast unsere Verabredung zum Mittagessen doch hoffentlich nicht vergessen? Ruf mich an, damit ich Bescheid weiß. Ich liebe dich.«

In der Stimme von Forrest lag ein leichtes Beben, das eher nach Sorge als nach Verärgerung oder gar Wut klang.

Du verlogenes Stück!, dachte sie.

»Er will wissen, was ich treibe«, antwortete sie auf den fragenden Blick von Tim.

Sie begannen die Bibliothek zu durchsuchen und schlugen jedes Buch auf, um sicherzugehen, dass nichts darin versteckt war.

Zehn Minuten waren auf diese Weise vergangen, ohne dass sie etwas gefunden hatten.

»Ich werde mal ganz oben nachsehen«, kündigte Tim an.

Er stellte sich zunächst auf das unterste Regalbrett und zog sich dann an den oberen Brettern empor. Die dicken Eichenplanken hielten seinem Gewicht mühelos stand. Zwei Bretter vor der Decke hielt er inne, hob einen Arm hoch und fuhr blindlings mit dem Arm oben über die Bücher. Dabei wirbelte er dicke Staubwolken auf, die ihn zum Husten brachten. Er wollte die Suche bereits einstellen, als er mit der rechten Hand eine kleine Metallkugel ertastete.

»Ich glaube, ich habe etwas«, teilte er Sarah mit.

Er schwang sich noch ein Brett weiter hinauf, stellte sich auf die Zehenspitzen und sah sich einer kleinen Digitalkamera gegenüber, die zwischen den Büchern und der Decke angebracht war. Ihr Objektiv war auf den Boden gerichtet. Ihr Blickfeld umfasste also das gesamte Atelier mit Ausnahme des Bücherregals. Unter ihrem Sucher erschien in regelmäßigen Abständen ein grünes Leuchtzeichen. Es bestand kein Zweifel: Sie filmte.

»Sie erinnern mich an ihn. Sie haben das gleiche Lächeln. Wenn Kevin lächelte, erschienen bei ihm auch zwei wunderschöne Grübchen auf den Wangen. Ich habe ihn so geliebt, den Jungen«, fügte Onkel Todd nach einer Weile hinzu und sah Jodie schmerzlich lächelnd an.

Jodie und er schälten Kartoffeln fürs Abendessen, während Margaret sich im Wohnzimmer von den ausgedehnten Spaziergängen ausruhte, indem sie im Fernsehen das Weihnachtsprogramm verfolgte. Mutter und Tochter waren am Nachmittag noch einmal hinausgegangen, diesmal in Begleitung von Onkel Todd. Sie waren gute fünf oder sechs Kilometer auf den Waldwegen um das Wochenendhaus herumgewandert und erst vor einer halben Stunde zurückgekehrt, als es bereits zu dämmern begann.

Onkel Todd handhabte den Sparschäler mit verblüffender Leichtigkeit. Er hatte bereits drei Kartoffeln geschält und griff nach einer vierten, als Jodie gerade ihre erste beendet hatte.

Er sprach, und Jodie hörte zu. Sie lauschte ihm mit jenem begierigen Interesse, das verliebte Frauen an den Tag legen, wenn man ihnen etwas von der Vergangenheit des geliebten Wesens erzählt.

»Wissen Sie, Tim und Kevin verstanden sich wirklich sehr gut. Bis auf die harmlosen Zankereien zwischen Brüdern habe ich sie nie streiten sehen. Sie haben keine Geschwister, Jodie, aber ich bin sicher, dass Sie verstehen, was ich sagen will. Wenn Geschwister sich ernsthaft streiten, sind diese Auseinandersetzungen oft so übel, dass sie aus der Familie einen wahren Kriegsschauplatz machen. Aber meine Neffen scheinen sich nie gestritten zu haben. Das ist doch unglaublich, nicht wahr? Als Kinder haben sie ihre großen Ferien bei uns verbracht. Sie waren immer so ruhig und brav, dass ich meinte, an ihrer Stelle den Clown geben zu müssen.

Melinda besaß die Güte, mir meine Albernheit nachzusehen. Wir waren so glücklich, die beiden bei uns zu haben! Ich könnte fast sagen: für uns allein zu haben. Aber in unseren Herzen war nichts Egoistisches.«

Er legte seinen Sparschäler beiseite und rieb die fertig geschälten Kartoffeln eine nach der anderen mit dem Lappen ab.

»Jetzt müssen wir sie in Scheiben schneiden«, sagte er.

Er nahm eines der auf dem Tisch bereitliegenden Messer und machte es vor:

»Hier, genau so! Sehen Sie, nicht zu dick und nicht zu dünn.«

Jodie folgte seinem Beispiel.

»Sehr gut, Jodie. Sie sind eine echte Könnerin. Ich werde erst einmal die Backform einfetten.«

Er stand auf, holte eine Gratinform aus dem Schrank, stellte sie auf die Arbeitsfläche und begann sie einzufetten. Dabei fuhr er mit seiner Erzählung fort:

»Harry, ihr Vater und leider auch mein Bruder – denn wenn ich Ihnen etwas von Bruderzwist erzähle, so geschieht das als Fachmann! –, also Harry kümmerte sich nicht richtig um die beiden. Zumindest ist das meine Meinung. Er unternahm nichts mit ihnen, was ein normaler Vater mit seinen Jungen gerne unternimmt. Er unterhielt sich kaum mit ihnen und machte auch keinen Sport mit ihnen. Harry sagte, dass die Schule für solche Dinge da sei, dass er genug Steuern zahle, damit man ihm seine Ruhe lasse – damit meinte er auch seine Jungen.«

Jetzt setzte er sich wieder, und sie begannen, die Kartoffeln ordentlich in die Form zu schichten.

»Sehen Sie, Harry war immer schon ein fieser, egoistischer Blödmann. Er interessierte sich nur für sich selbst. Wie kann man ein solches Leben führen? Wie kann man so leben, wenn man zwei famose Jungen hat, um die einen alle Welt beneidet? Wenn der

Herrgott uns nur ansatzweise ein solches Geschenk wie Tim oder Kevin gemacht hätte, wären wir die glücklichsten Eltern der Welt gewesen.«

Onkel Todd holte lauwarme Milch und die aufgeschlagenen Eier, goss das Gemisch über die Kartoffeln und streute zum Schluss Gruyère darüber. Dann setzte er noch ein paar Butterflöckchen auf den Käse.

»Das Außergewöhnliche war, dass sie uns, auch als sie älter wurden, ihre Liebe nicht entzogen. Ganz im Gegenteil. Stellen Sie sich vor, sie haben noch nie einen unserer Geburtstage vergessen. Melinda sagte manchmal, dass der Herrgott die Dinge letztlich doch gar nicht so schlecht eingerichtet habe.«

Mit einem traurigen Lächeln setzte er sich vor Jodie.

»Meine arme Melinda! Wissen Sie, was sie beschäftigte, als ich sie zum letzten Mal im Krankenhaus gesehen habe? Sie grübelte nicht darüber, warum diese gemeine Leukämie ein Leben so plötzlich und ohne Vorwarnung auslöschen kann, auch nicht darüber, wie das Jenseits aussehen mochte, nein, es schmerzte sie, dass sie uns, Tim, Kevin und mir, solchen Kummer bereitete. Sie …« Zwei dicke Tränen liefen langsam über seine roten Wangen hinunter, und er wischte sie mit dem Handrücken fort. »Sie sagte mir, dass sie das sehr schlimm fand, und ich begann in ihren Armen zu weinen wie ein Kind. Wie sollte es ohne meine Melinda weitergehen? Mit diesen Gedanken ist sie gestorben, meine arme Melinda: Sie sorgte sich um ihre geliebten Neffen, und mir spendete sie Trost! Auf dem Flur wartete ein Priester. Ich bin alles andere als stolz darauf, aber ich habe ihn beleidigt. Ich war so unglücklich, fühlte mich so leer. Ich habe mich bei ihm darüber beklagt, dass Gott sich nicht um seine Geschöpfe kümmert. Ich habe ihm an den Kopf geworfen, dass Gott uns beiden, Melinda und mir, zwar das Leben geschenkt, aber die Garantieklauseln nicht erfüllt hat. Sehen Sie, solche Dummheiten habe ich von mir gegeben. Ich war verrückt vor Schmerz. Das Schlimmste war, dass ich Tim und Kevin nicht anrufen wollte, um ihnen zu sagen, dass ihre arme Tante gestorben war. Ich dachte mir, dass dieser Anruf sie schmerzen würde und ich so auch meiner Melinda Schmerzen bereiten würde. Deshalb erwog ich tatsächlich einen Augenblick lang, ihnen gar nichts zu sagen. Als meine Wut sich gelegt hatte, wählte ich dann doch ihre Nummer. Keiner von beiden war zu Hause. Da verlor ich mich in so dumme Gedanken wie: ›Herr, mach, dass sie nicht nach Hause kommen!‹ oder ›Mach, dass das Telefon eine Weile nicht funktioniert, damit ich etwas zu mir komme!‹ Als ich den Hörer auflegte, fühlte ich, wie sich eine Hand auf meine Schulter legte. Ich drehte mich um. Es waren Tim und Kevin. Sie waren von Chicago nach New York gekommen, um Melinda zu sehen. Zum ersten Mal, seit sie erwachsen waren, sah ich sie weinen, und auch ich brach wieder in Tränen aus, als ich zu ihnen sagte: ›Weint nicht, meine Lieben, weint nicht! Das macht Melinda traurig.‹«

Jodie stand auf, um sich neben ihn zu setzen. Sie legte einen Arm um seine Schulter und küsste ihn auf die Wange.

»Sie müssen furchtbar gelitten haben«, flüsterte sie mitfühlend.

»Wissen Sie, was mich am meisten schmerzt? Dass meine Melinda gesagt hat, dass der Herr letztlich alles gar nicht so schlecht eingerichtet hat. Sie glaubte das wirklich, müssen Sie wissen. Auch als sie starb, hat sie noch an diese … diese Lüge geglaubt. Denn es ist eine Lüge, Jodie. Der Herrgott hat die Dinge hier unten sehr schlecht eingerichtet. Das habe ich mir gesagt, als ich Melinda beerdigt habe, und das habe ich mir wieder gesagt, als Kevin zu Tode kam. Es hat mich tatsächlich krank gemacht, als ich von dieser neuen Tragödie erfuhr, und ich musste zwei Wochen im Krankenhaus verbringen. Ich konnte nicht zur Beerdigung von Kevin in Chicago gehen. Tim ist zu mir ins Krankenhaus gekommen, um mir zu erzählen, wie alles abgelaufen ist. Als ich ihn in mein Zimmer hereinkommen sah mit der schwarzen Binde über seinem kaputten Auge, presste es mir das Herz zusammen, und ich habe bei mir gedacht: Herr, es war dir nicht genug, seinen Bruder zu nehmen, du musstest von ihm auch noch ein Auge verlangen! Sein ganzes Wesen hat sich zudem verändert! Vorher war Tim lustig und unbekümmert, aber von da an hatte er jede Lebensfreude verloren. Ihnen verdanke ich es, dass ich ihn endlich wieder glücklich sehe.«

Das Gesicht von Jodie hellte sich auf.

»Man muss aber auch zugeben«, fügte Onkel Todd nun ebenfalls lächelnd hinzu, »dass angesichts eines solchen Lächelns niemand sehr lange widerstehen kann. Auch Doktor Kyle würde mir da wohl nicht widersprechen, nicht wahr?«

»Doktor Kyle ist lediglich ein Freund«, sah Jodie sich genötigt klarzustellen, und ihr Lächeln wurde noch strahlender.

»Glauben Sie?«, fragte er mit einem Hauch Spott. »Ich hätte doch gewettet, dass er auch in Sie verliebt ist! War er nicht vorhin am Telefon?«

Doktor Kyle hatte um Punkt dreizehn Uhr angerufen.

Er hatte sich ein paar Tage Urlaub genommen und Jodie versprochen, am frühen Abend vorbeizuschauen, um sich zu vergewissern, dass sie sich gut eingerichtet hatten. Natürlich würde er bei seinem Besuch auch nach Jodies Mutter sehen. Der junge Arzt hatte es für richtig erachtet, darauf hinzuweisen, dass er bei seinen Eltern übernachten würde, die viereinhalb Kilometer vom Landhaus entfernt ein Haus in Concord bewohnten. Er wollte sich nicht aufdrängen, und wenn Tim Modin heute Nacht dort bleiben wollte, so könnte er dies tun, ohne …

In Jodies Augen besaß Doktor Kyle nichts mehr von einem spät entwickelten Heranwachsenden, der sich in einem für ihn zu großen Kittel als Arzt aufspielte. Er war ein Freund geworden. Ein großzügiger Freund, der sie sogar gedrängt hatte, die Sauna im Gartenhäuschen zu benutzen.

»Das ist sehr gesund«, hatte er beteuert. »Und wenn man so angespannt ist wie Sie, ist die Sauna ein unbedingtes Muss!«

Jodie warf einen Blick auf die mit Nachtschwalben verzierte Wanduhr. Es war fünf nach fünf. Ein Schatten der Angst huschte über ihr hübsches Gesicht, und zwischen ihren Sommersprossen glätteten sich nach und nach ihre Grübchen.

»Machen Sie sich keine Sorgen«, sagte Onkel Todd, der ihren Blick aufgefangen hatte. »Ich bin sicher, dass alles gut laufen wird. Außerdem hat Tim uns versprochen, dass er nicht zu der Vernissage gehen wird, daran müssen Sie denken. Solange man auf festem Boden bleibt, stellen die Haie keine Gefahr dar.«

»Sie haben recht, aber ich kann nicht anders.«

»Wie wäre es, wenn Sie dem Rat Ihres Arztes folgen, Jodie?«

»Dem Rat?«, wiederholte sie verständnislos.

»Hat er Ihnen nicht einen Saunabesuch empfohlen?«

»Nein, nein, ich …«

»Gehen Sie schon, Jodie. Ihre Mutter fürchtet sich hier nicht. Sie ist bei mir, und wir werden zusammen ein wenig fernsehen. Was dieses Wunderwerk angeht«, sagte er, während er die Auflaufform in den Ofen schob, »so braucht es eine gute Stunde, bis es fertig ist.«

Er wollte noch hinzufügen, dass in seiner Jackentasche die alte Beretta steckte, mit der er ihre Feinde in die Flucht schlagen könne, nahm jedoch Abstand davon, da er fürchtete, das Gegenteil von dem zu bewirken, was er eigentlich wollte.

»Los, Jodie. Es ist ganz einfach. Sie gehen hier hinaus«, er wies auf die Küchentür, die hinten aus dem Haus führte, »und folgen dem gepflasterten Weg zum Gartenhäuschen. Die Sauna ist bereit, sie wartet nur noch auf Sie. Ich habe sie vor dem Kartoffelschälen angestellt.«

»Das haben Sie tatsächlich gewagt?!«, empörte sich Jodie und konnte ein Lächeln nicht zurückhalten.

»Wer weiß, vielleicht kommen Sie heiter wie ein buddhistischer Mönch zurück! Vielleicht machen auch Ihre Mutter und ich anschließend einen Saunagang. Und das ist doch allemal besser, als sich eine Zigarette nach der anderen anzuzünden oder einer alten Schachtel wie mir zu lauschen, oder?«

Jodie versucht, sich zu entspannen

Draußen hielt Jodie einen Augenblick lang inne. Ihre Hand lag noch auf dem Türgriff, als sie zum Gartenhäuschen hinübersah, das sich am Ende der grauen Steinplatten befand. Die Nacht war dunkel und kalt, und der Wald hatte sich so verfinstert, dass er nun einen tiefschwarzen Kreis um das Landhaus zog. Jodie musste sich eingestehen, dass sie keine sonderlich große Lust auf die Sauna hatte. Außerdem machte sich ein Hauch von schlechtem Gewissen bemerkbar bei dem Gedanken, dass sie ihre Mutter und Onkel Todd ganz allein ließ. Und die Wärme der Küche sowie ganz besonders die wohltuende Gegenwart von Onkel Todd hatten etwas Verlockendes.

Sei nicht albern, ermahnte sie sich. Noch fünf Minuten bei ihnen, und du bist so weit, dass du dich nicht mehr beherrschen kannst und ihnen von deiner Angst erzählst. Das können, wie dir hoffentlich klar ist, weder deine Mutter noch Onkel Todd gebrauchen.

So gab sich Jodie einen Ruck, ließ den Türgriff los und machte sich auf den Weg zum Gartenhäuschen.

Im Innern fand sie eine Einrichtung vor, die es mit den besten

Thalasso-Bädern aufnehmen konnte. Neben der aus sehr schönem, lackiertem Zedernholz gestalteten Saunakabine befand sich eine Multi-Jet-Dusche und hinter einer kleinen Bank und zwei Kleiderhaken gab es einen großen Jacuzzi.

Dampfschwaden erfüllten die Kabine im hinteren Teil des Gartenhäuschens und pressten sich gegen die Fensterscheibe.

Jodie wusste nicht, ob eine solche Dampfentwicklung normal war, und fragte sich, ob Onkel Todd die Temperatur des Ofens nicht zu weit aufgedreht hatte. Aber nein, Onkel Todd war ein Mann, der sich mit solchen Geräten auskannte. Als Ingenieur war er mit solchen Dingen sicher vertraut. Also entspann dich, verflixt noch mal!

Zögernd ging sie zu den beiden weißen, zusammengefalteten Handtüchern, die auf der Zedernbank lagen, und setzte sich daneben. Sie war immer noch unschlüssig, was sie tun sollte. Natürlich zwang sie niemand, die wohltuende Sauna zu nutzen. Letztlich würden weder Doktor Kyle noch Onkel Todd es ihr furchtbar übel nehmen, wenn sie deren gutgemeinte Vorschläge zur Entspannung für eine junge verängstigte Frau ablehnte. Sie konnte sehr wohl ins Haus zurückkehren, auf der Stelle, und Todd bitten, den ganzen Zirkus abzustellen. Es war ihr gutes Recht, stattdessen eine Zigarette nach der anderen zu rauchen und alle zwei Minuten mit immer angstvollerem Blick auf die Uhr zu sehen. Ja, das war in der Tat ihr gutes Recht.

Nur würde sie damit diesen wundervollen Onkel Todd (der ihretwegen immerhin sein schönes Haus in Brooklyn verlassen hatte) beunruhigen, und der Zustand ihrer armen Mutter könnte sich als Folge davon plötzlich wieder verschlechtern.

Sie blickte weiter unentschlossen nach hinten zur Kabine. Noch immer sah man die Dampfwolken durch die Glasscheibe der Tür.

Man hat dir doch versichert, dass die Sauna entspannend sein wird, also zieh dich aus und hopp!

Sie stand auf, um die Tür abzuschließen.

Als sie zur Bank zurückging, um sich auszuziehen, glaubte sie, im Innern der Kabine einen Schatten zu sehen. Ihr stockte der Atem, sie blieb abrupt stehen und ihr brach der kalte Schweiß aus, als sie sich klarmachte, dass sie sich hier mitten in der Nacht ganz allein in einem riesigen Wald befand – nur mit ihrer kranken Mutter und einem alten Mann. Gut, er war bewaffnet, aber dennoch blieb er ein alter Mann.

Und Tim war ungefähr dreihundert Kilometer von hier entfernt.

Und jetzt erwartet dich in der Sauna von Doktor Kyle ein Eindringling.

Jodie versuchte, sich mit dem Gedanken zu beruhigen, ihre Fantasie spiele ihr einen Streich.

Hör endlich auf, dir den Kopf zu zermartern! Du hast geglaubt, dass du etwas in der Sauna gesehen hast. Das war ein Irrtum, aber deine Fantasie hat es aufgeschnappt, und jetzt geht sie mit dir durch.

Dennoch, auch zu dritt waren sie hier in diesem abgeschiedenen Landhaus verwundbar. Die trügerische Geborgenheit des Hauses und die reizvolle Natur in der Umgebung hatten das Gefühl der Gefahr, das sie in New York gepackt hatte, einschlafen lassen und ihre Wachsamkeit herabgesetzt.

Und wenn sich nun doch jemand die Situation zunutze gemacht hatte, um sich in die Sauna zu schleichen? Zum Beispiel jemand mit langem Kittel und einem Besenwagen …

Denk nicht daran! Denk nicht an den Mann in dem blauen Kittel.

Aber wie ein Un-Toter den Tiefen der Erde entsteigt, bahnte sich diese zehn Jahre alte Erinnerung mit Gewalt einen Weg in ihr Bewusstsein.

Ihr Herz klopfte immer stärker.

Es war Sommer. Ein schöner Julimorgen. Das Jahr? 1996. Sie war beinahe fünfzehn Jahre alt und trug eine Zahnspange. Es kam ihr vor, als sei es gestern gewesen. Und der Mann mit dem Kittel hieß Stedman. Ja, Davie Stedman. Siebenundvierzig Jahre alt und ledig, wie ihnen die Polizei später erklärt hatte. Er arbeitete in einem Kaufhaus von Stamford. Er war mittelgroß und eher schmächtig, trug eine dicke Brille und einen marineblauen Kittel aus Nylon, auf dessen Rücken REINIGUNGSKRAFT stand – für jene, die trotz des Eimers und Besens, die er den ganzen Tag mit sich herumschleppte, noch nicht begriffen hatten, welchen Beruf er ausübte. Seine Hauptaufgabe bestand darin, die im Untergeschoss des Kaufhauses befindlichen Toiletten sauber zu halten. Das war keine sehr angenehme Sache, aber Davie Stedman hatte sich dareingefügt, und man kann sagen, dass er sogar sehr engagiert in seinem Job war. Vor allem auf den Damentoiletten. Er begab sich oft dorthin, um einmal durchzuwischen oder das Toilettenpapier nachzufüllen. Er verbrachte so viel Zeit dort, dass manche Kundinnen sich darüber beschwert hatten. Sein Chef rügte ihn, aber mehr geschah nicht. Vielleicht auch deshalb, weil Davie Stedman nicht mehr getan hatte. Er liebte seinen Beruf, das war alles, und was man auch von ihm verlangte, er erledigte es gut. Der Chef hatte nicht vor, so eine Putzfee, die zudem inzwischen schon mehr als acht Jahre hier arbeitete, zu feuern. Trotz seiner zahlreichen Überstunden war er noch nie auf die unverschämte Idee verfallen, am Ende des Jahres um eine Lohnerhöhung zu bitten. Solange dieser Typ den Rubikon des Gesetzes nicht überschritt, würde er ihn in seinem Untergeschoss behalten. Der Geschäftsführer hatte daher die zwei oder drei Kundinnen mit dem Verweis beruhigt, Davie Stedman sei nicht vorbestraft und mache nur seinen Job. Ohnehin war er der Meinung, dass mit den meisten Frauen ihre Fantasie durchging, sobald sie einen Typen mit Kittel in ihren Toiletten erblickten. Sie waren wohl frustriert, hatte er geschlossen.

Davie Stedman war also dabei, die Waschbecken der Damentoiletten zu reinigen, als Jodie an diesem Julimorgen 1996 dort auftauchte. Ihre Mutter und sie hatten Kleidung eingekauft. Die Geschäfte hatten erst kurz zuvor geöffnet, und es war noch nicht viel Kundschaft da. Jodie hatte ihre Mutter in der Blusenabteilung zurückgelassen und war allein zu den Toiletten hinuntergegangen, um ihrem dringenden Bedürfnis nachzukommen. Außer einer etwa vierzigjährigen Verkäuferin, die ihre Schminke auffrischte, war es ruhig hier unten. Jodie ging in die hinterste Toilette und verriegelte das Schloss. Als sie wieder heraustrat, war die Verkäuferin gegangen, aber nicht Davie Stedman.

Davie Stedman hätte sich sicher niemals an ein anderes junges Mädchen herangemacht. Er muss gespürt haben, dass Jodie zu schüchtern war, um sich zu verteidigen, und zu gut erzogen, um ihrer Mutter etwas von dem zu erzählen, was er ihr während ihres kurzen Tête-à-tête zeigen wollte.

Die Lektion begann, als er sich zu ihr umdrehte.

Sein Kittel war bis zum Bauch geöffnet, und sein schlaffer Schwanz war offen zu sehen. Wie erstarrt blieb Jodie im Gang zwischen den Toilettenkabinen stehen.

Er fuhr sich mit der Zunge lüstern über die Lippen, in seinen Augen lag dumpfe Gier.

»Ich habe schon ganz andere Flittchen gesehen als dich, meine Hübsche!«

Davie Stedman hatte eindeutig den Rubikon des Gesetzes überschritten, und er wäre noch weiter gegangen, wenn nicht Margaret Stevenson – weitaus weniger schüchtern und weniger gut erzogen als ihre Tochter – wie eine Löwin aufgetaucht wäre, ihn an den

Haaren gepackt und mit all seinen Zähnen die Emaille des Waschbeckens hätte kosten lassen.

An diesem Julimorgen verlor die Reinigungskraft Davie Stedman vier Zähne und den Job.

Niemand wusste, was nach diesem Vorfall aus Stedman geworden war. Kundinnen erzählten, er hätte Connecticut verlassen, um in einem anderen Bundesstaat Toiletten zu putzen. Vielleicht war er nach Massachusetts gegangen. Vielleicht hielt er sich gar in den Wäldern von Concord auf … Und vielleicht hat er sich zu deiner Begrüßung, flüsterte eine leise, grausame Stimme in Jodies Kopf, in der Saunakabine versteckt und wartet auf dich.

Wie damals beim Anblick des geöffneten Kittels blieb sie regungslos stehen und war zu keiner Reaktion fähig.

Sie hatte es nie verstanden, sich zu wehren. Schon als Kind lehnte sie sich nie auf, wenn Rachel Peterson, das Nachbarmädchen und größte Biest unter dem Himmel, ihr eine ihrer Puppen stibitzte oder ihr die Haare abschnitt. Sie sagte sich manchmal, dass ihr schlicht und ergreifend das Gen der Streitlust fehlen musste. Und sie hatte immer ihre Mutter bewundert – für ihre Charakterstärke ebenso wie für ihre Intelligenz. Eine äußerst patente Frau, diese Margaret Stevenson, die ihre Tochter allein großgezogen und dennoch eine ehrgeizige akademische Karriere vorangetrieben hatte. Sie konnte den erstbesten dahergelaufenen Perversen ohne Weiteres bei den Haaren packen und über einem Waschbecken zur Rechenschaft ziehen. Umso schlimmer war es für Jodie gewesen, als sie entdecken musste, dass diese perfekte Mutter nicht mehr unverwundbar war und diese gemeine Alzheimer-Krankheit sie unwiederbringlich niederwerfen würde. Jodie hatte eine ungeheure Traurigkeit verspürt, als hätte ihre Mutter sie verlassen. Wer, wenn nicht ihre Mutter, würde sie gegen den nächsten Davie Stedman verteidigen, der in ihrem Leben auftauchte?

Seit der Erkrankung ihrer Mutter war Jodie gezwungen, ihre Angelegenheiten selbst in die Hand zu nehmen, zumindest bis Tim und Onkel Todd ihnen behilflich waren. Bisher war es ihr zwar gelungen, die anstehenden Probleme zu regeln, aber sie wusste, dass dies auch so bleiben musste.

Sehr gut, meine Liebe, sprach sie sich selbst Mut zu. Was hast du jetzt vor? Willst du hysterisch herumschreien oder zu Onkel Todd rennen und ihm alles sagen? Überleg es dir, du kannst wählen. Aber stell dir doch wenigstens einmal vor, es ist wirklich niemand in der Kabine. Nur Wasserdampf und nichts als Wasserdampf. Wie stehst du Onkel Todd gegenüber dann da?

Jodie biss sich zögernd auf die Unterlippe.

Was die Entspannung anging, so musste sie sich eingestehen, dass diese im Augenblick meilenweit entfernt war.

Es ist nichts. Nimm dich zusammen!

Sie stemmte sich gegen ihre anfängliche Panik und griff nach der Kelle aus rotem Kupfer, mit der man Wasser auf die Steine des Ofens schöpfte.

Da keine andere Waffe greifbar war, musste dieser Gegenstand ausreichen.

Sie ließ die beschlagene Scheibe der Sauna nicht aus den Augen, während sie auf sie zuging. Trotz aller Ermahnungen spielten ihre Gedanken erneut verrückt.

Die Wölfe haben dich aufgespürt, und als Geschenk machen sie dir einen noch fürchterlicheren Davie Stedman, als es ihn jemals gegeben hat. Das ist das Verfahren der Wölfe, wie Tim meint. Haben Sie Angst vor Spinnen? Schön! Dann werden Sie von Spinnen heimgesucht. So einfach und schrecklich ist das. Sie bekommen stets das, was von Ihren Vorlieben am weitesten entfernt ist.

Genau, das war es. Sie würde die Tür der Kabine öffnen, und Davie Stedman würde aus einer Dampfschwade auftauchen wie ein Teufelchen aus seiner Schachtel. Davie Stedman, die Reinigungskraft im blauen Kittel mit dem Besenwagen. Er würde sagen: »Ich habe schon ganz andere Flittchen gesehen als dich, meine Hübsche ...!«, und würde sich mit der Zunge über die Lippen fahren wie 1996 auf der Toilette des Kaufhauses von Stamford.

Nur diesmal würde Margaret Stevenson nicht auftauchen und ihn an den Haaren packen, um seine Zähne gegen das Waschbecken zu schlagen.

Jetzt stand Jodie vor der Kabine und näherte ihr Gesicht der Scheibe, um durch den dunstigen Schleier hindurchzuspähen. Es nützte nichts, sie sah nur Wassertropfen.

Sie nahm ihren ganzen Mut zusammen, trat mit klopfendem Herzen einen Schritt zur Seite und schloss die Hand um den Türgriff, um ihn zu sich heranzuziehen. Ein auf achtzig Grad geheizter Dampfschwall schlug ihr ins Gesicht und ließ sie zurückweichen.

Normalerweise betrat man einen solchen Ort entkleidet, erinnerte sie sich.

Sie wagte sich einen Schritt weiter vor, um das Innere der Kabine zu erkunden.

Kein Davie Stedman, der auf sie wartete.

Es war niemand dort. Weder er noch sonst jemand.

Entspann dich, verflixt noch mal! Entspann dich!

Onkel Todd empfängt einen Besucher

Ein paar Minuten, nachdem Onkel Todd Jodie überredet hatte, in die Sauna zu gehen, hörte er, wie an die Haustür geklopft wurde.

Er sah nach und griff im Vorbeigehen nach seiner Pistole. Man konnte nie vorsichtig genug sein. Er hob den Türvorhang an und sah draußen im Dunkeln die Gestalt eines Mannes im Priesterornat. Das Weiß des katholischen Kragens leuchtete schwach, ebenso das Kreuz über der Knopfleiste seines Parkas.

Onkel Todd legte die Beretta auf den Heizkörper in der Ecke und öffnete besorgt die Tür. Überbrachte man ihnen schlechte Neuigkeiten?

Der betagte Mann, den er vor dem Haus stehen sah, trug einen buschigen Bart wie die Franziskanermönche der Gemeinschaft von Saint-Crispin in der South Bronx, denen er ab und zu bei der Verteilung von Nahrungsmitteln half.

»Glauben Sie, dass Er hier ist?«, fragte der Geistliche und wies mit ausholender Geste auf den Wald ringsum.

»Wer denn?«, fragte Onkel Todd unsicher.

»Unser allerhöchster Herr, mein Sohn. Heißt es nicht: ›Der Wald ist die Kirche, in der Jesus verweilt‹?«

»Das … mag stimmen«, pflichtete Onkel Todd ihm bei und fand sein Lächeln wieder. »Aber ich erinnere mich nicht, diese Vorstellung in den Evangelien gelesen zu haben, Reverend.«

»Oh nein. Ein Kommunist hat sie verfasst. Ich sage Kommunist, müssen Sie wissen, weil für mich alle Russen Kommunisten sind. Bei ihnen muss man auf alles gefasst sein, selbst darauf.«

»Selbst worauf, Reverend?«

»Die Wahrheit in einen Vers zu fassen.« Der Geistliche nickte mit ernstem Gesichtsausdruck »Deshalb hat der Allmächtige auch ein Volk von Trunkenbolden aus ihnen gemacht.«

»Vermutlich«, äußerte Onkel Todd, der nicht recht wusste, worauf sein Gegenüber hinauswollte.

Ihm fielen die seltsamen Verletzungen an beiden Händen des Geistlichen auf. Aber nein, es waren keine Verletzungen, erkannte er jetzt. Es waren Tätowierungen …

Todd kratzte sich hinter dem Ohr und fragte:

»Was führt Sie zu uns, Reverend?«

»Oh, ich habe mich verirrt, mein Sohn. Aber sind wir nicht alle Verirrte?« Der alte Kirchenmann hob den Blick zum Himmel. »Herr, weise uns, deinen verirrten Kindern, durch die drohende Finsternis den Weg zu deinem Licht. Wir irren von einer Drangsal zur nächsten und wissen nicht einmal, wie unwissend wir sind. Wir sind blind gegenüber unserer Blindheit.« Dann richtete er seinen Blick erneut auf Onkel Todd und fragte ihn mit süßlichem Lächeln: »Leben Sie allein hier, mein Sohn?«

»Ich …«, setzte Onkel Todd an und zögerte, da er sich trotz allem schwertat, einen Kirchenmann zu belügen. »Sagen wir, meine Frau und ich möchten uns hier im Landhaus von Doktor Kyle erholen.«

Was für eine hübsche Art, Wahres und Falsches miteinander zu vermengen, beglückwünschte sich Onkel Todd.

»Meine Frau ist krank«, fügte er, immer noch nicht ganz der Wahrheit getreu, hinzu. »Sie müssten Doktor Kyle doch kennen?«

»Ich kenne alle Menschen ein wenig. Erlauben Sie, dass ich eintrete, mein Sohn? Ich würde mich gerne ein wenig aufwärmen, bevor ich meinen Weg fortsetze.«

»Na gut …«, zögerte Onkel Todd noch immer. »Ja. Natürlich. Kommen Sie herein, Reverend.«

Und damit bat er ihn herein.

Sarah und der Senator beratschlagen ein paar Stunden vor der Vernissage

Senator Marvin March rief Sarah kurz nach sechzehn Uhr dreißig an, als sie sich mit Tim in seinem Ford Taurus wieder dem Gebiet von Brooklyn näherte.

»Haben Sie etwas gefunden?«, fragte er sogleich.

Sarah berichtete ihm von der Bibliothek sowie von dem von

Gardner verfassten und signierten Buch, das sie in Forrests Atelier entdeckt hatten.

»Sie hatten recht, was Forrest betrifft«, sagte sie mit ziellos in die Ferne gerichtetem Blick.

»Glauben Sie mir, dass es mir lieber gewesen wäre, ich hätte mich getäuscht, Sarah. Haben Sie den *tarhq* gefunden?«

»Wir haben nichts gefunden, was er sein könnte. Dafür sind wir jedoch auf eine Überwachungskamera gestoßen.«

»Eine Kamera?«, wiederholte der Senator verblüfft.

»Wir haben sie einem Freund von Tim gezeigt, der ein Spezialist für Alarmsysteme ist. Es ist ein digitales Überwachungsgerät. Eine verbesserte Webcam, die zu filmen beginnt, sobald ein Eindringen registriert wird.«

»Gekoppelt an ein Handy?«

»Ja.«

»Gut, dann hören Sie mir jetzt zu. Als Erstes müssen wir das FBI veranlassen, Forrest Magnus unverzüglich festzunehmen. Denn wenn er gesehen hat, wie Sie in seinem Atelier herumschnüffeln, hat er mit Sicherheit begriffen, dass Sie Bescheid wissen. Daher befinden Sie sich jetzt in Gefahr, Sie und Ihr Freund. Bleiben Sie bitte am Apparat, Sarah, ja? Ich werde die Beamten hier in meinem Büro sofort informieren.« Der Senator schaltete sie einen Augenblick auf die Warteschleife. »Hallo? Sind Sie noch da? Gut, das FBI ist einverstanden. Es wird so diskret wie möglich vorgehen. Wir wollen ja niemandem Flöhe ins Ohr setzen. Wir werden die Figur Forrest Magnus vom Brett nehmen. Machen Sie sich keine Sorgen, Sarah. Wir haben die Situation im Griff, das garantiere ich Ihnen.«

»Und was hat Ihr Treffen mit dem FBI ergeben?«, wollte sie nun ihrerseits wissen, womit ihre Reflexe als Journalistin über ihre Traurigkeit als verratene Frau die Oberhand gewannen.

»Das FBI hat seine Untersuchung auf den Hafen von Jersey City ausgeweitet. Ihr Freund 10–13 hatte recht. General Fenryder und sein ›Starker-Wind‹ haben, an Bord eines norwegischen Tankers geschmuggelt, in der Nacht von Montag auf Dienstag dort angelegt. Ein gewisser William Hasty begleitete sie. Wir haben auch herausgefunden, dass ein Lastwagen der Firma King von Walter Skoll angemietet wurde, um in derselben Nacht eine große Kiste in die Filiale seiner Stiftung oben in Harlem zu bringen. Vor dem Gebäude lagen Beamte auf der Lauer, die gesehen haben, wie der Lastwagen ankam und entladen wurde. Seither ist kein weiterer Lastwagen dort aufgetaucht. Das bedeutet, dass General Fenryder sich in dieser Filiale befindet und sich in den beiden letzten Tagen nicht von dort fortbewegt hat. Es steht außerdem fest, dass er heute Abend sein Versteck verlassen muss, um in die Stiftung zu gelangen und auf seine Art und Weise an der Vernissage teilzunehmen. Wir haben allen Grund anzunehmen, dass dies erst in letzter Minute geschehen wird, auf jeden Fall erst, wenn mein Sohn Eliot in der Stiftung eingetroffen sein wird.«

»Wegen Ihrer ›Opferung‹?«

»Vergessen Sie nicht die Opferung meiner Dolores«, merkte er zynisch an. »Nicht dass sie darauf Wert legt, aber nun gut.«

»Sie haben doch nicht etwa vor, Ihre Frau mit in die Stiftung zu nehmen?«, fragte Sarah bestürzt.

»Hören Sie zu, Sarah. Wir können uns nicht mit Eliot oder Gardner begnügen, auch nicht mit dem Großen Wolf Walter Skoll. Wir wollen ihren Anführer Fenryder, und deshalb müssen wir ihr Spiel mitspielen, um ihn aus der Filiale herauszulocken. Überlegen Sie doch einmal: Wenn meine Frau und ich nicht dort eintreffen, wird das von ihnen vorbereitete ›Opfer‹ ins Wasser fallen, Fenryder würde wohlweislich in seinem Versteck in Harlem bleiben und auf eine andere Gelegenheit warten. Nun können wir aber, wie ich bereits sagte, nicht ohne Durchsuchungsbefehl in die Filiale eindringen und …«

»Und damit ein Richter einen Durchsuchungsbefehl ausstellt«, erinnerte Sarah sich, »muss man Belastungsmomente auflisten.«

»Und wir haben bis heute nichts Belastendes gegen Fenryder und seine Wölfe. Ebenso wenig können wir bis heute Abend beweisen, dass Verbindungen zwischen dieser Geheimgesellschaft und einer Sekte namens Triple Dash von Reverend Gardner bestehen. Verstehen Sie etwas von Judo, Sarah? Nun, die Kunst des Judoka besteht darin, den Gegner mithilfe dessen eigener Kraft niederzuwerfen. Das FBI will, dass wir so tun, als würden wir ihr Spiel mitspielen, und darauf haben Dolores und ich uns eingelassen. Wir werden der Lockvogel sein. Aber nicht wir werden in die Falle gehen, sondern die Wölfe selbst. Vertrauen Sie mir, Sarah.«

Der Senator wirkte ebenso kämpferisch wie zuversichtlich. War dies seine Art und Weise, mit einer gefährlichen Situation umzugehen, oder konnte man in seinem Verhalten einen zusätzlichen Beweis dafür sehen, dass er absolut überzeugt war von seinem Plan?

»Machen Sie sich keine Sorgen um uns«, unterstrich er noch einmal. »Eine ganze Armada von Beamten in Zivil wird meine Gattin und mich beschützen. Es kann uns heute Abend nichts geschehen. Im Übrigen wissen Sie und ich, dass Dolores nichts zu befürchten hat, solange Fenryder nicht im Gebäude der Skoll-Stiftung eingetroffen ist. Denken Sie an die verschlüsselte Botschaft. Das ›Opfer‹ darf erst in Gegenwart des Generals vollzogen werden.«

»Und wenn General Fenryder dort eintrifft, was tun Sie dann?«

»Er wird niemals dort eintreffen, Sarah. Der Plan des FBI ist todsicher. Fenryder wird neutralisiert sein, bevor er die Stiftung erreicht. Sobald wir sicher sind, dass Fenryder auf dem Weg ist, werden wir in Aktion treten und alle zusammen festnehmen. Ich habe es Ihnen bereits gesagt, Sarah, wir haben die Situation vollkommen im Griff.«

Ein hartnäckiger Rest von Skepsis veranlasste Sarah zu dem Einwand:

»Aber Sie haben doch ebenso wenig einen Grund, ihn zu verhaften, wenn er unterwegs zur Fifth Avenue ist, als wenn er sich in der Filiale befindet.«

»So dürfen Sie nicht denken. Wissen Sie, wie die Justiz Capone zu Fall gebracht hat? Er wurde nicht des Mordes angeklagt, sondern man wies ihm nach, dass er seine Steuern nicht bezahlte.«

»Und Fenryder wird man eine Geschwindigkeitsübertretung anhängen, oder wie?«, fragte die junge Frau schlagfertig.

»Ich bin entzückt, dass Sie Ihre Scharfzüngigkeit wiedergefunden haben. Aber Sie müssen wissen, dass es seit den Attentaten vom 11. September sehr strenge Vorschriften hinsichtlich des Transports von Waren in New York gibt. Die Polizei ist autorisiert, jedes Fahrzeug zu kontrollieren, das im Verdacht steht, terroristisches Gut zu transportieren. Nun ist der Transport eines zwei mal zwei Meter großen Sarkophages, der mit einer nicht identifizierbaren Flüssigkeit gefüllt ist, unbekannte Wellen verströmt und zudem ohne Genehmigung befördert wird, ein grober Verstoß gegen die Antiterror-Gesetze. Wir werden Fenryder festnehmen und ihm daraus einen Strick drehen.«

»Schön und gut, aber warum haben Sie das nicht getan, als er im Hafen von Jersey City anlegte?«

»Ich erinnere Sie daran, dass wir noch nicht über seine Anwesenheit an Bord des Tankers unterrichtet waren. Außerdem vergessen Sie den zweiten Term in unserer kriminellen Gleichung. Wir hätten Fenryder zweifellos festsetzen können, aber wir hätten nichts in der Hand gehabt, um ihm Verbindungen zu Triple Dash und Gardner nachzuweisen. Wenn wir Eliot in der Stiftung neutralisiert haben, wird es für Fenryder und seinen Großen Wolf Walter Skoll schwierig werden, den Sinn der auf der Festplatte des Laptops gefundenen verschlüsselten Botschaft zu leugnen.«

»Sie haben an alles gedacht«, gab Sarah mit dem Anflug eines Lächelns jetzt zu.

»Noch mehr, als Sie sich vorstellen können. Ich versichere Ihnen, dass alles gut verlaufen wird. Sagen Sie mir noch, wo Sie jetzt sind?«

»Wir fahren zu Tim nach Hause«, antwortete Sarah.

»Sehr gut. Bleiben Sie bis heute Abend bei Ihrem Freund, und überlassen Sie uns das Handeln, verstanden? Ich werde Sie anrufen, sobald alle verhaftet sind. Bis bald, Sarah.«

Sie klappte ihr Handy zu und berichtete Tim, was Marvin March gesagt hatte.

»Glaubst du, dass er es schaffen wird?«, fragte sie.

»Er ist der ›Pitbull‹, vergiss das nicht. Er versteht es zu kämpfen und ist sehr wohl in der Lage zu gewinnen, dieser alte Kerl. Ich bedauere nur eines …«

»Was denn?«

»Ich bedauere, dass ich heute Abend nicht in der Stiftung sein und mit ansehen kann, was für Gesichter die Wölfe machen, wenn sie bemerken, dass die ganze Vernissage voller Bullen steckt.«

»Denk an Jodie. An das, was du ihr versprochen hast.«

»Ich weiß, Sarah. Ich vergesse es nicht.« Nach einem kurzen Schweigen fügte er hinzu: »Wenn du mir noch vor zwei Wochen gesagt hättest, dass mich die Liebe eines Tages so verändert, hätte ich dich bestimmt ausgelacht.«

Die Augen auf die Straße gerichtet, nickte sie nachdenklich.

»Ich danke dir, dass du mir so etwas nicht gesagt hast, Sarah. So mache ich mich heute nicht lächerlich.«

»Du bist ganz wunderbar lächerlich«, beteuerte sie ihm mit einem flüchtigen Lächeln.

Wieder sah er zu ihr hinüber.

»Ich weiß nicht, was ich dir über Forrest sagen soll. Er war mein Freund, und ich habe nichts gemerkt. Ich hätte ihn dir niemals vorstellen dürfen. Es ist alles meine Schuld. Ich dachte, dass er in Ordnung ist, das ist alles.«

»Ich weiß«, murmelte Sarah.

Sie hatten mittlerweile den Slope Park erreicht. Tim hielt vor dem Haus seines Onkels an.

»Nimm die Schlüssel. Ich werde versuchen, einen Parkplatz zu finden.«

Sie stieg aus, ließ den Ford Taurus weiterfahren und überquerte dann die Straße, um auf der anderen Seite die kleine Treppe vor dem Haus hinaufzusteigen. Über der Haustür leuchtete ihr mit verzweifelter Ironie die Girlande mit dem Schriftzug »Frohes Fest« entgegen.

Es dämmerte bereits, und auch über der Straße schalteten sich die elektrischen Lichterketten ein.

Im Haus legte Sarah Mantel und Mütze ab, hängte beides an den Kleiderhaken und ging ins Wohnzimmer.

»Ich habe schon auf euch gewartet«, sagte eine vertraute Stimme.

Es war Forrest. Er saß im Ohrensessel von Onkel Todd. In der einen Hand hielt er sein Mobiltelefon und streckte es ihr nun entgegen, sodass sie auf dem Display sehen konnte, wie sie vorhin mit Tim in sein Atelier eingedrungen war. In der anderen Hand hielt er die automatische Pistole, die sie ihm seiner eigenen Sicherheit wegen geschenkt hatte.

Die Pistole war auf sie gerichtet.

Die Uhr des Ofens klingelte gerade, als Jodie durch die hintere Tür, die direkt in die Küche führte, ins Haus zurückkehrte. Der Raum roch gut nach dem Gratin, und die junge Frau bemerkte, dass sie einen fürchterlichen Hunger hatte. Nachdem sie die Füße auf der Matte abgetreten hatte, schloss sie die Tür hinter sich, dann ging sie an der Tür des Wohnzimmers vorbei und warf einen Blick hinein. Ihre Mutter sah immer noch fern und wippte dabei mit dem Oberkörper hin und her. Onkel Todd leistete ihr Gesellschaft und saß in dem Sessel, der mit dem Rücken zur Küche stand.

»Sie hatten recht, Onkel Todd«, sagte Jodie voller Begeisterung. »Nichts bringt einen mehr in Schwung als ein Gang in die Sauna. Es war wundervoll!«

Ihre Mutter drehte sich zu ihr um und lächelte ihr zu. Sie summte:

»Hier ist er hinausgegangen, und dort wird er wieder hereinkommen.«

Jodie verließ den Türrahmen und schaltete das Thermostat herunter und die Uhr am Herd aus.

»Wenn Mama und Sie auch noch hineinwollen«, schlug sie vor, während sie die beiden Küchenhandschuhe in Mickey-Mouse-Form überstreifte, »so sollten Sie jetzt schnell gehen. Vor dem Essen.«

Als sie den Ofen öffnete, schlug ihr eine Dampfwolke entgegen. Sie schloss die brennenden Augen und griff nach der Auflaufform, um sie herauszuziehen.

Darauf lag der Kopf von Onkel Todd.

Jodie machte einen Satz rückwärts und ließ die Form fallen.

Sie zerschellte mit lautem Getöse auf dem Fußboden, und der halb verbrannte Kopf, in dessen Haaren ein paar Kartoffelscheiben klebten, rollte zum Kühlschrank.

In sprachlosem Entsetzen schlug Jodie ihre zitternde Hand vor den Mund, um nicht loszuschreien. Sie dachte an ihre Mutter im Wohnzimmer, an ihre Mutter, die man nicht erschrecken durfte, an ihre Mutter, die so schnell wie möglich hier rausmusste.

Ihr Herz zersprang ihr förmlich in der Brust.

Sie hörte, wie ihre Mutter wieder vor sich hin summte:

»Hier ist er hinausgegangen, und dort wird er wieder hereinkommen.«

Am ganzen Körper bebend und unfähig, auch nur ein einziges Wort hervorzubringen, rannte sie mit auf den Mund gepressten Händen ins Wohnzimmer.

Entsetzt ging sie um den Sessel herum, in dem sie noch vor ein paar Sekunden geglaubt hatte, Onkel Todd zu sehen.

Es war in der Tat sein Körper. Vielmehr der Rest seines Körpers. Der obere Rand des karierten Hemdes war blutgetränkt, und auf seinen Knien hatte sein Angreifer das Messer abgelegt, das er benutzt hatte, um ihm den Kopf abzutrennen.

Beim Anblick dieses furchtbaren Bildes war Jodie einer Ohnmacht nahe, aber wieder dachte sie an ihre Mutter, die unmittelbar neben diesem gemarterten Körper saß.

Die junge Frau öffnete den Mund, um ihre Mutter zu bitten, mit ihr zu kommen, brachte jedoch keinen Laut hervor. Sie beugte sich zu ihr, um sie an den Händen zu fassen und zum Aufstehen zu bewegen, als sie hinter sich eine Stimme vernahm:

»Guten Abend, mein Kind.«

Mit einem Angstschrei fuhr sie herum.

Ein bärtiger alter Mann mit dem weißen Kragen eines Geistlichen stand in der Tür. Er schüttelte mit verständnisloser Miene den Kopf, seine Augen waren fest auf den enthaupteten Körper von Todd Modin gerichtet.

»Dieser arme Kerl hatte seine Festkleidung für heute Abend

nicht angelegt. Die Regeln sind in diesem Punkt sehr streng. Niemand darf sich davor drücken. Kein Hochzeitskleid, keine Hochzeit, Matthäus, Kapitel 22, Vers 11 bis 13. Also …« Mit einer vom Blut Todd Modins rot gefärbten Hand vollführte er die Geste eines Schnittes vor seinem Körper. »Also habe ich ihn in die Finsternis geschickt, dorthin, wo nur noch ›Weinen und Zähneknirschen‹ herrschen.«

Der Mann richtete seine kleinen schwarzen Augen jetzt auf Jodie, und sein Gesicht hellte sich auf.

»Fürchte dich nicht, mein Kind. Ich bin Reverend Gardner.«

Seine Stimme wollte einschmeichelnd klingen, und Jodie war so traumatisiert, dass sie nicht sofort sah, dass er in seiner anderen Hand die Beretta von Onkel Todd hielt.

10–13 (1)

Wie er seinen Leuten gesagt hatte, traf er erst nach siebzehn Uhr vor der Filiale der Stiftung ein. Sein Chauffeur parkte den schwarzen Mercedes der G-Klasse in angemessener Entfernung vom Eingangstor. Noch etwas weiter entfernt lagen in einem weiteren – diesmal grauen – Mercedes mit Allradantrieb vier seiner Männer seit gestern Abend auf der Lauer. Zu ihnen zählten auch der Schakal und Tish.

Ohne es zu wissen, teilte 10–13 die Meinung von Senator March hinsichtlich des bestmöglichen Augenblicks für einen Angriff. Jeder hatte dafür seine eigenen Gründe. Für March war die Einhaltung des Gesetzes ausschlaggebend; für den Verbrecher aus der Bronx zählte vor allem die Effizienz. 10–13 wusste, dass es einem Selbstmord gleichkam, in der Filiale oder der Stiftung selbst einen Angriff zu wagen. Jeder Versuch war hier zum Scheitern verurteilt, denn die anwesenden Wölfe würden sich ihnen auf dem

Weg zu »Starker Wind«, dem Sarkophag von General Fenryder, entgegenstellen. Nein, die einzige Chance, Fenryder den Garaus zu machen, bestand auf dem Transport von Harlem in die Fifth Avenue. Nur in diesem Augenblick würde er verwundbar sein. Deshalb hatte 10–13 zunächst erwogen, ferngesteuerte Sprengstoffladungen an verschiedenen Stellen der Strecke zu deponieren. Aber er hatte die Idee schnell wieder verworfen, da nicht hundertprozentig sicher war, welchen Weg der Lastwagen nehmen würde. Er hatte sich für eine andere Lösung entschieden, die jedoch nicht weniger radikal war …

Von dem Gehsteig aus, auf dem der Geländewagen stand, konnte 10–13 durch das hohe Tor in den Park sehen.

Vor dem Anwesen parkte nicht ein einziger Wagen. Nicht einmal die Limousine von Skoll.

Den Informationen des Schakals zufolge hatte Skoll die Filiale am frühen Nachmittag verlassen. Seltsamerweise war er jedoch noch nicht in der Stiftung an der Fifth Avenue aufgetaucht. Und noch seltsamer war, dass er auch immer noch nicht zurückgekehrt war. Aber vielleicht begleitete Skoll den General gar nicht zur Vernissage. In diesem Fall wäre Fenryder umso leichter zu erledigen.

10–13 sah ohne jedes Anzeichen von Nervosität auf seine Armbanduhr.

Er war nicht früher vor der Filiale eingetroffen, weil er wusste, dass General Fenryder erst dann in die Stiftung transportiert werden würde, wenn feststand, dass der alte Senator March sich auch tatsächlich dort aufhielt. Er wusste auch, dass das FBI dort im Viertel unterwegs war und dass er den Beamten zuvorkommen musste, wenn Fenryder sein Versteck erst einmal verlassen hatte. Zwei Teams waren für so ein Unternehmen nicht zu viel. Er hatte Cumming, Wilkinson und einen Chauffeur bei sich. Tish und der Schakal bildeten den Kern des zweiten Teams.

Jeder seiner Männer wusste, was er zu tun hatte. 10–13 spürte keinerlei Anspannung. Er war vollkommen sicher, dass Fenryder ihm nicht entkommen konnte und dessen letzte Stunde als »lebende Leiche« geschlagen hatte. Die Revanche war ihm endlich gewiss.

Um zwanzig nach fünf ging im Park die Beleuchtung an und brachte Licht in die Dunkelheit, die sich mit dem Abend eingestellt hatte. Die herrschende Ruhe wirkte in dieser Atmosphäre nur umso beklemmender. Von Zeit zu Zeit erschien ein Wachmann vor dem Haus und ging über den Hof zu dem Wachhäuschen in der Nähe des Tores.

Zum wiederholten Male betrachtete 10–13 die um seine Finger gewickelte Kette des *tarhq* mit ihrem auffälligen Anhänger. Dieser war mit schwarzen Steinen besetzt und stellte – logisch – einen Wolfskopf dar.

Der Vorbesitzer Ron Flint hatte ihn ihnen nicht freiwillig überlassen. Das konnte man von einem *tarhq-sagogh* auch nicht erwarten. Umso mehr, als dieser Talisman ein Mittel war, sich dem Meister zu nähern, ohne von »Starker Wind« getötet zu werden. Gelangte dieser Talisman in fremde Hände, die nicht dem Kult des Menschenwolfs huldigten, konnte er zu einer für Fenryder selbst gefährlichen Waffe werden.

Wieder sah 10–13 auf seine Armbanduhr. Es war bereits viertel vor sechs, und nach wie vor hatte sich im Park der Filiale nichts gerührt. Sollte er sich in Bezug auf Fenryders Pläne getäuscht haben?

Der Wagen von Skoll war noch immer nicht zurückgekehrt, und seine Leute vor der Stiftung hatten ihn den ganzen Tag über auch dort nicht gesehen.

10–13 spürte, dass seine Männer nervös wurden. Obgleich er es nicht zeigte, gefiel ihm diese nichts Gutes verheißende Ruhe nicht. Und der ungewöhnlich leere Parkplatz sowie das Verschwinden von Skoll bereiteten ihm ebenfalls Unbehagen.

Er schloss die Augen, um sich zu konzentrieren.

»He, sehen Sie doch!«, bemerkte Wilkinson vorne auf dem Beifahrersitz.

Es war sechs Minuten vor sechs, als ein Umzugswagen der Firma King in den Park fuhr.

Forrest erklärt sich seinen Freunden

Mit der Überzeugungskraft, die einer Automatik Glock 18 eigen war, hatte Forrest Tim und Sarah aufgefordert, sich ihrer Waffen zu entledigen und auf dem Sofa im Wohnzimmer Platz zu nehmen.

»Den Ersten, der sich bewegt, knalle ich ab«, drohte er und baute sich vor ihnen auf. »Gut, jetzt, wo ich davon ausgehen kann, dass ihr mir zuhört, werde ich euch ein paar Fragen stellen. Wenn einer von euch beiden nicht die Wahrheit sagt, wird er für die Kugel verantwortlich sein, die der andere zur Strafe dafür abbekommt. Ich werde zuerst in die Beine schießen, wenn ihr nichts dagegen habt, meine Lieben.«

Er hielt die Waffe auf sie gerichtet, lehnte sich nun aber an den Kaminsims.

»Gut, da die Regeln jetzt klar sind, stelle ich die erste Frage: Was habt ihr in meinem Atelier gesucht?«

»Das weißt du ganz genau«, fuhr Sarah ihn mit finsterem Blick an.

»Sag es mir, damit ich auch sicher bin.«

»Du bist ein verdammter *tarhq-sagogh*. Der zweite hier in New York.«

»Das habe ich mir gedacht«, murmelte Forrest. »Und March glaubt das ebenfalls, nicht wahr?«

»Das FBI sucht dich, um dich festzunehmen«, sagte Tim jetzt. »Du hast dieses Mal nicht den Hauch einer Chance, ihnen zu entkommen.«

»Dieses Mal?«, wiederholte Forrest fragend.

»Es tut mir leid, aber ich muss dir mitteilen, dass das FBI dich verdächtigt, auch in andere üble Geschichten verstrickt zu sein. Zum Beispiel in die Ermordung deines Galeristen Oscar Watts.«

»Der Tod von Oscar hat mit den Wölfen nichts zu tun«, ereiferte sich Forrest.

Tim lächelte verächtlich.

»Es stimmt, dass du damals lediglich mit der Sekte Triple Dash und deinem Kumpel Gardner zusammenstecktest. In der Zwischenzeit bist du zu Fenryders Wölfen übergeschwenkt. Ein toller Aufstieg!«

»March und das FBI täuschen sich gewaltig, was mich betrifft«, verkündete Forrest und sah abwechselnd von Sarah zu Tim.

Diese Einschätzung schien ihn zu erschrecken, und er dachte einen Augenblick nach.

»Ich werde euch die Geschichte erzählen«, sagte er dann. »Auch ich … auch ich habe eine Art sechste Etage, wie in der Skoll-Stiftung. Eine verbotene Etage, die ich, wie ich mir geschworen habe, nie wieder betreten wollte. Aber es muss wohl doch sein, um euch das alles begreiflich zu machen.«

Er verließ seinen Platz am Kamin und ging vor ihnen auf und ab, ohne den Blick von ihnen zu wenden.

»Als ich in New York allmählich Erfolg hatte, stieg mir das zu Kopf, und ich habe eine ganze Reihe von Dummheiten gemacht. Damals beschaffte Eliot March mir Kokain. Er nahm selbst reichlich von dem Stoff. Ich glaube, er war, abgesehen von mir, selbst sein bester Kunde. Wir sind Freunde geworden, und er war es auch, der mich ›Reverend‹ Gardner vorgestellt hat. Dieser Typ hat mich stundenlang mit seinen Geschichten zugedröhnt, die ich furchtbar hätte finden müssen, aber ich war damals zu benebelt von den Drogen. Ich dachte, dieser Typ ist ja schlimmer als Rasputin und Crowley in einer Person, aber ich muss gestehen, dass er etwas Faszinierendes hatte, und ich habe mir geschworen, sein Freund zu werden. Oscar hat mir immer wieder eingeschärft, dass die Kunst mit einem umfassenden Anspruch auftreten muss. Damals habe ich seine Philosophie wörtlich genommen. Das war leider ein großer Fehler.

Gardner sprach vom Großen Drudenfuß, vom absoluten Bösen, und das tat er mit einer Leidenschaft, die andere nur an den Tag legen, wenn sie über das Endspiel der NBA diskutieren. Seinem Redefluss war niemand gewachsen. Man musste ihn einfach für besessen halten, und zwar in jeder Hinsicht. Er trug einen derartigen Hunger nach Zerstörung in sich, dass es beinahe an etwas Heiliges grenzte. Er war eine Art Superprophet. Ein Prophet des Bösen natürlich. Mit seinen wahnsinnigen Reden krempelte er seine Zuhörer in kürzester Zeit vollständig um. Dieser Typ konnte jeden schwachen Charakter in Bann ziehen, und ich war damals das Inbild eines schwachen Charakters. Haltlos folgte ich ihm in seine Fantasien vom Weg der Linken Hand. Ich dachte, dass das meiner Malerei zugutekäme. Und in gewisser Weise war es auch so. Ja, meine Bilder bekamen eine viel größere Dichte … Aber zurück zu Gardner. Er wusste sehr gut über die Leute Bescheid, die seine Nähe suchten, oder besser gesagt, deren Nähe er suchte. Denn die Initiative zur Herstellung des Kontakts ging immer von ihm aus. Er wusste, wer ich war, woher ich kam, er kannte alle meine Arbeiten und wusste, wer meine Bilder kaufte und zu welchem Preis. Er kannte auch die Galerie von Oscar in der 57th Street. Eines Tages sagte er zu mir: ›So ein verdammter schwuler Ästhet! Du musst wissen, Forrest, dass Satan schwule Ästheten ebenso wenig liebt wie der Vater des Gekreuzigten.‹ Aber zu diesem Zeitpunkt war mir nicht klar, dass in seinen Reden etwas Bedrohliches lag.

Selbst am 5. Juli 1997, als Oscar tot und furchtbar verstümmelt im Büro seiner Galerie aufgefunden wurde, schwante mir noch nichts. Ich stand zu sehr unter dem Einfluss der Drogen und Gardners. Selbst wenn Gardner mir gestanden hätte, dass er Oscar Watts zu Tode gequält hatte, hätte ich nicht anders reagiert. Vielleicht hätte ich sogar die tätowierten Hände dieses Verbrechers geküsst. Davor ekle ich mich am meisten, wenn ich an diese Geschichte denke. Zu wissen, dass ich ihm die Hände geküsst hätte. Natürlich hat mir Gardner diesen Mord nie gestanden, aber ich bin sicher, dass er und ein paar seiner Schüler die Schuldigen sind. Damals hatte man mir bereits mehr oder weniger offen von Menschenopfern erzählt, aber halb aus Trotz, halb aus Unwissen besaß ich die Dreistigkeit, darüber zu lachen!«

Sein verzerrtes und finsteres Gesicht spiegelte wider, wie sehr er es sich zum Vorwurf machte, so einfältig gewesen zu sein. Beinahe ängstlich suchte er Sarahs Blick und hoffte auf ihren Beistand. Sie sah zu ihm auf, musterte ihn unschlüssig und fragte schließlich:

»Forrest, hast du zu diesen Leuten gehört, ja oder nein?«

»Nein«, antwortete er mit einem kläglichen Lächeln auf den Lippen. »Nein. Ich habe nie zu ihnen gehört. Ich war nur, wie man so schön sagt, ein Mitläufer.«

»Und hat dich der Tod von Oscar von ihnen fortgetrieben?«, fragte Tim jetzt.

»Nein. Jedenfalls nicht unmittelbar. Die Wahrheit ist, dass ich vier Monate nach seiner Ermordung von dir geträumt habe, Sarah.« Er lächelte ihr flüchtig zu. »Es war ein prophetischer Traum, denn ich bin dir erst eine ganze Weile später in New York begegnet. Ich habe dich sofort geliebt. Ich dachte, wenn es eine solche Frau auf Erden gäbe, dann wäre mir vielleicht eine Wiedergutmachung vergönnt. Erst nach diesem Traum habe ich mich von Triple Dash losgesagt und bin nach Boston und anschließend nach Paris geflohen, wo ich mehrere Jahre gelebt und gearbeitet habe. Ich dachte, dass ich Triple Dash hinter mir gelassen hätte, aber ich hatte Gardner unterschätzt. In Paris habe ich eine Mail von ihm erhalten. Er hatte mich aufgespürt, was letztlich nicht schwierig für ihn gewesen sein kann. Nein, das Erstaunliche war eher, dass er so lange damit gewartet hat, bis er sich meldete. Zuerst wollte ich die Mail natürlich sofort in den Papierkorb verschieben, ohne sie überhaupt zu lesen. Aber Gardner hatte es sich nicht nehmen lassen, die Betreffzeile auszufüllen: ›Oscarifizierung‹ stand dort. Dieses Wortspiel war ebenso grausam wie deutlich. Mit klopfendem Herzen las ich die Mail. Gardner forderte mich auf, in die Ausstellung in der Walter-Skoll-Stiftung einzuwilligen, die man mir angeboten hatte. Sonst würde mein Name mit den Ritualmorden in Verbindung gebracht werden, die Anfang der neunziger Jahre in New York verübt worden waren, und damit auch mit Oscars Tod.«

»Aber du hast uns doch gesagt, dass du mit keiner dieser Gräueltaten etwas zu tun hattest«, warf Sarah ein. »Dann hattest du von der Polizei nichts zu befürchten.«

Er zuckte mit den Schultern.

»Es ist nicht leicht, mit dem Teufel an einer Tafel zu sitzen und danach zu behaupten, man hätte von keinem seiner Gerichte probiert. Gardner hatte mich in der Hand, und das wusste er auch. Und ich wusste, warum er so sehr darauf aus war, dass ich dieses Angebot annahm. Jeder weiß, dass Senator March oft die Vernissagen in der Stiftung besucht. Und die Beseitigung von March zählte immer schon zu den gefährlichen Fantasien Gardners.«

»Und da hast du es akzeptiert, den dienstbaren Geist zu spielen«, ergänzte Tim an seiner Stelle.

»Ich sollte den Senator nicht selbst umbringen, sondern nur

den Mann hereinlassen, der das tun würde. Ich wusste nicht, wer es sein würde. Ich habe akzeptiert in der Hoffnung, die Pläne Gardners vereiteln zu können und ihn endlich hinter Schloss und Riegel zu bringen.«

»Und als wir dir von Fenryders Wölfen erzählt haben?«, wollte Tim jetzt wissen.

»Ich habe euch nicht geglaubt. Jedenfalls am Anfang. Dann kam mir der Gedanke, dass Gardner und General Fenryder ihre unheilvollen Kräfte vielleicht vereinigt hätten, um gemeinsam dasselbe Ziel zu verfolgen: die Ermordung von Senator March.«

»Warum hast du uns nichts davon gesagt?«, fragte Sarah verblüfft, aber auch erleichtert.

»Ich hatte Angst vor eurer Reaktion. Das war ja wohl auch berechtigt, oder?«

Er senkte seine Waffe und warf sie Tim auf die Knie.

»Die Pistole ist nicht geladen, du kannst selbst nachsehen. Dieses Täuschungsmanöver war mir zuwider, aber ich wollte, dass ihr mir bis zum Schluss zuhört.«

»Ich verstehe gar nichts mehr«, ließ Sarah verlauten und stützte den Kopf in die Hände.

»Ich habe es euch gesagt und wiederhole es noch einmal: Senator March täuscht sich. Ich bin nicht der zweite *tarhq-sagogh* der Wölfe hier in New York, und ich habe auch Oscar Watts nicht umgebracht. Ich hoffe, dass zumindest du mir glaubst, Sarah?«

Die junge Frau musterte ihn eingehend, bevor sie antwortete.

»Ganz ehrlich, ich weiß es nicht mehr«, erwiderte sie. »Das FBI behauptet, dass du gestern zusammen mit Gardner in einem Park in der Bronx gesehen wurdest.«

»Das ist unmöglich. Seit meiner Rückkehr habe ich lediglich Eliot wiedergesehen. Gardner versteckt sich und wartet auf seine große Stunde.«

»Ich rate dir in jedem Fall«, sagte Tim und stand vom Sofa auf, »heute Abend nicht zur Vernissage zu gehen.«

»Tim, das ist meine Vernissage – so seltsam das auch klingen mag. Wenn ich den Tod von Marvin March verhindern kann, so werde ich alles dafür tun, was in meiner Macht steht.«

»Es wird dort von Bullen wimmeln«, gab Tim zu bedenken. »Es macht in ihren Augen keinen Unterschied, ob du nun zu den Wölfen gehörst oder nicht. Sie werden dich festnehmen, sobald du auch nur die Nase dort hineinsteckst. Du wirst vor Ort zu nichts nutze sein, glaub mir. Du könntest ihren Plan durch deine Anwesenheit sogar zum Scheitern bringen. Nein, ich sage dir, halt dich von der Stiftung fern. Und zwar in jedem Fall, verstanden?«

Während er diese Worte aussprach, hatte Tim sein Handy geöffnet und wählte mit dem Daumen eine Nummer. Dann hielt er das Handy ans Ohr, klemmte es mit der Schulter fest und griff mit den freien Händen nach seiner Waffe, um sie zu sichern.

»Wir müssen den Senator darüber informieren, dass es einen kleinen Fehler in seinen Hypothesen gibt«, erklärte er, während an seinem Ohr das Rufzeichen ertönte.

10–13 (2)

Als der Lastwagen der Firma King das Parkgelände wieder verließ, waren etwa zehn Minuten verstrichen. Er bog auf den Broadway in südliche Richtung. Der graue Geländewagen fuhr ein paar Autos weiter vorn, während der Mercedes mit 10–13 das Gefolge abschloss, genau wie es der Plan vorsah.

Mit dem Verkehrsfluss fuhren sie den Broadway bis zur 64th Street hinunter.

Dort verlangsamte der Geländewagen die Geschwindigkeit und ließ sich einholen. Als er sah, dass der Lastwagen blinkte, bog auch er rechts in die Columbus Avenue ein. Die drei Autos folgten einander und blieben etwa vierhundert Meter auf dieser Verkehrsader, dann fuhren sie geradeaus in die Ninth Avenue bis nach Clinton, dem »Höllenküche« genannten Viertel.

Sie bogen nach links in die 48th Street, wie die meisten Straßen in New York eine Einbahnstraße.

Jetzt war Fenryder, der auf die Fifth Avenue zusteuerte, um der Opferung der Familie March beizuwohnen, ihnen ausgeliefert. Nichts, nicht einmal die stärkste Panzerung würde seiner Feuerkraft standhalten.

Ohne große Probleme ließen sie das Theaterviertel hinter sich.

Zwischen der Sixth und Seventh Avenue bremste der vorausfahrende Wagen plötzlich und stellte sich quer auf die Straße. Drei Männer sprangen heraus. Zwei waren mit Maschinenpistolen vom Typ MP5 Heckler & Koch bewaffnet, der dritte, der niemand anderes als der Schakal selbst war, hatte schon einen durchschlagskräftigen M79-Granatwerfer auf der Schulter.

Der Lastwagen der Firma King setzte zurück und versuchte auszuweichen, aber der schwarze Geländewagen von 10–13 schnitt ihm jede Rückzugsmöglichkeit ab. 10–13, Cumming und Wilkinson stiegen ebenfalls aus. Während Wilkinson bereits mit seinem Maschinengewehr im Anschlag auf die Rückseite des Lastwagens zuging, legte Cumming 10–13 eine M136-Panzerfaust über die Schulter.

Mit einem 9-mm-Geschoss sprengte Wilkinson das Schloss der Hecktüren des Lastwagens auf. Auf der Brust trug er den *tarhq*, der ihn schützen sollte, wenn Fenryder den Sicherheitsmechanismus von »Starker Wind« auslöste. Die Hand bereits auf dem Türgriff, wandte er sich zu 10–13 um, der seine Waffe schussbereit auf den Lastwagen richtete.

Mit einem Kopfnicken bedeutete 10–13 ihm, die Türen zu öffnen. Cumming kam dem Befehl nach.

Tim versuchte vergeblich, den Senator auf seinem Handy zu erreichen. Es war ausgeschaltet.

»March muss bereits in der Stiftung sein«, schloss er und klappte sein Motorola wieder zu.

Sein Gesichtsausdruck war ernst. Die Stirnfalte über der Augenklappe war deutlich zu sehen.

Sarah verstand seine plötzliche Besorgnis nicht.

»Lass gut sein«, sagte sie. »Wenn Forrest unschuldig ist, so hat das doch keine Auswirkungen auf den Verlauf der Operationen.«

»Es ist schwerwiegender, als du denkst, Sarah. Denk doch einmal nach! Das FBI hat Senator March mitgeteilt, dass Forrest gestern mit Gardner in einem Park in der Bronx gesehen wurde. Beides zugleich kann nicht stimmen: Entweder lügt Forrest uns an – oder das FBI lügt.«

Das FBI konnte also womöglich von den Wölfen unterwandert sein.

»Um Gewissheit zu haben«, betonte Tim, »müssen wir die Informationen überprüfen, die der Senator vom FBI erhalten hat. Es könnte sehr gut sein, dass sie falsch, ja sogar bewusst unwahr sind. Beginnen wir mit dem, was mich am meisten beschäftigt. Diese Transportgeschichte, erinnerst du dich? Skoll sollte einen Lastwagen mieten, um damit Fenryder in der Nacht, als das Schiff mit dem Sarkophag im Hafen von Jersey City anlegte, abzuholen. Erinnerst du dich an den Namen der Spedition?«

»Die Firma hieß King«, antwortete Sarah ohne jedes Zögern. »Gut, dann brauchen wir nur dort anzurufen, um Klarheit zu haben.«

Sarah rief mit ihrem Handy bei der Auskunft an. Sie erfragte die

Nummer der Firma und bejahte, als ihr die synthetische Stimme der Telefongesellschaft vorschlug, sie direkt mit dem Teilnehmer zu verbinden. Der Kontakt wurde hergestellt.

Zufällig geriet Sarah bei King an eine recht freundliche Sekretärin. Sie nahm Zuflucht zu einem Schwindel.

»Guten Abend, ich arbeite für die Kunststiftung Walter Skoll. Ihre Rechnung über die Buchung eines Lastwagens in der Nacht von Montag dem 15. auf Dienstag, den 16. Dezember bereitet unserer Buchhaltung Probleme. Könnten Sie uns nähere Auskünfte darüber geben?«

»Aber gerne. Es war Mr Skoll persönlich, der uns angerufen hat. Er wünschte den Transport einer gewissen Anzahl von Kisten vom Hafen New Jersey nach Manhattan, wenn ich mich recht erinnere. Die Lieferungen erfolgten nachts, da die Ladung sich auf dem Seeweg verspätet hatte. Es war dringend, wie er uns sagte.«

»Die Lieferungen?«, wiederholte Sarah. »Wir haben doch nur einen Lastwagen bei Ihnen bestellt?«

»Nein, zwei«, korrigierte die Sekretärin.

Bei diesen Worten begann Sarahs Herz schneller zu schlagen. Das FBI hatte lediglich von einem Lastwagen gesprochen.

Sie segnete innerlich alle freundlichen Sekretärinnen von New Jersey, als sie ihre Gesprächspartnerin jetzt bereitwillig sagen hörte:

»Ich habe die Lieferadressen nicht vorliegen, aber ich werde Ihnen Bill geben. Bleiben Sie dran. Er kann sie Ihnen bestimmt sagen. Er war an jenem Abend einer der Fahrer.«

Sarah musste Bill ihre Geschichte von dem Verbuchungsproblem noch einmal auftischen, und wieder schenkte man ihr Glauben.

»Ja«, sagte Bill, »ich erinnere mich noch sehr gut. Ich habe mit

Ihrem Chef höchstpersönlich verhandelt. Scheiße, wie hieß er gleich noch?«

»Mr Skoll«, half Sarah ihm zuvorkommend auf die Sprünge.

»Ja, ja, genau. Skoll. Ein komischer Typ, oder? So etwas sollte ich wohl lieber nicht sagen. Vor allem, wo Sie die ganze Woche für ihn arbeiten müssen.«

»Machen Sie sich keine Sorgen, ich werde ihm nichts sagen.«

»Sie sind wirklich freundlich. Was die Rechnung angeht, so haben wir natürlich den Nachttarif berechnet. Normalerweise liegen wir um diese Zeit in den Federn, meine Kumpel und ich.«

»Welche Adresse hat Mr Skoll Ihnen für die Lieferungen genannt?«

»Warten Sie. Der erste Lastwagen kam gegen Mitternacht zur Anlegestelle, daran erinnere ich mich. Ihr Chef höchstpersönlich wartete dort auf uns. Er war in Begleitung eines anderen Typen, der mit auf dem Schiff bei den Kisten gewesen war. Wir haben vier von diesen Dingern eingeladen und sie irgendwo nach Harlem gebracht. In ein ziemlich schickes Gebäude. Aber wohin genau, weiß ich nicht mehr.«

»Das muss die Filiale der Stiftung gewesen sein.«

»Genau. Ich erinnere mich, Ihr Chef hat etwas von einer Filiale gesagt.«

»Und was war mit den anderen Kisten? Sind Sie noch einmal zurückgefahren, um sie zu holen?«

»Ganz und gar nicht! Er hat ja noch einen zweiten Lastwagen bei uns bestellt. Ihr Chef verlangte, dass der zweite eine halbe Stunde nach dem ersten am Hafen sein sollte. Was weiß ich, warum. Was die übrigen Kisten betrifft, so war nur noch eine in dem Container, aber die war echt groß und schwer obendrein, wie Phil gesagt hat. Phil war für den zweiten Lastwagen zuständig, müssen Sie wissen.«

»Und wissen Sie, zu welcher Adresse dieser Lastwagen gefahren ist?«, drängte Sarah und hielt den Atem an, obwohl sie die Antwort bereits kannte.

»Äh, zur Fifth Avenue. Direkt in Ihre Stiftung fuhr dieser Lastwagen. Haben Sie die große Kiste nicht gesehen?«

10–13 beschließt, Champagner zu liefern

Mit dem Finger am Abzug der Panzerfaust und dem Auge am Visier war 10–13 bereit, die mörderische Waffe abzufeuern. Doch als er nun im Innern des Lastwagens anstatt des erwarteten Sarkophags ganz hinten lediglich sechs kleine, aufeinandergestapelte Kisten entdeckte, packte ihn ungeheure Frustration.

Allem Anschein nach enthielten diese Champagner und waren für das Buffet in der Stiftung bestimmt, wie der Fahrer des Lastwagens ihm mit erhobenen Händen beteuerte. Er befand sich in Begleitung zweier Kellner in weißer Livree, die seine Aussage bestätigten.

»Wo ist Fenryder?«, fragte der Schakal und drohte, sie auf der Stelle zu erschießen, wenn sie ihm keine genaue Antwort geben würden.

»Wer ist das?«, fragte einer der beiden Kellner verängstigt.

Die beiden anderen sahen ebenso erschreckt und ratlos aus. Keiner dieser Männer wusste, wer eigentlich ihr Chef war, und 10–13 brachte die Situation nur noch mehr auf, da er es mit drei Dummköpfen zu tun hatte.

»Wir haben uns hereinlegen lassen«, stellte der Schakal fest, nachdem er zu 10–13 getreten war.

»Noch nicht«, zischte dieser mit zusammengebissenen Zähnen. »Noch nicht.«

»Willst du etwa in die Stiftung hineinfahren?«, wunderte sich der Schakal, den diese Vorstellung zutiefst verblüffte.

»Verstehst du denn nicht?«, brummte 10–13. »Fenryder war niemals in der Filiale. Er wurde in der Nacht von Montag auf Dienstag direkt in die Stiftung gefahren.«

»Scheiße! Dieser Schuft Skoll hat uns ganz schön an der Nase herumgeführt. Und wie sollen wir dort hineinkommen?«

»Wollten sie nicht Champagner haben? Na gut! Dann liefern wir ihnen eben welchen!«

10–13 befahl Tish und Wilkinson, die weiße Livree der Kellner überzuziehen und mit dem Schakal in die Fahrerkabine zu steigen. Er selbst stieg mit Cumming hinten in den Lastwagen zu den Champagnerkisten. Der Chauffeur und die beiden Kellner wurden gezwungen, ebenfalls mitzufahren.

Als die Türen geschlossen waren, wartete 10–13, bis der Lastwagen sich in Bewegung gesetzt hatte, dann schoss er seinen drei Gefangenen nacheinander eine Kugel in den Kopf.

Bedauerliche Kollateralschäden, dachte er und steckte seine rauchende Waffe wieder weg.

Schon bald erreichte der Lastwagen die Stiftung und fuhr zum Eingang in die Tiefgarage, wo ein bewaffneter Wachmann hinter einer Schranke Wache hielt.

»Wir bringen die Champagnerkisten«, sagte Wilkinson mit Nachdruck.

Auf seinen Knien lag eine Waffe mit Schalldämpfer für den Fall, dass der Wachmann Schwierigkeiten machen sollte. Aber der hegte nicht den geringsten Argwohn.

Die Schranke ging auf; der Lastwagen konnte die Rampe hinunterfahren.

Der Rubrik »New Yorker Society« zufolge war die Vernissage zur Ausstellung von Forrest Magnus ein voller Erfolg – bis zu den schrecklichen Ereignissen, die am späten Abend dort geschehen sollten. Selbst die wenigen Kritiker, die noch eine Woche zuvor gezögert hatten, waren jetzt natürlich anwesend. Nun, da Neil Garson sich dadurch hervorgetan hatte, dass er sich aus der sechsten Etage stürzte, nachdem er das Büro von Lisa Whittaker mit einem Wagenheber in Trümmer gelegt hatte. Phil Flanagan, der Ausstellungsleiter, hatte abschließend festgestellt, dass Neil immer schon die unvergleichliche Fähigkeit besessen habe, seinen Ausstellungen nach allen Regeln der Kunst zu gebührendem »Niederschlag« in den Medien zu verhelfen. Schenkte man den fachmännischen Einschätzungen mancher in Manhattan absolut angesagten Kritiker Glauben, so hatte Neil in diesem Fall wahrlich nicht übertrieben: Die Ausstellung war den Umweg »un-be-dingt« wert. Am häufigsten war das Wort »umwerfend« zu hören, gefolgt von »großartig« oder eher »grrroßarrtig«.

Unter den zweihundert an jenem Abend anwesenden Personen befanden sich neben den führenden Köpfen der Kunstkritik auch wohlhabende Sammler, die aus allen Ecken Amerikas mit dem Privatjet angereist waren, sowie eine kleine Auswahl an hochrangigen geladenen Gäste wie Gouverneur Edgar Prospero, der Schwiegervater und gute Freund von Senator March, oder der Kulturbürgermeister, der Michael Bloomberg vertrat, da dieser seine Weihnachtsferien an der Westküste verbrachte. Und auch Marvin March war da, begleitet von seiner jungen Gattin und zwei Leibwächtern.

Diese ganze hübsche Gesellschaft drängte sich mit glitzerndem Schmuck behängt und nach teuren Parfums duftend vor den Gemälden von Forrest Magnus. Jede neue Entdeckung rief in den Ausstellungsräumen bewundernde Ausrufe hervor, und man suchte den Künstler, um ihn zu beglückwünschen. Doch man musste mit einem gewissen Befremden vernehmen, dass Forrest Magnus selbst noch nicht eingetroffen war, dass es freilich nicht mehr lange dauern könnte, ja, dass es eigentlich nur noch eine Frage von Minuten sein könne.

Im Auftrag der Walter-Skoll-Stiftung eilte eine strahlende Allison Weiss von Saal zu Saal, bot den Besuchern den Ausstellungskatalog an und wünschte ihnen einen angenehmen Abend. Die frühere Assistentin des bedauernswerten Neil Garson, die nun unvermutet zur Pressechefin avanciert war, trug zu diesem Anlass ein eng anliegendes Kleid, dessen Dekolleté dem Rückenausschnitt in nichts nachstand. An diesen äußeren Details konnte man erkennen, wie sehr ihr daran gelegen war, ihrem früheren Chef nachzueifern – allerdings mit ihren eigenen Mitteln. Sie schien sich mit jeder Faser ihres Körpers einem neu entwickelten Ehrgeiz verschrieben zu haben, der sich in etwa mit folgenden Worten zusammenfassen ließ: »Ich werde Ihnen die zeitgenössische Kunst nahebringen, Sie werden schon sehen.«

Natürlich war es nicht weiter erstaunlich, dass die Männer ihr weit mehr Beachtung schenkten als die Frauen. Und der feinfühlige Phil Flanagan stellte fest: »Man muss schon zugeben, dass ihre Hüften denen von Garson in nichts nachstehen.«

Als Bodhisattva der Vernissage übernahm Phil Flanagan die Aufgabe, sich um die Sängerin Jennifer Nice, eine glühende Verehrerin des Werkes und der Person Forrest Magnus', zu kümmern, und überließ es Lisa Whittaker, der künstlerischen Leiterin der Stiftung, den Senator und seine junge Gattin durch die sieben Ausstellungsräume zu führen, was Lisa durchaus gerne tat.

Vor einem großformatigen Gemälde, dem *Schaufenster Num-*

mer 5, baute sie sich auf und erklärte dem Senator die verschiedenen, von Forrest Magnus verwendeten Techniken, als sich ein in weißes Leinen gekleideter Dandy mit Dreitagebart zu ihnen gesellte.

»Kenneth Foreman«, stellte er sich vor und reichte Marvin March seine Visitenkarte, die ihn als Kunstkritiker auswies. »Ich bin entzückt, entzückt, Ihnen hier zu begegnen, Mr Senator.«

Das Lächeln von Foreman zog sich so endlos in die Länge wie ein Tag ohne Kaviar.

»Wie findest du unsere Ausstellung, Kenneth?«, fragte die Geschäftsführerin.

»Unglaublich definitiv!«, ereiferte sich Foreman mit weit ausholenden Handbewegungen.

Neben ihm begann eine junge Blondine mit prallen Silikonbrüsten zu lachen. Foreman wusste nicht, worüber sie lachte, stimmte aber sogleich in ihr Gelächter ein, um nicht ins Abseits zu geraten.

»Niemals ins Abseits geraten«, so lautete nach seiner Meinung die erste Grundregel bei einem gesellschaftlichen Auftritt.

Als Meister geschliffener Sätze und nichtssagender Komplimente flatterte Foreman von einer Ausstellung zur nächsten und tauchte tiefer in die gesellschaftliche High Society ein als eine Cocktailkirsche in einen Tom Collins. Nicht etwa, weil er sie brauchte, rannte er diesen Ehrbezeugungen und Beziehungen hinterher, nein, er lebte von ihnen. Dieser nach Vernissagen geradezu Süchtige war im Hinblick auf die Reichen und Mächtigen ein Nymphomane. »Die Hure« oder »das speichelleckende Schilfrohr«, mit diesen Beinamen bedachten ihn die »Freunde« und Kollegen. Das kümmerte ihn nicht weiter, denn er zählte zu den Leuten, die es vorziehen, dass man schlecht über sie spricht, anstatt überhaupt nicht.

Doch als er merkte, dass sich auf das Gesicht von March nicht einmal der Anflug eines Lächelns geschlichen hatte, brach sein Gelächter jäh ab. Der Senator schien besorgt zu sein und war offenbar ganz in Gedanken. »Wenn der Ehemann schmollt, muss man sich an die Gattin halten«, so lautete die zweite Maxime von Foreman, die er nun sogleich beherzigen wollte.

Er setzte eine theaterreife Verschwörermiene auf und beugte sich zu der jungen Dolores March.

»Hier, meine Liebe, in diesem wunderbaren Schmelztiegel zeichnen sich die großen Tendenzen der Zukunft ab. Glauben Sie mir, liebe Freundin, von dieser Ausstellung wird man noch in zwanzig Jahren sprechen!«

Ohne es auch nur im Entferntesten zu ahnen, hatte Kenneth Foreman damit seine beiden einzigen wahren Sätze ausgesprochen, denn die Ereignisse des Abends sollten ihm diesmal verdammt recht geben.

10–13 (3)

Gefolgt von seinen Männern, wandte 10–13 seine Schritte nun zum Aufzug der Tiefgarage. Er verspürte eine ruhige Macht in sich. Die Stunde der Rache war gekommen! Durch ihn würde sein junger Freund Matthew Beals Rache nehmen.* Der in seinem Sarkophag gefangene Fenryder würde ihnen nicht entkommen. Noch einmal gingen 10–13 all die Mittel durch den Kopf, die er in den vergangenen Jahren eingesetzt hatte, um zu diesem Augenblick zu gelangen. Noch einmal sah er den toten Matthew mit seinem vor Schmerz und Schrecken entstellten Gesicht vor sich.

Oh, Matthew, ich werde dich rächen.

* Siehe *Die Augen der Angst*, 2007.

Der Schakal betätigte den Knopf des Aufzugs, und schon öffneten sich, als Zeichen des Schicksals, seine Türen.

»Ich fahre mit dem Schakal nach oben«, erklärte 10–13 und betrat die Kabine. »Alle anderen nehmen den zweiten Aufzug.«

Ohne das geringste Zögern drückte er auf den Knopf für die sechste Etage. Niemals war ihm das Gefühl der Macht so klar, so unumschränkt erschienen. Der Aufzug setzte sich nach oben in Bewegung.

10–13, dessen richtiger Name Colin Tyron lautete, zog zwei Uzi-MPs unter der Jacke hervor und entsicherte sie. Der Schakal folgte seinem Beispiel.

»Pass auf dich auf, kleiner Schakal«, sagte 10–13.

»Du auch, Colin.«

»Wenn uns dort oben tatsächlich Mitglieder der Wölfe erwarten, dann ziel auf die Hand im Handschuh. Nicht auf ihren Kopf oder ihre Brust. Nur auf die Hand mit dem Handschuh.«

Der Schakal nickte lächelnd.

Warum der Schakal? Ja, warum fuhr er mit diesem Burschen hier hinauf, um Fenryder entgegenzutreten? Auch wenn der Schakal sehr kampferfahren war, zählte er doch nicht unbedingt zu seinen besten Leuten. Hatte vielleicht eine gewisse Ähnlichkeit mit Matthew Beals dafür den Ausschlag gegeben? Ja, ein wenig hatte 10–13 den Eindruck, als führe er mit Matthew selbst hier hinauf, um dessen grausamen Tod zu rächen.

10–13 lächelte nun seinerseits dem Schakal zu. Er war glücklich.

Der Aufzug blieb stehen, und die Türen gingen auf. Sie stiegen aus. Nicht ein einziger Wolf hieß sie willkommen.

Tish, Wilkinson und Cumming kamen mit dem zweiten Aufzug nach oben. 10–13 bedeutete den beiden Ersteren, ihm zu folgen, während Cumming den Aufzug blockieren sollte.

»Hier entlang«, murmelte der Schakal und wies mit dem Kinn auf eine Flügeltür am Ende des Flurs.

Hintereinander bewegten sie sich darauf zu.

Der große Sitzungssaal lag im Dunkeln, aber es herrschte keine absolute Finsternis. In der Vertiefung an der rückwärtigen Wand stand von einem bernsteinfarbenen Schimmer umgeben der Sarkophag von General Fenryder. Bei diesem Anblick hielten die fünf Männer fasziniert inne: Trotz der vertikalen Aufstellung des Sarkophags blieb die seltsame Flüssigkeit an Ort und Stelle und schien die Gesetze der Physik außer Kraft zu setzen. Kleine Wellen regten sich hier und da auf der einmal dunkler, einmal heller scheinenden Oberfläche. Bernsteinfarbene Lichtreflexe huschten sanft über den langen dunklen Holztisch und brachten das rote Glas der Gallé-Lampen zum Leuchten.

»Starker Wind« schien zu schlafen.

Sie spähten in dem dunklen Raum umher und konnten auch hier keinen Wolf ausmachen. Nur sie ganz allein waren in der sechsten Etage. Sie und der »Starke Wind« des Generals.

Nach dem Betreten des Raumes war der Schakal regungslos stehen geblieben, während die anderen weiter vordrangen. Hatte der kleine Schakal etwa Angst?, fragte sich 10–13. Er selbst verspürte nur ein Gefühl der Ruhe und Sicherheit. Er fühlte sich unverwundbar, und das Ding dort hinten an der Wand kam ihm trotz der Zauberei harmlos vor, und zwar nicht nur, weil er den *tarhq* um seinen Hals trug. Es war ihm ausgeliefert.

Jetzt fiel ihm auf, dass er die gleiche Lederjacke trug wie an jenem Tag, als er sich in die Wohnung von Matthew begeben hatte, wo er ihn mit schrecklich verzerrtem Gesicht tot vorgefunden hatte. Sogar die gleichen Schuhe wie damals trug er heute.

»Alles ist gut«, murmelte er.

Er fühlte sich unbesiegbar. Ich habe vor nichts Angst, nicht einmal vor so etwas, sagte er sich und ging weiter auf den Sarkophag zu.

Der *tarhq* schützte ihn, und er wusste, dass es Hass war, und nichts als Hass, was ihn vorantrieb.

Sarah und ihre Freunde begeben sich in die Stiftung

Da es ihnen nicht gelungen war, den Senator telefonisch zu erreichen, und sie nicht das Risiko eingehen wollten, ihn über das FBI oder die Stiftung ausfindig zu machen, beschlossen sie, entgegen der eindringlichen Empfehlung von Marvin March und entgegen dem Versprechen, das Tim Jodie gegeben hatte, unverzüglich in die Stiftung zu fahren.

Sie setzten Forrest vor der Stiftung ab, damit er beobachtete, wer hineinging, und fuhren mit dem Ford Taurus von Tim zur Tiefgarage, wo ein Wachmann ihnen die Einfahrt gestattete, weil ihre Namen auf der Gästeliste standen. Da sie von Forrest wussten, dass die Sicherheitskräfte Metalldetektoren installiert hatten, beschlossen sie (widerwillig), ihre Waffen im Wagen zu lassen.

Ein Aufzug brachte sie ins Erdgeschoss, wo sie sich durch zwei brechend volle Räume einen Weg bahnen mussten, bevor sie den Senator in schwarzer Abendgarderobe und seine Gattin Dolores in Begleitung der künstlerischen Leiterin Lisa Whittaker fanden.

»Entschuldigen Sie mich bitte einen Augenblick«, sagte der alte Mann hastig, ließ die beiden Frauen stehen und ging zu Sarah und Tim.

Tim teilte ihm ohne Umschweife mit, dass sich Fenryder aller Wahrscheinlichkeit nach hier im Gebäude befand.

»Das ist doch unmöglich!«, rief der Senator aus und wurde plötzlich blass. »Darüber hätte mich das FBI doch informiert.«

Sarah zog es für den Augenblick vor, ihre Zweifel an der Glaubwürdigkeit des FBI nicht zur Sprache zu bringen, und führte lediglich aus, welche Auskünfte sie von der Spedition King bekommen hatte.

»Am Abend, als General Fenryder in den Hafen einlief«, erklärte sie, »hat Walter Skoll nicht nur einen, sondern zwei Lastwagen gemietet. Der erste fuhr kurz vor Mitternacht in den Hafen von New Jersey. Diesem Lastwagen sind die Männer von 10–13 bis zur Filiale der Stiftung gefolgt. Der zweite Lastwagen traf eine halbe Stunde später ein. Der Weg war nun frei, und so konnte er seine *Ware* unmittelbar hierher in die Stiftung bringen.«

»Verflucht! Das bedeutet auch, dass Dolores in Gefahr ist.«

»Das ist sie tatsächlich«, gab Tim ihm recht. »Und Sie ebenfalls, Mr Senator. Sie müssen die Stiftung auf der Stelle verlassen. Wenn es hier zu einer Schießerei kommt, dann nur deshalb, weil Sie hier sind. Vergessen Sie das nicht.«

»Einverstanden. Sehr gut.« Er ließ sie stehen, kam aber noch einmal zurück. »Nehmen Sie das hier, Mr Modin. Aber bitte diskret. Wir sollten jede Panik vermeiden. Zudem würde das die Wölfe nur dazu treiben, ihr Gemetzel früher zu veranstalten.«

»Aber das ist ja eine Waffe«, staunte Tim, während der Senator ihm eine Walther P38 übergab.

»Vorsicht, sie ist geladen. Ich nehme an, Sie können mit ihr umgehen.«

»Meine Güte, es ist Ihnen gelungen, eine Waffe hier hereinzuschmuggeln!«

»Wenn Sie damit auf die Sicherheitsschleusen anspielen, so hielt man es für unangebracht, mich durch sie hindurchzuleiten. Das Gleiche gilt für alle Agenten des FBI, die hier herumschwirren. Die Detektoren hätten verrückt gespielt, glauben Sie mir. Und meine Ohren auch. Nun gut, bleiben Sie hier. Ich werde meine Frau warnen. Sie muss auf jeden Fall aus diesem Wespennest heraus.«

Alle, die der jungen Gattin des Senators begegneten, waren der Meinung, dass sie wirklich eine sehr schöne Frau war.

Dolores war zweiundvierzig Jahre jünger als Marvin March, aber es war sie, die sich zuerst in ihn verliebt hatte, nicht umgekehrt, wie man zu Recht hätte vermuten können, wenn man die beiden zusammen sah. Ihr Vater, der Gouverneur des Staates New York, war alles andere als begeistert gewesen, als sie ihm mitgeteilt hatte, sie beabsichtige einen Mann zu heiraten, der im gleichen Alter wie er selbst war. Und er musste sich erst einmal mit einem guten Glas Hennessy von dieser Nachricht erholen. Seine Enttäuschung hatte sich etwas gemildert, als sie ihm an jenem Abend eröffnete, dass sein bester Freund Marvin March sein Schwiegersohn werden würde. Natürlich hätte er Marvin Vorwürfe machen können, weil dieser ihm solch einen Streich spielte, aber abgesehen davon, dass er sehr liberal dachte, hätte es ihm nicht gut zu Gesicht gestanden, den ersten Stein auf Marvin March zu werfen – betrog er doch seine Frau mit allen jungen Praktikantinnen, die in seinem Büro beschäftigt und auch nicht älter als seine Tochter waren. Er hatte also gute Miene zum bösen Spiel gemacht und sich ein zweites Glas Cognac genehmigt. Dieses Mal, um das Ereignis zu feiern.

Edgar Prospero und Marvin March schätzten einander, ja, sie achteten einander sogar, was bei Männern recht selten vorkommt, noch dazu, wenn sich beide in den Dienst der Gesellschaft stellen.

Sie hatten ihre großartige Karriere zwar nicht zusammen, aber doch parallel gemacht. Fast gleichzeitig waren sie in die Politik gegangen: March im Jahre 1973, Prospero ein Jahr später. Und als der eine in den neunziger Jahren zum Senator gewählt wurde, stieg der andere zum Gouverneur auf. Ihre Wege schienen unweigerlich miteinander verbunden zu sein, und so war es beinahe folgerichtig, dass sie am Ende auch miteinander verwandt waren.

Als Tochter eines so hochrangigen Politikers war Dolores ihrerseits gewissermaßen prädestiniert, einen Mann aus diesem Milieu zu heiraten, obwohl ihre Mutter, selbst Kind eines Senators, ihr oft nahegelegt hatte, in dieser Hinsicht aus der Reihe zu tanzen. Dolores liebte ihre Mutter sehr, aber in diesem Punkt hatte sie nicht auf sie gehört. Und sie beglückwünschte sich bis zum heutigen Tag, dass sie es nicht getan hatte. Im Übrigen gaben selbst ihre Freundinnen hinter ihrem Rücken zu, dass sie es schlechter hätte treffen können.

Marvin March war in jungen Jahren ein brillanter Anwalt gewesen. Später war er zu einem geachteten Politiker geworden, den selbst seine politischen Gegner im republikanischen Lager schätzten. Natürlich hatte ihm seine mit großem Pomp gefeierte Hochzeit im Jahr 2000 in einigen großen satirischen Fernsehshows ebenso naheliegende wie unschöne Karikaturen eingebracht, aber im Großen und Ganzen hatte die Medienwelt den enormen Altersunterschied der Frischvermählten nicht übermäßig ausgeschlachtet. Blieb nur noch abzuwarten, ob sie das gleiche Wohlwollen an den Tag legen würde, wenn die Schwangerschaft der jungen Gattin publik wurde.

Da Lisa Whittaker den Blick auf das Bild gerichtet hielt, das sie ihnen gerade erklärte, legte Dolores unbeobachtet eine Hand auf ihren Bauch, denn sie war glücklich, bald Mutter zu werden, und stolz darauf, dass das Kind von Marvin war. Von der Schwangerschaft war noch kaum etwas zu sehen, ihre leichte Gewichtszunahme konnte ohne Weiteres mit den vielen Cocktails und Abendessen in Verbindung gebracht werden, die den Terminkalender einer Senatorengattin füllten. Bisher wusste nur der engste Familienkreis davon (als Edgar Prospero die Neuigkeit erfuhr, sprach er übrigens erneut dem tröstenden Hennessy zu). Auf dem letzten Ultraschallbild war nicht die kleinste Missbildung in der Entwicklung des Fötus zu erkennen gewesen. »Es wird ein wundervolles Baby werden«, hatte ihr der Arzt versichert. Sie hatte nicht nach dem Geschlecht des Kindes gefragt, weil sie es erst bei der Niederkunft erfahren wollte. Sollte es ein Junge sein, so würden sie ihn Marvin Junior nennen, ein Mädchen würde Kate heißen. Aber tief in ihrem Innern musste sich Dolores eingestehen, dass sie ein Faible für Marvin Junior hatte …

Plötzlich wurde ihr bewusst, dass sie nichts von dem, was Lisa Whittaker ihnen erzählte, mitbekommen hatte. Sie riss sich zusammen und beschloss, nun aufmerksamer zuzuhören. Die künstlerische Leiterin lud sie gerade ein, den Rundgang fortzusetzen.

Während sie ihr folgten, schob Marvin besorgt eine Hand unter den Arm von Dolores, drückte sanft ihren Ellbogen und fragte:

»Geht es dir gut, Liebling?«

Sie beruhigte ihn mit einem verliebten Lächeln, und so bewegten sie sich nun weiter, um sich gemeinsam mit dem Kritiker im weißen Leinenanzug, diesem Kenneth Sowieso, vor ein anderes großes Werk von Forrest zu stellen: Sein *Schaufenster Nummer 8* zeigte die Auslage einer Fleischerei. Whittaker sprach hier von einer Huldigung an den *Geschlachteten Ochsen* von Rembrandt, und Kenneth Sowieso stimmte ihr zu.

Obwohl die junge Frau die hyperrealistischen Gemälde von Magnus sehr mochte, ließ ihre Aufmerksamkeit erneut nach und ihre Gedanken schweiften in andere Richtungen ab.

Sie umfing ihren Marvin mit einem Blick voller Zärtlichkeit.

Zumindest er verstand es, seine Nervosität zu verbergen, stellte sie bewundernd fest und haderte mit sich, weil sie nicht so viel Beherrschung aufbrachte.

Natürlich galten für sie mildernde Umstände. Es war schließlich alles andere als angenehm, wenn man feststellen musste, dass das eigene Leben ebenso wie das des geliebten Ehemannes von ein paar nach Gewalt dürstenden Fanatikern bedroht war. Als Marvin sie ins Vertrauen gezogen hatte hinsichtlich der Gefahren, denen sie ausgesetzt sein würden, hatte sie zunächst unter Schlaflosigkeit gelitten. Aber seit ein paar Tagen, im Grunde seit Marvin ihr die Wahrheit über seinen Sohn Eliot gesagt hatte, konnte sie alles besser einschätzen und fühlte sich ruhiger, ja, gewissermaßen erleichtert.

Und auch der Polizeischutz, unter den man sie gestellt hatte, gab ihr ein Gefühl von Sicherheit. Neben den beiden üblichen Leibwächtern kümmerte sich das FBI um ihre Unversehrtheit. Marvin hatte ihr vorhin sogar gestanden, dass eine größere Anzahl von Beamten in Zivil in den Ausstellungsräumen der Stiftung unterwegs war. Vielleicht war sogar dieser Kunstkritiker Kenneth Sowieso, mit dem sie sich gerade unterhielt, so ein Beamter. Ja, vielleicht steckte unter seinem weißen Leinenanzug sogar ein 38er Revolver in einem Halfter.

Bei diesem Gedanken schlich sich ein Lächeln auf ihr Gesicht, und sie hob rasch ihren Champagnerkelch, um sich die Lippen zu benetzen. Sie hielt Ausschau nach einem Zeichen, das sie darin bestärken könnte, sich in Sicherheit zu fühlen.

Aber sie fand es nicht, ein solches Zeichen. Stattdessen hörte sie ihren Mann sagen:

»Entschuldigen Sie mich bitte einen Augenblick.«

Sie sah, wie er davoneilte, um sich mit einer jungen schwarzen Frau und einem wie ein Pirat aussehenden Mann zu unterhalten. Vermutlich FBI-Beamte …

Mechanisch führte sie den Champagnerkelch an die Lippen, ohne ihren Marvin aus den Augen zu lassen. Plötzlich bemerkte sie, dass seine bisher zur Schau getragene Kaltblütigkeit schwand, je länger die beiden auf ihn einredeten.

Besorgt ruhte Dolores' Blick auf ihm, als er zu ihr zurückkehrte.

Ihre Besorgnis verwandelte sich in blanke Panik, als Marvin March plötzlich strauchelte, totenblass wurde und sich mit verkrampfter Hand an die Brust fasste.

Der Senator fährt ins Untergeschoss hinab

Fenryder war hier irgendwo im Gebäude, wiederholte sich Sarah, als wollte sie besser begreifen, was diese Erkenntnis bedeutete und welche Gefahr sie barg.

Sarah beobachtete den Senator, als er zu der kleinen Gruppe zurückging, zu der auch seine junge Frau gehörte. Auf halber Strecke sah sie, wie er stockte, dann schwankte und sich mit der Hand ans Herz griff.

»Oh nein!«, entfuhr es ihr.

Senator March hatte einen Herzinfarkt.

Noch bevor Tim und sie reagieren konnten, stürzten seine beiden Leibwächter zu ihm, um ihn zu stützen und aus dem Saal zu bringen.

Mit neugierigem Raunen drängte sich die Menge um den Senator und machte es Sarah und Tim unmöglich, zu ihm vorzudringen und mit ihm zu sprechen.

Es fand sich ein Arzt, und er stieg mit den drei Männern, Dolores March und der künstlerischen Leiterin Lisa Whittaker in einen der Aufzüge. Tim sah zur Leuchtanzeige hoch und bemerkte, dass die »0« für das Erdgeschoss der »-1« für das Untergeschoss wich. Dort befand sich die Tiefgarage. Sie versuchten also, den Senator in ein Krankenhaus zu bringen.

Sarah und Tim rannten die Treppe des Notausgangs hinunter, um ihn einzuholen. Die Metallstufen vibrierten dröhnend unter ihren Schritten.

In der Tiefgarage erblickten sie das Gefolge, das sich zu einer an der Einfahrtsrampe geparkten Limousine schleppte. Als sie gerade weiterlaufen wollten, tauchte Eliot March hinter ihnen auf. Seine Hände umklammerten einen 38er Revolver.

»Stehen bleiben!«, schrie er ihnen entgegen.

Seine donnernde Stimme schallte durch die ganze Tiefgarage. Die Begleitpersonen des Senators fuhren herum. Sarah und Tim rührten sich nicht.

»Den hatten wir vergessen«, fluchte Tim, als er einen Blick über die Schulter zurückwarf.

»Verdammt, ich habe gesagt, stehen bleiben!«, schrie Eliot March.

Sarah hob die Hände hoch und drehte sich zu ihm um.

»Seien Sie doch nicht dumm«, drängte sie ihn. »Das FBI ist überall. Sie haben überhaupt keine Chance.«

»Lassen Sie Ihre Hände schön oben. Zwingen Sie mich nicht, Sie abzuknallen. Ich würde es mit Vergnügen tun. Also führen Sie mich nicht in Versuchung.«

Jetzt konnte Tim, der ihm immer noch den Rücken zuwandte, nicht mehr an sich halten:

»Verflucht noch mal! Sie haben überhaupt nichts begriffen. Die Bullen wissen Bescheid.«

»Ich weiß, Modin«, antwortete Eliot, bevor er mit einem knappen Lächeln hinzufügte: »Und das weiß ich deshalb, weil ich vom FBI bin.«

Mit seiner freien Hand zückte er seinen Dienstausweis.

»Ich nehme Sie beide fest wegen des versuchten Mordes an meinem Vater, Marvin March.«

»Was?«, stieß Tim hervor und drehte sich zu ihm um.

Wie er versprochen hatte, schoss ihm Spezialagent Eliot March eine Kugel ins Bein. Tim brach zusammen.

»Ich hatte Sie gewarnt. Machen Sie es nicht noch schlimmer, Modin.«

Dann neigte er den Kopf etwas zur Seite, um in das in seiner Hemdtasche versteckte Mikrofon zu sprechen:

»Okay, Leute! Zwei von ihnen habe ich bereits. Ihr könnt jetzt wieder zurückgehen.«

Aus der Tasche seiner Jeans zog er Handschellen hervor und warf sie Sarah zu.

»Legen Sie sie um die Handgelenke Ihres Komplizen.«

Vor Staunen starr, hielt Sarah die Handschellen in der Hand und rührte sich nicht.

»Weigern Sie sich etwa, mir zu gehorchen?«

»Sie machen eine verfluchte Dummheit, March«, stöhnte Tim.

»Geht auf der Stelle zurück, hier ist Spezialagent Eliot March!«, wiederholte er in sein Mikrofon. »Was wollt ihr? Ich habe hier zwei Verdächtige, die ich festsetzen muss.«

Sarah registrierte, dass Eliot hochgradig nervös war. Die Situation konnte von einer Sekunde auf die nächste eskalieren. So entschloss sie sich zu gehorchen und kniete sich auf den Boden, um Tim die Handschellen anzulegen.

»Sehr gut. Jetzt sind Sie an der Reihe. Knien Sie sich hin und drehen Sie mir den Rücken zu.«

Sie zögerte kurz, als hielte sie alles für einen Albtraum, dann tat sie, was er von ihr verlangte.

Mit vorgehaltener Waffe kam er auf sie zu.

Nun fesselte er ihr die Hände. Dann prüfte er brutal die Handschellen von Tim.

»Sehr gut«, befand er.

Vor dem Hof der Stiftung ging Forrest auf und ab und beobachtete aus angemessener Entfernung die Eingangstüren. Er hatte die Hände tief in seinen Manteltaschen vergraben und den Kragen hochgestellt, um sich vor dem eisigen Wind zu schützen, der in dieser Nacht blies. Unweigerlich kam ihm die Ironie seiner Situation in den Sinn: Auch wenn sein Name in dicken Lettern auf dem leuchtenden Plakat am Eingang stand und seine Werke für die zahlreich erschienene Menge ausgestellt waren, so durfte er, der Künstler, sich auf gar keinen Fall zeigen und musste sich dareinfügen, den Triumph seiner Kunst aus der Ferne zu verfolgen.

Der untere Teil des Gebäudes war überall erleuchtet. Das war für einen Kenner der Räumlichkeiten durchaus logisch, da sich die sieben Ausstellungsräume im Erdgeschoss befanden. Von seinem Standpunkt auf dem Gehsteig der Fifth Avenue hinter dem Zaun, der den Vorplatz umgab, konnte er zusehen, wie die Gestalten in der erleuchteten Eingangshalle kamen und gingen.

Forrest hob den Blick nach oben. Die fensterlose sechste Etage der Stiftung war nicht zu sehen. Er erinnerte sich, dass seine Freundin, die Kunstkritikerin Shirley Zimmer, ihm erzählt hatte, dass die New Yorker dem Gebäude bei seiner Errichtung im Jahr 1970 den Spitznamen »Grabstein« gegeben hatten.

Ein Schauer lief ihm den Rücken hinunter, ein Schauer, der nichts mit dem eisigen Wind zu tun hatte.

Nicht Sarah und Tim hätten jetzt dort drinnen sein sollen, sondern er, Forrest. Und das nicht nur, weil es seine Werke waren, die da ausgestellt wurden.

Wieder warf er einen angstvollen Blick zu dem dunklen Mauerwerk hinauf, das die ganze sechste Etage umgab. Er stellte sich das Innere nach den Beschreibungen Sarahs vor: der lange Konferenztisch aus dunklem Holz mit seinen ausladenden Lehnsesseln und den kleinen Gallé-Lampen, die die Form von roten, giftigen Pilzen hatten. Er stellte sich auch die große Nische vor, die sich ganz hinten im Raum, dem Tisch genau gegenüber, befand. Die große Nische, die jetzt nicht mehr leer war …

Und da begriff er.

»Oh, Gott, nein!«, murmelte er durch die zusammengebissenen Zähne.

Er dachte an Sarah und Tim. Er dachte an Oscar Watts, seinen ermordeten Galeristen. Er dachte an den Traum, in dem er Sarah zum ersten Mal gesehen hatte, noch bevor er sie in einem libanesischen Restaurant in Brooklyn leibhaftig kennengelernt hatte. Es war der Traum, der ihm gezeigt hatte, dass Sarah ihm die Gelegenheit zur Wiedergutmachung geben würde, dass Sarah der schöne Name für diese Wiedergutmachung wäre.

Nun war die Stunde der Wiedergutmachung gekommen.

Ihm fiel ein, dass er seine Pistole bei Tim gelassen hatte, aber in seiner linken Tasche hatte er etwas anderes, das er mit sich herumschleppte, seit er begonnen hatte, seine Bilder in der Stiftung aufzuhängen. Reichte *das*? Ja, es reichte, wenn er den Mut besaß, bis zum Äußersten zu gehen.

Er konnte es schaffen. Er musste nur selbst daran glauben. Sonst würden *sie* es sofort merken, denn *sie* lesen in den Gedanken ihres Gegenübers, erinnerte er sich. Das war ein wesentlicher Punkt; nicht eine Sekunde lang durfte er das vergessen.

Unmögliches kann man von niemandem verlangen, dachte er, außer von einem Künstler.

Ist die Kunst nicht ein Wunder? Ja genau. Ging es am Ende nicht gerade darum? Ging es nicht darum, die anderen glauben zu machen, das Leben sei anders? Ging es nicht darum, dem Leben eine Dimension zu verleihen, die es zuvor nicht hatte?

Mit einem seltsamen Lächeln ging er nun über den Vorplatz und scheuchte mit seinen Schritten ein paar Tauben auf, die dann ein wenig weiter entfernt wieder zur Landung ansetzten. Der Wind packte ihn mit aller Macht, und nirgendwo in Manhattan schien die Nacht dunkler, kälter und feindseliger zu sein als hier.

Er zog eine der Türen auf und betrat die Eingangshalle, wo ihn die Wärme und die Geräuschkulisse der geladenen Gäste umfingen.

Die Stiftung hatte, was die Sicherheitsmaßnahmen anging, nicht geknausert. Man musste eine weiße Weste vorweisen, um hineinzukommen. Die schriftliche Einladung musste vorgezeigt werden, und der um drei Wachmänner verstärkte Sicherheitsdienst überprüfte den Namen auf seiner Personenliste. Anschließend wurde man gebeten, einen IONSCAN Sentinel von Smith zu passieren, der in Sekundenschnelle jedes verdächtige Metall und jede Art von Sprengstoff aufspürte.

Forrest erstarrte, als er den Detektor erblickte.

Glücklicherweise erkannte der Chef des Sicherheitsdienstes ihn und winkte ihn durch den Personaleingang. Der Gang durch die Schleuse blieb ihm also erspart.

Bei dem, was Forrest bei sich trug, war das auch besser.

Als er sich auf der anderen Seite befand, atmete er tief durch und tauchte in die Menge ein.

Vom FBI erschien niemand, der ihn verhaften wollte. Vielleicht ging die Polizei davon aus, dass er nicht den Mumm haben würde, hierherzukommen.

Jemand hielt ihn fest und sprudelte los:

»Forrest, dir ist hoffentlich klar, dass deine Arbeit wirklich super ist.«

Eine andere Stimme raunte ihm zu:

»Weißt du, dass Lisa dich sucht?«

Er achtete nicht darauf und bahnte sich einen Weg zum Buffet in der Nähe der Aufzüge.

Bevor er in die Räume auf der linken Seite ging, wollte er ein Glas trinken, um sich Mut zu machen. Den brauchte er mehr denn je – das war das Einzige, was er an diesem Abend der Vernissage mit Sicherheit wusste.

Mit einem breiten Lächeln reichte ihm eine Kellnerin ein Champagnerglas mit Veuve Cliquot.

Er segnete sie dafür.

Er stand, welch Wunder, fest auf seinen Beinen – und segnete auch sie. Wenigstens sie blieben ihm treu. Und er betete, dass das so bleiben möge, bis die wahre Stunde seiner Wiedergutmachung geschlagen hätte.

Senator March nimmt die Dinge wieder in die Hand

Agent Eliot durchsuchte Tim, der neben Sarah auf dem Betonboden saß, und fand die 38er, die der Senator ihnen vorhin gegeben hatte.

»Versuchen Sie mir bloß nicht weiszumachen, dass Sie keine Ahnung von dieser Waffe in Ihrer Tasche hatten«, sagte er und reichte den Revolver an Jack, einen der beiden Gorillas des Senators, weiter.

»Ihnen unterläuft gerade ein schlimmer Schnitzer«, stieß Tim hervor.

»Halten Sie die Schnauze!«, fuhr Eliot March ihn an. »Zwingen Sie mich nicht zu schießen.«

»Dann fragen Sie doch einmal Ihren Vater, verdammt!«, zischte Sarah jetzt ihrerseits.

Aber der Senator, dem man in seine Limousine geholfen hatte, schien außerstande zu sein, irgendeine Frage zu beantworten. Sein Zustand raubte Sarah jegliche Hoffnung.

Nicht einen einzigen Augenblick lang hatte sie eine Wendung der Dinge in Erwägung gezogen, bei der sich einer der Hauptverdächtigen als verdeckter Polizeibeamter erweisen würde. Dieser Paukenschlag entbehrte im Übrigen nicht einer gewissen Komik, da nun Tim und sie selbst als Verbrecher dastanden.

Der Senator hatte ihnen zwar gesagt, dass das FBI sich beim Feind eingeschlichen hatte, aber warum hatte er ihnen nicht genau dargelegt, dass sein eigener Sohn der Spitzel war? Natürlich, um ihn im Fall eines Fehlschlags zu schützen. Sarah haderte mit sich selbst, dass sie nicht früher daran gedacht hatte.

»Jack«, forderte Eliot den Leibwächter nun auf, »bewachen Sie die beiden hier. Ich muss nach meinem Vater sehen.«

Er steckte seine Waffe zurück ins Halfter und ging nun zur Limousine, um den Arzt zu fragen:

»Wie geht es ihm, Doktor?«

Der Arzt tauchte wieder aus dem Wagen auf und fuhr sich mit der Hand durch die silbergrauen Haare:

»Senator March erholt sich bereits ein wenig. Ich glaube, dass die Angst größer als die Schmerzen war. Aber aus Sicherheitsgründen sollte man ihn ins Krankenhaus bringen und weitere Untersuchungen durchführen.«

Eliot beugte sich ins Innere des Wagens, auf dessen Rückbank der Senator in Begleitung von Dolores saß.

»Halte durch, Papa. Sie werden dich zur Notaufnahme fahren.«

Mit einer energischen Handbewegung wehrte Marvin March dieses Ansinnen ab.

»Ich fühle mich schon besser«, beteuerte er mit immer noch schwacher Stimme. »Es war wohl nur ein kurzer Schwindelanfall oder so etwas.« Er fasste nach der Hand seines Sohnes. »Hör zu.

Edgar Prospero muss darüber informiert werden, dass er sich in Gefahr befindet. *Sie* sind hier in der Stiftung. Und *sie* werden mit ihrem Angriff nicht mehr lange warten.«

Dann wandte er sich an Dolores neben ihm.

»Mein Liebling, ich bitte dich, begleite Eliot. Er muss deinen Vater davon überzeugen, dass die Lage ernst ist. Los, beeilt euch. Ihr dürft keine Zeit mehr verlieren.«

»Aber was wird aus dir?«, fragte Eliot besorgt.

»Ich bleibe bei Jack und Mel«, antwortete der Senator und wies mit dem Kinn auf seine Gorillas, die vor der Limousine standen. »Und hier habe ich ohnehin nichts zu befürchten.«

Eliot March nickte. Er wusste sehr wohl, dass die Limousine gepanzert war und einem Kugelhagel und sogar einer kleineren Explosion standhalten würde.

»Sehr gut«, gab er ihm recht. »Bleib im Wagen, Papa. Wir sind in zwei Minuten wieder zurück.« Dann drehte er sich zu den Gorillas um. »Jack, lassen Sie die beiden Verdächtigen nicht aus den Augen. Wenn Sie versuchen sollten aufzustehen, zögern Sie nicht. Schießen Sie. Kommen Sie jetzt, Dolores, die Zeit drängt.«

Dolores raffte ihr langes Abendkleid hoch, lief auf ihren hohen, auf dem Betonboden klappernden Absätzen eilig zu den Aufzügen und verschwand mit Eliot in einem davon.

Kaum waren sie weg, mühte sich der Senator vorsichtig aus dem Wagen. Der Arzt und Lisa Whittaker, die während der Ereignisse recht kleinlaut geworden war, halfen ihm dabei. Als der Senator auf den Beinen stand, wies er ihre Hilfe zurück und ging allein zu Sarah und Tim, die immer noch auf dem Boden saßen.

»Nehmen Sie die Waffe herunter, Jack!«, befahl er seinem Leibwächter. »Das Ganze ist ein furchtbares Missverständnis.«

Dann richtete er das Wort an Sarah und Tim:

»Geht es einigermaßen bei Ihnen?«

Tim schäumte immer noch vor Wut.

»Wenn Sie uns schon nicht eröffnen wollten, dass Ihr Sohn ein Informant ist, so hätten Sie zumindest ihm von uns erzählen können. Das hätte mir den Schuss ins Bein erspart, und ich säße jetzt nicht hier mit Handschellen wie ein gemeiner Verbrecher.«

Sein Detektiv-Stolz hatte die Oberhand gewonnen.

»Es ist mir sehr unangenehm, Freunde, aber das hätte unseren Plan über den Haufen geworfen. Werden Sie aufstehen können, Mr Modin?«

»Ja, es war lediglich ein Streifschuss.«

»Jack, haben Sie die Schlüssel zu diesen verfluchten Handschellen?«

Der Gorilla nickte.

»Worauf warten Sie noch, machen Sie die beiden los!«

Sarah stand bereits wieder auf den Füßen. Von ihren Handschellen befreit, half sie Tim, sich aufzurichten.

»Sehr gut«, sagte der Senator, als sie beide wieder frei waren. »Jack, geben Sie mir die Pistole von Mr Modin, damit ich sie ihm zurückgeben kann.«

Der Leibwächter reichte ihm die automatische Walther.

»Sind Sie sicher, dass er und seine Kollegin nicht gefährlich sind?«, fragte Jack reichlich skeptisch.

»Aber ja!«, erwiderte der Senator, als er die P38 in der Hand hielt.

Und damit gab er zwei Schüsse auf seinen Leibwächter ab. Dann drehte er sich um und feuerte erneut.

In einer Welle bewegte sich die goldene Flüssigkeit in dem Sarkophag von oben nach unten, und durch den großen Saal in der sechsten Etage wehte ein leichter Luftzug. Ein Säuseln war zu hören.

10–13 begriff sofort, dass sich die molekulare Beschaffenheit des Raumes verändert hatte. »Starker Wind«, der Sicherheitsmechanismus des Sarkophags, war in Aktion getreten.

Unmöglich, dachte er bei sich.

Das war einfach unmöglich, da sich doch der *tarhq* in seinem Besitz befand.

»Bewegt euch nicht«, flüsterte er mit einem Mal angespannt seinen Männern zu.

Tish, Wilkinson und Cumming blieben unverzüglich stehen.

Erneut war dieses leise Säuseln zu vernehmen, dazu dieses Mal das Geräusch eines Säbels, der mit einem glatten Schnitt durch einen Apfel fuhr.

»Scheiße«, hauchte Tish.

Das war sein letztes Wort.

Ohne den Kopf zu bewegen, sah 10–13 nach rechts.

Er sah, dass Tish plötzlich sehr bleich geworden war.

Unzählige Schnitte verliefen in roten Streifen über sein Gesicht und seinen Hals. Sie zeichneten ein Netz langer vertikaler, streng parallel zueinander verlaufender Linien im Abstand von einem halben Zentimeter.

Als 10–13s Blick weiter nach unten wanderte, bemerkte er die gleichen roten Linien auf Tishs Händen, und auch auf dessen Jacke, Hose und Schuhen waren sie zu erkennen.

Links sah er Wilkinson und Cumming, die ebenfalls regungslos und leichenblass waren. Auch auf ihren Körpern verliefen wie mit einem Lineal gezogen die gleichen Linien – als hätte ein von Geometrie Besessener sich als Tätowierkünstler betätigt.

10–13 regte sich immer noch nicht und richtete seinen Blick erneut auf Tish.

Blut begann aus den Schnitten herauszutropfen, erst langsam, dann immer schneller, und schließlich schoss es schwallweise hervor.

Tish brach zusammen. Nicht auf einmal, sondern in Stücken oder vielmehr in Scheiben – als wäre er in eine neuartige Wurstschneidemaschine geraten, die wie ein Laser funktionierte.

Rechts brachen jetzt auch Wilkinson und Cumming zusammen. Ihre Körper waren von oben bis unten in Scheiben zerlegt.

»Starker Wind« hatte sie Stück für Stück durchdrungen, Fleisch und Knochen ohne jeden Widerstand in Sekundenbruchteilen durchtrennt.

10–13 fragte sich, warum »Starker Wind« sich nicht durch seinen Körper gefräst hatte. Weil er den *tarhq* bei sich trug? Mit Sicherheit. Vorsichtig hob er die rechte Hand vor sich, um zu prüfen, ob er sich bewegen konnte. Nach fünfzig Zentimetern verschwand seine Hand aus seinem Blickfeld. Ein leises Schnittgeräusch war zu hören. Die Verblüffung von 10–13 währte nur eine Sekunde. Als er seinen Arm zurückzog, war es bereits zu spät. Rasender Schmerz jagte seinen Unterarm hinauf, und er erbleichte.

Die Hand war ihm abgetrennt worden, als sei sie in eine ätzende Flüssigkeit geraten.

Wo war sie hingefallen? In einen anderen Bereich des Raumes, der uneinsehbar und fremdartig war.

Trotz des schrecklichen Schmerzes schrie er nicht. Er beging jedoch den Fehler, seine andere Hand vorzustrecken, um nach dem bluttriefenden Stumpf zu fassen.

Da wurde ihm ein Stück seiner linken Schulter abgetrennt.

Stöhnend sank er auf die Knie und spürte, wie eine eisige Klinge ihm einen Teil der linken Wange und das Ohr abschnitt.

Er befand sich wie in einem engen Käfig aus laserscharfen Trennlinien, die unsichtbar und doch durchbohrend waren. Rührte er sich nur einen Millimeter, war es um ihn geschehen.

Ein Bild kam ihm in den Sinn, ein Bild aus der Geschichte, die er Sarah in der Metro erzählt hatte: Er fühlte sich wie die von Big Joe gequälte Ratte in der Kanalisation von Hunts Point.

Da tönte plötzlich die Stimme des Generals aus dem Sarkophag zu ihm herüber.

»Sie dachten, dass der *tarhq* von Ron Flint Sie vor ›Starker Wind‹ schützen würde.«

Es war eine gebieterische Stimme, die eine gefühllose Kälte verströmte. Die Stimme eines unangefochtenen Anführers.

Vor Schmerzen bebend, begriff 10–13. Ron Flint, dieser Schuft, hatte sie an der Nase herumgeführt. Auch unter den schrecklichsten Qualen hatte der *tarhq-sagogh* ihnen nur eröffnet, was er ihnen eröffnen sollte – mehr nicht. Er hatte sogar sein Leben dafür gegeben, 10–13 und seinen Leuten etwas vorzuspielen.

Wie aus der Ferne sah 10–13 das blutüberströmte Gesicht von Ron Flint vor sich leuchten, der ihn sogar noch anlächelte, als er seine großkalibrige Waffe auf ihn gerichtet hatte, um ihn zu erschießen. Dieses wahnsinnige Lächeln war das Lächeln des Sieges.

»Ron Flint hat sich für die Sache geopfert«, fuhr Fenryder fort. »Ich wollte Sie dahin bringen, dass Sie zu mir kommen und glauben, Sie hätten die Situation vollkommen im Griff. Wir haben Sie dazu verleitet anzunehmen, dass der Besitz eines unserer *tarhqs* Sie gegen ›Starker Wind‹ schützen könne. Das war falsch. Wir haben Sie dazu verleitet anzunehmen, dass ich in ›Starker Wind‹ gefangen bin und es ein Kinderspiel wäre, mich in meinem Sarkophag mit Kugeln zu durchsieben. Nun, auch das war falsch.«

Schmerzverkrümmt sah 10–13, wie die Flüssigkeit im Innern des Sarkophags sich dunkel färbte und dann von der Mitte her zu einer golden schimmernden, hochgewachsenen menschlichen Gestalt zusammenwuchs, die zuerst einen Fuß hob, dann den anderen und aus ihrer Umfassung heraustrat. Die milchige, gelbliche Membran, die die Gestalt umhüllte wie eine Plazenta, verschwand allmählich und ließ die graue Uniform der Konföderierten am Leib des Generals erscheinen.

»Wie Sie nun selbst feststellen können«, demonstrierte Fenryder weiter, »bin ich durchaus in der Lage, mein Refugium zu verlassen. Ach! Mein Gesicht ist natürlich alles andere als vorzeigbar. Das betrübt mich selbst am allermeisten.«

Als dauerhafte Folge seiner Ermordung durch die nach Rache dürstenden Yankees im Jahr 1865 war die gesamte rechte Seite des Gesichts von Lucius Ewel Fenryder zerfetzt.

Zu den Klängen von *John Brown's Body* waren die Soldaten von Lincoln über seine Leiche hergefallen, hatten ihre Revolver auf seinen Kopf gerichtet und geschossen, bis die Magazine leer waren. Dann hatten sie die Leiche an den Füßen zu einem Pferd gezerrt und sie an diesem befestigt.

Die rechte Augenhöhle war zertrümmert, vom Ohr war kaum noch etwas vorhanden. Es war samt dem Schläfenknochen abgerissen, sodass man direkt auf die nackten, weiß-rosa Windungen des Gehirns sehen konnte.

Die gesamte rechte Hälfte des Mundes war weitgehend weggerissen, sodass auf dieser Seite die elfenbeinfarbenen Backenzähne, das rosa Zahnfleisch und die hellroten Adern entblößt lagen. Oben auf dem Schädel hingen Hautfetzen mit schwarzen Haarsträhnen. Darunter verliefen ineinandergeflochtene braunrote Muskelstränge und kobaltblaue Venen.

»Sie fragen sich jetzt sicher, was in Ihrem Plan nicht funktioniert hat und warum Ihr junger Freund, der Schakal, vorhin nicht mit Ihnen gekommen ist.«

»Dieser Dreckskerl wusste, dass es eine Falle ist«, murmelte 10–13 mit schmerzverzerrtem Gesicht.

»Oh, Sie haben bereits alles verstanden. Ja, es stimmt, er wusste es. Bei seinem kleinen Besuch in unserer Filiale im September konnte Walter Skoll ihn davon überzeugen, zu uns überzulaufen. Skoll ist ein Mann mit großer Überzeugungskraft, glauben Sie mir.«

Der General trat nun zu dem hinten im Zimmer stehen gebliebenen Schakal.

»Mein Junge«, sagte er zu ihm, »der Tod unseres Freundes Ron Flint muss gerächt werden.«

Der Schakal zog seine Waffe, richtete sie auf 10–13 und fragte den General:

»Mit welchem Körperteil soll ich beginnen, Meister?«

Der General gluckste vor Befriedigung.

»Charmant! Charmant! Aber du hast mich nicht verstanden, mein hübscher Schmetterling!«

Der General trat hinter den Schakal, dann hob er ihn hoch, als wäre er federleicht, fasste nach dessen Händen und riss sie mit einem Mal so auseinander, als wolle er ihn in der Luft kreuzigen. Von Schrecken gepackt, begann der Schakal zu schreien und schoss sein gesamtes Magazin leer. Die Kugeln landeten ziellos in der Wand.

»Ich weiß, wie man einen Verrat bestraft«, verkündete der General.

Damit riss er ihm die Arme mit einer Leichtigkeit aus, als wären es Insektenflügel.

Der Körper des Schakals klatschte leblos auf den Boden.

»Tyron«, wandte der General sich jetzt an 10–13. »Ich muss Sie einen Augenblick allein lassen. Ich muss gewissen Verpflichtungen gegenüber meinen Gästen nachkommen. Ich kann Ihnen nur raten, hier ruhig auf mich zu warten. Die Partie hat gerade erst begonnen, und mit Ihnen werde ich sie beenden, wenn Sie nichts dagegen haben.«

Die Masken fallen

Vier Leichen lagen auf dem Betonboden der Tiefgarage: die beiden Gorillas des Senators, der Arzt und Lisa Whittaker, die künstlerische Leiterin der Stiftung.

»Wissen Sie, was ich glaube?«, sagte March nun in vertraulichem Ton, während er die Waffe auf Sarah und Tim gerichtet hielt. »Das Altwerden ist wie ein zweites, unerquickliches Leben. Man verspürt die Lust auf Neues, man will durchbrennen. Aber leider folgt der Körper dem wieder erblühten jugendlichen Geist nicht!«

Er kratzte sich, reichlich makaber, wie Peter Falk in einem *Columbo* an der Schläfe.

»Ach! Sie fragen sich, worauf die Agenten des FBI noch warten, bevor sie eingreifen? Nun, ich glaube, die vier vor der Stiftung Wache schiebenden Agenten hatten eine unschöne Begegnung, weshalb sie Ihnen nicht mehr zu Hilfe eilen können. Genau wie im Übrigen unsere hier anwesenden Freunde«, erklärte er und wies mit dem Daumen auf die Leichen hinter sich.

»Warum tun Sie das?«, fragte Sarah dumpf vor Entsetzen.

»Sie sind jung. Sie wissen nicht, was es heißt, alt zu werden. Die Gebrechlichkeit. Der schon ganz nah lauernde Tod. Er ist immer da und sieht Ihnen über die Schulter bei Ihrem Treiben zu. Er wartet darauf, dass Sie Ihren ersten Fehler begehen, um dann sofort seine Krallen nach Ihnen auszustrecken. Um sich herum sehen Sie die Jugend, das vor Ihren Augen blühende, vor Gesundheit so unverschämt strotzende Leben. Ich war siebzig Jahre lang ein anständiger Typ, Sarah. Sagen wir einfach, ich habe genug gegeben.«

»Sie können doch nicht so ein Schuft sein!«, bellte Tim.

»Warum nicht?«, fragte der Senator belustigt.

Tim wollte sich auf ihn stürzen, aber sein verletztes Bein hinderte ihn daran, des Senators tatsächlich habhaft zu werden. Dieser wich dem Angriff aus und richtete die P38 auf Sarahs Kopf.

»Bewahren Sie Ruhe, Mr Modin. Zwingen Sie mich nicht, Sie abzuknallen, bevor Sie sich nicht die Mühe gemacht haben zu verstehen, was hier vorgeht. Sind Sie denn nicht neugierig? Wollen Sie nicht das Ende der Geschichte erfahren? Ich persönlich fände es sehr schön, wenn Sie mir das Vergnügen machen würden, meiner Aufnahme in die Bruderschaft der Wölfe beizuwohnen. Ich glaube, dass Sie und auch ich das verdient haben, nicht wahr?«

Von den Aufzügen klang ein leises metallisches Geräusch zu ihnen herüber, und Tim spürte, wie die in seinem linken Auge steckende Messingkugel zu vibrieren begann. Sein ehemaliges Pendel meldete sich und zeigte ein außergewöhnliches Kraftfeld an – genau wie zwölf Jahre zuvor in Chicago, als sein Bruder und er sich nachts in das Gebäude A der ehemaligen Militärkaserne gewagt hatten.

Als der Aufzug aufging, begannen unter seinem schwarzen Lederband blutige Tränen hervorzuquellen. Mit festem Schritt stieg ein Mann aus und kam auf sie zu.

An seinen gebleichten Haaren und dem Bürstenschnitt erkannte Tim ihn sofort wieder.

Es war einer der drei Wölfe, die seinen Bruder Kevin ermordet hatten.

»Gestatten Sie mir, Freunde«, hob der Senator jetzt vor Stolz strahlend an, »Ihnen den Großen Wolf William Hasty vorzustellen. Wie Sie bereits wissen, ist er neben Walter Skoll einer der Lieutenants unseres Großen Meisters und einer dieser fürchterlichen Wölfe, die Sie so gerne von der Oberfläche der Erde getilgt sähen. Nun sehen Sie doch hin, Mr Modin, und geben Sie zu, dass dies ein großer Verlust für unsere kleine Welt mit all ihren schwachen und jammernden Lämmern wäre!«

William Hasty trug einen eleganten Anzug und kam nun mit einem Kästchen aus edlem Holz unter dem Arm zum Senator. Seine bloße Präsenz verströmte bereits ein Gefühl schrecklicher Macht. Seine rechte Hand trug den unheilverkündenden schwarzen Handschuh der Wölfe.

»Walter bittet Sie, ihn zu entschuldigen«, sagte er zum Senator. »Er muss ein Problem mit dem niederen Personal regeln, er kann Sie leider nicht persönlich hier in der Stiftung empfangen. Daher hat er mich beauftragt, Sie zu begrüßen.«

Dann wandte er sich an Sarah und Tim.

»Es ist Ihnen ja klar, dass wir Sie schon lange hätten töten können, aber unser Meister, General Fenryder, wünscht Sie zu anderen Zwecken zu benutzen als nur zu unserer Unterhaltung.«

»Dieser Scheißkerl hat uns also benutzt?«, hakte Tim nach, der erst allmählich begriff, wie ausweglos ihre Situation war.

»Erklären Sie es ihnen, Marvin«, forderte Hasty diesen nun auf, ohne seine kalten Augen von ihnen abzuwenden.

»Genau, Mr Modin. Unser Meister hat Sie benutzt, und zwar noch mehr, als Sie denken. Der Plan des Generals zeugt von einer Scharfsinnigkeit, die seinem Ruf als Stratege mehr als gerecht wird. Zunächst haben wir durch die Stiftung Kontakt zu Ihrem Freund Forrest Magnus in Paris aufgenommen, um ihm eine große Ausstellung hier in New York vorzuschlagen. Wir wussten, dass er Sie kannte, Mr Modin, und dass Sie Nachforschungen über unseren Meister anstellten. Wir nahmen an, dass Sie so eine Gelegenheit nicht ungenutzt lassen und Ihre Nase in unsere Angelegenheiten stecken würden. Dann haben wir die alten Gespenster von Mr Magnus geweckt. Damit meine ich natürlich seine einstige Mitgliedschaft bei der Sekte Triple Dash.«

Der Senator legte eine widerliche Selbstzufriedenheit an den Tag. Aber im Grunde konnte er auch wirklich mit sich zufrieden sein.

»Wir haben das Netz von Triple Dash reaktiviert und Kontakt zu unserem ergebenen Freund, Reverend Gardner, zu meinem Sohn Eliot, der in Kanada weilte, und zu Forrest Magnus in Paris aufgenommen. Wir ließen sie in dem Glauben, dass Gardner seinen Plan, mich umzubringen, nun in die Tat umsetzen wolle. Ich wusste, dass das FBI alles, was von Triple Dash noch vorhanden war, engmaschig überwachte, aber ich wusste noch nicht, dass Eliot ein verdeckter Ermittler war. Als der Leiter des FBI mir darlegte, dass mein Leben erneut in Gefahr sei, nannte er mir auch den Namen ihres dort tätigen Agenten. Sie können sich vorstellen, wie überrascht ich war, dass es sich dabei um meinen eigenen Sohn Eliot handelte. Mein erster Impuls war, alles sausen zu lassen. Das war der Zeitpunkt, als ich Sie besucht habe, Sarah. Glücklicherweise blieb diese Begegnung ohne Folgen.«

»Machen Sie mir jetzt bloß nicht weis, dass ich der Anlass war, dass Sie Ihre Meinung geändert haben«, schnitt Sarah ihm aufgebracht das Wort ab.

Der alte Senator lachte auf.

»Es tut mir sehr leid, dass ich Sie ein weiteres Mal enttäuschen muss, aber Sie hatten keinerlei Einfluss auf meine Entscheidung. Der General hat mich, als ich ihm die neuesten Entwicklungen mitteilte, davon überzeugt, nicht auszusteigen. Er hat mir aufgezeigt, dass sich hier die Gelegenheit bot, zwei Dinge auf einen Streich zu erledigen. Damit kommen wir nun zum eigentlichen Ziel der genialen Operation Dämonen. Sie bestand darin, Sie, meine Freunde, in die Irre zu führen und gleichzeitig auch das FBI in die Irre zu führen, indem wir beiden Seiten weismachten, es bestünde ein Komplott gegen meine Person. Diese doppelte Manipulation hat reichlich Früchte getragen, und heute können wir sie ernten. Ich muss allerdings zugeben, dass Sie unsere schönen Pläne beinahe zum Scheitern gebracht hätten, als Sie die Dreistigkeit besaßen, in die sechste Etage dieses Gebäudes vorzudringen. Es war eine Glanzleistung von Ihnen, die von unserem Meister verwendeten Verschlüsselungen zu knacken, und einen Augenblick dachten wir, dass Sie uns enttarnt hätten. Aber zum Glück haben Sie die Worte ›Opfer March‹ falsch interpretiert. Sie glaubten, dass die Operation Dämonen darauf abziele, mein Leben zu opfern. Nichts schien Ihnen ferner als die Vorstellung, es könnte sich um ein Opfer mir zu Ehren handeln. Nach Ihrem kleinen Besuch in der sechsten Etage wussten Sie auch, dass es zwei *tarhq-sagogh* gab, die den Wölfen in New York zu Diensten waren. Unser lieber verstorbener Ron Flint und ein weiterer, dessen Identität noch nicht feststand. Natürlich sollten Sie nicht herausfinden, dass dieser zweite *tarhq-sagogh* Reverend Gardner war, und so hatten wir den Einfall, Sie erneut auf eine falsche Fährte zu setzen. Wir richteten Ihren Verdacht auf Ihren Freund Forrest Magnus.«

»Die gesamte Kriegskunst beruht auf Täuschung«, erinnerte sich Sarah plötzlich laut.

Dieses Zitat hatten Tim und sie neben dem Bild von der Apokalypse des heiligen Johannes in der sechsten Etage entdeckt. Nicht ohne Verbitterung begriff sie nun die ganze Tragweite dieser Maxime.

Eilfertig ergriff Hasty jetzt wieder das Wort und wandte sich an die junge Frau:

»Bei Sun Tzu heißt es auch: *›Wenn euer Feind eins ist, so müsst ihr ihn auseinandertreiben.‹* Und wir haben Sie auseinandergetrieben«, stellte er kühl fest.

Ja, musste Sarah im Stillen einräumen, es war den Wölfen gelungen, sie für einen Augenblick auseinanderzutreiben und sie dadurch entscheidend zu schwächen.

Von Zweifeln gepackt, hatten Sarah und ihre Freunde kostbare Zeit verloren. Ohne diese Zweifel hätten sie beispielsweise herausfinden können, dass die schwarze Limousine, die in der Nacht vor der Stiftung vorgefahren war, als dort der Rat des Phönix tagte, die Limousine des Senators gewesen war.

Ibbalyastr!

Dolores March erklärte ihrem Vater, dem Gouverneur Edgar Prospero, gerade den Ernst der Lage, als alle Lichter im Erdgeschoss der Stiftung, von den riesigen Lichtschienen bis zu den kleinen beleuchteten Hinweisen auf die Notausgänge, nacheinander ausgingen und die Gäste sich plötzlich in eine beängstigende Dunkelheit versetzt sahen. Nur ganz hinten, am Ende der sieben Ausstellungsräume, blieb das kleine rote Licht der Leuchtanzeige für die Aufzüge sichtbar.

Erstauntes Gemurmel war zu hören. Hier und da zündeten ein paar Männer ihre Feuerzeuge an, in deren Lichtschein dann ihre verblüfften Gesichter zu erkennen waren.

Eliot packte das ungute Gefühl, dass die Situation seiner Kontrolle entglitt, und er wandte sich an Edgar Prospero.

»Herr Gouverneur, wir müssen so schnell wie möglich zu Ihrer Limousine hinunter.«

Dann gab er über sein Mikrofon erneut den Befehl an die anderen Agenten des FBI, unverzüglich einzugreifen. Allerdings hatte er das Gefühl, dass sie ihn nicht hören konnten. War sein Mikrofon womöglich defekt?

Die beiden Leibwächter hatten jetzt ihre Taschenlampen in der

Hand und spähten mit dem Lichtstrahl in die Umgebung des Gouverneurs, um jeden Angriff auf seine Person zu vereiteln.

Im Schein der Taschenlampen versuchte Edgar Prospero seine Tochter mit einem Lächeln zu beruhigen.

»Mach dir keine Sorgen«, sagte er, aber sein Tonfall strafte ihn Lügen.

Agent Eliot March zog seine Pistole aus dem Halfter, hielt sie aber so gut es ging unter der Jacke versteckt, um keine Panik auszulösen. Das würde ihren Weg zur Tiefgarage nur zusätzlich behindern. Dann drängte er den Gouverneur und dessen Tochter Dolores mit eiligen Schritten zu den Aufzügen. Als zöge der Lichtschein der Taschenlampen sie wie Schmetterlinge an, folgten die anderen Gäste der kleinen Gruppe und rätselten, was hier wohl im Gange war. So schoben sich alle in die große Eingangshalle des Erdgeschosses, an deren Ende das rötliche Licht der Aufzugsanzeige leuchtete. Insgesamt befanden sich nun etwa zweihundert Personen hier, die unruhig murmelnd beinanderstanden.

Die Attentate auf die beiden Türme des World Trade Center waren vielen Leuten noch in Erinnerung, und das Gemetzel im Regency am Abend zuvor ließ manche Ängste wieder aufflackern. Einige Gäste befürchteten auch eine Panne im Stromnetz, die die ganze Stadt lahmlegen könnte, wie es im Sommer 2005 geschehen war. Ein paar – wenn auch sehr wenige – optimistische oder ahnungslose Besucher warteten auf eine Geburtstagstorte oder eine andere von der Stiftung ersonnene Überraschung.

Agent Eliot March sagte sich, dass die Menge glücklicherweise noch nicht einschätzen konnte, wie kritisch die Situation im Stiftungsgebäude war. Mit Ausnahme des Gouverneurs, seiner Tochter und den beiden Gorillas wusste niemand im Erdgeschoss, dass unten in der Tiefgarage ein Attentat in letzter Sekunde vereitelt worden war und es nun darum ging, ein weiteres zu verhindern.

Eliot sah die dunklen Gestalten der Wachmänner am Eingang des Gebäudes. Durch die beleuchtete Fifth Avenue waren sie draußen auf dem Vorplatz gut zu erkennen.

»Rufen Sie den Aufzug«, befahl er den beiden Gorillas des Gouverneurs. »Es sieht ganz so aus, als wäre der Strom nicht überall unterbrochen, auch nicht überall in der Stiftung. Ich werde den Notdienst verständigen und komme dann sofort zurück.«

Er drängte sich durch die Menge, um zu den Wachmännern zu gelangen, wedelte mit seiner Polizeimarke vor ihrer Nase herum und befahl ihnen, niemanden hineinzulassen, bis der Gouverneur das Erdgeschoss verlassen hätte.

Inzwischen bat Phil Flanagan, der Ausstellungsleiter, die Menge um einen Moment Aufmerksamkeit.

»Liebe Freunde! Ich bitte Sie, liebe Freunde!«, setzte er an, und der Lärm legte sich ein wenig. »Ich bin sicher, dass es nur noch Minuten dauern wird, bis der Fehler im Stromnetz behoben ist. Dann können Sie Ihre Besichtigung dort fortsetzen, wo Sie stehen geblieben sind. In der Zwischenzeit können Sie sich am Buffet bedienen, das Sie zu Ihrer Rechten finden. Es gibt Roederer Cristal und Veuve Cliquot, bedienen Sie sich, liebe Freunde!«

In einer Nische der Eingangshalle war tatsächlich ein prachtvolles Buffet aufgebaut. Kellner in weißer Livree und Handschuhen zündeten Kerzen an, und auf einer goldenen Tischdecke standen Berge verschiedenster Brötchen, Platten voller Canapés, Schalen mit Oliven und allerlei anderen Appetithappen. Flankiert wurde das Ganze von zwei beachtlichen Pyramiden aus rot schillernden Champagnerkelchen.

Die Gäste traten näher, hier und da erklang ein Lachen und verscheuchte das Unbehagen, das eben noch in der Luft gelegen hatte. Man genehmigte sich Champagner, Petits-Fours und fand zum Scherzen zurück. Das schummrige Licht in der nur von Kerzen erleuchteten Halle wirkte letztlich beinahe so einladend und romantisch wie ein schönes Kaminfeuer in einem alten Haus.

Phil Flanagan ging am Buffet mit gutem Beispiel voran. Nach zwei Blinis mit Lachs stopfte er sich ein Stückchen lauwarme Quiche in den Mund, das er mit Champagner hinunterspülte.

»Wo bleibt denn nur Lisa?«, fragte er und strahlte dabei Allison Weiss und ihr Dekolleté an.

Allison war Flanagan seit dem Stromausfall nicht von der Seite gewichen, um auch etwas von der allgemeinen Aufmerksamkeit abzubekommen, die ihm nun zuteilwurde.

»Man kann Lisa nur beglückwünschen«, rief er bewundernd. »Dieses Buffet ist einfach olympisch, liebe Freunde! Olympisch! Nun? Wo ist unsere Lisa denn?«

Allison und ihr Dekolleté erklärten, dass man gesehen hatte, wie die künstlerische Leiterin mit Senator March und seiner Frau Dolores ein paar Minuten vor der Panne verschwunden war.

»Ich hoffe, dass sie nicht in der Tiefgarage eingesperrt ist«, merkte Allison mit einem feinen Lächeln an.

Dann biss die junge Frau lustvoll in ein Gemüsebouquet.

»Vielleicht sollten Sie doch lieber nachsehen, oder?«, schlug eine reiche Kunstsammlerin vor, während sie einen Sektkelch mit Veuve Clicquot an ihre unnatürlich vollen Lippen führte.

Allison Weiss und ihr Dekolleté antworteten professionell.

»Oh nein. Lisa wäre auf keinen Fall damit einverstanden, dass ich unsere Gäste allein lasse.«

Im Hintergrund hatte Eliot mittlerweile den Gouverneur und seine Tochter wieder eingeholt.

»Wir werden zu Ihrem Wagen gehen«, sagte er zu einem mehr und mehr beunruhigten Edgar Prospero. Die beiden Gorillas fragte er ungeduldig: »Haben Sie den Aufzug gerufen?«

»Ja, aber er kommt nicht herunter«, erwiderten sie. »Dabei ist der Strom hier gar nicht ausgefallen.«

Eliot wollte das selbst überprüfen und drückte auf den Knopf. Ohne Erfolg. Er trat ein wenig zurück, um die Anzeige der Stockwerke zu kontrollieren. Die Kabine befand sich in der sechsten Etage und rührte sich nicht.

Mehrmals drückte er mit dem Daumen auf den Knopf.

»Komm endlich runter!«, presste er leise zwischen den Zähnen hervor.

Da der Aufzug weiter stillstand, musste der zunehmend angespannte Eliot schließlich annehmen, dass dort oben etwas nicht in Ordnung war.

»Es gibt ja auch eine Treppe«, merkte einer der Gorillas an und wies mit dem Kinn auf die Brandschutztüren rechts von ihm.

»Okay, nehmen wir die Treppe«, stieß Eliot hervor.

Schon bewegten sie sich darauf zu, als hinter ihnen ein metallischer Klingelton zu hören war.

Alle hoben den Blick zu der rot leuchtenden Anzeige. Reichlich spät, aber Gott sei Dank gerade noch rechtzeitig kam der Aufzug herunter.

Sie kehrten um. Die Menge hatte das Geräusch ebenfalls gehört und kam näher, um das Herunterfahren des Aufzugs zu beobachten. Nach der 5 wurde die Ziffer von einer roten 4 überblendet.

Als wollten sich einige der Anwesenden das Warten auf das Ende des Stromausfalls verkürzen, begannen sie laut die zurückgelegten Etagen zu zählen – wie beim Rückwärtszählen vor einem freudig erwarteten Feuerwerk.

4 … 3 … 2 … 1 … 0.

Der Aufzug kam zum Halten. Alle schwiegen und hielten den Atem an.

Einen Augenblick später gingen die Türen auf, ein goldener

Lichtschein drang heraus und spiegelte sich auf den Gesichtern vor dem Aufzug. Der Weg tat sich auf für eine große Gestalt mit fürchterlich zerfetztem Gesicht: für General Fenryder. Aber niemand war alt genug, um zu begreifen, welche Ehre ihm hier zuteilwurde, und niemand war informiert genug, um ermessen zu können, welch große Gefahr drohte.

Sogar dem Kritiker Kenneth Foreman, der zu den durch die Überspanntheiten des Kunstmilieus vollkommen abgestumpften Typen zählte, verschlug es für einen Moment die Sprache. Aber wenn er auch seiner Nachbarin dieses Mal nicht sein immer angebrachtes »Den kenne ich gut« zuraunte, so wiederholte er doch sein unverwüstliches »Großartig, einfach großartig«, um wieder einmal zu demonstrieren, dass er auf der Höhe des Augenblicks war.

»Was ist das denn?«, staunte hingegen Agent Eliot March, der nicht wusste, ob er den Neuankömmling für eine Bedrohung oder ein Opfer halten sollte.

Da verkündete Fenryder mit tiefer, mächtig donnernder Stimme:

»Ich bin der, der da kommt.«

Mit diesen Worten trat er aus dem Aufzug, und die Menge wich vor ihm zurück.

Nur der Ausstellungsleiter Phil Flanagan rührte sich nicht von der Stelle, sodass Fenryder schließlich unmittelbar rechts neben ihm stand. Flanagan war fasziniert von diesem schrecklich entstellten Gesicht. Er streckte einen zitternden Finger nach dem furchtbaren Körper aus, als wolle er sich selbst und auch allen anderen zeigen, dass das Ganze nur eine Täuschung war. Aber was er ertastete, war tatsächlich der Arm eines Menschen – nur die menschliche Wärme fehlte ihm.

»Wie machen Sie das?«, stotterte er mit verblüfftem Gesichtsausdruck.

Fenryder drehte sich zu dem Aufdringlichen um, starrte ihn aus seinem einen Auge an, und dieses Auge färbte sich rot wie ein aus dem Höllenfeuer herausgeschleudertes Stückchen glühende Kohle.

Dann stieß die verbliebene Hälfte seines Mundes ein fremdartiges und gewichtiges Wort hervor, das wie eine barbarische Zauberformel klang: *»Ibbalyastr!«*

Waren diese wenigen Silben selbst bereits erschreckend genug, so war es doch vor allem die Art und Weise, wie sie hervorgestoßen wurden. Geheimnisvolle, niemals gehörte Frequenzen, wilde und unbegreifliche Töne wogten, zuckten, brodelten in diesem Wort *Ibbalyastr*. Es verströmte den schweren Geruch von Gemetzel, den lüsternen Schauder von Verderben. Es erstand eine ganze Welt von niemals zuvor gedachten Schrecknissen – nackte, auf spitze Steinzacken an einer sonnenüberfluteten Küste hingestreckte Körper; dornige Brombeerranken, die sich unter der ach so zarten Haut eines perlmuttfarbenen Armes entlangschlängeln; zerstückelte Frauen mit abgetrennten Brüsten; blonde, lachende Kinder, dem Verschlingen geweiht. Das Böse in vollkommener Reinheit. Eine finstere Harmonie. All das bargen und enthüllten diese wenigen Silben.

Ibbalyastr!

Das Wort grub sich in den Kopf von Flanagan ein, er bebte und griff sich mit den Händen an die Stirn. *Ibbalyastr!* Der Schmerz durchbohrte seinen Schädel, während das fremdartige *Ibbalyastr!* in einer furchtbaren Kettenreaktion von Neuron zu Neuron sprang.

Ibbalyastr! Ibbalyastr!

Als sein Gehirn vollständig von *Ibbalyastr* durchdrungen war, spürte Phil Flanagan auf allen Seiten seines Kopfes einen so unerträglichen Druck, als würden ihn gewaltige Presslufthämmer bedrängen. Ströme von Blut und flüssiger Hirnmasse ergossen sich aus allen Körperöffnungen seines Gesichts: Nase, Mund, Augen und Ohren. Sein Körper – *Ibbalyastr!* – stieg langsam in die Luft auf. Seine Knochen – *Ibbalyastr!* – zerbrachen wie trockenes Holz. Und sein Gehirn – *Ibbalyastr!* – explodierte.

Und die Menge um ihn herum begann – verständlicherweise – zu schreien.

Die Wölfe erklären sich

»Wollen Sie hören, was die Zeitungen morgen schreiben werden?«, fragte der Große Wolf William Hasty Sarah und Tim. »Bewaffnete Männer drangen in die Stiftung ein und ermordeten mehrere Personen, welche die Vernissage zur Ausstellung von Magnus besuchten. Unter den Opfern sind auch der Gouverneur und seine Tochter, die zugleich die junge Ehefrau des Senators von New York, Marvin March, war, sowie Eliot March, der Sohn des Senators aus erster Ehe. Man wird auch erwähnen, dass Senator March, der einzige Überlebende dieser schrecklichen Meuchelei, zwei der Angreifer niedergestreckt hat, die ihm nach dem Leben trachteten.«

»Das sind Sie, Freunde«, präzisierte March und wies höchst zufrieden mit dem Zeigefinger auf sie. »Ich werde der Polizei den Hergang bis ins kleinste Detail darlegen. Meine Schilderung wird perfekt sein, das können Sie mir glauben. Während ich auf dem Weg zu meinem Wagen in der Tiefgarage war, tauchten zwei Fanatiker dort auf. Das sind Sie, Miss Widar, und Sie, Mr Modin. Es gelang meinem Sohn, dem Agenten Eliot March, die beiden zu überwältigen und ihnen Handschellen anzulegen. Dann eilten Eliot und meine Frau Dolores zurück, um den Gouverneur und die anderen Gäste über die drohende Gefahr in Kenntnis zu setzen. Unglücklicherweise kam es in den Ausstellungsräumen zu einer Schießerei, in deren Verlauf die beiden sowie auch alle Gäste, die die Vernissage besuchten, getötet wurden. Einer der beiden Angreifer im Untergeschoss, sagen wir, Sie, Mr Modin, nutzte den allgemeinen Aufruhr, um sich von seinen Handschellen zu befreien, eine am Körper versteckte Waffe hervorzuziehen und meine Leibwächter zu erschießen. Dann bedrohte er auch mich, traf mich jedoch nicht.« Der Senator schoss mit seiner P38 mehrmals auf seinen eigenen Wagen. »… und es gelang mir, nach einem Revolver im Handschuhfach zu greifen«, er zog einen 45er Colt aus seiner Manteltasche. »Ich erschoss Sie alle beide. Nehmen Sie sie also zurück, Mr Modin!« Er warf ihm die Walther zu, deren Magazin er auf den Wagen verschossen hatte, und richtete seinen Colt auf sie. »Es ist mir wichtig, dass Sie in Ihrer letzten Rolle glaubwürdig sind.«

Tim warf ihm einen hasserfüllten Blick zu.

»Glauben Sie wirklich, Sie alter Irrer, dass die Polizei Ihnen diese Geschichte abnehmen wird?«

Der Senator lächelte ihn herablassend an.

»Die Frage muss wohl eher lauten, warum in aller Welt die Polizei an meiner Version zweifeln sollte, Mr Modin. In der Tat, Freunde, spricht alles gegen Sie.«

Der Senator malte ihre Situation in den finstersten Farben. Alles schien auf ihre Schuld hinzuweisen.

Abgesehen von Tims Fingerabdrücken, die man auf der 38er neben seiner Leiche finden würde, wäre die Zeugenaussage von Marvin March der beste Beweis gegen sie. Auch von den Überwachungskameras in der Stiftung war keine Entlastung zu erwarten, denn sie waren vor den abendlichen Ereignissen ausgeschaltet worden.

»Es hätte nicht so ausgehen müssen«, belehrte sie der Senator jetzt, der allerdings nicht ernsthaft bekümmert wirkte. »Rufen Sie sich bitte in Erinnerung, dass ich Sie gebeten hatte, bei Mr Modin zu Hause zu bleiben. Dort hätte die Polizei Sie dann abgeholt, nachdem sie Ihren Freund Forrest Magnus hier festgenommen hätte.«

Als er überrascht und verärgert feststellen musste, dass Sarah und Tim zur Vernissage gekommen waren, hatte March in Windeseile das Szenario des Angriffs auf seine Person in der Tiefgarage ersonnen. Er hatte ein Unwohlsein vorgetäuscht, da er genau wusste, dass man versuchen würde, ihn unverzüglich über das Untergeschoss aus dem Gebäude zu bringen, und auch, dass Sarah und Tim ihm folgen würden.

Voller Ironie zog er eine Augenbraue hoch.

»Sie können sich überhaupt nicht vorstellen, was die Polizei alles schluckt, ohne den geringsten Verdacht zu schöpfen. Insbesondere Ihre Mitgliedschaft bei der Sekte Triple Dash.«

»Was?«, fuhren Sarah und Tim gleichermaßen empört auf.

»Das liegt doch klar auf der Hand. Wenn Sie heute Abend versucht haben, mich zu erschießen, so auf Befehl Ihres Gurus, des Reverend Gardner. Das wird er selbst im Übrigen in Kürze der Presse mitteilen. Er wird Ihnen dabei auch ›danken‹, dass Sie sich für ihn geopfert haben.«

Nicht ohne ein gewisses Behagen holte Marvin March nun zu weiteren Details über die von Fenryder gestellte Falle aus.

Die Operation Dämonen bestand darin, dass man an eine Reihe politischer Morde glauben sollte, die auf das Konto der teuflischen Sekte von Gardner gingen. Gardner wiederum stand seit einigen Jahren in Diensten der Wölfe.

Das Gemetzel im Regency in der vorherigen Nacht war nur begangen worden, um diese Annahmen noch glaubhafter zu machen, um der Tragödie hier in der Stiftung eine gewisse »Logik« zu verleihen. Der Brief, mit dem Gardner die Verantwortung übernehmen würde, würde die Polizei in ihrer Ansicht bestärken, dass zwischen den beiden, innerhalb von vierundzwanzig Stunden begangenen Anschlägen in Manhattan eine Verbindung bestand. Zwangsläufig würde die Polizei den Schluss ziehen, dass das eigentliche Ziel der Angriffe die Untersuchungskommission zu den satanistischen Sekten war. Im Regency hatte man das Ziel erreicht und Senator Gregory Oldman, einen von Marchs Kollegen in der Kommission, eliminiert; in der Stiftung hingegen war das Attentat auf Marvin March, den Präsidenten eben dieser Kommission, knapp gescheitert.

Diese Schlussfolgerungen würden sich umso schneller aufdrängen, wenn die Polizei Gewissheit über die Identität der Angreifer besaß und deren Verbindung zu Gardner feststand. Ob der Anarchist Michael Welling oder der Maler Forrest Magnus (und über ihn auch Sarah und Tim) – die Berichte, die Eliot March seinen Vorgesetzten in dieser Hinsicht übermittelt hatte, würden keinen Zweifel aufkommen lassen.

»Früher oder später wird das FBI eine Verbindung zu Fenryders Wölfen herstellen«, entgegnete Sarah. »Sie werden zwangsläufig herausfinden, dass etwas anderes hinter diesen mörderischen Taten steckt.«

»Dafür müsste das FBI allerdings«, wandte Hasty ein, »erst einmal von unserer Existenz erfahren.«

»Ach ja! Genau!«, erklärte der Senator jetzt und schützte Bedauern vor. »Ich muss Ihnen leider mitteilen, dass diese Herren vom FBI nicht das Geringste über unseren Meister und seine Wölfe wissen. Ich war in letzter Zeit so erschöpft, dass ich vergessen haben muss, ihnen davon zu erzählen. Ich hoffe, dass Sie mir meine Nachlässigkeit nicht allzu sehr verübeln, Sarah.«

Die junge Frau presste die Kiefer aufeinander.

»Aber Ihr Sohn hat doch Nachforschungen über die Wölfe angestellt, oder?«, hakte Sarah nach.

»Ach! Sie haben mir, einem Politiker, tatsächlich geglaubt! Ihre Naivität rührt mich, Sarah!«

»Das FBI ist unseren Aktivitäten nie auf die Spur gekommen«, bestätigte William Hasty, »und der Senator als Leiter der Kommission wird darauf achten, dass das auch nicht geschieht.«

»Mein Sohn ging den Aktivitäten von Triple Dash nach. Er hatte den Auftrag, Gardner sehr eng zu beschatten und alle sogenannten Schläfer der Sekte zu enttarnen. Ich fürchte, dass das FBI noch nie etwas von den Wölfen gehört hat.«

»Ihre Operation Dämonen könnte keinen besseren Namen tragen, Sie Schuft«, stieß Tim angewidert hervor. »Sie räumen alle unbequemen Figuren aus dem Weg und lasten ihnen auch noch die Verantwortung für die von Ihnen selbst verübten Massaker an. Das ist bösartig, abgrundtief bösartig.«

»Sie begreifen langsam, Mr Modin. Allmählich kommen Sie zur Vernunft, bravo! Unter uns gesagt: Es handelt sich nicht um ein Massaker, sondern um ein Opfer. Aber für die Medien wird es selbstverständlich ein Massaker sein, da stimme ich Ihnen zu.«

»Es ist einfach unglaublich! Sie schicken Ihre junge, schwangere Frau und Ihren Sohn, der Sie beschützen wollte, in den Tod, nur, um bei den Wölfen aufgenommen zu werden! Das kann ich nicht fassen! Sie sind die wahre Ausgeburt des Teufels, March!«

»Stellen Sie sich doch für einen Augenblick ein pharmazeutisches Labor vor, Mr Modin, das ein Medikament entwickelt hat, das jedem Menschen, der es einnimmt, die Chance gibt, an jedem neuen Tag zehnmal so intelligent zu sein wie am Tag zuvor. Allerdings bestünde eine Nebenwirkung dieses Medikaments darin, dass sich mit der Einnahme dieses Wundermittels zugleich die Lebenszeit der Person stetig verringert. Wer würde schon ein solches Medikament täglich einnehmen, Mr Modin? Wer hätte tatsächlich den Mut dazu und würde sich nicht nur in prahlerischen

Worten der Einnahme brüsten? Nur die wachsten, mutigsten, entschlossensten Geister der Gesellschaft. Die große Masse der Menschen würde es vorziehen, in ihren vier Wänden ein gerüttelt Maß an Jahren zu verbringen, auch wenn sie ein Dasein bar jeder Intelligenz fristen müsste. Jede große Entscheidung erfordert und verdient große Opfer. Ich opfere meine Frau, meinen Sohn, mein Leben als Mensch und erhalte im Gegenzug Macht. Die wahre Macht.«

Sarah konnte sich einen spöttischen Kommentar nicht verkneifen.

»Ihre Wahl ist umso mutiger, Mr Senator, als sie Ihnen auch das ewige Leben einbringt. Das wiegt das Leben der anderen doch reichlich auf.«

»Glauben Sie mir, oder lassen Sie es bleiben – aber das ist nicht der Grund für meine Entscheidung. Auch wenn mein Leben in diesem Augenblick zu Ende ginge, würde ich diese Wahl treffen. Es gibt nur zwei Wege, der Angst zu entrinnen: Der erste besteht darin, an ihr zugrunde zu gehen; der zweite besteht darin, sie vollkommen zu beherrschen. Meister über die Angst zu sein, Sarah, das ist eine berauschende Vorstellung!«

Hasty hob den Blick zur Decke der Tiefgarage.

»Wir müssen mit dem Aufnahmeritual beginnen, Marvin. Der Große Meister ist herabgekommen, ich spüre es.«

Damit öffnete der Große Wolf das edle Holzkästchen, das er bei sich trug, und zog einen Handschuh hervor, der dem seinen aufs Haar glich.

Er war tiefschwarz und so unglaublich weich, dass man meinte, er sei aus Seide und nicht aus Leder. Wider Willen waren Tim und Sarah fasziniert von diesem berüchtigten Handschuh, den sie noch nie aus so großer Nähe gesehen hatten.

Vorsichtig und ehrfürchtig nahm der Senator ihn entgegen. Er begann, seine rechte Hand hineinzuschieben. Kaum waren seine Fingerkuppen von dem Handschuh bedeckt, begann er so schmerzerfüllt zu stöhnen, als hätte er sie in ein Bad mit Schwefelsäure getaucht. Jetzt war ein dumpfes Geräusch zu vernehmen, eine Art Rauschen, Saugen und Schmatzen, das auf ein gieriges, blutdürstiges Etwas im Innern des Handschuhs schließen ließ.

Am Handgelenk des Senators tauchten die ersten Blutstropfen auf. Sein Gesicht verzerrte sich im Schmerz, und auf seiner faltenreichen Stirn standen Schweißperlen.

»Oh! Verflucht! Was für Schmerzen!«, murmelte er leichenblass. An seiner Schläfe sprang eine dicke blaue Vene hervor.

Niemals zuvor hatte er etwas Vergleichbares aushalten müssen, nicht einmal bei seinen beiden Herzinfarkten.

»Sie werden ein neues, übermenschliches Leben leben«, beschwor Hasty ihn eindringlich.

»Ja, ja«, ächzte der Senator mit vor Anstrengung verzerrtem Gesicht. Sein kahler Schädel glänzte vor Schweiß.

Er zog den Handschuh noch ein Stück weiter. Als seine Finger ganz und gar darin verschwunden waren, hörten die seltsamen Geräusche des schwarzen Leders auf. Zuletzt warf der Senator den Kopf in den Nacken, schloss die Augen und fuhr sich zum wiederholten Mal mit der linken Hand über die Lider, während sein Atem allmählich wieder ruhiger wurde. Nach einer Weile sah er auf und sagte:

»Jetzt bin ich einer der Euren!«

Mit einundsiebzig Jahren und trotz ernsthafter Herzprobleme hatte Marvin March seine Aufnahme unter die Wölfe glänzend bestanden. Von nun an würde sein Herz nie wieder ins Stolpern geraten.

Entsetzt sah Sarah, wie seine Augen rot anliefen wie glühende Lava.

Er begann höhnisch zu lachen.

»Wissen Sie, was das Lustigste ist? Dass meine Frau und mein Sohn genau die gleiche Angst haben.«

Als Wolf konnte er nun ihre Angst riechen wie einen verlockenden Duft.

Der Albtraum im Erdgeschoss geht weiter

Der blutende Körper von Phil Flanagan hing ein paar Zentimeter unter der Decke der Eingangshalle und drehte sich dort wie ein Stück Fleisch, um das sich unsichtbare Raubvögel streiten.

Entsetzt hatte die Menge Gläser und Häppchen fallen lassen und war zu den Ausgängen gestürzt. Die unentschiedenen Wachmänner wurden achtlos über den Haufen gerannt. Auf ihren hohen Absätzen waren die Frauen eindeutig im Nachteil. Am besten im Sinne Darwins hatten es unbestreitbar die männlichen Singles, die weder selbst hohe Absätze trugen noch von einer Begleitung mit eben solchen behindert wurden. Sie erreichten die Ausgänge als Erste. Allerdings war das auch schon alles, denn die Ausgänge waren verschlossen. Keiner der Wachmänner hätte sagen können, warum. Niemand hatte ihres Wissens die Türen zugesperrt, und doch verwehrte irgendetwas ihre Entriegelung. In ihrem Entsetzen war vielen der Anwesenden das klare Denken abhandengekommen, denn sonst hätten sie begriffen, dass ein Wesen, das durch bloßes Aussprechen eines Wortes einen der brillantesten Kunstkritiker von New York in ein hängendes Stück Freibankfleisch verwandeln konnte, auch in der Lage war, drei jämmerliche Türen verschlossen zu halten.

Das Geschrei wurde schriller, die Panik stieg.

Dolores March und ihr Vater waren in diesem Menschenstrom gefangen. Von allen Seiten bedrängt, glaubte die junge

Frau zu ersticken und versuchte derweil, ihren Bauch so gut es ging mit den Händen zu schützen. Sie dachte an das Kinderzimmer, das Marvin und sie in ihrem schönen Wohnsitz auf Long Island hatten einrichten lassen. Sie sagte sich, dass sie jetzt einfach nicht sterben konnte, nicht jetzt, mit dem Kind in ihrem Bauch.

»Meine Tochter ist schwanger«, blökte der Gouverneur hinter ihr in das tumultartige Geschrei.

Aber jetzt zählte nicht mehr, dass eine Frau schwanger oder ein Mann Gouverneur war – da war einfach nur noch eine Menschenmenge, die mit verzweifelten Schreien zu den geschlossenen Ausgängen drängte. Wie eine zweihundertköpfige Viehherde, in der nur noch Chaos und Panik herrscht.

Eliot March hatte dem animalischen Drang zur Flucht bisher widerstanden und war im Gegensatz zur Menge nur wenige Schritte vor General Fenryder zurückgewichen. Neben ihm stand immer noch einer der Leibwächter des Gouverneurs. Der andere Gorilla war gemeinsam mit Prospero und seiner Tochter in der Menge eingezwängt.

»Ach! Diese süße Musik der Schreie!«, rief der General entzückt aus. »Wie hat sie mir gefehlt!«

In einem letzten Augenblick dumpfer Verblüffung stellten sich Eliot und der Leibwächter Fenryder in den Weg und richteten mit beiden Händen ihre Pistolen auf ihn.

Gemeinsam und ohne Vorwarnung eröffneten sie das Feuer. Fenryder ging unbeirrt weiter. Die Kugeln prallten auf seinen Körper wie ein heftiger Schauer, der auf eine Pfütze niederprasselt. Sie schienen ihn weder zu behindern noch zu schmerzen. Ja, er fand offenbar sogar Gefallen an dem Angriff.

Zunehmend von Angst gepackt, zog Eliot March jetzt wie verrückt am Abzug seiner 38er.

Das war doch einfach nicht möglich. Dieser Typ musste eine kugelsichere Weste tragen, ja, das war es. Aber nein, selbst mit so einer Weste hätten ihm die auftreffenden Kugeln den Atem genommen und einige Rippen gebrochen. Sie hätten ihn zumindest nach hinten schleudern müssen.

Nur allzu gerne hätte sich Eliot March davon überzeugt, dass es sich bei dem Geschehen lediglich um einen fürchterlichen Albtraum handelte, aus dem er gleich wieder aufwachen und in die Wirklichkeit zurückfinden würde. Aber was hier geschah, war die Wirklichkeit. Jede Faser seines angespannten, von Panik ergriffenen Körpers bestätigte es ihm. Er konnte den beißenden Geruch des Schießpulvers riechen, der sich mit den in der Eingangshalle hängenden Chanel-Düften mischte. Er hörte die Schüsse, die Schreie und sein Herz – sein Herz, das wie verrückt in seiner Brust pochte.

Nein, er träumte nicht. Er war gerade dabei, auf etwas zu schießen, das er mit seinen Kugeln nicht verwunden konnte.

Und als wollte sie ihm dies noch zusätzlich beweisen, ertönte die Stimme von Fenryder erneut über das herrschende Chaos hinweg:

»Ihr brillanten Einwohner von New York, eure Vorfahren kämpften in jenen Regimentern, die den Süden verwüsteten. Sie plünderten, töteten und vergewaltigten. Unter eurem zivilisierten Deckmantel seid ihr rohe Bestien, aus Generationen von Bestien seid ihr hervorgegangen. Die noch nicht ausgebildeten Hände eurer ungeborenen Kinder sind bereits rot vom Blut der Meinen. Geboren aus einem abscheulichen Blutbad, ist eure Gesellschaft nur Abschaum und Verderbtheit.«

Er ging auf die beiden Männer mit den Pistolen zu, und mit einer knappen Drehbewegung der Hand bewirkte er, ohne die beiden auch nur zu berühren, dass sie auf das Buffet flogen. Es brach durch den Aufprall zusammen, und Glas zersplitterte. Dann blieb der General stehen und wies lediglich mit dem Zeigefinger auf sie, was sie offenbar zwang aufzustehen. Ihre Körper wirkten so leicht und folgsam wie Pappmachee-Marionetten, deren Fäden der General in der Hand hielt.

Übersät von Glassplittern und Gemüsehäppchen, hatte Eliot March das Gefühl, als hätte er eine ganze Flasche Lachgas eingeatmet. Er spürte seine Gliedmaßen nicht mehr. Nur die Augen gehorchten ihm noch, und so konnte er sehen, wie sein Arm mit der 38er sich langsam auf seinen Begleiter richtete, der zu der gleichen Geste ansetzte (oder dazu veranlasst wurde), als wäre er sein Spiegelbild. Jetzt zielten die beiden Männer aufeinander, und in ihren Augen standen Bestürzung und blankes Entsetzen. Sie feuerten im selben Augenblick und töteten einander mit einer einzigen Kugel mitten in die Stirn. Ihre Köpfe fielen zur Seite; ihre Körper jedoch blieben aufrecht stehen, weil Fenryder es so wollte.

Die Menge jaulte entsetzt auf und drängte sich noch dichter an den Türen.

»Ich, der wahre Meister«, verkündete der General, »ich bringe jedem die Angst, die er verdient. Ich bringe die heilige, primitive Freude der Auslöschung. Ich bringe das Feuer und das Eisen der Befreiung. Ich bin gekommen, um die Glut neu zu entfachen, damit die Große Nacht nun bald hereinbricht und meine Rasse der Wölfe das Finstere Reich auf dieser Erde errichtet. Amen!«

Die Menge mit seinen beinahe zwei Metern überragend, sah der Gouverneur, wie die beiden Leichen ihre Pistolen nachluden und sich dann starr und synchron wie Figuren in einem Uhrwerk auf die Menge zudrehten und in sie hineinschossen.

Seine Tochter zählte zu den ersten Opfern. Eine Kugel traf sie wie alle anderen mitten in den Kopf. Die beiden Zombies zielten mit der todbringenden Sicherheit eines Snipers. Jede Kugel fand ihr Ziel und brachte den Tod.

Fenryder hatte sich nun zwischen seine beiden Schützen gestellt und lachte. Das war das Letzte, was Prospero wahrnahm, bevor eine Kugel seinen Schädel durchschlug.

Forrest tritt auf den Plan

In der Tiefgarage hörte man die Schüsse oben, die schließlich verklangen. Damit war auch das Geschrei verstummt. Eine drückende Stille breitete sich aus, bis Senator March diese brach.

»Nun, Freunde, ich fürchte, dass jetzt Sie an der Reihe sind«, sagte er und richtete seinen 45er Colt auf Sarah und Tim.

In diesem Augenblick tauchte Forrest in der Tiefgarage hinter einem Pfeiler auf.

»Wenn ich an Ihrer Stelle wäre, *Herr Senator*«, stieß er voller Verachtung hervor, »so würde ich auf der Stelle einsehen, dass die beiden nicht an der Reihe sind.«

Der Senator schaute den Eindringling an, ohne das Lächeln zu verlieren.

»Mr Magnus! Wir dachten, Sie würden dort oben in das Geschrei meiner Frau und meines Sohnes einstimmen.«

»Das wirst du noch bereuen, du Abschaum!«

Damit hob Forrest seine rechte Hand, in der er ein kleines Kästchen hielt. Sein Daumen lag auf einem roten Knopf.

»Du weißt hoffentlich, was das ist?«, fragte er drohend.

Der Große Wolf Hasty antwortete anstelle des Senators.

»Eine Fernsteuerung. Sie überraschen uns, Mr Magnus. Dürfen wir fragen, was für ein Spiel Sie spielen?«

»Zunächst warne ich Sie: Keine Zaubertricks! Sobald ich merke, dass sich auch nur das Geringste hier in der Tiefgarage ändert, bin ich nicht mehr dafür verantwortlich, was mein Daumen tut, verstanden?«

»Wir brauchen ihn nicht ernst zu nehmen«, sagte der Senator nun zu Hasty. »Er wird es nicht wagen, sich und seine hier anwesenden Freunde in die Luft zu sprengen.«

»Ob sie auf diese Weise sterben oder auf Ihre, was macht das für einen Unterschied?«, erwiderte Forrest. »Für Sie hingegen macht es einen Unterschied. Und wenn ich Ihnen das sage, so meine ich vor allem Ihren dreckigen General dort oben.«

»Der Meister ist viel stärker, als Sie glauben, Mr Magnus«, bemerkte Hasty gelassen. »Vielleicht sterben wir alle, aber er, er wird die Explosion überleben, das versichere ich Ihnen.«

Forrest hatte sich auf derartige Einwände vorbereitet und setzte jetzt alles auf eine Karte.

»Sehen Sie sich um. Genau neben den Mittelpfeilern steht ein Ford-Transporter. In diesem Lieferwagen ist genug Sprengstoff, um das ganze Gebäude wie ein Kartenhaus zusammenstürzen zu lassen – wenn ich mit meinem Finger den Auslöser betätige. Und selbst wenn Ihr General davonkommen sollte, so gilt das nicht für seinen verfluchten Sarkophag ›Starker Wind‹.«

Das nun einkehrende Schweigen bestätigte Forrest, dass er mit seiner Annahme richtig gelegen hatte. Ohne ›Starker Wind‹ würde der General die Explosion nicht lange überleben können.

William Hasty zog die Augenbrauen hoch.

»Was schlagen Sie also vor? Ich bin neugierig, was Sie von uns verlangen.«

»Sie werden uns freundlicherweise aus der Stiftung gehen lassen«, antwortete Forrest selbstsicher.

William Hastys Gesicht verzerrte sich zu einem grimmigen Lächeln.

»Einverstanden, was Ihre Freunde betrifft. Aber Sie bleiben bei uns.«

»Kommt nicht infrage«, schaltete Sarah sich jetzt ein. »Forrest kommt mit uns.«

»Dieses Risiko können wir nicht eingehen. Wer garantiert uns, dass Sie nach Verlassen der Stiftung der Versuchung widerstehen können, die Explosion auszulösen?«

Das Argument war schlagend. Nach kurzem Überlegen entschied Forrest:

»Geh, Sarah, und du auch, Tim. Ich bleibe hier.«

Sarah erhob erneut Einspruch.

»Siehst du nicht, dass sie gewonnen haben?«, erwiderte Forrest. »Wenn du in dieser Tiefgarage bleibst, Sarah, wird ihr Sieg noch größer sein. Die Bullen werden jeden Augenblick hier sein, und wem werden sie glauben? March hat ja sehr genau erklärt, was er ihnen auftischen wird. Alles spricht gegen uns, Sarah. Alles. Wenn ihr jetzt nicht auf der Stelle von hier verschwindet, landen wir alle drei im Gefängnis, und es gibt niemanden mehr, der diese dreckigen Wölfe bekämpft. Ihr müsst jetzt abhauen. Ich liebe dich, Sarah. Beeilt euch, die Bullen müssen gleich hier sein.«

Tim fasste Sarah am Arm.

»Komm«, forderte er sie auf. »Forrest hat recht.«

»Aber …«

»Glaub mir«, versicherte Tim. »Ich gäbe viel darum, seinen Platz einzunehmen, damit er mit dir abhauen kann.«

Ihre Ohnmacht brachte Sarah an den Rand der Verzweiflung. Sie warf Tim einen wütenden Blick zu, aber sie wusste, dass er nicht log. Könnte Forrest ihm ohne die Gefahr, eine Explosion auszulösen, die ferngesteuerte Zündung übergeben, so hätte Tim ohne jedes Zögern seinen Platz eingenommen.

Immer noch wehrte sie sich dagegen, dass Tim sie mit sich zog, und starrte Forrest mit ihren großen, aufgewühlten und zugleich erschrockenen Augen an.

Da begriff Forrest, dass dies die Sarah aus seinem Traum war, die ihn, ohne ein Wort zu sagen, lange und verwirrt angesehen hatte, bevor sie einander kennenlernten. Ja, es war jener Traum, den er vor Jahren geträumt hatte und der ihn der Sekte Triple Dash entrissen hatte. Heute Abend wurde er nun Wirklichkeit und entfaltete seine ganze Bedeutung.

Forrest bekam eine Gänsehaut.

»Nimm sie mit, Tim«, beharrte er tonlos. »Bitte, nimm sie mit. Sofort.«

Sarah sah ihn noch einen Augenblick eindringlich an, dann ließ sie sich von Tim fortziehen.

»Bis bald, Miss Widar«, rief ihr der Senator nach, als sie hinters Steuer von Tims Wagen kletterte. »Wo Sie auch hingehen mögen, tun Sie es schnell. Die kommenden Stunden werden Ihre Nerven auf eine harte Probe stellen, das versichere ich Ihnen.«

Der Ford Taurus setzte ruckartig zurück, dann raste er mit quietschenden Reifen auf die Rampe zum Ausgang.

Als er sicher war, dass seine Freunde außer Gefahr waren, lächelte Forrest die beiden Wölfe vor sich traurig an.

»Gut gelungen, meine Täuschung«, stellte er fest, »es gibt Dinge, die Sie noch lernen müssen.«

Damit warf er das Kästchen vor ihnen auf den Betonboden, wo es zerschellte.

In seinem Innern gab es nichts zu entdecken. Es war ein einfacher elektrischer Schalter, den er eines Tages beim Aufhängen seiner Bilder aufgehoben und mitgenommen hatte. Seine ganze Geschichte vom Sprengstoff, der jederzeit explodieren konnte, war falsch gewesen, aber er hatte so sehr daran geglaubt, dass auch die Wölfe, die ihn zu durchschauen versucht hatten, darauf hereingefallen waren.

»Ich stelle mir meine Einfälle stets bildlich vor, bevor ich damit beginne, sie zu malen«, erklärte Forrest, während in der Ferne bereits heulende Sirenen das Eintreffen der Polizei ankündigten. »Meine Herren, Sie haben vergessen, dass ich Künstler bin.«

Und dem Künstler war hier das schönste Trompe-l'oeil seiner Karriere gelungen.

Sarah und Tim trennen sich

Sie hörten in der Ferne die Sirenen der Polizeiautos heulen, die die Fifth Avenue entlangrasten, während sie selbst mit Tims Ford Taurus Richtung Astor Place fuhren. Sarah saß schweigend und niedergedrückt am Steuer. Der verletzte und besiegte Tim neben ihr brachte ebenfalls kein Wort hervor. Das Bild von Forrest, der sich in der Tiefgarage der Stiftung ganz allein den Wölfen entgegengestellt hatte, verfolgte sie. Forrest hatte sie gerettet, aber war es ihm auch gelungen, sich selbst zu retten? Diese Frage ließ sie nicht los, und überdies stand ihnen das Scheitern des ganzen Unternehmens grausam vor Augen.

»Wir müssen uns trennen«, sagte Tim tonlos, als der Platz in Sicht kam.

Da sie die Hauptverdächtigen für die Schießerei von heute Abend abgaben, mussten sie New York so schnell wie möglich verlassen. Es gab keinerlei Hoffnung, dass sie irgendjemanden von ihrer Unschuld würden überzeugen können, nicht einmal den korruptesten oder idealistischsten Anwalt. Sie waren jetzt auf der Flucht und mussten sich auch wie Flüchtlinge verhalten. Jeder weitere Fehler wäre auf jeden Fall verhängnisvoll. Würde es der Polizei gelingen, sie zu fassen oder zu töten, so wäre Fenryder auf der ganzen Linie erfolgreich, so viel war klar.

Sarah parkte den Wagen vor einem Geldautomaten am Astor

Place. Sie hob vierhundert Dollar ab, eine größere Summe ließ ihre Karte nicht zu. Mit Tims Master Card zog sie noch einmal die gleiche Summe.

»Nicht hier«, sagte Tim, als sie wieder in den Wagen stieg, um das Geld zu teilen.

Sie fuhren weiter, bogen auf Tims Rat in Richtung St. Mark's Place, bis sie den Tompkins Square erreichten. Dort hielten sie erneut.

»Gib mir dein Handy«, sagte er und stieg hinkend aus dem Wagen.

Sarah sah, wie er mit in den Manteltaschen vergrabenen Händen zum Eingang des Parks ging, wo unter einer Laterne drei Gestalten auf einer Bank ins Gespräch vertieft waren. Die drei Männer wirkten zu dieser späten Stunde und bei dieser Kälte nicht gerade wie Schachspieler im Freien.

Während er sich mit ihnen unterhielt, sah man ihren Atem. Tim übergab ihnen etwas, das Sarah nicht identifizieren konnte, dann schüttelte er ihnen die Hände und machte kehrt. Einer der drei Männer sprang auf und lief ihm nach. Auf der Straße bedeutete er Tim mit einem verhaltenen Handzeichen etwas und verschwand in die entgegengesetzte Richtung.

Wieder im Wagen schwieg Tim zunächst einen Augenblick. Die Kälte und sein schmerzendes Bein hatten ihm die Luft genommen. Sein Blick schweifte verloren durch die Scheibe nach draußen.

»Ich kenne diese Typen«, erklärte er schließlich. »Sie verschieben Autos. Sie stehlen sie, spritzen sie um und verkaufen sie wieder.« Er schob seine Hände in die Taschen. »Ich habe mein Auto gegen zwei von ihren eingetauscht. Es sind natürlich keine Cadillacs, aber das ist mir gerade recht.«

Sarah bewunderte Tim, der selbst jetzt, wo er verletzt war und so tief in Schwierigkeiten steckte, noch in der Lage war, klar zu denken. Unschlüssig, ob sie ihn darum beneiden sollte, beließ sie es bei der Feststellung, dass sie selbst keinen klaren Gedanken mehr fassen konnte. Allerdings war auch ihr bewusst, dass sämtliche Polizeikräfte in den kommenden Stunden Jagd auf ihren schwarzen Ford Taurus machen würden und es nicht gut sein konnte, in ihm angetroffen zu werden.

»Ich habe ihnen auch unsere Telefone gegeben«, fügte Tim hinzu. »Ricky hat mir versprochen, dass er sie mehrere Male in der Nacht benutzen wird, um die Bullen so lange in die Irre zu führen, bis wir New York hinter uns gelassen haben.«

Nach ein paar Minuten des Schweigens fragte Sarah leise:

»Forrest hat gelogen, was den Sprengstoff angeht, oder?«

»Natürlich hat er gelogen. Aber wir mussten ihm dort in der Tiefgarage glauben. Sonst hätten die Wölfe uns alle drei getötet. Die einzige Möglichkeit, Forrest zu danken, bestand für uns darin, das Spiel mitzuspielen. Um dich zu retten, hat er …«

Der Mann, der Tim von der Parkbank gefolgt war und offenbar Ricky hieß, tauchte jetzt am Steuer eines alten beigefarbenen, in Maine zugelassenen Chevrolet auf. Er parkte hinter ihnen, stieg aus und klopfte an die Tür auf Sarahs Seite.

»Der ist für dich, meine Hübsche«, frotzelte der sogenannte Ricky und wedelte mit den Autoschlüsseln des Chevy vor ihrer Nase herum.

Sein breites Lächeln gab einen fast zahnlosen Mund frei.

»Gib ihm zweihundert Dollar«, sagte Tim zu Sarah.

Sie reichte ihm das Geld und nahm dafür die Autoschlüssel in Empfang. Ein Totenkopf aus Messing bildete den Schlüsselanhänger.

»Ich hole dir jetzt die andere Kiste«, verkündete der patente Ricky und zog wieder von dannen.

Tim nahm das restliche Geld, zählte es und gab Sarah die Hälfte. Es waren vierhundert Dollar.

»Damit müsstest du ein paar Wochen über die Runden kommen«, sagte er und sah ihr direkt in die Augen.

Es war das erste Mal seit Verlassen der Stiftung, dass sie einander so direkt ansahen, und es war zugleich das letzte Mal. Sie waren erschöpft, fassungslos und verstört. In ihren Augen stand die Enttäuschung über ihr Scheitern geschrieben, und so schmerzte dieser Blick umso mehr, da er ihre Verzweiflung nicht verhehlen konnte.

»Verwende deine Kreditkarte nie wieder«, riet Tim ihr jetzt. »Und versuche auch auf keinen Fall, deine Freunde anzurufen.«

Er fragte sie nicht, wohin sie gehen wollte. Sollten die Wölfe Sarah oder Tim aufspüren, war es besser, wenn sie nicht wussten, wo der andere sich befand.

»Du solltest jetzt gehen«, sagte er. »Pass gut auf dich auf, Sarah.«

»Und du, was wirst du jetzt tun?«, fragte sie tonlos.

»Ricky wird sich um mein Bein kümmern. Und dann hau ich auch ab. Mit dem anderen Auto.«

»Mit dem anderen Auto«, wiederholte sie mechanisch, während ihre Augen in Tims Augen flehentlich nach etwas suchten, was ihr beteuern könnte, dass alles nur ein schlechter Traum war.

»Ja. Mit dem anderen Auto. Ich denke, dass ich das trotz meines Beins schaffen werde.«

Sarah wendete schweren Herzens den Blick ab, und sie starrten beide wieder auf die Straße vor ihnen. Bis auf die beiden Gestalten, die sie von der Parkbank aus beobachteten, war niemand zu sehen.

Sarah zog ihren Mantel fest um sich und beugte sich zur Seite, um die Tür zu öffnen.

»Warte noch kurz«, stieß Tim hervor und klappte fürsorglich ihren Kragen hoch.

Diese zärtlich hilflose Geste, zu der Tim sich hinreißen ließ, machte Sarah klar, wie aussichtslos auch er ihre Situation einschätzte. Bis zu diesem Zeitpunkt hatte er in ihr lediglich die Mitstreiterin gesehen.

»Danke«, murmelte sie und vermied es, dass ihre Blicke sich noch einmal trafen.

Mit Tränen in den Augen stieg sie aus, ging um den Ford Taurus herum und setzte sich hinters Steuer des Chevrolet.

Tim sah ihr nach, bis der Chevy hinter der Straßenecke verschwunden war. Dann lehnte er seinen Kopf stöhnend an die Kopfstütze. Plötzlich durchfuhr es ihn wie ein elektrischer Schlag: Er erinnerte sich daran, was der Große Wolf William Hasty hinsichtlich seines Gefährten Walter Skoll gesagt hatte, und ihm brach der kalte Schweiß aus allen Poren.

Skoll hatte heute Abend nicht anwesend sein können, denn er hatte ein Problem mit dem »niederen Personal« zu regeln. Ja, genau das hatte Hasty zu ihnen gesagt.

Ein Problem mit dem niederen Personal, wiederholte Tim, zunehmend von blanker Angst gepackt.

Oh nein!, flehte er. Nein!

Er vergaß seine Verletzung und stieg eilig aus dem Auto. Sein Herz hämmerte in seiner Brust. Er sah Jodies besorgtes, schönes Gesicht vor sich, als sie ihn bat, vorsichtig zu sein. Sie hatte ihn bis zu seinem Auto vor dem Wochenendhaus begleitet, und sie hatten sich ein letztes Mal geküsst. Er glaubte ihre Lippen noch auf den seinen, ihre Arme noch in seinem Nacken zu spüren.

Oh, Gott, nicht das, ich bitte dich!

Hinkend schleppte Tim sich zur nächsten Telefonzelle, die er ausfindig machen konnte.

Ein paar Stunden früher, am späten Nachmittag, als die Dunkelheit bereits über das Haus von Doktor Kyle hereingebrochen war, zitterte Jodie wie ein Blatt im Wind vor Reverend Gardner. Er hatte sie an einen der Sessel im Wohnzimmer gefesselt und klärte sie, vor ihr kauernd, über ihre Lage auf:

»Du kannst so viel schreien, wie du willst, meine Süße. Es wird dich niemand hören. Darin besteht gerade der Reiz solcher Orte, nicht wahr?«

Und als wollte er es ihr beweisen, begann er aus vollem Hals zu brüllen.

Dann hörte er mit einem Mal auf und lächelte.

»Siehst du«, sagte er. »Es wird dir nichts nutzen zu schreien. Tut mir leid.«

Wie Jodie befürchtet hatte, hatte sich der Zustand ihrer Mutter schlagartig verschlechtert. Sie sah, wie sie hinter Gardner auf und ab ging und dabei unverständliches Kauderwelsch vor sich hin murmelte. Ihre Verwirrtheit hatte dramatisch zugenommen, aber Jodie fragte sich, ob dies am Ende nicht sogar besser für ihre Mutter war.

Gardner fing ihren Blick auf.

»Ja, das stimmt. Das stimmt!«, rief er, als hätte sie tatsächlich etwas eingewendet. »Warte kurz, es dauert nur eine Minute. Danach machen wir weiter, in Ordnung?«

Er erhob sich mit einem Seufzer und öffnete die Haustür. Dann forderte er Margaret auf hinauszugehen, damit er sich mit ihrer Tochter unterhalten könne.

Das letzte Bild, das Jodie von ihrer Mutter wahrnahm, zeigte eine alte Frau im Morgenmantel, die sich an diesem Winterabend glücklich auf den Weg nach draußen machte.

Gardner kniete sich erneut vor Jodie.

»So ist es besser«, sagte er lächelnd. »Machen wir weiter!«

Dann fasste er nach dem Zeigefinger ihrer rechten Hand, die an einer der Lehnen festgebunden war, und begann ihn nach oben und unten, nach links und nach rechts zu reißen.

»Ich warne dich, Kleine, beim geringsten Schrei deinerseits tue ich dir mindestens doppelt so weh. Ich werde an einem solchen Ort keinerlei Hysterie dulden.«

Damit bog er ihren Zeigefinger vollständig nach hinten.

Sie schrie auf.

»Mach mir nicht weis, dass du Schmerzen hast«, tobte der alte Wahnsinnige über ihr. »Mach mir nicht weis, dass du Schmerzen hast!«

Der Schmerz in ihrem Finger war unerträglich, aber sie wusste, dass Gardner noch zu weit Schlimmerem in der Lage war. Daher gelang es ihr leichenblass und weinend, ihre Schreie zurückzuhalten und sie in einem einzigen langen Seufzer zu ersticken.

»So, jetzt zu dem lieben Nachbarn«, sagte Gardner und tippte mit dem Daumen auf ihren Mittelfinger.

»Ich flehe Sie an, bitte nicht!«, stieß sie entsetzt hervor.

»Nach oben und nach unten«, fing Gardner an und schüttelte den Finger, wie er es eben mit dem Zeigefinger getan hatte. »Und jetzt nach rechts und nach links … und jetzt aufgepasst, kein Geschrei! Und jetzt, und jetzt …«

Und damit brach er ihr den Mittelfinger.

Mit weit aufgerissenen Augen entfuhr ihr ein Schrei, den sie nicht zurückhalten konnte.

»Schtt!«, hauchte Gardner ihr entgegen und kam mit seinen blutleeren Lippen ganz nah an ihr Ohr. »Schschschtt! Ich würde dir gerne sagen, dass alles vorübergeht, aber nein, es wird nicht vorübergehen.«

»Wa… Warum?«, fragte sie mit bebender Stimme und tränenverschleiertem Blick.

Er zog sein faltiges Gesicht zurück und nahm ihren Kopf zwischen seine Hände.

»Weil ich das Spiel bestimme. Oder, um die Worte von Clinton zu benutzen, dem Präsidenten, wie du dich erinnerst, nun, weil ich es *kann*. Außerdem weißt du ja, dass alles, was ich mit dir anstelle, in diesem Zimmer bleiben wird. Und es wird dir so nichtig erscheinen gegen das, was einer meiner Meister dir zufügen wird. Selbst wenn ich dich enthaupten würde, wäre das gar nichts im Vergleich zu dem, was *sie* dir antun können. Das Böse spricht mich von meinen Taten frei. Ich existiere nicht für sie, und auch du existierst nicht für sie. Daher ist alles, was ich dir antue, hinfällig. Dein Schmerz«, er hob eine Strähne ihres schweißnassen und daher jetzt dunklen Haares hoch, »und deine Tränen«, jetzt wischte er ihr eine Träne ab, »sind nichts«, erklärte er lächelnd.

Dann stand er wieder auf und fügte nach einem Augenblick des Schweigens mit dem Kopf wackelnd hinzu:

»Wir existieren nicht, du und ich. Daher zählt auch nicht, was du oder ich tun oder ertragen können.«

Plötzlich hielt er inne und lauschte. Er hob einen Finger vors Gesicht und flüsterte:

»Hörst du, Jodie Stevenson? Hörst du? Einer von ihnen kommt zu uns. Ja, ja, es ist einer von *Denen, Die Da Sind.* Und er kommt zu dir, Jodie Stevenson. Guter Gott, er kommt zu dir!«

Voller teuflischer Freude wich Gardner zurück und kauerte sich in eine Ecke wie ein Beobachter, der gleichermaßen von Ehrerbietung wie von Furcht gepackt wird und auf gar keinen Fall durch seine Anwesenheit die Ankunft eines großartigen Raubtiers stören will.

Jodie unterdrückte einen nervösen Schluchzer und wandte den

Blick zur Tür, in der sich nun die Gestalt von Walter Skoll zeigte. Eiserne Entschlossenheit lag in seinen Zügen, als er direkt auf sie zusteuerte. Unter der zivilisierten Oberfläche seines dreiteiligen Anzugs ging etwas unbestreitbar Wildes von ihm aus. Er war hungrig, und seine Gier war spürbar wie der Hunger eines Schwertwals, der sich mit all seiner Kraft auf eine junge verirrte Robbe stürzt.

Mit wild klopfendem Herzen dachte Jodie an den Mann im blauen Kittel. Sie dachte an die Reinigungskraft Davie Stedman und daran, was er ihr in der Toilette des Kaufhauses von Stamford gezeigt hatte, als sie fünfzehn Jahre alt war.

Sie wusste, dass dieser Walter Skoll ihr jetzt weitaus Schlimmeres antun würde, unvergleichlich Schlimmeres als das, was sie im Untergeschoss des Kaufhauses von Stamford erlebt hatte.

Denn Walter Skoll besaß die tausendfache Macht von einem Davie Stedman. Stedman war lediglich ein kleiner frustrierter Perverser, aber Skoll war die reine Verkörperung des Bösen.

Außerdem gab es dieses Mal keine Professorin Margaret Stevenson, die dem Albtraum ein Ende hätte bereiten können.

Mama!, flehte sie im Stillen. Oh, Mama! Hilf mir. Ich habe solche Angst!

Aber ihre Mutter war nach draußen gegangen und spazierte verloren und verwirrt durch die Nacht. Sie würde Walter Skoll nicht an seinen Haaren zurückreißen. Sie würde ihm nicht die Zähne ausschlagen. Sie würde ihre Tochter nicht retten.

Walter Skoll blieb vor Jodie stehen, und diese hob ihren Kopf.

»Gnade!«, murmelte sie. »Gnade!«

Mit dieser Bitte richtete sie sich weniger an den Wolf Walter Skoll als an den Herrn dort oben, der sich offenbar die Ohren verstopft hatte und die Augen hinter seinen Fingern verbarg.

Jodie Stevenson sah, wie Walter Skoll ein riesiges Maul aufriss, in dem mehrere Reihen von Reißzähnen zum Vorschein kamen, und dann mit der Geschwindigkeit eines ausgehungerten Schwertwals auf sie zuschoss.

Sah sie es *tatsächlich*?

Tim ruft im Landhaus von Doktor Kyle an

Mit verkrampftem Magen schleppte sich Tim zu einer Telefonzelle und wählte die Nummer von Jodies Handy. Es klingelte mehrmals, aber Jodie nahm das Gespräch nicht an. Nach dem sechsten Klingeln ging die Mailbox an. Tim legte auf, ohne eine Nachricht zu hinterlassen.

Jodie, wo bist du?

Er erinnerte sich, dass sie ihm die Telefonnummer des Landhauses in die Jackentasche geschoben hatte, bevor er sich auf den Rückweg nach New York gemacht hatte. Er zog das blaue, karierte Blatt hervor, und es schnitt ihm ins Herz, als er die feine Schrift von Jodie erblickte.

Er wählte die Nummer. Schon nach dem zweiten Klingeln nahm jemand ab.

»Hallo!«

Es war die Stimme von Doktor Kyle. Tim schloss die Augen; seine Finger krampften sich um den Hörer.

»Hier spricht Tim Modin«, sagte er.

»Was haben Sie ihr nur angetan, Sie Irrer? Was haben Sie diesem armen Mädchen nur angetan!«

Völlig außer sich schrie der Arzt diese Worte ins Telefon, als wolle er seiner Wut im Namen der Gerechtigkeit freien Lauf lassen.

Tim hörte, wie jemand zu Kyle sagte: »Lassen Sie mich mit ihm sprechen, Doktor … Danke.« Dann raschelte es kurz in der Leitung, bevor jemand das Wort an ihn richtete:

»Mr Modin, ich bin Inspector Stappleton … Mr Modin, sind Sie noch da?«

Tim fuhr sich mit der Zunge über seine trockenen Lippen und presste seine Stirn gegen die eisige Glasscheibe der Kabine.

»Mr Modin …?«

»Ja, ich bin noch da …«, antwortete Tim mit einer Stimme, die nicht von dieser Welt war. Er wusste, dass er jetzt fragen musste. Seine Finger krallten sich noch ein wenig fester um den Hörer.

»Was ist … bitte, was ist passiert?«, stieß er atemlos hervor.

»Es tut mir leid. Miss Jodie Stevenson ist tot und Ihr Onkel ebenfalls. Doktor Kyle hat die Leichen entdeckt, als er gegen achtzehn Uhr zu seinem Haus kam. Es … es ist grauenhaft. Wir suchen noch nach Margaret Stevenson, die offenbar fliehen konnte. Sie waren doch zusammen, als Sie die beiden zum letzten Mal gesehen haben, nicht wahr? Wo sind Sie jetzt, Mr Modin? Wir sollten miteinander reden. Ich …«

Tim legte auf.

Betäubt vom Schmerz, verließ er die Telefonzelle. Wie ein Betrunkener taumelte er ziellos durch den kalten Wind in dieser Nacht der Toten.

Zwei Obdachlose näherten sich ihm und wollten ihn anpumpen, aber als sie sahen, dass dieser Riese still vor sich hin weinte, wechselten sie einen einvernehmlichen Blick und ließen ihn seinen Weg fortsetzen. Wortlos machte sie ihr Unglück zu Brüdern.

Tim ging weiter. Immer weiter.

Diese kalte Nacht würde ewig dauern, das wusste er.

Irgendwann spürte er, dass etwas Weißes, Leichtes um ihn herumschwirrte und sein Gesicht benetzte. Er blinzelte und sah, dass dicke Flocken vom schwarzen Himmel fielen. Sie mussten schon eine ganze Weile gefallen sein und wurden immer dichter. Der

Gehweg und auch die Straße waren bereits mit ihnen bedeckt. Er blieb stehen und betrachtete die Abdrücke, die seine einsamen Schritte auf der zarten weißen Decke hinterlassen hatten. Der Schnee scheint dieses Mal nicht so schnell weichen zu wollen, dachte er, und dieser Gedanke versetzte ihm einen weiteren Stich. Er starrte unverwandt auf seine Spuren, die bereits unter den stetig fallenden weißen Flocken verschwanden.

»Oh, Herr!«, entfuhr es ihm mit einem klagenden Seufzer.

Es schneite so wunderschön auf die schlafende Stadt herab, und Jodie, die sich so sehr Schnee zu Weihnachten gewünscht hatte, würde ihn nie wieder sehen.

Ein zweiter Schatten geht durch die Nacht

Auch die alte Frau ging bereits seit Langem durch die Nacht.

Natürlich hatte sie keine Vorstellung mehr von der Zeit, die vergangen war, und in ihrem Körper verwandelte sich die Müdigkeit in pure Hochstimmung.

Sie hatte einen ihrer Hausschuhe verloren. Er war in einer matschigen Pfütze stecken geblieben, und ihr Morgenmantel hatte sich in herabhängenden Zweigen verfangen, sodass er nun in Fetzen um sie herumhing. Aber Margaret Stevenson, die selbst nichts mehr mit diesem Namen verband, ging immer weiter, auch wenn das »Weitergehen« für sie nichts mehr bedeutete. Die Bäume, die Nacht, die Dezemberkälte und die fallenden Schneeflocken, wenn sie sie überhaupt wahrnahm, fügten sich in ihrem Kopf nicht zu einem sinnvollen Ganzen zusammen.

Sie ging weiter, immer weiter und empfand so etwas wie Stolz bei der Vorstellung, dass dieses Gehen sie schließlich zum Tanzen bringen würde. Vielleicht sehnte sie sich sogar danach, ganz in diesem Tanz aufzugehen. Sie musste einfach nur weitergehen, das spürte sie. Dann würde sie zum Tanzen gelangen und endlich eins mit ihm werden.

Sie hatte jetzt alles vergessen, ihren Namen, ihre Tochter, ihr eigenes Geschlecht und vielleicht sogar ihre für die Menschen bereits so befremdliche Erscheinung.

Wusste Margaret Stevenson überhaupt noch, dass sie ein menschliches Wesen war? Sie ging durch den schneebedeckten Wald und war kaum mehr eine Frau und dennoch mehr als die ganze Menschheit – als jene Menschen, die zwar zu denken und zu erinnern vermochten, aber niemals so unermüdlich weitergehen konnten wie Margaret Stevenson in dieser Dezembernacht.

Nur ein Bild kehrte von Zeit zu Zeit in ihren Kopf zurück: ein Mann in Uniform, der auf einem kraftvollen Pferd ritt. Die graue Uniform des schrecklichen Trugbilds war mit dem Blut der Unerschrockenen befleckt. Wollte er sie holen? Wollte er ihr den Tanz bringen? Ach, wenn er doch kommen wollte, dieser tanzfreudige Ritter! Wenn er doch kommen wollte, sie flehte ihn an, das Feuer des Tanzes in ihr zu entfachen!

Abgesehen von den Ranken, die sich um die Fesseln der alten Frau schlangen und sie verletzten, empfing der finstere Wald sie in dieser schneereichen Nacht mit Wohlwollen. Die Kälte war nicht so streng, dass sie erfrieren konnte, und ein praller Mond erhellte das nächtliche Dunkel. Oder zeigte sich die Natur der alten Frau gegenüber einfach nur gleichgültig? Vielleicht war Margaret Stevenson lediglich ein weiterer Schatten in diesem tausendjährigen Wuchern anderer Schatten – ein Schatten, der an einem dunklen, geduldigen Ort einsam einem unverständlichen Kult huldigte.

Die alte Frau beschleunigte ihren Schritt noch einmal und rannte jetzt beinahe zwischen den Bäumen daher. Sie strebte weiter, immer weiter auf den Tanz zu, auf eine Welt, die nur noch aus Tanz bestand.

Und die Tiere flohen nicht mehr vor ihr.

Die folgenden Tage

In den folgenden Tagen schneite es unaufhörlich.

Am Morgen des 19. Dezember kam ein Blizzard hinzu, der sowohl New York als auch Boston mit mehr als achtzig Zentimetern Schnee lahmlegte (für New York bedeutete das die höchste gemessene Schneemenge seit Beginn den Aufzeichnungen im Jahr 1947). Der Flugverkehr kam in diesen großen Städten vollständig zum Erliegen. Die Straßen wurden für den Verkehr gesperrt. Und wie zumeist in solchen Fällen war der Handel stark rückläufig. In Ermangelung von Kunden machten die Geschäfte kaum Umsatz. In den Fabriken blieb das Personal aus, und die Produktion geriet ins Stocken. Die Leute blieben zu Hause und warteten darauf, dass das schlechte Wetter vorüberging.

Aber es ging nicht vorüber.

Die Wetterlage verschlechterte sich am darauf folgenden Wochenende noch einmal. Der Wind fegte mit einhundertdreißig Stundenkilometern über die Küste, und die Temperatur fiel in New York und Baltimore auf zehn Grad unter null. In manchen Bundesstaaten wie zum Beispiel in Maine lagen sie sogar bei dreißig Grad unter null. Gewaltige Schneewehen von mehr als drei Metern Höhe türmten sich in den Straßen und an den Wegen und machten jeden Ortswechsel von Boston bis Baltimore unmöglich.

Man kann sich vorstellen, dass diese Wetterverhältnisse die Polizei bei ihrer Verfolgung der Flüchtigen stark behinderte. Die Medien gefielen sich darin, in allen Artikeln und Schlagzeilen hinsichtlich der beiden Geflohenen von »unseren inneren Feinden« zu sprechen.

Das FBI, das bei der Schießerei in der Walter-Skoll-Stiftung fünf Beamte verloren hatte, sah sich unangenehmen Fragen ausgesetzt, da es diese Ereignisse nicht hatte vereiteln können. Eine bissige Presse und ein aufgebrachter Kongress waren sich einig, dass Köpfe rollen müssten, und dem Verlangen wurde Genüge getan. Viele hochrangige Beamte des FBI und auch Politiker traten zurück.

Der neue, eilig ernannte Chef des FBI versicherte in den Medien, dass er die Verfolgung mit aller Entschlossenheit vorantreiben und nicht locker lassen werde, bis die für die jüngsten Massaker Verantwortlichen hinter Schloss und Riegel gebracht wären. Er gab sich redliche Mühe, überzeugend zu wirken, und überzeugte doch nicht.

Am Abend vor Weihnachten ließ sich »Reverend« Gardner von einem Beamten der New Yorker Polizei festnehmen, als er aus einem Internetcafé kam, in dem er mehrere Mails abgeschickt hatte. Bei der kurz darauf einberufenen Pressekonferenz beglückwünschte sich Bürgermeister Michael Bloomberg zu dieser Festnahme, und auch der Polizeichef an seiner Seite strahlte. Das FBI hingegen sank im Ansehen. Den Beamten, die ihn verhörten, gestand Gardner stolz, dass er der Kopf der Anschläge im Regency und in der Walter-Skoll-Stiftung sei. Er gab die Namen seiner vier »Brüder Satans« preis, von denen zwei bereits festgenommen waren: der Anarchist Michael Welling und der Künstler Forrest Magnus. Nach den beiden anderen hingegen, dem Privatdetektiv Tim Modin und der ehemaligen Journalistin Sarah Widar, wurde auf Hochtouren gefahndet. In den Mails, die er an verschiedene Zeitungen und an die Homepage von Ophra Winfrey geschickt hatte, konnte man lesen, dass er das »wahre Land« dazu aufrief, sich gegen die »Neobolschewiken von

Washington« zu erheben. Er und »seine Männer« hätten sich »geopfert«, damit Amerika endlich aufwache. »Die Feinde der Freiheit« müssten aus »all ihren Ämtern und Positionen entfernt werden«, forderte er dort Schwarz auf Weiß und behauptete, dass »dieser Schurke March« und seine »Schergen im Senat« diese Anschläge zum Vorwand nehmen würden, im Kongress ein »schändliches und heuchlerisches« Gesetz durchzubringen, das die Glaubensfreiheit aufs Schändlichste beschränke. Dazu verkündete Gardner: »Aber dieses Gesetz hatte man bereits seit Langem vorbereitet, Brüder. Ja, die föderalistische Hydra wartete nur auf eine Gelegenheit, um die Hand nach diesen letzten Bastionen der Freiheit in unserem Land auszustrecken: nach unserem Geist und unseren Seelen. Daher haben wir zugeschlagen, bevor sie uns schlägt.« In einem einzigen Aufwasch erledigte Gardner diesen »föderalistischen Leviathan« und den Papst, »diesen vielfach vorbestraften Big Brother«, auch die Juden kamen nicht ungeschoren davon.

Ihm zufolge waren die grundlegenden religiösen Freiheiten bedroht. Die von March geleitete Untersuchungskommission bedeutete den Startschuss für die Verfolgung der unabhängigen Glaubensrichtungen. »Heute ist Triple Dash dran, morgen wird sich dieser judenfreundliche Papist March die kleine Glaubensgemeinschaft in Ihrer Straße vornehmen. Aber ich werde auch weiterhin an das glauben, an das ich glauben will, und nicht an die Dogmen, die mir die jüdisch-vatikanische Verschwörung aufzwingen will.«

Alle von Gardner verschickten Mails endeten mit derselben Botschaft: »Amerikaner, wir befinden uns gegenwärtig in einem Wettlauf gegen die Zeit. Und dieser Wettlauf ist zugleich ein Kampf auf Leben und Tod. Ich habe Euch den Weg gewiesen. Entscheidet Euch nun! Tut etwas!«

Und das Land tat etwas. Es spaltete sich.

Neben unzähligen Verurteilungen gab es auch Erklärungsversuche, ja sogar Rechtfertigungen. Die schärfsten und vehementesten Gegner nahmen die Taten von Triple Dash zum Anlass, die Ausmerzung gewisser, für die nationale Sicherheit als gefährlich eingestufter Sekten zu fordern – ganz gleich, ob sie einen satanistischen Hintergrund hatten oder nicht. In ihrem Abscheu gegenüber den Gräueln von Triple Dash sprachen sich die Medien einhellig gegen die Sekten aus, und eine immer größer werdende Anzahl von Politikern pflichtete ihnen bei, denn sie fühlten sich gegenwärtig in ihrer Legitimität und ihrem Leben bedroht.

Die Wortführer der Scientologen drängten in den Medien auf Richtigstellung; auch von dem Einfluss der Hard-Rock-Gruppen und den Gothic-Anhängern musste gesprochen werden.

Gardner seinerseits fand in extremistischen Kreisen wie in durchaus beachtlichen Teilen der Bevölkerung eifrige Fürsprecher. Seine »Plädoyers für die Freiheit« erschienen mancherorts. Dort war zu lesen, dass Gardner zwar vielleicht ein Irrer sei, aber dass sein Kampf für die Freiheit etwas anderes verdiene als die Irrenanstalt oder den elektrischen Stuhl.

In Texas, Minnesota, Kalifornien und andernorts bildeten sich Vereine, die ihn unterstützten.

Erneut wurde Lysander Spooner gelesen.

In New York wurde in Leitartikeln die Frage gestellt, ob da nicht bereits etwas weitaus Größeres als ein neues »Waco-Syndrom« im ganzen Land heraufziehe. Nicht von ungefähr erinnerten sie daran, dass das FBI mit seinem Vorgehen gegen die Sekte von David Koresh im Jahr 1994 letztlich das terroristische Attentat von Timothy McVeigh gegen das Regierungsgebäude in Oklahoma City ein Jahr später heraufbeschworen hatte. »Wie viele Timothy McVeighs können wir verkraften, um alle neuen David Koreshs unschädlich zu machen?«, fragte die äußerst seriöse *New York Post*.

In dieser angespannten Stimmung schenkte natürlich dem kurzen Artikel im *Boston Globe* niemand Beachtung. Die Pressenotiz umfasste lediglich fünf Zeilen und besagte, dass Charles Winfield, als er am Nachmittag des 27. Dezember, als der Blizzard sich gelegt hatte, mit seinen beiden Hunden in den Wäldern spazieren ging, die Leiche von Margaret Stevenson gefunden hatte. Nur fünf Kilometer von dem Landhaus entfernt, in dem ihre Tochter ermordet worden war. Die Kälte hatte die Leiche der alten Frau beinahe vollkommen konserviert.

»Guter Gott, sie ist mit einem Lächeln auf dem Gesicht gestorben!«, staunte Charles Winfield seiner Frau und seinen Freunden gegenüber immer wieder.

Aber auch er konnte nicht ahnen, dass Margaret Stevenson gestorben war, während sie vollkommen im Tanz aufging.

Sarah taucht in der Nähe der kanadischen Grenze wieder auf

Sarah fuhr auf einer kleinen Bergstraße durch Minnesota. In der Nacht war es ihr gelungen, in der Nähe von Duluth die Grenze von Winconsin zu überqueren.

Nachdem sie sich am Tompkins Square von Tim getrennt hatte, war sie zunächst in südlicher Richtung gefahren und hatte dann nach und nach New Jersey, Pennsylvania, Ohio und Indiana hinter sich gelassen, bevor sie ihren Weg in nordwestlicher Richtung durch Illinois und Wisconsin fortsetzte. Sorgsam hielt sie sich auf Nebenstraßen, da die Hauptverbindungsachsen vermutlich streng überwacht wurden. Weil sie nach Westen und nicht nach Norden gefahren war, wie das FBI zunächst angenommen hatte, geriet sie weder in die Polizeisperren noch in den Blizzard, der am Tag nach der Tragödie in der Stiftung über die Küstenregionen gezogen war. Sarah hoffte, dass Tim die gleiche Eingebung und das gleiche Glück wie sie hatte.

Nicht ohne Grund war das FBI davon ausgegangen, dass die Flüchtigen versuchen würden, nach Kanada zu gelangen (hatte der FBI-Beamte Eliot March nicht erzählt, dass Triple Dash dort über ein gut funktionierendes Netz an Stützpunkten verfügte?), aber man war meilenweit davon entfernt, sich vorzustellen, dass Sarah versuchen könnte, über einen riesigen Umweg westlich am Großen See vorbei dorthin zu gelangen, anstatt sich direkt nach Norden zu wenden.

Hunderte von Anrufen auf den eigens eingerichteten Leitungen bestätigten das FBI in seinem Irrtum. Man gab vor, Sarah in Boston oder sogar in Portland in Maine gesehen zu haben. An Weihnachten beteuerten mehrere Zeugen, sie noch in New York erkannt zu haben, als sie durch die von heftigen Windböen heimgesuchten Straßen irrte. Dieser Hypothese gab man am Ende den Vorzug: Tim und Sarah hatten aufgrund des Blizzards erst gar nicht aus der Stadt fliehen können.

Sarah aß Trockenfrüchte und Müsliriegel, die sie nachts an Tankstellen kaufte, wo sie auftankte und sich wusch. Manchmal, aber selten verweilte sie dort auch für einen Kaffee. Durch diese Art der Ernährung war es ihr möglich, sich von dichter besiedelten Gebieten fernzuhalten. Sie magerte stark ab.

Meistens schlief sie in ihrem Auto, das sie in Seitenwegen der kleinen Straßen parkte. In den Städten wäre die Gefahr, erkannt zu werden, zu groß gewesen. Ihr Porträt und das von Tim wurden immer wieder auf allen Fernsehkanälen gezeigt, wie sie den Nachrichten im Radio entnommen hatte.

Ihr Leben hatte keinen Wert mehr, aber es hatte einen Preis. Immerhin dreihunderttausend Dollar stellte das FBI für jede entscheidende Information in Aussicht.

Am 27. Dezember beschloss sie gegen Abend, trotz allem das Risiko einzugehen und sich in einem Motel ein Zimmer zu nehmen.

Sie musste sich waschen und wollte fernsehen. Bis jetzt hatte sie ihre Informationen lediglich aus dem Radio bezogen, aber Sarah wollte ein letztes Mal das Gesicht von Forrest sehen.

Um das Risiko, erkannt zu werden, möglichst gering zu halten, wählte sie einen einsamen und wenig besuchten Ort. Das Jack London Motel lag mitten im Wald in den unwegsamen Bergen an der Nordküste des Lake Superior und entsprach ihrem Wunsch nach Diskretion in jeder Hinsicht. Es bot seinen Gästen zehn kleine Zimmer (von denen mehr als die Hälfte nicht belegt war) und einen unverstellten Blick auf die kanadische Grenze. Jack London war hier nie gewesen, aber man hatte seinen Namen für diesen Ort gewählt, um daran zu erinnern, dass die Trapper von dort aus nach Kanada aufgebrochen waren.

Die Inhaberin stellte ihr keinerlei Fragen und redete nur über den Kälteeinbruch. Angesichts des Blizzards, der von Boston bis nach Washington gewütet hatte, konnte man sich nicht beklagen, oder? Sarah stimmte ihr zu und verlangte ein Zimmer mit Fernseher.

Als sie an der Rezeption ihren Namen nennen musste, gab sie sich als Jodie Forrest aus. Eine klammheimliche Hommage an ihre beiden Freunde.

Sie bezahlte die Rechnung im Voraus.

In ihrem Zimmer blieb ihr noch Zeit für eine heiße Dusche, bevor sie die Zwanzig-Uhr-Nachrichten auf CBS einschaltete.

Ihr Verschwinden war immer noch in den Schlagzeilen und kam gleich nach dem Blizzard, der die Nordostküste des Landes heimgesucht hatte.

Bevor die Journalistin auf das eigentliche Thema zu sprechen kam, betonte sie noch einmal, wie schwierig die Nachforschungen der Polizei sich angesichts der Wetterbedingungen der letzten Tage gestaltet hätten. Dann zeigten die Bilder das Gebäude der Skoll-

Stiftung. Ein Journalist mit Pelzmütze stand auf dem Vorplatz. Er berichtete noch einmal, dass Sarah Widar und Tim Modin, beide »fanatische Anhänger der Sekte Triple Dash, die versucht hatten, Senator March zu ermorden«, immer noch auf der Flucht waren. Gardner, ihr Guru, arbeitete hingegen mit der Polizei zusammen. Was die Ermittlungsergebnisse anging, so hatte man in der Wohnung von Tim Modin das Handy von Jodie Stevenson gefunden. Es war blutverschmiert, und die Laboranalyse bestätigte, dass das Blut von der jungen, in Massachusetts ermordeten Frau stammte. Außerdem war man bei Tim Modin auf einen gepanzerten Koffer gestoßen, der eine Million Dollar enthielt. Auf seinem Griff befanden sich Fingerabdrücke von Gardner selbst. All dies ließ darauf schließen, dass das Geld aus dem Weiterverkauf der *Dämonen* stammte, jenem im September aus der Filiale der Stiftung in Harlem gestohlenen Bild.

Dann folgten die neuesten Aufnahmen von Senator March. Man sah ihn auf der Außentreppe seines Anwesens auf Long Island, wie er dem Präsidenten die Hand schüttelte, der ihm einen Besuch abstattete. Marvin March trug einen dunklen Lederhandschuh an der rechten Hand, um »seine Verletzungen zu verbergen«, wie der Journalist aus dem Off kommentierte. Er erinnerte ebenfalls daran, dass der Senator bei der Tragödie seine junge, im fünften Monat schwangere Ehefrau sowie seinen Sohn Eliot verloren hatte, der als verdeckter Ermittler für das FBI tätig gewesen war, um sich in die Sekte Triple Dash einzuschleichen.

Als der Nachrichtensprecher erneut auf dem Bildschirm erschien, berichtete er, dass Senator March am Abend zuvor im Senat erklärt habe, den Kampf gegen derartige Gruppierungen fortsetzen zu wollen, und dafür von den Senatsmitgliedern mit stehendem Applaus bedacht worden sei. Wenn es stimme, dass das Recht Stärke verleiht, wie Lincoln in seiner berühmten Rede in der Cooper Union gesagt hatte, so sei es nur gerecht, dass allein das Recht Stärke besitzt. Mit diesen Worten schloss der Senator seine flammende Rede.

Angewidert schaltete Sarah hinüber zu *Fox News*.

Das Bild traf sie wie ein Faustschlag mitten ins Gesicht.

Auf dem Bildschirm war Forrest zu sehen. Er trug eine orangefarbene Kluft und Handschellen. Zwei gewaltige Hünen mit Gewehren im Anschlag standen neben ihm. Man ahnte, dass beide unter ihren Parkas schusssichere Westen des FBI trugen. Forrest wurde auf der Gefängnisinsel Ryker's Island festgehalten. Das hieß, er war in der Hölle.

Auch er war sehr schmal geworden, stellte Sarah fest, und ihre Augen füllten sich mit Tränen.

Wein jetzt bloß nicht, beschwor sie sich und hielt die Tränen zurück.

Sie musste stark sein. Für Forrest. Für Tim, von dem sie immer noch nicht wusste, wo er sich versteckt hielt.

Der Sprecher von *Fox News* gab sich keine Mühe, seine Missbilligung zu verbergen, als er anmerkte, dass die Werke von Forrest in den letzten Tagen unglaublich im Wert gestiegen seien. »Wenn Sie ein kleiner Malocher sind, dann wissen Sie, was Sie zu tun haben«, riet er boshaft.

Dann erwähnte er die großen Demonstrationen, zu denen es in den letzten achtundvierzig Stunden gekommen war.

Hunderttausende waren überall im ganzen Land auf die Straße gegangen, um ihre Religionsfreiheit zu verteidigen, die von Marvin Marchs Kommission angeblich bedroht wurde. Außer der »Church of Satan« von Anton LaVey, die ihren »Waffenbruder« Gardner verteidigte, waren auch andere Bewegungen aus ebenso unterschiedlichen wie vielfältigen Gründen für ihn aufgestanden. Die einen verteidigten Gardner, weil er ein bedingungslos gehorsamer Anhänger Luzifers war, andere, weil er eine sogenannte religiöse Minderheit vertrat, und wieder andere, weil er im Gefängnis saß.

Bei den Ausschreitungen hatten sich in Kalifornien drei Anhänger der Bewegung »Wicca« vor den Augen der ohnmächtigen Polizeikräfte mit Benzin übergossen und verbrannt.

Alles, was Amerika an zwielichtigen Sekten zu bieten hatte, fühlte sich zum Protest und sogar zum gewaltsamen Kampf gegen die uniformierten Polizeikräfte aufgerufen.

Auf dem Campus der Universitäten in San Francisco und Los Angeles formierte sich die extreme Linke, die überall eine Verschwörung gegen Minderheiten witterte.

In Montana, Michigan und Arizona marschierten militante Vertreter der extremen Rechten im Gleichschritt auf und setzten die Regierung davon in Kenntnis, dass sie sich mit allen Mitteln, die ihnen zu Gebote standen, gegen jede Einmischung in persönliche Glaubensüberzeugungen zur Wehr setzen würden. Leitmotiv ihrer Parolen bildete das »jüdisch-päpstliche, krypto-föderalistische Komplott«.

In Louisiana und Texas schließlich hatte der Ku-Klux-Klan die Gelegenheit genutzt und seine weißen Gewänder sowie seine brennenden Kreuze hervorgeholt.

Der Präsident sah sich genötigt, daran zu erinnern, dass er …

Sarah schaltete das Fernsehgerät aus.

Ohne es zu wissen, hatten sie und ihre Freunde als Auslöser dieser Explosion der Gewalt fungiert. Ihr wurde klar, dass die Operation Dämonen nicht allein darauf abgezielt hatte, die Opferung von Dolores und Eliot March zu kaschieren und aus dem Senator einen echten Wolf zu machen, ohne dass er bestraft werden konnte. Ziel der Operation war es auch nicht gewesen, sich dieser kleinen, querschießenden Giftzwerge zu entledigen, die Sarah und

Tim in den Augen der Wölfe darstellten, und ihnen anschließend die Verantwortung für das Gemetzel in der Stiftung zuzuschieben. Sarah begriff langsam, dass die Operation vor allem auf ein drittes Ziel hin geplant gewesen war, und dieses Ziel war offenbar ebenso erreicht worden wie die beiden anderen.

Die Operation Dämonen sollte ein politisches Erdbeben auslösen, dessen Ausmaß Sarah noch nicht ermessen konnte, obwohl sie seinen Zweck bereits ahnte.

Mit der heimlichen Unterstützung von Senator March und dem Satanisten Gardner konnte General Fenryder nach Belieben und vollkommen unbemerkt die Glut von allen Seiten zum Lodern bringen und zusehen, wie sich ein Flächenbrand über das ganze Land ausbreitete.

Sarah trat ans Fenster und sah in die Ferne, wo irgendwo oberhalb des dunklen Waldes, der sich im Tal entlangzog, die kanadische Grenze verlief. Sie wusste jetzt, dass Fenryder und seine Wölfe gewonnen hatten. Sie hatten in Gang gesetzt, worauf sie seit einhundertvierzig Jahren geduldig hingearbeitet hatten. Der Senator und der Guru waren in ihrer Verlogenheit zum Emblem eines Kampfes geworden, der das Chaos heraufbeschwören und nur einen einzigen Gewinner haben würde: Fenryder.

Epilog

Laureen Baldwin begriff sofort, worum es ging, sogar noch bevor der Mann, der an der Tür geklingelt hatte, seine Marke hervorzog.

»Mrs Baldwin? Ich bin William Madison vom FBI. Kann ich Ihnen ein paar Fragen stellen?«

Sie nickte, bat ihn jedoch nicht ins Haus. Scotty, ihr sechsjähriger Junge, hätte Angst vor Fremden, erklärte sie.

»Ja, ich verstehe, Mrs Baldwin. Es tut mir leid, was Sie in Louisiana durchgemacht haben. Ich werde nicht lange bleiben.« Er zog aus seiner Jackentasche ein Foto hervor und reichte es ihr. »Haben Sie diese Person in letzter Zeit gesehen, Mrs Baldwin?«

Laureen griff nach dem Foto.

»Das ist Sarah Widar, nicht wahr?«

»Genau«, bestätigte der Beamte und nickte. »Wir wissen, dass sie in der Klinik angerufen hat, in der ihr kleiner Junge war. Das war ein paar Tage, bevor sie und ihre Komplizen den Anschlag auf die Walter-Skoll-Stiftung verübt haben.«

»Und jetzt glauben Sie, dass sie hierher geflüchtet ist?«

»Ja. Oder eigentlich, nein. Wir fragen uns nur, ob sie vielleicht versucht hat, mit Ihnen oder Ihrem Sohn Kontakt aufzunehmen.«

Sie hob den Blick zu dem Beamten und gab ihm dann das Foto zurück.

»Mein Sohn und ich«, sagte sie und verschränkte die Arme vor der Brust, »haben furchtbare Dinge erlebt. Sie haben uns veranlasst, nach Kalifornien zu ziehen, hierher, in dieses Haus, das uns ein ehemaliger Agent meines Mannes zur Verfügung stellt. Scotty leidet an einer schweren traumatischen Aphasie, und die Ärzte, die wir aufgesucht haben, machen uns keine allzu große Hoffnung, dass er eines Tages die Sprache wiederfindet. Glauben Sie angesichts dieser Umstände allen Ernstes, dass ich eine auf der Flucht befindliche Kriminelle in die Nähe von Scotty lassen würde?«

»Nein, Mrs Baldwin. Ich verstehe.«

»Wenn es einen Ort auf der Welt gibt, den Sarah Widar tunlichst meiden sollte, so ist das San Diego, das können Sie mir glauben.«

»Ich verstehen, Mrs Baldwin. Tut mir leid, dass ich Sie belästigt habe.«

Sie sah dem Beamten nach, als er zu seinem Zivilfahrzeug davonging, dessen Windschutzscheibe in der Sonne glitzerte. Dann schloss sie die Tür, drehte den Schlüssel im Schloss herum und kehrte ins Wohnzimmer zurück.

»Das war die Polizei«, sagte sie, als sie in den von der Sonne durchfluteten Raum trat.

Auf einem weißen Ledersofa saß Sarah, und auf ihren Knien hielt sie Scotty. Das Kind spielte mit einer Plastik-Boeing der American Airlines.

»Es wäre besser, ich würde jetzt gehen«, stellte Sarah fest und sah Laura an.

Laura kniete sich vor die beiden und lächelte Sarah an.

»Und wohin wollen Sie gehen?«, fragte sie und legte ihre Hand auf die von Sarah. »Glauben Sie mir, hier sind Sie in Sicherheit.«

Sarah war zwei Wochen zuvor erschöpft, niedergeschlagen und ausgezehrt bei ihr aufgetaucht. Laureen hatte sie vor ihrem Haus angetroffen (im Dezember hatte sie ihr die Adresse gegeben, ohne sich träumen zu lassen, dass sie sich unter solch dramatischen Umständen wiedersehen könnten). Sie hatte Sarah ohne zu zögern hineingebeten und vom ersten Augenblick an gewusst, dass sie die Polizei belügen würde, falls diese nach Sarah fragen sollte. Heute Nachmittag hatte sie dies nun getan, und das erfüllte sie mit Stolz und Genugtuung. Die Welt kam ihr jetzt weniger abstoßend und grausam vor.

Wie schon so oft in den letzten Tagen sah Laureen, dass Tränen in Sarahs Augen standen. Aber wie so oft verdrängte Sarah ihren Schmerz, und nicht eine Träne lief ihre Wangen hinunter.

Laureen lächelte sie zärtlich an. Du hast das Recht zu weinen, Sarah, dachte sie bei sich.

Soweit Laureen es mitbekommen hatte, hatte Sarah seit ihrer Ankunft hier nicht geweint. Vielleicht überließ sie sich nachts ihren Tränen, wenn sie und Scotty es nicht sehen und hören konnten. Vielleicht weinte sie auch überhaupt nicht. Aber das würde nicht so bleiben. Eines Tages würden die Tränen fließen. Das wusste Laureen.

Sie blickte auf ihren Sohn und strich ihm mit den Fingerspitzen leicht über die Wange. Er spielte immer noch mit seiner Boeing und ließ sie große Schleifen an einem imaginären und heiteren Himmel vollführen.

Scotty hatte die Klinik verlassen, wo er auf Geheiß der Ärzte mehrere Monate verbracht hatte, ohne dass eine Besserung seines Zustandes erreicht worden war. Daher hatte Laureen verlangt, dass er endlich mit ihr nach Hause durfte. Nun waren sie bereits zwei Monate hier in dieser schönen Villa am Pazifischen Ozean zusammen. Auch wenn Scotty immer noch nicht sprach, wirkte er doch lange nicht so unglücklich wie im Krankenhaus. Das war bereits ein großer Fortschritt.

»Was halten Sie von einem guten Kaffee? Und du von einer heißen Schokolade, mein Schatz?«

Scotty nickte begeistert mit dem Kopf.

Laureen stand auf und verschwand im Flur, nachdem sie mit einer schlichten Handbewegung Sarah zum Sitzenbleiben aufgefordert hatte.

Scotty spielte weiter mit seinem Flugzeug.

»Du bist ein wundervoller kleiner Junge«, flüsterte Sarah ihm ins Ohr, bevor sie ihn auf die Wange küsste.

Dann lehnte sie ihr Kinn auf seine kleine Schulter.

Sie erinnerte sich an jenen Spätnachmittag im Dezember, als sie sich mit Tim im Caffè Reggio getroffen hatte. Draußen war es kalt gewesen. Sie erinnerte sich an den übervollen Raum, in dem eine junge Frau ihrem Baby das Fläschchen gab, und an die seltsame Gefühlsmischung aus Zärtlichkeit und Unsicherheit, die diese Szene bei ihr ausgelöst hatte. Sie erinnerte sich sehr genau daran und wusste jetzt, dass sie nie Kinder von dem Mann haben würde, den sie liebte und immer geliebt hatte. Er wäre ein wundervoller Vater gewesen. Forrest war gütig und treu. Und sie hatte an ihm gezweifelt. Er hatte sie gerettet, und sie hatte an diesem Mann gezweifelt. Wie hatte sie das nur tun können? Wie nur?

Die Tränen stiegen wieder in ihr hoch, und dieses Mal konnte sie sie nicht zurückhalten. Sie weinte still, und die Tränen flossen ihre Wangen hinunter. Sarah wühlte in ihrer Hosentasche und zog ein Taschentuch hervor. Scotty hatte mit dem Spielen aufgehört und sah sie an. Sie lächelte ihm durch die Tränen zu.

»Es ist nichts«, sagte sie. »Ich habe nur etwas ins Auge bekommen.«

Aber es war nicht ihr Auge, das schmerzte, sondern ihr Herz.

Scotty legte die Arme um sie und drückte sein hübsches Gesichtchen fest an sie. Seine hingebungsvolle Zärtlichkeit rührte Sarah zutiefst, und sie begann zu schluchzen wie ein Kind.

»Es ist etwas in den Augen«, wollte sie ihm noch einmal weismachen.

Tim und sie hatten sich für stark und mutig gehalten. Sie hatten geglaubt, das von Fenryder verkörperte Böse vernichten zu können. Aber die Wölfe hatten sie besiegt. Sie hatten sie in tausend jämmerliche Stücke gerissen, die sich nicht mehr zusammenfügen ließen. Sie begriff jetzt, wie zerbrechlich sie war und welch ungeheuren Schmerz die Wölfe ihr zugefügt hatten. Sie hatten ihre Liebe und ihre Ängste gegen sie ausgespielt, indem sie Misstrauen und Zwietracht gesät hatten. Sie hatten Tim die Verantwortung für den grausamen Tod von Jodie und Onkel Todd zugeschoben, wo er sich selbst bereits die Schuld am Tod seines Bruders Kevin gab. Es war den Wölfen zwar nicht gelungen, sie zu töten, aber sie hatten ihr Leben zerstört – und war das nicht weitaus schlimmer?

Sarah bebte am ganzen Körper, und erst nach einer Weile beruhigte sich ihr Schluchzen wieder. Scotty wich etwas zurück. Sie sah, dass auch er weinte.

»Ich bin so dumm«, sagte sie und fuhr sich mit den Fingern über die Augen. »Jetzt mache ich dir auch noch Kummer, mein Kätzchen.«

Das Kind sah sie durch seine still fließenden Tränen an. Sein Blick war eindringlich, nachdenklich und so teilnahmsvoll, wie es für sein Alter keineswegs üblich war.

»Sa… Sa… Sarah«, brachte er schließlich hervor.

Da drückte sie den Jungen an ihr Herz und ließ ihrer Traurigkeit freien Lauf.

Selbst mit dem letzten Tropfen Benzin kann man noch beschleunigen – doch wie lange noch?

Andreas Eschbach
AUSGEBRANNT
Thriller
752 Seiten
ISBN 978-3-404-15923-9

Die Menschheit vor ihrer größten Herausforderung: Das Ende des Erdölzeitalters steht bevor! Als in Saudi-Arabien das größte Ölfeld der Welt versiegt, kommt es weltweit zu Unruhen. Bahnt sich tatsächlich das Ende unserer Zivilisation an? Nur Markus Westermann glaubt an ein Wunder. Er glaubt eine Methode zu kennen, wie man noch Öl finden kann. Viel Öl. Doch der Schein trügt.

»Eschbach denkt konsequent weiter, was schon längst Gegenwart ist und kaum jemand wahrhaben will.« *Deutsche Welle*

Bastei Lübbe Taschenbuch